敬贺王宁先生七十大寿！

编辑委员会（按姓氏拼音排序）

陈爱敏	（南京师范大学）	尚必武	（上海交通大学）
都岚岚	（南京大学）	史安斌	（清华大学）
郝田虎	（浙江大学）	石海毓	（首都经济贸易大学）
何卫华	（华中师范大学）	苏 娉	（华南理工大学）
胡友珍	（中国农业大学）	唐伟胜	（江西师范大学）
华媛媛	（大连外国语大学）	王 刚	（台州学院）
江玉琴	（深圳大学）	王敬慧	（清华大学）
李利敏	（西北工业大学）	王亦蛮	（加州大学圣克鲁兹校区）
廖 望	（北京航空航天大学）	韦清琦	（东南大学）
刘贵珍	（北京第二外国语学院）	杨 林	（东北大学）
刘宏伟	（天津外国语大学）	张 浩	（北京语言大学）
刘 辉	（华北电力大学）	张小玲	（中国海洋大学）
龙 云	（北京第二外国语学院）	周铭英	（深圳大学）
陆 薇	（北京语言大学）	朱 峰	（中国矿业大学［北京］）
马军红	（北京第二外国语学院）	邹 理	（上海交通大学）

本书为国家社会科学基金重大项目"美国族裔文学中的文化共同体思想研究"（21&ZD281）的阶段性研究成果

何成洲　生安锋　主编

全球人文视域下的比较文学与世界文学研究

Comparative Literature and
World Literature Studies
in the Horizon of Global Humanities

南京大学出版社

序　言

　　过去十年间,我国的外国文学研究、比较文学研究和翻译学研究等领域的发展突飞猛进,学者们不但在作家研究、文学作品研读、文学史研究、文艺理论研究、比较文学研究、翻译研究等领域继续披荆斩棘,而且更加具有理论自觉和世界文学意识,我们分开来谈。虽说过去半个世纪以来,世界不同地区的一些学者开始对理论进行了深刻的反思,甚至举起"反理论"大旗,掀起了"去理论化"的浪潮,但理论作为一种必不可少的文学批评工具,可以深化文本理解和丰富文本解读,很难被完全弃之不顾。所以近年来就出现了一种怪现象,一方面学界有人高喊"去理论"、抨击理论,一方面又觉得无理论就成不了"学术宴席"。拿外国文学或者比较文学专业的博士论文来说,要么是纯理论探索,要么是以某理论为视角或工具对文学文本进行分析。如果不依靠理论,单纯地对文本做解读,要么被认为是缺少研究深度,沦为对主观感受的描述和印象式批评,要么直接被指责为缺少学理性的批评。这几年来,我们见证了学界理论潮流的再度涌现。除了常见的形式主义与新批评、现代主义、马克思主义、后现代主义、精神分析批评、解构批评、读者反应批评、后殖民主义、新历史主义、生态批评、女性主义、(文学)伦理学、叙事学等理论之外,外国文学研究界又涌现出很多新理论、"翻新的"理论或"杂交的"理论,如世界诗学、世界主义、共同体理论、情动理论、旅行理论、空间理论、人工智能、认知诗学、地理诗学、动物诗学、物叙事理论、新物质主义……不胜枚举。

　　世界文学意识的觉醒既与全球化的发展有关,又与科学技术的进步密不可分。如果说在 20 世纪之前,远隔重洋的世界各大洲之间还是相对孤立和遥远的，那么到了20世纪随着科技进步尤其是交通运输技术的日新月异，这个世界真可谓变成一个"地球村"了；随之而来的就是人文学者的全球化视野和文学上的世界主义精神，具化为对外国文学的一种鸟瞰式全景视角，于是19世纪歌德所提出的世界文学概念再度成为学界讨论的热门话题。无论在外国文学界还是比较文学研究界，学者们的视野都变得更加开阔，思想更加深邃，表现出对全人类作为一个联动式共同体和未来共同命运体的关切，文学上的一个表征是对文学世界主义或文化世界主义的日益认同。科技进步带来的便利让世界各地的学者几乎可以即时性分享科研资料、会议信息和前沿学术成果，共同就双方或者多方感兴趣的课题进行远程合作与交流，逐步开始建构起一个超越国家、民族和语言，松散却也是真实存在的全球性学术共同体。此类共同体的逐步形成是人类进步的一种表现，无论对于科学研究还是人文领域的研究而言都是有益的。

很多人对文学研究的意义不以为然，这里面当然也包括外国文学研究和比较文学研究。但是，如果只从科学主义或者功利主义的角度去看待文学研究的价值，那是缺乏深度和远见的。毫无疑问，文学与文学研究对教育教学、文化交流、文明互鉴以及构建人类文化共同体等诸多方面具有不可替代的重要价值。在这个联系日益密切却又充满着科技文化竞争和地缘冲突的矛盾时代，我们欣喜地看到一大批同仁仍坚守在外国文学和比较文学研究的前沿阵地上不断地思考和写作，不断地拓展他们的眼界和认知范围，不断地走出自己的学术舒适区，不断地打破各式各样的学术樊篱，不断地阅读、探索与自我超越。他们将文学研究视为毕生的志业，而他们的研究也随着他们人生阅历的丰富和思想的沉淀而更加深刻和成熟。本文集所收录论文的作者就属于这批人，他们都是相熟多年的朋友或者同门，彼此见证了各自在生活上和学术上的进步，为相互的学术成就而感到自豪。

本文集主要分为三部分：外国文学研究、文艺理论探索和比较文学、翻译与跨学科研究。外国文学研究部分收录了多位外国文学研究界学者的重要文章，这里面既有对某个研究领域的总体性梳理与反思，也有对外国文学文本的细致入微的探讨，研究对象包括外国的小说、诗歌、戏剧等。在文艺理论探索部分，不但有经典马克思主义的世界文学观、世界主义理论重读及外国文学中的世界主义思想研究，也包括对莫莱蒂的远读理论、科幻中的赛博格叙事理论及新黑人美学理论的探索。在第三部分,论文涉及中国比较文学学科百年的回顾和展望,中国传统的道家思想与人类世理论的比较分析,戏剧电影与舞蹈的跨学科研究。[1]

这些论文都很有分量,是我们从作者提供的近五年来正式发表的论文中精选出来的,一方面体现了作者在近年来的学术思考和最突出的学术亮点,另一方面也反映了在全球化时代和人工智能技术突飞猛进的背景下我国外国文学研究和比较文学研究的重点学术课题和代表性科研成果,对于当下的外国文学研究、比较文学研究和翻译学研究极具参考价值。当然,本文集不可能全面呈现过去十年间外国文学和比较文学研究界的概貌,但读者足可以从中一窥这些学术领域的重要学术成果、主要研究路径和未来发展趋势。

五秩教途,育万千桃李,清华交大同仰止;

七旬华诞,研中外文学,德艺馨名共流传。

2025年欣逢我们敬爱的王宁老师七十大寿,为了表达我们对老师的景仰与祝福之情,我们特组织编写了本论文集。我们谨以此文集的出版来祝愿王宁老师永远喜乐安康、福泽绵长,在学术上百尺竿头更进一步,并在未来继续带领我们,在学术的道路上披荆斩棘、激流勇进,为我国乃至世界的学术殿堂添砖加瓦,为中国学术走出国门做出更多的贡献。

是为序。

编　者

2025年3月

---

[1] 收入文集的论文,有的题目、文字有增删情况,不一一说明了。

目　录

第一部分　外国文学研究

从开放包容到拥抱现实：论 20—21 世纪之交三十年美国戏剧走向　陈爱敏 / 003
约恩·福瑟戏剧的诗性极简主义与人文理想　何成洲 / 017
弥尔顿《失乐园》中的科幻冲动　王玉莹　郝田虎 / 033
《血的本质》中的世界主义与流散共同体构建　何卫华 / 048
多重文本间的"互文"与"覆写"——以陈美玲的诗《乌龟汤》为例　陆薇 / 063
种族操演与黑面表演：《在黑暗中跳舞》的双重变奏　苏娉 / 075
物质生态批评视域中《嘉莉妹妹》的车叙事　韦清琦 / 086
颠覆"黑暗的中心"：《瓦解》对非洲风景的重构　朱峰 / 099
鲍勃·迪伦《编年史》的人类命运共同体意识　王刚 / 110
威尔士情结与雷蒙·威廉斯的小说创作　周铭英 / 122
认知文体批评——《安娜贝尔·李》文体的认知审美研究　李利敏 / 134
赫伯特·威尔斯《时间机器》中的身体退化危机书写　廖望 / 146
论司各特·桑德斯《扎根脚下》中多重故乡的生态怀旧书写　马军红 / 162
"双重视角"读库切之耶稣三部曲　王敬慧 / 174
"文学经典与经典文选"——艾布拉姆斯与他的《诺顿英国文学选》　金永平 / 184
解构黑脸滑稽戏，建（重）构非裔美国身份：以泰辛巴·杰斯的《杂烩》为例
　张举燕 / 198

第二部分　文艺理论探索

文学的世界性能动与经典马克思主义视域中文学的世界性　邹　理 / 217

论莫莱蒂的远读及其影响　都岚岚 / 232

科幻赛博格叙事的三个面向　江玉琴 / 248

现当代文学理论的哲学维度　张叶鸿 / 267

外国文学中的世界主义思想研究　生安锋 / 280

论文学立场：雷蒙·威廉斯与《毛泽东论文艺》　邓海丽 / 297

以启蒙时期"世界主义"思想重读歌德的"世界文学"　侯　洁 / 313

论新黑人美学　刘　辉 / 327

人类世语境下的文学流变　宋丽丽 / 337

第三部分　比较文学、翻译与跨学科研究

文化自信的百年叙事：中国比较文学学科发展回顾与展望　张晓红 / 351

暗合"道"妙——道家思想与人类世的理论和现实相关性　华媛媛 / 367

多模态互动下的电影双重叙事模式　刘宏伟　张馨雨 / 384

全球化与本土化的双重变奏——改革开放四十年深圳文学特征的文化透视
　　黄海静 / 396

"南方转向"视阈下的全球文化与国际传播：格局与使命　史安斌　戴润韬 / 410

跨学科视野下文学和舞蹈的比较研究　陈华菲　肖明文 / 420

中国现当代文学在西班牙的译介——对间接译介现象的文化反思　刘桐阳 / 435

人工智能时代的翻译、出版与传播：问题与展望　王楚童 / 450

翻译的多重定位：查良铮翻译思想研究　刘贵珍 / 470

《朗鲸布》的翻译选择与路易·艾黎的文化立场　刘丽艳 / 481

后记 / 493

第一部分　外国文学研究

从开放包容到拥抱现实:论 20—21 世纪之交三十年美国戏剧走向

陈爱敏

法国学者弗雷德里克·马特尔于 2006 年出版了《戏剧在美国的衰落:又如何在法国得以生存》一书,认为美国戏剧 20 世纪 80 年代开始衰败,一直延续到 21 世纪。本文通过对 20 世纪末到 21 世纪初世纪之交的三十年间(1990—2020)的戏剧研究,认为在政治、经济、文化等多重因素的影响下,世纪之交美国戏剧发生了深刻变化,摆脱了 20 世纪初到 80 年代族裔戏剧的沉寂、女性戏剧被边缘化、[1]"同性恋艾滋病戏剧被打压与排斥"[2]的状态,走出低谷,重拾升势,步入了一个多元、开放、回归现实再度繁荣的时期。进入 21 世纪,美国戏剧以批判现实为己任,关注边缘群体,反映社会问题,多种形式并举,拥抱现实,展现新世纪戏剧艺术的责任与担当。总体而言过去三十年美国戏剧呈现出斑斓多姿、勇往直前的新局面。

一、岌岌可危:美国戏剧的衰落

美国戏剧从 19 世纪开始到 20 世纪 80 年代,经历了由剧场形成、发展、繁荣,再到衰弱的跌宕起伏的过程。美国最早的戏剧剧场出现于 17 世纪,从欧洲引入,带有殖民主义色彩。资料显示,"殖民地戏剧市场在 18 世纪 40 年代很活跃",[3]其中最著名的剧团是 1752 年到达美国的"伦敦喜剧演员剧

---

[1] Leslie Atkins Durham, *Women's Voices on American Stages in the Early Twenty-First Century: Sarah Ruhl and Her Contemporaries*, New York: Palgrave Macmillan, 2013, p. 1.
[2] Annette J. Saddik, *Contemporary American Drama*, Oxford: Edinburgh University Press, 2007, p. 1.
[3] William Grange, *The Business of American Theatre*, New York: Routledge, 2021, p. 1.

团"(London Company of Comedians)。随后的几十年间,美国本土也建立了属于自己的剧场,到了19世纪大小剧场遍及全国,也是美国戏剧逐渐繁荣的时代。不同形式、不同种类的戏剧团体的诞生,固定与移动剧场等演出形式的出现,给美国戏剧的繁荣做出了贡献。美国早期最大的戏剧经营集团辛迪加(Syndicate)戏剧集团就是其中之一,"它在美国戏剧运营史上是最有效,也是最著名的美国戏剧经营集团"[1],其出色的组织、管理与营销能力,为19世纪中叶到20世纪40年代美国戏剧的发展与繁荣发挥了决定性作用。与此同时路上巡演这种流动的剧场形式是推动戏剧繁荣的一个重要因素。它始于19世纪,一直延续至今。据《纽约戏剧之镜》(New York Dramatic Mirror)报道,"在1876—1877年期间,近100家公司在路上巡演。十年后增至282家"[2]。从数字的跃升便可看出19世纪末戏剧的繁荣。

进入20世纪,美国戏剧延续了繁荣的态势,这主要是多方合力的结果。"一战"以后,百老汇这座闻名世界的戏剧中心建立起大量的剧场,令人耳目一新的音乐剧、各种复排剧等,每天吸引了大量来自全国乃至世界的观众。这一时期美国戏剧拥有了第一批本土剧作家,1920年尤金·奥尼尔的《天边外》(Beyond the Horizon)在百老汇上演,获得成功。在以后的几年间奥尼尔推出了更多的戏剧,四次获得普利策戏剧奖,1936年获得诺贝尔文学奖,不仅吸引了无数戏剧粉丝,同时也让美国从此有了属于自己的著名剧作家。四五十年代,被认为是"美国戏剧史上最著名的时代,奥尼尔、田纳西·威廉斯与阿瑟·米勒创作了最有名的作品,同时形成了戏剧界经常说的'美国风格'",也将美国本土戏剧推向高潮。[3] 1945年开始,百老汇接连推出了田纳西·威廉斯的《玻璃动物园》(The Glass Menagerie)、《欲望号街车》(The Streetcar Named Desire)等作品,均获得巨大成功。1949年阿瑟·米勒的《推销员之死》(Death of a Salesman)一鸣惊人,他成为百老汇炙手可热的作家。[4] 继这两位重量级的剧作家之后,60—80年代,美国剧坛又出

---

[1] William Grange, *The Business of American Theatre*, New York: Routledge, 2021, p. 8.
[2] Ibid., p. 6.
[3] Sandra G. Shannon, "General Preface," *Modern American Drama: Playwriting in the 1980s: Voices, Documents, New Interpretations*, New York: Bloomsbury Publishing PlC, 2018.
[4] 弗雷德里克·马特尔:《戏剧在美国的衰落:又如何在法国得以生存》,傅楚译,商务印书馆,2015,第20—21页。

现了爱德华·阿尔比（Edward Albee，1928—2016）、大卫·马梅特（David Mamet，1947— ）、山姆·谢泼德（Sam Shepard，1943—2017）三位巨匠，《谁害怕弗吉尼亚·沃尔夫？》(Who's Afraid of Virginia Woolf?，1962)、《美国水牛》(American Buffalo，1975)、《真正的西部》(True West，1980)等戏剧作品，筑牢了美国戏剧在世界剧坛的地位，同时也使得美国戏剧剧场更加兴盛。除了百老汇之外，外外百老汇、地区剧院等非主流剧院都做出了贡献。"在美国历史上，从来没有哪个时期如此重视剧院的建设。观众争相前往剧院，大批的优秀剧作家相继涌现"[1]，所有这些使得20世纪初至70年代的美国戏剧显得格外繁荣。然而，繁荣的背后，衰落的暗流早已涌动。

电影时代的到来对20世纪美国戏剧的衰落有着直接影响。[2] 1923年4月，第一部同步有声电影在纽约公映，从根本上改变了娱乐业的市场格局。有声电影花钱少、观众容量大，节约了成本，扩大了收益。因此在纽约有很多剧场被改成了电影院。资料显示，"1920—1930年之间，大约有1000—1500家剧场被改造成了电影院。1929年经济危机引发的另一个损失就是百老汇在1927年还有260部戏剧在上演，之后数字骤降为80部。电影院不仅将剧场的演出厅占为己有，而且夺走了它的人才，甚至是名字"[3]。另外，看电影和看戏剧的花费相差很大。"20世纪20年代一张电影票，花费25美分到75美分之间。戏剧剧场的入场票大约是2美元，差价是5比1。一个人如果想看一场戏，不得不放弃五部电影。"[4]再加上电影作为刚刚出现的新娱乐形式，将本来剧场看戏的那部分人吸引到了电影院。

戏剧的制作成本、场地租金和广告费上涨也是造成美国戏剧衰落的原因。制作成本的上升造成了票价的抬高。从百老汇票价变化的一组数据就

---

[1] 弗雷德里克·马特尔：《戏剧在美国的衰落：又如何在法国得以生存》，傅楚楚译，商务印书馆，2015，第38页。
[2] Anne Fletcher, *Modern American Drama: Playwriting in the 1930s: Voices, Documents, New Interpretations*, New York: Bloomsbury Publishing Plc. 2018, p. 26.
[3] 弗雷德里克·马特尔：《戏剧在美国的衰落：又如何在法国得以生存》，傅楚楚译，商务印书馆，2015，第12页。
[4] William Grange, *The Business of American Theatre*, New York: Routledge, 2021, p. 16.

能看出:"1953年为6美元,1963年为10美元。1973年为15美元。1983年为45美元。1993年为65美元,2003年为100美元。50年间,根据通货膨胀率调整的票价增长了两倍多。今天戏剧演出的平均票价是电影票价的10倍。"[1]因而,一大批爱好戏剧,但囊中羞涩者被拒止于剧院门外。

20世纪经济、文化、政治氛围也是造成戏剧衰落的原因。30年代的经济萧条,始于50年代的麦卡锡主义对同性恋群体的打压,将"同性恋视为政治和道德上的威胁"[2],80年代"里根政府宣布艾滋病为流行病"[3]、将同性恋与艾滋病画等号等,加强了对戏剧的审查,任何讨论相关话题的戏剧都被剧场拒之门外;90年代美国国家艺术基金会(The National Endowment for the Arts)认为被奖励的四位艺术家的作品存在争议,而取消对四位艺术家的资助,此后更是减少甚至取消了对艺术的基金资助。所有这些"保守的社会价值观与自由的价值观之间的斗争导致了戏剧行业的衰败"[4]。当然,"美国戏剧在近25年来遇到的难题不能拆分为单一因素……工会、文化办事机构、慈善捐助和审查均负有各自的责任;戏剧评论家的消失、预订用户的减少也导致了悲剧性的结果。这些结果不得不说是一种戏剧体系的全盘失控,由此造成各种各样的糟糕影响。从而使得它的伟大已成往事"[5]。马特尔所说的二十五年,实际上是指80年代开始到他著作出版(2006)的这段时间。然而,事实并非如此,美国戏剧的衰落正如前文所言是一个积累的过程,事实上从"二战"结束之后就已经开始。但这种颓废现象经历的时间并不长,在20世纪末又重拾升势。

---

[1] 弗雷德里克·马特尔:《戏剧在美国的衰落:又如何在法国得以生存》,傅楚楚译,商务印书馆,2015,第47页。

[2] Jill Dolan, "Lesbian and Gay Drama," *A Companion to Twentieth-Century American Drama*, ed. David Krasner, Oxford: The Blackwell Companions, 2005, p. 487.

[3] David Krasner, *A Companion to Twentieth-Century American Drama*, Oxford: The Blackwell Companions, 2006, p. 100.

[4] Annette J. Saddik, *Contemporary American Drama*, Oxford: Edinburgh University Press, 2007, p. 190.

[5] 弗雷德里克·马特尔:《戏剧在美国的衰落:又如何在法国得以生存》,傅楚楚译,商务印书馆,2015,第57页。

二、重拾升势：开放、包容孕育新生

20 世纪末，美国戏剧并非一蹶不振，而是不同形式、主题、类别的戏剧各领风骚，呈现出斑斓多姿、欣欣向荣的景象，这与这一时期开放、包容的政治、社会氛围不无关系。在这样的氛围中，族裔戏剧、同性恋戏剧等百花齐放，争奇斗艳。

首先，一些早期在五六十年代成名剧作家的作品作为复排剧，在包括百老汇的大、小剧场上演，带动了美国戏剧产业的复苏。在 90 年代的复排剧名单中，尤金·奥尼尔、田纳西·威廉斯、阿瑟·米勒等人的作品出现频率较高。其中，尤金·奥尼尔占据了突出的位置。[1] 1993 年，环岛剧场上演了《安娜·克里斯蒂》(Anna Christie, 1921), 1996 年广场圆形剧场推出了《休伊》(Hughie, 1928), 1998 年，林肯中心剧院演出了《啊，荒野！》(Ah, Wilderness!, 1933), 20 世纪末，沃尔特·克尔剧院复排《月照不幸人》(A Moon for the Misbegotten, 1941)。最值得注意的是，1999 年，布鲁克斯·阿特金森剧院进行了为期三个月的《送冰来的人》(The Iceman Cometh, 1939) 的演出。这些观众熟悉又十分喜爱的作品带动了 20 世纪末的美国戏剧市场，再加上威廉斯、米勒等人成名作重新登场，使得这一时期的美国戏剧舞台不再寂寞。

其次，一些成名作家的新作问世，像米勒、阿尔比、马梅特、谢波德等，他们早已蜚声海内外，到了 90 年代依旧活力四射，又有新作推出，从而给美国戏剧舞台增添了新的色彩。米勒除了《推销员之死》等经典剧作依然在百老汇等多个剧场上演之外，90 年代又有新作：《下摩根山之旅》(The Ride Down Mount Morgan, 1991)、《最后一个美国佬》(The Last Yankee, 1992) 和《碎玻璃》(Broken Glass, 1994) 这三部戏剧在 20 世纪末引起不小反响。"阿尔比在 90 年代同样引起人们的关注"[2],《三个高个子女人》(Three Tall Women, 1991)、《碎片》(Fragments, 1993) 和《关于小宝宝的剧》(The Play

---

[1] June Schlueter, "American Drama of the 1990s On and Off-Broadway," in *A Companion to Twentieth-Century American Drama*, ed. David Krasner, Blackwell Publishing Ltd., 2005, p. 508.

[2] Ibid., p. 510.

About the Baby,1998)一部接着一部,经久不衰。马梅特早在 80 年代就有很多作品面世,1984 年《拜金一族》(*Glengarry Glen Ross*,1982)获得普利策戏剧奖将其推向戏剧创作顶峰。但到了 90 年代,他依然风采不减,《奥利安娜》(*Oleanna*,1993)、《密码》(*The Cryptogram*,1994)、《老街坊》(*The Old Neighborhood*,1998)、《波士顿婚姻》(*Boston Marriage*,1999)相继登上美国戏剧舞台。马梅特语言风格独特,与其交流"既能听到街上粗汉的脏话,也能感受从亚里士多德、托尔斯泰、斯坦尼斯拉夫斯基和布莱希特那学来的声音"[1]。正是这些特色吸引了很多固定观众。另一位重要人物是山姆·谢泼德,他作为美国戏剧舞台上的重要角色,早在 70 年代就以《被埋葬的孩子》(*Buried Child*,1978)一举捧得最佳托尼戏剧奖和普利策戏剧奖等多项大奖,到了 90 年代创作活力不减,《震惊》(*States of Shock*,1991)、《和谐》(*Simpatico*,1994)和《献给康斯薇拉的眼珠》(*Eyes for Consuela*,1998)等作品巩固了其美国著名剧作家的地位。总体上看,这一时期,开放的氛围孕育了一大批具有开放姿态的佳作,戏剧关注各种社会问题,从讨论性变态、性骚扰、家庭丑闻,到热议友谊与背叛,妥协与包容等话题,展现出对人类生存状态的关心。

再次,世纪末族裔戏剧表现亮丽,其中非裔戏剧成就尤为突出。非裔剧作家奥古斯特·威尔逊(August Wilson,1945—2005)80 年代凭借力作《围栏》(*Fences*,1986)一举获得多个大奖,奠定了他在美国戏剧舞台上的重要地位。在 90 年代,他又推出许多新作,《钢琴课》(*The Piano Lesson*,1990)、《两列奔驰的火车》(*Two Trains Running*,1993)、《七把吉他》(*Seven Guitars*,1995)等是这一时期的佳作。威尔逊两次获得普利策戏剧奖,五次获得纽约戏剧评论界大奖,多次获得托尼奖,成为首位十分成功的美国非裔戏剧作家,在美国戏剧史上占得重要一席。威尔逊将黑人音乐融入戏剧之中,其"布鲁斯音乐哲学"[2]独树一帜。另一位重要的黑人女剧作家苏珊·洛莉·帕克斯(Suzan-Lori Parks,1963—)在世纪末也初试锋芒,接连推出了《全世界最后一个黑人的死亡》(*The Death of the Last Black Man in the*

---

[1] Brenda Murphy, *Understanding Mamet*, Columbia: University of South Carolina, 2011, p. 2.
[2] Patrick Maley, *After August*, Charlottesville: University of Virginia Press, 2019, p. 17.

Whole Entire World，1990)、《爱之园的信徒》(Devotees in the Garden of Love，1992)、《美国戏剧》(The America Play，1994)、《维纳斯》(Venus，1996)、《在血泊中》(In The Blood，1999)等，为其《强者/弱者》(Topdog/Underdog，1999)在2002年一举夺得普利策戏剧奖铺平了道路。帕克斯戏剧通过对"历史巨洞"的挖掘，向观众呈现了非裔美国人"丢失了的档案"[1]。

亚裔戏剧同样表现不俗。华裔剧作家黄哲伦(David Henry Hwang，1957—)在80年代崭露头角，一部《蝴蝶君》(M. Butterfly，1988)让他成为亚裔戏剧舞台上的新星，之后90年代他又创作了歌剧《航海记》(The Voyage，1992)、戏剧《金童》(Golden Child，1998)等。总体上看黄哲伦的戏剧创作跨越了两个世纪，在21世纪仍有比较优秀的作品问世，像喜剧《中式英语》(Chinglish，2011)等。所有这些都奠定了黄哲伦在亚裔戏剧舞台上的重要地位，但《蝴蝶君》被认为是"处理种族刻板原型、性别等问题，表现复杂身份的力作"[2]。这一时期的其他作家，如谢耀(Chay Yew，1965—)、伊丽莎白·黄(Elizabeth Wong，1958— ，又名黄准美)、林小琴(Genny Lim，1946—)、菲利普·果坦达(Philip Kan Gotanda，1951— ，又名五反田宽)等同样有比较优秀的作品面世，共同带来了亚裔戏剧的繁荣。总体而言，90年代族裔戏剧讨论的问题广泛、多元，他们关注身份、挖掘种族历史、探寻文化之根、讨论种族之间的矛盾，倡导多元文化融合与共生等，充分体现了开放、包容的主题。

从此，同性恋戏剧大获成功，"世纪末同性恋戏剧获得了非常稳固的地位"[3]，展现了20世纪末政治、社会前所未有的开放与包容态度。托尼·库什纳(Tony Kushner，1956—)的《天使在美国：一部关于国家主题的同性恋幻想曲》(Angels in America: A Gay Fantasia on National Themes，1992)获得包括普利策戏剧奖、托尼奖在内的十多个大奖，"赢得了批评界前

---

[1] Jaye Austin Williams, "Radical Black Drama-as-Theory: The Black Feminist Dramatic on the Protracted Event-Horizon," *Theory & Event*, 2018, p. 199.

[2] Annette J. Saddik, *Contemporary American Drama*, Edinburgh University Press, 2007, p. 155.

[3] June Schlueter, "American Drama of the 1990s On and Off-Broadway," in *A Companion to Twentieth-Century American Drama*, ed. David Krasner, Blackwell Publishing Ltd. 2005, p. 514.

所未有的赞誉"[1],让同性恋戏剧光明正大地登上了美国戏剧舞台,并成为各方认可的一种戏剧样式。20世纪末同性恋、艾滋病、恐同症、性别歧视等成为这一时期戏剧舞台讨论的热门话题。保拉·沃格尔(Paula Vogel,1951—)1992年推出的《巴尔的摩华尔兹》(*The Baltimore Waltz*)让人们窥见同性恋与艾滋病患者生活的世界,博得了观众广泛的赞誉与深刻的同情。整体看,20、21世纪之交的同性恋戏剧不再躲躲藏藏,而是成为透视忠诚与背叛、爱与恨、同情与抛弃等社会公德、公平正义的重要窗口。而同性恋戏剧的成功,要归功于那些不惧各种隐蔽或显现的压力的戏剧作家形成的同性共同体[2]的努力,是他们为同性恋与艾滋病群体发声,成为20世纪末戏剧舞台上的一道亮丽风景。

最后,女性戏剧也是一枝独秀。玛莎·诺曼(Marsha Norman,1947—)、温迪·瓦瑟斯坦(Wendy Wasserstein,1950—2006)、贝丝·亨利(Beth Henley,1952—)等均为20世纪末成绩优异的女性剧作家。诺曼早在70年代就有剧作推出,到了80年代一部《晚安,妈妈》(*'night, Mother*,1981)将其推向戏剧事业的顶峰,捧得了包括普利策戏剧奖在内的多个奖项。90年代不仅《晚安,妈妈》仍然在上演,《出狱》(*Getting Out*,1977)、《神秘园》(*The Secret Garden*,1991)、《红舞鞋》(*The Red Shoes*,1993)等成为戏剧界新宠。另一位表现出色的女剧作家瓦瑟斯坦,80年代凭借实力雄厚的《海蒂编年史》(*The Heidi Chronicles*,1988)夺得普利策戏剧奖,其后该作品累计演出622场。90年代瓦瑟斯坦的几部新作问世:《罗森斯魏格姐妹》(*The Sisters Rosensweig*,1992)、《美国女儿》(*An American Daughter*,1997)、歌剧《中央公园》(*Central Park*,1999)。瓦瑟斯坦多才多艺,她笔下的女性既聪慧机智而又严肃认真,让观众通过她们看到了既熟悉又陌生的自己。贝丝·亨利也是世纪末不可忽视的女性剧作家,她的多幕剧《芳心之罪》(*Crimes of the Heart*,1978)获得了1981年普利策戏剧奖,成为90年代戏剧

---

[1] Cheryl Black and Sharon Friedman, *Modern American Drama: Playwriting in the 1990s: Voices, Documents, New Interpretations*, New York: Bloomsbury Publishing Plc, 2018, p. 154.

[2] 陈爱敏:《重压之下的抗争:20世纪美国戏剧同性共同体建构之路》,《英美文学研究论丛》2021年第1期,第224—233页。

舞台上重要的保留节目。1998年《不可能的婚姻》(*Impossible Marriage*)推出，表达对美国南方的情结。

综上所述，90年代开放包容的政治、社会氛围，带来了美国戏剧的繁荣，20世纪中期成名的剧作家依然新作不断，展现出旺盛的戏剧生命力。非裔、亚裔、拉丁裔等族裔戏剧崭露头角，成为美国戏剧舞台的一支生力军。同性恋戏剧从后台步入前台，登上包括百老汇在内的重要戏剧舞台，成为戏剧队伍中十分活跃的新生力量。女性戏剧也打破50—70年代的沉默状态，集体发出了属于自己的声音。20世纪末的戏剧走出低迷，重拾升势，为新世纪美国戏剧的发展奠定了基础。

三、与时俱进：新世纪戏剧抚慰心灵引领社会

21世纪第一个十年(2000—2010)是一个不平凡的时期，对美国戏剧也产生着重要的影响。"9·11"恐怖袭击，给美国人民带来了肉体与精神上的创伤，同时也打击了美国人的自信与傲慢。随之，美国政府发动的海外战争给美国戏剧提供了大量素材：战争给官兵留下的心理阴影、失去亲人的创伤、战后新的种族矛盾等都成为新世纪美国戏剧的热门话题。"9·11"事件之后，一批作品如凯伦·雷诺(Karen Reno, 1956—   )的《来不及喘息的反抗》(*A Rebel Without a Pause*, 2001)、苏珊·夏洛特(Susan Charlotte, 1954—   )的《鞋匠》(*The Shoemaker*, 2011)、乔纳斯·汉森·卡米里(Richard Hassen Khemiri, 1978—   )的《入侵》(*Invasion!*, 2011)和理查德·内尔森(Richard Nelson, 1950—   )的《甜蜜与悲伤》(*Sweet and Sad*, 2011)等是这一时期的佳作。疗愈心灵创伤，振奋精神，走出恐惧，谴责暴力与战争是这些作品传递的重要信息。

随着现代科技的高度发展，互联网、数字媒介、移动通信、多媒体等现代化手段，使得戏剧观众的需求也发生了根本性改变。21世纪，美国戏剧与时俱进，充分利用多种媒介让美国戏剧走出地区的局限。这一时期有一些依靠互联网与全国观众对话的实验剧团诞生，如"建构剧团"(Tectonic Theater)以1998年10月6日发生在美国西部怀俄明州小镇拉瑞米(Laramie)骇人听闻的惨案为背景，将21岁的同性恋者马修·谢泼德(Matthew Shepard)被两名仇视同性恋的少年活活打死的事件，通过访谈等形式撰写成戏剧，搬上舞

台,最终在 2009 年 10 月 12 日通过互联网向全国直播。演出结束,观众受邀参与虚拟对话,在社交平台上发表自己的感受,并通过网络问卷调查等形式让戏剧实现了跨媒介的传播与互动。该剧的目的呼吁观众摒弃对抗与冲突,不同信仰、爱好的人群友好相处。

21 世纪头十年美国戏剧进一步在革新求变上做文章。这一时期沉浸式戏剧,互动式戏剧、环境剧场、网络戏剧等成为新潮。除了"天线剧团"(The Antenna Theatre)外,"旅居剧团"(Sojourn Theatre)、"即兴表演"(Improv Everywhere)、"建构剧团"等戏剧团体也十分活跃,他们深入社区、街头、学校、广场等场所,了解大众的诉求,并通过与政府、市政、社会服务机构、跨学科的艺术中心等合作,采用访谈、交流等形式,经过艺术加工,变成戏剧,在社区等场所演出,扩大了大众对某些敏感话题、事件的认知,再现当事者诉求,借此,不仅形成了观演双方、当事双方的互信与交流,而且通过演出也实现了整个社会的良性互动,从而引领社会向着正确的方向发展。

21 世纪头十年美国戏剧关注的另一些重要话题是:贫穷、暴力、性、吸毒、恐同和种族偏见等。而这些尤其体现在青少年一代的关心身上。劳丽·布鲁克斯(Laurie Brooks, 1963—)的《摔跤季节》(*The Wrestling Season*, 2000)探索同龄人压力对正处于身份发现期和性成熟期的青少年的残酷影响。何塞·克鲁兹·冈萨雷斯(José Cruz González, 1961—)的《最高天堂》(*The Highest Heaven*, 2002)、马利·马特林(Marlee Matlin, 1965—)和道格·库尼(Doug Cooney)的音乐剧《人无完人》(*Nobody's Perfect*, 2007)等关注身份与社会正义问题,表现不同种族之间的友谊与爱等主题。这些剧作对青少年健康成长发挥了重要作用。

21 世纪头十年同样涌现了一大批富有才华的戏剧新人及新作:包括道格·赖特(Doug Wright, 1962—)的《吾是吾妻》(*I Am My Own Wife*, 2003)获托尼奖和最佳剧本奖(2004),斯科特·弗兰克尔(Scott Frankel, 1963—)和迈克尔·科里(Michael Korie, 1955—)《灰色花园》(*Grey Gardens*, 2006)获 2007 年托尼奖,克雷格·卢卡斯的《小悲剧》(*Small Tragedy*, 2003)获 2004 年奥比奖和最佳美国戏剧奖,琳恩·诺蒂奇(Lynn Nottage, 1964—)的《虚构症,又名温蒂尼的再教育》(*Fabulation or, the Re-Education of Underline*, 2004),获 2005 年奥比奖,安妮·贝克(Annie

Baker,1981—　)的《圆镜转换》(*Circle Mirror Transformation*，2009)获得2000年奥比最佳戏剧奖。这些戏剧继续讨论性别、身份、种族、性向等话题，虽然看起来有点老旧，但这些新秀以非常优秀的艺术才华，将社会现实问题表现得淋漓尽致，充满魅力。同时也说明21世纪第一个十年美国剧坛新人辈出，佳作不断。

总体上看，21世纪第一个十年美国戏剧表现不俗，紧扣社会热点，与时代合拍，反映"9·11"事件带来的身体与精神上的创伤，揭露新时代性别与性向问题，关注青少年成长的烦恼，积极引导年轻人健康成长。戏剧艺术方面与时俱进，大量实验剧场出现，戏剧与数字传媒、互联网等现代传播手段融合，带给观众视觉与身心的全新体验，同时通过观演，形成新的社区、民族共同体，从而起着引领整个社会积极向上发展。

四、拥抱现实：第二个十年美国戏剧的担当

进入新世纪的第二个十年：2010—2020年期间，美国戏剧回归现实，更多地关注美国戏剧中被忽略的社会问题，如疾病、老龄化、护理等话题，用后戏剧剧场等艺术手法诠释对这些问题的关切，表达对弱势群体的关爱与尊重。

有学者认为，21世纪人类已经进入了"后时代"。[1] 这里所说的"后时代"是进入21世纪，各种带"后"的名词如雨后春笋涌现。[2] "后全球化"、"后工业"、"后都市"、"后记忆"、"后真相"、"后人类"等成为热词，[3] 但亚历山德鲁·马特伊(Alexandru Matei)等人旨在讨论后时代的批评理论，因此，他们在其专著《"后"时代理论》(*Theory in the "Post" Era*，2022)中将它们分为两类：一类包括"后模仿"、"后批评"、"后人类主义"、"后共产主义"和听起来笨拙的"后后现代主义"；另一类是不带前缀"post"的名词，如"建构主

---

[1] Alexandru Matei and Christian Moraru, Andrei Terian, *Theory in the "Post" Era: A Vocabulary for the 21st-Century Conceptual Commons*, New York: Bloomsbury Academic, p. 2022.

[2] Ibid., p. 2.

[3] 薛玉秀、陈爱敏：《超越种族主义：21世纪美国族裔戏剧书写的新范式》，《当代外国文学》2023年第2期，第21页。

义"、"数字主义"和"后存在主义"。[1]虽然,该书侧重谈论后时代的后批评理论,但事实上,其中的一些理论对分析21世纪美国戏剧特征很有启发意义。

这十年中美国戏剧体现出强烈的后族裔批评(post-ethnic critique)特征。有人认为2008年奥巴马总统上任被认为是种族时代的结束和后种族时代的到来,随之,文学上的后族裔批评理论应运而生。[2]其核心是为了避免种族冲突,在文学上,作家们利用情节的虚构、语言上的幽默等手法回避种族冲突,以实现不同种族间和谐相处的美好愿望。这一时期布鲁斯·诺里斯(Bruce Norris,1960—)创作的《克莱伯恩公园》(*Clybourne Park*,2010)和伊亚德·阿赫塔尔(Ayad Akhtar,1970—)的《耻》(*Disgraced*,2013)正反映了"9·11"之后"后种族时代"[3]美国主流文化针对穆斯林文化、伊斯兰教和东方人的打压。两部戏剧分别获得2011年与2013年普利策戏剧奖。剧作家旨在表明后种族时代美国国内的种族矛盾并未消失,提倡不同种族之间包容相处。

2010—2020年间美国少数族裔作家及作品呈现爆发式增长,族裔戏剧迅猛发展并占据美国戏剧大半个江山,获得各种大奖的次数也明显增多。十年间,普利策戏剧奖获奖者就有六位,这是美国戏剧史上的第一次。波多黎各裔作家奎亚拉·阿里格里亚·休德斯(Quiara Alegría Hudes,1977—)的《一勺水》(*Water by the Spoonful*,2011)、巴基斯坦裔剧作家、小说家和演员伊亚德·阿赫塔尔的《耻》、波多黎各裔作家林-曼努尔·米兰达(Lin-Manuel Miranda,1980—)的《汉密尔顿》(*Hamilton*,2015)、非裔黑人女性剧作家琳恩·诺蒂奇的《汗水》(*Sweat*,2017)、波兰裔剧作家马蒂娜·马朱克(Martyna Majok,1985—)的《生的代价》(*Cost of Living*,2017)、非裔黑人年轻剧作家迈克尔·R.杰克逊(Michael R.Jackson,1981—)的音

---

[1] Alexandru Matei and Christian Moraru, Andrei Terian, *Theory in the "Post" Era: A Vocabulary for the 21st-Century Conceptual Commons*, New York: Bloomsbury Academic, 2022, p. 2.
[2] 薛玉秀、陈爱敏:《超越种族主义:21世纪美国族裔戏剧书写的新范式》,《当代外国文学》2023年第2期,第22—24页。
[3] Dinesh D'Souza, *The End of Racism*, New York: Free Press, 1996.

乐剧《怪圈》(A Strange Loop，2019)等竞相登上戏剧舞台。这些具有族裔身份背景的年轻剧作家的作品连续获得重要奖项，改写了美国戏剧舞台上一直是白人戏剧作家统治的历史。

这十年中美国戏剧拥抱现实，更加关注疾病、瘟疫、灾难、老龄化等问题。如阿赫塔尔的《耻》，马朱克的《生的代价》以及杰克逊的《怪圈》等将护理与移民身份、残疾与尊严、底层无业者与上层中产阶级的对立等话题编织进戏剧，从深层揭示与这些与生活密切相关的话题对人们生活的影响，从而引发对残障、非法移民者身份、护理者社会地位、底层人的生活现状等问题的思考。戏剧成为改变社会风气、尊重劳动、尊重个人权利、提倡人人平等的催化剂。

另一个值得关注的焦点是世纪之交第二个十年音乐剧的再度崛起。十年间就有三部音乐剧获得普利策戏剧奖。这种现象一方面表明音乐剧作为一种娱乐形式永不过时，另一方面是剧作家们巧妙地将社会、历史、种族、身份等话题融入其中，寓教于乐，观众在捧腹大笑、享受音乐艺术之美的同时，反思人生、社会中存在的问题。再者这一时期的音乐剧将当下最流行的艺术手法嵌入其中，让人们欣赏到诸如嘻哈说唱等优美的艺术。最近十年的音乐剧进行改革创新，以实验与先锋姿态吸引着观众，如非常流行的"病态音乐剧"就是一个典型例子。剧作家别出心裁，模拟奇形怪状、令人不安的或暴力行为场景，让一些对这些病态行为有窥探欲望的观众，在观看戏剧之后，获得某种满足，从而进行反思。《嘉莉》(Carrie，2012)、《希瑟》(Heathers，2014)和《美国心理医生》(American Psycho，2016)是这一时期的佳作。

20—21世纪之交三十年，美国戏剧在发展趋势上，经历了20世纪中叶的低谷，90年代重拾升势，直到进入21世纪后的生机勃勃。这些戏剧在创作主题上更加开放、包容，关注当下与现实中的社会问题；在种类方面更加多元，族裔戏剧、同性恋戏剧、女性戏剧、各式音乐剧等呈现出前所未有过的繁荣景象。进入21世纪美国戏剧与时俱进，利用互联网、数字媒介、移动通信、多媒体等现代化手段拓展自己的边界与空间，不仅服务本土观众，同时也让世界剧迷受益。世纪之交美国戏剧实验、变革之步伐从未停息，沉浸式、互动式、环境剧场、网络戏剧等成为这一时期的新潮，各种剧团如"天线剧团"等相继诞生，他们深入社区、街头、学校、广场等地，以现实中的事件为素材，用艺术形式表达社会诉求。这三十年间，性别、性向、身份、创伤与记忆、疾病、老龄化、非法移民等成为戏剧关注的焦点,显示出戏剧在娱乐观众的同时,并未忘记自己的责任担当,在启蒙思想、针砭时弊、改造社会、提升人的精神面貌等方面发挥了重要作用。世纪之交三十年随着政治、社会、文化氛围的更加开放与包容,一大批脚踏实地的年轻剧作家,创作了一大批优秀的、紧贴现实的作品,为美国戏剧的发展做出了巨大贡献,相信这三十年必将在美国戏剧史上留下浓墨重彩的一笔。

陈爱敏,南京师范大学教授。本文刊于《英美文学研究论丛》2024年第1期。

约恩·福瑟戏剧的诗性极简主义与人文理想

何成洲

福瑟是易卜生之后被搬演最多的挪威剧作家,他在剧场里的成功是惊人的,也是偶然的。福瑟的文学创作始于小说,他于1983年出版发行处女作小说《红、黑》,在文学界崭露头角,可是在经济上却捉襟见肘。福瑟在《诺斯替派文集》(1999)一书中写道,由于经济压力,他几乎是在违背自己意愿的情况下成为剧作家的,"我过去是,现在也是,首先是一名作家"[1]。这种从小说到戏剧的转变,不仅标志着他艺术创作方式的改变,也预示着他在戏剧领域的独特探索。卑尔根国家剧院(Den Nationale Scene)的导演凯·约翰森(Kai Johnsen)[2]确信福瑟能够创作戏剧,他在福瑟的散文中发现了戏剧性的潜力,从而促成了《有人将至》[3]的诞生。令福瑟本人意想不到的是,这部作品大获成功,在此后的二十年间,福瑟创作了三十多部戏剧作品。他洗练的语言、极简主义的风格和情感的诗性表达,与欧洲主流剧场风格大相径庭,因而瑞典评论家塞恩(Leif Zern)称其为"福瑟现象"[4]。

福瑟戏剧的独特性不仅包含极简主义的美学实验,还有他将北欧风景呈

---

[1] Jon Fosse, "About Myself as a Playwright," *Gnostiske Essay*, Det Norske Samlaget, 1999, p. 253.

[2] 卑尔根国家剧院的导演凯·约翰森在福瑟的戏剧之路中起到了重要作用。他说服福瑟于1994年为卑尔根国家剧院创作了剧本《有人将至》,并先后与福瑟合作,导演了《而我们永不分离》、《名字》和《孩子》等一系列作品。

[3] 《有人将至》创作于1992—1993年间,在创作时间上来看是福瑟的第一部戏剧作品,但是1996年才正式演出。因此,也有人认为1994年发表并演出的《而我们将永不分离》是福瑟最早的戏剧作品。

[4] Leif Zern, *The Luminous Darkness: On Jon Fosse's Theatre*, Translated by Ann Henning-Jocelyn, Oberon Books, 2011, p. 9.

现于舞台上，与戏剧中的日常生活场景相呼应，形成情景交融的戏剧情境，让简朴的语言与舞台风景充满了浓浓的诗意。福瑟运用诗性极简主义的艺术形式，表达了他对于当代人的人性与生存境况的深入思考，充分体现了文学艺术的人文主义理想。极简艺术与诗情画意相得益彰，舞台风景与人生哲思相互激荡，构成福瑟独具一格的戏剧创作，为当代戏剧艺术提供了新的视角和启示，展示了戏剧作为一种艺术形式的无限可能。

一、极简主义美学实验

福瑟的戏剧作品继承了他小说的极简主义风格，在戏剧创作上开展这种美学实验，然而他的这种戏剧风格起初是饱受争议的。菲格雷多（Ivo de Figueiredo）提到"大多数评论家一致认为，福瑟作品中众所周知的重复、单调和极简主义风格对于戏剧来说显得新颖和与众不同。但这是否构成了优秀的戏剧？"[1]在1996年《有人将至》初演时，伊丽莎白·雷格（Elisabeth Rygg）曾诟病这部作品是"一场矫揉造作且幼稚的戏剧游戏"[2]。福瑟的极简主义戏剧风格在欧洲戏剧史上具有深厚的根基，某种程度上回归了贝克特、尤内斯库等荒诞戏剧大师所倡导的反戏剧传统（anti-theater），颠覆了传统戏剧的时空架构。在时空关系上，其剧作常打破新古典主义戏剧的三一律，时间和地点设定模糊不明，时而跨越广泛的时间线，过去与现在交错重叠，回环往复。福瑟自述："我天生就是某种极简主义者，对我来说戏剧自身就是一种极简主义艺术形式，它的许多构成要素也是极简的：比如一个有限的空间，一段有限的时间等等。"[3]例如在《一个夏日》（1999）和《死亡变奏曲》（2001）中，福瑟将同一角色不同年龄段在同一时空并置登场，甚至进行对话。这一巧妙设计在突出时间流逝的同时使观众获得一种被混沌时间所笼罩的奇异疏离体验。同时，福瑟以极简主义的手法勾勒故事背景，场景设定

---

[1] Ivo de Figueiredo, *Ord/kjøtt: Norsk Scenedramatikk 1890-2000*, Cappelen Damm AS, 2014, p. 428.

[2] 转引自 Rikard Hoogland, "Lars Norén and Jon Fosse: Nordic grey or theatre innovators?" *Contemporary European Playwrights*, eds. Maria M Delgado, Bryce Lease, and Dan Rebellato, Routledge, 2020, p. 98.

[3] Jon Fosse, "About Myself as a Playwright," *Gnostiske Essay*, Det Norske Samlaget, 1999, pp. 253-254.

既模糊又简约,多数为日常琐碎的家庭生活,或是远离尘世喧嚣,位于偏远悬崖或深邃峡湾的孤寂住所——如《有人将至》、《一个夏日》及《名字》(1995)所展现的图景。此外,一些作品如《我是风》(2007),将故事置于海洋上飘荡的船只,或如《死亡变奏曲》那般,故意不明确事件的具体发生地点。这一选择进一步强化了这种极简风格,与现实主义戏剧对社会历史背景的详尽描绘形成鲜明对比,更专注于挖掘人物内心世界与人际关系的微妙纠葛。福瑟通过故意模糊的场景与极简布局引导观众关注人物内心和精神世界,而非外在环境的具体细节,从而在呈现人性的普遍性和复杂性的同时,为深入探讨人与人之间的关系提供了理想的舞台,创造了充满哲学探索和人文关怀的独特剧作空间。

这种极简的戏剧空间体验,一定程度上受到了格洛托夫斯基(Jerzy Grotowski)的"质朴戏剧(poor theater)"理念的影响。所谓的质朴,在格洛托夫斯基看来,并非去掉戏剧最本质的东西,而是将多余的化装、服装、布景、灯光和音响效果尽可能削减,从而使得演员成为戏剧表达的核心,因为"没有演员与观众中间感性的、直接的、活生生的交流关系,戏剧是不能存在的"[1]。以演员的身体和表演力量作为戏剧展现的中心,恰是福瑟剧作的核心所在。以他的独角戏《吉他男》(1997)为例,剧中的中年男子仅凭一把吉他,时而喃喃自语讲述自己的遗憾与悲伤,时而弹唱起他的人生之歌,走走停停。通过舞台上简约空间内集中的表演,人物的内在动力得以放大。同样,继承格氏观念的彼得·布鲁克(Peter Brook),认为剧场应该是一个"空的空间"(empty space),强调演员的表演自身对于剧场的根本性意义:"我们的工作基于这样一个事实,即人类体验的某些最深层方面可以通过人类身体的声音和运动来展现,从而在任何观察者中产生共鸣,而不论其文化和种族。"[2]他进一步强调演员身体的物质性与能动性在剧场空间召唤的共情体验,通过演员的表演,得以实现剧场观演互动中人类最本质的情感交流,并探索人类最为普遍的精神世界。

这种精神世界的诗意传递也是我们可以在福瑟的大部分极简戏剧中观

---

[1] 耶日·格洛托夫斯基:《迈向质朴戏剧》,魏时译,中国戏剧出版社,1984,第9页。
[2] Peter Brook, "Interview," *TDR* 17.3, 1973, p. 50.

察到的,虚空的情景、模糊的动机、简单的人物关系背后是一种极具冲击力的诗意情感和精神表达。因此,福瑟的极简戏剧往往脱离了具体的社会境遇和意识形态,转而深入探讨了人类共通的精神世界。其获得 1996 年易卜生文学奖的作品《名字》,讲述了一对未婚先孕的年轻男女的故事,他们生活窘迫,不得不寄居女孩家,寻求父母帮助。第一次去女友贝厄媞家中的"男孩"沉默寡言,然而面对即将到来的新生命,他的独白词藻朴实却极富哲思:

> 因为没出生的孩子当然也是人
> 就像死去的人也是人一样
> 如果你想成为一个人
> 你一定要能够去想象
> 所有死去的人所有未出生的人
> 所有活在当下的人是如何作为人而存在的[1]

在这段对话中,男女主人公对于新生命的焦虑与想象被上升为全人类的存在主义思考。正如福瑟在采访中曾自述的:"我也不是一个'现实主义'作家,而更像是一个'存在主义'或'极简主义'的写作者。我的写作都是关于生活的本质,最基本的情感、最本质的处境。"[2]极简艺术背后更深层次的是演员与观众之间关于生命、生活、存在焦虑的直接对话,简单却富于哲理的语言却能点燃观众想象的火花。这也与布鲁克提到的"共享空间"的观念不谋而合,通过解放消极观众的潜能,重塑剧场内的权力关系,重新激发剧场的政治和美学潜力,找回剧场失落的社会和文化功能。在这个意义上,福瑟的极简戏剧空间中蕴含着一种哲学意义上的精神互动,让观众主动体验、思考笼罩在其作品中"不可言说的"的特质,不失为一种布鲁克式的美学和政治解放。

但是福瑟对"空的空间"的诠释与布鲁克有所区别。如果说布鲁克的"空的空间"更强调解放观众的想象力和注意力,那么福瑟则用戏剧来探讨人际关系的困境。福瑟认为,他的创作主要围绕人与人之间的相互关系及其间的

---

[1] 约恩·福瑟:《有人将至:约恩·福瑟戏剧选》,邹鲁路译,上海译文出版社,2014,第72页。
[2] 杨懿晶、黄昱宁:《约恩·福瑟谈当代戏剧创作》,《东方早报·上海书评》2016 年 5 月 1 日。

"空隙"(the empty spaces),他说:"比起书写空间,我倾向于认为我所写的是空间中发生、存在的东西,[然而它们]在任何可见或具体的意义上都不属于那个地方。"[1]因此,福瑟的作品普遍触及人际关系的脆弱和虚无。《名字》中女孩与家人的关系几乎从头至尾都存在着一种紧张的对峙,她多次向男孩抱怨道,"我不想来这儿,来这儿真让我烦透了"[2]。《有人将至》中的男女主角一直处在潜在闯入者的焦虑之中,试图创造一个"单独在一起的空间"[3],然而前房主留下的电话号码将彼此的信任瞬间击破。《一个夏日》和《死亡变奏曲》中的妻子始终存有对丈夫逃离家庭的不满。在福瑟的戏剧空间中,家庭空间成为一种真空的地带,人物对于家庭的陌生感和窒息感驱使着他们不断逃离。这种不可名状的恐惧与焦虑,正是福瑟所描述的人际间的"空的空间"。因此,这一意象不仅是福瑟极简戏剧的美学表达,也构成了他作品的一种普遍精神特征,反映了对人与人关系的深刻洞察。

在福瑟的极简戏剧空间中,人物的描绘呈现高度的抽象化,他们通常被剥离了标识社会身份的具体属性,如年龄、职业或信仰。例如,《名字》中的六个角色——"女孩、男孩、妹妹、母亲、父亲、比杨恩"——主要突出了家庭场域内的交流互动;而《有人将至》的角色设定更为简约,仅以"他、她、男"标示性别;《吉他男》只有一个携吉他的男性角色;《一个夏日》和《死亡变奏曲》除了性别和年龄的区分,其他的身份信息统统被隐去。这种设定使得读者或观众必须通过角色间的对话或独白来洞察他们的内心世界、情感纠葛和复杂的人际关系。

在福瑟的创作中,语言的运用亦体现出其极简主义的审美倾向,其中最为显著的便是对话中的重复。以《名字》为例,剧中贝妮娅面对男友的诸多不满转换为"不管我说什么,你从来都不去听"和"你不在乎"的反复责备。在《有人将至》中,福瑟将这一手法推向极致,通过"有人会来的"这一句话的持续回响,构建了一种悬而未决的紧张氛围。这种语言上的重复并非简单的技巧运用,而是一种深入挖掘主题、反映人物心理状态的策略。它不仅模拟了

---

[1] Sarah Cameron Sunde, "Silence and Space: The New Drama of Jon Fosse," *PAJ: A Journal of Performance and Art* 29.3, 2007, p. 59.
[2] 约恩·福瑟:《有人将至:约恩·福瑟戏剧选》,邹鲁路译,上海译文出版社,2014,第6页。
[3] 同上书,第190页。

生活中的单调与乏味,更在剧作中营造了一种深邃的情感共鸣,给观众营造了一种萦绕心头的不可名状情绪。

而重复也是极简主义艺术的重要特征之一。极简主义(Minimalism)美学思想的兴起可以追溯到 20 世纪 60 年代。美国艺术家弗兰克·斯特拉(Frank Stella)和唐纳德·贾德(Donald Judd)在 1964 年的一次访谈中表示,他们反对抽象表现主义那种感伤主义的倾向,"希望用形式化的结构代替传统戏剧的那种情感建构和人为联系"[1]。而艺术评论家芭芭拉·罗斯(Barbara Rose)1965 年在《艺术在美国》中借用埃里克·萨蒂音乐作品的重复结构,将这一形式拓展到了音乐、舞蹈、表演甚至小说。"艺术和雕塑的极简主义可以通过空间中的重复结构来体现,而现场表演则通过实践中的重复的行动和动机达到同样的效果。"[2]

福瑟作品中极简主义美学同样延续了这种结构性重复,但是不仅限于重复的行动和动机,而是集中体现在语言上的重复。这些重复并非多余,而像小说中的信息片段一样,每一次出现都是在新的语境下,通过对话的往返,创造新的信息和语境。重复产生的节奏成为一种副产品,在文本的朗读中,这种节奏感尤为显著。因此,福瑟的戏剧文本在重复结构的基础上形成了独特的语言节奏和韵律感。而这种文字的音乐化特征不仅归因于福瑟大学时期的摇滚吉他手经历,也反映了当代学术界语言观念的变化。福瑟步入挪威文学界之时,正值 70 年代文学界典型的社会现实主义传统开始衰退。受到海德格尔哲学的深刻影响,福瑟及其同代人不再将语言仅视为描述的工具,而是探索语言本身的含义,以此解放语言,挑战传统的语言使用方式。

福瑟的极简主义语言实验不仅体现在文本的音乐节奏,也体现在对诗歌文体特征的模仿。福瑟的对白大多将文本组织成诗歌式的短行,甚至有的短行之间并没有任何标点进行分隔,这也借鉴了诗歌写作中的跨行连续。罗特(Øystein Rottem)认为福瑟戏剧中的"单个段落看起来或排版显示就像一首诗"[3]。韦普(Lisbeth P. Wærp)更进一步指出,不仅仅"福瑟的每部剧作从

---

[1] 阿诺德·阿伦森:《美国先锋戏剧:一种历史》,高子文译,南京大学出版社,2020,第 146 页。
[2] 同上书,第 148 页。
[3] Øystein Rottem, "Vår Egen Tid: 1980-98," *Norges Litteratur Historie 3*, edited by Harald Beyer, J. W. Cappelens forlag, 1998, p. 393.

整体上可以被看作诗",而且它们"是用诗歌——更准确地说,自由诗——写成的"[1]。福瑟将诗歌的写作方式移植到了戏剧作品之中,不仅进一步制造了对白中节奏的变化,也创造出意义的延伸和视觉效果的特殊性。在这个意义上,福瑟的极简主义语言实验也蕴含着诗歌的视觉效果与音乐意蕴,使得戏剧本文极具想象力,便于作品与读者的沟通。

福瑟文本的极简主义风格赋予了导演更多诠释、创作甚至实验的可能性,这也解释了为什么法国导演克劳德·雷吉(Claude Régy)不同意"极简主义"的提法。对他来说,福瑟的戏剧不是极简主义的,恰恰相反,是广泛主义的(extensive):福瑟"同时在多个层面进行创作",这保证了其作品的"模糊性","事物越是复杂、多重、同时在多个层面上展开,其表现就越丰富,写作的素材也就越丰富"。[2] 福瑟戏剧中极简的空间、对白、人物,甚至舞台说明,却给其戏剧的诠释和搬演提供无穷的广度和可能性,这也是其作品受到世界各地导演青睐的原因之一。

因此,福瑟的剧作不仅是对极简主义语言的一次深入实验,其中重复引入的音乐节奏和跨行连续的诗歌式句子构造,既为读者提供了独特的阅读体验,也激发出戏剧舞台上的创造性搬演。这种极简主义的美学实验,借鉴了贝克特荒诞戏剧的反传统精神、格洛托夫斯基的原始戏剧观念以及布鲁克"空的空间"理论,通过模糊人物背景与简约舞台布景,深入探讨人际关系中的真空地带,呼唤剧场中观众情感能量的本质回归。与此同时,极简舞台的静止和重复与福瑟作品中独特的北欧峡湾地理风光相互生发,催生出福瑟式的北欧舞台风景与诗化意境。

二、家庭与峡湾:北欧舞台风景与意境

舞台风景的概念始于格特鲁德·斯泰因(Gertrude Stein),她在1934年的美国之旅中,发明"风景戏剧"(landscape drama)一词。这种空间的戏剧,反对传统叙事节奏对观众进行幻觉操纵,通过意象堆叠,"从视觉和声音

---

[1] Lisbeth P. Wærp, "Forsvinning og Fastholdelse," *Edda* 1, 2002, p. 87.
[2] Jean-Pierre Thibaudat, "Dialogue entre Jon Fosse et Claude Régy," *Le Club de Mediapart*, 6 Oct. 2023, https://blogs.mediapart.fr/jean-pierre-thibaudat/blog/061023/dialogue-entre-jon-fosse-et-claude-regy, Accessed 8 January 2023.

的角度及其与情感和时间的关系来探索戏剧,而不是通过故事和行动"[1]。她强调风景的基本结构是一种关系与并置,"风景有它自己的构造,一出戏终究也有它自己的构造,它总是一个东西和另一个东西相联系。……风景不会移动,它总处于联系之中"[2]。因此,风景的呈现是共时性、无焦点的,"即构成日常生活存在的每一个瞬间的现实",这便需要观众保持一种"持续的在场"(continuous present),通过想象力与主动探索,从而实现"专注事物的本质"。[3]

在西方,罗伯特·威尔逊(Robert Wilson)的舞台艺术同样展现了斯泰因式的舞台风景。威尔逊的"场面风景"融合了海纳·穆勒所谓"等待人类渐渐消失的风景",其中"情节理念被一种不断变形的事件所取代,而行动空间则以一种被不同灯光、不断涌出或消失的物品及人物不断改变风景的形式而出现"。[4]这种后爱因斯坦式的混沌宇宙风景出现在威尔逊的《沙滩上的爱因斯坦》(1976)和《H-100秒到午夜》(2022)等作品中。在这些舞台风景之中,演员的动作往往极为缓慢,以一种不易察觉的方式进行着,剧场时间尺度被无限拉长,挑战着观众注意力的极限。与斯泰因的风景剧相似,威尔逊的剧场也强调一种静止性,"混合了时间、文化和空间"[5]。两者都包含极少的情节进展和事件发生,呈现出一种"连续的当下"。

类似的静态舞台风景也存在于福瑟的戏剧空间,这种静止感首先来源于情节行动的简化处理。福瑟的戏剧并不遵循古典戏剧开端、发展、高潮、结局的架构,人物也没有明显的戏剧行动。正如多次参演福瑟剧作的挪威演员奥依斯坦·罗杰在采访中提到,演员总是习惯性地寻找剧作的主要行动,但是在排演福瑟的戏剧的时候是行不通的,因为"福瑟剧中的冲突存在于另一个层面上。这类冲突存在于其文本之间、思想之间和文字之间。他的戏剧看上去如此简单,以至于你也许会奇怪那是否真的是戏剧"[6]。在某种程度上,

---

[1] Gertrude Stein, *Lectures in America*, Beacon Press, 1985, p. 106.
[2] Ibid., p. 125.
[3] Richard Foreman, *Unbalancing Acts*, Pantheon Books, 1992, p. 79.
[4] 汉斯-蒂斯·雷曼:《后戏剧剧场》,李亦男译,北京大学出版社,2016,第96页。
[5] 同上书,第94页。
[6] 卡里·姆加兰·赫格斯塔德:《有限的时空——评挪威当代剧作家约恩·弗思》,吴靖青译,《戏剧艺术》2005年第5期,第107页。

福瑟继承了易卜生对于人类心理的细致描摹，有所不同的是，他将人物外在的行动几乎全然内化。

其次，福瑟的静止舞台风景也体现在停顿、沉默等语义层面，以及结构性重复生成的时间凝固感。这些间歇既是文本中的节奏，也是未言语的标记——福瑟称之为"充满未知意义的哑语"[1]。据统计，《有人将至》中有35处"静场"，还有6处"（人物）突然停下来不说了"。《死亡变奏曲》中有41处"（人物）突然停下来不说了"，188处"静场"或"长长的静场"。《我是风》将这种沉默的停顿更是发挥到了极致，有412处停顿或静场。[2] 如此多的静场与停顿对剧中的对话进行不规律的切割，仿佛是一首歌曲的间奏一般，延伸出无限的意蕴和想象空间。但是这些静场、沉默与停顿并不是作者的无意之举。福瑟曾在采访中声明：

> 作为文本、作为文学，我的剧作都遵循着一种严格的形式，一种相当精确的节奏和格式。从某种意义上看，它们极为复杂，因为对我来说，一出戏作为一个整体，其中的每个元素都必须恰如其分，究竟有没有一个"停顿"都会显得至为重要。在小说里，你只能运用词语，而在戏剧里，你可以使用停顿、空白还有沉默：那些没有被说出口的东西，一种启示。[3]

因此对于福瑟来说，那些空白、停顿、沉默反而是戏剧中最有能量的地方，它们蕴含着无限的可能性，给观众带来一种悬而未决的无限遐想。例如《死亡变奏曲》中，女儿最终选择拥抱死亡，终结了自己的生命，"年老女人"在重述这一痛苦的往事时提道：

> 他们是在早晨发现她的

---

[1] Jon Fosse, "Når ein engel går gjennom scenen," *Gnostiske Essay*, Det Norske Samlaget, 1999, p. 241.
[2] 汪余礼、黄彦茜：《从"留白"看福瑟戏剧与易卜生戏剧的内在关联——兼及欧洲现当代戏剧的一条发展轨迹》，《湖北大学学报（哲学社会科学版）》2023年第5期，第99—101页。
[3] 杨懿晶、黄昱宁：《约恩·福瑟谈当代戏剧创作》，《东方早报·上海书评》2016年5月1日。

>　　漂在海上
>　　（短暂静场。）
>　　她就这么漂在海上
>　　（长长的静场。）[1]

短短的三行文字却穿插了两次静场。通过这两处静场，一个痛苦母亲的形象跃然纸上，回忆女儿的自杀令她哽咽乃至停顿两次才堪堪讲完。"漂在海上"过后的"短暂静场"似乎暗示着老年母亲想象女儿的尸体漂浮在海上的画面陷入黑暗的回忆。母亲继续重复着"她就这么漂在海上"，之后便陷入了"长长的静场"，似乎陷入了深深的自责与悔意，因而呈现出一种情感的递进。正是这种言之未尽，弦外之音，这种参差的停顿，把这位母亲的丧女之痛以极其内敛却震撼的方式刻画得入木三分。正如福瑟在诺奖演讲中所说，"这些停顿可能包含非常繁多或非常简单的意义。有些东西无法被言说，或不愿被言说，或在一言不发中才得到最好的表达"[2]。因此，福瑟的舞台风景并不是完全的静止，静止的海面下是波涛汹涌，暗流涌动，充满着心理上的不安、焦虑。

在某种程度上，福瑟剧中的静止接近于梅特林克和贝克特的静止戏剧观。梅特林克的"静态剧"理论，基于易卜生与契诃夫，指向一种"非动求静、转向秘灵"的戏剧美学。而贝克特在此基础上进一步发展，在《终局》《等待戈多》等作品中用隐形的心理进展替代了显性的物理行动，人物对话极度简约，情境充斥着大量停顿，展现人们内在精神的空虚与世界无序。在这个意义上，福瑟剧中"静场"的大量使用不失为一种"静止戏剧"，但是与贝克特的荒诞和极端抽象不同，福瑟的静止戏剧更加诗意、生活化，便于观众进入。

福瑟戏剧，与日常生活相对应的是北欧的自然风光，他剧中常见的意象，包括海洋、峡湾、波涛/海浪、黑夜，这些都具有强烈北欧特质和丰富的象征意

---

[1] 约恩·福瑟：《有人将至：约恩·福瑟戏剧选》，邹鲁路译，上海译文出版社，2014，第450页。
[2] 原文来自福瑟2023年诺奖演讲词《一种沉默的语言》（"A Silent Language"），笔者根据May-Brit Akerholt英文版翻译。Jon Fosse, "A Silent Language," Trans. May-Brit Akerholt, Nobel Lecture, 7 Dec. 2023, https://www.nobelprize.org/prizes/literature/2023/fosse/lecture/, Accessed 8 January 2023.

蕴，它们与家庭生活图景相并置，堆叠重复，犹如一幅淡淡的舞台水墨画，形成了情景交融的冷冽意境。

峡湾（fjord）是福瑟戏剧中最常出现的意象之一，挪威独有的高纬度峡湾风光——陡峭的悬崖，远处的群山，凌厉的狂风，海洋性气候下终年不绝的阴雨，都在峡湾地貌中汇聚，成为一种互文性的舞台风景。在《名字》中，年轻男女来到女孩父母坐落"在悬崖的背风处"的小屋，那里"一切都么冰冷／所有的岩石／石楠花／还有风／还有岛屿那边无边的大海"，这便是这种独特挪威峡湾风光的真实写照。[1] 同样，《有人将至》中的男女寻找到了一处远离尘嚣、人迹罕至的老房子，"它面朝大海，寂寥凄凉地坐落在陡峭悬崖一块突出的岩石上。尽管如此，这所房子依然有着自己独特的饱经风霜的美"，一个他们可以相守、单独在一起的地方。[2]《一个夏日》几乎完全延续了这一地理的设定，甚至颇有《有人将至》续作的意味。一对男女的故事发生在"峡湾边的山上，一幢古老的大房子里"[3]。但是很快，男人便厌倦了这种生活，频频独自出海，对此女人困惑不已，"可是现在我们已经／搬出城了／现在我们已经有了一幢美丽的老房子／就在峡湾边／这就是你曾经那么热切地想要的生活方式／你说过的"[4]。而《死亡变奏曲》中的峡湾意象更加隐晦，象征着死亡的"朋友"，总是出现在下雨的夜晚，"他的头发带着雨珠"[5]，却"如此宁静／就像爱情般美好的宁静／就像大海般安详的宁静"[6]，最终女儿"沿着堤岸走着／在风中／在雨中／在黑暗中／在伸手不见五指的黑暗中"，投入咆哮的波涛，获得了永久的宁静。[7]

挪威西海岸乡村峡湾的景观，在福瑟的戏剧中不仅仅承担了与威尔逊作品中相似的结构性重复的角色，而且更深层次地，作为一种精神力量，融入戏剧的构建之中。与威尔逊的剧场作品不同，后者更多倾向于通过震撼的视觉图像来创造情感的距离，福瑟的作品则在舞台风景的设置上，实现了空间性

---

[1] 约恩·福瑟：《有人将至：约恩·福瑟戏剧选》，邹鲁路译，上海译文出版社，2014，第7—8页。
[2] 同上书，第113页。
[3] 同上书，第233页。
[4] 同上书，第243页。
[5] 同上书，第443页。
[6] 同上书，第452页。
[7] 同上书，第444页。

与情感性的双重融合。这种设置不仅为观众提供了视觉上的享受,更重要的是,它强化了戏剧的情感共鸣,使得舞台风景成为剧作情绪和主题传达的重要媒介。正如埃丽诺·福克斯(Elinor Fuchs)在《风/景/剧场》(Land/Scape/Theatre,2002)中所论述的,19世纪末,人们开始将景观视为"独立的形象:不仅仅是人类行动的支持者,而是以各种不同的角色进入人类行动,例如,作为导师、障碍或讽刺者"[1]。舞台风景本身因此便具有一种戏剧的表演性力量。这种能动力量可以追溯一种"从二维再现到三维环境,从一眼望尽的土地到一个人们可以探索和居住的环境"的轨迹。[2] 在某种意义上,舞台空间的风景被赋予一种包含舞台行动的情感概念。

因此,福瑟剧作中的"峡湾"景观,不仅是舞台背景,更是情感空间的体现。挪威西海岸乡村峡湾封闭、一成不变、离群索居的孤独生活塑造着戏中人物的内在行动。这一景观,被学者称为"村庄-峡湾心理"(village-fjord mentality),即村庄的峡湾和"陡峭得无法想象的山坡",是剧场环境中不可分割的一部分。[3] 而这种陡峭的空间实际上预示着一种心理状态,用福瑟的话说,"这个地方在某种程度上消失了,却又同时存在着。就好像这个地方被它自身否定,成为了一个虚无之地"[4]。福瑟笔下的人物,仿佛生长在这些陡峭的悬崖之上,他们的孤独与彷徨根植于这一环境。他们沉浸在自己的世界里,享受又厌恶这份孤独,因此在人际交往中表现出惊人的矛盾性。如《死亡变奏曲》中女儿的矛盾自白:"我也需要有人在我身边啊","可我想独自一人"。[5] 这个美丽又残忍的"冷酷仙境",并不是桃花源一样美好的乌托邦,而是一个时间被按下暂停键的回忆牢笼。《一个夏日》里的"年老女人"年复一年地眺望着窗外峡湾的海面,孤独地守在"跟当初一模一样的老房子"里,"因为不喜欢有太多改变"。[6] 而《死亡变奏曲》几乎全剧都是对女儿自杀的创伤回忆的回溯之歌。主人公被过往的阴影所笼罩,如同卑尔根多雨的气

---

[1] Elinor Fuchs and Una Chaudhuri, eds. *Land/Scape/Theatre*, Michigan UP, 2002, p. 30.
[2] Ibid., p. 21.
[3] Ellen Rees, "By the Open Sea: Ibsen's *Fruen fra Havet* and Fosse's *Nokon kjem til å komme*," *Ibsen Studies* 10.2, 2011, p. 213.
[4] Jon Fosse, "Ikkje-staden," *Gnostiske Essay*, Det Norske Samlaget, 1999, pp. 64-65.
[5] 约恩·福瑟:《有人将至:约恩·福瑟戏剧选》,邹鲁路译,上海译文出版社,2014,第417页。
[6] 同上书,第238—239页。

候，悲伤与哀愁常年萦绕。

福瑟的戏剧空间通过特有的挪威西海岸乡村峡湾风光，融合了极简主义美学与北欧特有的自然风情，营造出了一种独特的冷冽意境。其中非同寻常的家庭生活与挪威西部乡村峡湾风光并置，情景交融，相互生发。但是此种意境并不限于挪威一隅，反而具有一种普遍价值的哲理性思考。意境，如同叶朗所述，"就是超越具体的有限的物象、事件、场景，进入无限的时间和空间"，即所谓"胸罗宇宙，思接千古"，"从而对整个人生、历史、宇宙获得一种哲理性的感受和领悟"。[1] 在这个意义上，福瑟的诗意舞台风景也具有一种关注人最本质生存状态的哲理性思考，因此也不难理解，福瑟的戏剧能够在如此多不同语言文化的国家进行演出并广受欢迎。

三、新易卜生与当代人的生存境遇

福瑟的作品通过极简主义的语言实验和诗意的舞台风景，深入探讨了当代人的生存状态，这背后折射出对现代人类生活境遇的深刻反思。这也不难理解为什么赫格斯塔德将福瑟的剧作风格称为"诗意的现实主义"[2]。正如前面两部分所谈到的，福瑟在人物对话中大量使用沉默、停顿、重复，不仅是语言上的极简主义表现，更是对现代社会人与人之间疏离和隔阂的生动映射。而置身于挪威峡湾风景中的主人公们同样面临着悬崖般陡峭艰难的人生境遇，"涉及到了我们生存状态中的脆弱部分"[3]。《名字》中未婚先孕的年轻男女和紧张的家庭氛围，《吉他男》中怀揣梦想却一无所有的流浪艺人，《有人将至》中看似相爱却极度缺乏信任的情侣，《一个夏日》中厌烦甚至逃离家庭的丈夫，《死亡变奏曲》中缺位的父母，懂事又自我封闭的女儿……无论是何种性别、何种年龄段、何种文化背景的读者总能或多或少在这些人物身上找到自己的影子。福瑟对社会家庭、两性关系，以及人的内心世界的细腻洞察，不啻一种诗性的现实主义，一本"现代生活的语法书"[4]。

---

[1] 叶朗：《说意境》，《文艺研究》1998年第1期，第19页。
[2] 卡里·姆加兰·赫格斯塔德：《有限的时空——评挪威当代剧作家约恩·弗思》，吴靖青译，《戏剧艺术》2005年第5期，第111页。
[3] 同上书，第110页。
[4] 同上。

而这种日常生活的存在主义困境,包括人的隔绝与孤独、日常生活的荒诞、交流的失效,是福瑟从小说到诗集和戏剧,不断强化的主题。在福瑟1990年出版的诗集《狗的行动》和1991年的长篇小说《拾瓶子的人》中都可以看到这种生存困境:现代社会中无法与外界建立连接的孤独,自我表达的失序和身份认同的迷失。邹鲁路评价道,"至此,福瑟式的小说主人公典型已完全确立:饱受挫折和困扰,在人生中感到彷徨和迷失的无助者"[1]。这一原型式的人物充斥在福瑟的写作之中。挪威学者费尔(Drude von der Fehr)将这一倾向称为"去个性化",即"有机的、宇宙的和社会的力量比个人的性格更为重要"。[2] 原型化的失败者形象被不断演绎,这也意味着福瑟式的人物虽然失去了个性化的特征,却具有广泛的再移植性,在不同的文化语境中唤起观众的共鸣与认同。

这种对人性的现实关怀应该就是人们常把福瑟称为"当代易卜生"或"新易卜生"的主要原因。因此,有学者评论"易卜生、贝克特、品特的气息是相通的,或者说,现代主义戏剧所关心的题旨,如人的孤独、亲密关系中的无法沟通、家庭趋向破碎和实质上的解体、对死亡的拥抱"[3]。尽管福瑟本人对于被称作"新易卜生"的标签持保留态度,认为这种比较"对易卜生和我都不公平"[4],他在2006年的作品《苏珊娜》中,以后现代的历史重写手法,从易卜生的妻子苏珊娜的视角出发,重新叙述了这位现代戏剧之父不为人知的一面,这不失为一种对于笼罩在其盛名和光环之下的后现代反叛。但不可否认的是,虽然他们的创作风格迥异,但是他们对于社会家庭、人物心理的关注如出一辙,有着现实主义的社会观照。

除了创作主题上的相似,福瑟也继承了易卜生的心理现实主义手法。在《死亡变奏曲》中,女儿在挣扎中不断走向自杀的过程,很容易让读者想起易卜生的《海达·高布乐》(1891),主人公海达从一个骄傲的将军女儿逐渐走向崩溃,最终举枪自杀。但是不同于易卜生通过主人公的行动制造矛盾冲突,

---

[1] 邹鲁路:《"进入黑夜的漫长旅程"——戏剧家、小说家、诗人福瑟》,《戏剧艺术》2014年第5期,第91页。
[2] D. Von Der Det Fehr, "Postantropologiske Drama," *Norsk Dramatisk Årbok*, 2002, p. 35.
[3] 郭晨子:《福瑟来了》,《上海戏剧》2025年第1期,第28页。
[4] 布瑞桑德·英格:《致中国读者》,见约恩·福瑟《有人将至:约恩·福瑟戏剧选》,邹鲁路译,上海译文出版社,2014,第1页。

福瑟的角色行动性较弱，外在冲突并不明显，人物性格并没有非常鲜明的特质。主人公的心理和情感是通过极为抽象、诗意、充满隐喻的方式表达出来的，但是其情感能量毫不逊色。正如福瑟所言，"我努力在剧本中创造出这些激烈而纯粹的时刻。这些时刻通常蕴含着刻骨铭心的悲痛，但同时又呼唤着一种朴拙的人性追求——放声大笑。我想如果我写的剧本是成功的，那么观众，至少一部分观众是在笑声泪痕中观看此剧的"[1]。福瑟抽象而又极简的戏剧艺术背后是一种纯粹情感的迸发与共振，一种剧场空间情感的流动。就像芮塔·菲尔斯基（Rita Felski）在《挂钩：艺术与关联》中谈到的，观众在其中感受到了一种无法抗拒的"协奏"（attunement），"体验到一种无法忽视但是难以名状的吸引力"，一种事物的"共鸣、协调、融合"的过程。[2]福瑟希望读者和观众沉浸在他独特的极简主义诗意的同时，体味到他对人类生活本质的思考，实践着一种情感协奏。

福瑟在2023年的诺奖演讲中提到，"生活里最重要的东西是无法言说的，只能被书写"[3]。福瑟的书写生发于社会现实的思考，以情感协奏、精神共鸣的方式在文字中讲述生命中最本质的不可言说之物。在这个意义上，他的写作并非一种道德布教或是心灵鸡汤，因为"好的写作显然是与所有说教相对立的，无论那是宗教的、政治的还是其他什么性质的说教"[4]。福瑟用最简单却最真挚的文学情感打动着读者，并将文学的能动表演性力量传递给他的读者们。他在诺奖致辞中坦言，文学与写作为青少年时期害怕朗读的他提供了莫大的慰藉与鼓舞，同时他也激动地看到这种文学能量的传递："我向来明白写作能救命，也许它甚至也救过我自己的命。如果我的写作也能拯救别人的生命，那么没有什么事能让我更快乐了。"[5]通过文学实现拯救与自我拯救，这何尝不是一种古希腊诗人式的理想主义精神？

---

[1] Jon Fosse, "About Myself as a Playwright," *Gnostiske Essay*, Det Norske Samlaget, 1999, p. 255.
[2] Rita Felski, *Hooked: Art And Attachment*, University of Chicago Press, 2020. pp. 41-42.
[3] Jon Fosse, "A Silent Language," Translated by May-Brit Akerholt, Nobel Lecture, 7 Dec. 2023, https://www.nobelprize.org/prizes/literature/2023/fosse/lecture/, Accessed 8 January 2023.
[4] Ibid.
[5] Ibid.

结　语

福瑟的诗性极简主义及其描绘的北欧舞台风景，不仅作为共情的催化剂，也成为探索新现实主义的契机。正是福瑟的极简性，使得其作品成为一个独具特色的戏剧类型，让读者自由穿梭于文本与舞台之间，使其能够深入体验北欧峡湾与家庭生活并置的细腻图景，并由此引发对个人及社会现实的深刻反思。正如诺奖颁奖词所指出的，"其创新的戏剧和散文[1]（小说诗歌散文等）为不可言说之物发声"，他的作品反映了现代人的生存状态，呈现了一种超越地域界限的精神追求，触及的是全人类共通的议题。

福瑟的戏剧艺术不仅代表了当代戏剧的前沿探索，也指引了新的发展方向，其极简美学的舞台实验，为当代戏剧艺术的演进提供了宝贵的启示。福瑟作品的持续国际演出和受到各国导演、演员以及观众的青睐，既证明了其作品的跨文化吸引力，也反映了其诗性极简主义戏剧在全球审美趋势中的引领地位。因此，福瑟戏剧艺术的深远影响和学术价值，值得在未来的戏剧研究与实践中进一步探究与关注，以期从中汲取灵感和力量，为世界戏剧艺术的创新与发展贡献新的思考与方向。

何成洲，南京大学艺术学院与外国语学院教授。本文刊于《外国文学研究》2024 年第 2 期。

---

[1] 福瑟涉足戏剧、小说、诗歌、散文、翻译、儿童文学，在英语语境中"prose"不单指散文，笔者特在此区分。

弥尔顿《失乐园》中的科幻冲动

王玉莹　郝田虎

引　言

著名科幻作家、评论家亚当·罗伯茨（Adam Roberts）在他的专著《科幻小说》(*Science Fiction*, 2000)中指出,科幻可以追溯到更早的文学文本中,并直言"科幻的萌芽来自一个更早的文本,一个对整个浪漫主义有着独特、强大影响的文学文本——约翰·弥尔顿的《失乐园》"[1]。随后他又在《科幻小说史》(*The History of Science Fiction*, 2005)中又强调,哥白尼世界观[2]与后来的牛顿世界观[3]对科幻小说的出现至关重要。在此基础上,有学者认为弥尔顿的《失乐园》"可以被描述为科幻"[4]。近年来,弥尔顿研究领域中也有学者认为《失乐园》可以说是科幻小说。虽然"科幻"（science fiction）这个词直到1929年才被创造出来,但此前的《弗兰肯斯坦》就是一个很好的例子。[5] 从《失乐园》是"科幻的萌芽"、"可以被描述为科幻"及"是科幻"等论述中可见,弥尔顿的《失乐园》与科幻文学的渊源非常深远。本文并不旨在论证或反对"《失乐园》是科幻"这一说法,学界仍需对此作更充分的讨论。"文类传统的合法性是在回溯中得到确立的"[6],《失乐园》与现代科幻的深

---

[1] Adam Roberts, *Science Fiction*, London: Routledge, 2000, p. 55.
[2] 罗伯茨：《科幻小说史》,马小悟译,北京大学出版社,2008,第50页。
[3] 同上书,第76页。
[4] Lara Dodds, "Death and the 'Paradise Within' in *Paradise Lost* and Margaret Atwood's *Oryx and Crake*," *Milton Studies* 56, 2015, p. 141.
[5] Katherine Calloway Sueda, "Milton in Science Fiction and Fantasy," *Milton Studies* 63.1, 2021, p. 139.
[6] Darko Suvin, *Positions and Presuppositions in Science Fiction*, Kent: Kent State UP, 1988, p. 75.

刻渊源显然值得我们去追溯。

目前关于《失乐园》中的科幻观念以及科幻中的弥尔顿思想讨论还远远不够,甚至在研究路径、内容上往往有所偏离。劳拉·朗格·诺普斯(Laura Lunger Knoppers)和克雷戈里·M·科隆·塞曼萨(Gregory M. Colón Semenza)合著的《大众文化中的弥尔顿》(*Milton in Popular Culture*,2006)序言中声称"弥尔顿史诗中的各种元素——另一个世界的背景、宏大的善恶冲突、拯救世界命运的英雄、太空旅行、战争和未来主义愿景……都对奇幻和科幻小说家产生了极大的吸引力"[1],但该书分别将弥尔顿与"奇幻文学"、"恐怖电影"、"喜剧电影"、"社会公正"和"现代科技"联系起来,明显遗漏了科幻这一领域。凯瑟琳·卡洛威·苏达(Katherine Calloway Sueda)的《科幻与奇幻中的弥尔顿》("Milton in Science Fiction and Fantasy")一文,目的是在科幻领域和奇幻领域来寻找弥尔顿的踪迹,其重点却仅落在《失乐园》与奇幻的关系上。可见弥尔顿与幻想文学的关系已经越来越受到学界重视,但此类研究走向了单向度的"弥尔顿与奇幻文学"的研究,忽略了"弥尔顿与科幻文学"的关系。本文将梳理出《失乐园》中的科幻元素,并指出这部史诗的科幻冲动(SF impulses)。

在拼接尸体与一道闪电的交汇下,《弗兰肯斯坦》(*Frankenstein*,1818)成为文学界大多数人认可的首部科幻作品。考虑到《失乐园》对《弗兰肯斯坦》的影响,弥尔顿对现代科幻的影响不容置疑,亟需科幻界关注。实际上,《失乐园》的科幻色彩更加浓厚,因为其文本内部的确包含了多重科幻元素。除了以上提到的关键词之外,《失乐园》中还有自洽宇宙论、外星生物、怪物、狂热科学家和虚拟现实概念等。笔者就此将其中的科幻元素分为三个大类:新宇宙、新居民和新技术。

一、新宇宙(自洽宇宙论+太空旅行)

在塑造一个新世界时,许多科幻作家都有一套自洽宇宙论,具备一定的文明与秩序。阿瑟·查尔斯·克拉克(Arthur Charles Clarke)的《2001 太空

---

[1] Laura Lunger Knoppers and Gregory M. Colón Semenza (eds.), *Milton in Popular Culture*, New York: Palgrave Macmillan, 2006, p. 11.

漫游》让读者相信人类的未来在星海之中，艾萨克·阿西莫夫（Isaac Asimov）在"机器人系列"中反思了人类文明，而刘慈欣《三体》中的"黑暗森林法则"同样令人咋舌。当我们往前追溯几个世纪，弥尔顿的《失乐园》中的新宇宙不会让读者们失望。在此不得不提，*The Oxford English Dictionary* 将"空间"（space）的第一个天文用途归于《失乐园》第一卷第 650 行中提到的"空间可能产生新的世界"。[1] 正如大卫·德瑟（David Desser）所言，"弥尔顿花费大量时间讨论故事展开的物理环境，天堂、地狱和伊甸园都是为了灌输一种坚定的场所感而创造的"[2]。由于宗教正统教条的限制，《失乐园》的宇宙论主要围绕宗教常见的地点：天堂、地球（主要指伊甸园）与地狱三处，它们受制于各自的法律、法规。

天堂处于最高层，由上帝、神子及大量的天使构成。反对三位一体的弥尔顿认为神子与上帝本质不同，前者是后者的造物。在天堂，上帝占统治地位，而神子是上帝的辅助者和代理人。天使按照圣经传统被分成了九级，且分属于天堂中的两种主导模式：军队和唱诗班。[3] 除了天使的等级和职责外，弥尔顿还借亚当与拉斐尔的对话探讨天使是由什么构成的，存在了多长时间，如何犯罪，如何战斗，如何堕落，吃什么，如何与人类互动，是否有性别，以及如何表达爱等。

伊甸园置于中层，供人类始祖与鸟、兽、鱼同住，且前者管理后者。尽管只有人类始祖二人在此，我们依旧能找到城邦、帝国等与政治相关的因素。天使米迦勒曾暗示这里是人类的"首府"（"Capital Seat", 11.343）[4]，亚当与夏娃的辛勤劳作是为了驯服他们的"地上帝国"（"nether Empire", 4.145），种种"温雅"侍候着女王般的夏娃（"Queen", 8.60）。也就是说，在这个乌托邦式的花园中，我们能找到一个政体雏形。另外，二人的（分工）劳作象征的

---

[1] 转引自 John S. Tanner, "'And Every Star Perhaps a World of Destined Habitation': Milton and Moonmen," *Extrapolation* 30.3, 1989, p. 268.
[2] David Desser, "Blade Runner, Science Fiction & Transcendence," *Literature/Film Quarterly* 13.3, 1985, p. 173.
[3] Joad Raymond, *Milton's Angels: The Early-Modern Imagination*, Oxford: Oxford UP, 2010, pp. 262, 265.
[4] 弥尔顿作品英文版参见 Merritt Y. Hughes (ed.), *Complete Poems and Major Prose of John Milton*, New York: The Odyssey Press, 1957. 中译文采用朱维之译本，个别地方有改动。

是人类始祖对社会意义的初步把握。在争执中,他们讨论了劳动是该共享还是分工,应是劳逸结合还是劳逸分离,应是饭来张口还是自给自足等问题。他们逐渐开始理解劳作的社会意义。虽然夏娃的一意分工间接导致二人的堕落,但也为他们走出伊甸园(社会雏形)、走进大世界(社会成型)作了思想上的准备。

地狱处在最下层,是堕落天使的去处。地狱中的一切,比如成员结构、政权等都是对天堂的拙劣模仿。与天堂相对应,地狱的成员由撒旦一家和其他堕落天使组成。撒旦占统治地位,撒旦的家人"罪"及"死"是其左膀右臂。也就是说,地狱中也出现了"三位一体",即撒旦、"罪"和"死",对应着基督教文化中的圣父、圣子、圣灵。围绕在地狱中的"三位一体"周边的是堕落天使。他们在万魔殿(Pandemonium)中召开公民大会,商议如何复仇、谁是主力等问题。开会地点万魔殿是万神殿(Pantheon)的戏仿,象征着撒旦将天庭的那套政权对应地搬到了地狱中。

这部史诗中的自洽宇宙论等级森严,充满了其时的物理性与政治性。按照空间位置从上到下的顺序,每个世界都像圣经一样,是一个"复杂的、支离破碎的文本",需要一种既"有想象力又有纪律"的解释实践来应对和涵盖其异质性。[1] 在这一宇宙论中,星际旅行成为可能,主要指撒旦和拉斐尔的旅行。撒旦的旅程从第二卷中跨越至第三卷末(2.629—3.633),被形容为"可怕的远征"(2.426)。相比较而言,拉斐尔之旅仅有不到30行(5.247—5.275)的篇幅,是一场休闲观光之旅。"漫长而艰险"与"短暂而轻松"的对比反映了科学技术视野下地理大发现及伽利略的望远镜对弥尔顿文学的影响。

撒旦征途的起点是地狱,中途经过"混沌",那里是"一片茫茫混沌的神秘景象,/黑沉沉,无边无际的大海洋"(2.891—892)。弥尔顿多次将他的征途与地理大发现时代的远洋航行做类比(2.636—643),而《失乐园》本身也确实被看作一部反映了大航海、大发现时代的社会生活的文学作品。地理大发现"分为两个阶段……从15世纪中后叶到16世纪初中叶,是西班牙、葡萄牙充

---

[1] Karen L. Edwards, *Milton and the Natural World: Science and Poetry in Paradise Lost*, Cambridge: Cambridge UP, 1999, pp. 7, 66, 81.

当急先锋的时期……后一阶段从 16 世纪中叶到 17 世纪末叶,是荷兰、俄国、英国、法国等扮演主角的时期"[1]。弥尔顿写作《失乐园》的时期正是英国作为地理大发现主力的时期。一场远洋航行有一些必备要素,如航海家、航海工具及其他助手等。在撒旦征途里,他自己既是航海家,也是航海工具,且是孤身一人。在穿越"混沌"时,魔王"张开广大的翅膀"如同"巨帆"(2.927—928)一般,其身体便成了一艘巨大的轮船。在穿越"混沌"后,"撒旦少劳而心安,如一叶扁舟/在熹微的晨光中,平浮在静波上。/又如舟行出险,虽然桅绳船具破败,/却欢欢喜喜地进入港内时一样"(2.1041—1044)。与航海时代浩浩荡荡的探索船队相比,撒旦的航行准备显得十分寒酸,这可能也是他的征途艰难的原因之一。

此外,二者飞行的难度差异跟飞行器有关,也跟弥尔顿对望远镜的两次委婉指涉有关。首先,堕落之后,反叛天使撒旦依旧拥有翅膀。然而,弥尔顿基本没有对其翅膀作描述,反而呈现了他"半走半飞……需要桨,需要帆"(2.941—942)的笨拙样子。奔波中的撒旦像很多事物,可以是一只野兽,也可以是一艘船,但已经不像天使了。此时,翅膀作为飞行器的功能也有可能消失了。对比来看,拉斐尔的轻盈下凡使其散发出名副其实的天使魅力。拉斐尔属于六翼天使(seraph)群体,弥尔顿也特意强调了他的翅膀(5.277—285)。在其飞行过程中,这六只翅膀就是他的飞行器,"象征着速度"[2]。其次,弥尔顿在描述二者时都提到了伽利略的望远镜。在拉斐尔那里,望远镜可以说是除翅膀外的另一辅助工具;而在撒旦那儿,望远镜揭示了他的孤独无助和龟速前行。在拉斐尔的飞行中,弥尔顿写道,"他望见地球……望见乐园……好像伽利略夜间从望远镜中所见的……"(5.258—262)。因此,拉斐尔能锁定旅行终点,从而轻松抵达。再来看撒旦,自其出场,他便一直背着那"沉重的盾牌"(1.284),当然也包括在其飞行过程中。这盾牌如同伽利略"用望远镜探望到的……月轮"(1.287—288)。可见,撒旦既无翅膀助力,望远镜也远在天边,只剩下背上那只庞大的盾牌。斯蒂芬·多布兰斯基(Stephen Dobranski)指出,"撒旦与 17 世纪动物百科全书中描述的两栖

---

[1] 张箭:《地理大发现研究:15—17 世纪》,商务印书馆,2002,第 485 页。
[2] Joad Raymond, *Milton's Angels: The Early-Modern Imagination*, Oxford: Oxford UP, 2010, p. 268.

乌龟有几分相似",因为"shield"在文艺复兴时期不仅可以用来指防御性的盔甲,还可以指动物的庇护所。[1] 对比文中两次关于望远镜的描写,弥尔顿似乎一边将望远镜送给拉斐尔助其定位伊甸园,一边从撒旦身边拿走望远镜任其盲目探索,甚至还将望远镜放到读者手中来观察镜筒里如乌龟般缓慢爬行的撒旦。

17世纪可以被称为望远镜时代,更算得上月球想象时代。这与伽利略的发现直接相关。"在1610年1月7日夜晚,伽利略把他的望远镜对准星空。他看见了月球表面的景色。"[2] 此后,关于月球想象的文学作品具备了现实基础,如弗朗西斯·戈德温(Francis Godwin)的《月中人》(*The Man in the Moone*,1638)和约翰·威尔金斯(John Wilkins)的《一篇关于一个新世界或另一个星球的论述》(*A Discourse Concerning a New World & Another Planet*,1640)。相比较而言,弥尔顿的太空旅行不仅在对沿途景色的描绘上更为壮观,其对飞行细节的处理也更具科学性。约翰·坦纳(John Tanner)将《失乐园》中的太空旅行称为"也许是高级小说中对太空旅行最伟大的描述"[3]。

二、新居民(外星生物、怪物、狂热科学家)

在新宇宙中,群星闪烁,吸引着各处的眼球。"科幻小说与天文学普及的混合,使我们不是宇宙中唯一有理性居民的想法看起来很有道理。"[4] 对《失乐园》而言,情况亦是如此。在读到"……每个星/可说是某个特定居民的世界"(7.620—621)以及拉斐尔的警告"别梦想其他世界,在那儿住着/什么生物……"(8.175—176)时,我们知晓弥尔顿已将笔端指向了外星生物。

对于伊甸园中的人类始祖而言,外星生物明显指从天而降的天使。约

---

[1] Stephen B. Dobranski, "Pondering Satan's Shield in Milton's *Paradise Lost*," *English Literary Renaissance* 35.3, 2005, p. 498.
[2] 库兹涅佐夫:《伽利略传》,陈太先、马世元译,商务印书馆,2001,第81页。
[3] John S. Tanner, "'And Every Star Perhaps a World of Destined Habitation': Milton and Moonmen," *Extrapolation* 30.3, 1989, p. 268.
[4] David Knight, "Science Fiction of the Seventeenth Century," *The Seventeenth Century* 1.1, 1986, p. 77.

德·雷蒙德(Joad Raymond)认为,"《失乐园》是一部天使之诗"[1]。玛格丽特·阿特伍德(Margaret Atwood)说,"科幻小说作为一种形式,是《失乐园》之后神学叙事的去处……外星人已经取代了天使、魔鬼、精灵和圣人的地位"[2]。丹尼斯·丹尼尔森(Dennis Danielson)在《〈失乐园〉与宇宙革命》(Paradise Lost and Cosmological Revolution,2014)中也曾点明,"在《失乐园》中,最明显的外星人例子是天使——堕落的和未堕落的……他们是地球之外,甚至这个宇宙之外的访客"[3]。有学者曾提及过这些天使的一个鲜明特征,即他们的翅膀,[4]且认为这是早期义肢文化的一部分。此外,还有另一个值得我们关注的地方,即天使的身体构造是弥尔顿对完美身体的成功想象。

在《斗士参孙》(Samson Agonistes,1671)中,弥尔顿在绝望与黑暗中曾借参孙之口表达了对一个更加完善的身体的憧憬:

> ……为什么
> 视觉又局限在眼睛这脆弱的珠子里,
> 如此显露,如此易受损伤?
> 为什么不像触觉,分布在全身各部,
> 可以通过每一根毛细管去自由观看?(96—97)

在《失乐园》中,视力受限的弥尔顿在无奈与期待中完成了对完美身体的塑造:

> 他们全身是心、是脑、是耳、
> 是目、是知觉、是意识……(6.350—351)

---

[1] Joad Raymond, "With the Tongues of Angels: Angelic Conversation in *Paradise Lost* and Seventeenth-century England," in Marshall P. & Walsham A. (eds.), *Angels in the Early Modern World*, Cambridge: Cambridge UP, 2006, p. 256.
[2] Margaret Atwood, "Aliens have taken the place of angels," http://www.theguardian.com/film/2005/jun/17/sciencefictionfantasyandhorror.margaretatwood, 2005-06-16, 2022-03-20.
[3] Dennis Danielson, *Paradise Lost and the Cosmological Revolution*, New York: Cambridge UP, 2014, p. 191.
[4] Zoe Hawkins, "Flights and Fancy: Wings and the Ethics of Knowledge in *Paradise Lost*," *Milton Quarterly* 53.3, 2019, p. 128.

弥尔顿的天使可以用全身去感知，包括视觉上的感知，这是他将对光明的憧憬寄托在了完美的感官系统上。除了感官外，天使的身体从性别与功能来看也堪称完美：它们无性别之差，是雌雄同体的；它们的"活力遍布全身各部，/(不比凡人只在心、脑、肝、肾/或腑脏)不会完全消灭，不会死"(6.345—347)。17世纪60年代末，天使并没有被科学革命所扼杀，而是成为自然哲学知识的对象。尽管时人无法通过解剖、测量等科学手段研究天使，但他们确实利用它们进行了思想实验。例如，机械主义哲学家、实验家和早期皇家学会的成员如罗伯特·胡克(Robert Hooke)、约瑟夫·格兰维尔(Joseph Glanvill)和亨利·莫尔(Henry More)等人都写过关于天使的文章。[1] 同样，弥尔顿的天使也是一种思想实验，一种对完美身体的想象。

在弥尔顿笔下的天使中，对后世影响最大的是堕落天使撒旦，他甚至被直接描述为"从天而降的外星人"(这里用的词是"alien"，4.571)。在完成了星际旅行后，撒旦便开始殖民计划。对坠入地狱的堕落天使而言，地狱像一座监狱，环境艰苦；而伊甸园是一个福地，令人神往。正如撒旦的情人兼女儿"罪"憧憬道，"你(撒旦)很快就要带我去光明幸福的/新世界"(2.866—867)。当撒旦成功到达新宇宙中的伊甸园并成功引诱人类始祖后，他返回地狱对地狱诸位说：

> [我]将要胜利地领导你们走出这个
> 可厌、可咒诅的地牢，灾难的
> 住处，暴君给我们的监狱，
> 现在要像个主人去占有一个
> 广大的世界，和我们的故乡
> 天国不差多少……(10.463—468)

如果说撒旦的第一次地球之旅是为了探索新世界(地球上的伊甸园)和新物种(人类)，那么他的下一次地球之旅则是带领众魔拓殖新世界、掌控新

---

[1] Joad Raymond, *Milton's Angels: The Early-Modern Imagination*, Oxford: Oxford UP, 2010, p. 308.

物种的命运。在"罪"和"死"的协助下,殖民的目的也确实达到了。他们在地狱与伊甸园之间建造了一座直达的大桥,顺利地入驻伊甸园并开始了他们的破坏与毁灭。

此外,撒旦形象还触及现代科幻中的两个常见母题,即"怪物"(monster)和"狂热科学家"(mad scientist)。谈到怪物,我们往往想到玛丽·雪莱(Mary Shelley)笔下的怪物。郝田虎曾对弥尔顿的《失乐园》与科幻的关系作了相关讨论,其中涵盖了撒旦形象对雪莱笔下怪物的影响。[1] 需要注意的是,弗兰肯斯坦的怪物是科学家的造物,现代科幻中还有一种外星怪物,如《天外魔花》(*Invasion of the Body Snatchers*, 1956)里的"身体入侵者"和《环太平洋》(*Pacific Rim*, 2013)中的"多等级怪兽"等。来自外太空的撒旦就属于这一种。

撒旦的怪物特质主要体现在其出场带来的轰动感和巨大体型带来的视觉震撼。首先,无论是出现在天上、伊甸园中,还是地狱的火湖中,撒旦都犹如一架庞大的机器一般,给所到之处带来震动。在天庭之战中,"傲慢"的他不仅带来了动荡的两军局面,还在作战中制造神秘武器大炮,使得战场雷声大响、烟雾缭绕。接着,他偷偷闯入伊甸园,在多次变形之后,导致人类始祖食了禁果,引来了大地震动、自然呻吟,伊甸园中的完美状态被破坏。后来在撒旦溃败坠入深渊之时,九天的下坠带来了混沌的大吼,也带来了十倍的混乱。其次,弥尔顿对撒旦作为怪物形象的描述是非常直观的。他被比作"巨人泰坦"(Titan)、"百手巨人布赖利奥斯"(Briareos)、"百头神台芬"(Typhon)、"海兽利维坦"(Leviathan)(1.192—208)以及"鹰狮格里芬"(Gryphon)(2.943)。它们的体型巨大,给人类带来震慑感。弥尔顿在《圣经》与神话传统之下创作了《失乐园》,而现代科幻的创作背景是科学与技术的迅猛发展。弥尔顿的怪物撒旦的罪与罚源于怪物自身的傲慢,而现代科幻中的怪物的罪与罚大多与人类相关,比如人类招引而来的外星生命(《异形》中的异形)和高科技背景下的技术造物(《猩球崛起》中的变异猿)等。

---

[1] 郝田虎:《〈失乐园〉〈弗兰肯斯坦〉和〈机械姬〉中的科学普罗米修斯主义》,载《外国文学》2019年第1期,第6页。

重读弥尔顿的《失乐园》,现代读者不仅能寻到外星"怪物"的影子,也能探得"狂热科学家"的踪迹,这里的"科学家"依旧指撒旦。弥尔顿对撒旦发明大炮过程的详细描写赋予了他发明家的身份。当坏天使大军在天庭大战中处于劣势时,撒旦提出要发明一个武器来助攻。他神态自若地说自己发现了地下蕴藏的暗黑而粗糙的物质(即硫磺),这种物质经加工后可作为火药置于长圆中空的机器中,点上火后便可发挥烈性大炮的效用(6.469—491)。这一身份或许可以启发我们将现代科幻中的"狂热科学家"的源头往前追溯。自尝试与上帝分庭抗礼惨败后,大天使坠入深渊,成为魔王撒旦。魔王是异端思想的源头,并狂热地致力于报仇,这种狂热主要体现在三方面:其一,他不信奉上帝。作为地狱之王,他曾说过"与其在天堂里做奴隶,/倒不如在地狱里称王"(1.263)的主宰者宣言。其二,他对"善行"不屑一顾。因而,"行善绝不是我们的任务,/做恶才是我们唯一的乐事"(1.159—160)是他的座右铭。其三,他无视世俗之事,如家庭。撒旦不仅自己一心冒险,还鼓动他人(人类始祖)追求知识。他本可以在地狱中与妻儿(儿孙)享受天伦之乐,却选择走出地狱,开启漫漫探险之旅,并引诱人类始祖犯下原罪。

这种狂热的异端思想也体现在了弥尔顿同时代作家克里斯托弗·马洛(Christopher Marlowe)及后来的科幻始祖玛丽·雪莱笔下。浮士德博士出于对知识的无限渴求,摒弃了《圣经》和基督,将灵魂交换给魔鬼。生物学家弗兰肯斯坦亦是如此。热衷于生命起源的他在创造生命时亵渎了上帝,引来一系列家庭祸事。如果说浮士德是自大的博士、学者,弗兰肯斯坦是大胆的生物学家,那么撒旦便是傲慢的武器发明家。他们三者都是现代科幻的"狂热科学家"的原型:因为在他们那里,"上帝"、"善行"以及"世俗"都逐渐被遗忘了。这里的"mad"被译为"狂热"而不是"疯狂",正是因为这些科学家往往过度迷恋对知识的渴求(体验世界、科学研究、实验发明等),忘却了脚踏实地的世俗生活。

三、新技术(虚拟现实概念)

在严锋的学术文章《假作真时真亦假:虚拟现实视野下的〈红楼梦〉》中,他从虚拟现实的角度聚焦小说中的"镜子"、"幻境"等媒介,重新解读中国古典小说《红楼梦》，呈现经典文学在 21 世纪的新魅力。[1] 笔者受此启发，留意到《失乐园》中的虚拟现实特质，这里的媒介是"镜像"、"梦境"和"幻象"。正如拉斐尔在教育亚当前所言："依照人类感官/所能理会到的，用俗界有形的东西/来尽量表达一下灵界的事"(5.571—574)。循着这一路径，21 世纪的读者也可以用现代的虚拟现实视野来重读 17 世纪的神学叙事。《失乐园》中的"镜像"、"梦境"和"幻象"分别指夏娃的湖中倒影，撒旦所造的夏娃之梦以及反叛天使的幻觉景象。它们并未完全具备虚拟现实设备的外形和功能，但它们完美地涵盖了虚拟现实的四个要素，即虚拟世界、沉浸感、感官反馈和交互性。[2]

第一个虚拟现实场景是夏娃的湖中倒影。初生时，夏娃从百花上、浓荫下醒来，在喁喁私语的流水声的指引下来到了水波平静的湖边。在倒影中，她看到了一个面对面的形象。尽管后来的上帝之声告诉她那是她自己的影子，她的心中已经种下了迷恋那个美丽、妩媚和温存的形象的种子。在观看、惊退与眼神交流之间，夏娃从自己的影子那里感受到了同情与爱恋。而这一点使得这一湖面之镜成为虚拟现实设备的雏形。在其中，使用者夏娃实现了与静态设备的动态交流。它制造了虚拟的镜像，这一镜像其实是用户欲望的投射，用户以为自身走进了梦想空间，与虚拟的欲望对象进行了交互，沉浸于其中。夏娃后来回忆"那时，若不是一种声音的警告，/我恐怕会对它凝视，直到如今，/空劳虚幻的愿望"(4.465—467)，这是在感叹上帝之音将其从虚拟现实世界中唤醒。在沉浸之中，上帝之声就如同现实世界的人的呼唤，成功地将她拉回现实。

第二个虚拟现实场景是第五卷中的夏娃之梦。梦中的夏娃吃了禁果，还升到了空中。她在梦里梦外都听到了呼唤。除了梦中感受到的禁果之"色、香、味、触"等，呼唤"声"使该虚拟场景达到了类现实的极致。因为，此梦最惊奇的地方在于夏娃在其中梦到自己因"呼唤"由睡到醒，使她误认为自己进入了现实的世界。在弥尔顿笔下，梦里撒旦的呼唤与现实中亚当的呼唤互为

---

[1] 严锋：《假作真时真亦假：虚拟现实视野下的〈红楼梦〉》，载《中国比较文学》2020 年第 2 期，第 2 页。
[2] William R. Sherman and Alan B. Craig, *Understanding Virtual Reality: Interface, Application, and Design*, New York: Elsevier Science, 2003, p. 6.

对照：

……为什么还睡,夏娃？现在是	……醒来吧,我的美人,
快乐的时刻,凉爽、清静,除了	我的佳偶,我最近新得的礼品,
夜啼的歌鸟之外,全都幽静,	上天最好,最后的赐予,常新的欢忻！
这夜鸟现在清醒着,唱着她的恋歌。	醒来吧,晨光在照耀,清鲜的野地
现在月亮正圆,领导着群伦,	在招呼我们。我们将失去最好的时光
用更加欣乐的幽光装饰着万物的脸,	去看看我们栽培的草木怎样发芽,
没有人去欣赏,辜负了这番美景。	香橼的丛林怎样开花,
整个天体清醒着,睁开所有的眼睛。	没药和香苇怎样滴露,
一切有情的都在看你,被你的美迷住,	大自然怎样用五彩描绘,
永远用羡慕的眼光盯着你。	蜜蜂怎样在花上吮吸甜汁。
(5.38—47)	(5.17—25)

对比弥尔顿对撒旦与亚当之声的描绘,还可发现大、小宇宙之间的对应。撒旦的呼唤包含了夜鸟之歌、众星拱月以及天体运动,将梦境拓于星际；而亚当之声围绕着伊甸园的晨光、野地、草木、花卉及小生灵,牢牢地扎根于地球。在文艺复兴时期,花园常被看作大宇宙的缩影。因此,当夏娃回归现实向亚当诉说梦境及其带来的担忧时,亚当的回答能够起到的安慰作用比较有限。在那层虚拟现实的空间里,夏娃的心早已飘到了太空中；而亚当却反复强调了伊甸园的树林、泉水和花丛。在这新旧、天地、高低的虚拟与现实的对比中,弥尔顿又一次超前地触及了如何平衡仰望星空与脚踏实地的话题。

另外,反叛天使也曾是弥尔顿笔下虚拟现实场景的体验者。不同的是,尽管都是欲望将夏娃与反叛天使带入虚拟现实场景,但后者无法及时止损,因为没有外界之音能够将其指引回现实中。该场景出现在《失乐园》的第十卷。当人类始祖堕落且接受惩罚后,反叛天使们的惩罚随之到来。除了遭遇变身为蛇的惩罚之外,他们还被眼前的幻象所困惑：

他们定睛熟视这个奇异的光景,
心想,不只一棵禁树而是很多,

> 为要增加他们更多的灾祸和耻辱；
> 但为焦渴和饥饿所催逼，
> 明知是诱骗，却又饥渴难忍，
> ……
> 不但骗了触觉，而且骗了味觉，
> ……他们一次又一次地
> 陷入同样的妄想……(10.552—571)

通过幻象，上帝将反叛天使封闭在虚拟现实场景之中作为对撒旦引诱人类偷食禁果的惩罚。在这一场景中，幻象的真实性带来的沉浸感达到了虚拟现实技术常言的"比真实更真实"。因为在这一幻象之中，常以听觉和视觉吸引使用者的虚拟现实场景升级到几乎完美的状态，"不但骗了触觉，而且骗了味觉"，使堕落天使们"明知是诱骗，却又饥渴难耐"。

正如《红楼梦》中的"假作真时真亦假"，《失乐园》中呈现出虚拟现实特质的场景也是"真假"相通的，这是现代的虚拟现实与弥尔顿笔下的虚拟现实的区别。于现代用户而言，虚拟和现实有着明显的界限，且用户往往需要某个界面才能在二者之间切换；[1]而于弥尔顿笔下的角色，虚拟和现实几乎完全重叠（夏娃对自我的迷恋，夏娃确实吃了禁果，堕落天使也的确被惩罚），且二者之间界限模糊（水中镜面一触即逝，梦境、幻象也都是抽象之物）。威廉·吉布森（William Gibson）认为虚拟现实最常见的呈现方式——网络空间是"无限的牢笼"，[2]而对弥尔顿，具备虚拟现实特质的媒介是通往现实的路径。毕竟，弥尔顿笔下的"镜像"、"梦境"和"幻象"使真与假完全融合在了一起。这种重叠性和融合性使弥尔顿的虚拟现实影射了柏拉图在《理想国》第七卷中的洞穴寓言，而它也是现代学者在追溯虚拟现实起源的出发点。[3]

---

[1] William R. Sherman and Alan B. Craig, *Understanding Virtual Reality: Interface, Application, and Design*, New York: Elsevier Science, 2003, p. 34.
[2] 海姆：《从界面到网络空间——虚拟实在的形而上学》，金吾伦、刘钢译，上海科技教育出版社，2000，第 80 页。
[3] 阿纳迪、吉顿、莫罗：《虚拟现实与增强现实——神话与现实》，侯文军、蒋之阳等译，机械工业出版社，2019，第 12 页。

结　语

总的来看,"并不是说《失乐园》本身是一部奇幻或科幻作品,而是说它具有许多在(20)世纪初或更早出现的'流派'的特征的元素"[1]。笔者认为,这种特征可以被称为科幻冲动(SF impulses)。裘德·韦尔本(Jude Welburn)在整合了《失乐园》中的乌托邦色彩后,借用了分别由恩斯特·布洛赫(Ernst Bloch)和弗雷德里克·詹姆逊(Fredric Jameson)发现、发展的"乌托邦冲动"(Utopian Impulse)。[2]科幻冲动中的"冲动"(impulse)一词便源于此,这一倾向涵盖了《失乐园》中众多思想实验铺垫下的未来指向以及这些思想实验中科学与宗教的相互交融。

一方面,在前十卷中进行了多重思想实验后,弥尔顿在史诗的最后两卷将其直接指向未来,使之有一个完整的结局。在天使米迦勒的带领下,亚当登上了伊甸园中一座最高的山,在"视频"(vision)与"音频"(voice)之间开启了自己的未来之旅。亚当看到了人类的怨恨嫉妒、种种死亡、沉迷女色、暴力战争及灭世洪水等场景。接着,天使以神示伤眼为由,将"视频"转换为"音频",继续预告着人类的未来。亚当又听到了人类中神灵的冒犯、宗教的分流、摩西的成就、耶稣的贡献等故事。无论是眼观还是耳闻,《失乐园》中未来的呈现给亚当带来了冲击的同时,也带来安慰。关于未来的描绘是现代科幻中常见的话题,正如詹姆斯·冈恩(James Gunn)所言:"尽管科幻作家能够随意把玩时间,回到过去的时光里四处游荡,或是把自己送到其他星球上去,但未来才是他们真正的家园。"[3]这部史诗同样给现实世界带来警示,并启发现实世界的人们谨记未雨绸缪的重要性。另一方面,在其宏大的改写与想象中,弥尔顿留给后世的还有科学与宗教相交织的底色。瑞恩·哈肯布拉特(Ryan Hackenbracht)曾以美国科幻作家阿西莫夫的作品为例,认为"弥尔顿是科幻小说中宗教信息的主要来源,而科幻小说对神正论、机器伦理或创造

---

[1] Katherine Calloway Sueda, "Milton in Science Fiction and Fantasy," *Milton Studies* 63.1, 2021, p. 137.

[2] Jude Welburn, "Divided Labors: Work, Nature, and the Utopian Impulse in John Milton's *Paradise Lost*," *Studies in Philology* 116.3, 2019, p. 510.

[3] 冈恩:《交错的世界:世界科幻图史》,姜倩译,上海人民出版社,2020,第324页。

伦理以及外星生命本质的一些猜测都归功于《失乐园》"[1]。的确，上文讨论到的新宇宙、新居民和新技术中贯穿了浓厚的宗教色彩：新宇宙包罗了基督教中的天堂、伊甸园和地狱，新居民指的是基督教中的各类天使，就连新技术也与上帝和魔鬼的概念紧密相连。在16、17世纪，"英国知识界关心的、不能逃避的问题有两个：宗教信仰和刚刚抬头的科学思想"[2]，这也是萦绕在弥尔顿心头的问题。后来的众多科幻作品中往往徘徊着科学与宗教相交织的身影，这一现象尽管不能完全归功于弥尔顿的《失乐园》，但弥尔顿及其《失乐园》对此影响深远。

《失乐园》中关于新宇宙、新居民和新技术的想象给后世留下了无穷的科幻财富。它使其不再局限于对宗教神话的改写，同时也包含了对科学未来的想象。追溯现代科幻与《失乐园》的渊源，意义有三：首先，有助于进一步明确并提升科幻文学在当代的地位与价值。结合17世纪文学中的科幻色彩，我们更加意识到科幻小说并不是无根之木、无源之水。其次，有益于保持经典的、传统的文学的永恒与不朽。《失乐园》中的科幻冲动影响了后世众多科幻作家，这种影响间接地将弥尔顿"适当的听众，哪怕不多"（7.31）扩散到"适当的听众，而且很多"的状态，同时也能将更多人领进弥尔顿经典史诗的大门。最后，所谓的高眉、低眉文学可由此被置于同一层语境中，供学界发现更多值得探讨的问题，促进文学内部的跨越、比较与汇通。由于科幻文学被牢牢地定位成通俗文学，对《失乐园》的新认识可能会引发经典文学研究者的批评。我们面临的不仅是对弥尔顿史诗《失乐园》，还有对整个科幻领域的新维度认知。

王玉莹，浙江大学外国语学院，博士研究生。郝田虎，浙江大学外国语学院，求是特聘教授。本文足本刊于《浙江大学学报》2023年第10期。

---

[1] Ryan Hackenbracht,"Galactic Milton: Angelic Robots and the Fall into Barbarism in Isaac Asimov's Foundation Series," *Milton Studies* 57, 2016, p. 315.
[2] 杨周翰：《十七世纪英国文学》，上海人民出版社，2016，第61页。

《血的本质》中的世界主义与流散共同体构建

何卫华

在《共产党宣言》中,马克思和恩格斯曾指出:"无产者是没有财产的;他们和妻子儿女的关系是同资产阶级的家庭关系再没有任何共同之处了;现代的工业劳动,现代的资本压迫,无论在英国或法国,无论在美国或德国,都是一样的,都使无产者失去了任何民族性。"[1]共同的处境使无产阶级拥有共同的品格、使命和追求,基于对这种跨越民族性的"共同性"的认识,马克思和恩格斯因此号召"全世界无产阶级联合起来"。马克思和恩格斯的上述思路极具启示性,就形成全新的社会生态、族群关系和世界秩序而言,跨国界和跨种族流散共同体的构建同样有重要意义,这一共同体的构建不仅有助于全世界流散者的联合,同时还将成为他们争取权利的依托,从而更好地解决当下备受关注的流散问题。

就构建流散共同体而言,不仅需要客观方面的原因作为基础,同样需要精神和情感方面的纽带。结合卡利尔·菲利普斯(Caryl Phillips, 1958—)的《血的本质》(*The Nature of Blood*, 1997)这部作品,这里将对流散共同体建构中涉及的几个重要问题进行探讨。毋庸置疑,菲利普斯是当代英语文学界成就最大的非裔作家之一,本尼迪特·莱顿曾这样评价其影响力:"在他那一代人之中,卡利尔·菲利普斯无疑是最出名、最有才华的英国作家之一。"[2]多年后,在另一文集中,这位评论家同样充满赞誉地指出:"凭借其旺盛的创作能力和政治上的深度,(菲利普斯)在世纪之交就已经成为文学界最

---

[1] 马克思、恩格斯:《共产党宣言》,《马克思恩格斯文集》第2卷,人民出版社,2009,第42页。
[2] Bénédicte Ledent, *Caryl Phillips*, Manchester and New York: Manchester University Press, 2002, p. 1.

重要的作家之一。"[1]菲利普斯对流散的关注和其本人的经历密切相关,他出生于加勒比海的圣基茨岛,四个月大时就和父母一道移居英国,在利兹生活了大约15年之后,全家人又搬到伯明翰。菲利普斯小时候聪颖好学,最终成功地从一所并不优秀的中学进入牛津大学。大学毕业后,为解答自己在身份等方面的困惑,他开始在欧洲四处游历。他在1980年开始创作,这时他从牛津大学毕业还不到一年。在1990年,他在文坛已有一定声誉,菲利普斯此时移居美国,一边在大学教学,一边继续创作。这种不断跨越疆界的经历赋予了菲利普斯一种世界性视野,其文学创作因此并未局限于非裔经验,而是关注种族主义在更广范围内的影响。作为菲利普斯最重要的作品之一,《血的本质》集中体现了他关于流散、"他者"和种族主义等问题的深入思考,这里将主要讨论三个方面的问题:首先,世界主义的视野使得菲利普斯并未局囿于非裔族群经验,而是关注在更广范围内不同族群的不幸遭遇;其次,《血的本质》采取了一种更全面、辩证和自省的方式来刻画"他者"形象,尽管对"他者"的悲惨境遇有切身体验,但菲利普斯在这部作品中并未一味渲染"他者"遭遇的不幸,而是同时对"他者"自身存在的问题进行了深入剖析;最后,作品中细致的心理分析说明了流散共同体建构过程中牵扯到的主观因素,相同的命运使得流散群体在情感、感受和思想上具有"共同性",这将成为连接世界范围内由流散者组成的共同体的强有力纽带。

一、"复演"的历史与世界主义的"阴暗面"

学界近年出现了一股世界主义研究的热潮。关于世界主义,可谓众说纷纭,学者们从不同角度对这一概念进行过阐释。兹拉特科·斯科瑞比斯和伊恩·伍德沃德认为,世界主义是指"对他者的开放以及一种包容的伦理";[2]在杜赞奇看来,世界主义意味着"个体不仅仅独属于某一个特定的社会群

---

[1] Bénédicte Ledent & Daria Tunca eds., *Caryl Phillips: Writing in the Key of Life*, Rodopi, 2012, p. xi.
[2] Zlatko Skrbiš & Ian Woodward, *Cosmopolitanism: Uses of the Idea*, London: Sage Publications, 2013, p. 40.

体";[1]中国学者王宁则强调,世界主义是指"所有人都属于一个单一的共同体或某种想象的共同体,无论其隶属于哪一个族群、国家或地区"[2]。定义还可以继续列举,这林林总总的各种说法虽然侧重点不同,但总的来讲,在大部分学者看来,世界主义代表着更为宏阔的视野、更具包容性的伦理观,或是一种全人类和平共处的理想状态。但需要指出的是,既然世界主义意味着一种对全人类的生存境遇、共同命运和普遍福祉的关注、意识和思考,就不能仅仅去关注人类和睦共处的美好愿景,而忽略世界主义的"阴暗面"以及由此而遭受苦难的受害者。换言之,作为一种更为广阔的视野,世界主义还需要去关注人类普遍面临的苦难、困境和挑战,同时还必须意识到,如果缺乏足够警醒,这一视野还会引发新一轮的竞争、矛盾和冲突。在《血的本质》中,菲利普斯将目光投向了世界主义的"阴暗面",展示了世界主义为人类社会带来新的冲击的可能性,从而以文学的方式演绎了另一种思考世界主义的路径。通过对此类话题的关注,对世界主义相关讨论中的这一不足而言,这同样是一种弥补。

在《血的本质》中,有四个相对独立的故事单元。小说中首先出现的是斯蒂芬·斯特恩,在德国犹太人开始遭受迫害前夕,作为医生的斯特恩告别妻儿,投身于以色列的建国事业。在作品结尾部分,斯蒂芬再次出现,这时他已经成为以色列这个新的国家中的一位领取退休金的老人,垂垂老矣的斯蒂芬备感孤独,因此和来自埃塞俄比亚的黑人犹太女孩玛尔卡有了一段情缘。第二个故事的主人公是斯蒂芬的侄女艾娃·斯特恩。在大屠杀期间,这位德国犹太女孩和父母一起被关进集中营,历经各种磨难,最终被英国士兵从集中营中解救出来,并获得一位名叫格里的英国士兵的好感。当艾娃前往英国,寄希望于同格里结婚来告别痛苦的过去,从而打开全新的生活篇章时,却发现格里已婚并且还有孩子。这一打击让艾娃彻底崩溃,最终选择自杀。第三个故事发生于1480年,在犹太逾越节期间,威尼斯附近的波尔托布福勒镇的居民听信谣言说一位白人小孩被犹太人杀害用于血祭,于是诬陷塞尔瓦迪奥

---

[1] Prasenjit Duara, "The Chinese World Order and Planetary Sustainability," in *Chinese Visions of World Order*, ed. Wang Ban, Durham: Duke UP, 2017, pp. 65-83.
[2] Wang Ning, "Ibsen and Cosmopolitanism: A Chinese and Cross-Cultural Perspective," *Ariel: A Review of International English Literature* 48.1, 2017, pp. 123-124.

等犹太人杀死了这位白人男孩,导致这几位犹太人最后都被处以极刑,不是被活活烧死,就是被马匹踩踏而死,抑或被乱箭射死。最后一个故事单元中的主人公是一位黑人将军,尽管菲利普斯并没有说出他的名字,但显而易见,这位黑人将军就是在莎士比亚戏剧中出现过的奥赛罗。《血的本质》并没有照搬莎士比亚戏剧中的情节,作品中的这一故事更像是莎剧《奥赛罗》的序曲。因为英勇善战,奥赛罗受雇于威尼斯,任务是带领威尼斯军队去阻止土耳其人的进攻。在威尼斯期间,奥赛罗尽情领略威尼斯的各种人文风情,还和白人议员的女儿苔丝德蒙娜相爱,二人不顾女方父亲的反对偷偷成婚。在这一部分的最后,奥赛罗和妻子各自抵达塞浦路斯,在那里等待新的来自威尼斯的命令。

在这部作品中,通过对时间、地点和人物的精心选取,再加上结构上的精心安排,菲利普斯试图表明,种族主义是一种古老的、普遍的和极具破坏性的情感,并且给世界上极广范围内的人们带去了伤害。跳脱对单一种族的关注,《血的本质》试图在不同族群的流散者之间建立起关联,这种世界主义的视野无疑使得这部作品具有更强的感染力。在乔治·费里德克森看来,种族主义指的是"特定族群或'国民'针对另一族群或'国民'的充满敌意的或否定性的情感,以及由这种态度引发的各种行为"[1]。在某种意义上,"血统论"就是种族主义的集中表达,对自身血统优越性的坚信是此类情感和行为的催化剂,这正是菲利普斯将作品名称确定为《血的本质》的缘由,在同蕾妮·沙特曼的访谈中,菲利普斯专门说到了这个书名的问题,他指出:"一方面,血能够创造家庭及其得以维系的纽带,但在另一方面,对血的过度迷信和忠诚将会导致分裂、敌意和排斥。"[2]如何区分"自己人"和"异我族类"?重要标准之一就是"血统",团结的对象局限于"自己人",对"异我族类"则是不信任、拒斥和迫害,任何种族主义背后都隐匿着此类二元对立。个人的种族背景、流散经历和教育背景使得菲利普斯具备一种世界主义的视野,由此他

---

[1] George M. Fredrickson, *Racism: A Short History*, New Jersey: Princeton University Press, 2002, p. 1. 可参见何卫华:《族群伦理与文学中的共同体想象》,《文学跨学科研究》2022年第3期,第532—545页。

[2] Renée T. Schatteman, "Disturbing the Master Narrative: An Interview with Caryl Phillips," in *Conversations with Caryl Phillips*, ed. Renée T. Schatteman, Jackson: University Press of Mississippi, 2009, pp. 53-66.

得以跳脱种族局限,从而可以去考察以"血统"为基础的种族主义在世界范围内造成的伤害。

凭借其跨越单一时间和空间的宏大叙事,《血的本质》表明,"异我族类"遭受迫害并非个例,而是世界性事件。在时间上,这些故事涉及文艺复兴时期、"二战"和当下等时间节点,这都是历史上极具代表性的重大时刻;在空间上,故事发生的地点有德国的柏林,威尼斯,波尔托布福勒,巴勒斯坦,英国的伦敦,塞浦路斯,犹太人复国后的以色列和埃塞俄比亚等,涉及欧洲、亚洲和非洲。在威尼斯附近的波尔托布福勒,塞尔瓦迪奥等犹太人遭到诬陷被处以极刑的故事发生在 1480 年,事实上,作品还提到,在 1349 年,德国的科洛尼亚地区的基督徒就已因为瘟疫的事情迫害过犹太人,当时这里的犹太人受到诬陷,当地人说他们引发了瘟疫,这些犹太人最后被迫在清真寺中自焚。尽管少数人得以幸存,但不得不选择离开,最后迁徙到波尔托布福勒。差不多一百年后,因为莫须有的血祭事件,这些犹太人的后代再次遭受迫害。奥赛罗的故事发生在 15 或 16 世纪,在讲述黑人遭遇到的种族歧视的同时,菲利普斯同样提到这一时期对犹太人的歧视。在威尼斯,犹太人只能在指定区域生活,在《血的本质》中,奥赛罗两次前往犹太人集聚地,目睹了他们糟糕的生存环境,"在 16 世纪,威尼斯人不仅在奴役黑人,对犹太人同样是各种嘲讽"[1]。斯蒂芬的故事发生在纳粹时期以及以色列建国后的当下,其中讲到黑人女孩玛尔卡,尽管读者并不知道她的最终命运,但不难想象她未来的艰难。艾娃的故事发生在"二战"期间,对犹太人的迫害在这时已登峰造极。如果将这一事件放在世界史的大语境中来看的话,就不难发现,纳粹对犹太人实施的"大清洗"不过是之前种种迫害事件的又一次"复演",遭受迫害已成为犹太人挥之不去的"宿命"。

就人物设置而言,菲利普斯并没有局限于黑人,同时还讲述了犹太人遭受的各种非人待遇,从而在黑人流散和犹太人流散之间建立了关联,作品的视野由此变得更为宏阔。英国批评家保罗·吉尔罗伊曾强调此类跨族群对话的重要性,这种对话的缺失会"弱化我们关于现代种族主义是什么的全部理解,还会妨碍我们去认识到其作为现代世界中社会分化过程中的一种因素

---

[1] Caryl Phillips, *The European Tribe*, New York: Vintage Books, 2000, p. 45.

的构成性力量"[1]。这一有意安排不仅是因为菲利普斯身上同样有犹太血统,他的外祖父是有着犹太血统的葡萄牙人,更为重要的原因是他个人的遭遇,在小时候,当别人谈论犹太人时,他们的悲惨遭遇总能引起他的共鸣,菲利普斯总感觉别人是在谈论他自己。15 岁时,菲利普斯看过一部讲大屠杀的纪录片,正是犹太人的悲惨遭遇让菲利普斯意识到,"如果白人对白人都能做出那样的事情来,那么无法想象他们将会对我做出什么来"[2]。除此之外,在《血的本质》中,流散者之中既有男性,也有女性;既有来自上流社会的将军,同样有来自社会底层的酒吧女郎;既有少不经事的小孩,又有年老体衰的老人,形形色色的人的命运都因为种族主义而改变。为强化文本中主人公命运的相似性,增强作品的艺术效果,菲利普斯还对很多细节进行了精心处理。斯蒂芬和奥赛罗不仅都在事业上获得了相对的成功,而且都同来自异族的不同肤色的女性发生了情感上的纠葛,还都在塞浦路斯岛停留过。在小说中,玛尔卡像牲口一样被运送到以色列,毫无尊严可言,这和艾娃前往失散人口救助站的旅途有一定的相似性。此外,这部作品和《安妮日记》之间有着明显的互文性,艾娃和安妮都是犹太女孩,二人不仅命运上有着相似之处,而且还都有一位名字叫玛格特的姐姐。通过将犹太人和黑人的悲惨遭遇并置,《血的本质》表明种族主义导致的伤害并不会局限于黑人,其影响是世界性的。

对世界主义这一"阴暗面"的关注,再加上自身的流散经历,菲利普斯将注意力转向种族主义的"受害者"。通过在时间、空间和描写对象上的扩展,"菲利普斯强调了种族主义的持久影响,从近代早期到当下,在全球差异性极大的各个不同地区,种族主义在社会文化互动中都被描述为一个具有决定性影响的因素"[3]。来自不同时间、空间和族群人物命运的交错,使得作品中的故事既有历时性维度,又有共时性维度,可以帮助读者在人类历史和世界的宏阔语境中去思考人类命运,从而意识到种族主义的普遍性,形成人类共

---

[1] Paul Gilroy, *The Black Atlantic: Modernity and Double Consciousness*, London and New York: Verso, 1993, p. 213.
[2] Caryl Phillips, *The European Tribe*, New York: Vintage Books, 2000, p. 67.
[3] Fatim Boutros, *Facing Diasporic Trauma: Self-Representation in the Writings of John Hearne, Caryl Phillips and Fred D'Aguiar*, Leiden and Boston: Brill Rodopi, 2015, p. xxi.

同体意识。总而言之,在取得众多其他类似题材文学作品无法达到的艺术效果时,《血的本质》同样有着对种族问题更为根本性的反思,从而成为控诉种族主义的响亮音符。

二、"他者"建构的逻辑与命运的"共同性"

失去家园、遭受排斥和迫害是流散群体的共同经历,这些流散者在移居国被视为"他者",这种生存境遇上的"共同性"将成为流散群体团结的基础。种族主义有着自身的运作机制,制造"他者"即其核心环节,不断捏造借口,通过贬斥不仅将"异我族类"区分开来,同时还可以彰显自身的主体性和优越感。英国学者斯图亚特·霍尔指出:"他者"是西方社会的深度参与者,他强调,"从一开始,欧洲同其'他者'的外部关系对整个欧洲的故事而言就占据着中心性位置,并且现在仍是如此"。[1] 霍尔这里讨论的是种族"他者",是种族主义的必然产物。根据居处的地点和对帝国的态度,还可以将种族"他者"区分为"外部他者"和"内部他者",前者主要是指位于帝国疆界外的"他者",而后者不仅包括来自帝国内部的持异议者,同样包括生活在帝国内部的"异我族类"。[2] 就此而言,菲利普斯更多关注的是生活在移居国内部的"内部他者"遭遇到的不公正对待,莱顿同样注意到了这一点,在他看来,菲利普斯关注得更多的是欧洲内部的种族主义,而且他的这一坚持已达到顽固的程度。[3] 在《血的本质》中,斯蒂芬、艾娃和波尔托布福勒镇的塞尔瓦迪奥等都是长期生活在欧洲的犹太人,奥赛罗和黑人女孩玛尔卡则是黑人,种族身份使他们遭受歧视、剥削和迫害,整部作品的情节就是由他(她)们的人生故事编织而成。就对"他者"形象的刻画而言,菲利普斯并没有一味将受害者"理想化",而是呈现了更为完整和真实的"他者"形象。在作品中,尽管这些流散者在很大程度上都是一种悖论性的存在,对社会的正常运转而言,他们起到了不可替代的作用,但这并未改变这些流散者命运的"共同性",他们始终都

---

[1] Stuart Hall, "Europe's Other Self," *Marxism Today* 35.8, 1991, p. 18.
[2] 关于"内部他者"和"外部他者"的更详细论述,可参见何卫华:《〈等待野蛮人〉:自我解构的帝国与"他者"》,《英美文学研究论丛》2021年第1期,第300—311页。
[3] Bénédicte Ledent, *Caryl Phillips*, Manchester and New York: Manchester University Press, 2002, p. 138.

在遭受排斥、剥削和欺压。

《血的本质》呈现的"他者"形象更为全面和立体,菲利普斯在这里并没有一味地强调流散群体遭受的苦难、剥削和压迫,"沉迷"于控诉而无法跳脱。[1] 不同于之前关注同一题材的其他作品,《血的本质》中的菲利普斯指出了西方对"他者"的需要、依赖,以及这些"异我族类"获得的相对成功。就西方的安宁、发展和繁荣而言,离不开流散者的贡献,当然,在移徙到西方的流散者中,不乏自愿移居者,但更多的是被迫。在15世纪的威尼斯,因为违背基督教精神,基督徒们不被允许放贷,但时日艰难,穷苦老百姓有时必须借贷才能度过困难时期。在特殊时期,由于战争、商业投资和大型工程的需要,议会和达官显贵们同样会有借贷需求;而在另一边,由于行会制度的限制和种族歧视,不管具备何种技能,犹太人始终都无法从事其他职业,有着不同信仰的犹太人因此不得不进入借贷行业。当然,在当时的威尼斯,放贷还必须获得官方许可,遵守严苛的规定,从业者还被要求为议会提供资金支持,由这一安排可以看出统治阶层的虚伪性。[2] 尽管如此,凭借自身的勤劳、节俭和聪明才智,部分犹太人在这一领域还是获得了成功。作为优秀的医生,艾娃父亲同样是犹太人成功的例子,他的勤奋使得全家人过上了富足的生活。就奥赛罗而言,他出身高贵,是身经百战的勇猛武士和位高权重的军事领导,在战场屡建奇功,不仅曾在自己的国家领兵打仗,在其他国家同样做过将军。土耳其人意欲来犯,威尼斯急需能征善战的将领,受总督和议员们召唤,奥赛罗因此来到威尼斯,为帝国效力。杰出的军事才能使奥赛罗成为帝国战车上的重要零部件,甚至在苔丝德蒙娜的父亲到总督面前控告奥赛罗时,考虑到战争迫在眉睫,总督最后选择站在了后者这边,以换取这位"异族人"的服务。奥赛罗的经历无疑是"他者"获得成功的范例,菲利普斯曾评论说:"在欧洲获得成功的全部黑人中,(奥赛罗)最出名。"[3] 不难看出,不管是犹太流散者,

---

[1] 关于流散文学研究的同质化倾向,可参见何卫华:《〈剑桥〉:帝国叙事中的超越与共谋》,《外国文学》2009年第2期,第64—70页;《〈瓦解〉中的历史重写与族群伦理》,《文学跨学科研究》2020年第3期,第97—109页。

[2] 关于这一点,除菲利普斯在《血的本质》中的相关叙述外,还可以参见 William I. Brustein, *Roots of Hate: Anti-Semitism in Europe before the Holocaust*, New York: Cambridge University Press, 2003, pp. 177-264.

[3] Caryl Phillips, *The European Tribe*, New York: Vintage Books, 2000, p. 46.

还是黑人流散者,他们在西方社会中是一种悖论式存在:一方面,这些流散者有着各种各样的才能,他们提供的劳动、服务和便利是社会正常运转的需要;但在另一方面,作为"他者",他们又被排斥在外,遭受来自各个方面的歧视、排斥和压迫。

在《血的本质》中,流散者并没有被理想化,都是有欲望、情感和各种弱点的真实的人,而非刻板印象中的诚实、善良和任劳任怨的"完美流散者"。换言之,作品中的人物并没有被"脸谱化",在这一意义上,《血的本质》更多是聚焦于"对人性的探讨"。[1] 在作品中,作为"在欧洲获得成功的黑人",奥赛罗不仅有性格上的缺陷,同样有道德问题。为抱得美人归,他不惜抛弃远在家乡的妻小,而苔丝德蒙娜在他眼里不过是一个"物品","在这个物品中,美貌和危险并存"。[2] 他并不尊重异性,和苔丝德蒙娜结婚更多是出于个人算计,因为"婚姻和爱情在某种程度上是获得社会认可的通道"[3]。同样,艾娃并非天真无邪的小女孩,她伪造信件,为了生存出卖肉体,还协助纳粹屠杀犹太人,在纳粹集中营中做着焚尸工的工作。作为种族主义的受害者,艾娃同样对"异我族类"存有偏见,而不是采取一种宽容的态度,在谈到集中营中的生活时,艾娃说道:"我不喜欢这些从东方来的、肮脏的人。"[4] 同样,帮助藏匿艾娃姐姐的家庭并非"好心人",他们收钱办事,当玛格特孤苦无助时,男主人还侵犯了她,最终导致她客死异乡。菲利普斯同样指出了犹太复国运动中存在的问题,斯蒂芬为了这一事业鞠躬尽瘁,在作品开始,在谈到即将建立的以色列国时,斯蒂芬告诉因为战争而无家可归的年轻人摩西说:"这个国家同样会属于你。"[5] 斯蒂芬对这个未来的国家充满了期待和憧憬,但在新成立的以色列这个国家,进入暮年的斯蒂芬孤身一人,形影相吊,为缓解寂寞,竟然不惜用金钱来吸引年轻女性,在"消费"黑人女孩玛尔卡的身体时,斯蒂芬

---

[1] Maria Festa, *History and Race in Caryl Phillips's The Nature of Blood*, Stuttgart: Ibidem Press, 2020, p. 164.
[2] Caryl Phillips, *The Nature of Blood*, London: Vintage Books, 2008, p. 148.
[3] Renée T. Schatteman, "Disturbing the Master Narrative: An Interview with Caryl Phillips," in *Conversations with Caryl Phillips*, ed. Renée T. Schatteman, Jackson: University Press of Mississippi, 2009, pp. 53-66.
[4] Caryl Phillips, *The Nature of Blood*, London: Vintage Books, 2008, p. 170.
[5] Ibid., p. 1.

还不忘说道"但是她属于另一块土地。她在那里可能更快乐"[1]，他的种族偏见由此可见。结合玛尔卡和家人在以色列的边缘地位，不难得出结论，这里并非全体犹太人的"应许之地"，在这里生活着的犹太人内部仍存在剥削、压迫和不公正。复国运动并没有触及种族问题本身，在世界范围内消除种族主义绝非易事，菲利普斯的深刻之处和现实主义态度同样由此可见一斑。

虽然需要奥赛罗效力，但威尼斯并不会将这位黑人将军接纳为正式成员，事业的成功并不能帮助他摆脱"他者"地位。刚到威尼斯时，上流社会冷落奥赛罗，甚至他私人雇佣的仆人都瞧不起他，"他因为我的肤色和举止而不喜欢我"[2]。当奥赛罗同威尼斯女性交往，这位仆人的不悦更是溢于言表。就这一对待"他者"的方式而言，不会因为他们的善良、勤奋或成功而发生变化，菲利普斯强调这一点，不仅是因为他从莎剧和其他文学作品中获得了灵感，还源于他对真实历史的了解。爱因斯坦和弗洛伊德可谓厥功至伟，但作为犹太人，他们在"二战"期间依然遭受迫害。更重要的是，这同样是菲利普斯个人的亲身体验。在牛津大学学习时，菲利普斯是学生中的佼佼者，成绩突出，还积极参与各种活动，乐于助人，大家有困难时都会想到他，会去他那里寻求帮忙。尽管如此，一天，在一张名单上，他名字旁赫然写着"黑鬼滚回去"的字样，这件事让他触动很大。[3] 对于"他者"而言，无论你怎样努力，或者取得怎样的成功，都无法换来平等的地位，奥赛罗的命运就是这一逻辑的生动演绎。在《血的本质》中，排斥、剥削和迫害犹太人的例子比比皆是，犹太人聚敛财富或取得成功会招致嫉恨，但迫害并不会因为他们失去这些而停止，偏见根深蒂固，艾娃的姐姐玛格特就总结说，"你看，艾娃，尽管我们已失去这一切，但他们仍然仇恨我们，他们以后还会一直仇恨我们"[4]。由于在集中营中惨遭折磨，艾娃和其他犹太人在被英国士兵解救出来时，每个人都如"骷髅"一般，浑身恶臭，解救她们的英国士兵不得不捂着鼻子，惨状不忍直视。"欲加之罪，何患无辞"，在水井投毒、放高利贷，甚至坐电车都会成为迫

---

[1] Caryl Phillips, *The Nature of Blood*, London: Vintage Books, 2008, p. 212.
[2] Ibid., p. 136.
[3] Louise Yelin, "An Interview with Caryl Phillips," *Conversations with Caryl Phillips*, ed. Renée T. Schatteman, Jackson: University of Mississippi Press, 2009, pp. 46-52.
[4] Caryl Phillips, *The Nature of Blood*, London: Vintage Books, 2008, p. 88.

害犹太人的借口。就犹太人隔离区而言,在《欧洲部落》中,菲利普斯指出,威尼斯犹太人的贫民窟是世界上最早的,是其他此类地点的原型。[1] 歧视并非仅停留在语言、文化和思想层面,而是会演变为城市空间安排、职业限制和对异族通婚的禁止等具体的社会安排,成为具有强制性的现实力量。

虽然时代背景、现实境遇和个人经历相去甚远,但作为悖论性存在,流散者可能被需要,可以像奥赛罗一样在欧洲功成名就,但遭受排斥是"宿命",无关乎个体的成功或对移居国的贡献。这一深层、复杂和隐秘的"他者"建构逻辑在作品得到完美演绎,白人通过排斥来确认自身,这一认识让菲利普斯内心充满"不安全感",因为和种族相关的暴力事件随时都有可能爆发,任何人都可能成为其受害者。[2] 但与此同时,苦难的"共同性"必然让流散者意识到他们命运的"共同性",这将帮助他们在现实的"废墟"中寻找力量、探索前进的道路和构想未来,在"共同的"苦难中结成共同体。

三、情感的"共同性"与共同体

关于命运"共同性"的意识必将成为流散者团结的基础,但对流散共同体的建构而言,作为连接纽带的情感同样重要,拉尔夫·艾莉森就曾强调说:"对现在散落在世界各地的有部分非洲血统的人们而言,将他们连接在一起的不是文化,而是对强烈情感的共同体认。对于欧洲人在殖民和帝国过程中强加在我们身上的异化,我们有共同的仇恨,共同的苦难将我们团结在一起,而并非肤色。"[3] 不管是在流散者身份建构的过程中,还是就流散者的团结而言,记忆始终发挥着重要的作用,因为"共同的记忆是共同体定义自身的重要方式,对于遭受过同样苦难的人而言,同样的不幸、际遇和对美好未来的希冀引发相同或类似的情感,'同病相怜'会在他们之间形成精神上的亲缘性,而'物以类聚,人以群分'的感觉则帮助他们团结在一起。这一情感连接将成为建构集体主体的基石,共同的创伤因此具备将所有人纳入全新身份认同之

---

[1] Caryl Phillips, *The European Tribe*, New York: Vintage Books, 2000, p. 52.
[2] Louise Yelin, "An Interview with Caryl Phillips," *Conversations with Caryl Phillips*, ed. Renée T. Schatteman, Jackson: University of Mississippi Press, 2009, pp. 46-52.
[3] Ralph Ellison, *Shadow and Act*, New York: Vintage Books, 1995, p. 263.

中的潜能"[1]。对流散者而言,这种强烈的情感不仅包括他们对"家"的共同渴望和对种族主义的共同仇恨,同样包括种族主义对他们在情感上造成的伤害。就前者来说,艾娃始终沉浸在对母亲和姐姐玛格特的思念中,深陷集中营中的她意识到:"千百年来,一直努力和其他人在一起,努力成为其他人,现在我们要调转方向,回家。"[2]"家"不仅意味着家人,还意味着拥有自己的国家,这样才能把控命运。尽管已在移居国生活多年,但这些"他者"仍不能被接受,"在这个国家,你只是一位客人"[3]。拥有自己的国家,这正是斯蒂芬做的事情,他原本可成为拥有大好前程的医生,却选择抛妻弃子,投身犹太复国运动,最终在以色列颐养天年。奥赛罗更多是属于主动流散,他内心渴望被接纳,成为"真正的"威尼斯人,但他同样时不时回忆起家乡。各种偏见、排斥和暴行的根源都在种族主义,因此,对"他者"而言,种族主义是他们"共同的"憎恨、讨伐和攻击的对象。

就情感上的伤害而言,这里有必要谈谈种族创伤。创伤是菲利普斯长期关注的话题,很多学者都有提及,法提姆·布特罗斯曾说道:"(菲利普斯)贡献了数量不菲的极有影响力的文学作品,这些作品聚焦于加勒比非裔群体承受的创伤性遗产,涉及面十分广泛。"[4]艾伦·麦克拉斯基指出,创伤是在菲利普斯作品中反复出现的话题;[5]安妮·怀特海德还以互文性为视角,专门对《血的本质》中的创伤进行过深入分析。[6]但就已有的这些研究而言,学者们关注得更多的是作品中创伤的具体表现形式,而缺乏更为深层次的分析,更没有学者去分析创伤导致的情感上的"共同性"对共同体构建的积极意义,这些讨论因此都还可以进一步推进。此外,从总体上来讲,就创伤理论本身而言,关于种族创伤的讨论,目前还相对匮乏,仍需进一步深入,"对于在西方社会内部或外部处于从属地位的群体而言,他们的创伤性经验在那些开创

---

[1] 何卫华:《主体、结构性创伤与表征的伦理》,《外语教学》2018年第4期,第99页。
[2] Caryl Phillips, *The Nature of Blood*, London: Vintage Books, 2008, p. 45.
[3] Ibid., p. 93.
[4] Fatim Boutros, *Facing Diasporic Trauma: Self-Representation in the Writings of John Hearne, Caryl Phillips and Fred D'Aguiar*, Leiden and Boston: Brill Rodopi, 2015, p. x.
[5] Alan McCluskey, *Materiality and the Modern Cosmopolitan Novel*, New York: Palgrave Macmillan, 2015, p. 28.
[6] Anne Whitehead, *Trauma Fiction*, Edinburgh: Edinburgh University Press, 2004, pp. 89-116.

性文本(包括卡鲁斯自己的作品)中往往被边缘化或忽略"[1]。不难看出,以种族创伤为视角,不仅有助于深入理解菲利普斯的作品,同时还可以丰富创伤理论。将不同时间、地点和人物身上发生的故事并置,并且强调众多相互独立的人物和故事之间存在的相似性,可以让读者意识到此类创伤性事件在历史中的"复演"、持续性和普遍性。但就《血的本质》而言,更为重要的是发掘此类"复演"背后的种族主义意蕴、受害者差异性经历背后的各种"共同性"及其对于流散者共同体建构的意义,这些终将成为流散者团结的坚实基础。

对任何犹太人而言,大屠杀都是无法抹除的创伤性记忆。对流散者而言,伤害不仅是肉体的,更多是精神性的,创伤性的经历使得他们无法像正常人一样生活,正如萨拉·菲利普斯·卡斯特尔所言:"集中营带来的后果就是人格的解体,使得艾娃的自我意识因此变得破碎不堪,其混乱和无序的思绪正是对这一状态的记录。"[2]在《血的本质》中,被解救后,艾娃已无法正常和外部世界沟通,她产生了幻觉,认为妈妈来集中营看望自己。领取食物时,艾娃都不会忘记为并不存在的母亲领一份,她将自己关在房间里和母亲聊天,一起回顾她们的过往,一起憧憬未来。在自杀前的一段时间里,艾娃的幻觉中还出现了一位名叫贝拉的女孩,她们经常在一起,艾娃还将她作为可以和自己谈心的朋友。艾娃的姐姐玛格特同样出现了精神问题,为躲避纳粹的搜捕,在长达 18 个月的时间里,玛格特被迫藏匿在一座房屋顶上的小屋子之中,这时她的幻觉中出现了一位名叫思吉的女孩,并成为她的朋友。随着故事的推进,处于精神崩溃边缘的艾娃的叙述越来越不可靠,兴许是为了逃避,因为"现实更加糟糕。梦魇还可以接受"[3]。艾娃在幻觉中越陷越深,这些不可靠的叙述,是"对现实主义叙事模式的偏离,表明艾娃无法战胜集中营带来的创伤"[4]。过去的经历给艾娃精神上留下的创伤是永远都无法抚平的,在格里对艾娃表示好感时,艾娃在心里说道:"但是他永远都无法了解一个像

---

[1] Bénédicte Ledent & Daria Tunca, eds., *Caryl Phillips: Writing in the Key of Life*, Amsterdam and New York, 2012, p. 156.
[2] Sarah Phillips Casteel, *Calypso Jews: Jewishness in the Caribbean Literary Imagination*, New York: Columbia University Press, 2016, p. 264.
[3] Caryl Phillips, *The Nature of Blood*, London: Vintage Books, 2008, p. 167.
[4] Sarah Phillips Casteel, *Calypso Jews: Jewishness in the Caribbean Literary Imagination*, New York: Columbia University Press, 2016, p. 265.

我这样的人。他们中没有人能。"[1]艾娃始终停留在创伤性事件造成的忧郁之中,直到生命被完全吞噬。

黑人流散群体同样是种族创伤的伤害者,斯特夫·克拉普斯曾指出:"菲利普斯对黑人和犹太人苦难的历史进行了发掘:在他的作品中,全部的主人公都在同各种创伤性记忆进行斗争,种族主义的或反犹主义的暴力和压迫引发了这些创伤性记忆。"[2]就《血的本质》而言,如果说种族创伤导致了艾娃精神上的崩溃,在奥赛罗身上则表现为精神上的异化。结合杜波依斯在《黑人的灵魂》一书中的相关论述,吉尔罗伊曾指出,非裔流散身份的重要特征是其"双重意识",这些"内部他者"一方面感觉自己属于移居国,但同时又感觉被排除在外,更为重要的是,这些流散者内心还有一种深深的自卑感,这在奥赛罗身上有明显体现。在奥赛罗看来,威尼斯代表的是光明、文明和先进,而自己的故乡则是黑暗、落后和愚昧的同义词。初来乍到的奥赛罗内心坚信,威尼斯才有真正的、值得珍惜的和完全意义上的生活,他被威尼斯的繁华震慑,"这些宫殿巧夺天工,我完全无法将自己的双眼移开,正是这些宫殿的存在,让我真切地意识到在这座童话般的城市之中走了多远。从边缘出发,我抵达了世界的中心。从黑暗的边疆来到这里,哪怕傍晚时分最为微弱的阳光,都能在这里洒下余晖,点燃一片绚丽的霞光"[3]。在奥赛罗眼中,苔丝德蒙娜的家富丽堂皇,油画、吊灯、纺织物、红木桌子和缀满鲜花的阳台都让他充满向往,他感觉自己不过是一位"可怜的奴隶"。自卑让他厌恶自己的肤色,在即将秘密完成和苔丝德蒙娜的婚礼时,奥赛罗感慨道:"我烟灰色的双手,将会弄脏她光洁如大理石般的肌肤,家庭的爱就像洁白的牛奶,兴许可以将这一污点洗净。"[4]自惭形秽的他认为自己的人民是"堕落的,缺乏威尼斯人的教养和风度"[5],这种否定使奥赛罗急于告别过去,期盼能够拥抱在威尼斯的生活,并将为其服务视为至高荣耀。同苔丝德蒙娜结婚的目的就是要

---

[1] Caryl Phillips, *The Nature of Blood*, London: Vintage Books, 2008, p. 43.
[2] Stef Craps, "Linking Legacies of Loss: Traumatic Histories and Cross-Cultural Empathy in Caryl Phillips's *Higher Ground* and *The Nature of Blood*," *Studies in the Novel* 40.1-2, 2008, p. 191.
[3] Caryl Phillips, *The Nature of Blood*, London: Vintage Books, 2008, p. 107.
[4] Ibid., p. 147.
[5] Ibid., p. 119.

更好地融入这个新国度,让威尼斯真正接纳自己,因为"即将到来的婚姻标志着自己同过去的告别,而威尼斯这一座城市,作为我妻子的出生地,我可能现在在余生中必须将这里视为家"[1]。奥赛罗笃信白人的优等地位,而自己的黑皮肤则是耻辱的代名词,这种精神上的异化导致了他的"遗弃神经官能症"[2],导致他最后杀死苔丝德蒙娜并自杀。

命运的"共同性"是流散共同体的基础,而情感上的"共同性"则是连接共同体的有力纽带。就共同体的建构而言,"共同的语言、地域和利益追求等客观因素固然重要,但就共同体的形成而言,亦不可忽略共同的认知、价值观和理想等主观因素"[3]。换言之,共同体的构建不仅需要客观条件作为基础,同样还需要情感和精神方面的引导和纽带,这不仅包括类似的意识、认知和精神状态,同样包括类似的关切、热望和对未来的期待。总而言之,相似的经历使流散群体有着众多"共同的"情感,这些都将帮助流散者团结到一起,并且成为连接流散共同体的纽带。

总的来讲,流散文学研究可采取"回顾的"模式,重点分析流散者遭受的苦难及其成因,这一类研究往往比较深入,但容易落入俗套,一味地"控诉"和强调流散者遭受的苦难;流散文学研究同样可采取"向前看的"模式,此类研究不会止步于对苦难的分析,而是致力于在废墟中发掘被掩埋的"希望的种子",在绝望中去寻找前进的动力,超越创伤,由此去构建更公正、公平和和谐的族群关系。凭借其世界主义视野,《血的本质》以文学的方式再现了不同流散群体在现实处境、命运和情感等方面的"共同性",这些都将成为建构流散共同体的"资源",这一流散共同体不仅可以将全世界的流散者团结起来,还将成为他们争取权利、重构族群关系和世界秩序的依托和力量,《血的本质》的重要价值和意义由此可见一斑。

何卫华,华中师范大学外国语学院教授。本文刊于《外国文学研究》2023年第1期。

---

[1] Caryl Phillips, *The Nature of Blood*, London: Vintage Books, 2008, p. 147.
[2] 可参见徐彬:《血祭、隔都、奥赛罗——卡里尔·菲利普斯〈血的本质〉中欧洲种族主义的政治文化表征》,《外国文学评论》2020年第1期,第80—93页。
[3] 何卫华:《创伤叙事的可能、建构性和功用》,《文艺理论研究》2019年第2期,第174页。

多重文本间的"互文"与"覆写"

——以陈美玲的诗《乌龟汤》为例

陆 薇

近年来,在全球化跨界的文学研究,特别是流散文学的研究中,以互文性(intertextuality)作为视角的研究成果可谓屡见不鲜。人们从这个视角考察各种文学、文化传统的前文本在新文本的形成和接受过程中的影响,在其中所起的作用,同时也考察新文本对前文本所做出的继承、变化和发展。自法国学者朱莉亚·克里斯蒂瓦1967年提出互文性的概念以来,在其四十余年的研究史上,多位学者将互文性与拼贴、模仿、戏拟、重复、反射、覆写、隐形书写,甚至是翻译和网络等概念与意象联系起来,从各个方面对其加以不断的补充、完善和更新,使其得到了很大程度上的丰富与拓展。本文作者认为,互文性主要是一种"求同"的研究方法,它使人们看到的主要是限定在原有文本体系内的意义,或者说是受到前文本意义钳制的意义,是被预设、可预测的意义。这种研究方法在一些批评实践中虽然令研究者们取得了一些成果,但不可否认的是它具有一定的局限性。近年来华裔美国文学批评所遇到的一些困境也恰恰证实了这种方法的局限性。因此,相对于互文性而言,19世纪英国作家、文学批评家托马斯·德·昆西(Thomas de Quincey,1785—1859)所提出的"覆写"(palimpsest)的理论概念在跨界的流散文学阐释方面更为恰当,也更具理论阐释力。虽然很多人常常将"覆写"与互文性等同看待,认为前者是后者的标志,但笔者认为两者之间存在着一些实质上的差别。透过"覆写"的视野,人们看到的不仅是文本体系内部的相互影响,更多的是一些没有多少线性关系的文本在偶然相遇之后所产生的期待之外的意义。这为我们在文学研究领域提供了一个"求异"的视角。这不仅在文学的批评实践上具有开拓性,同时作为一个延展的隐喻,"覆写"的概念在对文学的整体问题理解上也给我们带来了一些思考。本文将以对陈美玲的诗《乌龟汤》的覆写性解读为例,通过对互文性与覆写性这两个理论概念在这个文本解读中的辨析来论证上述观点。

一

陈美玲(Marilyn Chin, 1955—)是当代美国文坛一位重要的华裔美国诗人。她生于香港,儿时随父母移民美国,接受过受过良好的中英文文学创作的专业训练,同时也从事英汉、英日的诗歌翻译。中国诗人艾青的诗歌英文版就出自她的笔下。作为一名经常入选美国文学选集和大学文学教材的诗人,陈美玲共出版过三部诗集,分别为《矮竹》(*Dwarf Bamboo*,1987),《凤去台空》(*The Phoenix Gone, The Terrace Empty*,1994)和《纯黄色狂想曲》(*Rhapsody in Plain Yellow*,2002)。但从这些诗集的题目来看,她作品中中西文化交汇和碰撞的主题可见一斑。本文所要分析的《乌龟汤》("Turtle Soup")[1]是诗人1994年出版的诗集《凤去台空》[2]中的一首短诗。全诗如下:

乌龟汤 [3]

你拖着满身疲惫回到家中,在某天的晚上,
母亲在灶旁已经忙了十二个钟点,
给你炖着一锅乌龟汤。
(谁知道锅里还煮了些什么?)

你说:"妈,你炖掉的是长寿的象征与吉祥。
这龟已经活过了四千年,

---

[1] 此诗的题目译成中文可以用"归化"的方式译为"甲鱼汤",这是中文中常用的叫法,也是诗中母亲的理解;同时,它也可以按照"异化"的方式译为"乌龟汤",这是女儿的理解。译法的不同给整首诗带来了耐人寻味的张力。笔者在题目的翻译上有意运用了"异化"的方法。具体分析见正文。

[2] Marilyn Chin, "Turtle Soup," *The Phoenix Gone, The Terrace Empty*, Minneapolis: Milkweed Editions, 1994.

[3] Ibid., p. 4. 中文为本文作者所译。

从渭河游入黄河,又游过长江,
见证了青铜时代和盛唐,吃的是养蚕的桑。"
(就这样,她把它的生命煮了出来。)

"我们的祖先都是些傻瓜,他们会头脑发僵。
你是否还记得吴伯伯?他千里单骑,追杀清将,
结果人头被高悬在了柱子上。吃吧,孩子,
龟肝会让你身强体壮。"

有时候你是生命,有时候被人祭葬。
母亲的哭泣无法阻止,
你只有将柔软的餐巾铺在腿上,
在美丽的帕萨迪纳。

宝贝儿,那些女祭司全弄错了,
"香港制造"才是刻在绿龟壳上的
金色字样。

但除了这些奇怪的符号、仪式、祈求
和甲骨文字样,还有什么印记
留在了乌龟和人类身上?

  显而易见,读到这样一首诗,人们最先关注的可能就是中西方文化对诗人和诗的影响,很容易从互文性的视角去阐释诗的含义,力求证明诗人构建的是一种跨文化的混杂性,或者是霍米·巴巴意义上的"第三度空间"。但细读之下,读者会发现这首诗是在并无太多相互影响,甚至是并无太多相关的几重文本中展开的,其中包括西方的东方主义话语、中国的传统文化、男权/父权思想、宏大的家国叙事、日常生活的个人叙事、现代消费文化、上层建筑的政治、实用主义的生存哲学等。用互文性的方式解读很容易将文本的解读程式化、简单化。

女儿在某个晚上身心疲惫地回到家中，看到母亲为自己花了一整天的时间炖了一锅乌龟汤（甲鱼汤）。母亲按照中国的方式给儿女煲汤，这是华裔美国家庭中的一个再常见不过的场景。然而，在母亲代表的老一辈人华裔美国人看来非常简单、熟悉的场景却引发了女儿的质疑。首先，这首诗是在西方对东方的东方主义刻板化认识中展开的：英文中的"Turtle Soup"对西方人而言就是"乌龟汤"（而非"甲鱼汤"），诗里讲的就是一个宠物般的小动物被人炖汤、吃掉的故事。这样的故事显然是印证了西方人对华裔美国人的东方主义想像：东方人野蛮、神秘、不可理喻。著名亚裔美国学者黄秀玲在她在《阅读亚裔美国文学——从必须到奢侈》一书中曾令人信服地论证过，"中国人什么都吃"这个刻板化印象背后所隐藏的，是美国官方历史有意掩藏的种族主义政策对华裔美国人的排斥与迫害，是华裔美国人出于生存的无奈不得已而沿袭的一种生存之道。女儿的这重目光代表的无疑是内化了的西方人的东方主义目光。的确，即便是在中国文化中，正像女儿所说的，乌龟是长寿的象征，因此也是人们喜爱的宠物，将它化为盘中餐、腹中食也同样不能为女儿所接受。但是，女儿和她所代表的西方读者有所不知的是，乌龟的一个同类（甲鱼——一种软壳的乌龟）在中国文化里是人们经常食用的补品。然而，由于西方的文字和文化中都没有"甲鱼"的概念，于是"甲鱼"就被自然而然地等同成了"乌龟"，也就出现了诗中母亲与女儿对"Turtle Soup"在认识上的巨大差异，从而也引发了东西方文化、母亲与女儿、文化象征与实用价值之间多层文本碰撞产生的张力。

《乌龟汤》这首诗意义纵横交错、文本层层叠加，互文性的视角让我们看到的只是中西文化的各层前文本对此文本有形、有限的影响，却无法让我们看到在书写和解读的过程中各层文本之间相互作用之后产生的无形、无穷的新意。那么，我们就此避开互文性给人带来的"期待视域"，用"覆写"这个以"求异"为目的的隐喻尝试对这首短诗进行重新解读。从渊源上讲，"覆写"一词源自拉丁文，意思是"涂抹掉后重新使用"，原指古代写在羊皮纸上的文字，由于种种原因（如羊皮纸价格昂贵，不得不重复使用、时间久远字迹变得模糊不清、原有文献的内容失去价值等），人们将原有的文字涂抹掉，再撰写上另一层文字。但是，底层的文字有时并不会完全消失，它们还会自然地或者人为地重新显现。在古希腊、罗马、埃及，覆写的做法十分常见，以至今天在一些保留在博物馆里的羊皮纸上,人们还能发现最多能达到上百层的文字印记。今天依然留存的一些覆写文献包括希腊文的《圣经》(新约、旧约)、荷马史诗、古罗马法典、古叙利亚文的历法、希腊悲剧、早期基督教的"僧侣传奇"、12世纪的浪漫传奇史等文献。[1]可以看出,"覆写"最早是化学家、建筑学家、考古学家、人类学家、博物馆学家和古文字学家等所关注的文化现象。这样一个地地道道的跨学科意象原本与文学研究并无直接关系。据当代英国学者莎拉·迪伦(Sarah Dillon)考证,作为一个文化批评的隐喻性概念,托马斯·德·昆西第一次提出的"覆写"指的是一些原本毫不相关的文本被随意地叠放在一起,相互破坏、纠缠、干扰、威胁、抑制、竞争、渗透,在彰显相互影响的同时又极力保护每层文本的特性。[2]因此,虽然"覆写"原有的意图是覆盖、涂抹、毁坏底层文本,但不断还原/还魂的底层文本顽强地存活下来,像一个挥之不去的幽灵,或者回归的被压抑者,显示了一个不确定的异质、多元结构。

从上述描述中我们可以看出,"覆写"的概念包含着以下几层含义:第一,羊皮纸上的各层文字之间有多种纠结的关系。它们既密切又不同,永远处于此消彼长、此起彼伏的状态,因此各层文本中并没有源文本、子文本的关系,也没有权威、中心的文本,它们相互之间不仅既相互排斥又相互依存,同时还永远向更多层文本的铭刻开放,使意义永远处于不断被铭刻、重写、再铭刻、再重写的动态生成过程中;第二,在覆写文本中,各文本之间没有线性的发展关系,取而代之的是多线性、多节点、网状的平等关系。这样的关系颠覆了"原初"的概念,使所有文本间的关系变得平等;第三,也是更重要的一点,"覆写"既强调以掩盖、涂抹为目的的一层文本覆盖另一层文本的特点,同时也强调被压抑、涂抹的文本的回归,也就是被认为已经消失的底层文本幽灵般的复活和回归。而这种幽灵性,按照德里达的说法,是一种介于生与死、在场与缺场之间的状态,是"缺场的在场"(presence in absence),也是过去与现在相遇的场域。覆写性的这些特质显然更具解构主义色彩,难怪它被一些理论家

---

[1] Josephine McDonough, "Writing on the Mind: Thomas De Quincey and the Importance of Palimpsest in the Nineteenth Century Thought," *Prose Studies*, 10.1, 1987, p. 208.

[2] Sarah Dillon, "Palimpsesting: Reading and Writing Lives in H. D.'s 'Murex: War and Postwar London (circa A.D. 1916-1926)'," *Critical Survey*, Vol. 19, No. 1, 2007, pp. 29-39.

看作后现代"众声狂欢"式的写作方式和阅读策略。只是这些特质在互文性的研究中不太为人关注。从这个意义上,笔者认为覆写性比起互文性来对文学文本的解读更具异质特性,因此也更具阐释的深度和力度。

陈美玲的诗《乌龟汤》正是一个有着明显"覆写"特征的文本。在诗中我们看到上述提到的几层文本共存于这个文本空间。具体来讲,第一层文本就来自诗的标题"乌龟汤"。在深受西方文化浸染的女儿眼中,乌龟不可食用,因此在这个意义上母亲的行为不可接受。事实上,标题本身("乌龟汤"/"甲鱼汤")的开放性就预示了多个所指的并存。这是诗中的一个东方主义的底层隐形文本。诗的第二层文本同样也是一个底层的隐形文本,是被女儿的文本激活之后重现出来的中国传统文化文本。在这层文本中,乌龟是"长寿的象征",它"活过了四千年,/见证了青铜时代和盛唐,/从渭河游入黄河,又游过长江,/吃的是养蚕的桑"。在这个意义上母亲的做法也同样不可接受。女儿对母亲做法的质疑就来自上述两层文本。这两层文本原已被母亲建立在"生存哲学"上的实用主义文本掩盖了起来,但在女儿的质疑之下,它们又各自浮现出来,相互进行对话。

对于女儿的质疑,母亲陈述了她的理由:她炖的乌龟(在她的眼中更应该是"甲鱼")不是见证了四千年中华文明象征着长寿与吉祥的乌龟,而是龟壳上刻着"香港制造"字样的商品、消费品,是专门供人食用、滋补身体的营养品。在母亲这里,物质的和象征意义上的乌龟是截然分开的,文化和消费意义也并不存于同一只乌龟身上。而且,即便是这些意义都并存于一只乌龟身上,炖乌龟汤给女儿滋补身体也不影响母亲对中国文化有她自己合理的理解——因为中国文化是老一辈华裔美国人的人生底色,是无需任何形式或符号提示的"集体无意识"。在母亲那里,乌龟也好,甲鱼也罢,它最重要的作用就是实用的滋补功能。此外,在母亲眼中,男性祖先的教导并不全是放之四海而皆准的真理。她认为这些祖先有的时候也是"傻瓜",他们会"头脑发僵",他们的教导有时也只是教条,不足以让后代效仿。祖先们所关心的事情自然都是事关家国政治的"宏大叙事",它们遥远而虚幻,是神话、诗歌、小说中的世界;而作为女性,母亲所关心的却是日常、实际、卑微的"个人叙事",是如何让儿女"身强体壮"的现实生活,这是男性祖先或西方人都看不到的层面。在诗中,女儿虽然没有被母亲完全说服,一时也并没有找到问题的答案,但她还是按照中国传统文化的道德规范,"将柔软的餐巾铺在腿上",坐下来喝掉了母亲炖的"乌龟汤"。只是有一个问题却一直萦绕在诗人心头:"但除了这些奇怪的符号、仪式、祈求/和甲骨文字样,还有什么印记/留在了在乌龟和人类身上?"女儿此时召回了被母亲涂抹掉的几层底层文本,使东方主义、中国传统文化、男权/父权话语重现、复活,与后来的文本发生作用,产生新的意义。我们看到,东方的也好,西方的也罢;男性祖先的也好,女性前辈的也罢;东方主义的也好,传统文化的也罢……这些都只是乌龟这个意象意义生成过程中的各层文本。多重文本在这首诗中相遇,一层涂抹掉另一层,再被后来的文本涂抹、重写,同时也将自己编入了他文本中,形成了织锦缎一般纵横交错、层层叠加的意指。而诗的最后一段向我们揭示的是这种意指的无穷性:乌龟与人类身上所留有的印记并不是我们都能看到的,而且现有的这些印记也并不是全部。它们都还要向未来的铭刻开放,向未来的涂抹和再铭刻开放。而且,诗的这些所有不太相关的层面都被奇特地叠放在同一个文本中,在同一空间中使这些不相关的意指发生了铭刻、涂抹、再铭刻的关系,让意义消解、融合、变化,直至不断生成,使读者看到了历史演变的全过程。这从另一个侧面也呼应了福柯的谱系学历史观和知识考古的方法论。[1]

在"覆写"概念的烛照之下,我们看到了《乌龟汤》这样意义从多重文本交织中生成的例子。陈美玲在诗中虽然透过母亲的实用主义话语将中国传统文化、东方主义话语等潜文本都召唤了回来,但被召唤回来了的文本都是在和表层文本发生了相互作用之后的文本,在这里,能指的意义被剥离在了固有的所指之外:父权文化被女性的实用主义消费文化所拆解,东方主义话语被生存哲学所颠覆,家国的宏大话语被个人的卑小话语所浸染,"乌龟"原有的文化象征意义被诗中多重文本的"众声喧哗"所替代,而且它们还会继续被铭刻、涂抹、再铭刻,在文本的碰撞中不断获得新的意义。传统文化不再是被用来铭刻于心、顶礼膜拜的经典,而是被用来挪用、创新的素材,是产生陈美玲集中西、古今文化于一身的诗歌创作沃土。实际上,按照福柯等后现代理论家的说法,作者是意义的创造者,同时也是意义的限定者。从这个意义上

---

[1] 参见 Michael Foucault, "Nietzsche, Genealogy, History," in *Language, Counter-memory, Practice: Selected Essays and Interviews*, trans. Donald F. Bouchard and Sherry Simon, Ithaca, N.Y.: Cornell University Press, 1996.

来讲,文本的意义并不仅仅在于作者的写作意图,而更在于读者"横看成岭侧成峰"的阐释。而每一种阐释又和所有层面的文本一样,在"覆写"的意义上都不可避免地成为底层文本,为后来的文本所涂抹,重写。这样的一个奇特的现象给当今全球化语境中的流散文学研究带来十分令人深思的启示。

二

实际上,在华裔美国文学这样的流散文学研究中,已有不少学者从双语和跨文化的互文性、混杂性方面探讨这些文本与中西方文学、文化传统之间的渊源,认为陈美玲这样的熟知中英文语言和中西文化传统的作家和以往只认同美国的作家不同,他们既认同美国,也认同中国。他们努力建构的是一种带有互文性、混杂性的双语诗学。[1]但本文认为,单是互文性和混杂性还不足以充分说明和阐释这个文学分支的特殊性与复杂性。事实证明,这样的研究方法反而有可能将复杂的问题程式化、简单化。而"覆写"这个理论概念在阐述跨界的流散文学的特殊性和复杂性上是一个视角的补充,能够给人带来更多层面的思考和洞见,避免看问题的盲区和盲点。

不可否认,"覆写"其他诸多意象(如拼贴、戏仿、马赛克、翻译、网络等)与互文性之间存在着一些共性,其中最大的共性就是它们都致力于挖掘一文本与他文本之间的相互影响和关系。有人认为文本就"像是马赛克一样,是镶嵌在一起的各种引文",所有文本都是对其他文本的变形与吸收(朱莉亚·克里斯蒂瓦);有人认为一文本与他文本之间存在着或这样或那样的互文关系——从最明显的引文、用典和抄袭到最隐蔽的文类之间的抽象联系(杰拉德·热奈特);有人认为没有任何文本是封闭的、已经完成的,它们都是许多声音交织而成的意义,都是在阅读的动态过程中不断生成的意义,是像编织物一样不断被编织、没有终结的意义生成过程(罗兰·巴尔特)[2];哈罗德·布鲁姆认为文本与其前文本之间的关系就像是诗人与他们的前辈的关系一

---

[1] 参见 Sau-ling, Cynthia Wong, *Reading Asian American Literature: From Necessity to Extravagance*, Princeton: Princeton University Press, 1993 和 King-Kok Cheung, "Slanted Allusions: Bilingual Poetics and Transnational Politics in Marilyn Chin and Russell Leong," *Amerasia Journal*, Vol. 37, No. 1., 2011, pp. 45-60.

[2] "编织物"(texture)一词在英文中与"文本"(text)一词是同源词,这一点也很令人玩味。

样,是俄狄浦斯故事的重述:后代诗人极力要走出前辈的巨大身影,从而建立自我的地位和身份;但也正是后代诗人的努力创新拯救了前辈诗人的诗歌,使其得到了重生、再生;希利斯·米勒认为任何文本都是其他文本的"回响",是"带有差异的相同",是死而复生、生死轮回的"幽灵效应"。总之,所有这些比喻说明的都是文本之间的相互关系,从大的方面来说都是文本之间的互文关系。

回到互文性和覆写性之间的关系上。这两者在大的范畴上的确有着上述所有概念之间的共性,而且两者之间的相似程度也曾使得一些学者认为"覆写"实际上就是"互文性的标志",[1]但笔者认为在一些关键问题上还是能够看到两者之间的一些本质上的不同,即文本的相关性和预设性。笔者认为这是分辨两者间异同的一块试金石。

按照克里斯蒂瓦的定义,互文性是"任何单独文本和许多其他文本的重新组合,在一个特定的文本空间里,来自其他文本的许多声音相互交叉、相互中和"(着重符号位本文作者所加,下同)。[2]换言之,互文强调的更多的是对源文本的追溯,是子文本与源文本之间的相关性;而"覆写"关注的更多的则是存在于在同一空间中一文本与他文本之间的不相关性。正是这种各层不相关的文本间不期的相遇、碰撞所带来的相关才能给文本带来"陌生感",收获意想不到、期待之外的意义。其次,在"覆写"的概念中既然没有了互文性,它更看重的就是各文本之间的平等关系。这些文本没有了"本"和"末"之间的权力、地位关系,所有陌生文本共处同一空间。在这种奇特的相遇、相处中创造出相互关系和意义都是偶然、临时的,遇到新文本的涂抹和再铭刻,文本间又会出现新的意义。再次,互文性中的源文本暗示了它产生无数个子文本的可能,但这同时也说明,在互文性中,意义的产生主要来源于源文本,源文本的意义也直接决定子文本的意义;与之相反,在"覆写"过程中任何一个文本意义的产生都不取决于一个特定的源文本,而产生于原本没有逻辑、安排

---

[1] 参见 Carmen Lara-Rallo, "Pictures Worth a Thousand Words: Metaphorical Images of Textual Interdependence," *Nordic Journal of English Studies*, Vol. 8. No. 2 (2009), pp. 91-110;杨仁敬、林莉:《互文文本中隐现的现实》,《东北师大学报》2007年第11期;梁晓冬:《羊皮纸效应:A. S. 拜厄特〈水晶棺〉中童话改写的痕迹》,《外国语》2006年第3期等。
[2] Julia Kristeva, "The Revolution in Poetic Language," in *The Kristeva*, Blackwell: Harvard University Press, p. 145.

与期待的文本相遇。不期的相遇、共处所带来的结果也正是文学必可缺少的文学性之所在。

看待互文性与覆写性之间不同的另外一个角度是文本的预设性，这是乔纳森·卡勒在阐释作为文学解读策略的互文性时所强调的一个特征，即事物的"前在性"("前在"与"此在"为海德格尔用语——笔者)。乔纳森借用语言学研究方法中的预设方法（presupposition），强调特定文类的专用方法、一事物与未知事物的特殊假设、普遍的期待与阐释运作，乃至有关特定话语的先入之见及其目的的思考。运用在文学阐释上，他认为"互文不仅是文本间的对话，也是后文本对前文本的吸收、戏仿和批评活动"[1]。换言之，互文性追寻的不仅是文学文本之间的相关，它追寻的还有文学中存在的一些一脉传承的普遍规律。在这个意义上覆写性与互文性有着很大的不同。"覆写"关注的不是文本的预设，不是前文本对后文本的影响，相反，它强调的是几个不相关的文本偶然相遇、碰撞、纠缠时即时产生的意义。"覆写"中的先后概念主要指的是文本的书写时间，并不是意义的生成过程。它不设定先于任何一个文本存在的"前在"，只关注共存的"此在"(无论多少个文本在同一空间共存)。意义的产生不依赖于"前在性"，只依赖于"当下性"，既是一个文本覆盖另一个文本时原文本中某些意义的复活，又依赖于当下存在的多重文本之间相互作用。换言之，每一个读者做的都是螳螂捕蝉、黄雀在后的工作：他将文本和前人对文本的解读都尽收囊中。只是在这项活动中，黄雀的背后总还会有其他的捕猎者，他会将蝉、螳螂、黄雀，以及前面所有的捕猎者都一网打尽，与此同时他也将自己变成他人的猎物。而且，故事到此还没有结束：当"当下性"逐渐变为"前在性"时，"覆写"还肩负着去除已经变为"前在性"的"当下性"的使命，迎接每时每刻都会出现的新的"当下性"的到来。由此看来，在阐释如《乌龟汤》这样的几层文本相互覆盖有相互涂抹、相互激荡的文本时，"覆写"作为一种批评方法比互文性具有更强的理论阐释力，因为陈美玲并不是将诗中的一些文本作为源文本，另一些作为子文本，以凸显它们之间"本"与"末"、"中心"与"边缘"的二元对立关系；相反，诗的意义来自几个原本并无太多相交的文本间的碰撞，产生并没有预设的文本间不期然的相遇和互动。

"覆写"与互文性之间的这些区别还引导我们对文学性的问题做一些更

---

[1] 转引自陈永国：《互文性》，《西方文论关键词》，外语教学与研究出版社，2006，第211—221页。

为深入的思考。众所周知,文学性是文学学科所具有的特有品质,"一切使文学作品成为文学作品的东西"。但这个"使文学作品成为文学作品的东西"究竟是什么呢？根据俄国形式主义理论家的说法,文学性所依赖的一个重要因素就是审美的陌生化。文学极力想要去除的就是日常生活的习惯化和常态化理解。互文性对一文本与人们熟悉的文学传统(源文本/前文本)之间的关系的寻求是必要的,因为熟悉的文学传统使读者对新的文学文本很快产生认同感。但同时,文学也必须不断求新,在将熟悉的传统、范式陌生化,从而获得对人和社会更加多元、更为深刻的认识和理解。应该说,文学对于日常生活最大的贡献就是挖掘被日常生活常态化所遮蔽的真实,让人们对生活获得更深刻的洞察和理解。文学的每一步创新都意味着与前在的文学传统的冲突和碰撞,而也只有在相互碰撞所产生的张力中文学才能永远保持其永不枯竭的生命力,保持其学科发展永恒的内在驱动力。

应该补充的是,在文学与文化批评理论的总体范畴中,"覆写"与20世纪西方很多重要的理论概念之间都有着某些内在联系(虽然它们之间不尽相同,各自有各自的语域),这些概念不仅包括前文提到的克里斯蒂瓦的互文性(当然也包括互文性的前文本——巴赫金的复调、狂欢化理论)和俄国形式主义者的陌生化,也包括法国结构主义叙事学家热奈特的"覆写"叙事学[1],弗洛伊德"神秘的写字板"与"被压抑者的回归",德里达的"踪迹"、"增补"、"幽灵性",希利斯·米勒的"重复"、"幽灵效应"("ghost effect"),霍米·巴巴的"戏仿"、"含混"与"杂糅",朱迪斯·巴特勒的"援引性"(citationality),艾默里·埃利奥特的"经典的重构"等概念和问题。在阅读方法上,它还与阿尔都塞的结构主义的"症候式阅读",乃至赛义德后殖民理论意义上的"对位式阅读"等都有着不期然的相关与暗合。当然,这还远远不是全部。这又从另一个侧面昭示了各派理论之间天然存在的"覆写性"。

回到文章开头提到的跨界的流散文学研究的问题上,笔者所要强调的是,作为体系内部同源之间"求同"的研究方法,互文性在流散文学研究中发挥过很大的作用。它一次又一次地证实了这样的论断:所有的文本都是其他

---

[1] 热奈特还以"Palimpsest"为题目,在解构主义叙事学框架之内专门撰文讨论了"覆写"这个理论概念。讨论详见 Gerard Renette, *Palimpsest: Literature in the Second Degree*, trans. Channa Newman and Claude Doubinsky, Lincoln and London: University of Nebraska Press, 1997.

文本的回响，里边嵌满了对其他文本这样或那样的引文。但是，在互文性的理论建构和批评实践已经走过了四十多载的今天，它也必然经历了一个"前在化"的过程。若想将文学研究进一步向更深、更远的方向推进，"覆写"作为一个跨学科的隐喻也许会成为文学研究下一步的探索方向。透过这个文化研究的跨学科视角，文学可以丰富、充实自己的研究方法，用他山之石实现自己攻玉的目的，得出不同于或者超越文学研究的美丽风景。对于一个从兴建伊始就以跨界为存在前提的学科领域来说，流散文学研究几乎是与文化研究一起成长起来的一个文学研究分支，它更要不断挣脱已经变为"前在"研究方法和视角的束缚，将其他学科、领域的视野或研究方法进行文学的隐喻化，使其不断扩大、更新审视自己的视野和范畴，不断在矛盾和悖论中获得新的意义。实际上，"覆写"这个隐喻给文学研究的一个启示是：当文学与其他陌生的他者（无论是学科的还是文化的）不期相遇、在碰撞中产生意义的时候，文学的无限生命力才能得到保证。

陆薇，北京语言大学外国语学部教授。本文刊于《外国文学研究》2018 年第 4 期。

种族操演与黑面表演:《在黑暗中跳舞》的双重变奏

苏 娉

卡里尔·菲利普斯(Caryl Phillips, 1958—)是当代英国著名非裔加勒比海移民作家,迄今为止创作了十一部小说,1991 年推出第四部小说《剑桥》(*Cambridge*)后开始受到批评界的广泛关注,之后他发表的每一部小说都会在学界掀起一股评论热潮。近些年,也有越来越多的学者研究他早期的作品。目前学界的讨论主要集中在:对菲利普斯小说主题的研究,主要涉及殖民主义和奴隶制的历史创伤、种族与性别歧视、流散文化、主体身份建构等;对其小说人物的心理研究;对其叙事技巧的研究。种族身份作为贯穿菲利普斯文学创作的一个重要主题是学者们研究的主要对象之一。有学者从菲利普斯对各种历史文本的仿写入手,探讨他如何在作品中再现这些历史文本对种族身份的建构过程,[1]也有学者讨论了其小说中跨大西洋流散经历与黑人种族身份流动性的关系,[2]但国内还没有学者专题探讨过他作品中的种族身份问题。

菲利普斯 2005 年出版的传记式小说《在黑暗中跳舞》(*Dancing in the Dark*)的核心主题就是种族身份。小说以 19 世纪末 20 世纪初美国黑面表演鼎盛时期为背景,讲述了美国著名黑面表演艺术家伯特·威廉姆斯(Bert Williams,1874—1922)悲剧而神秘的一生。伯特十岁时随父母从加勒比海移民到美国,高中毕业后开始从事表演事业。他通过黑面表演成为那个时代

---

[1] Dave Gunning, "Caryl Phillips' Cambridge and the (Re)Construction of Racial Identity," *Kunapipi* 29.1, 2007, p. 71.
[2] Yogita Goyal, *Romance, Diaspora, and Black Literature*, Cambridge: Cambridge University Press, 2010, p. 205.

最受欢迎的喜剧演员,被称为黑皮肤的卓别林,但他的个人生活始终是一个谜。他身上充满矛盾,曾和他一起演出的白人喜剧演员菲尔茨(W. C. Fields)称他是自己"见过的最风趣的人,也是最悲伤的人"[1]。1893 年伯特和乔治·沃克(George Walker,1873—1911)组成了双人组。1902 年两人在百老汇主演了首部全黑人演员出演的音乐剧《在达荷美》(*In Dahomey*),获得了巨大的成功。1909 年在乔治因身体原因隐退后伯特加入了齐格菲歌舞团(Ziegfeld's Follies),成为该歌舞团第一位也是唯一的一位黑人演员。小说中作者将真实和虚构的材料交织在一起,穿插了音乐剧歌词、剧本、采访稿、新闻报道、书评、回忆录等片段,以这样一种叙事策略帮助我们深入思考种族身份的虚与实。

近年来,在朱迪斯·巴特勒(Judith Butler)的性别操演理论的启发下,批评家们也开始探讨种族身份的操演性(performativity)。例如,米龙(Louis F. Mirón)和因达(Jonathan Xavier Inda)提出,种族所指涉的主体并不是预先存在的,而是通过种族操演来建构的,并通过反复命名或提及这一主体使得种族自然化。[2]纳丁·埃勒斯(Nadine Ehlers)则进一步指出,主体总是被按照某种种族模式分类,且必须通过说话方式、着装风格、肢体动作等身体行为来重复与被指定的种族类别相关的规范,种族作为一种持续的、被规训的操演行为,实际上是一种"通过游戏"(game of passing)[3]。种族并非由可识别的、跨历史的、固有的特质组成,也非生物科学真理的产物,种族身份是通过不断引用和重复社会种族规范来形成并巩固的,是人们为获得对某一族群的归属感而做出的操演。

《在黑暗中跳舞》用黑面表演(blackface minstrelsy)模糊和打破种族界限,直观地揭示了种族身份是主体的一种操演而非主体的内在本质。尽管已有学者指出这点,但未曾有学者对主人公台上台下的种族操演作过细致的分析。本文用全新的角度来解读黑面表演这一特殊的种族操演模式,将黑面表

---

[1] Cary D. Wintz and Paul Finkelman eds, *Encyclopedia of the Harlem Renaissance*, New York: Routledge, 2004, p. 1210.
[2] Louis F. Mirón and Jonathan Xavier Inda, "Race as a Kind of Speech Act," *Cultural Studies: A Research Annual* 5, 2000, pp. 86-87.
[3] Nadine Ehlers, *Racial Imperatives: Discipline, Performativity, and Struggles against Subjection*, IN: Indiana UP, 2012, p. 56.

演看作一种通过仪式(rite of passage),认为无论是白人表演者还是黑人表演者都企图通过夸张地操演黑人刻板印象来取得娱乐效果,实现自己种族身份的转换。白人表演者能够顺利通过黑面表演这一通过仪式来认同白人身份,获取对白人主流社会的归属感,而对黑人表演者来说,黑面表演是其永远无法通过的通过仪式,他们既无法通过黑面表演获得白人身份,也无法通过黑面表演摆脱西方霸权文化所塑造的黑人刻板形象,重构自我种族身份。黑人表演者于是被困在这一通过仪式的阈限阶段,陷入永无止境的自我分裂和身份焦虑中。作者菲利普斯用伯特台上的黑面表演和台下的人生经历揭示了种族身份不是固定的、一成不变的,而是通过反复操演建构的,主体的种族操演往往会顺从和强化种族规范,但也可能挑战和消解种族规范。

一、黑面表演:白人移民摆脱他者身份的通过仪式

黑面表演最早出现在 19 世纪 30 年代,早期表演者基本上都是白人喜剧演员,他们用软木炭或黑色鞋油把脸涂黑,用夸张的红色把嘴唇涂成又大又厚的香肠嘴,戴着假发、手套,穿着燕尾服或破旧的衣服对黑人进行滑稽模仿。"涂着黑脸的白人演员表演的是自己想象中的黑人"[1],他们的表演带有明显的种族偏见,但在当时被认为是对黑人准确而逼真的模仿。随着黑面表演的盛行,许多黑人表演者也纷纷加入,将自己的黑皮肤再涂上一层黑色来扮演那些滑稽的黑人角色,因为这是他们可以登上舞台展示才艺的唯一方式。黑人演员的黑面表演常常被看作本色出演,被标榜为最真实的演出。但不管他们的肤色有多黑,演出时都得把脸再涂黑,因为涂黑脸是黑面表演必须遵守的规则。在黑面表演中,无论是白人还是黑人演员,他们刻画的都是愚蠢、滑稽、唯唯诺诺的黑人形象,他们的表演进一步传递和强化了对黑人的种族偏见。正因如此,黑面表演后来受到批评家们的抨击,今天已经很少能够看到这种表演形式了。虽然黑面表演带有强烈的种族主义色彩,但这一表演形式清楚直观地揭示了种族身份的操演性。正如斐沃(J. Martin Favor)所说:"黑面表演从根本上表明了种族是可以被操演的,或者说已经被操演了。也就是说,通过恰当的装扮,白人可以成为黑人,通过移除皮肤的黑色,黑人

---

[1] Caryl Phillips, *Dancing in the Dark*, New York: Alfred A. Knopf, 2005, p. 120.

也可以成为白人。种族身份就是一种操演,是展示给别人看的,而不是内在的或本质的。"[1]所谓的黑色人种并不是单纯由血统、肤色、发色、面部特征等决定的,而是主体依据有关黑色人种的规范进行操演来建构的,种族操演通过不断重复符合规范的言行使人们误认为其并非表演而是本质特征。

巴特勒指出操演行为"是一种重复、一种仪式"[2]。黑面表演则可以被看作一种与种族操演相关联的通过仪式。通过仪式由法国人类学家阿诺尔德·范·热内普(Arnold van Gennep,1873—1957)提出,在英国人类学家维克多·特纳(Victor Turner,1920—1983)对其进一步阐释后在学术界产生了巨大影响。通过仪式涉及人类文化身份的变迁,是人们为获得某种文化身份而进行的操演,由三个阶段组成:一、个体从原有的结构关系体系脱离出来的分离阶段;二、在通过仪式进程中实现文化身份转换的阈限(过渡)阶段;三、重新融入新的结构关系体系的聚合阶段。[3]黑面表演对于白人演员来说是一种获得美国白人身份的通过仪式。这主要是因为黑面表演的兴起与19世纪美国的移民潮有关,这一时期大量的爱尔兰人和犹太人从欧洲移民到美国,但美国社会存在着对这些新移民的歧视。作为供美国本地白人消遣娱乐之用的滑稽喜剧,黑面表演是社会地位低下者谋生的手段,表演者大多是爱尔兰或犹太移民。这些处于社会底层的白人移民其白人身份不被当地社会接受。例如,当时的美国国家人口统计局在统计人口时将爱尔兰人单列出来,不在"白人"之列。[4]作为从欧洲来到美国的新移民,他们与母国文化的联系被突兀地隔断,从原有的结构关系体系分离出来,然而在美国这个新地方他们的白人身份遭到质疑,产生身份危机。这些白人表演者上台前涂黑脸画红唇等一系列具有象征性的化装行为是分离阶段的标志性仪式。在舞台上这些白人演员模仿和扮演黑人,打破种族界限,处于一种模棱两可、不

---

[1] J. Martin Favor, *Authentic Blackness: The Folk in the New Negro Renaissance*, Durham, NC: Duke UP, 1999, p. 123.

[2] Judith Butler, *Gender Trouble: Feminism and the Subversion of Identity*, New York: Routledge, 1999, p. xv.

[3] Victor Turner, *The Forest of Symbols: Aspects of Ndembu Ritual*, Ithaca, NY: Cornell UP, 1967, p. 94.

[4] Dale T. Knobel, *Paddy and the Republic: Ethnicity and Nationality in Antebellum America*, Middletown, CT: Wesleyan UP, 1986, p. 90.

稳定的状态,其文化身份是模糊的,同时也是在这一阈限阶段中,他们实现了文化身份的转换。小说中伯特提醒乔治:"你有问问你自己为什么白人要用软木炭把脸涂黑,穿得比地位最低的白人都差,到处蹦蹦跳跳,假装自己是黑人吗?……事实是他们并不喜欢我们,乔治,他们不愿意和黑人一起吃饭喝酒,不愿意和黑人一起住,他们当然是想在某些方面像我们,但不是真的像我们。"[1]白人演员夸张地表演滑稽的黑人角色,强化白人观众心目中野蛮、低劣的黑人他者形象,而由于观众都知道这些演员的黑面下是白皮肤,他们的表演实际上将他们和扮演的黑人区分开来,洗脱了他们的移民他者身份。表演结束后白人演员卸去装扮,这标志着整个仪式的结束,他们被融入新的结构关系体系中,他们的美国白人身份被接受。因此,仪式化的黑面表演是白人表演者不断重复建构自己白人身份认同、操演白人种族身份的一种方式。

二、黑面表演:黑人表演者无法通过的通过仪式

小说《在黑暗中跳舞》中黑人喜剧演员伯特投身到基本由白人演员垄断的黑面表演事业中,尽管他的皮肤本来就是黑色的,但他仍需按照黑面表演的惯例把脸涂黑。伯特的黑面表演模仿白人演员对黑人的滑稽模仿,赋予了扮演黑人这一行为更为复杂的意义。小说中作者多次用极具仪式感的笔调细致地描写伯特上台前化装、在台上表演、下台后卸妆的情景,清晰地呈现了主人公在黑面表演这一通过仪式的分离、阈限、聚合阶段的具体状态。然而,黑面表演对于伯特这样的黑人演员来说是一场无法通过的通过仪式,聚合阶段成为阈限阶段的无限延续,因为他们既不能通过黑面表演获得白人身份,也不能通过黑面表演来重新定义自己的黑人身份。他们不得不根据观众的期望来扮演被扭曲的黑人形象,只有这样他们才能得到观众的认可,才能继续在舞台上进行表演,对此乔治感到十分无奈:"白人表演者在扮演黑人时总是尽可能地让自己看起来滑稽可笑,他们总是涂上巨大的红嘴唇,穿上十分夸张的衣服。对于黑人表演者来说这种表演最荒谬的是他们不得不模仿白人表演者们在扮演黑人时的装扮。没有什么比看到一个黑人为了扮演自己

---

[1] Caryl Phillips, *Dancing in the Dark*, New York: Alfred A. Knopf, 2005, p. 122.

而让自己看起来滑稽可笑更荒谬的了。"[1]除了黑面表演中的刻板黑人形象外,白人观众无法接受黑人演员以其他任何形象出现。在伯特表演生涯的后期,他接受了导演塔金顿·贝克(Tarkington Baker)的邀请拍摄电影《黑人区欢庆日》(*Darktown Jubilee*,1914)。在电影中,他没有按照惯例用软木炭把脸涂黑,这让白人观众十分愤怒。有位影评家在看完电影后评论道:"《黑人区欢庆日》引起了观众极大的不满,甚至引发了暴力冲突……没有了观众熟悉的让人怜悯的黑人式幽默,取而代之的是一个脸上没有涂黑的、精明的、足智多谋的黑人形象。这使得所有花钱去看这部电影的观众觉得很不是滋味。"[2]观众的敌对情绪迫使伯特不得不在接下来的两部电影中放弃了这一正面形象,又重新以人们熟悉的,涂着黑脸、戴着手套的滑稽小丑形象进行表演。主流霸权文化为保证白人至高无上的统治地位,建构了有关黑人的刻板印象,当黑人演员表演的形象不符合这些刻板印象时,白人观众便无法接受,正如伯特在小说中所说:"他们要求我一定要把脸涂黑,表演那些滑稽的动作,傻傻地笑,笨拙地走路。只有这样,他们才会认可我,才会欢迎我。"[3]因为只有得到白人观众的认可,伯特作为喜剧演员才能获得成功,所以他不得不隐藏自我,把脸涂黑,装得又笨又傻,来迎合白人观众的期望。

　　黑人演员的黑面表演被白人观众认为是一种真实自然的本色出演,符合白人对黑人的刻板印象,但实际上他们演出的黑人形象是被丑化的、不真实的。然而,白人观众始终认为黑人演员在现实生活中也像他们表演的角色一样,只是滑稽愚蠢的小丑,他们不承认黑人演员和他们表演的角色之间是有差异的。表演越精彩,白人观众就越坚信黑人演员只是做自己,自发地即兴表演罢了,因此黑面表演进一步强化了白人观众的种族偏见。小说中描写了这样一幕,伯特和乔治受邀去英国表演原创音乐剧《在达荷美》,在前往英国的轮船上伯特基本上都躲在自己的船舱内,但当他出现在轮船的餐厅里时,白人乘客对他以不同于舞台上黑人小丑的形象出现感到无所适从:"白人用餐者满脸困惑地、死死地盯着伯特。让他们感到非常不安的是伯特如此高

---

[1] Caryl Phillips, *Dancing in the Dark*, New York: Alfred A. Knopf, 2005, p. 120.
[2] Ibid., p. 192.
[3] Ibid., p. 94.

贵的形象出现在他们中间,让他们都快认不出他是谁了。他不是那个黑鬼吗?新奇之后他们开始感到厌烦。没有舞台上那身装扮他们对他的信任感被严重破坏了。说实话,他们希望他认清自己的位置,坐到边上那群闹哄哄的黑人中去。"[1]在去往英国的旅途中伯特希望能暂时逃离种族歧视,让船上的白人乘客看到他在黑人表演团队里是受敬重的人物,让他们认识到舞台上那个滑稽、粗鄙、让人蔑视的黑人小丑并不是真正的他,只是他扮演的角色而已,但当他以违背刻板印象的、非常正派的、让人尊敬的形象出现时,白人乘客感到迷惑、生气、无法接受。伯特表演的滑稽笨拙的黑人小丑角色和舞台下内向、沉默寡言、深沉忧郁的他形成鲜明的对比。舞台下的伯特行为举止都像个白人,他操演白人的身份特征,渴望与白人认同,然而主流霸权文化却要求他始终操演刻板黑人形象,只有这样他才能得到主流社会的认可和接纳。这便是种族操演与性别操演的不同之处。性别规范要求男性/女性认同并渴望操演男性/女性性别模式,具有一致性,而种族规范却时常处于矛盾冲突之中,要求黑人"渴望白人的特性"但必须"认同黑人"。[2]这是因为殖民霸权建构的种族规范一方面要求非白人模仿白人的"高等"文化,操演白人的身份特征,以期得到白人主流社会的认可,另一方面为了维护白人与非白人之间的等级差别,使白人的权力合法化,要求非白人操演西方霸权话语所塑造的种族刻板印象,从而证明白人天生高人一等,这就会导致非白人的自卑心理和身份认同分裂。

　　伯特希望观众将舞台下的自己和他舞台上表演的角色区分开来,希望通过黑面表演这一仪式过程为自己建构新的种族身份,却无法实现。白人观众坚持认为台上滑稽愚蠢的黑人小丑就是真实的他,因此他无法像白人演员那样通过黑面表演认同白人身份,而黑人认为他在舞台上扮演的黑人丑角带有种族主义色彩,不是对黑人真实形象的再现,会强化对黑人已经普遍存在的种族偏见,有损于黑人种族身份,于是视他为背叛者。曾经有几个黑人社区领袖试图说服伯特放弃黑面表演,并当面批判他:"沉溺于这种所谓艺术的表

---

[1] Caryl Phillips, *Dancing in the Dark*, New York: Alfred A. Knopf, 2005, p. 94.
[2] Catherine Rottenberg, *Performing Americanness: Race, Class and Gender in Modern African-American and Jewish-American Literature*, Hanover, NH: Dartmouth College Press, 2008, p. 43.

演者伤害了我们整个种族,这样的表演早已不再受人尊崇。我们今天来这里只是想恳请您放弃扮演这种黑人小丑角色,虽然这样可能会得罪您的那些白人观众……但我们深信像您这样有才华的人应该要做更高级的事情,而不是去表演那些无聊的黑鬼歌曲和滑稽的舞蹈。"[1]就连伯特的父亲也不认可他的表演,在唯一一次看他演出时,根本无法接受舞台上那个年轻演员是他儿子这个事实,并为伯特在舞台上扮演的身份卑微的黑人小丑形象感到羞愧:"这个不知所措的东西,这个戴着奇怪的假发和长长的、不合手的白手套,穿着破烂礼服、大鞋子,头顶着破旧礼帽,袖子和裤腿太短,嘴巴被夸张地涂得又肥又大的家伙,这个十分滑稽的黑人是他的儿子吗?……不,这怎么会是他的儿子?"[2]父亲对伯特为了黑面表演放弃斯坦福大学这件事感到非常失望,至死都没有原谅他。

　　黑面表演给伯特带来了巨大的心理伤害,毁了他的个人生活,因为他被永远地困在了阈限阶段,无法通过,身份模糊混乱,没法获得白人身份,也没法给自己重新整合出清晰明确的黑人身份,更没法获得对黑人族群的归属感。随着伯特的表演事业越来越成功,他渐渐迷失自我,被自己扮演的黑人小丑角色同化,越来越无法分清台上台下的他哪个才是真实的:"有时候伯特的行为让人觉得他表演时涂在脸上的黑色是他无法擦掉的一层皮肤,乔治担心伯特已经将扮演的角色和性格过分随和的自己混淆了。"[3]伯特在黑面表演中模仿白人对黑人的滑稽扮演,模糊种族身份差异,企图重新建构自己的种族身份,但越来越受到他表演的黑人小丑角色以及观众对他的看法的影响,产生了矛盾分裂的自我意识和身份认同,无法完成新身份的获得,这一失败的通过仪式最终导致了伯特悲剧的一生。由于无法协调矛盾冲突的身份,通过这一模糊不清的阈限(过渡)期,伯特最终精神和肉体都崩溃了,47岁英年早逝。

三、种族操演与社会规范

　　小说除了用舞台上的黑面表演也用舞台下的表演来表明种族身份操演

---

[1] Caryl Phillips, *Dancing in the Dark*, New York: Alfred A. Knopf, 2005, p. 180.
[2] Ibid., p. 83-84.
[3] Ibid., p. 110.

的复杂性。从伯特和乔治在旧金山参加的1894年仲冬博览会（1894 Mid-Winter Exposition）可以看出种族身份虽然可以被操演，但这种操演是戴着脚镣跳舞，必须符合社会规范。这次博览会特地从达荷美运来了一群非洲原住民作为展览品，但由于路上耽搁，非洲人来晚了，于是主办方就雇佣伯特、乔治和其他一些美国黑人来假扮他们。这些冒牌的达荷美人穿上兽皮，"按照要求扮演满头大汗的非洲原住民"，"像骆驼一样忠诚地跪在主人面前"。[1]来自达荷美的非洲原住民到达之后，主办方对他们展示自己的表演很不满意，立即决定"保留那些假扮者"，"将这些非洲人送回他们的'森林'"。[2]伯特及其同伴的表演符合白人观众对非洲原住民已有的偏见，在白人观众眼中他们是比真正的达荷美人更真实的非洲原住民，但真正的达荷美人可不这么认为。其中一个达荷美人撞到身上穿着兽皮、涂着汉字的伯特，感到十分困惑："来自达荷美的他绝对没有想到眼前这个看起来十分怪异的人是在扮演非洲人，更别提达荷美人了。虽然知道不合适，他还是忍不住开始同情伯特。他呆立在伯特面前，用难以置信的眼光打量着眼前这个可怜的怪物，他开始为这个被称为美国的陌生国度感到担忧了。"[3]这位真正的达荷美人完全看不出伯特是在扮演达荷美人，更让人觉得讽刺的是，白人观众却认为伯特等人的表演是更真实的，因为尽管他们表演的是被彻底扭曲的达荷美人形象，但这种形象符合白人观众对非洲原住民先入为主的想法，也进一步加强了他们对非洲黑人的种族主义偏见。虽然白人脑海中对黑人根深蒂固的刻板印象并不是真实的黑人本身，但黑人只有依据这种带有偏见的社会规范表演负面刻板的黑人身份才能被认可接受。伯特在小说结尾处的内心独白也反映了这一点："父亲，您真的了解在美国这个国家他们到底想要我们怎么样吗？您知道吗？事实上我们都已被劫持为表演者。那些认为自己不是从事表演事业的人应该让他们的妻子递给他们一面镜子来照照自己。"[4]那些因黑面表演憎恶伯特的黑人实际上每天也在有意无意地按照已有的社会规范不断扮演、模仿所谓的黑人种族身份，通过这种重复性操演，将

---

[1] Caryl Phillips, *Dancing in the Dark*, New York: Alfred A. Knopf, 2005, p. 31.
[2] Ibid., p. 32.
[3] Ibid., p. 69.
[4] Ibid., p. 208.

自己建构为有这一身份的主体。

　　此外，种族规范的内在冲突性也使得种族操演在不断重复引用规范的过程中很有可能从内部撕开裂缝，挑战社会规范，颠覆刻板形象，并瓦解固有身份。也就是说，主体的种族操演虽然需要服从社会规范，但也有可能挑战和消解这些规范。实际上，伯特在舞台上并不只是被动地表演那些受社会规范和种族偏见影响的黑人刻板形象。黑面表演是伯特为了能在自己深爱的喜剧表演舞台生存下去，让自己的表演才华受到人们认可而不得不做的一种妥协，因为除了涂着黑脸、滑稽、愚蠢的黑人小丑角色外，白人观众无法接受黑人喜剧演员以其他形象出现。伯特通过对黑人刻板印象进行公开、夸张的操演来取得一种娱乐效果，减轻了白人观众对黑人种族身份理解的焦虑。同时伯特的表演也在无形中挑战了白人观众对黑人的既定想法。伯特把他扮演的角色人性化，让观众体会到在舞台上的"不仅仅是一个狂饮松子酒、爱好赌博、偷鸡摸狗、一无是处的黑鬼，他忍受着痛苦，令人同情"[1]，正如伯特在小说里的自白，"我表演的本质是让大家理解并同情这个可怜的家伙"[2]。与伯特同时代的著名黑人教育家布克·华盛顿（Booker T. Washington, 1856—1915）曾高度赞扬伯特对反种族歧视做出的巨大贡献："伯特·威廉姆斯为我们这个种族做的贡献比我更多。他用他的微笑轻易地进入了人们的内心。"[3]伯特在黑面表演中找到了跨种族交流的最好方式，他通过滑稽演出表露自己的心声，建立与白人观众的联系，将自己的思想、情感传递给观众，挑战人们的原有观念，潜移默化地消解现有的社会秩序和规范。

结　语

　　小说《在黑暗中跳舞》通过讲述伯特悲剧的一生来揭示种族身份的操演性。伯特打破种族界限，加入原本由白人表演者垄断的黑面表演。在黑面表演中无论是白人还是黑人演员都必须将脸涂黑，扮演滑稽的黑人小丑。这是一个"既黑又白"或"非黑非白"的中间模糊地带，表演者的身份模糊不清。白

---

[1] Caryl Phillips, *Dancing in the Dark*, New York: Alfred A. Knopf, 2005, p. 180.
[2] Ibid., p. 181.
[3] Lisa Pertillar Brevard, *Whoopi Goldberg on Stage and Screen*, Jefferson, NC: McFarland, 2013, p. 84.

人和黑人表演者都企图通过黑面表演的阈限阶段重新整合出他们的种族身份,然而只有白人表演者能够顺利完成这一通过仪式,实现身份的转换,黑人表演者则被困在阈限阶段,永远无法通过。正因如此,尽管伯特在事业上取得了巨大成功,他的表演却对他的自我意识和身份认同造成了极大的损害。菲利普斯用伯特台上的黑面表演和台下的人生经历揭示了种族身份是一种社会建构,形成于重复的操演行为中,是不稳定的、不断变化的,且种族操演既受限于社会规范又可能挑战社会规范。

苏娉,华南理工大学外国语学院教授。本文刊于《当代外国文学》2019年第3期。

物质生态批评视域中《嘉莉妹妹》的车叙事

韦清琦

"我应该回到城市去,无论那里潜藏着什么危险。假如可以,我就悄无声息地去;倘若必须,我就光明正大地走。"[1]——无论面对何种困苦,无论怎样遇人不淑,《嘉莉妹妹》的同名女主人公,这个艺术的精灵同时又作为物质的追逐者,在书页间轻盈起舞。然而这样的悖论并无违和感,因为生活的现实原本就是矛盾的,不要去想像不食人间烟火的唯美。艺术的创造力便是在矛盾冲突的张力中释放出来的。嘉莉妹妹这个集万千宠爱于一身同时又饱尝生活之艰辛的美丽姑娘,脱逸于百年前德莱塞的案台,至今仍舞动在人们的心头。虽然时过境迁,但后人对她的解读、翻译、诠释并不鲜见。作为小说的新译者,笔者亦倾心于她的靓丽、才华与果敢。她先随命运颠沛而后弄潮于时代,牢牢把握着自己的前途。即便面对21世纪的中国读者群,尤其是已然或将要迷失在物欲横流的都市里的男男女女,她同样能够打动人心。

在已有的研究成果中,中外学者多从德莱塞的自然主义小说技法入手来探讨作品及其塑造的人物。值得注意的是,在文学研究的物转向浪潮中,学者批评的目光逐渐从前景的人扩展至背景的物,而循着这样的视线重新审视自然主义小说,物的活性仿佛在批评的视野中重新得到了释放。例如有学者指出,"无论是芝加哥建筑外墙的透明玻璃,还是商店橱窗里巧妙展示的时尚服装,都在介入嘉莉妹妹的渴望和诉求时获得了重要的生命维度,也成为反观嘉莉妹妹从落后乡村进入豪华大都市后身份如何重新受虚幻的商品世界

---

[1] Theodore Dreiser, *Sister Carrie*, New York: Bantam Books, 1982, p. 149.

建构的一个重要入口"[1]。

笔者在翻译的过程中,的确能够清晰地感受到这种物的涌动。本文尝试探讨令人印象至深的"车"作为一个新的物叙事视角在《嘉莉妹妹》中的体现。笔者认为,作为交通工具的车,已擅自超越了被人类规限的功能,成为一种强大的有故事的物(storied matter)。车的出现频率看似超出了必要,但正是这一"指涉过量"强化了作为一种物的车的能动性甚或主宰——你不得不去正视其意义。虽然在一百多年前,各类车辆的性能无法与今日的出行工具相提并论,但其实从那个时候起——或许更早——当人以为自己在驱车的时候,就已经受到了驱使。从这个视角去读《嘉莉妹妹》便有了别样的感受,可以说整个情节都搭乘着车,五光十色的车辆留下了女主人公嘉莉与赫斯特伍德人生曲线的印记:第一次四目相对时他们以为相爱了,殊不知目光在交汇的那一刻,他们的道路便各自发生了你能够想象到的最大限度的反转。虽然嘉莉妹妹光芒四射,可是赫斯特伍德这个最大的(虽然不是唯一的)男性陪衬,其悲剧性的震撼力也非同小可。一个已经在人生布局中的确定赢家,一个拿了一手好牌的上层社会中坚分子,却也会在一念之间满盘皆输;一个深思熟虑滴水不漏地经营着自己生活的人,一旦在冲动之下铤而走险,突入到茫茫的未知领域,其防御体系也就立刻漏洞百出,而且竟然无法翻身。那种孔武男性的脆弱无助,令人百感交集。在这个过程中,车作为诸多物质元素的一种,也是最有存在感的一种,一直伴随着他的起落,他的境遇可谓一场翻车事故。车以自身特有的活动特征,完成了伍德沃德(Ian Woodward)所说的从"功用性"到"建构性"的转型。[2] 下文将研读德莱塞是怎样通过具体的车叙事来构造他的自然主义情节的。

在文学的新物质主义研究领域里,有学者将此学术潮流形象地比作"发动机引擎",因其"深刻影响了生态批评、后人类批评、情感批评等众多理论场域的前沿趋势"。[3] 而在《嘉莉妹妹》中,这一比喻已从修辞演进为车的实在动能。嘉莉在去芝加哥开启新征程的火车上邂逅了德鲁埃——第一位关键

---

[1] 韩启群:《西方文论关键词:物转向》,《外国文学》2017年第6期。
[2] Ian Woodward, *Understanding Material Culture*, London: Sage Publications, 2007, p. 23.
[3] 韩启群:《西方文论关键词——新物质主义》,《外国文学》2023年第1期。

先生，而她兜兜转转离开芝加哥去纽约开启第二段人生时也是坐着火车，只是此时陪伴在左右的已是另一个风流人物——赫斯特伍德。可以说，她的每一次转身都伴随着滚滚的车轮声。马克斯·韦伯（Max Weber）在《物》一文中说："只有通过物，人才能了解自己。"[1] 物不仅可以是故事的载体，甚至能够参与故事的生成。物的研究实际上具有两面性，而且这两个面在物转向研究中正在实现过渡，即从对来源于资本扩张的物质主义的批判，到作为对人类中心主义批判的物的主体性凸显。事实上，"物转向"的批评话语也影响了笔者的翻译策略。例如原译文"嘉莉对所有的漂亮新衣裳都孜孜以求"，之所以改为"嘉莉在欲望的裹挟（the drag of desire）下对所有的漂亮新衣裳都孜孜以求"，就是为了凸显人与物之主/被动关系的悄然反转。在这样的物叙事中，物不是用来凝视的，也无法凝视，因为物与人之间的距离已经缩短到无法测量。物是与人交汇在一起的，同时沦为待价而沽的商品，于是在很大程度上两者已经同化。当然，对物的研究的两个面并不能简单地理解为物取代人而夺得主角地位，二者并不矛盾，而是相互构建，况且对物质主义的批判和对物质关注的提升，最终仍落实到人究竟应该怎样栖居于这个他自以为静止且被动、实则活泼且主动的物质世界里。《嘉莉妹妹》中特别突出典型的"物"有不少，如餐厅、衣帽、酒食等，不一而足，但在翻译中车对译者的冲击几乎无可避让，因为德莱塞在车叙事上的词汇极为丰富。

首先，故事里的车可以分为三大类，除火车之外，都市生活中最常见的其实是马车和有轨电车，尤其是前者，不同的说法多达十余种，如轨道马车（horse-car）、轻便马车（trap；buggy）、轿式四轮马车（coach）、四轮马车（barouche）、四座大马车（carriage）、运货马车（truck）、马拉拖挂车厢（van）、马拉巡逻警车（patrol wagon）、马拉救护车（ambulance）和出租马车（cab）等。词汇的丰富，说明这种物件的发达。虽然在翻译中并不总是需要费口舌说得非常明确，但在特定的情节中，马车的档次与人物境遇直接相关：

> 他养了一匹马，配了整洁的轻便马车。他有妻子和两个孩子，安居于北区林肯公园附近一座优雅的住宅，总体看便是我们伟大美国上流社

---

[1] Max Weber, *Essays on Art*, New York: William Edwin Rudge, 1916, p. 32.

会里很体面的一分子——仅次于奢华阶层的第一梯队。[1]

赫斯特伍德的社会阶层定位于"仅次于奢华阶层",生活富足,但要跻身于顶流尚需时日。他的私家坐骑也相应地达到了"小排量"的 trap 级别(同样是轻便马车,还有四轮的 buggy),与其中产阶级身份对接。与此形成对照,当嘉莉在舞台事业上如日中天时,追求她的富人"信件来得既密又急。有身家的男人们除了自夸各种让人喜闻乐见的优点外,还迫不及待地提到自家养了马儿备了四座大车(carriages)"。此时回过头来看车的级别差异,我们隐约感到作者一开始就通过车暗示了赫斯特伍德在爱情道路上的力不从心。

伍德沃德将"物"的功能归纳为三种:用作价值标记(markers of value)或社会标记(social markers),融合及区分阶级、社群、部落、种族等;用作身份标记(markers of identity),在反映个体身份的同时参与个体身份的建构;用作文化和政治的权力场(encapsulations of networks of cultural and political power)。[2]物在由特定的文化、政治权力关系网络建构而成的同时,也参与权力关系网络的建构。德莱塞在《嘉莉妹妹》中有意无意所赋予车的,正包含了以上所有的标记功能,尤其是体现"社会差异、确立社会身份和管理社会地位"。[3]

马车和电车,就这样始终伴随着三个主要人物在大都市里的衣食住行、工作娱乐和恋爱生死。嘉莉第一天来到芝加哥姐姐家,楼下街道上"轨道马车的小铃叮当作响,又随车远去,对嘉莉来说这既新奇又悦耳"。车铃铛带给她的愉快,表明了她对都市生活的热情和接受态度。几天之后,当她不算轻松但也并非特别困难地找到了一份工作时,"她登上电车,情绪高涨,心潮澎湃"。从童话般的车铃声及其乐观的情绪里,还暂时听不到前途的种种不测和艰辛。"登上电车"颇有城市生活出发点的象征意味,与小说的总体叙事基本同步,相辅相成。

说到交通系统,不妨看看 1889 年芝加哥的大手笔。作者于开篇就热切

---

[1] Theodore Dreiser, *Sister Carrie*, New York: Bantam Books, 1982, p. 36.
[2] Ian Woodward, *Understanding Material Culture*, SAGE Publications Ltd, 2007, pp. 5-14.
[3] Ibid., p. 85-86.

地告诉人们："大都市就在那里，正是这些每天运行不息的火车越发紧密地将人们与都市捆绑起来。"[1] 铁路公司巨鳄们"为交通物流的目的攫取了大片土地。有轨电车线路在城市高速发展的预期下已远远延伸至空旷的郊外"[2]。这种超前的规划的确令人慨叹昔日美国的"基建狂魔"为日后的工业化进程所打下的基础（香港、天津、上海和大连分别在1904年、1906年、1908年和1909年修建了有轨电车）。在芝加哥这样的都市里，有轨电车已经普及到一般市民都能坐得起的程度，不过在另一方面，作为物质的车也开始驱策人们更为生机奔忙，其中车费虽然已相当平民化，但对中下层阶级而言仍然是一不小的开支。当嘉莉忙不迭地告诉姐姐找到了工作时，明妮只是赞许地笑笑，问她以后要不要考虑电车费用。在此不妨帮嘉莉算一笔账：根据非官方的资料，19世纪末美国路面电车的平均票价为5美分，折合为今天的1.35美元。[3] 以此计算，嘉莉每日车资10美分，每周花费60美分，占一周收入（四块五）的13%。故有下文："眼下一个星期60美分车资还是很大一笔开销。"姐姐因此建议她上班"最好步行去，至少那天早晨步行，试试看是否能每天如此"[4]。实际情况也确实如姐姐所预料，嘉莉还是选择了步行上班。由此可见，当时公共街车虽然已经很廉价，但对于困顿的嘉莉而言仍属奢侈。尽管这样，各种车辆仍充斥在她的生活里，关于车的念想也萦绕在心头。而到了关键时刻，车也会"挺身而出"，为嘉莉的决策加上决定性的砝码。当失去工作、被姐夫奚落而走投无路时，德鲁埃从天而降（这个巧合算是个槽点），一番好吃好喝之后便是好言相劝。此时，是回到闭塞沉闷的故乡，还是投靠德鲁埃留在纸醉金迷的大城市，嘉莉在面临抉择：

> 嘉莉的目光穿过窗户落到忙碌的街上。就在那儿，令人向往的大都市，当你摆脱了贫困，一切就那么美好。一辆优雅的大马车由一对四蹄腾跃的枣红马拉着驶了过去，车里一位女郎舒舒服服地坐在软垫上。[5]

---

[1] Theodore Dreiser, *Sister Carrie*, New York: Bantam Books, 1982, p. 1.
[2] Ibid., p. 12.
[3] 参见知乎：《近代西方城市交通简史（二）》，2015年7月8日，https://zhuanlan.zhihu.com/p/20003549? utm_id=0，访问日期2023年6月15日。
[4] Theodore Dreiser, *Sister Carrie*, New York: Bantam Books, 1982, p. 27.
[5] Ibid., p. 56.

豪华马车的"适时"出现,仿佛在推动左右为难的嘉莉作出最终的选择。车的"动能"表现无遗:是马车——而且是四轮大马车——让她看到了自己未来的镜像。"四蹄腾跃的枣红马"又会载她到怎样一个蓬勃向上的世界去?德莱塞的叙事是现实主义/自然主义的,但同时又是隐喻化的。"主义"的标签从来就不适用于大师。

当她暂栖德鲁埃檐下,车作为有灵性的物仍然不时闪现出来,为她的逐物之路作着标记。两人频繁出入豪华场所,在剧院散场时需排队等待马车调度员叫号。德鲁埃笑着对嘉莉说:"紧跟着我,就会有车坐。"[1]心智有限的德鲁埃未必意识到自己随口说出的话有什么内涵,但言者无心,读/译者可以有意,就不知嘉莉听进去了没有,反正在赫斯特伍德出现以前,她的确打算紧跟这位旅行推销员了。她开始过上了小资生活,闲暇无聊时与邻居太太包租轻便马车出游,而路过富人区时,瞥见有钱人从四轮大车上下来走进富丽堂皇的深宅大院,又引发了她的不满足。她并非完美的女神,她爱慕虚荣,向往都市的浮华:"有钱是多么美好";[2]"关于贫穷的一切都可怕"。[3]德莱塞仿佛仗着这清纯美好的女孩来抒发不太高尚的情操。可是不要去苛责嘉莉的直抒胸臆吧,德莱塞并不准备歌颂一位圣女,他只不过想注目于生活中最平凡的人的最平凡的想法。作者真正赋予嘉莉的不平凡在于:当几乎所有的俗世女性都向往物质的美好并希望拥有嘉莉的颜值与志向时,其中很多人——至今也同样如此——并不明白嘉莉真正的财富。她拥有的不是演艺的禀赋和俏丽的脸蛋儿,而是勇气与独立精神。她所经历的两个最重要的男人——德鲁埃和赫斯特伍德,都无法与她匹敌。

不会令人感到意外的是,赫斯特伍德这位大堂经理对嘉莉的第一次邀约出游,也必须落脚在马车上:"他在出租站挑了一匹温顺的马,并很快驾车走远了,没人看得见,也没人听得见他们。"[4]不但如此,他还教她驾车,似乎要引导她越走越远。男一号换了人,车还在继续作为主动媒质为嘉莉开拓上升通道,虽然这个通道同时也曲折而幽深,甚或不无至暗阶段。即便在两人你

---

[1] Theodore Dreiser, *Sister Carrie*, New York: Bantam Books, 1982, p. 64.
[2] Ibid., p. 253.
[3] Ibid., p. 266.
[4] Ibid., p. 101.

依我侬、一诉衷肠的公园里,不见车影,却依然可闻车声。类似的声学化再现手段在小说中并不鲜见。作者通过声音叙事继续让这一代表性的都市声响介入人物的行动:"在凉爽、碧绿的灌木丛的树荫下,他怀着热恋者的幻想张望着。他听见有马车在临近街上笨重地移动着,不过声音很远,仅在耳畔嗡嗡作响。四周都市的嘈杂也只依稀可辨,偶尔传来的铿锵铃声倒也悦耳。"[1]车因为无法进入公园——这一象征青春爱情的城市飞地——而弱化,但显然这只是暂时的,正如他们的柔情蜜意亦将无法持续——听似"悦耳"的车轮声掩藏了其真实的"嘈杂"和"铿锵",被欺骗的听觉也暗示了两人爱情的失真。此后在各种车行大道上,车可是将赫斯特伍德一路虐过去的,直至将他置于死地。笔者在翻译中常会想到,德莱塞何以对嘉莉有多"好",对这位大堂经理就有多"坏"?或许,并不是他一定要把他写死,而是不得已。在那个物质当家的世界里,人不是被捧红,就是被棒杀,在这其中左右人们命运的或许就是那些可敬可畏的带轮子的家伙什儿。

前文提及,赫斯特伍德是有车一族,他和德鲁埃都属"互助会"这样的实力中产团体,互助会成员的标配便是:"积一小笔财富,置一座漂亮的宅屋,配一部四轮或四座马车,穿着高档时装,还要能在商界站稳脚跟。"[2]从车的档次看,赫斯特伍德那辆只能载两人的座驾稍显逊色,但比没有车的德鲁埃还是要强一些。马车就是身份和地位的标杆。德莱塞在后文借描述富家弟子追求嘉莉时总结道:"有身家的男人们除了自夸各种让人喜闻乐见的优点外,迫不及待地提到自家还养马养车。"[3]时代再怎么变迁,虚荣的内核并没有太多不同,不同的只是外在幻象罢了。

比尔·布朗(Bill Brown)在《物论》一文中认为,"物性"即指物本身所具有的特性及主体性。此时传统的人为主体、物为客体的关系被颠覆甚或翻转了:物并非仅仅只能被动地充当客体,也能施动于人,具备建构人类主体、感动主体、威胁主体、促进或威胁其与其他主体的关系的能力。[4]在《嘉莉妹妹》中,车的移动性变得更加名副其实,甚至在隐喻层面已经提前进化到了自

---

[1] Theodore Dreiser, *Sister Carrie*, New York: Bantam Books, 1982, p. 117.
[2] Ibid., p. 139.
[3] Ibid., p. 360.
[4] Bill Brown, "Thing Theory," *Critical Inquiry*, 28.1, 2001, pp. 1-22.

动能走(automobile)的水平。这是赫斯特伍德所无法理解的,正如他无法理解自己日后的命运一样。他在私吞酒吧账款后带着嘉莉搭乘火车逃出芝加哥直奔蒙特利尔,接着仍辗转坐车南下纽约。在这座魔幻都市中,德莱塞仿佛在赫斯特伍德与嘉莉之间架设了一副人气指数跷跷板:嘉莉每高攀上一个层面,都以赫斯特伍德下滑一级台阶为前提条件。但这只是表面的吊诡,个中的此消彼长,很大程度上要归咎于赫斯特伍德的失误:"既然在他的想象中她是安于现状的,那么他所要做的就是致力于让她安于现状就行了。他提供了家具、饰品、食物和必要的衣装。给予她休闲娱乐,带她出去领略生活之光彩的想法便日渐淡漠。他感到外面的世界吸引着他,却不曾想过她也愿意同往。"[1] 他太低估了嘉莉的潜能:"待到风起潮涌的变化之时,她还是善于顺势而为的。"[2] 他不能正视后者可以迸发的力量,其实原本也是可以拯救他自身的。

赫斯特伍德便如此在黑沉沉的迷雾中走向深渊。在此过程中每个关键跌点,都有车碾过去的辙印。例如他所大败亏输的赌场,就在轮渡(水上之车)附近;更重要的是,他甘当工贼所选择的行业正是电车司机,这真是作者安排的一个绝妙讽刺:这个一生叱咤于各种车轮上的车友会会员,最终将职业生涯断送在电车罢工中。这个"一日游"的情节虽然略显生硬,但作为左翼作家的德莱塞借此一方面充分渲染资本主义上升时期的消费文化,另一方面又借由对城市有轨电车行业罢工风潮的详述,对工人阶级寄予了深切的同情,同时也暗示了物质生产对于人的更深刻异化:让工人更远地疏离了他所生产的物。

此时,作为工业化时代代表性器物的电车,微妙地体现出对人的双重控制:既是资本主义制度统治和奴役人的工具,又是人用物欲来奴役自己的代理者(agent)。无论如何,其外在的表现便是人所遭遇到的物的自反性。对此,伍德沃德在法兰克福学派的基础上分析得很到位:

> 马克思主义认为,物件或商品的面目并非如其通常示人的那般。这

---

[1] Theodore Dreiser, *Sister Carrie*, New York: Bantam Books, 1982, p. 241.
[2] Ibid., p. 244.

里的深意在于,人类错误地相信,一种物件(如汽车、西装、电脑或手机)在社会进步或个人提升上起到了积极作用,或者退一万步说也是中性的。实际上人在调配这些此类物件时,已经在精神上奴役了自身;人们误以为现代性所产生的物解放了他们,其实恰恰成为以这些物为具象的意识形态的牺牲品。[1]

德莱塞便是如此将赫斯特伍德置身于车的大本营里,并使他受了双重的罪:让这个锦衣玉食的有产者变为衣衫褴褛的工人(实为"工贼"),将他从豪华厅堂请到了寒风刺骨的机车驾驶室。同情工人运动的小说家对昔日的大堂经理毫不留情,而且"刻薄"地时时提醒读者千万别忘记赫斯特伍德的过去——赫斯特伍德镇定地看着技师的演示:"他见过电车司机操作过。他很了解他们是怎么做的,也很确信自己只要稍加练习也能做得很好。"[2]这个看似平淡的记忆闪回,表面上是在为嘲弄赫斯特伍德接下来操作机车时的狼狈做准备,但他与车的关系早已发生了反转:"见过电车司机操作"显然发生在他昔年的风光日子里,而街车不仅在此刻冷冰冰地见证了他身份的蜕变,也早就潜入了他的内心,培植着他对车的依赖——就像我们大多数人一样。

当赫斯特伍德落魄到等候在剧院门口想找当红的嘉莉求助时,横亘在两人之间的屏障竟仍是盛气凌人的座驾,而且是四轮大马车:

> 他看见马车载着绅士淑女们滚滚驶过——在这片剧院与酒店林立之地,夜生活的快乐才刚开始。
> 突然一辆四轮大车开了过来,车夫跳下来打开车门。还没等赫斯特伍德反应过来,两位女士便快步穿过宽阔的人行道,消失在舞台通道门口。[3]

正是车阻断了这对昔日的亡命鸳鸯的重逢,而在他失望而归时,车还不忘要嘲讽似的刺痛他一下:"出租及私家马车轻快地驶过,车灯闪烁如黄灿灿

---

[1] Ian Woodward, *Understanding Material Culture*, London: Sage Publications, 2007, p. 42.
[2] Theodore Dreiser, *Sister Carrie*, New York: Bantam Books, 1982, p. 327.
[3] Ibid., p. 370.

的眼睛。"[1]多日之后两人终于相遇,也恰好是因为嘉莉当天选择了步行。车似乎才是说了算了的因素。

到赫斯特伍德挨至生命的最后阶段,车仍没有要饶过他的意思:

> 走到四十二街时,灯光招牌已闪耀成了一片。人群行色匆匆,各赴晚宴。在每处街角,透过明亮的窗户,或都可见豪华餐厅里高朋满座。四轮马车往来川流不息,有轨电车上也满载着乘客。
>
> 在疲惫和饥饿交加之时,他真不该来这里。对比太鲜明了。连他自己都清晰地回忆了过去的风光。[2]

如德莱塞本人写的:"对比太鲜明了。"辛辣的对比不止一处:

> 此时一阵更凌厉的风扫下来,他们更紧地瑟缩在一起。众人攒挤着、挪移着、推搡着,毫无愤怒之色,没有乞求之举,不闻威逼之词,完全缺乏由机智或友好带来的生趣,只有饱含愠怒的忍耐。
>
> 一辆马车叮当驶过,里面有个人背靠着座椅。最靠近车门的人看得见车里。
>
> "瞧那个坐马车的小子。"
>
> "他一点儿不冷啊。"
>
> "唉,唉,唉!"另一个人嚎叫道,马车已驶远,不可能再听到他的叫声。[3]

已命薄如纸的赫斯特伍德似乎看见了曾经的自己,就像他先前一再在恍惚中出现的幻象一样。即使是描写他的幻象,德莱塞也没有放过他:"第一次出现这种情形,是他想起了车友会主办的一次很热闹的聚会,他是会员。他坐在椅子上,目光下垂,渐渐地感到旧友的谈笑及觥筹交错之声仿佛不绝于

---

[1] Theodore Dreiser, *Sister Carrie*, New York: Bantam Books, 1982, p. 370.
[2] Ibid., p. 391.
[3] Ibid., p. 396.

耳。"[1]此时——实际上任何时刻都是如此——车不再是个名词,而是处于进行时态的动词,还不只是一个短暂性动词:车是无情而有意的存在,车接着让赫斯特伍德与众流浪汉蹒跚行进在被车马碾过的污雪中,过去的荣光和眼前的马车——四轮马车——形成共谋,是准备要将他奚落到底了。

当然,车对于在跷跷板的那头的嘉莉,也是格外的青睐。其实早在被迫跟从赫斯特伍德私奔的火车上,她的强韧性格就已初露端倪:"蒙特利尔和纽约!甚至就在此刻,她已直奔那广袤而陌生的土地而去了,去看看她是否喜欢那些地方。她心里琢磨着,却面无表情。"[2]幸亏有德莱塞的一支笔,帮助我们看到了她的内心戏,否则我们也和赫斯特伍德一样被浪漫的爱情感动着。嘉莉"甚至就在此刻"已清醒得有些可怕了,她已迅速从泪水中看到了更繁花似锦的世界,而身边的大堂经理更像一种媒人而不是依恋的情人。在几乎是被劫持着离开芝加哥的火车上,在瑟瑟颤抖和淋淋泪水之中,这个注定属于更大的世界、终将登上更高舞台的姑娘,已然打起了未来的算盘。之后当她可以中途下车返回芝加哥时,她放弃了机会。表面上她被男人的花言巧语打动了,表面上她举目无亲,禁不住他的挽留而没有下车,但别忘了:"她开始感到似乎自己可以掌控一切。"[3]她选择与火车同行这一姿态意味深长,与其说是出于对男人的爱,不如说是出于对自己和城市的爱:"恋人靠边站,悲伤脑后抛,死亡更别管。'我要上路了'"——这不是原文,是笔者帮嘉莉说的心里话。我们不禁要敬畏起这个柔弱的女孩!她是一个非常追求物质的女孩,但与此同时,她那种不满足始终又不完全是物质的。作为一个人,她真实无比,我们之中又有几个能比她更高深、更高尚?而此时,赫斯特伍德一手送她上了这趟通向远方的疾驰的列车,却完全没有意识到他在用自己的生命送嘉莉踏上征程。

起初跟从赫斯特伍德苟安于纽约时,她只能仰望奢华的都市生活:"所到之处无不是香车宝马、流光溢彩,而她却完全置身事外。整整两年了,她竟从未涉足其中。"[4]此时,车继续充当着计量幸福度的指标。而当她以自己的

---

[1] Theodore Dreiser, *Sister Carrie*, New York: Bantam Books, 1982, p. 341.
[2] Ibid., p. 217.
[3] Ibid., p. 218.
[4] Ibid., p. 255.

心气、才气和运气，赢得了剧院和观众，演艺道路越走越顺畅、越走越宽敞时，车自然也记录下了她的轨迹："放眼四下，锦衣、豪车、家具、存款应有尽有。"[1]车在她的生活中不间断、不经意地出现，始终强化着她的上升趋势。她的自食其力并不主要体现在艺术事业的成功而带来的绿油油的钞票上，而是她一旦发现了自己的独立价值，就能为此去坚守并开掘，直至发挥出最闪亮的光彩。她为自己打造了一身足以征战社会的铠甲，而当她每日披甲征战时，车就成了战车：下班通勤是由剧院安排的（"演出一结束她便和洛拉坐车回自己屋子，车是剧院叫的"）；[2]"白天里她们坐马车兜风，晚上演出完后去吃夜宵"[3]。嘉莉对赫斯特伍德萌发弃意，也是通过一次游车河活动开始的。差不多也就在赫斯特伍德做了最后了断之时，嘉莉望着窗外纷飞的大雪心不在焉地说道："今晚得坐四轮马车了。"[4]

车的"自动"叙事，不得不说是相当残酷的。车与德莱塞多次提到的森严的"墙"一样，分割着人类的阶层。墙的内和外是迥异的世界，车轮的上与下也喻示着无常的人生。在论述文学创作/研究之物转向时，学者汪民安说："物无论如何同人不是一种对立关系，也无论如何不是人要去探究的知识对象，相反，它类似于一种栖居之地，一种神秘的容纳性的家宅，一个四方和谐其乐融融的温柔之乡，它是一个微观世界，但也是一个宏阔的世界。"[5]可见，人在幻想着能够完全掌控物的时候，已在不知不觉中陷入了作为行动元（actant）的物的反控之中。

行文至此，或许要面临是否过度阐释的诘问。然而，是否过于敏感，也取决于我们是否已傲慢得对这个世界的感知变得迟钝麻木。我们现在尤其需要的，是对物的一种再觉醒，要让我们的意识尖锐到对物一触即痛的程度，因为当今的人类在同时被抛入虚拟的元宇宙与涌动的物世界时，如果因自大或畏惧变得更加惰怠时，就必将为奴。

车作为一种本身就具有高度机动性、施事性的器物，似乎在加快小说情

---

[1] Theodore Dreiser, *Sister Carrie*, New York: Bantam Books, 1982, p. 398.
[2] Ibid., p. 356.
[3] Ibid., p. 350.
[4] Ibid., p. 394.
[5] 汪民安：《物的转向》，《马克思主义与现实》2015年第3期。

节的发展。事实上,车的快捷一直在比照着赫斯特伍德的迟缓。车叙事视角下《嘉莉妹妹》中的人物自以为在驾驭,实则在被驾驭着。自负的人们在奋斗着,但很难超越车的尺度。车在文明时代里,向来没有缺席过:不论社会如何建构它的存在,不论科学如何改良它的发展,辚辚车声从未消逝。车一直在被操控与操控之间横行。车在进步,我们人类呢? 如果福柯所说的制服可以作为一种物对人的规训,那么车何尝不能碾压人的自由呢? 我们原以为在这个万籁俱寂的宇宙里,只有人是活物,甚至早已不把神放在眼里;可我们突然又惶恐地发觉,自己其实一直飘摇在万物有灵的海洋里。在当今人工智能日益发达的时代,难道我们还没有意识到,原本尚具身形的物,可以在无形的世界里继续延伸,直抵我们最深处吗? 当 AI 越来越显示出行动元迹象的时候,尤其是在并没有亲人亡故的 ChatGPT 已经能悲悲切切地写出一篇悼词的时候,我们还能驾驭好自己吗?

韦清琦,东南大学外国语学院教授。本文刊于《鄱阳湖学刊》2024 年第 3 期。

颠覆"黑暗的中心":《瓦解》对非洲风景的重构

朱 峰

非洲是"黑暗的中心",这一观点在欧洲关于非洲的话语中被建构并不断强化。欧洲人的非洲探险、游记、小说等严重扭曲了非洲形象,这些从外部讲述的故事在文本之间传承,不仅在欧洲而且在前殖民地(包括非洲)都产生了深远影响。它们传播关于非洲的所谓权威知识,成为世人了解非洲的来源,影响甚至形塑了欧洲人的非洲印象,非洲人内化这些文本观点,为自己的民族和历史感到自卑。阿契贝(Chinua Achebe)指出这些从外部描写非洲的文学非常肤浅,扭曲了非洲和非洲人的形象,他认为需要"从内部来考察"[1],讲述非洲的故事,解构欧洲关于非洲的文学传统,尤其是《黑暗的心》对非洲的再现,向世人再现一个不同的非洲,激发非洲同胞的历史和文化自豪感。为此他于1958年发表了小说《瓦解》(*Things Fall Apart*),塑造了一位性格鲜明的非洲英雄奥贡喀沃,描绘了伊博族人丰富多彩的生活,展现了被欧洲人斥之为黑暗大陆的非洲所拥有的灿烂文明。

《瓦解》在讲述非洲人自己的故事时,用大量笔墨描述了伊博族人世代聚居之地乌姆奥菲亚的风景。对地点和风景的重新建构是解构和颠覆殖民话语的重要手段,本文通过对比分析《瓦解》和以康拉德为代表的西方作家笔下的非洲风景,探讨风景描写中蕴含的种族主义和殖民主义意识形态。

---

[1] Chinua Achebe, et al., "Interview with Achebe," *Things Fall Apart: Authoritative Text, Context and Criticism*, Ed. Irele Francis Abiola, New York: W.W. Norton, 2009, p. 121.

一、非洲:欧洲文学传统建构的"黑暗的中心"

康拉德(Joseph Conrad)的《黑暗的中心》(*Heart of Darkness*)延续了欧洲文学传统对非洲的定型化再现,将非洲描述为黑暗的大陆。小说中充斥着对非洲地点和风景的概约化描写。马洛的航行从大洋沿岸一直深入到了内陆腹地,但是如此广袤的区域在康拉德的笔下一直以"非洲"一词指代,从未出现过特定的具体地名。对地点的概约化描写反映了康拉德对非洲模糊而泛化的印象,非洲笼罩在不可参透的黑暗之中,一片混沌,这里游荡着野蛮的原始人,没有历史、没有文明,需要欧洲的文明之光来照亮。《黑暗的中心》从始至终着力渲染非洲的黑暗。马洛即将前往非洲,可是航行尚未开始,他便感觉此次的目的地迥然不同于此前所去的任何地方,那是一片黑暗的大陆,充满了神秘的色彩。作为一名漂泊海上多年的职业水手,马洛已习惯于在接到通知的二十四小时之内出发前往世界上任何地方,但此次有异样的感受,即将启程之际,有一两秒钟的时间,他感觉好像要去的不是一个大陆的中心,而是地球的中心。[1] 非洲是马洛无法理解的陌生而恐怖的世界。

漫长的海岸线"毫无特色",呈现出一种"单调的阴森"(*Heart*:13),空旷的山水没有形状和特点,无声无息地肃立着,令人毛骨悚然。航行经过的海岸看起来都是一模一样,日日如此,单调乏味的景色深刻影响了马洛的情绪,在"令人悲哀、毫无意义的幻梦状态的折磨下",马洛感到"脱离了生活的真实"(*Heart*:13)。与这种环境相伴的是死亡的威胁,一种"说不清的压抑感"(*Heart*:14)在他心中愈益沉重,从单调阴郁的非洲海岸深入内陆,千篇一律的海岸线被巨大而又无声无息的丛林所取代,马洛倍感恐惧。非洲于马洛而言是一片尚未开发的处女地,他无法预料等待他的将是什么,荒野如此无法理喻、令人不安。马洛驾驶着他的汽船沿河而上,地图上曾令马洛着迷的那条大河将他带往"黑暗的中心"。

《黑暗的中心》渲染非洲大陆的黑暗,是为了表明非洲的蛮荒和炎热不仅

---

[1] Joseph Conrad, "Heart of Darkness," *Heart of Darkness: An Authoritative Text, Backgrounds and Contexts, Criticism*, Ed. Paul B. Armstrong, New York: W. W. Norton, 2006, pp. 7-13. 后文出自同一著作的引文,将随文标出该著名称首词和引文出处页码,不再另注。

摧残着白人的肉体,更在精神上毁灭他们。欧洲人在非洲陌生的土地上经受着双重考验:一方面炎热、潮湿的气候令欧洲人倍感不适,热病夺去一些白人的生命,并迫使另外一些人离开,另一方面身处令人无法参透的黑暗之地,欧洲人会感到强烈的疏离甚至绝望。更令欧洲人深感不安的是非洲的气候和环境会导致欧洲人退化,这种观点普遍流行于19世纪的欧洲,非洲笼罩在人类原初时代的黑暗中,在这里残忍的本能和兽性的激情不受任何克制。库尔茨的经历似乎验证了这一理论,他曾经是欧洲教化使命的狂热追随者,"光明的使者"库尔茨深入非洲腹地,肩负起传播文明的使命,却不幸被非洲大陆所吞噬,在"黑暗的中心"完全迷失了自己的方向,退化成了野蛮人。殖民者最大的恐惧就是在殖民地的退化,正是因为这种恐惧一直萦绕在马洛的心头,非洲的风景才令马洛感到窒息,马洛感觉自己也似乎已被黑暗所吞噬。

非洲的黑暗孕育了野蛮的非洲人,并将来此传播"光明之光"的白人吞噬。阿契贝批判康拉德将非洲建构为欧洲的对立面:"非洲之于欧洲正如道林·格林的画像——承担着主人卸下的肉体和道德残障,由此主人可以前行、直立、纯洁无瑕。因此正如画像必须被藏起来以确保主人摇摇欲坠的完美,非洲需要规避,否则的话!"[1]他颇具讽刺意味地指出库尔茨愚蠢地暴露于丛林蛮荒之中难以抵制的诱惑,因而被黑暗所吞噬。阿契贝认为康拉德对比利时殖民主义的批评受到了其本质主义思想的玷污:欧洲人可能会陷入某种形式的非洲野蛮状态,但野蛮是非洲人的本质。

在西方思维中,黑与白是一对二元对立的隐喻概念,黑是邪恶、无知、堕落和残暴的象征,而白则代表着真善、文明、纯洁和美丽,当帝国主义扩张使欧洲与其他大陆相遇时,黑的意义被强化并延伸,等同于"原始"、"粗俗"、"野蛮",并由此指涉居住在丛林、森林和荒野之中的黑人及其原始和邪恶的特征,而西方国家的文明则如光亮一般映照着非欧洲地区的黑暗,并最终将光明的种子播撒到黑暗的大陆,康拉德在《黑暗的中心》一开始即引入了这一观点。在黄昏时分的泰晤士河上等待潮汐的时候,马洛满怀骄傲地追溯了泰晤士河的辉煌历史,称颂它为"人类的梦想、共和政体的种子、帝国的根源所在"

---

[1] Chinua Achebe, "An Image of Africa: Racism in Conrad's *Heart of Darkness*," *Heart of Darkness: an Authoritative Text, Backgrounds and Contexts, Criticism*, Ed. Paul B. Armstrong, New York: W. W. Norton, 2006, p. 348.

(Heart: 5)。他提醒我们:"这里也曾经是地球上的一片黑暗之地。"(Heart: 5)但是在一千九百年前,罗马人征服了这里,"从此光明从这条河流发散出去"(Heart: 5)。曾经黑暗的英国已被文明之光照耀,并将光辉发散到世界各地,成为称霸全球的殖民帝国,而非洲仍然在黑暗的笼罩之中,没有文明也没有历史。康拉德之所以渲染非洲的黑暗,旨在传达这样的信息:黑暗之地是可以被照亮的,正如罗马征服开启了英格兰的文明历史,白人的征服同样可以把光明带给非洲黑暗的大地,开启非洲的历史纪元。盘踞在非洲大陆上的那条大蛇形状的河流就像一千九百年前的泰晤士河,在黑暗中等待着文明的光辉。康拉德认为殖民主义是必要的,他虽然揭露和批判了比利时殖民掠夺的残暴,但是并没有因此否定殖民主义,他所希望的是以好的殖民制度取代坏的殖民制度,英国仁慈的殖民制度就是好殖民制度的范例。

景物描写在传达帝国征服的必要性和征服者的决心上具有重要意义,"康拉德小说中反复使用'不可参透的'、'难以了解的'、和'空白的'等词语,表明他对非洲文化和非洲人的描写是主观的,虽然小说并没有直接展现非洲生活,但是非洲作为小说的背景成为理性的对立面"[1]。正是由于非洲被黑暗笼罩并且使深入黑暗中心的欧洲人感到如此压抑,欧洲的殖民事业才显示出必要性和紧迫性。即便非洲大陆是"黑暗的中心",文明的白人在此面临退化的危险,帝国征服的决心依然不可动摇。沿河而上的航行尽管困难重重,经历了丛林的考验、时间的煎熬和精神上的困惑,马洛终以坚忍不拔的毅力抵达了所有这一切的中心——库尔茨的象牙贸易帝国。库尔茨的伟大冒险、马洛的溯流而上和小说的叙述本身有着一个共同的主题:"展现欧洲人在非洲(或关于非洲)的帝国征服和坚强意志。"[2]

康拉德笔下"黑暗的中心"不仅源于康拉德在非洲的亲身经历,更是欧洲文学传统中非洲形象的延续和强化:非洲是罪恶丛生之地,处于混沌的史前时期,人性的黑暗在此暴露无遗。阿契贝指出"众所周知,欧洲游客等关于非洲和非洲人耸人听闻的著作有着漫长的历史,康拉德笔下嚎叫的人群甚至不

---

[1] Ayo Kehinde, "Intertextuality and the Contemporary African Novel," *Nordic Journal of African Studies*, 12, 3, 2003, p. 376.
[2] Edward Said, *Culture and Imperialism*, New York: Vintage Books, 1994, p. 23.

属于他,而是来源于前代的传承"[1]。关于非洲的想象发展成为一个传统,如同巨大的仓库储存着耸人听闻的印象,几个世纪以来作家一再由此为其著作提取"原材料"[2]。

二、乌姆奥菲亚:《瓦解》描绘的伊博族田园美景

愤怒于《黑暗的中心》关于非洲大陆和非洲人的描写,阿契贝指责"约瑟夫·康拉德是一个彻头彻尾的种族主义者"[3]。之所以批判《黑暗的中心》,是因为它比阿契贝所知的任何作品都更为清晰地表明了欧洲的欲望和需要:西方在心理上将非洲作为欧洲的衬托,视之为欧洲遥远而又约略熟悉的对立面,以此彰显欧洲精神上的优雅状态。[4] 阿契贝毅然拿起手中的笔,重新描绘非洲的经历。阿契贝的《瓦解》为我们描绘了伊博族人幸福祥和的田园生活图景,明快的色调、优美的自然环境与康拉德笔下黑暗的荒野形成了鲜明的对比。伊博族农耕社会按照季节的更替和天气的变化耕种、收获、休闲,大地和动植物与他们的生活息息相关,和谐共存。大自然不仅赐予伊博族人丰富的果实,而且是其文明的重要组成部分,自然界的风雨雷电、各种动植物渗透到日常生活中的谚语、趣事和成语之中。伊博族人与自然和谐相处,在优美的自然环境下,伊博族人尽享田园牧歌生活的幸福祥和。阿契贝描绘的一幅幅田园牧歌般的图景解构了康拉德及其欧洲传统建构的"黑暗的中心",他要告诉世人,非洲有着灿烂的文明,非洲人是自己土地上的主人。

"将地理因素放在首要位置"是"反帝国主义想象"的可识别特征。[5] 针对《黑暗的中心》对非洲风景的描写,阿契贝在《瓦解》中重新建构了非洲的风景。阿契贝的故事发生在特定的地点,伊博族人世代居住的乌姆奥菲亚有着自己独特的风景、传统和文化。《瓦解》从不使用"非洲"这个泛指的地理概

---

[1] Chinua Achebe, *Home and Exile*, New York: Oxford University Press, 2000, p. 26.
[2] Ibid., pp. 26-27.
[3] Chinua Achebe, "An Image of Africa: Racism in Conrad's *Heart of Darkness*," *Heart of Darkness: An Authoritative Text, Backgrounds and Contexts, Criticism*, Ed. Paul B. Armstrong, New York: W. W. Norton, 2006, p. 343.
[4] Ibid., p. 337.
[5] Edward Said, "Yeats and Decolonisation," *Nationalism, Colonialism, and Literature*, Eds. Terry Eagleton, et al., Minneapolis: University of Minnesota Press, 1990, p. 77.

念,他描写的是居住在乌姆奥菲亚的伊博族人,特定的地点和风景哺育着拥有悠久历史和灿烂文明的伊博族人。

伊博族居住在西非的乌姆奥菲亚,而不是非洲某一处面目不清的黑暗之地。这里的自然环境并非如马洛所感到的那么神秘莫测、令人压抑,这是伊博族人世代定居之地,他们在这里耕种、收获、繁衍子孙后代。伊博族亲近大自然,与自然关系密切。大自然是伊博族人的食物来源,伊博族人的主食是木薯,这种植物从种植到收获,都需要大自然的眷顾和种植者的悉心呵护。伊博族人在长期的实践中顺应自然环境,精心照料木薯的成长。木薯的种植是一项复杂的劳动,不仅需要付出体力,更需要掌握技巧。在木薯的种植和生长过程中,伊博人要付出艰辛的劳动,要精心挑选、准备木薯种子。由于木薯对于生长环境要求苛刻,伊博族人每年有三四个月的时间要整天不间断地伺候它,晴天时要保护它的嫩叶不受土地的炙热所烘烤,下大雨的时候还要为它打上土墩,然后再在周围打桩,以免秧苗被雨水冲坏,除草更是必不可少的程序,对除草时间也有严格要求。在伊博族这个农耕社会中,木薯具有重要意义。"木薯代表着男子汉气概,能够有足够的木薯让家人从一个收获季节吃到下一个收获季节的人确实是伟大的。"[1]木薯是伊博族人的主要食物,其重要性在小说中多次提及,木薯与男子汉气概之间的联系已不仅仅具有隐喻意义,一个精通木薯种植的男人,不仅是一个伟大的农夫,而且是一个伟大的人。对农业技术的精通超越甚至取代了其他品质,表现了伊博族社会对于农耕技术的重视。

伊博族人不仅忙于劳作,而且善于享受生活,他们的生活富有节奏。在繁忙的种植和收获季节之间,有一段雨季,这是伊博族人休息的短暂时节,"在这样的时候,乌姆奥菲亚的无数茅屋中,家家户户,孩子们都围坐在妈妈的灶旁讲故事,或者和爸爸一起,在他的茅屋里一边烤火一边烤着玉米吃"(*Things*:24)。在这农忙的间歇季节,乌姆奥菲亚处处洋溢着安逸祥和的气氛。收获的季节是欢乐的节日,新木薯庆祝会标志着新年的开始,男女老幼都盼望着这个盛大节日的到来,提前为节日精心准备:装饰房屋、打扮自己和

---

[1] Chinua Achebe, *Things Fall Apart*, London: Heinemann, 1984, p. 23. 后文出自同一著作的引文,将随文标出该著名称首词和引文出处页码,不再另注。

孩子、做好丰盛的食物、走亲访友，人人喜气洋洋，处处欢声笑语。当盼望已久的节日终于到来时，亲友共聚一堂，其乐融融，将欢乐的气氛推向高潮。

木薯的丰收需要风调雨顺的好天气，雨水对于伊博族人具有极为重要的意义，他们的许多故事也与此相关，主人公奥贡喀沃的儿子恩沃耶爱听的一个故事就是母亲经常讲述的天与地之间的争吵。天与地争吵，一连七年都没有降雨，庄稼枯萎而死。地派苍鹰向天求情，天心生恻隐，将雨用木薯叶包好交给苍鹰。在归途中，木薯叶子不慎被苍鹰抓破，于是下起了从来不曾有过的大雨。奥贡喀沃年轻时就经历过类似的大旱和暴雨。那一年，他首次种下的木薯由于天气大旱而颗粒无收，等到雨水终于来临时，他种下了第二批木薯，期待重新开始，可是大雨倾盆而下，日夜不停，木薯收成凄惨，令人绝望，有一个男人把衣服系到树上，吊死了。（Things：17）那一年的干旱和随之而来的暴雨令奥贡喀沃终生难忘。但是即使自然灾害也没有击垮意志坚强的奥贡喀沃，他重新开始，终于获得了丰收，也赢得了族人的尊重。在族人的葬礼上，奥贡喀沃的枪支不幸走火，误杀了一个族人，按照伊博族的律令，他要被流放到母亲的家乡。那一年的雨水也给他留下了深刻印象。干旱无雨长达两三个月，太阳炙烤着大地，野草和树木都变了颜色，连树林中的小鸟都停止了歌唱。后来雨终于来了，来得突然而猛烈。"大地很快苏醒过来，林中的鸟儿拍打着翅膀到处飞翔，叽叽喳喳欢乐地叫着。空气中弥漫着生命的气息和嫩绿草木的芬芳。当大雨不再落得那么急促，雨点也变小了时，孩子们就去找躲雨的地方，所有的人都很高兴，神清气爽并且满怀感激。"（Things：92）伊博族人因为雨水的到来而欣喜万分，不仅因为雨水能够带来丰收的喜悦，而且因为随着雨水的到来，万物复苏，希望回归，生机勃勃的大自然感染着伊博族人。

《瓦解》中伊博族社会与自然密切相连，人们辛勤劳作，到处洋溢着一派幸福祥和的气氛。阿契贝描绘的伊博族人与自然和谐相处的幸福生活令人难以与康拉德笔下"黑暗的中心"联系起来。《瓦解》表明非洲同欧洲一样，也有着自己灿烂的文明，是一片散发着文明之光的大陆。"《瓦解》的成功不仅得益于作品中洋溢的乡愁气息，更得益于阿契贝在思考历史、文化和族群关系时表现出来的伦理关怀。'美好的'往昔给人带来的沉浸式愉悦，以及人物的悲剧性命运给读者带来的巨大痛感，使得作品中的故事具有强大的感染力。"[1]这部小说使伊博族的田园生活画面进入了全世界读者的视野,非洲不再是不可参透的"黑暗的中心"。

阿契贝成长于西方文化与本土文化的交叉路口,浸润于伊博族文化的传统氛围中,同时在学校接受英式教育,受到两种文化的熏陶,这使他能够较为客观地审视自身的传统文化,并对其他文化持有开放包容的态度。阿契贝的《瓦解》展示了伊博族社会的诸多优点:伊博族社会具有强大的凝聚力,部族生活和谐有序,兼顾集体和个人的利益,整个社会洋溢着欢快的气氛,活力迸发,部族活动的轻松欢乐和司法程序的庄严肃穆交互更替。但他也清楚地看到伊博族文明发展过程中的诸多问题,如宗教和律法的某些规定缺乏弹性,令一些族人感到失败和格格不入;过分强调男子汉气概,蔑视女性气质等,随着殖民入侵,伊博族社会最终在内外双重压力下分崩离析。虽然饱含怀念和惋惜之情,"但在对以奥贡喀沃为代表的保守主义立场进行否定后,由于自身的局限,阿契贝陷入了宿命论的泥沼,无法找到一条殖民统治之外的路径,同样无法为全球化浪潮下的族群伦理关系重构开出济世良方"[2]。即便如此,他谱就的这首挽歌依然激荡于无数读者的心间,令读者为伊博族社会曾经的灿烂和最终的瓦解叹惋不已。

阿契贝在《瓦解》中展现了非洲伊博族人民灿烂的文明,驳斥了非洲没有文明的观点,批判西方文明将其价值观强加于伊博族的做法。但他并没有一味褒扬伊博族文明而贬低西方文明。他表明每个文明都有自己的优缺点,不同文明之间显然存在着巨大的差异,但并无优劣之分。康拉德的《黑暗的心》虽然批判了比利时殖民主义者的贪婪和残暴,但是它依然延续了西方话语传统,构建并强化了非洲的黑暗形象。欧洲殖民主义意识形态将非洲建构为黑暗的大陆,视非洲人为充满兽性、与动物无异的野蛮人,需要由文明的西方人征服或消灭。将非洲确立为自身的对立面后,欧洲便披上文明使者的外衣,冠冕堂皇地深入到非洲大陆进行占领和掠夺。《黑暗的中心》中库尔茨即叫嚣要教化甚至消灭低等种族,而这一切均服务于欧洲列强对经济利益的追逐,库尔茨之所以深入非洲腹地,就是为了攫取象牙贸易的巨额利润。殖民

---

[1] He Weihua, "Rewriting History and Ethnic Ethics in *Things Fall Apart*," *Interdisciplinary Studies of Literature*, 3, 2020, p. 108.
[2] Ibid.

活动将掠夺和残暴带到了曾经幸福祥和的非洲大地上,把光明的非洲变成了黑暗的中心,欧洲人掌握的权力话语却将黑暗视为非洲的本质。欧洲的殖民活动、将非洲建构为"黑暗的中心"的殖民主义意识形态在某种意义上才是真正的黑暗中心。

三、风景中的意识形态

非洲到底意味着什么?斯皮瓦克(Gayatri Spivak)探讨了非洲这一名称的来源和含义:"非洲是罗马人对希腊人称之为'利比亚'(Libya)之地的命名,本身也许是柏柏尔(Berber)部族名字 Aourigha(可能发音为'阿发利加')的拉丁化,是意义极不确定的一个换喻:我们出生之地的神秘性。非洲只是一个受制于时间的命名,如同一切专有名词,它标志着与其所指对象之间的随意联系,是一个误用。"[1]

欧洲与非洲的接触始于中世纪,当时三分之二的黄金来自西非,但是在欧洲的视角下,非洲一直是个谜。15、16世纪时期,葡萄牙水手航行到非洲海岸,在各个口岸进行贸易,此时欧洲并未触及非洲内陆的神秘。此后欧洲投资者在美洲大陆经营棉花和蔗糖种植园,贩卖奴隶成为欧洲与非洲的重要联系。19世纪奴隶贸易被宣布为非法,欧洲人遂开始从事棕榈油、象牙、橡胶等"合法"贸易,并由此深入非洲内陆,继而掀起瓜分非洲的浪潮,非洲如同一块美味的蛋糕,被比利时、英国、法国、德国、葡萄牙等欧洲国家争抢、切割。[2] 由于种族主义观念盛行和帝国扩张所需,非洲被欧洲建构为"黑暗的中心":原始、野蛮、不可参透,成为西方文明的对立面。在这一建构过程中,西方话语关于非洲的风景叙写发挥了重要作用。米歇尔(W. J. T. Mitchell)指出,风景并非纯粹的审美客体,对风景的审视"必然在历史上、政治上和美学上聚焦于注视的目光投射并刻写在那片土地上的暴力和邪恶。我们知道,至少从特纳——或许弥尔顿——的时代起,这种邪恶目光的暴力

---

[1] Gayatri Chakravorty Spivak, *A Critique of Postcolonial Reason: Toward a History of the Vanishing Present*, Cambridge: Harvard University Press, 1999, p. 188.

[2] See Patsy J Daniels, *The Voice of the Oppressed in the Language of the Oppressor: A Discussion of Selected Postcolonial Literature from Ireland, Africa and America*, New York and London: Routledge, 2001, pp. 29-30.

就不可分割地与帝国主义和民族主义连接在一起了"[1]。地点、风景并非仅仅作为小说的背景而存在,风景中蕴含着复杂的意识形态含义,对于地点和风景的建构是殖民话语强加并维持殖民统治的重要策略。非洲,正如东方学中的东方一样,不仅是一个客观的存在,更是一个殖民想象建构,是欧洲的非洲印象的投射。关于这一点,陈永国曾指出:

> 景观涉及历史记忆和地域空间的发明。历史记忆就是地缘记忆;而地缘记忆取决于地方传统的延续,民俗仪式的保存,以及社区纪念性建筑的建立和维护。它们不是单纯的物质存在,而和文字记忆一样具有经过维护编码和价值改造的叙事性,是文化意指和思想交流的象征性表达,是标志帝国势力兴衰的发明性记忆和想象式话语。自然景观和城市景观是建构和再现民族记忆和全球记忆的共同想象空间。[2]

在帝国背景下,宗主国与殖民地的地点和风景被赋予了特定的含义,成为西方文学中的定型化想象,经由西方话语传统建构并强化的这些象征性地点和风景甚至取代了真实的存在。在《发明、记忆与地点》一文中,赛义德指出,地点、风景与政治密切相关,奥斯威辛、耶路撒冷等地理指称具有特定的历史意义,其风景、建筑和街道等完全笼罩着各种象征性的理想,它们完全掩盖了这些地理指称作为城市和真实地点的存在现实。[3]

在《黑暗的中心》及其所代表的西方文学传统中,非洲不再是一个单纯的地理指称,它象征着"黑暗的中心",亟须欧洲殖民者带来文明之光。莱明(George Lamming)曾对这一象征意义进行批判,"康拉德是欧洲之子,他理解其先辈的文化种族主义。非洲在非洲人心目中是人类居住的大陆,在康拉德的意识中却象征着恶魔般的力量,驱使他本人所属的白色种族到世界的各

---

[1] W. J. T Mitchell, "Imperial Landscape," *Landscape and Power*, Ed. W. J. T. Mitchell, Chicago: The University of Chicago Press, 2002, pp. 29-30. 中译文引自 W. J. T. 米歇尔:《帝国风景》,陈永国主编《视觉文化研究读本》,北京大学出版社,2009,第 202 页。
[2] 陈永国:《前言:视觉文化研究论纲》,见《视觉文化研究读本》,北京大学出版社,2009,第 8 页。
[3] 爱德华·赛义德:《发明、记忆与地点》,见陈永国主编《视觉文化研究读本》,北京大学出版社,2009,第 168 页。

个角落进行劫掠和破坏"[1]。康拉德无疑具有时代局限性,"康拉德悲剧性的局限在于尽管他一方面清楚认识到帝国主义本质上是纯粹的主宰和对土地的攫取,他仍然不能由此断定帝国主义必然灭亡,从而使'土著'得以从欧洲统治下获得自由。囿于所处的时代,康拉德不能赋予土著自由,尽管他严厉批判了奴役他们的帝国主义"[2]。

《瓦解》对非洲风景的重构具有重要意义,不仅颠覆了《黑暗的中心》这样一部文学作品,更重要的是批判了《黑暗的中心》所属的欧洲文学传统对非洲的定型化再现传统,揭示了风景中蕴含的丰富的意识形态含义。世代居住于乌姆奥菲亚的伊博族人曾经拥有田园诗般的生活,他们与自然和谐相处,田间耕种的辛苦和收获、农闲时节的安闲与祥和、节日期间的活动与欢乐构成了一幅幅色彩明丽的画面,给成千上万的读者留下了深刻的印象并促其深思。

朱峰,中国矿业大学(北京)外语系教授。本文刊于《外国语文研究》2021年第4期。

---

[1] George Lamming, "Colonialism and the Caribbean Novel," *Postcolonial Discourses: An Anthology*, Ed. Gregory Castle, Oxford and Malden: Blackwell Publishers Ltd., 2001, p. 276.

[2] Edward Said, *Culture and Imperialism*, New York: Vintage Books, 1994, p. 30.

鲍勃·迪伦《编年史》的人类命运共同体意识

王 刚

美国诗人、作曲家和歌唱家鲍勃·迪伦于 2016 年获得诺贝尔文学奖。瑞典学院在授奖词中这样评价他的作品:"以世人都渴望的信仰的力量歌唱爱……他不歌唱永恒,而是叙说我们周遭发生的事物。"[1]作为一个文学创作者,迪伦于 2004 年出版了自传体回忆录《编年史》(CHRONICLES: volume one,以下简称《编年史》)。该书由"记下得分"、"失落之地"、"新的早晨"、"喔,仁慈"、"冰河"等五章构成。通过这个五章节,迪伦记述了自己在艺术上的四次转变:克服焦虑不安(第一、第二章),摆脱声名羁绊(第三章),突破事业难关(第四章),告别按部就班(第五章)。在该书中,鲍勃·迪伦深入解剖自己的内心,深刻揭示自己起伏的生命历程和精神世界。这种不加掩饰、果敢决然的袒露,好似用刀割开自己的疮疤示人,读来真实而震撼。为了更全面地把握《编年史》的文学价值,本文拟通过"人类命运共同体"与全球圆形流散的关系,过去、现在与未来混融的时间关系,"林勃状态"下的空间关系等三个维度对《编年史》进行深入的分析,从而揭示出该文本的文学价值的不仅在于记录鲍勃·迪伦的事业起伏和心路历程,更集中体现了"人类命运共同体"意识。

一、人类命运共同体与全球圆形流散

在鲍勃·迪伦的《编年史》透露出人类命运共同体与全球圆形流散的交

---

[1] 沈河西:"诺奖典礼鲍勃·迪伦授奖词:他与兰波、惠特曼和莎士比亚比肩","澎湃",http://m.thepaper.cn/newsDetail_forward_1578074,更新日期 2016 年 12 月 11 日,下载日期 2022 年 8 月 11 日。

错的关系。正如作家莫言所说:"今天,科技日益发达,全球化浪潮汹涌澎湃,母国与家园的意义也在发生着深刻的变化。从某种意义上说,我们每个人都是离散之民,恒定不变的家园已经不存在了,所谓永恒的家园,只是一个幻影。回家,已经是我们无法实现的梦想。我们的家园在想象中,也在我们追寻的道路上。"〔1〕笔者以为:"全球圆形流散"是人类命运共同体的表现形式,人类命运共同体是全球圆形流散的必然结果。

1. 人类命运共同体与文学

以 2017 年联合国日内瓦总部的讲话为标志,习近平总书记阐述了系统而完整的"人类命运共同体"思想。这一思想博大精深、内涵丰富,尤其是对于"人类命运共同体"与文学的关系的论述,对于文学研究具有重大意义,具体而言有以下几点:1) 人类生活在同一个"地球村"里,生活在历史和现实交汇的同一个时空里,越来越成为你中有我、我中有你的命运共同体;〔2〕2) 文艺是世界语言,谈文艺,其实就是谈社会、谈人生,最容易相互理解、沟通心灵;〔3〕3) 必须坚持不同文明兼容并蓄、交流互鉴、共建共享。〔4〕在这些论断的基础上,我们不难得出结论:所有的文学作品最终都将回归到一个问题:人类与人类解放的问题。文学即人学,文学最根本的还是探讨人的命运和人生的意义。社会问题在某个时期可能会引发特别的关注,但是只有像文学这样持续关注人的生存和意义才会具有永恒的价值。

我们先从世界文学与"人类命运共同体"的关系方面进行解读。首先,进入全球化时代,人类作为长期生活在同一个村庄的"村民",生活朝夕与共,同呼吸、共命运,他们在面临共同的生死存亡与信仰危机之时,只有同舟共济、精诚互助,才能在这个"地球村"里生存下去。在西方,从卢梭到歌德再到马克思,都始终不渝地传承并发展人类共同体的理想。"共同体"在本质上是全

---

〔1〕 莫言:《离散与文学》,载《文学报》2008 年 4 月 8 日第八版。
〔2〕 中共中央宣传部:《习近平新时代中国特色社会主义思想三十讲》,学习出版社,2018,第 285 页。
〔3〕 习近平:"文艺工作座谈会上的讲话",新华网 http://www.xinhuanet.com//politics/2015-10/14/c_1116825558.htm,更新日期 2015 年 10 月 14 日,下载日期 2022 年 8 月 15 日。
〔4〕 习近平:"在博鳌亚洲论坛 2015 年年会上的主旨演讲",新华网,http://www.xinhuanet.com/politics/2015-03/29/c_127632707.htm,更新日期 2015 年 3 月 29 日,下载日期 2022 年 8 月 15 日。

球各国人民对人类未来的共同关切,是在人性上的共通性体现,而人性则是人之所以为人的最根本的属性,它也是世界文学所蕴含的最核心、最根本的特征。诚如钱锺书所言:东海西海,心理攸同。因而,全世界人们的命运通过文学得以互通共鸣,紧密相连。

其次,文学作为"人学",离不开共同体的孕育,文学永远是共同体精神与情感的表达。文学凝聚了人类共同的情感追求,叙述了人类命运中共有的生老病死、喜怒哀乐,传递着人类自古以来就对真善美的共同追求。文学可以跨越时代、跨越国界,从而为不同肤色、不同民族、不同国家的人民共有共享,是文明沟通的最佳工具之一。

再次,文学是命运衔接最主要的方式和表现形式之一,也是世界文明交流中最重要的桥梁和纽带。文学是全人类共同的精神财富,她直接扩展了当今人类生活在时间上的跨度及在空间上的深广度,在这样的时空范围内,地球村的居民虽然天各一方、从未谋面,但他们在人性上的共同特点,仍然可以透过"文学"传达出来。文学作品,尤其是小说,通过唤起共同的心理感知、引起心灵的共鸣在全世界设定一个打破疆域的庞大读者群体并吸引这个群体相互认同、相互凝聚,从而创造出了想象的命运共同体。

纵观文学史,经典的文学作品能很好地表明文学在构建"人类命运共同体"中所起到的巨大作用。一方面,优秀的文学作品能打动不同背景的全世界读者,让他们从各自的人生去理解人性。另一方面,只有当文学作品达到生命感知与世界体察的深层,读者才能跨越时空与他人进行沟通和连接,作者也才能将自己内心深处的思想与读者的思想发生碰撞和共鸣。

2. 全球圆形流散与文学

首先,文学意义上的流散(diaspora)是描述个人或集体从一个地方到另一个地方的身体和心灵皆经受的现实与虚幻交织的双重反应现象。这里所谓的"地方"既可以指多个国家,也可以指一个国家的不同地区,不可避免地引起时间和空间的变化。要成为"流散者",一般要具备四个要素:忘记了发生的时间、丧失了专属的空间、漂游到文化迥异的社会之中、遇到了语言的难关。在此背景下,流散者会从四个方面进行追寻:对过去的回忆和对未来的探索、开启寻根之旅、找回自我身份、适应他乡语言和文化。可是,正所谓"抽刀断水水更流",流散者由于失却了归属感,像断了线的风筝,处在一种无根飘游、难以着地的失重状态。

其次,每一次的流散,都意味着新旧交替的剧痛和质变。无论何时何地,无论主人公如何奋斗、挣扎,他可能都无法逃离紧紧箍住他的无形之圆。究其原因各种各样,有时出于无可奈何,有时又属心甘情愿。从流散轨迹来看,他们有时能深入当地,但有时又漂浮无根。这种文学流散的路线既是线形的,又是圆形的,但主要是圆形的,并且每个流散者都有其流散的圆心,笔者称这种流散为圆形流散。[1]

再次,在科学技术日益发达的今天,全球化浪潮更加汹涌澎湃,不管从地理上还是从心理上来说,传统的母国与家园的意义也在发生着颠覆性的变化。就某种意义而言,地球上的每个人都逐渐成为奔波在路上的流散之民。他们不管其来自的国家、民族、性别、年龄、职业、爱情、心理、记忆等如何,都处在"回家"的圆形流散路上。这样的圆形流散,跨越了时代,超越了地域、种族、语言、文化,甚至涵盖了生死存亡。在此情况下,圆形流散就变成了全球圆形流散。全球圆形流散主要通过关注人类全球性问题的相关文学研究方法来体现,比如时空关系、现实与虚幻、意识流、林勃状态、意向、复调原则、冰山原则、音乐与文学等。

在廓清了"人类命运共同体"的文学内涵与"全球圆形流散"的理论框架后,我们来讨论这两者的关系。正如习近平总书记在 2014 年联合国教科文组织总部的演讲中指出,文明交流是构建"人类命运共同体"的重要途径之一。笔者深表赞同,并认为文明交流的主要桥梁和途径是世界各国的文学。文学作为全人类共同的精神财富,也是几千年来世界文明交流中的最重要途径之一。世界上绝大多数经典作品都涉及人类的生存与灭亡、战争与和平、感恩与复仇、苛责与谅解、爱情与忌恨、现实与虚幻、记忆与遗忘、生态与未来、追寻与绝望、音乐与人生等,这些都是全人类最普遍关注的生死攸关的共同问题。同时它们也构成了"全球圆形流散"理论所涉及的主要内容,这些课

---

[1] 对于"全球圆形流散"理论的相关论述,可以参阅王刚:《恒久漂游在"回家"的路上——21 世纪以来诺贝尔文学奖得主作品的全球圆形流散》,经济科学出版社,2016。或王刚:《现实与虚幻交织的全球圆形流散——论莫迪亚诺〈青春咖啡馆〉的主题》,载《当代外国文学》2018 年第 4 期,并被《人大复印报刊资料》(外国文学研究)2019 年第 5 期全文转载。

题无不折射出人类命运共同体意识。可以说,全球圆形流散是"人类命运共同体"意识在文学上的最主要的体现之一,同时"人类命运共同体"意识也是全球圆形流散的核心内容,是世界文学发展到全球化新阶段的必然结果。

3.《编年史》中以自我为圆心的全球圆形流散

如上所述,在"全球圆形流散"的理论中流散者要进行四个方面的追寻:对过去的回忆和对未来的探索、开启寻根之旅、找回自我身份、适应他乡语言和文化等。这四点在迪伦的《编年史》中都有直接而鲜明的对应。例如,迪伦回忆:"当我离开家时,就像哥伦布出发去荒凉的大西洋上航行。我这样做了,我到了世界的尽头——到了水天一线的边缘——现在又回到了西班牙,回到了起点。"[1]这显然是对于过去的回忆和对未来的探索;在开启寻根之旅方面,作者是如此表述的:"他问起我的家庭,他们在哪儿。我告诉他我不知道,他们早就不在了。"[2]《编年史》中说道:"有很多东西我都没有,也没有什么具体的身份。'我是个流浪者,我是个赌徒,我离家千里。'这几句话很好地概括了我。"[3]这显然是作者在探寻自己的身份。《编年史》还这样谈道:"事物往往太大,无法一次看清全部,就像图书馆里的所有的书——一切都放在桌子上。如果你能正确理解它们,你也许就能够把它们放进一段话或一首歌的一段歌词里。"[4]这是作者对如何适应异乡的语言和文化的感悟。

其次,"全球圆形流散理论"认为:流散的轨迹有一个圆心。在《编年史》中,我们可以发现流散的圆心就是自我,亦即以自我为圆心的全球圆形流散。有学者认为:"鲍勃·迪伦无意去主宰或控制这个世界,只是坚持做一个忠于自我而不断转变的游吟诗人。"[5]这种以自我为圆心的全球圆形流散在他的人生观中都有体现。作为音乐人,迪伦因为其杰出成就而获得了普林斯顿大学荣誉博士学位。他认为这一殊荣改变了他的人生,并且围绕着自我感官作出如下评价:"它(荣誉博士学位)在视觉、触觉和味觉上都散发出体面感,并

---

[1] 鲍勃·迪伦:《鲍勃·迪伦编年史》,徐振锋、吴宏凯译,河南大学出版社,2015,第110页。
[2] 同上书,第7页。
[3] 同上书,第58页。
[4] 同上书,第64页。
[5] 段超:《滚石的瓢——读鲍勃·迪伦〈编年史〉》,载《中华读书报》2016年10月19日第11版。

带着宇宙的灵性。"[1]而人类的生死去向,迪伦的描述同样传达出全球流散者的漂浮感和矛盾性:"每个人都在梦想找机会发泄。……在很多方面,这都很像'活死人之夜'。出路变化莫测,我不知道它将通向哪里,但无论它通向哪里,我都会跟随着它。……有一件事是确定的,它不仅受上帝的主宰,也被魔鬼所控制。"[2]

这种对家园的追寻和对流散状态的认知不仅体现在他的回忆录《编年史》中,也成为他音乐创作中的一个代表性主题:"噢,我那蓝眼睛的孩子,你曾去往何方?/噢,我那年轻的情人,你曾去往何方?"(《大雨将至》A Hard Rain's A Gonna Fall)以及"这什么感觉/只有你自己/完全无家可归/像个无名之辈/像一块滚石?"(《像一块滚石》Like A Rolling Stone)。这些歌词既揭示出流散者失去家园后的漂泊感,也表达出世事动荡下的无力和面对未来时的迷惘。但是植根于迪伦内心深处的信念使他坚定地为既定人生和事业目标顽强奋斗,并深知在这片荒野上建立文明和秩序是其责无旁贷的使命。因此,对迪伦来说"荒野既是逃离之地,也是等待征服之所"[3]。

二、过去、现在与未来混融的时间

从哲学角度看,时间是一个抽象概念,是物质的运动、变化的持续性、顺序性的表现。从传统意义上来看,时间的内涵是无尽永前的,即不断运动和发展,无限单向度延伸;其外延是一切事件过程长短和发生顺序的度量。所谓"无尽"指时间没有起始和终结,而"永前"是指时间的增量总是正数。在日常生活中,人们总是用过去、现在和未来把时间分成三个部分,它们是线性的、连续的,对常人来说是不可或缺的。人们常常立足现在、总结过去、展望未来,充满了对生活的追求和梦想。

然而在文学作品中,时间的单向度顺序则常常被打乱,不仅可以将未来和现在放置在过去之前,而且它们三者之间的前后关系也常常会被重新定义。就文学作品中出现的人物而言,过去、现在和未来这三个时间维度上,他

---

[1] 鲍勃·迪伦:《鲍勃·迪伦编年史》,徐振锋、吴宏凯译,河南大学出版社,2015,第136页。
[2] 同上书,第292页。
[3] Patricia A. Ross, *The Spell Cast by Remains: The Myth of Wilderness in Modern American Literature*, New York: Routledge, 2006, p. 13.

们的存在只能占据其中的一两个或一个,在某些极端情况下,甚至一个都没有。正是由于文学作品能展现出这种错乱的时间关系,在效果上营造出一种混淆现实与虚幻、使人和事物漂浮不定的圆形流散性特征。

在迪伦的《编年史》中,从怀揣梦想、初出茅庐的年轻人,到事业成功、收获满满的睿智长者,迪伦进行一场着永不言弃的奋斗。对他来说,在人生的任何阶段,生活里有鲜花,也有荆棘;有成功,也有失败;有自豪,也有消沉。所以,迪伦脚踏实地,立足现在,不懈努力,他的生活经历和心路历程都通过时间展露无遗。

在《编年史》中,迪伦自述他在年轻时便深知,要在这个更大的世界里有所作为,就必须努力拼搏并持之以恒,"一路疾驰……一路向前……这是个二十四小时不停的旅程"[1]。尽管他非常努力,但其事业中还是遭遇到了很大的挫折,占全书最大篇幅的第四章《哦,仁慈》就描述他的这种境遇。此时的迪伦已过中年,遇到事业的瓶颈,身心俱疲,深感苦闷:"过去的十年已经让我一败涂地,专业方面的才气已经慢慢耗完。"[2]他进一步自嘲为莎士比亚戏剧中的小丑福斯塔夫,走到了命运为自己安排的结局:"我感觉自己就像一艘烧毁过后的空空的破船,彻底完蛋了。……无论我到哪里,我都是……一个从逝去时代过来的词语匠人,一个无人知晓的地方来的虚构的国家首脑。我处在被文化遗忘的无底深渊之中。"[3]在此,迪伦从时间流逝的视角对内心进行了深入而真实的剖析,这种漂泊感和无力感深刻地反映出时间对于流散者精神状态的影响,对于这种状态的感同身受也引发了读者对于时间流逝的焦虑。

事实上,早在年轻时,迪伦通过顽强努力和执着拼搏获得了事业的巨大成功,他的声名远播世界各地。此时,本应心潮澎湃、欢呼雀跃的迪伦,内心却相当平静,甚至产生了失落感,他在书中反思道:"未来是什么,未来是一堵实实在在的墙,不够光明,也不危险——那都是骗人的话。未来不保证任何事,甚至不保证生活不是一个大玩笑。"[4]作为一个思考者,几十年来,迪伦

---

[1] 鲍勃·迪伦:《鲍勃·迪伦编年史》,徐振锋、吴宏凯译,河南大学出版社,2015,第9页。
[2] 同上书,第142页。
[3] 同上书,第143页。
[4] 同上书,第52页。

对自己所取得的成绩都很少有满意的时候,过去、现在与未来三个维度不断在他内心中切换:"我觉得我好像是在从头再来,又一次开始了过去的生活。"[1]因而,基于这样的人生信仰和理念,迪伦从不为自己的短暂成功而沾沾自喜,他一步一个脚印,坚定地向着他心中更大的目标奋进,"我做得最多的事就是等待时机。我经常听说外面有个更大的世界"[2]。正是这种不断探索的人生理念,才使迪伦在音乐和文学创作中产生了巨大的精神价值,也是迪伦试图缓解流散者内心焦虑的一种方法。

迪伦坦诚的内心剖析,不啻一本流散者的精神史诗,全世界的读者都或多或少能从中获得共鸣。从普遍的个体命运而言,一个人,不管多么伟大,都有生老病死的过程;一个人,不管事业达到何种高度,都有起伏、失意和衰落的时期。迪伦在《编年史》中将过去、现在与未来混融,以更灵活的时间维度讲述人生历程和奋斗轨迹。这种时间的混融,更贴合全球化时代流散者的精神特征,是世界文学中对于人的命运与时间关系的新探索。

三、"林勃状态"下的空间

空间是与时间相对的一种物质客观存在形式,但两者密不可分。按照宇宙大爆炸理论,宇宙从奇点爆炸之后,宇宙的状态由初始的"一"分裂开来,从而有了不同的存在形式、运动状态等差异,物与物的位置差异度量称之为"空间",位置的变化则由"时间"度量。"空间由长度、宽度、高度、大小表现出来。通常指四方(方向)上下。空间有宇宙空间、网络空间、思想空间、数字空间、物理空间等等,这些都属于空间的范畴。空间是一个相对概念,构成了事物的抽象概念,事物的抽象概念是参照于空间存在的。"[3]

"林勃状态"是空间在文学上的独特表现。"林勃"(limbo)本来是出自宗教的术语,后来被用于文学分析中。根据天主教和基督教的教义,"信耶稣得永生"。这一教义指明人如果要进入天国,就必须领受耶稣替人赎罪而死的恩典,洗清原罪。但是,生活在公元前的一些圣人先哲,包括荷马、苏格拉底等,因为先于耶稣基督,都没有机会信奉天主教和基督教的教义,他们是都该

---

[1] 鲍勃·迪伦:《鲍勃·迪伦编年史》,徐振锋、吴宏凯译,河南大学出版社,2015,第189页。
[2] 同上书,第232页。
[3] 丁石孙、苏步青、陈省身等:《数学辞海》第6卷,山西教育出版社,2002,第99页。

下地狱呢,还是该去天国或是其他什么别的地方?为了解决这个问题,天主教创造了林勃这个词,为荷马、苏格拉底等人安排了其灵魂暂时的归宿,他们在"林勃"那里等待救世主降临拯救他们。

生活在13世纪与14世纪之交的著名意大利诗人但丁是最早把"林勃"它用在文学作品里的作家。在但丁的代表作《神曲》中,他把"林勃"安排在地狱的最外围,荷马、苏格拉底等古圣先贤都在里面。这些圣人先哲比那些因为犯了罪而在炼狱中遭受折磨的灵魂还惨,因为那些灵魂经过严酷的修炼最终还是有希望升天的,但是这些古圣先贤永远不可能有升入天堂的任何希望。处于"林勃"状态的人一直生活在黑暗、混沌和恐怖中,处在一种上不着天、下不着地的分不清是现实还是虚幻的四处悬空飘游的状态里。在《神曲·地狱篇》第四歌中,但丁写到他在维吉尔的带领下来到"林勃"所看到的情况:被囚禁于此的鬼魂们向但丁诉说道,"由于这两种缺陷,并非由于其他的罪过,我们就不能得救,我们所受的惩罚只是在向往中生活而没有希望"[1]。

"林勃"是一种非常典型的文学空间写照,其所蕴含的隐喻性被不少西方批评家用来形容文学的独特性。我们同样可以用"林勃"状态来形容《编年史》中的生活空间。对比《编年史》中的鲍勃·迪伦,我们可以在另一位流散文学家V.S.奈保尔笔下的姊妹篇《半生》和《魔种》中的主人公威利的身上找到呼应,这两个人物可看作全人类中的一个代表,有着全人类所共同拥有的一种不确定性,总结起来便是:"我不是一个盲信者,没有狂热的宗教信仰。我认为世界是动荡不安的,总是处于不断的变化之中。我没有天堂的观念,也没有上帝的观念。"[2]

在人生的不同阶段,空间对鲍勃·迪伦的意义是不同的,对于空间的不同感知记载着他人生的起起伏伏、失落与得意、辉煌与无助,也时常让他处于全球圆形流散的"林勃"状态之中。

初到纽约闯荡社会时,迪伦处处碰壁,心灰意冷,"一场大风雪绑架了这座城市,生活围绕着一块灰白的帆布在转。冰冻寒冷"[3]。因而,各种各样

---

[1] 但丁:《神曲·地狱篇》,田德望译,人民文学出版社,1990,第23页。
[2] 石海峻:《奈保尔:失望的理想主义者》,载《环球日报》2002年10月10日第5版。
[3] 鲍勃·迪伦:《鲍勃·迪伦编年史》,徐振锋、吴宏凯译,河南大学出版社,2015,第34页。

的困难扑面而来,让迪伦为生计发愁,难于专心写歌,并让他处于进退两难四处漂泊的"林勃"境地,"我觉得自己像一只笼中鸟——像一个囚徒——我沿着曲折的高速公路蜿蜒而上"[1]。但是在困难面前,迪伦并没有气馁,他不停地创作、演唱,他的事业也在一点点进步,于是他逐步变得自信。随后,他对于空间的感触也有了微妙的变化,"世界上没有太远的地方,我能看见一切"[2]。但是,即使在迪伦事业取得进步的阶段,他仍然没有感受到纽约的欢快和热情,他体会到的是冷漠和无情的"林勃"状态,"纽约是寒冷,沉闷,神秘,是世界的首都。……这个城市就像一块未经雕琢的木块,没有名字,形状,也没有好恶"[3]。

由于迪伦的坚韧不拔和持之以恒,他的事业获得了巨大成功,并赢得了世界性的赞誉,随之声名和财富不断聚集,可谓世俗意义上的人生赢家。但是,耀眼的光环掩饰不住迪伦失落的内心,在《编年史》的最后,迪伦作为一个流散者的漂泊感依然没有消除,他如此自述"我毫无目的地四处乱走。我觉得我无处可去,就像个死人一样走过坟窟"[4]。由此可见"林勃"状态是一种持续性的状态,迪伦并未将世俗的成功看作自己解脱的路径。

全世界的人,不管来自哪个国家、民族和种族,都在为生活、为事业而终生奔波,这正如歌曲《把根留住》所说的:"多少脸孔,茫然随波逐流,他们在追寻什么? 为了生活,人们四处奔波,却在命运中交错。"迪伦本人的生活与事业轨迹遍布世界各地,他也曾于 2011 年到中国进行访问演出,正如书中所描述的:"他一直在路上,甚至历史性地踏上中国的土地……也在人生旅途上续写着新的编年史。"[5]在《编年史》中,迪伦以切身的体验把这种飘荡悬浮感进行了全面描绘,折射出全球化时代人类生活的"林勃"状态,也勾画出当今世界人类命运的共同轨迹。

从更深的层次来说,迪伦所经历的全球圆形流散,并非出自谋生或者某种无法克服的困难。相反的,迪伦全球流散的动机是自愿的,其本意是为了

---

[1] 鲍勃·迪伦:《鲍勃·迪伦编年史》,徐振锋、吴宏凯译,河南大学出版社,2015,第 129 页。
[2] 同上书,第 53 页。
[3] 同上书,第 106 页。
[4] 同上书,第 252 页。
[5] 同上书,第 293 页。

寻找心中的理想并努力实现,有学者把此概括为:"追寻田园的、失落的美国。"[1]在不断追寻和探索的过程中,迪伦实现了其人生旅行的重要目的之一,即"以旅行为契机,在不断的否定中确立个体自省意识与民族意识"[2]。这种流散的心路历程符合全球圆形流散典型的价值特征。也就是说,迪伦踏上流散之旅的最核心价值是主动进取并在流散经历中迸发出的坚韧的品质。诚如罗曼·罗兰所说:"生活这把犁,一方面割破了你的心,一方面掘出新的源泉,我要坚韧,就像珍珠贝一样,重塑自己的伤口,在伤处磨练出一颗灿烂的珍珠,闪闪发光,照耀自己的人生!"[3]迪伦的流散经历生动诠释了这句名言。正是凭着超乎常人的坚忍和勇气,以及壮士断腕的决心,迪伦才走到了世界文学和音乐创作的高峰。

结　语

迪伦在《编年史》中所述的人生和事业的经历发人深思、引人共鸣。迪伦少年时就离开了家乡,自愿地踏上世界范围的流散之旅。他试图通过流浪寻找精神家园,以诗意的想象续写着美国神话和世界奇迹。为此,迪伦的全球圆形流散是现实与虚幻交织的,诚如他在歌中所唱:"出路变化莫测,我不知道它将通向哪里,但无论它通向哪里,我都会跟随着它。一个陌生的世界将会在前方展开……我径直走了进去。它敞开着。"[4]

在《编年史》中,迪伦的形象是集神秘的游民、衣衫褴褛的拿破仑、一个犹太人、一个基督徒、身穿摩托夹克的先知、桂冠诗人等各种身份于一身的矛盾集合体。依照自述,迪伦认为自己取得了非凡的成功,但他也饱受声名之累。他经历了父亲去世、生儿育女、车祸、戒毒、民权运动、四处漂泊等诸多挫折,但不管路途多么险恶,迪伦都一如既往地坚定地往前走,在逆境中寻求新生。迪伦创作的歌曲,正是这些身份和经历的强力糅合,也是这半个世纪以来全

---

[1] Jeff Taylor, and Chad Israelson, *The Political World of Bob Dylan: Freedom and Justice, Power and Sin*, New York: Macmillan, 2015, p. 10.
[2] 袁先来:《美国文学中旅行主题的文化寓意》,《东北师大学报(哲学社会科学版)》2010年第2期,第108—112页。
[3] 罗曼·罗兰:《约翰·克里斯朵夫》,傅雷译,人民文学出版社,2017,第647页。
[4] 鲍勃·迪伦:《鲍勃·迪伦编年史》,徐振锋、吴宏凯译,河南大学出版社,2015,第292页。

球最有影响力的诗篇之一。这正如迪伦本人所说:昔日我曾如此苍老,如今才是风华正茂。在迪伦的生平中,他一直为事业奋斗进取、为创作殚精竭虑,并勾画出典型的全球圆形流散轨迹。迪伦自 1988 年起就开始了"永不止息"的全球巡演,他的追寻仿佛也没有终点,其个人的文化符号的意义也在此过程中不断丰富,有学者将这种过程总结为:"他自己就是一件完成中的作品……"[1]

《编年史》中这一独特的艺术家形象,看似叙述的是迪伦本人,实际上这一形象也代表了世界上大多数奋斗着的艺术家,代表了为生活奔波的芸芸众生。这一形象跨越了时代,超越了地域、种族、语言、文化,具有全球性意义。《编年史》中所隐含的人类命运共同体与全球圆形流散的关系,过去、现在与未来混融的时间关系以及"林勃状态"下的空间关系,体现出该书中独特的"人类命运共同体"意识,在世界文学和流行音乐的殿堂中都具有经典价值。

王刚,台州学院外国语学院院长。本文刊于《当代外国文学》2020 年第 4 期。

---

[1] 谢尔顿:《迷途家园:鲍勃·迪伦的音乐与生活》,滕继萌译,重庆大学出版社,2017,第 399 页。

威尔士情结与雷蒙·威廉斯的小说创作

周铭英

丹尼尔·威廉斯编著的《谁为威尔士说话？：国家、文化、身份》(Who Speaks for Wales?: Nation, Culture, Identity, 2003)一书收录了雷蒙·威廉斯从理论著述到小说创作所有与威尔士相关的论述与描写，丹尼尔在前言部分指出，威廉斯的威尔士维度虽然受到了一些学者的关注，但没有受到足够的重视，学界或认为这方面无足轻重，或认为其只是威廉斯核心作品的简单补充。我们知道，威廉斯在威尔士-英格兰边界地区的一个小村庄长大，后来拿到剑桥大学奖学金，进入三一学院接受英国文学教育；因此，学界普遍将他的学术成就归功于大学时期形成的学术素养，而与其威尔士背景无关。然而，这其实是一种误解：首先，威廉斯在《政治与文学》[1]中曾指出，他从剑桥毕业之后，在当夜校老师期间，给普通工人授课，通过广泛而辛勤的阅读以及与这些工人学生的互动，才逐渐积累起了专业理论，形成了自己的知识框架。他否认大学教育对他思想理论发展有过实质性影响。其次，威廉斯在发展自身文化理论，形成"大众文化"、"可知共同体"(knowable community)、"情感结构"(structure of feelings)等概念的过程中，始终铭记在威尔士乡村的生活经历，并深信普通人也一样可以作为创造性艺术家，对整体共同文化做出贡献。因此，威廉斯的双重身份——作为威尔士

---

[1] "成人教育实际上……是非常累人的。不过那确实意味着把大部分的晚上时间留给教学之后，每天我都可以在上午写作，下午阅读。从1948年退出合作事务之后，这就是我极其有规律的日常生活。它也是一个自我教育的过程：1948年以后我学到了广泛的英国文学知识。在剑桥选修的三年课程，特别是我完成这些课程的方式，并没有给我这些知识。"引自雷蒙德·威廉斯：《政治与文学》，樊柯、王卫芬译，河南大学出版社，2010，第67页。

人却不会说威尔士语,身为英国人却反感英国精英主义(在剑桥学习英国文学似乎最能体现英国身份),既使他能够保持足够的距离来审视威尔士所面临的问题,也赋予他洞察英国社会和大英帝国主义缺陷的眼光。

一、国家概念与乡土情结

威廉斯在其理论著述中极为反对帝国(empire)这一概念,他更倾向于以文化定义的"共同体"概念,而非以政治定义的"国民国家"(nation-state)概念。后者对威廉斯来说存在很大的问题:一方面,它是统治阶级强加给被统治阶级的一种抽象化的语言,正如他所主张的,"在任何层面上建立国家概念,本质上都是统治阶级的行为";[1]另一方面,对国家概念的强调回避了人与乡土直接且真实的联系,使居民实际的工作、生活与其社会身份产生了疏离。威廉斯的这一立场很大程度上源自他在威尔士-英格兰边境乡村的童年经历和一个坚定信仰社会主义的父亲的影响。这种直接的生活经验,极大地影响了威廉斯的批判精神和社会主义思想,并且在他的各种著作中都得到了明显体现,不管是在他的批评性论述还是文学创作中,威廉斯始终坚持社会主义应该建立在具体而现实的社会关系这一基础上,并且应该与凌驾于人民共同利益之上的傲慢的民族主义和沙文主义区别开来。其实,威廉斯的很多思想在其批评性著述中都没有得到充分表达,而是被有意无意地镶嵌在他的文学表达之中。比如,在《黑山之民》(*People of the Black Mountains*)两部曲中,威廉斯有时甚至跳出小说叙事,以作者的身份直接与读者对话。小说中,威廉斯驳斥了权力结构自上而下确立的规训制度,使整个生产关系成为一个严重的问题。

威廉斯拒绝凌驾于人民利益之上的国民国家概念,这一点在他小说创作中体现得最为明显。在《黑山之民:鹰蛋传说》(*People of the Black Mountains: The Eggs of the Eagle*)一书的"僧侣的经历"("The Monk's History")中,故事发生在1265年,还俗的僧侣科南育有两个儿子,在战争年代两个儿子都决定去参军报效君主,科南为了劝阻他们参战,带他们去军队营地参观。当他们走到君主罗杰·皮卡的帐篷前时,科南与罗杰的侍臣发生

---

[1] Raymond Williams, *Toward 2000*, London: Chatto & Windus, 1983, p. 181.

了以下争论：

> "威尔士人是在为自己的疆土而战，而君主们尽管有自己的特权，却也像英国人和法国人一样勇猛，而且他们给了我们来自不同种族的人们提供一个全新的家国。"
>
> "是的，大人，新的法律。但它仍然是男爵们之间的战争，而不是为了这些贫民男孩的利益而战。"
>
> "科南，参战是他们对君主的义务，他们理应为自己的君主效劳。"
>
> "大人，在这一点上我们有分歧。他们效劳于自己的乡土，而不是别人的争斗。"[1]

在这场对话中，科南拒绝了外来侵略者强加给当地人民的所谓"国民国家"概念，并认为这样的家国概念是一种伪装，被男爵们用来鼓动当地人民为他们的利益而战。处于统治阶层的男爵们从来不关心生活在这片土地上的人民的实际需要，他们通过武力征服当地，要求当地民众服从他们的法律、臣服效劳于他们，并给他们重新建构新的身份，一个抽象的所谓家国概念里的统一的身份。然而，对于科南这样世世代代生活在这片土地上的人们来说，他们始终忠实和效劳于有着悠久历史和独特文化的乡土，以及能够提供鲜活生命体验的社群多样性与整体性，而非"强加的和刻意选择的意识形态"[2]。同样，在《黑山之民》的另一个故事《智者与奴隶》("The Wise One and the Slave")中，远在一千多年前，沦为奴隶的威尔士老人卡兰也坚持，人们的真实生活和乡土的甜蜜才是人们需要遵守的自然法则，而不是盛行的罗马帝国秩序强加的法律。

威廉斯在"威尔士三部曲"的最后一部小说《为曼诺德而战》(*The Fight for Manod*)中，具体探讨了强势的现代资本主义与威尔士乡村社群之间的紧张关系。故事发生在一个名为"曼诺德"的威尔士小村庄，马修和彼得——分别为威尔士三部曲前两部《边界乡村》(*Border Country*)与《第二代》

---

[1] Raymond Williams, *People of the Black Mountains: The Eggs of the Eagle*, London: Paladin, 1990, p. 254.

[2] Raymond Williams, *Toward 2000*, London: Chatto & Windus, 1983, p. 191.

(Second Generation)中的主人公——被一起派往该村考察将曼诺德改造成城市的可行性。为此,马修和他的妻子苏珊搬到曼诺德居住,与当地村民有直接的接触,加上他早年在威尔士乡村成长的经历,促使马修为曼诺德村庄和村民而战,保留曼诺德作为一个生活和宜居的地方,而不是一个开发工程。小说暗示政府建设部部长与一连串国内外资本公司勾结,威廉斯借此批判了现代的裙带资本主义,同时对撒切尔政府推行激进的新自由主义提出了质疑:

> 那些公司,然后是曼诺德的乡间小路,格温、艾弗、崔佛、格辛和其他村民的问题:他们之间的距离是那么显著的遥远,但同时他们之间的联系又是如此坚固且紧密。那些公司间交易和资本操纵直接关乎村民们的切身利益。这不单单是一股来自外部的势力,而且村民们也被牵涉其中,甚至已经参与其中,但不管如何,这股资本势力有着它自己的行为逻辑,全然不顾及当地村民的利益。[1]

为此,马修痛批残酷的国际资本渗入乡村居民的日常生活,村民别无选择,只能被这种现代资本吞没。格辛和艾弗虽然在新成立的公司拥有一定份额的股份,但比例处于极大的劣势,大多数股份被地产商约翰·丹斯控制,作为生活在曼诺德的农民,格辛和艾弗根本无力与公司的国际资本操纵抗衡。因此,在《国家文化》("The Culture of Nations")一文中,威廉斯强烈谴责人为建构的"家国"概念以及功能化的沙文主义,而倾向于在特定地方的群体中建立起稳固的地缘可知共同体。他还认为,地方基础设施的发展应该根据当地居民的意愿决定,并肯定了自治社会的必要性和可行性。例如,在《为曼诺德而战》中,威廉斯借由马修之口,坚定地表示:"曼诺德不是一个空洞的解决方案,人们自己必须做出决定。"[2]

在《第二代》中,凯特也同样反对无处可寻却又无处不在的统治阶层,他们的决策往往凌驾于人民的意志之上,把鲜活的真实的人们简化为劳动力市

---

[1] Raymond Williams, *The Fight for Manod*, London: Hogarth Press, 1988, c1979, p. 153.
[2] Ibid., p. 192.

场的一串串数据：

> 我们剩下的人都在这里，那他们在哪里？他们在哪里？那些替我们做出决定并宣布的人，就好像他们做的这些决定与真实的人类无关，而只是关乎劳动力的百分比数据。他们到底在哪？他们根本感知不到我们在这里的情况。[1]

他们在哪里？他们无处可寻，却又无处不在。他们无处可寻，是因为人们无法准确识别直接做出自上而下决策的人或群体，这些决策完全不顾及实实在在生活着的社群的利益。他们又无处不在，因为他们建立的体制通过权力中心建构出统一的官方身份，践踏着本土的真实、直接且紧密的社会关系。正如凯特认识到的，"他们用自己的方式教给我们太多了，即使是我们反对他们的方式也是对他们有利的"[2]。人们共同生活在同一片乡土的民族概念，被政治化的国家概念替代，威廉斯认为，"共同体"这一概念应该抵制这些强加的身份，并且应该重新强调社群中直接且互助的社会关系，而"文化领域可能是模糊焦点和激进抵制的最佳位置"[3]。《第二代》中，凯特感受到了一股新兴精神共同体的力量："这里有人在为同一个原则而游行，他们要做的就是，宁愿自己缺乏，也不愿意看到旁人一无所有"；"这就是真正的力量，当你和别人的利益捆绑在一起时，真正参与其中时，你还看不到这股力量吗？"[4]

二、种族概念与阶级观念

学界普遍认为威廉斯的批评性著述忽视了英国的种族问题，其中保罗·吉罗伊（Paul Gilroy）对威廉斯的批评最为尖锐，认为他是新种族主义的代表。[5]威廉斯认为，真实具体的生活经验是获得真实身份的基础，他声称：

---

[1] Raymond Williams, *Second Generation*, London: Hogarth Press, 1988, c1964, p. 189.
[2] Ibid., p. 190.
[3] Daniel Williams, "Introduction," in *Who Speaks for Wales?: Nation, Culture, Identity*, Cardiff: University of Cardiff Press, 2003, p. xxxiv.
[4] Raymond Williams, *Second Generation*, London: Hogarth Press, 1988, c1964, p. 197.
[5] 参见 Paul Gilroy, *"There Ain't No Black in the Union Jack": The Cultural Politics of Race and Nation*, London: Hutchinson, 1987.

"一个人对自己社会身份的有效认知,总是需要通过长期的切实经历,并取决于真实且长久的社会关系。"[1]在这一点上,吉罗伊认为威廉斯否定了新移民的正当公民身份和真实的生活身份,因为他们并没有在不列颠群岛长期生活的经历。唐纳德·诺尼尼(Donald Nonini)虽然认为吉罗伊对威廉斯的批评并不公允,承认威廉斯其实是一位激进的公众知识分子,一生都致力于社会主义和解放人性的事业,但他仍然遗憾地认为:

> 雷蒙·威廉斯这个可怜的威尔士乡村男孩,也许并不算白人[盎格鲁-撒克逊族],也不算是英国人[英国精英阶层]——至少不是两者兼之——对于撒切尔政府的种族政治中非白人的地位问题,他表现出怪异的怨恨,且视角颇为短浅,这可能与他在英国精英学术圈打拼极为相关,他努力想要成为真正的白人和真正的英国人。[2]

诚然,不管是威廉斯的批评性著作,还是他的小说创作,对新移民问题确实存在一定的漠视。但是,作为一个威尔士人,他尤为敏锐地意识到英国的种族问题,特别是凯尔特人的种族问题,这就像吉罗伊作为一个黑人,对英国黑人的地位十分敏感且尤为关注一样。对威廉斯来说,威尔士一直处在英国统治之下,跟其他殖民地国家无异,被大英帝国主义以同样的方式长期殖民;在这个意义上,威廉斯对于建立民主社会的渴望和对帝国霸权的厌恶是不言而喻的。因此,吉罗伊认为威廉斯作品是在顺应新的种族主义,是在帮助大英帝国合理化对新移民的不公正待遇,这是没有依据的,也是不客观的。相反,威廉斯与吉罗伊同样具有"双重意识"[3],其政治表征同样聚焦在两个疆土、两个族群、两个视域、两个维度,在动态中认识并建构自我与他者。威廉斯为威尔士人民努力争取民主权利,其依据也是吉罗伊为英国黑人公民身份的合法性和真实性辩护的基础。

和许多当代后结构主义批评家一样,威廉斯也认为,种族和阶级概念是

---

[1] Raymond Williams, *The Year 2000*, New York: Pantheon Books, 1983, p. 165.
[2] Donald M. Nonini, "Race, Land, Nation: A(t)-Tribute to Raymond Williams," *Cultural Critique*, 1999, No. 41, p. 162.
[3] 邹威华、伏珊:《伯明翰学派"双重意识"表征政治研究》,《当代外国文学》2021年第1期。

政治统治下的刻意建构,就像所谓外来侵略者带来的"家国"概念。因此,现代社会对种族和阶级的定义与民族主义概念的建构和归化是一种共谋关系。正如威廉斯在《关键词》中所指出的,"在被征服与宰制的情境里,民族主义运动通常发生在一个现存的、从属的政治群体,以及具有特殊语言的群体,或想象的种族共同体之群体中。在具有独特的语言、宗教或种族属性的国家、省份或地域里,民族主义一直是个政治运动。"[1]种族,一个科学定义的关于人的客观身体特征的概念,对现代优生学产生了相当大的影响,从而"阶级与种族优越观念被广为宣扬",而"这种强调天生的种族优越的学说与政治——尤其是帝国主义——权势相互影响"[2]。

当种族的概念被发明并被用来证明某些人群的优越性时,一个相似且重叠的概念——阶级,随着工业革命的发展,逐渐成为现代意义上的阶级;与地位由出生决定的等级、爵位等概念不同,阶级基本上是由经济关系来定义的,因而工业化给阶级概念带来更多的流动性,并使人们逐渐意识到,社会地位的建立是挣来的而不是继承的。作为一个马克思主义者,威廉斯更倾向于把阶级看成一种社会和政治形态,而不是一个简单的阶层划分范畴。他认为,"在这些小自耕农间,只存在着地方性的相互联系,其相同利益无法产生社会共同体、全国性的结盟或是政治的组织,因此他们无法形成一个阶级"[3]。

对威廉斯来说,种族和阶级作为身体、文化和社会经济差异的标志,被人为地泛化了,并产生了恶意的偏见,"这些经由差异不明而合理化的'偏见'与'残酷',不仅就其本身而言是邪恶的,更使得不带偏见地承认人种的多样性与实际社群存在的'必要语言'变得大为复杂,甚至在某些地方受到威胁"[4]。因此,种族和阶级这两个概念存在很大的问题,且通常被恶意泛化,从而维护帝国在其属地的统治,并降低当地社群的多样性。威廉斯的小说就体现了这种批判立场,其中《黑山之民》两部曲和《忠诚》(Loyalties)中的例子尤为突出。

---

[1] 雷蒙·威廉斯:《关键词:文化与社会的词汇》,刘建基译,生活·读书·新知三联书店,2005,第317—318页。
[2] 同上书,第377页。
[3] 同上书,第63—64页。
[4] 同上书,第378页。

在《黑山之民：伊始》(People of the Black Mountains: The Beginning)中，随着时间的推移，布莱克山迎来来自不同种族的新移民，其原住民一直秉持互帮互助的山林法则，直到北欧海盗拿着他们的剑对生活在布莱克山的山民各种烧杀掠夺，这全然"违背了山民的生活方式和处世法则"[1]。战乱之后，互帮互助的山林法则变成了侵略者武力统治下的铁棒法则，随着罗马和其他外来者的侵略，又变成了帝国的法律。帝国法律首先是由武力强加的，其次是由帝国话语强加的，其中"种族"话语最为重要。小说中，布莱克山的山民遭受不同军事和政治力量的侵略，被贬为奴隶，他们的社会身份被不同侵略者定义和划分。因此，凯尔特人的历史在不断被征服的过程中直接消失了，取而代之的是罗马人和诺曼人的传说和历史叙事。《黑山之民》是威廉斯的一项雄心勃勃的创作工程，意在还原这些被抹去的凯尔特人的经历和历史故事，并让读者听到那些属于"劣等种族"的人的声音。例如，在《格温迪尔与格温迪亚娜》("Gwyndir and Gwenliana")中，时值罗马帝国统治期间，格温迪亚娜是一个威尔士奴隶女孩，等待一个名叫卢修斯的罗马士兵退役，并通过与其结婚获取罗马公民身份，而格温迪尔是一个暗恋着格温迪亚娜的威尔士奴隶男孩。罗马公民身份在当时意味着荣誉和社会地位，因此，格温迪亚娜的父亲卡达卢斯"崇拜一切与罗马相关的东西"。[2]这种根深蒂固的种族歧视是靠军事力量确立的，卡达卢斯和格温迪尔的对话就体现了这一点：

> "格温迪尔，公平竞争是野蛮人的词语。更好的表达是罗马词语——法律。"
> "法律的词语就是剑。"格温迪尔紧盯着他的眼睛说。[3]

我们看到，卡达卢斯完全内化了罗马的制度和话语，并以此看待自己的民族身份，称呼自己的种族是野蛮的原住民，认为罗马法律优于"公平竞争"

---

[1] Raymond Williams, *People of the Black Mountains: The Beginning*, London: Paladin, 1990, c1989, p. 267.
[2] Raymond Williams, *People of the Black Mountains: The Eggs of the Eagle*, London: Paladin, 1990, p. 222.
[3] Ibid., p. 23.

的本土习俗；相反，格温迪尔则质疑罗马法律，并尖锐地指责它仅仅是军事暴力的结果。故事最后，当罗马人被击败的消息传来，故事呈现了一个讽刺的转折，格温迪亚娜面临两个选择：一是与罗马公民一起撤退到一个仍被罗马占领的城市；二是与格温迪尔一起逃到山里。格温利亚娜这个名字本身就暗示了她的身份问题，她被卢修斯亲切地称为"利亚娜"，格温迪尔则称其为"格温"，名字本身就暗含了种族意识形态的冲突。在罗马霸权统治下，原住民被认为是劣等民族，通婚似乎是摆脱生活命运的一次机会，然而，随着罗马人被击败，罗马人的公民权突然不再意味着安全和荣誉。因此，格温迪亚娜最后选择跟格温迪尔逃回布莱克山，这也肯定了威廉斯回归乡土真实生活来认知自己社会身份的主题。

《忠诚》同样也是一部关注种族和阶级身份问题的小说。故事讲述了一个名叫内斯塔的威尔士工人阶级女孩，受到英国中上阶层男子诺曼·布劳斯的诱骗，因而怀孕。后来，因为诺曼的突然离开，内斯塔出于无奈，嫁给同村的工人伯特·刘易斯，随后伯特合法收养内斯塔和诺曼的私生子格温。诺曼与伯特，分别作为格温的生父与养父，一个来自英格兰大使阶层，一个来自威尔士工人阶级，他们之间的对比是整部小说的主题。而格温对真实身份的追求和确认，也是对种族和阶级意义的追求。诺曼的高大身躯、白皮肤和一头金发，与黑头发红皮肤的伯特，在种族特征上就可以立刻区分开来。内斯塔初见时给诺曼画过一幅肖像画，在诺曼离开后，格温出生前两个月，她向诺曼的妹妹爱玛展示这幅画像：

> 这是一幅诺曼的肖像，画了他的头发、肩膀和侧脸。整幅画只用了两种颜色，虽然颜色怪异，但相貌却令人吃惊地相像。脸部和头发都用了亮黄色，点缀着些许浅蓝色。头的周围呈蓝色，肩部呈黄色，左上角还有些许黄色斑点。爱玛盯着这些画迹，看出一棵树的形状：一棵破碎的松树。
> "怎么样？"内斯塔问。
> "好极了，简直不可思议。"[1]

---

[1] Raymond Williams, *Loyalties*, London: Hogarth Press, 1989, c1985, p. 75.

内斯塔坚持认为这幅画中最像诺曼的只是"色彩";因此,她后来画伯特的画像时,用了完全不同的色彩。当伯特从"二战"中归来,不仅腿被炸残,面部也被炸伤,内斯塔见到受伤住院的伯特,当天晚上,她就画了一幅伯特的画像,内斯塔不再用明亮的黄色和蓝色,而是用灰色和银色、深红色和紫色去描绘,全是深色和无生命的颜色。这幅画随后被内斯塔藏起,一直到伯特去世后,她才翻出来展示给成年的格温:

> 这一看就是伯特:这张脸毫无疑问。颜料被划成条纹状来突出受损的眼睛;灰色、银色和紫色颜料生生地划出一道道条纹,似乎在拉扯着凝视的黑眼眶。藏在蓬乱头发下的面部,呈现在这些拉扯着眼眶的条纹周围,显得异常扭曲。而红色和紫色颜料划出的愤怒条纹从坚实的肩膀处往后一直拉伸。[1]

看到伯特的画像令人震惊的丑陋,格温自己一开始也被它吓了一跳,但他设法掩饰自己的真实情感,并试图通过指向它的艺术美和"美好的想象"来安慰他的母亲,但没想到让内斯塔陷入愤怒和歇斯底里的情绪中。诺曼令人惊叹的画像和伯特令人震惊的丑陋画像从根本上说明了两个阶级之间的内在张力。诺曼早期是一名共产党员,与威尔士的工人阶级保持着密切联系,他和其他知识分子一起,给工人阶级带去了阶级的语言和社会主义理想,就像格温所说的,"布劳斯比工人阶级更会讲阶级的话语"。伯特他们只会模糊地说"我们的人民"或"我们的社群",而诺曼则会清晰地表达"有组织的工人阶级"、"无产阶级"和"工农群众",等等。格温在小说中最后第一次见到生父诺曼时,指责诺曼给威尔士人民带去了"变异"的社会主义理念、"一种陌生的政体和社会秩序"、"遥远的、独断的、异族的力量",它们破坏了威尔士人的内在品质,因为它与现实的社群生活和真实生活的人们相距甚远。最终,中产阶级知识分子依然可以完好无恙地回归到自己的舒适圈,而当地的人们却需要独自承担阶级斗争的代价和后果。这就是为什么内斯塔用亮丽的色彩来描绘诺曼,而用畸形的丑陋来描绘伯特,这种丑陋不仅是战争带来的后果,同

---

[1] Raymond Williams, *Loyalties*, London: Hogarth Press, 1989, c1985, pp. 346-348.

时也指向威尔士工人阶级社会主义革命的失败。

唐纳德·诺尼尼批判威廉斯"对种族的致命忽视,体现在他使用的轴心术语——经历上"[1]。事实上,对威廉斯来说,种族和阶级的话语是统治阶级的霸权语言,而他对共同体生活经历的强调,实际是对主导话语的一种挑战,因为他反对统一泛化的官方身份:"威尔士的威尔士还是英国的威尔士。英语的威尔士还是威尔士语的威尔士。这些对任何寻求官方身份的人来说,都是一场噩梦。而对任何试图思考共同体和社会关系的人来说,则是一种庆幸:一种土生土长的礼物。"[2]

毕竟,威廉斯始终坚持,不同种族和阶级之间没有那么"巨大的差别"。在一篇未出版的短篇小说《巨大的差别》中,威廉斯描述了生活在一个叫斯马利维(Smalliwi)的小行星上的两个女孩安科纳(Akinna)和瑞克斯蒂(Riksti)。有一天,她们来到了地球,发现地球上的一切都比斯马利维大一百倍,她们在那里遇到了两个女孩,名叫纳科安(Annika)和蒂斯克瑞(Kirsti),但是因为她们太小了,所以对方看不见她们。但安科纳坚信"我们是真实的,我们就在这里",回去后,瑞克斯蒂对她的父亲悄悄说,"我们之间有着巨大的差别",但"在某种意义上来说,只要你真正开始思考这个问题时,会发现其实差别并不大"。[3]诚如名字所暗示的,斯马利维的安科纳和地球上的纳科安,前者的瑞克斯蒂和后者的蒂斯克瑞,她们的名字是同样的几个字,只是互相调换了位置,并没有实质上的不同;因此,在威廉斯看来,种族不分优劣,阶级不分上下,本质上大家都是平等的人群,只是各自的文化不同。

结　语

威廉斯既没有像佩里·安德森和汤姆·奈恩那样批判英国文化和知识传统并拥抱欧陆马克思主义理论,也没有像 E.P. 汤姆森那样反对欧陆理论,而是在欧陆的马克思主义者及其理论著作中找到了自己的回声,正如他在

---

[1] Donald M. Nonini, "Race, Land, Nation: A(t)-Tribute to Raymond Williams," *Cultural Critique*, 1999, No. 41.
[2] Raymond Williams, "The Shadow of the Dragon," *Who Speaks for Wales?: Nation, Culture, Identity*, Cardiff: University of Cardiff Press, 2003, p. 67.
[3] 引自斯旺西大学理查德·伯顿的档案,查找目录:WWE/2/1/2/3。

《政治与文学》中自我定义为"立足于威尔士的欧洲人"[1]。在威廉斯看来，国民国家概念、种族阶级概念都是泛化的意识形态，而只有绕过大英帝国，从"威尔士特性到国际主义因素"，他"才可以呼吸"，或者说，至少可以"喘喘气，以便回去对付资本主义的欧洲和资本主义的英国，并且毁灭它们"。[2] 如果说威廉斯的理论性著述让他在欧陆理论中找到了共鸣和回声，使他成为一个国际性的理论家和批评家，那么，作为极具地域性的小说家，他的文学创作是呈现其威尔士性最为鲜活的佐证。而这两者显然是相辅相成，不可分割的。

周铭英，深圳大学外国语学院助理教授。本文刊于《文化研究》2022年第48辑，社会科学文献出版社2022年版。

---

[1] 雷蒙·威廉斯:《政治与文学》，樊柯、王卫芬译，河南大学出版社，2010，第299—300页。
[2] 同上书，第300页。

认知文体批评——《安娜贝尔·李》文体的认知审美研究

李利敏

引 言

埃德加·爱伦·坡(Edgar Allan Poe, 1809—1849)是美国诗人、评论家和短篇小说家。他一生热衷诗歌创作,认为诗歌创作是一项崇高的工作,而小说创作更多是为了糊口。然而,在中外文学评论界,对坡小说作品研究的热忱却远高于对其诗歌作品的研究,这也导致了对坡作品价值和意义的片面认识。坡一生创作的63首诗歌围绕爱情、死亡、梦境和美女之死的主题,其中美女之死在坡本人看来是世上最富有诗意的诗歌主题。美与死的结合也成为坡诗歌世界中一个独特的审美符号,贯穿坡诗歌创作的始终。但是,学界鲜有系统深入地研究这一主题下坡诗歌的文体特点及意义。《安娜贝尔·李》("Annabel Lee")是坡创作的美女之死主题诗歌中最具代表性的一首,曾被辜鸿铭盛誉为美国人所写的"唯一一首真正的诗歌"(Ku, 1921:39)。国内外对《安娜贝尔·李》的研究,存在审美和"认知"上的研究缺失(于雷,2012:71)。坡特别强调文学作品要给读者带来美的效果,要真正了解《安娜贝尔·李》一诗中美的意义和价值,需要对该诗的语言特征、意义建构、认知过程、审美感知做整体研究。

一、认知审美研究与动态图形-背景理论

文学批评史在不断地演进和发展过程中,其批评对象在作家、作品、读者之间相继轮换。从文学批评方法角度而言,一直以来遵循着勒内·韦勒克(René Wellek)对文学的内部研究和外部研究之分野。事实上,文学作品作

为"一个有机的整体"[1],对其的批评从来都需要内部研究与外部研究的结合,因此认知文体批评提倡从作者-文本-读者这一整体角度进行文学研究。并且,文学批评史的发展不像科技发展那样以后者替代前者的姿态前进,它的发展是后者包含前者的关系。随着文学研究于20世纪70年代发生的认知转向,近年来,认知文学研究得到越来越多学者的关注。认知文体学批评作为认知文学研究中的一个分支,是结合认知科学、认知语言学、认知心理学、神经科学和现代文体学理论和方法,从研究文学作品的语言"表征方式、主体的阅读过程及文本意义的生成过程"逐渐扩展到对作品中情感、意识形态和审美把握的批评。[2]究其原因,一是文学本身是表达、情感和审美的,对文学作品的认知审美研究弥补了文学批评中解释一环所缺失的那部分——解释性例证、证据和评价。二是文体批评自开创以来就把审美置于其重要一环。三是认知文体批评不能"只是停留在认知语言学的层面"[3],它旨在从认知角度考察作者意图、文学文本的意义、阅读过程、审美和价值,也旨在考察文学文本与社会历史语境之间的关系。

"动态图形-背景"理论(Dynamic Figure-Ground Theory)是认知文体学批评的重要理论之一,以分析文本中吸引因子(吸引读者注意力的元素)对图形-背景关系变化的引导为主,在"图形-吸引因子-共鸣"的阐释圈中"解释读者的审美过程,阐释文学共鸣的产生"[4];同时借助文本中图形-背景关系的变化,分析者可以更好地考察作者的创作意图,更全面深入地理解作品与社会历史语境之间的关系,客观评价作品的意义和价值。认知文体学批评家彼得·斯托克维尔(Peter Stockwell)指出文学阅读是一个动态过程,文学文本具有不断更新文体特点来持续吸引读者注意力的优势。也就是说,文本借助层出不穷的"新颖性"技巧将读者的注意力从一个语言元素转移到新出现的

---

[1] 李利敏:《文体学教学与研究、创造力及中国研究生教育的高质量发展》,《当代外语教育》2024年第9期,第33页。
[2] 李利敏、文旭:《认知文体学视角下〈小世界〉中珀斯爱情脚本的多重意义探析》,《英语研究》2023年第17期,第112页。
[3] 肖谊、谢琪:《认知文学批评中的"心智阅读"》,《广东外语外贸大学学报》2024年第4期,第43页。
[4] 马菊玲、商海萍:《图形-背景转换与主题的突显和升华——〈希腊古瓮颂〉的认知诗学分析》,《外文研究》2014年第2期,第18页。

语言元素上。[1]

文本中的吸引因子(attractors)不仅有具体的语言特征(linguistic feature),更涉及一种概念效果(conceptual effect)。斯托克维尔认为,好的吸引因子指的是具有统一连贯结构和身份的被指对象,通常以名词短语、共指、特指、重复或代词化、同义词、动词链等形式呈现。其次,根据人们感知的临近原则,体积更大、声音更响、颜色更亮、形状更长的元素更能成为文本中的吸引因子。第三,人们总是更容易对更熟悉的人和物移情,而能够使人们移情的吸引因子遵循着人类＞动物＞物体＞抽象概念的认知规律。最后,文本中那些能够产生审美距离(aesthetic distance)的对象——在个人看来或在某种文化背景下看来是古怪的、异形的、特别美的或丑的、失谐的、否定的等语言表达——都具备成为吸引因子的潜力。读者在阅读过程中不断被文学文本世界中的吸引因子所吸引,建立或重建多组图形-背景关系来理解文本意义,进行主题建构,与文本产生情感共鸣,而共鸣就是审美感知。可以看出,认知文体学批评视域下的"动态图形-背景"理论为研究作品文体之美与其美的效果提供了一个新的视角和方法。

二、美即效果:对《安娜贝尔·李》中美的认知审美分析

坡在《创作哲学》("The Philosophy of Composition," 1846)中首次提出诗歌中悲伤的基调会提升美的效果,它包含两方面的内容,一是诗歌要表达感伤的诗意,二是诗歌要激起读者的忧伤,这也就是坡认为的美即效果。此处的美不仅指诗歌要用整体性来体现美,还要在语音、语相、选词、语法、语义等上使诗歌成为完美的语言艺术品。就《安娜贝尔·李》一诗而言,它给读者呈现的美是多方面的,引发的情感共鸣也是持久且深刻的。

Annabel Lee

It was many and many a year ago,
  In a kingdom by the sea,
That a maiden there lived whom you may know

---

[1] Peter Stockwell, *Cognitive poetics: An Introduction* (2nd edition), New York: Routledge, 2020, p. 76.

By the name of Annabel Lee;
 And this maiden she lived with no other thought   5
  Than to love and be loved by me.

I was a child and *she* was a child,
  In this kingdom by the sea;
But we loved with a love that was more than love—
  I and my Annabel Lee—   10
With a love that the wingèd seraphs of heaven
  Coveted her and me.

And this was the reason that, long ago,
  In this kingdom by the sea,
A wind blew out of a cloud, chilling   15
  My beautiful Annabel Lee;
So that her highborn kinsmen came,
  And bore her away from me,
To shut her up in a sepulchre
  In this kingdom by the sea.   20

The angels, not half so happy in heaven,
  Went envying her and me—
Yes!—that was the reason (as all men know,
  In this kingdom by the sea)
That the wind came out of the cloud by night,   25
  Chilling and killing my Annabel Lee.

But our love it was stronger by far than the love
  Of those who were older than we—
  Of many far wiser than we—
And neither the angels in heaven above   30
  Nor the demons down under the sea,
Can ever dissever my soul from the soul
  Of the beautiful Annabel Lee;

> For the moon never beams, without bringing me dreams
> 　　Of the beautiful Annabel Lee;　　　　　　　　　　　35
> And the stars never rise, but I feel the bright eyes
> 　　Of the beautiful Annabel Lee;
> And so, all the night-tide, I lie down by the side
> 　　Of my darling—my darling—my life and my bride,
> 　　　In her sepulchre there by the sea—　　　　　　40
> 　　　In her tomb by the sounding sea.

1. [i:]/[i]/[əʊ]/[ai]交相辉映：缠绵、美妙、忧伤

押韵（rhyme）和韵律（rhythm）不仅是诗歌的主要特点，也是诗歌具有音乐感和审美价值的重要原因之一。押韵与韵律将零散的语音连贯起来，使诗句形成某种统一风格，并产生独特效果。《安娜贝尔·李》全诗共六小节，按照中世纪流行的苏格兰和爱尔兰民谣的标准抑扬格韵律——三音步诗行和四音步诗行交替，该诗的韵律为：ababcb，abcbdb，abcbdbeb，abcbdb，abbabcb，abcbddbb。3—3—4—3—3.5—4 的韵律违反了西方一贯的诗歌创作原则：

第一诗节押的偶行尾韵是 sea-LEE-me，[i:]-[i:]-[i]；

第二诗节押的偶行尾韵是 sea-LEE-me，[i:]-[i:]-[i]；

第三诗节押的偶行尾韵是 sea-LEE-me-sea，[i:]-[i:]-[i]-[i:]；

第四诗节押的偶行尾韵是 me-sea-LEE，[i]-[i:]-[i:]；

第五诗节是 abbabcb 的尾韵，押的韵是 we-we-sea-LEE，[i:]-[i:]-[i:]-[i:]；

第六诗节是 abcbddbb 的尾韵，押的韵是 LEE-LEE-sea-sea，[i:]-[i:]-[i:]-[i:]。

可以看出，整首诗中的尾韵以"sea""LEE""me""we"为主，四个词中长短音[i:]、[i]反复交替出现，创造出一种音韵美，成为萦绕在全诗中的音韵吸引因子。从四词的发音长短来看，短音"me"是最为凸显的吸引因子；从四词的重复频率来看，"we"则是吸引因子。这些吸引因子共同提示读者故事发生的地点、人物和叙事者，也是诗人提醒读者要将"LEE"和"me"（叙事者）相联系，再通过词汇偏离"we"强化读者的注意力，把安娜贝尔·李（Lee）、我

(Me)、我们(We)三者借助音韵合为一体，进一步建构诗歌的主题意义。

除了[i:]和[i]之外，诗中还有意使用"ago""know""soul""so"等词不断重复[əu]的发音，还有"lie""side""life""bride"中元音[ai]的音调，更加有力、绵延、悠长。这些音韵使诗歌以弱强、短长、重复等交替的节拍、节奏和韵律给人新鲜而舒适的听觉感受，营造出爱情的美妙。此外，音韵还具有引发情感的作用。罗良功[1]，指出单词的音长在英语诗歌中常常具有丰富的文体功能，长元音[i:]可以使诗的节奏放慢，产生舒缓悠长或者是缠绵凄清的旋律，赋予诗情以厚重。语言学家约翰·奥哈拉(John Ohala)也认为"低基频"(high Fo)的声调或音素[2]，如[i:]，与巨大、沉重等音素、缓慢运动及具有威胁性等情态意义相关。《安娜贝尔·李》中频繁使用的长元音[i:]，通过低沉、压抑、绵长的发音，不仅让整首诗节奏缓慢而沉重，也在审美感知层面让读者感受到悲伤情绪，奠定了缠绵、美妙、忧伤的诗歌基调，强化了叙述者因失去爱人而承受的巨大痛苦感受。

2."Annabel Lee"：美丽、挚爱、新娘

诗歌是最能综合调动人感官的艺术，它能够在极其有限的篇幅内利用人们的视、听、嗅、味、触五觉使人心灵震颤，坡的诗歌尤其能产生如此效果。《安娜贝尔·李》除了在听觉上给读者以美感，还在视觉上给读者带来联觉等效果。刘世生在《什么是文体学》一书中指出，"对语相分析可以讨论的方面有印刷体和手写体、标点符号、特殊符号、字母大小写、斜体、单词的排列以及空间排列等等"[3]。《安娜贝尔·李》一诗除了在句子长短分布上错落有致外，大写的"Annabel Lee"和斜体的"*I*""*she*"因为与其他文本在书写上不同，在视觉上成为吸引读者的吸引因子，即图形。特别是"Annabel Lee"这一人名，不仅与诗歌题目一致，还通过不断的重复成为众多变化的图形中唯一不变的注意力焦点。

在第一诗节，诗歌前三行使用的都是不定冠词"a"（a year ago, a kingdom, a maiden），然而到第四行"Annabel Lee"出场时，使用的却是定冠

---

[1] 罗良功：《英诗概论》，武汉大学出版社，2002。
[2] John J. Ohala, "The Frequency Code Underlies the Sound-symbolic Use of Voice Pitch," in *Sound Symbolism*, Cambridge: Cambridge University Press, 1995, p. 329.
[3] 刘世生：《什么是文体学？》，上海外语教育出版社，2016，第12页。

词"the",并在第五行用指称代词"this maiden"持续维持其焦点地位。第二诗节斜体的"*I*"和"*she*"也是首先从视觉上抓住读者注意力,但"*she*"处于后置位,比"*I*"更容易吸引读者注意。而第三、四、五诗节中的"My beautiful Annabel Lee"、"my Annabel Lee"、"the beautiful Annabel Lee"和第六诗节中集中出现的"the beautiful Annabel Lee"、"my darling"、"my life and my bride"等表述不仅维持"Annabel Lee"的图形地位,其简洁的修饰语——我的、美丽的、心爱的、一生的、新娘——也在不断深化读者对"Annabel Lee"的认知。更为意味深长的是,正是这些修饰语让读者"看见""Annabel Lee"的美丽,感受到叙述者对爱人的依恋,共情于叙述者失去爱人后的心碎。读者在叙述者对爱人持久的呼唤中感受美及由美产生的共鸣。

3. 天使的嫉妒:寒风、撕毁、死亡

在第三诗节中,"wind"(风)和"kinsmen"(亲戚)作为图形,其中,"亲戚"是"风"的拟人化表述。"风"作为该诗节初始图形的原因首先是它承接上一诗节中"heaven"(天上)的语义,用介词"out of"表明了风从高到低的走向;其次,对"风"拟人化"chilling"(寒彻的)的描写赋予其残暴的特质,最后,进一步将"风"拟人化为"亲戚",并用持续的动词和介词明确其动作发出者的身份,动词"came"、"bore"、"shut"以及介词"(away) from"、"in"等表明"风"残忍无情地迫使"安娜贝尔·李"与"我"分离以及"风"由远及近再由近及远的移动路径。

第四诗节尽管在内容上没有给出新信息,但延续并加深了第三诗节的诗意和情感强度。第四诗节通过凸显"reason"(原因)来控诉凶手——"风"。如果说第三诗节中的"this"是叙述者的主观推断,那第四诗节中"this"到"that"的变化则展示出叙述者对天使迫害安娜贝尔·李这一事件的肯定。"Yes"+"!"的形式和作为代词的"that"和作为连词的"that"的回指和重复,生动地体现了叙述者的愤慨。"我"成为第三、第四诗节的背景,也表明"我"面对爱人被夺情况的无力与被动。在《安娜贝尔·李》的前四个诗节中,人物元素的构建和情节的展开呈现出一个鲜活的情感世界,让读者体验到爱与嫉妒、生与死、主动与被迫的情感冲突,使诗歌更具感染力和情感强度。

4. 灵魂之爱：美、不朽、崇高

第五诗节以转折连词"But"开头，极言爱情之伟大，安娜贝尔·李的死亡更显现出两人爱情的恒久强烈，因此后文的"our love"（我们的爱）成为读者注意力的焦点，"Love"被置于主题位置，统领两个比较级"older"和"wiser"。该诗节还有一个文体手段——否定。否定在认知文体学批评中是一个隐蔽的文体手段，具有或短暂或持久吸引读者注意力的特点。第五诗节后半部分集中出现了几个否定词"neither"、"nor"、"ever"、"dissever"。否定性小品词"neither"、"nor"的使用表示对"the angels"（天使）和"the demons"（鬼蜮）的否定，使其意象背景化；"ever"一词加深了否定的程度，"dissever"虽然赋予"the angels"和"the demons"一种主动性（agency），但其否定表达反而加强了二人爱之坚固和永恒。否定性小品词的使用在天使和鬼蜮的周围形成一种"负面空缺"（negative lacuna）[1]，迫使读者只注意到其定义的边界，从而保持了图形"Love"在第五诗节中注意力焦点的地位。而"爱"的概念也在不断的挑战中持续存在，变得愈加强烈、坚固和持久。无论是"更年长的人"，还是"更聪明的人"的爱情都无法与他们的爱比拟。即使爱人已逝，这份爱在精神层面上依旧鲜活长久。

诗歌最后一个诗节的吸引因子重新回到了"I"和"Annabel Lee"，在韵律、语相、语义、视觉和感知上完成了诗歌的整体性。第一个长句中"我"处于主动位置，其后主动性动词"dream"、"feel"、"lie"增加了"我"的积极性。"never/without"与"never/but"两组否定结构起到了加强语气的作用，表达了"我"和"安娜贝尔·李"的永不分离。但诗歌最后三行"我"不断呼喊"my darling"、"my life"和"my bride"时，一副令人心碎的画面也构建出来，使读者有为二人生死相隔的现实感到遗憾和无奈，又有"我"对安娜贝尔·李永不消逝之爱的赞美。第六诗节的时态由过去时转为现在时，叙述者寄情于永恒的明月和星星再一次表白逝去的安娜贝尔·李，将安娜贝尔·李的记忆永恒化，再次突显了爱情的持久。

---

[1] Peter Stockwell, *Texture: A Cognitive Aesthetics of Reading*, Edinburgh: Edinburgh University Press, 2009, p. 33.

5.《安娜贝尔·李》中的图形-背景关系对主题的凸显

在《安娜贝尔·李》这首诗中,情感的流转和图形的变化构成了一幅情感画卷,以深刻而感人的方式勾勒出爱情的纯真、美好和永恒。诗歌在情感层面划分出三个显著的阶段,宛如人生的三幕:开端的纯真相恋(第一、第二诗节),高潮的爱人消逝(第三、第四诗节),和结尾的爱情不朽(第五、六诗节)。在第一和第二诗节中,叙述者置身于幸福海洋,温情的描写展现了男女主人公的初恋情感。这一部分柔和的笔触渗透着幸福的阳光,为读者带来温馨的感受。然而,诗歌的情感氛围逐渐逆转,第三和第四诗节描写了爱情遭遇的不幸,"风"的介入撕裂了美好的爱情,将男女主人公从幸福的家园中拽出,让读者亲历爱情的磨难和挑战。正当爱情面临无法挽回的命运时,诗歌带领读者进入最后的华章。在第五和第六诗节中,诗人再次呼应爱情的强大和永恒。虽然在现实中恋人不得不生死相隔,但两人的爱情依然在精神层面融为一体。月亮和星星是安娜贝尔·李的化身,唤醒着叙述者内心的美好回忆。这一阶段,诗歌的氛围充满了宁静的星光,让读者感受到爱情的永恒。该诗不仅在情感上引导着读者走进男女主人公的内心,还通过阶段性的情感变化,呈现出爱情的复杂和不朽。

诗歌中对景象(大海)、声音、感伤的描写,虽美但还未达到伟大、崇高或不朽的境地,是坡巧妙高超的艺术创作使得该诗伟大、崇高、不朽。在有限的诗行中,坡回答了他对人生三个主要命题——美、爱情、死亡——的看法。坡借诗中的叙述者之口来表达对美的欣赏,用"我"与安娜贝尔之间美好的爱情来诠释向死而生,从而完成对人之伟大的歌颂,对美和爱之崇高和不朽的歌颂。

三、坡的诗歌创作美学思想与《安娜贝尔·李》

坡认为文学创作最核心的是美和效果。坡在《创作哲学》一文中从诗歌创作技巧和诗歌内容两方面对此进行了阐述。有关创作技巧,坡认为:1)诗歌要简洁(长度上);2)用词上要用"副歌"(refrain)[1],最好的副歌是呼应

---

[1] Edgar Allan Poe, "Philosophy of Composition" (1846), in *The Norton Anthology of American Literature* (9th edition) (Volume B, 1820-1865), New York & London: W. W. Norton & Company, 2017, p. 705.

诗歌主题的单个词的重复;3)可以借助否定、不同韵律的组合等手段创新诗歌韵律。有关诗歌内容,坡认为:1)诗歌是最美的文学体裁;2)能够展示诗歌最美基调的是"忧郁"(sadness);3)死亡是所有忧郁话题中最令人悲伤且具有诗意的;4)"一位美丽女子的死亡"是世界上最富有诗意的话题[1];5)诗歌需要一定的复杂度和暗示性;6)诗歌要能产生令人悲伤的情绪和永不消逝的回忆。在《诗歌原理》(The Poetic Principle,1850)一书中,坡进一步深化了对"美"的理解。他认为"人的精神深处有一种不朽的本能,那就是对美的感觉"[2]。坡把人的心智(mind)分为智力、品位和道德三部分,智力对应真,品位对应美,道德对应道德感。人们是在对美的沉思中"获得灵魂的愉悦和提升或兴奋"的[3],美包含着崇高。在谈到诗歌主题时,坡认为爱(神圣的爱)"无疑是所有诗歌主题中最纯粹、最真实的。"[4]

从上面的论述可以看出,美女、死亡、爱可视为坡诗歌创作美学的内容内核,统一、简洁、原创则是坡诗歌创作美学的形式内核。这些内容和形式内核与19世纪美国文坛鼓吹诗人和作家要主观建构突显美国民族身份和文化特质的美国民族文学的主流并不一致,因为坡坚决抵制美国主流文学拘囿于美国本土主题来建构美国民族文学的做法,"倡导用审美标准取代功利准绳。"[5]那些以歌颂美国大自然和新美国人身份的诗人亨利·华兹华斯·朗费罗(Henry Wadsworth Longfellow)和沃尔特·惠特曼(Walt Whitman)的诗歌并未得到辜鸿铭的赞誉。究其原因,这与坡所持有的创作主题、创作思想和作品本身的世界性,即关注人类共通的情感、普遍的人性、对美与崇高的追求有直接的关系。就《安娜贝尔·李》来说,

首先,它在诗歌音韵和韵律上的革新使美国诗歌不再是对英国诗歌的拙劣模仿,创造了更具诗歌音乐美的诗歌节奏和韵律,深得世界读者的喜爱。

---

[1] Edgar Allan Poe, "Philosophy of Composition" (1846), in *The Norton Anthology of American Literature* (9th edition) (Volume B, 1820-1865), New York & London: W. W. Norton & Company, 2017, pp. 704-706.

[2] Edgar Allan Poe, *The Poetic Principle*, In *The Complete Tales and Poems of Edgar Allan Poe*, London: Penguin Books, 1982, p. 1178.

[3] Ibid., p. 1179.

[4] Ibid., p. 1193.

[5] 王二磊:《美国还是"整个世界"？——爱伦·坡与美国民族文学建构新论》,《浙江社会科学》2022年第5期,第134页。

依据辜鸿铭的论述,"真正的诗歌会成为一个民族的精神资产,是形成一国文明的重要组成部分。"[1]坡一直以诗歌创作的"原创性"(originality)为目标之一。[2]《安娜贝尔·李》一反欧洲大陆亦步亦趋的诗歌押韵规则,用简洁优美的语言传达出美的诗意,从诗歌节奏和韵律美的角度绘制了美国文明的一面。

其次,坡强调诗歌要给人留下最深刻的印象。诗歌的价值在于它能让读者产生心灵的震颤,净化人的灵魂,实现崇高。作为坡生前创作的最后一首诗歌,《安娜贝尔·李》不仅向读者讲述了年轻美丽女子安娜贝尔的消逝,更歌颂了"我"与"李"之间爱情的真、美和永恒,并在永恒中达到不朽和崇高。坡诗歌创作美学的三大内容内核都在该诗中得到充分表现,由阅读该诗给读者带来的深刻而持久的效果,满足了"人类对超美的渴望,"[3]实现了美即效果的美学主张。

最后,诗歌要有"整体性"(unity),[4]其整体效果是在兴奋和忧郁两种感觉的不断交替中实现的。《安娜贝尔·李》中一、二诗节描写了相爱的美好与兴奋,三、四、五诗节表达出天使使坏后的伤心和忧郁,最后一个诗节表现出的灵魂永远相伴的美好,成功引起读者共鸣,实现了诗歌内部的完整性和作者-文本-读者的审美体验的完整性。

"审美不仅是一种情感感受,而且还是一种社会关系呈现。"[5]不同于19世纪美国文学界致力于书写美国本土的风景和事件,也不同于约翰·济慈(John Keats)在《恩底弥翁》一诗中所说的"美的东西就是永久的快乐"的主张,[6]坡坚持其诗歌创作中美、真和道德的统一,坚持诗人创作意图、文本表

---

[1] Ku, Hung-Ming, "Uncivilized United States," *New York Times Book Review*, 1921, p. 39.
[2] Edgar Allan Poe, "Philosophy of composition" (1846), *The Norton Anthology of American Literature* (9th edition) (Volume B: 1820-1865), New York & London: W. W. Norton & Company, 2017, p. 702.
[3] Edgar Allan Poe, *The Poetic Principle*, In *The Complete Tales and Poems of Edgar Allan Poe*, London: Penguin Books, 1982, p. 702.
[4] Ibid., p. 1172.
[5] 周雪滢、周小仪:《审美意识形态与全球化阶级关系——周小仪教授访谈录》,《广东外语外贸大学学报》2024年第4期,第9页。
[6] John Keats, *The Poetry of John Keats: Lamia, Endymion, Poems 1817, and Poems 1820*, Pennsylvania: The Pennsylvania State University, 2010, p. 20.

达和读者情感的统一。在美与死亡的话题中,歌颂人的伟大、不朽和崇高,这一符合全人类共同追求的审美目标使其诗歌具备了世界性,因此《安娜贝尔·李》得以被冠以美国唯一一首诗歌的美名。

结　语

人们常说,越是民族的,就越是世界的。在坡这里,似乎更恰切的表述是:越是世界的,就越是民族的。坡秉持美的无功利性原则进行文学创作,反而使其作品成为最能代表美国民族文学和文明的杰作。针对目前学界对坡诗歌研究存在的认知和审美不足,论文首先从认知文体学批评视域下讨论认知审美研究的必要性和重要性;其次借助动态图形-背景理论中的吸引因子,对坡《安娜贝尔·李》一诗的音韵、语相、词汇和主题中表现出的美进行了认知审美分析;最后结合坡的诗歌创作美学思想,以《安娜贝尔·李》为例评价坡的诗歌特点及其对美国民族文学的贡献。这一融合了文学内部研究和外部研究的认知文体批评实践,从整体观视域下对文学作品认知、意义、情感、审美和价值的探究是构建中国自主理论知识体系的一个尝试。

李利敏,西北工业大学外国语学院副教授。本文刊于《广东外语外贸大学学报》2024年第6期,有修改。

赫伯特·威尔斯《时间机器》中的身体退化危机书写

廖 望

在 19 世纪势不可当的工业化进程之中,英国作为现代化和工业文明的先行者,通过殖民舰队向全球输送着英国式的政治和经济制度,以及英国人的思想和生活方式。整个维多利亚社会都弥漫着一种对工业文明的陶醉和骄傲感:"(英国人已经成为)史上最伟大、文明程度最高的民族。……英国人把科学、交通和通信技术、机械技能、制造业等各种能够让生活更加便利的产业都发展到了完美。我们的祖先若有灵魂,也一定会为我们的成就赞叹不已。"[1]在这种工业文明的狂欢之下,自然环境的污染、人类传统生活方式的分崩离析却引发了民众与思想家的忧虑:"现在被机器主宰的不仅是人类之外的物质世界,还有人类内部的精神世界。……不仅仅是我们的行为方式,连我们的思考和情感模式都受到了操控。不只是人的手脚变得机械,人的大脑和心灵也都变得十分机械了。"[2]工业化的终点是什么? 人类与其他生物在未来究竟会演化成什么样子? 英国的未来空间成为维多利亚小说中关于自然和人类社会发展方向的幻想航标。

赫伯特·乔治·威尔斯(Herbert George Wells, 1866—1946)是英国著名的乌托邦小说家,也是科学幻想小说的先驱之一,与儒勒·凡尔纳(Jules Verne, 1828—1905)一同被誉为"科幻小说之父"。[3]威尔斯影响最广的科

---

[1] Walter Houghton, *Victorian Frame of Mind 1830-1870*, New Haven and London: Yale University Press, 1957, p. 39.
[2] Thomas Carlyle, "Signs of the Times," in W. D. P. Bliss (ed.), *The Socialism and Unsocialism*, New York: The Humboldt Publishing Co., 1967, pp. 170-173.
[3] Adam Roberts, *Science Fiction*, London: Routledge, 2000, p. 48.

幻小说《时间机器》(The Time Machine，1895)是以"时间旅行"为主要情节的小说，人可以借助"时间机器"打破牛顿树立的经典时空体系，在时间线上自由跳跃，按意愿进入过去和未来的空间。本文采用地理批评的理论视角，对三个不同时空中的生物种群退化危机，尤其是人类的身体退化危机进行了比较研究。生物种类和身体机能的退化想象反映了19世纪末英国民众对工业化所导致的生态恶化的焦虑，也是威尔斯对极度乐观、认为生物将实现永恒进化的社会达尔文主义思潮的质疑。而在唯一有人类生存的近未来时代，人类演化成为处于食物链的不同位置的两个物种，并在身体形态、精神状态、生活习性等方面呈现出明显的退化特征和相互对立。人类的身体退化危机是维多利亚时代资产阶级和无产阶级的尖锐对立的隐喻，也是威尔斯对人类中心主义的价值观及唯技术论的发展观的反抗。

地理批评理论(geocriticism)是近年来在法国和北美兴起的前沿空间批评理论，在西方学界产生了广泛的影响。地理批评十分适合考察文本中地理空间的变迁，因为"首先它让我们勾勒出地方的文学维度，绘制人类空间的虚构地图；然后让我们把作品放置在一个被他人或多或少探索过的空间透视关系中来考察。通过这种方式，地理批评可以……在主题单一的背景下发掘有价值的信息"。可以说，从地理批评的视角选取《时间机器》中未来地球在不同的时间切面所展现的截然不同的面貌，构成一个空间的复合多面体，它们共同塑造了未来地球空间的多层意义，并在永恒的流动与变化之中揭示"真实"地方的深层虚构性，以及虚构地方的深层真实性。

在1905年爱因斯坦的《论动体的电动力学》提出狭义相对论原理前，牛顿的四维时空观是无可撼动的社会共识。在牛顿的理论中，时间具有一维性和不可逆性。时间维度如同一只单向箭头、一条独立存在的线，所有人都只能顺着时间线朝一个方向匀速地、不断地向前发展，绝没有循环往复、停止在一点、返回到过去或跳跃到未来的可能。地理批评理论认为，"对时间线的解构是后现代美学的一个基本标准，另一个标准便是跨界性、异质性、多维度的空间观"[1]。在维多利亚时期的科幻小说中，已经明确出现了系统化、理论

---

[1] Bertrand Westphal, *Geocriticism: Real and Fictional Spaces*, trans. by Robert Tally Jr., New York: Palgrave Macmillan, 2011, p. 46.

化的对经典的牛顿线性时间观的质疑与颠覆,这一转变远远早于20世纪后半叶哲学理论界的"空间转向",其中最主要的表现就是"时空旅行"情节的重新设置。

在《时间机器》的开篇,主人公"时间旅行家"就以沙龙演讲的形式直接驳斥了经典时空观:"有一种倾向认为,在前三维空间和后者(时间)之间要画上一条虚幻的区分线,因为我们的意识从生命开始到结束都是沿着时间的一个方向间歇运动。"[1]时间旅行家制造时间机器的理论假设是时间维度和空间维度没有运动和静止之分,时间和空间的性质是相同的,运动的仅仅是人的意识。"时间和空间三维的任何一维之间根本没有差异,除了我们的意识沿着时间向前运动。……时间仅仅是一种空间。"[2]这就从根本上颠覆了牛顿的经典时空观。在故事详述的几次进入未来时空的旅行中,每次的时间点都是由时间旅行家主动选择,而机器也准确地把他运送到了他所希望到达的时刻。

在时间旅行的具体过程中,时间按照日夜交替的线性路径加速前进,时间的长度不断被压缩,人对时间的感官体验与对空间的感官体验已经被改变、被混淆了。"夜幕像熄灯似的突然降临,又一转眼到了明天。……又是白天黑夜白天,越来越快……每分钟标志一天……速度仍在加快……一分钟就是一年。"[3]地理批评理论强调空间的流动性,因为流动性造成了空间始终处于"跨界"的状态下,在不断的解域化与再辖域化中"彻底地颠覆了空间与时间的等级关系,时空聚合体如今被空间性所主导,时间性消解在了逐渐减退的历时性密度中"。[4]但《时间机器》中的旅行属于另一种跨界的运动,它不是在不同的空间之间进行的,而是在同一空间内部,随着第四维度——时间的变动而运动。时间维度虽然是变量,但其数字的变动并没有太大的意义,时间旅行的间隔越来越大,空间景观的巨大变化给人的印象远远超过了时间的变化。通过将不同时间片段的未来空间压缩在短暂的旅行中,时间旅

---

[1] 赫伯特·威尔斯:《时间机器》,青闰译,译林出版社,2012,第2页。
[2] 同上书,第3页。
[3] 同上书,第16—18页。
[4] Bertrand Westphal, *Geocriticism: Real and Fictional Spaces*, New York: Palgrave Macmillan, 2011, p. 161.

行家得以观察到三个超现实空间的并置:生物种群由繁盛走向灭绝,人类退化为食物链上下游的两个物种。

一、生物退化与反社会达尔文主义

威尔斯所处的维多利亚时代中后期,英国各阶层都对达尔文的生物进化理论备加推崇,对西方科学和文明的线性进步道路盲目乐观,他们认为"各种重大理论都以各种不同的方式假定了事物从低级到高级上升发展",坚定地认为"历史站在我们一边"。[1] 从自然科学界到人文社会科学领域,主导观点都认为"人类历史……展现出社会生活的逐渐富足以及人类身体和理性的不断进化,人类的未来也将继续前进"[2]。社会达尔文主义理论正是从这种全社会的自满和乐观基调中形成的非道德理论,除了提出人类科技和文明是线性向前进步的观点之外,还将人类社会同动植物世界等同起来,将资本主义生产中资产阶级和无产阶级的贫富分化、殖民运动中对殖民地的剥削和奴役等问题合理化,认为这些情况的产生是自然选择、优胜劣汰的结果。这种理论受到了殖民者和资产阶级的普遍欢迎,但也出现了反驳的声音。

著名生物学家赫胥黎(Thomas Henry Huxley,1825—1895)强烈反对将自然科学中的生物进化理论扩展到人文社科领域,认为人类不同于动物,必须强调伦理道德的作用。赫胥黎晚年曾举办以"进化论与伦理学"为题目的讲座,批判社会达尔文主义借助生物进化理论削弱社会道德,腐蚀公平施政。赫胥黎曾反复强调:"社会发展意味着对宇宙进程每一步的检查,代之以另一种被称为伦理的过程,这个过程的结果并不是那些碰巧最适应者得以生存……而应是那些伦理道德上最优者。"[3] 可以说,赫胥黎是忧心于维多利亚中晚期的英国社会被殖民帝国和工业文明的胜利冲昏头脑,一味地追求金钱利益和科学进步,忽略了作为最基本的社会黏合剂的道德与公众福利。

威尔斯曾进入伦敦肯辛顿的科学师范学校,也即后来伦敦帝国理工学院(Imperial College London)学习,并接受过赫胥黎的指导。威尔斯深受赫胥黎影响,反对当时弥漫整个英国社会的盲目乐观主义和过于单一的线性进化

---

[1] 斯特龙伯格:《西方现代思想史》,刘北成等译,中央编译出版社,2005,第311页。
[2] John Huntington, *The Logic of Fantasy*, New York: Columbia University Press, 1982, p. 7.
[3] 赫胥黎:《进化论与伦理学》,集体翻译,科学出版社,1973,第16页。

思维,指出维多利亚时期"认为进化是一个稳定上升过程的观点是极端乐观主义,蓄意忽略了自然界的阴暗面"[1],这成为其后威尔斯创作一系列科幻小说的理论和伦理基调。威尔斯在《动物的退化》中,公开质疑科学至上的观点,认为"科学并不能保证人类永久存在以及始终向高级方向进化……人类面临着漫长的未来,巨大的变化蕴藏其中。但无人可以预见,人类的未来是否会如我们期望的一样不断进化或退化"[2]。英国的工业化作为领先世界的变革,正是科技进步、财富富集的结果,可以说英国社会的未来正代表着"线性进化"路线是否为真理。通过地理空间的并置比较,读者可以发现威尔斯在小说中给出了否定的回答。

在《时间机器》中,第一次时间旅行的停靠点是 80 万年后的公元 802701 年,此时的伦敦是"一座座栏杆交错、圆柱高大的巨型建筑和林木茂密的山坡"[3],繁华的都市已经湮灭,甚至泰晤士河都从它原先的位置移动了一英里,时间旅行家觉得这是一片"壮观的废墟"。在 19 世纪,伦敦的南肯辛顿地区的博物馆里曾经陈列着达尔文的雕像、各种动植物标本、工业革命的各种科技成果和殖民活动搜罗来的宝藏,是大英帝国文明鼎盛的象征。当时间旅行家进入公元 802701 年后,他在探险"青瓷宫"时悚然发现:"宫殿里一片荒芜,渐成废墟,只有参差不齐的破玻璃还残留在窗户上……我想到它是一个博物馆。砖铺的地上有厚厚一层尘土。……除去厚厚的灰尘,我发现是我们自己时代那种熟悉的玻璃柜……显然,我们是站在近代南肯辛顿的废墟上!"[4]辉煌的帝国首都和荒芜的古代遗址看似截然不同的两个空间,其实质却是同一空间在不同时间截面的形态。它们被压缩在了极短的时间旅行中,一并展现在同一个人的眼前。

如果说时间旅行家第一次来到的 80 万年后的伦敦仍然有文明的印记,第二次时间旅行所到达的几百万年后就是完全湮灭了智慧生物的世界,此时的英国不仅城市和建筑已经完全毁灭,甚至连人类都灭绝了,成了一片荒

---

[1] Patrick Parrinder, *Shadow of the Future: H. G. Wells, Science Fiction, and Prophecy*, Syracuse: Syracuse University Press, 1995, p. 58.
[2] Herbert Wells, "Zoological Regression," *Gentleman's Magazine*, 1891, Volume 4, Issue 9.
[3] 赫伯特·威尔斯:《时间机器》,青闰译,译林出版社,2012,第 20 页。
[4] 同上书,第 61—62 页。

凉的海滩。只有低等动物如巨大的白蝴蝶、桌子一样大的螃蟹还有活动。"东方红色的天空，北方的黑暗，含盐的死海，爬满这些肮脏缓慢的怪兽的石滩，看上去一律有毒的地衣植物，伤肺的稀薄空气：所有这一切促成了一种令人震惊的效果。"[1]整个世界的基调是奇异、凝滞、阴沉的，唯一存在的生物都是巨大的节肢和甲壳动物，令时间旅行家浑身颤抖，感到"令人讨厌的荒凉"。

第三次时间旅行最终到达的是三千多万年后的未来空间，彼时除了原始的苔藓植物，已经没有生命迹象了："我环顾四周，想看看是否动物留下的什么痕迹。……可是，地上、空中和海里，我都没有看到有什么动的东西。只有岩石上的绿色黏土证明生命没有灭绝。"[2]此时的伦敦已经是如同外星球一样的空间：红色的冰海，海滩远处是粉里透白的山峰，除了水声和雪花飞舞的沙沙声之外一片死寂。连日月星辰都走向了终结，太阳衰退为了红巨星，"越变越大，越变越暗"[3]。在极度的震惊、恐惧和惆怅中，旅行家立刻坐上时间机器返回了19世纪。

地理批评理论的"时空性"原则强调空间在时间维度下会展现出多层次的意义，同一空间在不同的时间切面下也会表现出异质性，这一点在时间旅行家在不同的时间点（公元802701年、几百万年后、三千多万年后）观察未来的人类社会以及周遭的自然空间时得到了极为全面的展现。时间旅行的设定与地理批评的观点不谋而合，即"观察者与空间的关系并不一定是单向（mono-throne）的。通过对同一个地点的多次到访，观察者可以同时在两个甚至多个时间层面（历时性游览）里穿行"[4]。时间旅行家的旅行和逗留跨越了数千万年，但从他回到伦敦实验室的时间测算，仅在19世纪消耗了短短三个小时。当巨量时间被压缩到旅行的短暂时长中，就能如同时间旅行家一样通过感官直接体验到空间景观的变化：视觉上可见太阳和黑夜快速交替，星辰的明亮和暗淡交替；触觉上感到"一阵寒气向我袭来"；听觉上从喧闹到

---

[1] 赫伯特·威尔斯：《时间机器》，青闰译，译林出版社，2012，第81页。
[2] 同上书，第82页。
[3] 同上。
[4] 韦斯特法尔：《地理批评宣言：走向文本的地理批评》，《南京工程学院学报（社会科学版）》2018年第2期。

寂静,"构成我们生活背景的一切骚动声——全都结束了"。[1] 在这种对比之下可以看出,在威尔斯的构想中,人类的未来,甚至整个世界发展的终点不但不是高度发达的文明社会,而是死寂荒凉的退化和衰亡,与当时人们所坚信的社会与自然将线性发展进化的观点形成了讽刺性的对比。

在每一个未来空间里,自然和生物演化都指向了退化而非进化。小说中最重要的自然景观便是"夕阳",它在全文中共出现了八次,并贯穿在整个时间旅行的探险中。第一次时间旅行中,在未来人的宫殿群旁,时间旅行家看到"太阳已经落下地平线,西边金光灿烂……我好像碰巧发现了正在衰退的人类,淡红色的日落让我想起人类的落幕"[2]。在第二次时间旅行中,日落也不再符合正常规律,而成为一种常态:"一种稳定的暮色笼罩大地,那是一种只有彗星闪过黑暗的天空时才偶尔划破的暮色。……太阳已经停止下落——它只是在西方升降,而且变得越来越大,越来越红。"[3] 而在旅行的终点,日落终于彻底完成,大地被黑暗笼罩,"远处一个又一个白色的山头接连消失在黑暗之中。微风变成了怒吼,日蚀中间的黑影向我猛扑过来。刹那间就只能看见那些苍白的星星了,其余的一切都变成了模模糊糊的一片。天空一片漆黑"[4]。地理批评理论将空间景观的意义归因于主体在通过各种感官观察景观时所形成的综合体验,即"多重感觉性"(polysensoriality)。韦斯特法尔反对以单一视角观看空间,认为"对空间的全新解读必须抛弃单一性;而将读者带向审视空间的多重视角,或者是对多重空间的感知"[5]。在文本分析中,结合视觉、听觉、嗅觉、触觉将感觉多样化,从而立体地再现文本中地方的意义。人物在空间中所形成的多重感觉不仅针对空间内部景观,也包括了身体在空间维度上移动时的"体感":"在身体与地理空间之间不断交汇与穿越时形成的流动界面上,感官体验也是流动与开放的。"[6] 在《时间机器》

---

[1] 赫伯特·威尔斯:《时间机器》,青闰译,译林出版社,2012,第 83 页。
[2] 同上书,第 28 页。
[3] 同上书,第 81 页。
[4] 同上书,第 83 页。
[5] Bertrand Westphal, *Geocriticism: Real and Fictional Spaces*, New York: Palgrave Macmillan, 2011, p. 87.
[6] Paul Rodaway, *Sensuous Geographies: Body, Sense and Place*, London: Routledge, 1994, p. 42.

中,不仅是未来的英国在一个看似封闭的空间内不断变化,"日落"作为空间内部的自然景观也在作为未来的时间截面不断变化。在视觉方面,80万年后的日落仍余"金光",最后一线光明仍然照耀着最后的人类族群在繁衍生息;几百万年后的夕阳已经没有光线,只剩永恒的"暮色";三千多万年后,连暮色都已经被黑暗吞噬。在触觉方面,日落时分从令人愉悦的凉爽,转变为寒冷,最后变成"刺骨的寒冷"。在听觉方面,从80万年后未来人类的歌舞之声,变为千万年后巨型蝴蝶"刺耳的尖叫",最后是"没有生命"的万籁俱寂。落日作为时间流逝的象征,同时又是空间的自然景观,可以说是连接时间维度与空间维度的"界面",时间旅行家在旅行过程中体验到落日的大小与亮度不是固定的,而是在不断变化的。可以说,作为小说主题的"退化危机",虽然是通过时间维度发展的,但归根结底是通过空间景观的变化、通过地理与身体感官在持续的交会中形成的。

"日落"这一空间景观给予时间旅行家和读者的感官体验是消极、悲观、沉郁、孤独的,日落从开始到最终完成,象征的是生命从繁盛到最终的死亡和沉寂:从19世纪高度发达的工业文明,退化到农耕文明,又退化为节肢、甲壳类动物,最后完全失去了生命的痕迹。在威尔斯笔下,英国工业化与科技进步的悲剧性未来与社会达尔文主义的乐观基调截然不同,但与赫胥黎在《进化论与伦理学》中对于进化的预测完全一致:

> 认为进化趋势就是朝着完美持续发展的观点是错误的,对生物而言,退化和进化的可能性是一样高的。如果物理学家们认为我们的星球正处于混乱状态,而且将会像太阳一样逐渐冷却这一判断是真实的,那么进化将意味着对漫长冬季的适应。一切生物都将消失,只留下存活在两极冰层之下的藻类,以及远看像红色的雪一般的原球藻属之类初级、简单的有机物。[1]

可以说,威尔斯的《时间机器》正是将赫胥黎的退化论进行了文学上的再现。文本中出现退化危机的生物种群比比皆是,除了上文提到的动物种群,

---

[1] 赫胥黎:《进化论与伦理学》,科学出版社,1973,第161页。

植物种群也呈现出退化趋势。时间旅行家第一次到达公元 802701 年时,发现降落的"草坪四周都是杜鹃花丛……世界上其他所有的东西都看不见"[1]。杜鹃花是英国在殖民扩张运动中从东亚引进的新植物品种,杜鹃花在英国的大面积生长代表着植物移植技术的进步,也是大英帝国国力鼎盛的象征。在 80 万年以后,虽然杜鹃还在茂盛地生长,但作为都市的伦敦早已不复存在,这种物是人非的强烈对比讽刺的不仅是殖民帝国统治全球的傲慢,也是线性进化的社会达尔文主义思想。

除了外来植物杜鹃之外,时间旅行家并没有看到其他熟悉的本土花卉植物,这说明彼时的英国地区植物生态系统已经相当单一。一个健康的生态圈中植物种类必定是丰富多样的,单一化的生态网络意味着抗风险能力弱,很容易在外来破坏力的打击下造成物种全灭,"单一化无疑指向退化"[2]。此时,虽然英国地区的植被多样性已经退化,但仍有杜鹃花、白桦树、果树等被子植物生长。被子植物是植物界中的高等类群,这表明整个生态圈环境的等级并未有太大衰退。然而,时间旅行家的第二次时间旅行中所到达的未来英国就仅剩水里的海藻和"永远生活在微光里……看上去一律有毒的地衣植物"了。这时英国的植被景观不仅彻底单一化,而且退化到了只有低等、原始的裸子植物,不再适合高等动植物的存活。到了三千多万年以后,英国的海滩上连裸子植物都不再生长,只剩冰块、沙子和岩石上的"绿色黏土"——植被景观不复存在,生态系统也彻底消亡了。

除此之外,自然景观在视觉层面还出现了大量与"冬季"密切相关的色彩特点,如夜空中"苍白的星星"、白色寒冷的石像、不知名的白色花朵,以及千万年后"苍白的天空"、"粉里透白的山峰"、漂浮于海面的冰层、纷纷扬扬的白色雪花等。[3] 在《文化地理学》中,克朗认为文学中的"地理描述不注重位置是否准确,也不是细节的罗列"[4],因为仅靠细节罗列是无法揭示地区意义的实质的,"小说的真实是一种超越简单事实的真实,这种真实可能超越或是

---

[1] 赫伯特·威尔斯:《时间机器》,青闰译,译林出版社,2012,第 19 页。
[2] John Glendening, *The Evolutionary Imagination in Late-Victorian Novels: An Entangled Bank*, Aldershot, Hampshire: Ashgate Publishing Limited, 2007, p. 63.
[3] 赫伯特·威尔斯:《时间机器》,青闰译,译林出版社,2012,第 19、79~83 页。
[4] 迈克·克朗:《文化地理学》,杨树华、宋慧敏译,南京大学出版社,2005,第 57 页。

包含了比日常生活所能体现的更多的真实"[1]。《时间机器》中所描述的未来世界,无疑是威尔斯想像的地方,但他刻意选择的自然意象超越了对未来空间的科学描述,隐含着他对生物演化未来走向的本质性判断。

二、人类退化与阶级隔离对立

威尔斯强调小说的社会功能,曾提出"小说是我们讨论大多数问题——即由当代社会发展引起的众多问题的唯一手段",认为小说"能够调节社会矛盾,促进人类相互理解,批评法律机构和其他机构中的弊端,揭露社会观念中的偏见。"[2]因此除了自然环境恶化、生物种群灭绝的问题,《时间机器》也针对维多利亚时代的英国所面对的社会问题予以了回应,尤其是资本主义体制中资产阶级和无产阶级的尖锐对立等。

随着工业化的推进,大量乡村移民进入城市务工,英国城市空间的秩序和环境受到了史无前例的挑战,其中最突出的表现就是下层无产阶级工人生活条件的恶化。"1809 年,伦敦有三千人住在八人间或更拥挤的居所,饮用水则或取自污浊的水槽,或取自每星期放水两次、每次二十分钟的公共水管。"[3]英国城市恶化的卫生状况引发了多次瘟疫,严重地威胁了普通市民的生命健康。据记载,1831 年和 1848 年英国全国两次大面积爆发了由水源污染引发的霍乱疫情,第一次疫情共有"427 个城市遭受了打击,3 万余人因病死亡"[4],第二次则"减员 7 万余人"[5]。人口普查数据显示,维多利亚早期,由于生活环境和卫生状况的恶劣,城市中无产阶级因传染性疾病死亡率极高,"平均寿命约为 40 岁"[6]。这成为宪章运动等工人起义的主要原因之一,是引发英国资产阶级和工人阶级对立的一大焦点。

面对不同阶级霄壤之别的生活条件,威尔斯在其作品中也展现了普通民众对社会发展前景的悲观看法。在《时间机器》的三次时间旅行中,公元

---

[1] Douglas Pocock (ed.), *Humanistic Geography and Literature*, London: Croom Helm, 1981, p. 11.
[2] 殷企平、高奋、童燕萍:《英国小说批评史》,上海外语教育出版社,2006,第 130—131 页。
[3] 派克:《被遗忘的苦难——英国工业革命人文实录》,福建人民出版社,1983,第 332 页。
[4] James Walvin, *English Urban Life 1776-1857*, London: Hutchinson, 1984, p. 129.
[5] Anthony Wood, *Nineteenth Century Britain 1815-1914*, New York: Longmans, 1982, p. 73.
[6] 徐强:《英国城市研究》,上海交通大学出版社,1995,第 73 页。

802701 年的伦敦是唯一尚有人类生存的时空,也是威尔斯预想中英国经过长期工业化、城市化发展后的"进步的顶点"。威尔斯借时间旅行家之口,认为这应当已经是"共产主义"的世界,蓝天白云应当取代了 19 世纪笼罩伦敦的黑烟浓雾。但随着探险的深入,时间旅行家很快发现"只讲对了一半,或者说只讲对了真相的其中一个方面"[1]。当时间旅行家刚降落时,他对未来的人类形态有着两种相反的猜想,一方面,他基于社会达尔文主义理论,"预期 80 万年后的人类在知识、艺术和各个方面都会难以置信地超过我们";另一方面,他又基于英国殖民主义的经验,担心"如果人类在这段时间里失去人性,变得野蛮无情,强大无比",他将被当作"古代世界的一只野兽",[2]遭受残忍的对待。然而,当他深入了解未来的伦敦后,他发现未来人类并不符合他的任何一种预期。未来的人类不再是一个单独的种群,而是分为两个不同的物种:住在地面上、白天活动的埃洛伊人和住在地下、夜间活动的莫洛克人。二者都是人类的后裔,但生理特征已经大相径庭:埃洛伊人如同 19 世纪贵族子弟,面孔精致美丽,如"德累斯顿的瓷器",但又虚弱懒惰、容易疲劳,生活在华美的宫殿里,穿着绫罗绸缎,生活富裕悠闲。他们的智力已经退化至如同五岁儿童,语言也极为简单。莫洛克人则像白色的猿猴,有在夜里反光的大眼睛,头上和背上长毛,没有语言,只能发出咕咕的声音。他们行动敏捷,并以捕捉食用埃洛伊人的肉为生。

韦斯特法尔在谈到科幻小说的意义时认为,"文学也许没有过去英雄时代里那样声誉卓著,但它有时仍旧比现实超前一步"[3]。威尔斯对未来人类退化危机的建构,本质上是建立在两种反转结构上的。第一种反转结构就是资本主义体制下人类的智力与体力从进步到退化的反转。时间旅行家在刚遇到埃洛伊人的时候,看到他们生活富裕幸福,以为人类此时已进入"天堂社会",因为"他们在漫漫岁月中从来没有经历过战争甚至一次暴力的危险,从来没有受过野兽的威胁,也从来不需要辛苦劳动。在这样的一种生活状态

---

[1] 赫伯特·威尔斯:《时间机器》,青闰译,译林出版社,2012,第 28 页。
[2] 同上书,第 19—23 页。
[3] Bertrand Westphal, *Geocriticism: Real and Fictional Spaces*, New York: Palgrave Macmillan, 2011, p. 155.

中,弱者其实并不再弱"。[1]但他在遇到莫洛克人之后,才震惊地了解到未来社会的完整结构——一个资本主义走向极端后的"反乌托邦"。资本家和劳动者的社会差别渐渐扩大,将不够美观的工厂逐渐迁入地下,随着富人和穷人之间的隔阂越来越大,他们的交流越来越少,"最后地上必定成为富人的天下,他们追求快乐、舒适和美好的东西。地下则成为无产者——那些靠自己不断适应劳动条件的工人们——的空间。……最终形成永久的平衡"[2]。他所看到的"整个世界已经成了一座花园",并不是消除了剥削与压迫、没有了阶级对立的天堂,而是将被剥削和压迫的阶级永久地禁锢在了看不见的地方。

在了解到这一令人震惊的情况后,时间旅行家开始思考19世纪英国的社会结构与未来人类种群对立之间的因果联系:"伦敦有大都会铁路,有新型电力铁路,有地下车间和地下餐馆,而且它们的数量还在不断增加。显然,这种趋势已经增强到了工业逐渐失去它在地上与生俱来的权利。……即使现在,一个伦敦东区的工人实际上不就是生活在与地球自然表面隔离开的人造环境里吗?"[3]在维多利亚时代,资产阶级想通过工商业和科技进步取得并保有财富;无产劳动者则只希望不要失业。可以说,19世纪的英国如果按照社会达尔文主义的理论无止境地追求金钱积累与科学进步,不注重阶层的流动与贫富差距的缓和,将必然成为时间旅行家在未来所看到的样子:"这是真正的贵族统治,就是用完美的科学武装把今天的工业体系推向一个合理的结局。它的胜利不仅是战胜了自然,而是战胜了自然和人类。"[4]显然,当时民众真正的焦虑来源于资本主义作为一个庞大的举国经济体制,所带来的现代文明在本质上是反人性的。马尔库塞在《现代文明与人的困境——马尔库塞文集》中也指出:"马克斯·韦伯没有能够活着看到,成熟的资本主义如何在它理性的效率之中有计划地消灭成百万的人,有计划地消灭人类劳动这个进一步繁荣的源泉,没有能够看到十足的疯狂如何成了生活的基础——不仅仅

---

[1] 赫伯特·威尔斯:《时间机器》,青闽译,译林出版社,2012,第30—31页。
[2] 同上书,第46页。
[3] 同上书,第45页。
[4] 同上书,第46页。

是生活持续的基础,而且是更为舒适的生活的基础。"[1]英国在19世纪成为日不落帝国是因为英国率先实现了资本主义生产方式,给国家和人民带来了效率和财富。但讽刺的是,如果忽略那些无关效率的无形之物,比如人的道德、公共福祉和阶层流动的希望,而是放任资本主义体制的膨胀,它将会反过来吞噬人的力量甚至生命。在这样的假设下,英国以及世界的未来将会如同威尔斯所描绘的那样,走向工业化和城市化的反面——一个天堂般虚弱退化又潜藏危机的花园。

威尔斯对未来人类退化危机设置的第二种反转结构是人类内部资产阶级对无产阶级从压迫到被压迫的反转。在未来世界,"生命和财产曾一度达到了几乎绝对安全的地步。富人的财富和舒适得到了保证,劳动者的生活和工作也得到了保证。在那个完美世界里,没有任何失业问题,没有任何悬而未决的社会问题"[2]。但这个未来世界是真的太平无事吗?地上的"天堂"是建立在地下的"地狱"基础上的。在19世纪,资产阶级与无产阶级还只是财富、职业上的区别,但到了这个未来的"天堂",阶级已经彻底固化,甚至产生了永久的生理差别,两个阶级成为两个不同的种族。资产阶级永远悠闲富裕,无产阶级代代贫困辛劳,剥削与压迫存在于两个种族整体之间,可以说莫洛克一族都是被埃洛伊人从人类的正常形态驱逐并从精神上杀死的,因此莫洛克人有着最接近死亡和尸体的形态:莫洛克人"就像……泡在酒精里的标本,呈半漂白色,摸上去又冷又脏"[3]。

最初,时间旅行家发现了地上人和地下人的进化原因,认为莫洛克人作为受害者已经与埃洛伊人永久地隔离开来。但他很快发现,莫洛克人是食肉动物,而他们吃的"红肉"正是落单的埃洛伊人的肉——埃洛伊人晚上群居在宫殿里休息的习性正是为了避免被莫洛克人捕食而逐渐形成的。在时间旅行家看来,埃洛伊人的命运是"对人类自私的一种严惩。人类依靠同胞的辛劳心满意足地生活在安逸和快乐之中","地上人也许曾是养尊处优的贵族,莫洛克人则是他们驱使的仆人:但这早已过去了。……显然旧秩序已经部分

---

[1] 马尔库塞:《现代文明与人的困境》,李小兵译,上海三联书店,1995,第101页。
[2] 赫伯特·威尔斯:《时间机器》,青闰译,译林出版社,2012,第75页。
[3] 同上书,第48页。

颠倒,惩罚养尊处优者的复仇女神正在不知不觉地迅速来到"。[1] 原先的卑微与尊贵在本质上已经反转,两个阶级的奴役与被奴役地位已经颠倒,卑微者杀死尊贵者,把他们当作自己饲养的愚蠢食材。这种新的关系也是19世纪英国社会中资产阶级与无产阶级对立的自然发展,本质上同样是阶级间剥削关系的延伸。这是一种压迫与复仇的循环往复,未来人类的悲剧性命运令时间旅行家感到极为痛苦和失望,"在我脑海里梦想的人类的伟大胜利是另一种样子,这绝对不是我想象中那种道德教育和全面合作的胜利"[2]。

《时间机器》中,关于人类退化的隐喻集中在第一次时间旅行中出现的一座白色大理石雕的斯芬克斯像上,"塑像受到了严重的风雨侵蚀,露出一副让人不快的病态……它好像一直面带微笑地注视着我惊讶的神情"[3]。斯芬克斯在希腊神话中象征知识与智慧,它问出的著名谜语是关于人类一生的形态——可以说斯芬克斯像在《时间机器》中是人类各阶段命运的隐喻。在时间机器被莫洛克人偷运到地下世界后,斯芬克斯像底座的青铜面板正是地上和地下两个空间的边界和交会处。地上人类的柔弱无用与地下人类的原始野蛮在斯芬克斯像上合二而一:人类的进化如同一个圆环,向着两个相反的方向发展,却回到了同一个衰退的原点。"全面胜利开始了最后的伟大和平。这永远是精力在安全中的归宿;它沉湎于艺术,沉湎于情色,然后出现衰弱和腐烂。"[4]

英国民众对资本主义制度下人类未来的悲观和怀疑态度并非孤例,在同时代的欧洲学者群体中也开始出现类似的反社会达尔文主义、怀疑工业化未来的思潮。社会批评家诺顿(Max Simon Nordau,1849—1923)在他的专著《我们文明的常见谎言》(*The Conventional Lies of Our Civilisation*,1883)和《退化》(*Entartung*,1892)中对这派观点进行了总结:"在我们这个时代,一部分受过教育的头脑也生出了隐约的疑惑,认为民族甚至人类的黄昏马上就要降临。太阳与群星将逐渐湮灭,垂死的世界中人类及所有的文明创造也

---

[1] 赫伯特·威尔斯:《时间机器》,青闰译,译林出版社,2012,第54—55页。
[2] 同上书,第59页。
[3] 同上书,第19—24页。
[4] 同上书,第31、75页。

处在毁灭的过程之中。"[1]白色的斯芬克斯像、杜鹃花和落日三者形成了彼此指涉的隐喻集合体,分别从人类、生态和时间三个维度形塑了同一个"普遍性退化"的危机。

结　语

维多利亚时代晚期,在帝国殖民扩张的进程越过历史顶点之后,英国社会逐步进入固化和衰退的大循环中。过度的工业化和商业化带来了环境破坏和道德沦丧,这也令英国科幻小说家开始反思社会和自然的发展方向。威尔斯通过时间旅行情节颠覆了经典时空观,使得同一空间随着时间维度的变动展现出了截然不同的空间特征。哈维在解释后现代社会中"时空压缩"的状况时曾提出,"强大的发明潮流,集中聚焦在加快和快速的周转时间上。……这一切伴随了空间关系的激烈重组、空间障碍的进一步消除"[2]。显然,《时间机器》的构想已经在一百年后的后现代社会部分成为现实。在哈维的定义中,后现代社会中的"时空压缩"状况一方面是"时间的加速",即在跨越空间时所需时间的急剧缩短;另一方面是"空间范围的缩减",即由于跨越不同空间时间的缩短,异质空间在人的感觉中似乎合而为一,人的"此在"就是所有的存在。而《时间机器》中的旅行正是基于时间维度和空间维度性质的相同而进行的,科技发明通过加快时间流转而跨越空间障碍,压缩了时空,将不同时间片段的未来空间统一在时间旅行家的短暂旅行当中。读者借由时间旅行家之眼可以在短时间内观察到生物种群从繁盛到灭绝,人类从欣欣向荣走向退化、隔离与对立。时间旅行造成的这三个集中出现的超现实空间可以看作威尔斯对19世纪繁华的工业文明的解构,"现实根植在现实感丧失的超现实中",文本中所再现的基于同一地点、不同时间点的三个空间场景形成了一幅纵向延伸的"地图",而"地图超越了地域,再现替代了指涉,最终只会存在于话语的建构中"[3]。《时间机器》表面上是对未来英国与世界的

---

[1] Max Nordau, *Degeneration*, New York: D. Appleton and Company, 1895, p. 2.
[2] 哈维:《时空之间:关于地理学想象的反思》,见包亚明编《现代性与空间的生产》,上海教育出版社,2003,第392页。
[3] Bertrand Westphal, *Geocriticism: Real and Fictional Spaces*, New York: Palgrave Macmillan, 2011, p. 160.

描绘,实际上却通过文学想象反映了当时英国民众对于生态恶化与阶级对立的普遍焦虑,警告了人类中心主义、科技至上思想所可能造成的严重后果,使读者对传统社会治理,尤其是环境治理模式对个人健康和群体命运造成的巨大隐患进行深刻反思。

廖望,北京航空航天大学外国语学院副教授。本文刊于《文化研究》2022年第1期。

论司各特·桑德斯《扎根脚下》中多重故乡的生态怀旧书写

马军红

随着生态批评四波浪潮的发展,生态批评的研究视角日益广泛和多元化,如从深层生态学、环境正义、后殖民生态批评、物质生态批评、人类世与气候变化、生态叙事学等多维角度开展相关研究。然而,从情感视角切入的研究相对较少,目前系统深入探讨的重要著作仅有亚莉克莎·莫斯纳(Alexa Weik Von Mossner)撰写的《情感生态学:共情、情感与环境叙事》(2017),以及凯尔·布拉多和詹妮弗·拉迪诺(Kyle Bladow and Jennifer Ladino)编著的《情感生态批评:情感、具身性与环境》(2018)。事实上,当代生态文学的情感叙事极其丰富,是值得研究的一个方向。近年来,生态批评研究的物质转向和环境正义关注,将目光转向了人和自然交互的区域,因此关注的情感层面也更为丰富和立体。生态文学中所表现的情感,既有正面积极的,也有负面消极的,如不和、厌恶、好奇、焦虑、忧伤等。国内现有的生态文学研究对情感维度的探讨整体上较少,且主要关注积极情感,专注于像亨利·大卫·梭罗和威廉·华兹华斯这样的自然写作作家,探讨自然的清新隽永及其疗愈作用。显然,对其他类型的情感关注不足,特别是从怀旧这一情感切入进行的生态批评尤为欠缺,现仅有少数研究(Ladino 2012;Slovic 2014;Özdemirci and Monani 2016;Mossner 2018;Angé and Berliner 2021)。综上所述,尽管生态批评领域已有关于怀旧的研究,但整体而言仍显不足。本文从生态怀旧的视角出发,以美国当代重要生态作家司各特·桑德斯(Scott Russell Sanders)的代表作《扎根脚下》为研究对象,探察桑德斯对多重故乡的生态怀旧情感——思念、依恋与忧伤,在此基础上,解析"思念、依恋与忧伤"乡愁背后所隐含的对美国现代化进程与美国社会流动性文化的批评,进而探究"乡愁"的情感生态力量以及由此催发出的新地方观。

桑德斯目前已出版二十多部作品,包括小说、故事集和非虚构写作作品,荣获多项奖项,如拉南文学奖、美国写作协会非虚构创作奖、五大湖图书奖、肯扬评论文学奖、约翰·巴勒斯散文奖和印第安纳人文奖等荣誉。2009 年,他被中西部文学研究协会授予马克·吐温奖;2010 年又被授予全国格利克印第安纳作家奖;2011 年被南方作家联谊会授予塞西尔·伍兹非虚构作品奖。2012 年,他当选美国艺术与科学学院院士。[1] 桑德斯的作品内涵丰富,不仅反思并重新定位了人在自然中的位置,还涉及精神、社会正义、文化与地理等多个层面。国内目前尚未有对桑德斯的系统深入研究,仅有其散文《论美》被翻译并发表在《中国翻译》上。本文将通过怀旧这一情感视角,对桑德斯的生态思想进行进一步的探讨,以揭示其作品中的独特生态价值。

一、回不去的故乡与记忆中的故乡

故乡是我们每个人生命的源泉,是生命之所依。然而,在今天全球化与城市化的时代,我们很多人又不得已成为离开故乡的人,漂泊在外。可对故乡的情,对故乡的思念,又是那么令人魂牵梦绕,让我们念念不忘。在桑德斯的作品《扎根脚下》中,你可以深深感受到那种思乡之痛。他一边徘徊在镌刻于记忆深处的风景与故事里,流连忘返。春天,赤脚走在犁过的地上,时刻小心地上的锄头。夏季,在河边散步,在砂砾里翻找化石,观看老鹰用嘴整理羽毛、突然间向猎物猛扑而去;或乘着小船,愉悦地度过逍遥时光。秋天,帮一家瑞士人在山坡上收取装满枫糖汁的木桶。冬季,快乐地在冰面上溜冰。另一边他看到童年的风景受到政客、银行家和房产经纪人的"过度关注",被大力开发。20 世纪 60 年代,桑德斯的故乡俄亥俄州的马霍宁县由于建造水坝,多数土地被淹没,河流也变成了一潭死水。那些阻碍修建水库的农场、拖车和小房子被不速之客开着卡车,带着炸药毫不留情地铲平。居住在谷底的人,不得不离开家园。失去家园的人,失去的不仅是居住之所,还失去了肥沃的低地黑土、肥厚的枫糖汁和丰沛的河水,只得在贫瘠的土地上勉强维生。

---

[1] 有关司各特·桑德斯的相关信息,请参考作家本人的网站 Scott Russell Sanders,https:www.scottrussellsanders.com/biography.html。

与此同时,推土机和混凝土车横穿河流,建起一座巨大的混凝土高墙。工人们脚手架的相互撞击声、爆破的巨响声、压缩机的喷气声、笨重机器挪动的隆隆声,此起彼伏。这一切形成了短暂而丑陋的新景观。曾经的美景如今遍体鳞伤。人类总能在经意或不经意之间,破坏原有的风景,把景观转变为反景观,如过度放牧、砍伐森林、征用土地、改造河流等等。在工业化和现代化过程的推进之下,人类曾经那种渐进的发展与改造自然的过程突飞猛进,由此促成更多的反景观。高科技社会更是可以"迅速、突然地创造出反景观"。这样的反景观可能会使人"产生恐惧、预感和厌恶",而这种情绪反应通常直接来自感官印象。[1] 望着修成的水坝,从马霍宁岸上倾泻而下的水,桑德斯无法若无其事地去到河流下游的故地,最终离开了俄亥俄州。被淹没的小镇,始终是他心中不可言喻的伤痛,让他难以面对。

当记忆的欢愉与现实的残酷直面碰撞时,其所带来的创伤与痛楚带给桑德斯更深的迷失感。漂泊在外的游子要往哪里返乡呢?童年的风景不在,故乡已然成为回不去的记忆,成为地图上的一个静态点。事实上,作者的童年故乡不止一个,可每一个童年风景都被破坏殆尽:他的出生地孟菲斯城外的农场早已消失不见,全都变成了停车场和郊外毒物般的草坪;儿时居住的田纳西州的农场被柏油盖上了,之后的故乡被围墙和军人封闭了,变成军事管控区;他度过童年的最后一个地方是俄亥俄州的农场,也被军队用推土机拆掉了,那里的森林和荒野也因修建水坝而被淹没了。面对多个失去的故乡,桑德斯有着挥之不去的痛楚。他哀叹道:"我迷路了,任何地图也不能指引我回家。我再不能回到本来的家乡或在那居住"[2]。"你就算只看地图,也会发现有片地方不见了。重归故土这种说法往往是骗人的,尤其在一片土地已经置身于湖底的时候,再说回去看看,就更是无稽之谈。"[3]

然而,对儿时故土的依恋与记忆仍然驱使桑德斯在阔别二十五年之后回到了俄亥俄州东北部那个曾经的家园。"在没有地图的情况下,在几百英里

---

[1] David E. Nye and Sarah Elkind, eds., *The Anti-Landscape*, Amsterdam & New York: Rodopi, 2014, pp. 13-15.

[2] Scott Russell Sanders, *Staying Put: Making a Home in a Restless World*, Boston: Beacon Press, 1993, p. xiv.

[3] Ibid., p. 5.

之外,凭着仅存的记忆,不费吹灰之力就找到了归途。"[1]这个在世人看来微不足道的地方,是他的故乡;这条在地图上没有编号的公路,是通往故乡之路。在驱车回乡的路上,"童年的回忆如溪水般涌上来"[2],"记忆的沟壑,好似留声机的指针一接触唱片的螺旋纹路就会震颤,随即放出音乐"[3],激荡着他的内心。维兰德农场的树林、田野、房屋,在阳光下熠熠生辉。即使时隔二十五年,桑德斯对故乡的感情一如既往。他开始迎头面对失去的一切,面对沉重的过去、曾经熟悉的一切,认为自己可以感受新面貌,不再像一个孩子般依恋一段河流、一块土地,不再执着于过去的风景。然而,那水库的一潭死水惊醒了作者,感觉"就像在梦里一样:你身处一个熟悉的房间,但离开时,门却变成了墙;来到爱人的身后,叫他的名字时,却发现他的脸是模糊的;想要在一张纸上找关于宇宙的故事,靠近看时,却发现字消失了。这潭水象征着分离、遗忘和死亡"。他所熟悉的一切都不复存在。桑德斯无法接受这已改变的风景,试图回忆起一切来,但这潭死水直白地打击了他,"再怎么回忆也换不回这条河,回不去那个河谷了"[4]。失去故乡的人,像个流浪汉一样,漂泊无依。这片水域对桑德斯而言,是一种不能止息的创痛。他为这个沉寂的山谷感到悲伤,也哀悼他失去的童年。

桑德斯对人类任性随意地割断人与环境之间纽带的做法十分厌弃。看似发展的行为,实则破坏了人类自身的家。对故乡这片土地的遗弃,源于人类失去了"恋地之心"。人们总认为自然是可以被挥霍、被控制和被改造的。他极其反感这种做法,认为缺少对脚下土地的敬畏和爱恋之心,只能导致人类越来越成为无根之木、无源之水。在他看来,在"家乡"这个地方,人们可以"闻到此间的气味、感受季节的变化、看到飞禽走兽、听到社会生活中人类的喧嚣、体验车马劳顿的日子和这里的工作方式、了解其地质构造并且感受到阳光。在我们被内心的幻境迷惑之前,这就是我们所了解的土地。如果你在这里快乐成长,你会爱上这里;如果你在这里遭受苦难,你会恨透这里。无论

---

[1] Scott Russell Sanders, *Staying Put: Making a Home in a Restless World*, Boston: Beacon Press, 1993, p. 174.
[2] Ibid., p. 5.
[3] Ibid., p. 174.
[4] Ibid., pp. 10-11.

爱或恨,你都不能摆脱束缚。即使你搬移到地球的另一边,即使你已融入新环境,你身上仍旧带有故土留下的印迹"[1]。

怀旧看似桑德斯的个人感受,但这种"看似个人的悲痛,实则是公共的悲哀"[2],早已超越了个人经历。因为,水坝的修建、山谷的消失,还有人和动物的被迫迁徙等,都与公众的命运休戚相关,在世界的不同地区反复上演。桑德斯的故乡只是无数边远小镇的缩影,作为"廉价自然",其命运早已锁定。在唯发展主义的思想驱逐下,它们注定要被不断地拓荒、开垦、利用和盘剥。"早在水库修建以前,政府就已经决定将这个区域变成军火基地,就像炸弹炮火集中的地域一般。现在,地图上的这片地方,三分之一的地区毫无生机,其余三分之二是被水库淹没的苍凉地带。"[3]一片有生命力的土地,在人类的控制与剥削之下,变得萧瑟、了无生气。这样的遭遇,浓缩了同时具有传记性和历史性的记忆。甜蜜的童年记忆与痛楚的现实之间相互碰撞带来了强烈的冲击,生活的故事与毁灭的故事出现在同一画框内,由此生发出一种挫败感和无力感。现代化的拓荒进程无论对自然、个人、社群,无论对客观实体还是对精神,都造成了难以言喻、不可修复的创伤。这一创伤不仅仅呈现了作者的主观感受,也记录了历史,继而彰显了生态怀旧的批判性和创造性潜力。

二、对现代化进程与美国社会的流动性文化的批评

"浪漫的旅行家从一定的距离之外看到了正在消失的世界的整体。旅行给予他观察视野。外来者的优越角度凸显出故园的田园气质。怀旧者从来不是本地人,而是一个被放逐的人,他在地方因素和普遍因素之间做中介。被'放逐的'怀旧者,对故乡有着更深刻的洞察和情感。"[4]桑德斯认为我们对"乡愁"这一词语理解得太肤浅了。人们"通常将乡愁看作发于童年时代的小病痛,就像小时候的腮腺炎、水痘一样;将乡愁看作年龄带给我们的伤痛;

---

[1] Scott Russell Sanders, *Staying Put: Making a Home in a Restless World*, Boston: Beacon Press, 1993, p. 12.
[2] 斯维特兰娜·博伊姆:《怀旧的未来》,杨德友译,译林出版社,2010,第5页。
[3] Scott Russell Sanders, *Staying Put: Making a Home in a Restless World*, Boston: Beacon Press, 1993, pp. 4-5.
[4] 斯维特兰娜·博伊姆:《怀旧的未来》,杨德友译,译林出版社,2010,第13页。

乡愁只是对情感的点缀,微不足道,它存在于熟悉的过去、理想化的昨天,抑或逝去的青春里"[1]。人们只是对逝去之物、逝去之时光感到怀念。按这样的理解,乡愁只是一种无病呻吟的情感,甚或一种病态的忧伤。然而,桑德斯指出这是一种狭隘的眼光。他从词源上追溯了乡愁的含义。"乡愁(nostalgia)一词中的两个拉丁语词根,其字面意思是回归故土的伤痛。重返家乡并不会让人感到伤痛,对回归的渴望才会。"[2]正因为人们发现当下的问题,想要回归曾经的故乡,但当自己发现回归之路已然关闭时,那种极度的渴望才会导致求而不得的痛苦。为什么回不去呢?究其原因,一是工业化与城市化对乡村田园图景的破坏,二是美国文化中的流动性。这二者密不可分,相互联系。

> 漂泊的风长时间地吹着这儿,并且每小时的风力在不断增强。我感受到了它的力量,它包围我的双腿,使我前行。我父亲二十岁时离开了家乡密西西比河地区,余下的所有时间都在漂泊,为了婚姻、钱和工作。他每到一个新的地方都会尝一尝那里的土,因为长大后,他就再也没有一个固定的家,再也没有要长久地呆在某一个地方的念头。[3]

人口的流动在美国社会是一个典型现象,甚至成为一种"流动性"文化,正如杰克·凯鲁亚克的《在路上》一书的书名所示。"人口的大规模流动作为一种恒定的社会现象,自 19 世纪以来,就在美国一直存在着。据历史学者梁茂信统计,'在美国历史上,人口的空间流动一直比较活跃,特别是自 1850 年以来,每年始终至少有 1/3 以上的人口处于流动状态'。在任何一个三到四年内,流动人口数量就相当于全美人口的总和。如果平均到每一个人,那么,每个美国人终生可能至少要搬迁五到十次。"人口的空间移动,"在整体上改变了美国人口与自然资源的区位配置,使各地区的经济和社会文化逐渐得到

---

[1] Scott Russell Sanders, *Staying Put: Making a Home in a Restless World*, Boston: Beacon Press, 1993, p. 14.
[2] Ibid., p. 14.
[3] Ibid., p. xv.

均衡发展,社会面貌和结构在斗转星移中发生了翻天覆地的变化"[1]。殖民地时期,荒无人烟、濒临两洋、自然资源丰富的北美大陆为那些具有冒险精神、不拘小节、对专制制度具有强烈反抗意识的美利坚人提供了摆脱贫困的发迹机会。这也促使了美国社会的纵向流动性,特别是通过空间迁徙的流动。"这种空间迁徙和职业升迁相结合,也构成了后来为人所熟知的'美国梦'的主要内容和实现这种梦想的主要方式。"[2]美国建国初期,人口主要集中在大西洋沿岸狭长地带。建国后,美国不断进行版图扩张,促使了人口更加频繁的流动。19世纪的"西进运动",尤为引人注目。持续一个多世纪的人口大迁徙,使来自东部的美国人和外来移民不断西移。随着恒定性的人口大规模迁徙和流动,人口逐渐扩展到整个北美大陆的广阔地域,到19世纪末形成现代人口区域分布的基本格局。之后美国进入工业化社会,大批劳动力由农村流向城市。到1920年,美国人口中有50%以上居住在城市,完成了由农村社会向城市化社会的转变。此后,人口的流动不仅没有停止,反而愈加频繁,并呈现出由东至西、由南到北、从内陆向沿海、从农村到城市,再到城市郊区以及非大都市区等多方向、多层次的交叉流动,人口流动的规模和构成也变得更加多样化。在20世纪20年代,由于城市人口的离心性运动,郊区人口数量首次超过了中心城市。城市人口从中心区域向外的逐渐迁移,导致了中心城市的相对空心化和郊区的迅速发展。大都市区由单一结构向多中心结构转变,到1970年实现了后郊区化的转型。此外,外来移民的定居也推动了这一进程。这些因素都使得美国人口流动"呈现出多方位、多层次、相互交叉的多向流动状态"[3]。

我们可以看到,在不同历史阶段,在政治、经济、环境与自然资源配置、社会财富和就业机会、家庭结构、价值观等多方面的因素综合作用下,美国渐渐形成了自己的流动性文化。在流动中,人们可能找到更多的就业机会,获得

---

[1] 此处关于美国社会流动性研究的历史文献来自历史学者梁茂信的研究,详见梁茂信:《都市化时代——20世纪美国人口流动与城市社会问题》,东北师范大学出版社,2002,前言,第1—2页。

[2] 梁茂信:"前言",《都市化时代——20世纪美国人口流动与城市社会问题》,东北师范大学出版社,2002,第3页。

[3] 同上书,第2—4页。

更多的职业提升，获取更多的财富，从而实现自己的美国梦。像桑德斯的父亲一样，劳动者们"为了谋求更加理想的经济条件和生活方式而在地理空间上进行迁移，从而通过职业的纵向流动或空间上的横向流动来达到摆脱经济贫困或改善自己已有生活条件的目的"[1]。因此，"美国人永远不会抵达。他总是在路上。在今天的社会当中，停留可能会被视为非常消极，并因此成为在主流社会中地位提升的障碍。流动正被逐渐视为优良的社会品质；相反，停滞不前则被视为挫败、失败和落后"[2]。

空间流动给美国社会和美国人带来了极大的影响。它有力地推动美国的城市化进程，提升区域经济和整体发展，改变了美国人的生存空间和生活条件。与此同时，它也造成了人们的"非地感"。在不断的流动中，人们日益丧失对土地的爱恋，不再有可思念的故乡。即使有，也不知如何回去。在如今全球化的时代，流动性已不是美国独有的现象。它普遍存在于当今世界，甚至成为一个全球性问题。正如凯文·罗宾斯（Kevin Robins）所言，"全球化就是一个广泛流动的过程，是国家间不断增长的流动性——货物和商品的流动、信息与通信产品和服务的流动以及人口的流动"；阿尔让·阿帕杜莱（Arjun Appadurai）也指出，在全球化时代，"到处都贯穿着人类流动的基本元素：越来越多的个人和团体面对不得不流动的现实，或者想要流动的幻想"。[3] 流动性确实促进了社会的扩展与增长，拉近彼此的距离，但无疑会导致人们的"无根感"和"非地感"。而根源感和在地感的缺失势必导致人们缺少对脚下之地的敬畏与热爱，缺少应有的环境谦逊和地方意识。因此，如何面对流动性，处理好流动性与地方的关系，是当代生态文明中不可回避的问题。

三、品尝尘土——扎根脚下的地方观

桑德斯对移动性文化造成的"非地感"表示了担忧。他童年时期不断迁

---

[1] 梁茂信："前言"，《都市化时代——20世纪美国人口流动与城市社会问题》，东北师范大学出版社，2002，第29页。
[2] 此处引用所涉及的Wilbur Zelinsky和David Morley两位学者的观点，转引自彼得·阿迪：《移动性》，戴特奇译，北京师范大学出版社，2020，第39页。
[3] 同上书，第11页。

徙,从孟菲斯的农场到田纳西农场,再到俄亥俄州河谷,随后又辗转于美国其他城市。面对回不去的故乡,桑德斯只能逡巡在记忆的故乡中,怅惘迷失。不断流动的经历,身体和精神上的漂泊促发了他的反思性怀旧。他借此批评美国的现代化进程对地方的侵蚀以及美国社会盛行的流动性文化,认为它们造成美国人恋地情结的丧失,割裂与其脚下土地、与自然的关系纽带。

在《扎根脚下》开篇序言中,桑德斯看到父亲每到一个新的地方,都"会抓起少量的泥土,捧在手心里,去闻它的味道。把它搅一搅,紧紧地攥着,尝一尝"[1]。对此,他感到困惑不解,为什么吃土呢? 后来他才渐渐明白,父亲是通过泥土来感受自己所在的地方。在美国,流动性文化驱使着人们前行。桑德斯的父亲二十岁时离开了家乡密西西比河地区,自此像流浪汉一样,四处漂泊,"再也没有一个固定的家,再也没有要长久地呆在某一个地方的念头"。但那种对故乡的思念、对土地的眷恋,使得父亲总想要通过泥土来感受地方。这一幕让我们联想到古希腊荷马史诗中的奥德修斯。他踏上故土做的第一件事情就是热泪盈眶地亲吻大地。同样令人印象深刻的还有桑德斯笔下处于龙卷风通道上的米勒一家。米勒家的房子一次次被龙卷风毁灭,他们不得不一次次重建家园,可即使这样,米勒一家依旧不肯搬离龙卷风通道,而是坚持住在此处,一如桑德斯的书名——扎根脚下。

乡愁并非情感的泛滥,而是对失去故园的哀痛和渴望回归的热切——回到地方、回到土地和自然的怀抱之中。可故乡回不去了,该怎么办呢? 何以消解回不去的乡愁呢? 桑德斯提出了更为切实的生态行为守则——"立足于地方"。这个地方并非传统意义的地方,而是此时此刻脚下的土地。我们不用刻意"去寻找新的故乡"[2],只需把对故乡的记忆与丰沛的情感投入当下,扎根脚下。

>"如果我想要一个故乡,肯定只能是长大了之后我选择的地方。我定居的周围有用砖块建筑的老房、静静的树木和热闹的孩子们。据说这个城市的名字是形容开花满地的草原。我的主要生活领域是我家门口

---

[1] Scott Russell Sanders, *Staying Put: Making a Home in a Restless World*, Boston: Beacon Press, 1993, p. xiii.
[2] Ibid., p. xiv.

的步行距离范围内。窗外可看的风景和步行一天范围内的情景都很平淡;没有海浪冲刷岩石的海岸,没有雪白闪光的山顶,也没有大熊徘徊。这是一个人类定居的地方,所以四面都是人留下的痕迹。然而,人所造的建筑物、灯光和马路,我们所写的路牌和上面的文字,都只是神秘的大自然上的一张胶片而已。"[1]

桑德斯在《扎根脚下》一书中运用了大量隐喻,如房子是人与物交融互动之结果;被垃圾车收走卷入垃圾填埋处的流浪汉象征着无家可归的最终悲剧;星座喻指住在自己的房子里;棒球的"从本垒开始,最后也要再回到本垒"指向回家的渴望;信鸽"能从令人惊奇的远距离以外找到它们的鸟巢",喻指找到回家的路。这些隐喻都指向一个目标,那就是人类离不开"在家"(地方)。桑德斯强调了"扎根脚下"是"在家的本质",坚持"恋地"理应成为一种生命观。生命应"深深植根于家和社群、对地方的认识、对自然的了解以及与万物诞生的源头的接触"。"了解和尊重土地的居民,才是真正的居民,才能真正地享受生活。"[2]在此地方中,自然、他人和自我都是此生态家园的一分子。人存在于宇宙之中,而非以占有宇宙的方式存在。人应主动感知地方,身体和精神都融入此生态地方里。个人在与地方的互动之中认识自我、认识宇宙,从而找到自己的归属感,并形成对此生态地方深深的依恋感。有了这一份依恋感和归属感,人们才能逐渐形成保护家园的生态意识。"扎根脚下"是在家的本质,也应成为一种生命观。

与"流动与发展的文化"背道而驰,桑德斯倡导"一成不变"的生活。此处的一成不变,不是墨守成规的僵化生活,而是一种能够生发出对脚下土地热爱与眷恋的美德。所居之地,并不是一个冰冷的物质空间,而是人们生命的根源所在。人们定居在这里,与家人、邻居、这个地方里的其他人,"和一切能跑、能欢呼、能咆哮的生物相伴"[3]。只有这样,人类与非人类在所居之地彼此相伴,才是一个家。在此地方,每一个人都是一个生态公民,为此地方付出

---

[1] Scott Russell Sanders, *Staying Put: Making a Home in a Restless World*, Boston: Beacon Press, 1993, pp. xiv-xv.
[2] Ibid., p. xiii.
[3] Ibid., p. xv.

爱和努力。桑德斯认为:"只有我们对周围环境满足的时候,才能对这个地球感到满足。同时,只有我们意识到自己所在之地与这个星球的其他地方彼此之间相互联系,我们才能充满智慧地活着。"[1]这一点与美国生态诗人加里·斯奈德(Gary Snyder)的观点接近。他们都认为地方绝不是孤立的自我隔绝和保守,而是与星球、宇宙彼此相联系且相互作用的。"生命从此地方延伸出去,延伸至地球其他地方,甚至到宇宙。我们应当用心发现脚下神圣的土地,观察自然的美好力量,认识到所居之地仅仅是神秘的大自然展现出的无数地方中的一个。"[2]这种觉醒的地方意识会塑造我们对自然的谦逊行为、对环境的伦理和道德,以及对宇宙中生命的热爱。"当地方被主动感知时,物理景观就与心灵景观、流动的想象结合在一起,而心灵可能指向的地方是任何人的猜测。正是这种互动的过程,才使人认识到人与他们所居住世界之间的相互依存性,才使得空间的创造成为可能……地方感(家庭生活)不仅为我们提供了庇护所和安全,而且还有保护和管理我们所属土地和环境的愿望。"[3]

桑德斯对俄亥俄河的故乡的地方叙事,常被认为是一种排他的、狭隘的地方叙事,内含一种固化的"地方中心主义"观,故而多受到支持全球化流动性的学者的批评。但我们如果细读和深思的话,会发现桑德斯看似"地方中心主义"的观念,实则背后蕴含着一种全球观。试问,假如我们对自己所生所长的地方都一无所知,或知之甚少,那么我们怎么会对世界投入情感,又谈什么保护全球的地方生态呢? 一个人对脚下之地尚无半点关爱之心,那我们如何期许他尊重与关爱他者的地方? 桑德斯在《扎根脚下》最后一章的结尾处表明,尽管他讲述了河流、龙卷风、房屋、家庭、土地和梦想的故事,但他阐述这些故事只是在无限的宇宙中用篱笆为自己圈出一个小的家园。他深知"每个圈地都是临时的。每一个边界都是幻觉。我们以极大的聪明才智破译了支配这场浩瀚璀璨之舞的一些规则,但我们所有的努力都无法改变它是浩瀚

---

[1] Scott Russell Sanders, *Staying Put: Making a Home in a Restless World*, Boston: Beacon Press, 1993, p. xvi.
[2] Ibid., p. xvi.
[3] J. Scott Bryson, *The West Side of Any Mountain: Place, Space, and Ecopoetry*, Iowa: University of Iowa Press, 2002, p. 11, 21.

宇宙中的一点"[1]。由此可以看出，桑德斯的地方观非常明确：人类首先要热爱并扎根于脚下的地方，其次要尊重他者的地方。地方意识是环保意识和环保活动的基本前提，与空间、认知理解、情感依附、责任和关怀有关。只有认识到地方与地方之间在宇宙中的彼此联结，地方与地方之间应享有同样的平等，我们才能获取真正意义上的生态健康。此时的"扎根脚下"和"在地"是为了更全面地进入世界，融入世界。

在桑德斯的生态怀旧中，除了对曾经故乡风景的追悼，更强调的是我们如何融入现在，重建有"生命力的田园"（Glen A. Love 语）。他看到康复性的前景：如果我们肯改变自己，反思流动性的文化观，舍弃人类中心主义，那么田园就在脚下。重建的关键在于我们如何对待脚下的土地。我们是无数风景中的过客，还是对脚下土地忠诚的生态居民？我们能否把自己对故乡的记忆，融入现在对田园的重建，能否构建一个植根脚下的文化，从而找到自己的归属和身份？桑德斯直言："我趋向于了解并且关切我成年之后来到的这片土地，因为我已经无法挽回地失去了童年的故土，而正是这片故土塑造了我对土地的热爱。"[2]

桑德斯的怀旧叙事，向我们提出一个问题：传统上认为田园或荒野是抵抗现代都市社会中各种腐朽的解药，但在现代社会，它真的能抵抗吗？这可能只是一种理想状态。从桑德斯的怀旧叙事，我们可以看到在工业化时代根本没有所谓的纯净的荒野与自然。田园在工业化时代本身就日渐衰微，无可避免地融入资本的风险和毒性环境的渗透之中，自然与人的命运早已纠合在一起，呈现了跨身体的缠绕。即使在偏远地带，人与自然也未能幸免于害。问题的解决不在于逃逸到纯粹的自然之中，而是如何扎根脚下，重新学会热爱脚下这片土地，无论它是偏远的乡村还是繁华的都市。即使是城市，也可以发现自然，融入自然。

马军红，北京第二外国语学院高级翻译学院教授。本文摘选自作者《美国当代生态文学的怀旧书写研究》，华夏出版社 2022 年版，第 166—195 页。

---

[1] Scott Russell Sanders, *Staying Put: Making a Home in a Restless World*, Boston: Beacon Press, 1993, p. 193.
[2] Ibid., p. 12.

"双重视角"读库切之耶稣三部曲

王敬慧

约翰·马克斯韦尔·库切(John Maxwell Coetzee)在其文学创作生涯中,以每三年一部作品的节奏,相继出版了《耶稣的童年》(*The Childhood of Jesus*)、《耶稣的学生时代》(*The Schooldays of Jesus*)及《耶稣之死》(*The Death of Jesus*),这套耶稣三部曲的最后一本英文版于2020年初正式出版。该三部曲以主人公大卫(David)为核心,通过叙述者西蒙(Simon)的视角展开。西蒙在故事中承担着照顾大卫的责任,这位无父无母、身世不明的男孩从幼年起便由西蒙关怀与参与照顾,直至其十岁时因罹患疾病去世。三部作品均采用第三人称叙事,通过"他,西蒙"(He, Simon)的叙述框架,表达了库切对孩童教育的关切和对人类处境的思考。

库切的小说一般外在声音都比较简洁温和,而内在的声音则更深刻、更具有反思性。这套耶稣三部曲更是深刻蕴含了库切对人类生存状态的忧虑。库切一直强调视角叠加在文学创作与研究中的重要性,这一点在其文集《双重视角》(*Doubling the Point*)的命名与编纂方式中得到了显著体现。通常而言,文集仅收录作者本人的学术论文,然而库切却邀请其昔日的学生兼同事大卫·阿特维尔(David Attwell)参与这本书的编纂过程,并围绕其撰写的八篇论文展开深度对话。这些论文涉及贝克特、互惠诗学、大众文化、句法分析、卡夫卡研究、自传与告白文学、淫秽与审查制度、南非作家研究等八个主题。通过这种对话式编纂方式,库切不仅展示了多重视角的互补性与张力,还进一步凸显了其在文学研究与创作中追求多元视角以逼近真相的学术态度。这种态度不仅体现在其文学批评中,也深刻影响了其小说创作,尤其是在"耶稣三部曲"中,库切通过多重视角的叙事策略,深化了对人类存在困境的探讨。

在《双重视角》中关于陀思妥耶夫斯基的一节中,库切曾说:"在所有这些机制建立起来之后(叙述者准备好了担当问询者与被问询者的角色,线索指向了一种真相,这种真相质疑和复杂化了坦白者声称的真相),我们看到的(我现在推测)是一种幻灭,一种对这样拐弯抹角从谎言中挤出真相的方法的厌烦……"[1]那么库切是怎样寻找关于教育的真相呢?本文也将采用双重视角,从文本的外在声音出发,寻找库切的内在声音,看库切怎样在他的耶稣三部曲中与他所欣赏的作家——卡夫卡、塞万提斯和陀思妥耶夫斯基进行对话,并邀请读者思考儿童的教育发展与人类生存的基本问题。

一、对话卡夫卡

小说中的少年大卫是一个挑战世俗的孩子。他的与众不同让他无法适应传统的学校教育,不能被周围的人所理解,教育机关决定把他送到问题儿童学校接受特殊的教育。孤儿感(孤独感)是他一直摆脱不开的阴影。这种与众不同与卡夫卡《变形记》里面的格里高尔有相似之处,一个是外形的异化,一个是想法的异化,当个体与众不同的时候,他的境遇如何?大卫又像卡夫卡《城堡》中的K:没有身份,没有亲人,没有理解他的朋友,像一只迷途的羔羊,面对着对他充满敌意的村庄,城堡当局对他也没有任何信任。在《耶稣之死》中,库切用的比喻是"世界就是一个大监狱"[2],最后连大卫喜欢的羔羊也被他所宠爱的狼犬吃掉了。

库切与卡夫卡作品人物的相似性与关联性,首先源于两位作者经历的相似。库切和卡夫卡一样都是生活在一种不能融入主流的、疏离的状态中的人,也都曾经历语言选择的煎熬。卡夫卡出生于捷克的布拉格,又是成长于一个讲德语的犹太家庭的奥地利人。他并不是一个典型的犹太人,甚至有很长的时间排斥犹太文化。他与父亲相处并不融洽,在用德语教学的学校学习,一直处于身份认同的迷惘中。库切作为出生在南非的白人,家里主要说英语。因为经济原因,他和家人一直在更换住所。1949年时库切9岁,家搬

---

[1] J.M. Coetzee, *Doubling the Point: Essays and Interviews*, Ed. David Attwell, Cambridge: Harvard University Press, 1992, p. 293.
[2] J.M. Coetzee, *The Death of Jesus*, London: Harvill Secker, 2020.

到伍斯特,这是他第一次接触以南非荷兰语为主的社区。在学校的操场上和街道上,他遇到说着不同类型南非荷兰语的孩子。虽然他的姓氏——"库切"是一个典型的南非荷兰语的姓氏,但他不觉得自己是一个南非白人。在学校里,他是唯一一个通过学院双语考试的学生,对语言的使用一直非常敏感。这两位作家对语言的敏感与不安感受也反映在他们敏锐的社会观察与描写中。他们的独特视角造成了特殊的美学视角——假想的极端状态,要么是成为变形的甲虫,要么是成为救世主般的少年大卫。

他们作品中的主人公一直在反思自己的身份和责任。格里高尔是家里唯一的养家糊口者,他努力工作以维系家人的生活。尽管变成了甲壳虫,格里高尔还思考着如何能上班赚钱,资助妹妹学习弹钢琴。但是,当他以甲壳虫的形象出现在周围人的面前时,他的境遇大变:老板被吓走,他所关心的家人竟然希望他最好不存在。其实除了身体的异形,他还是那个原来的他,能听懂周围人的话,但是其他人听不懂他的话,也不理解他,这种痛苦、被抛弃的感觉是令人绝望的。《耶稣之死》中的大卫同样也存在着不被理解的苦楚。尽管有西蒙和伊妮丝的照顾,他一直觉得自己是孤儿,希望能在孤儿院里找到自我。他帮助孤儿院的球队踢球,和一些常人眼中的不良少年打交道,也包括他与德米特里这个人们眼中的杀人犯保持密切关系。这些都是他的照顾者——西蒙和伊妮丝,所不能理解的。小说中,西蒙是一直试图理解大卫,他努力相信大卫说自己是上帝派来的使者这样的想法。他在《耶稣之死》中一直尝试弄清楚大卫要带来的讯息,但是到了小说的结尾,他仍旧还是没有问清楚大卫的讯息是什么。这也给读者一个思考的空间和想象的可能,大卫的讯息是不是与爱有关呢?

这些作品中主人公的命运也是作者自我情感与命运的投射。卡夫卡和库切笔下的人物心中都充满着爱。格里高尔想着帮助家人;大卫想着帮助周围的人,特别是孤儿院的孩子们。而他们的死亡蕴含着创作者的悲观情结。人可以心中充满爱,但是很多时候人是不被理解的,人面临的是没有出路的未来和绝望的生存境遇。因为缺少同行者,他们不得不孤军奋战。"我们都是孤儿,因为从最深的层次讲,我们都是独处于世。"[1]这是库切在耶稣三部

---

[1] J.M. Coetzee, *The Death of Jesus*, London: Harvill Secker, 2020.

曲中发出的哀叹。其实人都害怕自己是孤独的,而比这还可怕的是有人根本不敢往这个方向想,也根本找不到自己。所以到最后,作者只能为他们安排了死亡的结局,这表现了作者对济世的渴望以及对现实的无奈。对作者而言,世界让人失望,生命充满了无解的悖论。就如同《堂吉诃德》结尾,希望纠正世界错误的主人公悲伤地回家,他意识到自己不是英雄,而且世界上已经不会再有英雄存在。尽管处于暮年的库切希望像"西班牙老人"(堂吉诃德)那样思考,但是最后,他还是在《耶稣之死》中结束了大卫的生命。

二、对话塞万提斯

堂吉诃德说:"人生的舞台上也是如此。有人做皇帝,有人做教皇;反正戏里的角色样样都有。他们活了一辈子,演完这出戏,死神剥掉各种角色的戏装,大家在坟墓里也都是一样的了。"桑丘说:"这个比喻好!可是并不新鲜,我听到过好多次了。这就像一盘棋的比喻。下棋的时候,每个棋子有它的用处,下完棋就都混在一起,装在一个口袋里,好比人生一世,同归一个坟墓一样。"[1]库切本人是《堂吉诃德》的书迷。他曾经在演讲中多次提到儿童时代读少儿版《堂吉诃德》对他产生的深远影响。儿时的他曾经认为堂吉诃德是一个真正存在的、活生生的历史人物。在《青春》中,他曾介绍自己在大学时代如何尝试创作一部《堂吉诃德》的诗剧,但是年轻的他没有完成,因为那个时候这位西班牙老人离他太远了,他无法从他的角度思考。但是希望与塞万提斯对话的念头没有消失,暮年的库切通过耶稣三部曲再次尝试塞万提斯式的思考,以至于耶稣三部曲中第三部《耶稣之死》的首版发行语言是西班牙语。

塞万提斯作品对于库切成长的重要性在《耶稣的童年》中是这样体现的:大卫学习西班牙语的方式就是通过熟读少儿版《堂吉诃德》这一本书。尽管伊妮丝和学校的教师都不喜欢大卫读这本书,但是西蒙重视这本书的意义,并引导大卫阅读。从某个意义上说,西蒙可以被看作堂吉诃德的翻版,他相信个体的努力与梦想的价值。西蒙曾对大卫解释说:"我们有两种看世界的眼睛,一种是堂吉诃德的眼睛,一种是桑丘的眼睛。对堂吉诃德来说,这是他

---

[1] 塞万提斯:《堂吉诃德》(下),杨绛译,人民文学出版社,2003,第81页。

要战胜的巨人。对桑丘来说,这只是一座磨坊。我们大部分人——也许你不在内,但我们大多数人——都同意桑丘的看法,认为这是磨坊。"[1]现实的生活可能就如同磨坊里的日子,日复一日地充满了辛劳,且没有任何新意,但是西蒙希望大卫理解堂吉诃德的骑士精神,带着为他人奉献之心,努力让自己变得更好,也让这个世界更好。在《耶稣之死》中,少儿版《堂吉诃德》同样也是小说中的重要元素:大卫在医院里,多次在原版堂吉诃德的基础之上,改编讲述他的"大卫版堂吉诃德",这种创作方式也展现了作者对《堂吉诃德》原文本的新颖思考。小说中,西蒙也担心大卫陷入《堂吉诃德》太深,所以警告他,堂吉诃德代表的是一个虚幻的世界,这本书最后被烧掉了。但是大卫反驳西蒙说,如果书真的被烧掉了,那后来的人们怎么读到这本书的呢?西蒙对大为的回答感到既困惑又自豪,"困惑的原因是他无法在辩论中说服一个十岁的孩子;感到自豪的原因是一个十岁的孩子可以如此巧妙地将他一局。他告诉自己,这孩子可能是懒惰的,这孩子可能是傲慢的,但这孩子至少不是愚蠢的"[2]。

像塞万提斯一样,西蒙对他人的价值判断标准充满尊重和共情。比如,在《耶稣的童年》中,在码头工人达戈在发薪日抢了出纳的钱箱之后,西蒙对大卫解释达戈抢钱的原因可能是他认为自己应该得到更多的报酬。因为人的天性都是想得到比自己该得到的更多。"达戈想要被赞扬,想得到一枚奖章……我们没有给他梦想中的奖章,这时候他就拿钱来代替了。他拿了他认为跟他劳动价值相当的钱。就这样。"[3]男孩接着问,为什么不满足达戈的欲望,给他一枚他想得到的奖章?西蒙耐心地告诉大卫,如果那样,那奖章就一文不值了,因为奖章是挣来的。他希望大卫理解收获是需要先付出的,事物的价值在于人类为之所付出的努力。

西蒙是一个持之以恒的教育者,他将这种价值观念实践于对大卫的养育之中。有一段时间,大卫喜欢收集各种物品,包括各种废物,比如鹅卵石、松果、枯萎的花、骨头、硬壳,还有一小堆瓷片和一些废金属。西蒙认为这些废物该扔掉,但大卫说那是他抢救下来的东西,所以不能扔,西蒙则尊重他的想

---

[1] J.M. Coetzee, *The Childhood of Jesus*, Melbourne: Text Publishing, 2013.
[2] J.M. Coetzee, *The Death of Jesus*, London: Harvill Secker, 2020.
[3] J.M. Coetzee, *The Childhood of Jesus*, Melbourne: Text Publishing, 2013.

法。关于钱的价值,大卫曾经问西蒙:如果人们想要硬币,为什么不直接到造币厂去拿。西蒙给大卫解释说:"如果我们不必为了挣钱而工作,如果造币厂直接把钱发给我们每一个人,那钱就没有任何价值了。"[1]也就是说,钱和奖章一样,它们的真正价值在于每个个体为之付出的努力。不论是对待大卫还是对待抢钱的达戈,还是堂吉诃德,西蒙都在努力理解他们所表现出来的差异性。

西蒙对于人性的了解非常透彻,正如他在向大卫解释工人达戈抢钱的原因时说道:"我们所有的人都一样。我们愿意相信自己与众不同,我的孩子,我们每个人,都愿意相信这一点。但是严格说来,这是不可能的。如果我们个个都与众不同,那就不存在与众不同这一说了。但我们还是相信自己。"[2]那么,人们如何能够相信自己是与众不同的呢?答案是:像堂吉诃德一样,在自己的世界里,坚持自己的理想。在一般人看来,堂吉诃德不切实际的骑士精神可能是可笑的,他把妓女当作贵妇,把客栈想象为城堡,说风车是巨人怪物,羊群是军队……但是在塞万提斯或者库切看来,存在的意义在于人为自己的理想而努力争取,珍视自己的荣誉,肯为他人牺牲,同时也给他人信任。在耶稣三部曲中,大卫也是同样一种类型的人,为了孤儿院的孩子们,自己离开西蒙,加入这个集体,并深深地影响着每一个和他打交道的孩子。西蒙是自始至终对大卫充满信任的人,这应该是大卫短暂一生中最美好的记忆。不论是自己的行事,还是对大卫的教育,西蒙一直保持他的这种宽容理解的理念,显示着库切对人物的创作态度,亦如塞万提斯创作他笔下的堂吉诃德。

三、对话陀思妥耶夫斯基

关于与陀思妥耶夫斯基之间的互文性对话,在库切1994年出版的小说《彼得堡的大师》里就已经有所体现。在那部小说中,库切采用第三人称形式,给我们讲述了一个由他想象的关于陀思妥耶夫斯基的故事。小说的内容看似来自陀思妥耶夫斯基本人的生平,但其中许多内容并非史实,而更多的

---

[1] J.M. Coetzee, *The Childhood of Jesus*, Melbourne: Text Publishing, 2013.
[2] Ibid.

是库切本人对自己中年丧子经历的回忆和思考。这些内容在文本中与陀思妥耶夫斯基生平的经历形成了多层次的互文。从外表看,读者听到的似乎是陀思妥耶夫斯基的声音,而实际上还有库切内在的声音,这种多层次的众声喧哗和错综复杂的文本互涉时隐时现。在《耶稣的学生时代》中,读者没有看到陀思妥耶夫斯基的名字,但是会看到陀思妥耶夫斯基作品中的一位重要人物,那就是德米特里——《卡拉马佐夫兄弟》中被指控杀父的儿子。该书中还有其他读起来让人想起《卡拉马佐夫兄弟》的名字,比如被刻画成善良人物的"天使"般的阿廖沙等。

严格地说,在《耶稣的学生时代》中,德米特里不是主人公,他是一个杀人犯——杀死了校长的妻子;在《耶稣之死》中,他也不是主人公,只是一个把大卫当成神一样对待的信徒式人物。为什么说德米特里这个人物在小说中能挑战读者的现有观念呢?笔者认为,德米特里这个人物名字的选择对于库切而言不是偶然的。从某种角度讲,库切是在以复调的形式,通过德米特里这个人物与陀思妥耶夫斯基以及他的作品进行呼应与对话。不论是在文学创作中,还是学术研究中,库切对陀思妥耶夫斯基以及复调研究都是非常重视的。库切的论文集《陌生人的海岸》(*Stranger Shores*)中曾收录了一篇介绍巴赫金如何用复调理论来分析陀思妥耶夫斯基作品的论文。他认为,"复调小说"的理论是巴赫金在分析陀思妥耶夫斯基的作品时提出的一种文本分析理论,认为对话概念的优势在于没有主导的、中心权威的意识,因此不会有任何一方声称是真理或权威,有的只是争论的声音与对话。在《耶稣的学生时代》中,库切也采用了这样的方式讨论德米特里的罪行,近乎中立地描述人们围绕德米特里杀人案发出的各种声音与反应。

一方面,所有人都认定德米特里杀人是犯罪行为,但是关于他杀人的原因,不同人的理解是不同的。小说中大多数的人物并不知道德米特里与受害者早有私情。他们以为这是一场爱而不得的犯罪,但西蒙是唯一了解内情的人。德米特里给西蒙讲述了他是如何与安娜互相爱慕,偷偷见面约会的。然而,跟着西蒙一起了解实情的读者大多不能接受这样的反差:明明安娜在情感上和身体上都已经接受了德米特里,为什么他要杀死女神一般美丽的安娜呢?德米特里这样向西蒙描述他对安娜的感觉:"她是美女,真正的美丽,实实在在,从里到外。如果把她拥入怀中,我应该感到非常自豪。但是我不是的,我感到羞耻。因为像我这样的一个丑陋的、危险且无知的蠢物根本配不上她。……我觉得有什么东西彻底地不对劲。美女和野兽。"[1]在美的面前,德米特里一直存在着丑的自卑。所以,在案发的那一天,与自己的女神在一起的幸福时刻,德米特里突然有了一种想让安娜觉得他是主人的感觉。于是他掐住女神的脖子,想让她知道爱是什么以及到底谁是主人。就这样,他掐死了安娜。这再一次证实了《卡拉马佐夫兄弟》中出现的观点——美是如此可怕而神秘的东西,竟然会引发人内心中的兽性。美与丑,爱与恨,是两对极为复杂的对应物。"美这个东西不但可怕,而且神秘。围绕着这事儿,上帝与魔鬼在那里搏斗,战场便在人们心中。"[2]至于谁是罪人这个问题,如果参考《耶稣之死》中德米特里写给西蒙信中的内容,"我们想要的,我们所有人想要的是,敞亮的话语打开禁锢我们的监狱大门,让我们恢复活力。当我说监狱的时候,我并不仅仅指医院的禁闭间,我指的是世界,在整个广阔的世界。从某种角度讲:世界就是一所监狱,你在这座监狱里衰变到驼背,大小便失禁,并最终死亡,然后(如果你相信某些故事,我是不相信)你在某个异国他乡醒来接着接受那严峻的考验"[3]。库切所关注的不是人物是否有罪,而是如何摆脱"监狱"窘境。

除了在感受"美"的影响力这一问题上对话以外,库切还尝试与陀思妥耶夫斯基在另一个重要的方面进行对话,那就是对人性的表露与基本需求的探究。如果上帝不存在,人什么都会做——当然也会犯错。在耶稣三部曲之中,库切让西蒙一直在重复这个观点:人总会犯错,有的时候人不能预见到自己行为的后果。德米特里杀死安娜是犯罪,但如果了解他的行凶细节,我们就会知道他的行为是激情犯罪。当他犯罪时,他没有预料到安娜的死亡。他本人一直是懊悔的,所以他向法庭强调自己是有罪的,要求通过去盐矿做苦力来赎罪。尽管德米特里犯了杀人罪,但是他所在的移民安置地——艾斯特拉达当局——对他的审判结果不是死刑,而是给出另外两个选择,要么是被收到精神病院治疗,要么去盐矿挖盐。德米特里选择需要出苦力的后者来赎罪。德米特里的观点也能体现《卡拉马佐夫兄弟》中的长老提到的一种态度:

---

[1] J.M. Coetzee, *The Schooldays of Jesus*, London: Harvill Secker, 2016.
[2] 陀思妥耶夫斯基:《卡拉马佐夫兄弟》,荣如德译,上海译文出版社,2004,第 124 页。
[3] J.M. Coetzee, *The Death of Jesus*, London: Harvill Secker, 2020.

"包括流刑、苦役在内的处罚——过去还要加以鞭笞——其实并不能使任何人改邪归正"[1],真正重要的是犯罪者自己的悔过。也是因为同样的原因,不论是在《卡拉马佐夫兄弟》中,还是在《耶稣的学生时代》中,审判的场景总有一些关于无聊看客的描述,他们增添了法庭上是非不分的闹剧感。

在《耶稣的学生时代》中,除了在对德米特里杀人案的讨论中,在其他事例中西蒙也反复对大卫强调:人会犯错,犯错的人也会后悔,因为人都有良知。比如在故事开始处,大卫的一个玩伴本吉用石头打伤了一只鸭子。大卫对此非常愤怒,这时候,西蒙教育大卫要尝试理解本吉,他可能就像其他扔石子的男孩子一样,不知道自己在做什么。他的本意不是要杀死鸭子,也没有预测到伤害的后果。当他看到鸭子那么美丽的生命被他的行为毁掉了,他也懊悔和悲伤了,"我们并不总能预测到我们行为的后果——特别是我们还年轻的时候"[2]。西蒙是一个成熟的教育者,他通过多个实例反复教育大卫人性的真相,而且他的观点自始至终一致。打死鸭子的本吉和杀死安娜的德米特里,一个是儿童世界的错误,一个是成人世界的错误——我们会犯错,我们并不是可以完美预测行为后果的神人。是啊,我们都是凡人,凡人会犯错。如果我们真的领悟到这一点,能够直面我们所犯的错误,我们才不会躲避和诡辩,才有改正和进步的可能。

在耶稣三部曲中,有一个情节是许多读者不理解也是学者在撰文探讨的,那就是西蒙和伊妮丝不是大卫的亲生父母,却如此认真地承担父母的责任。有学者表示,即便是圣母玛利亚也还是耶稣的生身母亲,而虽然故事中的伊妮丝与大卫没有任何血缘联系,她却能坦然接受西蒙的提议,尽职尽责地做大卫的母亲。这与读者常读到的白雪公主或灰姑娘的后妈一定是恶毒的常规情节完全不合拍。如果想找到这个问题的答案,我们可以看一下《卡拉马佐夫兄弟》中长老说的话:"地狱就是'再也不能爱'这样的痛苦。"[3]在异化的世界里,每个人都蜷缩到自己的套子里,不想与外界有更多的接触。但是每个个体的内心深处都会渴望着成为一个有爱的能力的人。从这点上来看,抚养大卫成长这件事情本身给了西蒙和伊妮丝施爱的机会,让他们二

---

[1] 陀思妥耶夫斯基:《卡拉马佐夫兄弟》,荣如德译,上海译文出版社,2004,第603页。
[2] J.M. Coetzee, *The Schooldays of Jesus*, London: Harvill Secker, 2016。
[3] 陀思妥耶夫斯基:《卡拉马佐夫兄弟》,荣如德译,上海译文出版社,2004,第381页。

人从付出与担当中找到自身存在的价值,两个成人与儿童大卫之间的关系是互为拯救者。另外,"大卫"这一名字的英文是 David,如果词汇溯源,其源头的希伯来语含义是"受热爱的,可爱的,朋友",与"爱"密切相关。因此,笔者认为,在耶稣三部曲中库切用主人公大卫这个名字看似指涉耶稣,实际意图是提醒读者关注"爱"这个主题。他通过耶稣三部曲所发出的讯息,也与"爱"有关,那便是关注在这个后现代社会里,人类对于"爱"的需求与匮乏。

王敬慧,清华大学外国语言文学系长聘教授。本文主体内容刊于《英语学习》2021 年第 9 期。

"文学经典与经典文选"——艾布拉姆斯与他的《诺顿英国文学选》

金永平

诺顿公司在总结《诺顿英国文学选》获得成功的经验时,把原因归结为三个方面:一是技术上的(technological),二是商业上的(commercial),三是学术上的(scholarly)。[1] 在笔者看来,诺顿公司所说的"学术上的",自然指的是艾布拉姆斯以及在他领导下的编写团队了。

很明显,诺顿公司的总结是对艾布拉姆斯作为总主编在编写这部文选时所做努力的肯定。问题是,较之于其他的文选集,如《牛津英国文学选》、《朗文英国文学选》等,《诺顿英国文学选》到底有哪些优势?换言之,在同类选本中获得"老大"地位的《诺顿英国文学作品选》有哪些特色?它又是如何参与英国文学经典的建构?这些特色与艾布拉姆斯的文学思想之间有什么关系?这些问题都是要及时厘清的。下面就这几个问题进行逐一探讨。

一、"群策群力、通力合作"——《诺顿英国文学选》编写之方略

毋庸置疑,《诺顿英国文学选》的成功,是与艾氏作为总主编的诸多努力密不可分的。

在这"诸多努力"之中,"群策群力、通力合作"的编写策略是其重要组成部分。在笔者看来,这一策略的具体表现在两个方面:首先是实行总主编负责的协商机制和各时期文学实行编委负责制;其次是让术有专攻的学者、经验丰富的教师和爱好文学的读者在公司的努力下积极参与进来,使他们有机

---

[1] Sean Shesgreen, "Canonizing the Canonizer: A Short History of *The Norton Anthology of English Literature*," in *Critical Inquiry*, Winter, 2009.

会表达对文学经典的看法,进而对入选的作品产生影响。下文就这两个方面分述之。

很明显,较之于其他方略,实行总主编负责的协商机制和各时期文学实行编委负责制是有较大优势的:一方面在总主编负责下,在编写过程中更好地协调各种问题,做到适当的集中;而另一方面实行各编委负责制,有利于发挥各主编自己的特长,能充分调动起他们的积极性。简而言之,这一策略能充分体现民主基础上的集中和集中指导下的民主。

这种策略看似简单,但实行起来极为不易,何况当时组建这样的编委会也颇费周折,绝非想象那样简单。关于这一点,还得从艾布拉姆斯为何接受编辑这套选集说起。

在编《诺顿英国文学选》之前,艾布拉姆斯在康奈尔大学上"英国文学概要"这门必修课,内容上要求从古英语时期讲起,一直到当代为止;而当时美国适逢大学教育处在大众化阶段,在校大学生人数迅速增加。如何满足教学的实际需求,让学生了解一个伟大的、完整的英国文学,是艾布拉姆斯当时亟须想解决的问题。那时,诺顿公司看到大学教育大众化带来的商机,也很想利用公司的优势,出版一套英国文学选来满足当时的教学需求。不过,当时公司率先物色的人选并不是艾布拉姆斯,而是哈佛大学著名学者阿尔弗雷德·哈比屈(Alfred Harbage),此君是著名的莎士比亚研究专家,曾编辑过《莎士比亚全集》,在学界有很大的影响。诺顿公司找他正是想借用哈佛大学的大名和他在这方面的经历,可惜最后合作没有成功。也就是说,艾布拉姆斯当时受命接受这套教材时,是在诺顿公司主管和哈佛大学莎学专家阿尔弗雷德·哈比屈谈崩之时[1]。艾氏接受这项任务可算"受命于危难之际"。

当然,这并不是说艾氏对这个"工程"不感兴趣、一点准备都没有。实际上,艾氏心里一直有这样的想法,只是苦于时机不对。当诺顿公司主管在哈佛大学遇挫之后,便来到康奈尔大学与他商议此事。那时,艾氏感到机会来了。整个协商过程非常愉快,双方一拍即合,合作也由此开始。

与诺顿公司商议完毕之后,艾布拉姆斯随后即在全美物色人选,组成编

---

[1] Nina C. Ayoub, "Aiming a Canon," in *Chronicle of Higher Education*, Jan. 23, 2009, Vol. 50 Issue 22.

辑委员会。耶鲁大学的依·托尔伯特·唐纳森教授(E. Talbot Donaldson)、加州理工学院的哈雷特·史密斯教授(Hallett Smith)、康奈尔大学的罗伯特·梅·亚当斯教授(Robert M. Adams)、明尼苏达州大学的塞穆尔·霍尔特·蒙克教授(Samual Holt Monk)、罗切斯特大学的乔治·福特教授(George Ford)和苏塞克斯大学的大卫·戴启思教授(David Daiches)等六人加盟,可谓少长咸集,群英荟萃,编辑委员会以艾布拉姆斯为总主编,其他六人为编委,编委会正式成立。至此,我们才可以说,"通力合作"才有了人力基础。

《诺顿英国文学选》这些编委不仅是各大学里的教学名家,具有丰富的英语教学经验,而且还是英语文学研究专家,他们对于各自领域的最新动向和热点问题都有十分准确的把握和判断,在各自领域做出了重要贡献。这些出类拔萃的编委既分工又合作,他们态度认真、工作负责,很好地发挥了各自的长处。从实践来看,这一策略也是非常成功的。1962年顺利完成了《诺顿英国文学选》的初版,一套"介绍英国文学的伟大性、持续性、多样性的文学选"[1]就这样诞生了。

《诺顿英国文学选》完成后,它会不会成为"文件的储存箱呢"? 编委会心中并没有谱。

事实上,编委们的担心是多余的。《诺顿英国文学选》出版发行后,深受大学教师、学生和其他读者的欢迎,成为"大学课本的必备教材"(the sine qua non of college textbooks),[2]或是被一些评论家认为是"经典中的经典"。[3]艾布拉姆斯本人也成为"英语文学世界中最有权力的人物之一"(one of the most powerful posts in the world of letters)[4]和"经典的仲裁者"[5](arbiter of the canon)。尽管如此,但是在编辑过程中,对于哪些作家

---

[1] M.H. Abrams, eds., *The Norton Anthology of English Literature*, Third Edition, Vol.1, London and New York: W. W. Norton & Company,1962, p. 27.

[2] Sean Shesgreen, "Canonizing the Canonizer: A Short History of *The Norton Anthology of English Literature*," In *Critical Inquiry*, Winter, 2009.

[3] See Nina C. Ayoub, "Aiming a Canon," In *The Chronicle of Higher Education*, Jan. 23, 2009, Vol. 50 Issue 22.

[4] Rachel Donadio, "Keeper of the Canon," In *New York Times Book Review*, Jan. 8, 2006.

[5] Ibid.

应该入选,哪些作家不该入选,在读者中也存在不少争议,不仅如此,对于同一个作家的作品入选也会持有不同的看法。对于这样一些问题,艾氏又是如何解决的呢?

通常来说,"文选"、"诗选"体现选者的"功力"与"眼力",暗含选者的审美趣味和当时的时代风尚;但与此同时,"文选"、"诗选"代表着某种价值判断和评判功能,历来都是争论区、是非地。举简单的例子来说,齐梁时代钟嵘所著的《诗品》,思深而意远,与《文心雕龙》一起被誉为中国批评史上的"双璧",却因其把陶潜列入中品,[1]把曹操列入下品,[2]一点瑕疵,为人诟病,惹上不少官司。事实上,对于这些"文选"、"诗选",不管选编的标准如何设置,也不管选者如何协调与统战,在与审美趣味不同的读者看来,总有不尽如人意处,正所谓"羊羹虽美,众口难调"是也。《诺顿英国文学选》作为其中的一种,也不例外。

如果说,一个好的编写团队能把一套近 5000 页选本的工作顺利展开的话,那么,有一个善于采纳文学研究者、一线教师和读者意见的编委会就能够使这套选本永葆活力。事实上,以艾氏为首的编辑委员会正是这样做的,他们让术有专攻的学者、经验丰富的教师、爱好文学的读者积极参与进来,使他们有机会表达对文学经典的看法,进而对入选的作品产生影响。

从着手编《诺顿英国文学选》之初,作为总主编的艾布拉姆斯就极力避免"制度化,或者成为一个纪念物"(institutionalized, or a monument)[3],而是把它编成"一个充满生机的、不断成长的事物"(a living, growing thing)[4]。为此,艾布拉姆斯和他的编委会每隔六七年就进行一次修订。但是,不管怎么修订,作为总主编的艾布拉姆斯还是制定几项基本原则:第一,入选的作品出自英国主要的韵文和散文作者,当然也包括小说家,而这些作品的入选是在主要文学模式和它们时代的传统背景下进行的;第二,这些入选作品有利于教师的教学;第三,入选的作品是尽可能精确的版本;第四,编辑中的导言、注释不仅是大量的,而且自成一格,学生无须再带其他字典、参考书,随处都

---

[1]《诗品笺注》,曹旭笺注,人民文学出版社,2006,第 154—160 页。
[2] 同上书,第 220—224 页。
[3] See Rachel Donadio, "Keeper of the Canon," In *New York Times Book Review*, Jan. 8, 2006.
[4] Ibid.

可以阅读;第五,整套书要轻便,便于学生在班级、讲座、研讨会中携带此书。[1] 第一项、第三项,最能体现艾布拉姆斯的文学思想和学术追求,此处不再展开,下文另述;第二项"利于教师的教学",编者是从如何便于携带以利于教学出发来要求的,很显然,这是充分吸收一线教师意见的结果,是艾氏和编委会让一线教师"参与编写"的最好体现;第五项"便于学生在班级、讲座、研讨会中携带此书",这和艾布拉姆斯在其"序言"开章提到此书是"给大学生们编写的"[2]是一致的;既是编委会设身处地为读者考量的结果,同时也和读者意见的反馈相关;当然,它和出版公司的设计也存在着关联。这样看来,单是第五项,就可以知道读者、编者、公司等都发挥了作用,说他们都参与了编写,也不是虚言。

总而言之,《诺顿英国文学选》是艾布拉姆斯对当时英语教学实践与认真研究的基础上展开的,也就是说,编写不是"建立在某个先行观念之上的,而是根据当时的实际情况出发"[3],是几位编辑在多年的教学实践的总结,整个选集的出版是编委会通力合作、广大读者共同参与、出版机构精心设计的结果。

二、"史家意识、人文关怀"——《诺顿英国文学选》编写之底色

如果说,"群策群力、通力合作"的编写策略能使整个编写过程做到集思广益的话,那么"史家意识、人文关怀"给整套选集增加不少亮丽的色彩。事实上,《诺顿英国文学选》的整个编写体现了艾布拉姆斯注重社会历史和人文主义的文学(艺)思想,从某种意义上可以说,整套"文选"是艾布拉姆斯文学(艺)思想的一次成功实践。

艾布拉姆斯在邀请编写《诺顿英国文学选》之际,正是新批评鼎盛之时。新批评的兴起,除了具体的历史条件之外,与批评家自身的努力也分不开,特别是与瑞恰慈(Ivor Armstrong Richards)和燕卜荪(William Empson)两位

---

[1] M.H. Abrams, eds., *The Norton Anthology of English Literature*, 6th Edition, Vol. I, London and New York: W. W. Norton & Company, 1993, "Preface".
[2] Ibid.
[3] M.H. Abrams, eds., *The Norton Anthology of English Literature*, 3rd Edition, Vol. I, London and New York: W. W. Norton & Company, 1993, "Preface".

师徒的理论倡导和实践有密切的关联。前者以《批评原理》(*Principles of Literary Criticism*)、《实用批评》(*Practical Criticism*)呐喊于前,后者以《复义七型》(*Seven Types of Ambiguity*)助威于后,他们为新批评的出场奠定了基础。之后,布鲁克斯(Cleanth Brooks)和沃伦(Robert Penn Warren)编写的《理解诗歌》(*Understanding Poetry*)、《理解小说》(*Understanding Fiction*),韦勒克、沃伦的《文学理论》(*The Theory of Literature*),布鲁克斯的《精致的瓮》(*The Well Wrought* Urn)等基本上占据了美国所有大学的英语系,成为当时大学生的必读书目,几乎人手一册。新批评提倡的"文本细读"(Closing Reading),认为文学作品是一个有机的整体(Organic Unity)。它既反对只注重作家个人生平与心理、社会历史等外部因素对文学作品影响的实证主义研究,也反对谈灵感、天才、富有激情和个性的浪漫主义批评;正如新批评代表人物之一维姆萨特(W.K.Wimsatt)所说的那样,从作家角度来评判作品,是"意图谬误"(Intentional Fallacy),从读者角度来评判作品,则认为是"感受谬误"(Affective Fallacy)。[1] 新批评高举文学内部研究旗帜,在20世纪四五十年代达到了顶峰。[2] 尽管1957年弗莱(Northrop Frye)出版了《批评的解剖》(*The Anatomy of Criticism*),建立起以"神话-原型"为核心的文学类型批评理论,但很难从整体上撼动新批评在美国学术界的地位。

与弗莱采取的建立自己的理论方式来对抗"新批评"策略不同,艾布拉姆斯则更多以具体文学批评和文学作品教材的编写来默默地反抗。

而整个《诺顿英国文学选》的编写过程正是这种反抗方式的具体表现。在编辑《诺顿英国文学选》的过程中,艾布拉姆斯采取的是历时性的编年形式,从7世纪开始到20世纪末为止长达十三多个世纪的英国文学分为七个时期,即中世纪(The Middle Ages),从凯德蒙赞美诗到1485年亨利七世继位都铎王朝为止;16世纪(The Sixteenth Century),从1485到1603年整个都铎王朝统治时期;17世纪(The Early Seventh Century),从1603年詹姆士

---

[1] Hazard Adams & Leroy Searle, *Critical Theory Since Plato*, Beijing: Peking University press, 2006, p. 1026.

[2] Raman Selden, Peter Widdowson & Peter Brooker, *A Readers Guide to Contemporary Literary Theory*, 4th Edition, Beijing: Foreign Language Teaching And Research Press, 2004, p. 17.

一世继位建立斯图亚特王朝到查理二世加冕为止;复辟时期与 18 世纪 (The Restoration and Eighteenth Century),从 1660 年查理二世加冕到 1784 年大批评家萨缪尔·约翰逊之死为止;浪漫主义时期 (The Romantic Period [1785—1830]) 从 1785 布莱克和彭斯各自的第一本诗集出版到 1830 主要作家谢世或已不再创作为止;维多利亚时期 (The Victorian Age [1830—1901]) 从 1830 到 1901 年维多利亚女王驾崩为止;20 世纪 (The Twentieth Century)从 1901 年维多利亚女王驾崩开始。不仅如此,有的时期都还进行再划分,如中世纪时期文学又分为古英语时期(The Old English Period)和中古英语时期(The Middle English Period)。[1] 更重要的是,每个时期的都有一个导论,对该时期的时代背景和各种文体情况做详细的说明。

为了更好地理解这种编写特色,本论文以艾布拉姆斯负责的浪漫主义时期文学部分为例,[2]来说明艾布拉姆斯是如何让"历史发展的事实"和"文学发展的事实"走进这部文学选集的。

为了彰显这段时期的历史,艾布拉姆斯的第一要务就是把主要历史重要事件进行一个提纲挈领的描述。如在 1789—1815 年间法国革命时期和拿破仑时期,列举重要事件有:1789 年 5 月法国国民会议,同年六月巴士底狱风暴,1793 年路易十六被处以极刑,1793—1794 年英国加入神圣同盟反对法国,1804 年罗伯斯庇尔恐怖统治,1815 年拿破仑加冕。而在同一时期,列举英国国内的重要事件有:1798 年华兹华斯和柯勒律治匿名发表《抒情歌谣集》,1811—1820 年威尔士亲王乔治开始摄政,1820 年乔治登基等。[3] 其次,艾布拉姆斯把英国这段骚动历史概括为"革命与反动"时期(Revolution and Reaction)。在艾布拉姆斯看来,在这段时期英国完成了从传统农业国向现代工业国的转变,社会财富与权力迅速地集中到地主与贵族手里,与此同时,工人阶级队伍日益壮大,社会贫富差距拉大,社会矛盾也日益激化。受法国、美国资产阶级革命的影响,加之汤姆·潘恩(Tom Paine)的《人权》

---

[1] M.H. Abrams, eds., *The Norton Anthology of English Literature*, 6th Edition, Vol. I, London and New York: W. W. Norton & Company, 1993, pp. 2-5.
[2] M.H. Abrams, eds., *The Norton Anthology of English Literature*, 6th Edition, Vol. II, London and New York: W. W. Norton & Company, 1993, pp. 1-17.
[3] Ibid., p. 1.

(*Rights of Man*)、威廉·葛德文（William Godwin）的《政治正义论》（*Inquiry Concerning Political Justice*）、玛丽·沃尔斯通克拉夫特（Mary Wollstonecraft）的《男权辩护》（*A Vindication of the Rights of Men*）和《女权辩护》（*A Vindication of the Rights of Woman*）等革新理论的鼓吹，国内革新要求十分强烈，与此同时，面对山雨欲来风满楼的英国，埃德蒙·伯克（Edmund Burke）及时撰写了《法国革命反思录》（*Reflections on the Revolution in France*），坚持他的保守立场。在完成对社会背景情况的描述后，艾布拉姆斯才对文学的主要文体诗歌、散文、戏剧、小说等进行论述，这一部分论述得比较详细，带有史论的性质。当然，在浪漫主义时期，在所有的文类中，诗歌的艺术成绩最大。艾布拉姆斯在论述诗歌的时候也不会忘记给它浓重的一笔，在命名《诗歌理论与诗歌实践》（"The Theory and Poetic Practice"）的一部分，他把诗歌部分进行了细分"诗歌概念与诗人"（"The Concept of Poetry and the Poet"）、"诗歌的自然性和自由性"（"Poetic Spontaneity and Freedom"），"浪漫主义'自然诗'"（"Romantic 'Nature Poetry'"）、"平凡的赞歌"（"The Glorification of the Commonplace"）、"神奇与怪异美"（"The Supernatural and 'Strangeness in Beauty'"）等几个部分，仅从小标题来看，一部诗歌简史已赫然在目。至于"个人主义、不懈的追求和反抗"（"Individualism Infinite Striving and Nonconformity"）、"天启的期待"（"Apocalyptic Expectation"）以及"常见的散文"（"The Familiar Essay"）、"戏剧"（"The Drama"）、"小说"（"The Novel"）的论述虽没有诗歌部分多，但都史论结合、以论带史，一样都精彩。

通过上面的分析，我们不难看出，在整个浪漫主义时期文学的"导论"中，艾布拉姆斯是有意"凸显历史背景和作者生平的"[1]。艾布拉姆斯这样来处理是经过精心考虑的。他认为，像新批评那样只关注作品本身，把作品看成一个自足的有机体，是很有局限的。事实上也是如此。作为人文主义思想者的艾布拉姆斯通过《诺顿英国文学选》来彰显历史与作者在文学上的作用，他的这一思想，是在哈佛求学时，接受史学派的严格训练而形成的，尤其是深受

---

〔1〕 M.H. Abrams, eds., *The Norton Anthology of English Literature*, 6th Edition, Vol. II, London and New York: W. W. Norton & Company, 1993, p. 1.

格里诺(Chester Noyes Greenough)教授的影响。这位学识渊博的教授,在给学生上复辟时期与十八世纪初期英国文学时,总是事先给学生布置尽可能多的、关于文学文本的社会史、政治史、宗教史里的材料。[1] 艾布拉姆斯在编辑过程中,受其启发,加入相当大的篇幅介绍时代的总体情况、作者的主要作品以及取得的艺术成就,所以书一经面世就深受读者喜欢。

三、"与时俱进、精益求精"——《诺顿英国文学选》编写之追求

当然,若是把《诺顿英国文学选》的成功仅仅看作艾布拉姆斯编辑委员会认真负责的编著态度和他个人对新批评的纠正,那显然过于简单了。在笔者看来,它们固然是成功的因子,不过"与时俱进、精益求精"的学术追求才是《诺顿英国文学选》永葆活力的根本保证。

事实上,只有调整不同的文学作品,顺应时代审美趣味的变换,才能得到读者的认可。正如有学者所论述的那样,"对于经典的挑战与修正,是长期以来处于边缘化的女性与少数种族争取性别、种族和阶级平等的革命运动的组成部分。长期以来,经典的构建过程的确受到了意识形态偏见的影响,而社会中的弱势群体也受到了不公正、不平等的待遇,因而他们对于经典的质疑与挑战是应该给予充分肯定的,学界和社会人士都应该提倡更加开放、更加平等、更加民主的精神。而且经典修正不仅拓展了文学研究的范围,也为学界带来了极大的活力"[2]。艾布拉姆斯总主编的《诺顿英国文学选》各版本的修订也体现了这一点,是开放、平等、民主的精神体现。

这些修订主要表现在:1) 作家的增删;2) 篇目的取舍;3) 作品版本的甄别。

对于作家的增删与否,同一作家应该选哪些作品? 这些是艾布拉姆斯编纂过程中首先要考量的问题。由于各版本的增删涉及的作家和作品很多,现以艾布拉姆斯主编的浪漫主义时期为例进行说明。具体修改如下:第二版增加了华兹华斯的《毁坏的茅屋》("The Ruined Cottage")。第三版时,增加的

---

[1] M.H. Abrams,"The Transformation of English Studies: 1930-1950," in *Daedalus*, Winter 1997.

[2] 金莉:《经典修正》,参见赵一凡、张中载、李德恩主编《西方文论关键词》,外语教学与研究出版社,2006,第 305 页。

作品有：布莱克包括《耶路撒冷》(*Jerusalem*)在内的部分诗歌和两封书信《致约翰特·鲁勒博士》("To Dr. John Trusler")和《致托马斯·巴特斯》("To Thomas Butts")，华兹华斯的 1798—1799 年创作的《序曲》(*The Prelude*)的第二部分，以及他的妹妹多萝西(Dorothy Wordsworth)的《日记》(*Journals*)和德·昆西《一个鸦片吸食者的自白》大量的内容；有黑兹利特、密尔、罗金斯等作家的散文，柯勒律治的《柠檬树下的凉亭》("This Lime-tree Bower")、《睡之痛》("The Pains of Sleep")、《地狱》("Limbo")，雪莱的《阿拉斯托耳》("Alastor")第一次全文收入，拜伦《唐璜》中英国篇章全部、济慈的五大颂歌都选入，戏剧：雪莱《解放了的普罗米修斯》(*Prometheus Unbound*)和拜伦的曼弗雷德(*Manfred*)。第三版中，设置了两个重要的主题，一个是"撒旦与拜伦式的英雄"("The Satanic and Byronic Hero")；另一个是"进程中的浪漫主义诗歌"(Romantic Poems in Process)。

在《诺顿英国文学选》1979 年第四版中，浪漫主义时期最为显著的变化是增加女作者的作品，并把第三版中"撒旦与拜伦式的英雄"与"进程中的浪漫主义诗歌"删除了。在此版中，增加了两位女作家，玛丽·沃尔斯通克拉夫特和玛丽·雪莱(Mary Wollstonecraft Shelley)，前者入选的作品是她的代表作《为女权辩护》(*A Vindication of Rights of Woman*)的最重要部分以及她暂住在瑞典、挪威、丹麦期间写的《书信·三》("Letter Ⅲ")、《书信·八》("Letter Ⅷ")、《书信·十五》("Letter ⅩⅤ")；后者是前者的女儿，也是雪莱的妻子，她的代表作《弗兰肯斯坦》(*Frankenstein*)和《变革》(*Transformation*)首次选入。其他作家变化的有：拜伦的《曼弗雷德》(*Manfred*)全文收入，雪莱对话长诗《朱利安与麦达格》("Julian And Maddalo")首次收入。彭斯的《致虱子》("To a Louse")、布莱克《天真之歌》中的两首和预言诗《美国：一个预言》：("America: A Prophecy")收入，删除了《耶路撒冷》。华兹华斯《抒情歌谣集》中的《西蒙·李》("Simon Lee")、《四月的两个早晨》("The Two April Mornings")、《采果》("Nutting")和 1850 年版的《序曲》增加了 300 多行，使读者较好地了解此诗内在结构的复杂性。柯勒律治增加的作品是《文学自传》中论"俗语"("rustic" language)部分和《政治家手册》(*The Stateman's Manual*)中论《象征与寓言》(*Symbol and Allegory*)、《撒旦式的英雄》(*Satanic Hero*)部分，雪莱《解放了的普罗米修斯》第一幕中增加了一段由复仇女神引起的普罗米修斯的诱惑,拜伦代表作《哈罗德游记》(Childe Harold)也增加了部分内容,《唐璜》增加了第二章海上食人的描写,删除第十六章。兰姆、黑兹利特、德昆西的散文按照教师的要求,各有增减。

第五版中,增加的有:布莱克《阿尔比恩女儿的愿景》(Visions of the Daughters of Albion)、《素描诗集》(Poetical Sketches)、《天真与经验之歌》(Songs of Innocence and of Experience)的部分诗歌以及论述"视力和富有想象力的愿景"(Ocular Sight and Imaginative Vision)的第四封书信;华兹华斯的《序曲》略有增加。玛丽·沃尔斯通克拉夫特的《为女权辩护》增加了部分内容。增加了黑兹利特的散文《论嗜好》(On Gusto)和兰姆写给华兹华斯关于《抒情歌谣集》的评论书信。增加了托马斯·拉·皮科特(Thomas L. Peacock)的《诗的四个时代》(Four Ages of Poetry),同时,雪莱的《为诗一辩》扩展了,两个构成了对话,增加了《解放了的普罗米修斯》和拜伦的《唐璜》和济慈的书信。

在第六版中,编者已经注意到《选集》的影响日益扩大,帮助建立英国文学的传统经典。[1] 事实上,"经典"问题一直就是《选集》想要做的,它本身就是加入英国文学经典化的过程。在这一版中,增加的作品有拜伦的书信和诗《这一天我度过了三十六岁》("On This Day I Complete My Thirty Sixth Year"),增选了司各特两首诗《战神》("Lochinvar")和《露西·阿什顿的歌》("Lucy Ashton's Song")并扩展了《两个牲贩子》(The Two Drovers)。浪漫抒情诗中新增加作家有安娜·丽蒂茜娅·巴保尔德(Anna Laetitia Barbauld)的《妇女权利》(The Rights of Woman)、《致向往光明的盲人》(To a Little Invisible Being Who Is Expected Soon to Become Visible)、《生命》(Life),夏洛特·史密斯(Charlotte Smith)的《写在暮春之际》(Written at the Close of Spring)、《长眠》(To Sleep)、《夜晚》(To Night),威廉·莱尔·鲍尔斯(William Lisle Bowles)的《到温顿之旁的伊青河去》(To the River Itchin, near Winton)、《倦怠、悲伤、迟钝》(Languid, and Sad, and Slow),

---

[1] M.H. Abrams, eds. *The Norton Anthology of English Literature*, 6th Edition, Vol. II, London and New York: W. W. Norton & Company, 1993, p. 1.

乔安娜·柏丽(Joanna Baillie)的《撤出凉亭》(*Up! quit thy bower*)、《求爱与求嫁之歌》(*Song: Woo'd and marries and a'*),费力西亚·桃乐丝·黑曼斯(Felicia Dorothea Hemans)的《英格兰之死》(*England' Dead*)、《新英格兰清教徒移民的登陆》(*The Landing of the Pilgrim Fathers in New England*)、《卡萨布拉卡》(*Casabianca*)。增加的清一色都是女作家的作品。

在第七版中,除了增加华兹华斯的《荆棘》(*Thorn*),司各特的《中洛锡安之心》(*The Heart of Midlothian*),约翰·克莱尔(John Clare)的《夜莺窝》(*The Nightingale's Nest*)、《田园诗歌》(*Pastoral Poesy*)、《农民诗人》(*The Peasant Poet*),女作家玛丽·罗宾逊(Mary Robinson)和利蒂西亚·伊丽莎白·兰德勒(Letitia Elizabeth Landon)则首次入选。前者入选的作品有《伦敦夏天的早晨》(*London's Summer Morning*),《1795 年 1 月》(*January 1795*),《穷吟老妪》(*The Poor Singing Dame*),《闹鬼的海滩》(*The Haunted Beach*),《致诗人柯勒律治》(*To the Poet Coleridge*);后者有《自负的莱德》(*The Proud Ladye*),《爱的最后一课》(*Love's Last Lesson*),《复仇》(*Revenge*),《小裹尸布》(*The Little Shroud*)。安娜·丽蒂茜娅·巴保尔德的《一个夏天的夜晚的冥想》(*A Summer Evening's Meditation*)、《清洗日》(*Washing-Day*),夏洛特·史密斯的《挽歌十四行诗》(*Elegiac Sonnets*)、《在苏塞克斯郡米德尔顿教会庭院之片段》(*Written in the Church-yard at Middleton in Sussex*)、《海景》(*The Sea View*)、《给走在海岬俯瞰大海之警告,因为只有疯子才经常光顾》(*On Being Cautioned against Walking on an Headland Overlooking the Sea, Because It Was Frequented by a Lunatic*)、乔安娜·柏丽的《一个寒冷的冬日》(*A Winter's Day*)、多萝西华·兹华斯的《哥拉斯米尔——一片断》(*Grasmere—A Fragment*)、《病床上的沉思》(*Thoughts on My Sick-bed*),费丽西亚·桃乐丝·黑曼斯的《英国的家庭》(*The Homes of England*)、《精灵的回归》(*A Spirit's Return*)。玛丽·雪莱的《弗兰肯斯坦》全篇收入,在第五、六版中已删除的玛丽·沃尔斯通克拉夫特的书信重新改选,增加的有《书信·一》("Letter 1")、《书信·四》("Letter 4")、《书信·八》("Letter 8")、《书信·十九》("Letter 19")重新入选,还增加了《广告》("Advertisement")一文。

在第七版中,还设置了三个主题,"英国关于革命的争论"(English

Controversy About The Revolution），理查德·普莱德（Richard Price）《关于我们国家的爱的演讲》("A Discourse on the Love of Our Country")，埃德蒙顿·布克的《法国革命反思录》，玛丽·沃尔斯通克拉夫特的《男权辩护》(*A Vindication of the Rights of Men*)，托马斯·潘恩（Thomas Paine）《人权》(*Rights of Man*)"传教士和诗人的天启预期"(*Apocalyptic Expectation By Preachers and Poets*)，伊勒哈难·温彻斯特（Elhanan Winchester）的《三只充满哀声的喇叭》(*Three Woe-trumpets*)，约瑟夫·普利斯特里（Joseph Priestley）的《时下欧洲与古代预言比较》(*The Present State of Europe Compared with Ancient Prophecies*)，布莱克的《法国革命》(*The French Revolution*)、《美国：一个寓言》(*America: A Prophecy*)，骚塞的《圣女贞德：一首史诗》(*Joan of Arc: An Epic Poem*)，华兹华斯的《素描》(*Descriptive Sketches*)、《远足》(*The Excursion*)，柯勒律治的《宗教沉思》(*Religious Musings*)，雪莱的《麦布女王：一首哲学诗》(*Queen Mab: A Philosophical Poem*)、《想象中的启示录》(*Apocalypse By Imagination*)。

事实上，艾布拉姆斯对女作家作品的入选是非常审慎的，对于后来增加的女作家，艾布拉姆斯是持保留意见的，他说"新选入的作家还没有发现有20行可读的"[1]。

《诺顿英国文学选》里的具体作品的入选以及它们的版本与注释是编者最为费力的部分，它们既是构成选本最主要的特色所在，也是成为读者喜爱的原因所在。版本大多是采用最新的、最能代表当时学术研究最高水准的版本。这些看法，随着女性主义批评、新历史主义与后殖民主义的兴起，就越显突出了。以艾布拉姆斯主编的浪漫主义时期为例，1974年第三版第一次收入了华兹华斯的代表作《序曲》中的第一、二部分，而选取的版本就是1973年刚由乔纳森·华兹华斯（Jonathan Wordsworth）和斯蒂芬·吉尔（Stephen Gill）校编的版本，济慈的书信选自1958年由海德·罗林斯（Hyder E Rollins）选编的，而济慈诗歌则是选自海德·罗林斯1956年的定稿版。乔伊斯的《尤利西斯》选用的是1932年德国的奥德赛出版社的版本。至于斯宾塞和霍普金斯的韵诗，肖（Shaw）、卡莱尔（Carlyle）的诗歌是在保留语义、语音、

---

[1] See Nina C. Ayoub, "Aiming a Canon," in *Chronicle of Higher Education*, Jan. 23, 2009.

韵律的前提下，对其中一些不符合现代的规范进行了修改。至于像弥尔顿这样的诗人，则是采用编者依·托尔伯特·唐纳森教授（E Talbot Donaldson）1958年选编的《弥尔顿诗集》。当然，对于如何断句的问题，《诺顿英国文学选》还是非常保守的，只有老式的断法误导的情况下，才用新的断法。

在第五版中，新用的版本有乔纳森·华兹华斯（Jonathan Wordsworth）、艾布拉姆斯和斯蒂芬·吉尔（Stephen Gill）校订的1979年诺顿批评版华兹华斯《序曲》，杰克·思迪林格（Jack Stillinger）1978年哈佛大学出版社的《济慈的诗集》，杰拉德·曼利·霍普金斯（Gerard Manley Hopkins）的诗歌是从W.H.加德纳（W.H. Gardner）和 n·h·麦肯齐校编的1970年牛津大学出版社的第四版。乔伊斯的都柏林人（*Dublinbers*）是由罗伯特·斯科尔斯（Robert Scholes）1968年校订的最终版。

在第六版中，拜伦的作品选自新历史主义批评家杰罗姆·J·麦克甘（Jerome J Mcgann）1980年由牛津大学出版社出版的《拜伦诗歌全集》。

上面所举的这些版本都是有影响的选本（它们的好坏会直接影响选集的质量，也会对后来作家的评价产生重要的影响），艾氏尽可能地选择最好的版本入选，这也是他在编辑上精益求精的体现。

总之，艾布拉姆斯总主编的《诺顿英国文学选》以其"群策群力、通力合作"的编写方略、"史家意识、人文关怀"的编写底色和"与时俱进、精益求精"的编写追求，使其在同类选集作品中独占鳌头；这也使我们理解为什么1973年的《牛津英国文学选集》和1999年的《朗曼不列颠文学选集》强势登台也未能真正挑战其在读者中地位的缘由了。

金永平，滁州学院中文系副教授。

解构黑脸滑稽戏,建(重)构非裔美国身份:以泰辛巴·杰斯的《杂烩》为例

张举燕

美国非裔诗人泰辛巴·杰斯(Tyehimba Jess),本名杰斯 S. 古德温(Jesse S. Goodwin),于 1965 年生于底特律。杰斯 16 岁时开始写诗,两年后获得美国全国有色人种促进会(NAACP)诗歌竞赛二等奖。1991 年大学毕业后,杰斯积极参与芝加哥当地的擂台诗歌活动,成为一名诗人兼表演者。他曾两度成为芝加哥绿磨坊诗歌擂台赛代表队的成员(2000、2001),获得多项诗歌表演赛事奖项。2004 年,杰斯获得纽约大学创意写作硕士学位。迄今为止,杰斯共出版了两部诗集:《铅肚皮》(*Leadbelly*,2005)和《杂烩》(*Olio*,2016)。

杰斯认为自己诗人的角色就像非洲的"格里奥"(griot),即"为部落做笔记的人,写部落的事,保存部落的文化和物质记录。他不仅在接到任何通知时记住并背诵这些记录,而且还是部落的诚实人和镜子"[1]。杰斯认为他作为诗人的责任是"从形而上学层面到历史层面,再到个人和精神层面,挖掘真相,专注于真相,并将其呈现给观众"[2]。除了来自非洲口头传统的影响,杰斯的创作也深受其老师普拉姆普的影响,即致力于在其作品中将历史、音乐和语言(主要是诗歌)结合在一起进行呈现,因为杰斯认为"音乐对我们理解文学和黑人生活至关重要"。[3]

在《铅肚皮》一书中,杰斯以时间为序,用诗歌的形式再现了美国最早的

---

[1] 张冬颖、杰斯(Tyehimba Jess):《"效仿创新传统":泰辛巴·杰斯访谈录》,《外国文学研究》2019 年第 6 期,第 26 页。
[2] 同上。
[3] 同上书,第 23 页。

黑人歌星铅肚皮的一生。[1] 在诗集中，杰斯通过选取多位熟悉铅肚皮生活的叙述者，以不同的叙事声音还原铅肚皮的不同侧面，不同的叙事声音也如不同的乐章交织在一起组成了一首关于铅肚皮一生的蓝调曲。该诗集入选当年的国家诗歌系列。《图书馆杂志》和《黑人图书评论》都称该诗集为"2005年最佳诗集"。《出版者周刊》《出版者》《犁铧》等杂志也纷纷给予这部诗集高度评价。

在其第二部诗集《杂烩》中，杰斯再次尝试将被人遗忘的非裔音乐家的历史、故事以诗歌和音乐的方式呈现出来，但这一次规模更大，形式上更为创新。该诗集关注的是美国19世纪中叶到20世纪初这段时间里最具艺术才华但基本被主流社会所忽略的非裔美国艺术家们。这些艺术家包括拉格泰姆作曲家斯科特·乔普林，"瞎子钢琴家"汤姆·威金斯和布恩，费斯克喜庆歌手团以及其他歌手，如连体双胞胎米莉和克里斯汀·麦考伊，西塞雷塔·琼斯，表演艺术家伯特·威廉姆斯和乔治·沃克，表演艺术家兼作曲家欧内斯特·霍根，诗人保罗·劳伦斯·邓巴，作家布克 T. 华盛顿，杂技演员（曾经的奴隶，后来的废奴主义者）亨利·博克斯·布朗以及第一位赢得国际声誉的非裔美国女性雕塑家埃德蒙尼亚·刘易斯。这些才华横溢的非裔美国艺术家在书中以演出者的身份一一出场亮相，使该书的结构与其书名相互呼应——一场各式表演的《杂烩》。

该书虽名为诗集，但实则更像是一部不同文学体裁的大杂烩——除了作者的诗歌作品，读者还能在书中看到散文、信件、插图、访谈、历史文献，甚至几何图案等。《杂烩》在内容上的挖掘，在形式上的创新，使其一举成为2017年的普利策奖诗歌奖得主。此外，《杂烩》还荣获了安尼斯菲尔德·伍尔夫图书奖和米德兰德作家协会诗歌奖，并获全国图书评论界奖提名、美国笔会中心吉恩·斯坦图书奖提名和金斯利·塔弗茨诗歌奖提名。[2]

杰斯对被遗忘了的非裔艺术家的挖掘及其对诗歌形式的创新值得关注，但目前国内外学界对杰斯的研究还比较少，且基本集中在《杂烩》一书上。拉

---

[1] 铅肚皮本名休迪·威廉·莱德贝特(Huddie William Ledbetter)，生于路易斯安那州，父亲是一个棉花采摘者。
[2] 杰斯个人主页：https://www.tyehimbajess.net/about.html。

特在论文中注意到了杰斯的《杂烩》,但她没有更多地谈论这本书的艺术性,而是关注书中提到的瞎子汤姆这个人物的创造性还原。[1]里德和科顿不约而同地关注到了杰斯对切分十四行诗的特殊利用。[2]埃文斯将杰斯的诗歌归为纪实诗歌,指出其诗歌是将真实的事实记录与推测的、修正版的历史相结合的产物。[3]罗良功以杰斯的《铅肚皮》和《杂烩》为研究对象,更为全面地讨论了杰斯诗歌中激进的实验性,具体体现在文体杂糅、多维文本、诗体创新等方面。[4]他同时也注意到了杰斯作为非裔美国作家的历史责任感,但没有深入讨论。张冬颖则从跨体裁、跨媒介的立体诗学角度来说明杰斯激进的实验性,指出这种立体诗学的建构源自他对美国非裔文化艺术传统,特别是非裔音乐传统的深入理解、继承和创新。[5]她也认为杰斯的诗作不仅是艺术家个体的自我表达,更是代表美国非裔的族群表达,表现出其强烈的历史和文学的责任感。

总体而言,当前的研究都注意到了杰斯诗歌创作的实验性和独特性,也注意到了杰斯对非裔族群历史和命运的关注,但从黑脸滑稽戏这一表演形式对《杂烩》一书进行分析和讨论的研究目前尚无。

一、从杂烩到《杂烩》:杂烩表演的诗歌再现

黑脸滑稽戏是19世纪上半叶诞生在美国本土的一种戏剧表演形式。该表演形式起源于白人托马斯·达特茅斯·赖斯对黑人奴隶的模仿。在一次表演中,他将自己的脸涂成黑色,以夸张的形式模仿了一位叫吉姆·克劳(Jim Crow)的黑人奴隶,在舞台上又唱又跳。这个表演形式受到了大众的欢

---

[1] Rutter, Emily Ruth, "The Creative Recuperation of 'Blind Tom' Wiggins in Tyehimba Jess's *Olio* and Jeffery Renard Allen's *Song of the Shank*," *MELUS* 44.3, 2019, pp. 175-196.

[2] 布莱恩·里德:《反抗引力:论泰辛巴·杰斯的切分音商籁体诗》,《外国文学研究》2019年第6期,第27—42页;Jess Cotton, "Unfit for History: Race, Reparation and the Reconstruction of American Lyric," *Journal of American Studies* 55.3, 2020, pp. 1-28.

[3] Evans, Olivia Milroy, "Ekphrasis as Evidence: Forensic Rhetoric in Contemporary Documentary Poetry," *Word & Image: A Journal of Verbal/Visual Enquiry* 37.2, 2021, pp. 142-151.

[4] 罗良功:《诗歌实验的历史担当:论泰辛巴·杰斯的诗歌》,《外国文学研究》2019年第6期,第43—49页。

[5] 张冬颖:《美国非裔诗人泰辛巴·杰斯简论》,《外国语文研究》2022年第2期,第11—19页。

迎，很快在美国国内流行起来。从此，涂成黑色的脸便成为黑脸滑稽戏的一个标志。这也是为什么内战后许多非裔美国人表演黑脸滑稽戏时也依然选择把脸涂成黑色。黑脸滑稽戏在19世纪深受美国大众喜爱，但也因其对非裔美国人形象的极度歪曲而备受批评。到20世纪初，它被更适合家庭观看的杂耍表演所取代，逐渐淡出了大众的视线。

非裔美国诗人泰辛巴·杰斯于2016年在其名为《杂烩》的书中重新提起了这充满种族歧视意味的、被人遗忘的黑脸滑稽戏。对于熟悉黑脸滑稽戏历史的人来说，《杂烩》这个名字并不陌生，因为在传统的黑人滑稽戏表演中，它第二个环节的表演就被称为"杂烩"。作为黑脸滑稽戏的重头戏，表演者在这个环节中会表演小品、歌舞、独白、乐器、杂技等节目。对于那些不太熟悉黑脸滑稽戏的人，杰斯在该书的开篇便对olio一词做出了解释：

> olio：
> a：各种异质元素的混合物；大杂烩；
> b：(如文学或音乐的)杂集；
> 又或：黑脸滑稽戏演出的第二个部分，后演变为杂耍表演。[1]

杰斯从封面开始就在不断地提醒着读者：他这部作品与黑脸滑稽戏之间的紧密关系。诗集封面上OLIO这四个字母被独具匠心地排列组合成一张黑脸的形状。最下面大大的O字母就像正张大着嘴放声歌唱的黑色嘴巴。翻开诗集，紧随目录页的便是被设计成黑脸滑稽戏表演海报宣传单模样的、即将在书中出现的所有艺术家的简介。杰斯在此处除了使用黑脸滑稽戏海报中常见的介绍(Introduction)或者演员(Cast)的字样，还特别加上了这场杂烩表演的所有者(*Owners of This Olio*)的字样。斜体字样的Owners of This Olio既可以理解为本次olio表演的所有者，也可以理解为(书名为Olio的)这本书的所有者。在这部既是诗集又是表演的olio中，杰斯试图以此铭记那些杰出的但几乎被遗忘的非裔艺术家。在海报中，每位艺术家按照姓氏

---

[1] Jess Tyehimba, *Olio*, Seattle, WA and New York, NY: Wave Books, 2016: the page after the copyright page.

的字母顺序排序，一一登场。

如果说封面和诗集里的海报是杰斯提醒读者不要遗忘这些非裔艺术家的良苦用心，那诗集的正文内容则是杰斯大胆打破诗歌的形式，以及诗歌与其他媒介之间的界限，来赋予每位非裔艺术家叙述的权力和声音，由他们来讲述那些不为人知的故事。整个诗集的内容编排也是一场杂烩演出的再现。诗集一开始由菲斯克禧年合唱团以合唱的形式献上一首诗歌（歌曲）。随后便是本诗集的核心人物，也是本次演出的主持人朱利叶斯·门罗·特罗特登场。他带来的是他写给由杜波依斯主编的《危机》这本杂志的一封信。他在信中（表演中）写到他作为第一次世界大战的退役非裔军人如何受父母的影响对音乐产生兴趣。他在纽约时偶然听到了斯科特·乔普林的音乐演奏，之后疯狂地迷恋上了乔普林和他的音乐，但没想到乔普林很快去世了。于是退役回国的特罗特开始了对乔普林生前最后一段日子的追寻与还原——前往不同的地方与不同人交谈，试图勾勒出一位杰出的音乐家的最后人生样貌。

在主持人特罗特的这封信（独白表演）结束之后，菲斯克禧年合唱团再次登场，献上了一首合唱诗（曲）。合唱完毕之后便是关于盲人钢琴师汤姆的组诗（表演）。在这组诗中，杰斯充分地在传统诗歌的形式上进行试验，利用切分音等黑人音乐技法、口头艺术形式对现有的诗歌形式进行改造，创作出了切分音十四行诗和对位诗歌这些全新的诗体。这十四首诗歌按照一首切分音十四行诗，一首对位诗歌依次进行排列。每首切分音十四行诗用于叙事，讲述盲人钢琴师汤姆的艺术人生，而对位诗歌则用于对话，赋予汤姆言说的声音，让他与和他身世和生活相关的人物进行对话。叙事与对话的交织，切分音十四行诗与对位诗歌的交替出现，让汤姆的人生故事得以徐徐展开，更为人所知。

汤姆的故事（也是汤姆的演出）结束之后又是一首来自合唱团的合唱诗（曲），好似演出时节目与节目之间的过渡。合唱曲之后登场的又是主持人特罗特，这一次他带来的是他的第一个访谈。访谈结束之后又是一首合唱曲。合唱曲之后登场的是第二组非裔艺术家（演员），连体姐妹米莉和克里斯汀·麦考伊。整个诗集以多首合唱曲和特罗特的信件与访谈内容作为串联和间隔，将一位位非裔艺术家依次引入舞台，以切分音十四行诗和对位诗歌的形式赋予他们表演的机会。这样的编排形式不仅让诗集在名字（Olio）与形式（以 olio 表演的形式呈现）上得到了统一，还将诗集变得更加立体直观，实现了舞台表演与诗歌的跨媒介融合。不仅如此，杰斯还通过引入插画、照片、注释、时间表、附录等多种表现形式让诗集的表达方式变得多样化，让诗集变得更具可读性的同时更具表演性。

但所有的一切又不禁让人发问：杰斯为何要如此卖力地将诗集表演化或者舞台化，为何他要不断再现杂烩表演，并且不断提醒读者想起与杂烩表演紧密相关的黑脸滑稽戏？众所周知，黑脸滑稽戏自其诞生之日起就充满了对非裔美国人的偏见和歧视。这也是本文以《杂烩》为研究对象想要解决的问题：（1）为什么一个深知黑脸滑稽戏种族过去的非裔美国作家仍然会选择以这种方式来呈现他的作品？（2）作家对这种形式的选择与 19 世纪，尤其是内战后的非裔美国人身份的（重新）建构，以及 21 世纪非裔美国人身份的建构之间是否存在一些内在联系？

二、不再涂黑：从想象中的他者到真实的自我

黑脸作为一种戏剧表演形式何时出现，在当下并无定论。但可以肯定的是，莎士比亚的戏剧《奥赛罗》（1604）使这种形式流行开来。在当时的欧洲，白人演员扮演黑人角色是很常见的。后来，这种黑脸表演形式由英国殖民者带到了美国。1751 年，《奥赛罗》在美国首次上演，是早期美国最受欢迎的黑脸戏剧。[1]

当白人演员查尔斯·马修斯开始模仿一名黑人时，从欧洲带到美国的黑脸表演开始有了一些变化。在那场表演中，一些演员用（黑人）方言演唱了名为"煤黑玫瑰"的喜剧歌曲，还有一些演员表演了杰克逊时期的一些黑人刻板印象。但真正意义上的黑人滑稽戏是从 1830 年左右开始发展起来的。白人演员托马斯·达特茅斯·赖斯在纽约向观众展示了他刻画的吉姆·克劳。[2] 到 1848 年，黑脸滑稽戏已发展成为一种诞生于美国的独特艺术形

---

[1] John Strausbaugh, *Black Like You: Blackface, Whiteface, Insult and Imitation in American Popular Culture*, New York, NY: Jeremy P. Tarcher/Penguin, 2006, pp. 62-64.

[2] Dale Cockrell, *Demons of Disorder: Early Blackface Minstrels and Their World*, New York, NY: Cambridge University Press, 1997, pp. 13-14.

式,被视为美国的民族艺术。[1]

  作为美国本土诞生的表演形式,黑脸滑稽戏的精髓在于"把脸涂黑"。白人表演者在登台之前都会先将他们的脸涂成黑色。在《威特马克业余表演者指南和烧焦的软木塞百科全书》中,表演者杜蒙提到虽然白人表演者有时会使用油彩,但烧焦的软木塞是他们使用最多的涂黑脸的材料,因为它准备起来很简单,且成本低廉。杜蒙指出,涂在脸上的软木塞粉末很容易就用水清洗干净了。[2] 这意味着一个白人变身为一个"黑人",又重回白人身份,是一件很容易且成本低廉的事情。但是这种"把脸涂黑"的效果十分惊人。白人观众会把涂成黑脸的白人表演者所做的一切当作真正的黑人在现实中所做的事情。其中一个经常被引用的例子就是马克·吐温的母亲,她观看的是把脸涂黑的白人所表演的黑脸滑稽戏,但她以为自己正在观看真正的黑人演出。[3] 白色的皮肤在烧焦的软木塞灰的帮助下变成了黑色的皮肤,这也意味着,在黑脸滑稽戏中由白人演员想象和伪造的黑人形象变成了现实生活中真正的黑人形象。由于"把脸涂黑"是黑人滑稽戏的标志,一些黑人在最起初参与黑人滑稽戏演出时也会主动选择"把脸涂黑"。但随着越来越多的黑人参与到黑人滑稽戏的表演中,强调种族身份的真实性成为黑人表演者的普遍诉求。

  黑人黑脸滑稽戏剧团于19世纪50年代中期开始出现,但一直没能取得成功。直到1865年,自称"世界上唯一的纯黑人剧团"布鲁克和克雷顿的佐治亚表演团的出现才打破了这种僵局。该剧团的成功也让其他黑人黑脸滑稽戏表演团意识到他们对观众,尤其是白人观众,最大的吸引力在于其黑人的种族身份。因此,他们一边不断地使用"真的"、"货真价实"等字眼来强调自己黑人种族身份的真实性,一边不再使用烧焦的软木塞灰来"把脸涂黑",以区别于"把脸涂黑"的白人表演者。黑人原本的肤色——从淡奶油色到深黑色——被一一呈现在白人观众面前。他们深感黑人表演者与"把脸涂黑"

---

[1] Eric Lott, *Love and Theft: Blackface Minstrelsy and the American Working Class*, 2nd Edition, New York, NY: Oxford University Press, 2013, p. 217.

[2] Frank Dumont, *The Witmark Amateur Minstrel Guide and Burnt Cork Encyclopedia*, London: M. Witmark & Sons, 1899, pp. 14-15.

[3] Eric Lott, *Love and Theft: Blackface Minstrelsy and the American Working Class*, 2nd Edition, New York, NY: Oxford University Press, 2013, p. 20.

的白人表演者是完全不同的。很多评论家都强调黑人的表演……才是真正的黑脸滑稽戏。[1]

黑人表演者们有意识地以真实面目而非"把脸涂黑"的演出方式,让白人观众大吃一惊的同时也让白人观众更加了解真实的黑人生活。通过在黑脸滑稽戏中展示多元化的黑人形象,黑人们努力地与"把脸涂黑"的白人表演团塑造的臆想的、假冒的黑人形象作斗争。通过擦除涂抹在脸上的黑色软木塞灰,黑人试图实现种族身份的改变——从白人所塑造的一个想象的、简化的"他者"变成一个真实的黑人自我。

一个世纪之后,非裔美国诗人《杂烩》一书中选择了同样的方式来展示黑人的真实自我。在这本书中,他赋予了非裔美国艺术家们发声的机会,让他们用属于自己的声音讲述自己独特的故事。在这个表演中,那些被白人称为白痴、怪胎、凶手的艺术家有机会讲述自己的故事。

"瞎子汤姆"是19世纪最有名的非裔美国钢琴家,深受年轻一代非裔美国人的崇拜,但汤姆被他的主人和经纪人视为一个瞎眼白痴和赚钱机器。"瞎子汤姆"于1849年出生在佐治亚州哈里斯县的威利爱德华·琼斯种植园,原名托马斯·格林。他一出生就双目失明,和他那做奴隶的父母一起被卖给了佐治亚州哥伦布市的律师,詹姆斯·尼尔·白求恩将军。汤姆四岁的时候,白求恩偶然发现了他在音乐,尤其是钢琴方面的天赋。汤姆八岁时,白求恩就开始利用他的音乐天赋,把"瞎子汤姆"雇给音乐会筹办人佩里·奥利弗。奥利弗带着汤姆在美国各地巡回演出,每天演出多次,为白人主人赚了很多钱。白求恩家族因汤姆而发家致富,甚至在南北战争结束后曾拒绝把汤姆归还给他的母亲。

当汤姆遇见布恩时,他真实的内心世界得以揭示。布恩是另一位才华横溢但双目失明的非裔美国钢琴家。他们在1889年相遇时一起演奏,在他们的音乐表演中,他们相互理解,获得了他们在现实中无法获得的自由。在这段独白中,汤姆不再是白人主人眼中的白痴、疯子,而是一个真正的钢琴家,一个在音乐中得到自我满足的艺术家,"就像我从未见过的黎明的脸",获得

---

[1] Toll Robert C., *Blacking Up: The Minstrel Show in Nineteenth-Century America*, New York, NY: Oxford University Press, 1974, pp. 200-201.

了"在我摇摆的星星中翱翔的自由"[1]。瞎子布恩的经历与汤姆类似。布恩年轻时曾被一名白人男子绑架,被迫"像训练有素的猴子一样"弹钢琴赚钱[2]。好在布恩被他的继父及时救了出来,后来他有幸遇到了一个对他很友好的白人经纪人。但是瞎子汤姆和瞎子布恩都被认为是异于普通人的黑野兽。瞎子布恩在独白中抱怨道:

> 我不是那种只会按象牙键的野兽。
> 我要么自由自在地弹奏钢琴,要么干脆不弹
> 我只是在独自弹奏我脑中的音符
> 它们在黑暗中四处游走
> 不受束缚。[3]

米莉·麦考伊和克里斯汀·麦考伊也是被白人列为怪胎的非裔美国人之一。米莉和克里斯汀·麦考伊是连体双胞胎。她们出生于1851年,在她们只有十个月大的时候就被主人卖掉了。当她们14个月大的时候,她们又被卖给了一个表演者布劳尔。他将连体双胞胎以"大自然的怪物"为名到处展览。奴隶解放之后,布劳尔的赞助人约瑟夫·皮尔森·史密斯把连体双胞胎送回到她们母亲身边,还教她们学习语言、舞蹈和歌唱。她们以"双头夜莺"的形象度过了余生,以独特的舞蹈风格和二重唱而闻名于世。在《米莉-克里斯汀:展览》一诗中,米莉和克里斯汀有机会揭露她们所遭受的羞辱以及被指控为骗子的痛苦[4]:

我们对我们这个连体躯壳感到知足
每次呼吸都是。我们证明了我们经受住了上帝的考验　　每次我们抬脸看向周围人的脸时——
就像做我们该做的事情一样。我们已经
向那些怀疑我们身体结构的那些人展示了自己。　　被展览。我们收入很高,但需遭受粗鲁无礼的对待,
以科学之名。我们被带往一个又一个小镇

---

[1] Jess Tyehimba, *Olio*, Seattle, WA and New York, NY: Wave Books, 2016, p. 25.
[2] Ibid., p. 115.
[3] Ibid., p. 116.
[4] Ibid., p. 45.

——半裸着身体被拍照,被核实　　证明是真的。他们看遍了我们身体的每个地方
　　　　　就像十足的傻瓜:我们被摸来摸去——
从我双胞胎妹妹的肚脐眼到她的大腿之间　　然后是后背再往上,直盯我的双眼
　　　　　每个外科医生都把我们从上到下仔细检查
我们不断地被盘问、戳来戳去、粗暴地检查——　　从这根脊柱到那根脊柱,从这个臀部到那个臀部
　　　　　我们是令人惊叹的一体。我们是连体姐妹。
　　　一大堆的医生知道　　我们的这个奇迹是真的。你听、你看:
　　　　　我们不是骗子,而是生来的神迹:
　　　　　上帝将两个灵魂放置到了一个黑人身体里。

当米莉和克莉斯汀在1877年遇到瞎子汤姆时,她们立刻与瞎子汤姆产生了共鸣,感受到了瞎子汤姆与她们的亲密感:

　　　　　他把手放在我脸上,然后他明白了——
　　但与其说是害怕,不如说是好奇,　　感谢上帝,他并不为我们难过。他笑了,
　　甚至加入了我们的合唱。我们一起　　渴望听到更多的歌曲,希望我们能留下
　　歌唱就像家人一起感恩盘中食物一样。　　唱我们自己的歌。我们不仅仅是马戏团表演
　　　　　我们身体的残缺让我们找到了出路。[1]

就在这一刻,瞎子汤姆和这对连体双胞胎相互理解对方的处境。但这种理解迄今为止一直被其他人,尤其是白人所否认的。他们看到了彼此真实的自我,并找到了生命的意义:"向这个世界展示优雅的本质意义。"[2]通过分享瞎子汤姆、瞎子布恩和米莉-克里斯汀姐妹的生活故事,杰斯揭示了所谓的被白人称作白痴和怪物的非裔美国人的故事。通过赋予这些人独特的、可信的发声机会,杰斯再现了他们独特的人生故事。在《杂烩》中,杰斯打破了白人对这些才华横溢的非裔美国人的负面想象,展现了他们真实的自我。

三、挑战刻板印象:从劣等的他者到独立的自我

"刻板印象"的意思是"简化为一些基本要素。用一些简化了的特征突出

---

[1] Jess Tyehimba, *Olio*, Seattle, WA and New York, NY: Wave Books, 2016, p. 20.
[2] Ibid.

本性"。对黑人的刻板塑造在大众文化中是如此普遍，以至于漫画家、插画家可以用寥寥几笔勾勒出整个"黑人类型"。在这些刻画中，黑人的形象被简化为他们的身体特征——厚嘴唇、毛茸茸的头发、宽脸和大鼻子等等。[1] 这是斯图尔特·霍尔在论文《"他者"的奇观》中的关于流行文化中的当代刻板印象的讨论，但这段话也同样适用于一百年前在美国流行的黑脸滑稽戏中的黑人刻板印象。

随着黑脸滑稽戏在美国的发展成熟，吉姆·克劳、库恩（来自北方地区的花花公子，喜爱以笨拙的方式模仿白人，被视作对自由黑人的嘲弄）、桑博（白痴）、汤姆叔叔和黛娜姨妈（忠心耿耿的黑人仆人）等人物成为黑脸滑稽戏中的固定角色。其中最有名的角色便是由托马斯·达特茅斯·赖斯创造并完善的角色——吉姆·克劳，一个无知且无忧无虑的种植园黑鬼。现如今，吉姆·克劳因吉姆·克劳法案而为人所知。该法案指的是南北战争之后在南方地区针对有色人种颁布的一系列联邦和地方州法案。但为什么这些法律以吉姆·克劳的名字命名呢？这还得从赖斯说起。据说，1830年左右，他注意到一个黑人老马夫（有的说法是瘸腿的马夫）一边在唱着滑稽的歌曲，一边单腿跳，好像一种没有关节似的舞蹈。[2] 赖斯模仿了这个黑人奴隶的手势和歌曲，还把自己的脸涂黑了，在白人观众面前表演。赖斯的演出取得了巨大的成功。他也因其对黑脸滑稽戏的开创性贡献而被称为"赖斯爸爸"。在舞台上，吉姆·克劳通常衣着独特：一件破旧的夹克，打满奇形怪状补丁的裤子和一顶松松垮垮的帽子。他的脸和手都被涂得黑黑的。他一登上舞台就唱到："啊，你们都知道，吉姆·克劳来到城里了，他转来转去……他就是这样，每次转来转去，吉姆·克劳就跳一跳。"[3]

在将近三十年的时间里，赖斯一直扮演着吉姆·克劳，并不断完善这个角色。吉姆·克劳成了每一个黑脸滑稽戏表演的必备角色，甚至在黑人的黑脸滑稽戏表演中也是如此。这样的演绎也让白人对黑人的想象永远延续下

---

[1] Stuart Hall, "The spectacle of the 'Other'," *Representation: Cultural Representations and Signifying Practices*, London: SAGE Publications Ltd, 1997, p. 249.

[2] Dale Cockrell, *Demons of Disorder: Early Blackface Minstrels and Their World*, New York, NY: Cambridge University Press, 1997, p. 63.

[3] Seymour Stark, *Men in Blackface: True Stories of the Minstrel Show*, Bloomington, IN: Xlibris Corporation, 2000, pp. 12-14.

去：懒惰、残疾、无知、低人一等。这也是为什么白人用吉姆·克劳这个词来命名与种族隔离有关的法律，因为吉姆·克劳总能提醒白人，黑人是低人一等的，他们绝对应该与优越的白人分开。即使在今天，大多数人仍将吉姆·克劳和种族堕落一词联系在一起[1]。这是赖斯当初创造这一角色所未能预料的灾难性后果。

但在杰斯的《杂烩》一书中，他所塑造的自由独立的非裔美国人形象挑战了这些沦为低劣人等的黑人形象。西塞雷塔·琼斯就是其中的一位典型代表。西塞雷塔·琼斯，全名玛蒂尔达·西塞雷塔·乔伊纳·琼斯，出生于1869年。她在普罗维登斯音乐学院和新英格兰音乐学院接受训练，于1888年在纽约的施坦威音乐厅首次亮相。作为女高音歌唱家，她曾为几位美国总统演唱，并在海外演唱时获得了国际声誉。她也是在卡内基音乐厅演出的第一个非裔美国人（1892年）。她的演出曲目包括大歌剧、轻歌剧和流行音乐。她被白人观众称为"黑帕蒂"，这是根据白人歌手、意大利歌剧演唱家阿德琳娜·帕蒂（Adelina Patti）的名字命名的，是美国家喻户晓的明星。

出于对她的白人经纪人梅杰·庞德的不满，以及对非裔美国歌剧歌手而言有限的职业选择，琼斯于1896年成立了"黑帕蒂民谣歌手团"，后来更名为"黑帕蒂音乐喜剧公司"。在这个剧团中，琼斯是明星，"由40人组成的剧团支持，他们的表演包括特色表演、杂耍和歌剧选段"[2]。1915年，她选择结束自己的表演生涯，与母亲一起留在了普罗维登斯。对白人来说，"黑帕蒂"是对黑人女高音歌手的最佳褒奖，这说明西塞雷塔的歌唱水平与白人歌手相当。但这个名号也说明白人因为她的肤色，只将其看作白人歌唱家的一个黑人翻版，并没有看到她作为一位非裔美国艺术家的独特之处。

杰斯在他的《杂烩》中为读者展示了一位独立的艺术家西塞雷塔。在西塞雷塔走上舞台之前，曾为西塞雷塔工作过的伊娃·舒对她进行了采访。作为一个敏锐的观察者，舒注意到当白人们听到"所有珍珠般白净的

---

[1] W. T. Lhamon Jr., *Jump Jim Crow: Lost Plays, Lyrics, and Street Prose of the First Atlantic Popular Culture*, Cambridge, MA: Harvard University Press, 2003, p. 10.
[2] John Graziano, "The Early Life and Career of the 'Black Patti': The Odyssey of an African American Singer in the Late Nineteenth Century," *Journal of the American Musicological Society* 53.3, 2000, p. 586.

歌曲从那漂亮的黑色皮肤中流淌而出,所有来自欧洲的声音从那埃塞俄比亚河流般的咽喉中奔涌而出"时,他们都深感惊讶。她还发现,"有相当多的家伙想向她求婚,梦想着他们每天早上醒来躺在床上就可以听到历史,一段他们想要拥有的历史,通过她的肤色来获取的历史"。但西塞雷塔拒绝了,她所关心的只是"每个音符","通过那些歌剧故事复兴所有的教会,从咏叹调中唱出灵歌"。[1] 舒的采访之后是一首名为《我的名字是西塞雷塔·琼斯》的诗歌,是西塞雷塔的独白。她抱怨白人称她为黑帕蒂,指责他们没有看到或意识到她真正的黑人身份。但她说"我名字里的黑人意识不会就此沉默"……只会让我"望向黑暗,听到我的真名",——姐姐和嘘声组成的名字:西塞雷塔。[2]

西塞雷塔并不满足于只唱白人写的或者曾表演过的歌曲,她努力在这些歌曲中加入自己的风格,比如有着非裔美国传统的黑人灵歌。她通过表演告诉白人观众,除了表演黑脸滑稽戏里的歌曲、谈话和喜剧,黑人也有各种各样的艺术类型和风格。[3] 杰斯用西塞雷塔的例子挑战了从19世纪起白人强加到黑人身上,并持续至今的刻板印象,表明非裔美国人可以在经济和艺术风格上独立。非裔美国人并非如白人所想象的是低人一等的他者。

四、抗议偷窃:从沉默的他者到表达的自我

"偷窃"(Theft)一词是从埃里克·洛特处借用的。他以其著作《爱与偷窃:黑脸滑稽戏和美国工人阶级》而闻名。该书是20世纪最具影响力的黑脸滑稽戏研究之一。在书中,洛特再现了1830年左右赖斯在匹兹堡的第一次黑人表演。在这场表演中,真实的借用和象征性的借用同时发生。据说,赖斯说服了一个名叫科夫的黑人跟他到戏院去。科夫当时在伍德街的格里菲思旅馆里负责帮旅客将行李箱从汽船上搬到旅馆去。到了戏院,赖斯命令科夫脱去衣服,他穿上了科夫的衣服。这个不寻常的衣着立刻产生了效果……

---

[1] Jess Tyehimba, *Olio*, Seattle, WA and New York, NY: Wave Books, 2016, p. 155.
[2] Ibid., p. 156.
[3] John Graziano, "The Early Life and Career of the 'Black Patti': The Odyssey of an African American Singer in the Late Nineteenth Century," *Journal of the American Musicological Society* 53.3, 2000, p. 589.

现场效果极为火爆，[1]但是赖斯的第一次演出并没有在这里结束。一开始，科夫只是在后台焦急地等待赖斯，希望赖斯把衣服还给他。然而，当他听到汽船到达的信号时，他再也等不下去了，他直接一丝不挂地冲上舞台，把手放在赖斯的肩膀上，激动地喊道："赖斯老爷，赖斯老爷，给我黑鬼的帽子，黑鬼的外套，黑鬼的鞋子，给我黑鬼的衣服！格里夫老爷要找他，——汽船来了！"这是整个演出的点睛之笔，观众再也忍不住，大笑起来。[2]

这个场景既高度写实，又极具象征意义。这一幕再次说明黑脸滑稽戏是从一个白人故意借用黑人的形象开始发展起来的。强制借用应该是对整个过程更为准确的描述，因为在那个时候，白人是黑人的主人，因此当科夫知道白人主人赖斯穿他的衣服是用于演出时，他选择的是默不作声，只是安静地在后台观看赖斯的表演。如果没有汽船到来的信号，科夫可能会在整个表演过程中都在后台保持沉默，一丝不挂。这一幕也象征着白人权威在支配着黑人的选择。记录中的"命令"一词就表明，这种借用实际上是白人对黑人行使权力的一种体现。更具有讽刺意味的是，白人对黑人行使权力的结果是把白人变成了黑人，赢得了白人观众的心。

用洛特的话来说，这场表演以及黑脸滑稽戏都是"通过有效地剥夺黑人的'黑人性'这个文化商品所产生的一个舞台"[3]。白人厌恶甚至憎恨黑人的黑人性，特别是南北战争结束后对黑人实行私刑的南方白人。[4]但白人在黑脸滑稽戏中故意"借用"或"攫取"黑人的"黑人性"，并将其售卖给白人获利，这很讽刺，但也是事实。在白人与黑人的往来中，白人对黑人的借用或偷窃屡见不鲜，在黑脸滑稽戏中更是如此。事实上，在19世纪的黑脸滑稽戏中，白人"借用"的不仅仅是黑人的服饰，还有黑人的音乐风格、歌曲、舞蹈，甚至方言。在《杂烩》一书中，杰斯通过揭露非裔美国人创造拉格泰姆的真相，抗议白人的偷窃行为，强调非裔美国人的艺术和创作身份，以及他们对美国

---

[1] Robert P. Nevin, Stephen C, "Foster and Negro Minstrelsy," *Atlantic Monthly* 20.121, 1867, p. 609.
[2] Ibid., pp. 609-610.
[3] Eric Lott, *Love and Theft: Blackface Minstrelsy and the American Working Class*, 2nd Edition, New York, NY: Oxford University Press, 2013, p. 18.
[4] 杰斯也在《杂烩》一书中对私刑做了记录：书中的表2-3是在1882—1930年间，按州统计的每十万黑人中遭受私刑的黑人受害者数量；表2-5是白人对黑人实施私刑的原因汇总。

流行音乐的贡献。

拉格泰姆(Ragtime)是一种钢琴音乐作品,由三或四个小节组成,每个小节又包含十六个小节。每个小节结合了一个切分音旋律,并伴随着一个均匀、稳定的二拍子节奏。[1] 节奏切分音是拉格泰姆音乐中最重要的元素,被视作非裔美国人音乐的一个典型特征。[2] 尽管拉格泰姆的起源仍在争论中,但人们一致认为它最初是非裔美国人的一个习语。"在1896年第一首拉格泰姆歌曲发表之前,它历经大约10年或20年的发展。"[3]拉格泰姆音乐在19世纪90年代到20世纪初期深受大众欢迎。虽其流行的时间不长,但拉格泰姆音乐对爵士乐有着深远的影响。进入20世纪后,拉格泰姆也时不时经历复兴,在20世纪70年代达到高潮。

一位来自肯塔基州名叫本·哈尼的白人作曲家自称拉格泰姆音乐的鼻祖。他于1896年创作了一首名为"你是一台很好的旧车但你坏掉了"的歌曲。这首歌一出来就大受欢迎,对推广拉格泰姆音乐起了推动作用。更有意思的是,哈尼在出名后还声称自己是非裔美国人。但是有两位对拉格泰姆音乐以及之后的美国流行音乐有重要贡献的非裔美国人被忽略了。欧内斯特·霍根就是其中的一位非裔作曲家。他在其1895年的作品中首次尝试了拉格泰姆风格,但并未成功。1896年,他创作了《在我看来所有的黑鬼都一样》这首歌,并很快成为当年的热门歌曲。这首歌的歌词源自一首名为《在我看来所有的皮条客都一样》的歌曲。很多作曲家,尤其是白人作曲家开始模仿这首歌,创作了许多黑鬼(coon)歌曲。

另一位艺术家是斯科特·乔普林。他被后人誉为拉格泰姆之王。乔普林最著名的作品是他的"枫叶拉格"(Maple Leaf Rag)。这部作品被视作第一部真正的拉格泰姆音乐作品,也是乔普林最有影响力的一部作品,也被称

---

[1] David A. Jasen and Trebor Jay Tichenor (eds), *Rags and Ragtime: A Musical History*, New York, NY: Dover Publication, Inc, 1989, p. 1.
[2] Eward Berlin, "Ragtime," In *Grove Music Online*, Available at https://www.oxfordmusiconline.com/grove-music/view/10.1093/gmo/9781561592630.001.0001/omo-9781561592630-e-1002252241, 2013, Accessed on Jun. 6, 2021.
[3] John Edward Hasse (ed.), *Ragtime: Its History, Composers, and Music*, Basingstoke and London: The Macmillan Press Ltd., 1985, p. 6.

作拉格泰姆的原型。[1]虽然乔普林一生创作了一百多首原创性的拉格泰姆乐曲,一个拉格泰姆芭蕾舞和两部歌剧,但直到1917年他去世时,他都不太为大众所知。

杰斯在《杂烩》一书中再现了他们的故事。书中对乔普林的音乐追求进行了特别的介绍。杰斯创造了一个名为朱利叶斯·特罗特的角色,一个从"一战"战场回到美国的、脸部严重受损的非裔美国老兵。返回美国后,特罗特主动联系曾在乔普林去世前见过他的人,对乔普林人生的最后时光展开了调查。在《杂烩》中,这些采访并没有被放置在一起,而是穿插在诗歌和散文之间,看似无序,却将乔普林人生的最后时光拼凑了起来——乔普林一直想在纽约演出,并渴望成为一名伟大的音乐家。特罗特就像黑脸滑稽戏中的故事讲述者一样,向读者讲述了乔普林的悲剧人生。但同时,读者也看到特罗特受乔普林对音乐的不懈追求所鼓舞,勇敢地开启了新的生活。乔普林对音乐的热情和在音乐中获得的自由被传递给了年轻的一代非裔美国人特罗特——特罗特最后在一个黑脸滑稽戏表演团里找到了一份钢琴师的工作。

除了再现斯科特·乔普林的生活故事,杰斯也使用了诗歌的形式来抗议白人偷走乔普林的原创作品。乔普林在他的独白中透露:

>……我只是
>有机会给它命名为"真正的慢拉格"。
>我怀疑柏林是小偷——
>——我是对的:我知道该怪谁。
>我的直觉告诉我,我也创作了其他热门歌曲,
>但这是我的昏暗宝石。[2]

尽管他知道偷窃在那个时代是很普遍的,但乔普林还是拒绝做这样的事情,因为他更看重的是音乐才华而非钱财。他说:

---

[1] Eward Berlin, "Ragtime," In *Grove Music Online*, Available at https://www.oxfordmusiconline.com/grove-music/view/10.1093/gmo/9781561592630.001.0001/omo-9781561592630-e-1002252241, 2013, Accessed on Jun. 6, 2021.
[2] Jess Tyehimba, *Olio*, Seattle, WA and New York, NY: Wave Books, 2016, p. 173.

"为什么有些人不能像我那样写出好曲子
——而不是偷窃？我？
我拒绝盗窃。"[1]

乔普林对艺术和创作天赋的引以为傲以及他对原创性的追求在《杂烩》一书中得到了其他黑人艺术家的呼应。他们拒绝抄袭，拒绝向白人和金钱屈服；他们坚持做自己，而不是白人口中的他者。非裔美国人从来就不是黑脸滑稽戏中如白人所描绘的那种涂着黑脸的、单纯而无知的漫画人物。无论是19世纪的这些非裔美国人的艺术才华，还是当代非裔美国人的才华都应该被看到。这就是为什么非裔美国诗人杰斯选择用《杂烩》这本书来解构黑人滑稽戏。在这本书中，杰斯重新找回了非裔美国人在过去和现在的主体性，(重新)构建了19世纪和21世纪非裔美国人的种族/民族身份、社会经济身份和艺术身份。

张举燕，西南交通大学外国语学院讲师。本文英语版刊于 *Critical Sociology* (August, 2022)，中文版收入《比较文学视野下 21 世纪普利策诗歌奖作品研究》，上海三联书店 2024 年版，第 88—109 页。

---

[1] Jess Tyehimba, *Olio*, Seattle, WA and New York, NY: Wave Books, 2016, p. 173.

第二部分 文艺理论探索

文学的世界性能动与经典马克思主义视域中文学的世界性

邹 理

金钱是财产的最一般的形式,它与个人的独特性很少有共同点,它甚至还直接与个人的独立性相对立。关于这一点,莎士比亚要比那些满口理论的小资产者知道得更清楚:

> 金子,只这一点儿,
> 就可以使黑变成白,
> 丑变成美,
> 错变成对,
> 卑贱变成高贵,
> 懦夫变成勇士,
> 老朽的变成朝气勃勃![1]

《德意志意识形态》(*Die Deutsche Ideologie*, 1932)是马克思和恩格斯在1932年出版的哲学著作。在该书中,马克思和恩格斯引用了大量的世界文学作品来帮助分析、批判德国现代哲学中的唯心主义意识形态思想。例如,在引文中,马克思和恩格斯引用了莎士比亚作品《雅典的泰门》中对金钱、个体以及社会关系的描述,来批判德国的"小资产者"无法像莎士比亚那样清楚地揭示金钱的作用。他们对莎士比亚作品的评论不仅有助于对费尔巴哈等德国现代哲学家的批判,还展现了文学作品在推动资本主义价值观念转变

---

[1]《马克思恩格斯全集》中文版,第3卷,第254页。

中的能动性。除《德意志意识形态》一书外，马克思和恩格斯还在大量的其他经典著作中，通过文学作品的能动性来批判分析资本主义生产关系和唯心主义的意识形态观念，从而促成历史唯物主义和辩证唯物主义观点的形成，并用以指导工人阶级的斗争。例如，马克思和恩格斯在《政治经济学批判大纲》(*Political Economy Critical Outline*, 1844)中引用笛福、荷马、亥西欧德、索福克勒斯等希腊罗马古代作家和当代英国作家的作品来阐释西方16世纪以来生产力和生产关系的变化，以及由此而产生的社会态度和价值观念的特点；在《资本论》(*Das Kapital*, 1867—1894)中使用弥尔顿的《失乐园》、席勒的《强盗》以及索福克勒斯的《俄狄浦斯王》等作品的创作来批判亚当·斯密关于生产劳动与非生产劳动的定义的逻辑；在《共产党宣言》(*The Communist Manifesto*, 1848)中，通过指出资产阶级将诗人等各类职业者变为雇佣劳动者，从而将文学作品变为市场上的与金钱等价的商品，批判了资本主义生产方式和生产关系对艺术和艺术创作者的异化。

那么是什么特质使这些文学作品进入经典马克思主义理论的视野，从而具备反思全球人类社会以及批判全球资本主义制度的"世界性"？经典马克思主义理论甄选文学作品的着力点是什么？我们发现许多在西方早已成为经典的文学著作却没能进入经典马克思主义理论的论述中，成为马克思和恩格斯分析和批判资本主义社会的材料来源，例如英国作家乔叟的《坎特伯雷故事集》、意大利作家薄伽丘的《十日谈》和古罗马作家维吉尔的《埃涅阿斯记》等。本文将结合能动性概念以及19世纪西方政治和社会文化语境，对马克思主义创始人散见于各类书信和评论文章中关于世界各国文学的论述进行系统分析，尝试探讨世界各国文学作品进入经典马克思主义理论论述的缘由和标准。经典马克思主义理论论述中世界各国文学作品在无产阶级共同体的形成以及在促进资本主义政治经济体制转变中的能动性将是本文关注的重点。

下文即将涉及的"能动性"(agency)是西方思想史和社会学研究的重要概念之一。在启蒙运动时期，德国哲学家康德在其著作中将能动性定义为独立于外部世界的思考能力以及通过自由选择制造变化的潜能。[1]当代美国

---

[1] See Immanuel Kant, *Critique of Judgement*, translated by J. H. Bernard, New York: Hafner, 1951.

学者埃米尔巴耶尔(Mustafa Emirbayer)和米思切(Ann Mische)对"能动性"进行了更为详尽的阐释,认为"能动性"主要指涉行为主体在应对宏观历史社会环境发生改变产生的问题时,通过自己的特质改变环境和整体结构的能力。[1] 根据上述学者的论述,本文所提到的文学的世界性能动,主要指特定文学著作本身所具有的塑造和推动世界人文、社会和政治等领域发生改变的潜能。

一、世界文学与全球无产阶级身份构建

协助构建世界无产阶级的身份和认同的能动性是经典马克思主义著作中涉及的世界性文学作品的首要特质。随着工业革命的蓬勃发展和西方殖民体系的不断扩张,资本主义世界经济体系在19世纪逐步形成。与之相伴,具有世界普遍性的无产阶级群体也登上历史舞台,成为世界体系中的重要力量。但受限于长时间的工厂劳作、地域和国别的分隔以及受教育水平的差异,不同区域和不同领域的工人不仅陷于被异化的困境,还很难实现有效的互动交流进而实现群体身份认同。英国学者斯图亚特·霍尔(Stuart Hall)指出,身份主要指涉特定群体拥有的"共同的历史经验和共有的历史符码",并为其提供"不断变化的历史语境中的稳定、不变和持续性的参照系和意义框架"。[2] 而随着人员的地域流动和社会分工的不断变化,新形成的人类群体的共有历史经验、符码和意义框架尚处于"隐蔽"状态,需要持续的发掘和展示,从而改善新群体的自我认识,实现群体认同。在经典马克思主义的论述中,特定的文学作品通过对全球工业生产过程中劳动者与资本家、市场和机器关系的折射,成为记载、反思和表达资本主义世界体系中超越国别、超越民族的共有历史经验和共享文化符号的载体,可为无产阶级的认同提供稳定不变和具有连续性的意义框架。

英国学者斯洛特(Cliff Slaughter)指出,在工业化社会中,劳动者与资本家、市场、机器及劳动者自身相关的社会关系是无产阶级与生俱来的特点

---

[1] Mustafa Emirbayer and Ann Mische, "What Is Agency?" *American Journal of Sociology* 103. 4, 1998, p. 970.
[2] Stuart Hall, "Cultural Identity and Diaspora," in *Theorizing Diaspora: A Reader*, edited by Jana Evans Braziel and Anita Mannur, Oxford: Blackwell Publishing Ltd., 2003, p. 234.

(nature-imposed necessity)[1],因而也成为其实现群体认同的核心内容。马克思在《资本论》中明确提到了文学作品在为无产阶级提供有关各类社会矛盾的认知和记录他们共有的劳动、生活和斗争经验中的重要角色:"小作家可能清楚地不自觉地暴露了那个崇拜(因而购买)他们作品的阶级的偏见、成见、世界观……中等作家,或者文学上抱负不大的作家,有时可能直接反映了被侮辱和被损害的人们的困境,令人感动……但是伟大作家却不止如此:他们能够创造特殊的人物和事件,使我们看到或认出支配性格和社会行动的一般规律。"[2]该论述表明,普通劳动者在生产中遭遇到的阶级偏见、经济困境和面临的生产关系可以在不同层次的作品中得到记录,而伟大的作品,例如马克思常引用的巴尔扎克、笛福的小说等,则可以通过创造典型来帮助劳动者对自身的生存环境和经济关系的认知,从而协助分布在不同领域和不同地域劳动者实现集体认同。

在构建无产阶级共有历史经验,从外部塑造无产阶级的群体认同后,特定的文学作品还通过发现、塑造并凸显无产阶级群体的共有主体性,从内部构建无产阶级的群体身份。马克思和恩格斯在其著作中多次指出,资本主义工业生产对无产阶级时间和劳动力的剥取,使无产阶级丧失了对自己的身体、情感和思想的掌控权力,进而遮蔽其主体性。在《共产党宣言》中,马克思和恩格斯指出,资本家在金钱利益的驱使下,利用金钱、工厂化生产对劳动者进行奴役,并对其进行"层层监视",剥夺了无产阶级对自我的掌握权力:"现代工业已经把家长式的师傅的小作坊变成了工业资本家的大工厂。挤在工厂里的工人群众就像士兵一样被组织起来。他们是产业军的普通士兵,受着各级军士和军官的层层监视。他们不仅仅是资产阶级的、资产阶级国家的奴隶,他们每日每时都受机器、受监工、首先是受各个经营工厂的资产者本人的奴役。"[3]在劳动过程中,工人被剥夺了作为人的主体性,成为资本主义工业生产机器的组成部分。马克思和恩格斯进一步指出,资本主义生产还消减了无产阶级作为人的本体性特征:在生产过程中,工人生产的商品与其本身无

---

[1] Cliff Slaughter, *Marxism, Ideology and Literature*, London and Basingstoke: The Macmillan Press Ltd, 1980, p. 49.
[2] 希·萨·柏拉威尔:《马克思和世界文学》,梅绍武等译,三联书店,1982,第451—452页。
[3] 马克思、恩格斯:《共产党宣言》,人民出版社,1997,第34页。

关,人与人之间的自然联系也被以金钱为媒介的交换价值所取代,从而否定了人类本身的特征及个体的特殊性,劳动者的主体性完全消失。[1] 失去了主体性的无产阶级被"强迫去工作、生产,从而实现生理生存、维持动物性的存在",不能在从事"有计划的、合作的、遵从个体特质"的生产中满足人类在历史发展中形成的各类需求。[2] 由于无产阶级属于工业革命兴起后新产生的群体,其在世界体系中未曾出现过,因此其具体的形态尚处于被发现和塑造的过程中。

面对资本主义生产对无产阶级主体性的遮蔽,经典马克思主义认为,具备世界性的文学作品首先通过帮助无产阶级认知自身所面对的社会现实语境和矛盾来促进其对社会的掌控,建立恢复无产阶级群体主体性的基础。斯洛特指出,对文学的阅读和欣赏不仅可以为人们提供如何"掌握自己情感、意志、思想和行为以及对斗争的整体性理解"[3],还可帮助无产阶级发掘自身被压抑的生存经验,从而更好地管理现实。[4] 可见,文学作品可以使无产阶级从宏观维度去审视和掌握自然、社会规律,驾驭社会现实,从而摆脱工业生产对其控制,还原自然人的主体性。此外,在马克思和恩格斯看来,文学作品还可通过对过去生产方式和社会经济关系的细致观察和批判性思考,对未来的社会、经济和政治形式问题提供超前性的预判。[5] 这些超前性的预判可以使无产阶级更好地应对尚未出现的危机与困境,更好地管理自身所面临的环境与社会,实现对社会的掌控。马克思本人在《1844 年经济学-哲学手稿》(Ökonomisch-philosophische Manuskripte aus dem Jahre 1844,1932)中对主体与社会现实之辩证关系的表述,更加明确地指出了世界文学在构建无产阶级主体性中的重要作用。马克思认为:"随着对象性的现实在社会中成为人的本质力量的现实,成为属于人的现实,因而成为人自己的本质力量的现实……他(主体)自身的对象化,成为确证他的个性的对象,成为他的对象,而

---

[1] Cf. Cliff Slaughter, *Marxism, Ideology and Literature*, London and Basingstoke: The Macmillan Press Ltd, 1980, p. 38.
[2] Ibid., p. 34.
[3] Ibid., p. 10.
[4] Ibid., p. 58.
[5] Ibid., p. 77.

这就等于说,对象成了他本身。"[1]对象性的现实社会和人类主体之间的相互转化关系表明作为意识产物的文学作品中构建的现实具有可转化为真实世界的可能性。因此,工人群体从世界文学作品中获取的关于当下和未来现实的认知,可转化为应对当下资本主义生产对其异化的有效途径,从而实现建立主体性的目标。

恩格斯具体分析了"悲剧"文学和社会主义倾向的小说在构建无产阶级主体性中的作用。他认为悲剧缘起于"历史的必然要求,与这个要求实际上不可能实现之间的冲突"[2]。"历史的必然要求",根据盛作斌的观点,指"整个人类最终走向完善、自身解放的目标"。[3]不难看出,在恩格斯看来,悲剧中的情节冲突包含了无产阶级为实现自身的"完善"和"解放"的目标,不断地与当下制度和现实抗争的努力以及解决方式的探索,因而是无产阶级建立主体性的重要中介。关于社会主义倾向的小说,恩格斯谈道:"如果一部具有社会主义倾向的小说通过现实关系的真实描写,来打破关于这些关系的流行的传统的幻想,动摇资产阶级世界的乐观主义,不可避免地引起对现存事物的永世长存的怀疑,那么,即使作者没有直接提出任何解决办法,甚至作者有时并没有明确地表明自己的立场,但我认为这部小说也完全完成了自己的使命。"[4]即,在恩格斯看来,社会主义倾向的小说的叙事可打破"传统幻想"、"资产阶级世界的乐观主义"等影响无产阶级对自身所处困境的认知的资本主义意识形态机制,质疑资本主义语境对社会经济现实的构建。社会主义小说中对资本主义制度的反抗和质疑,与悲剧类似,可唤醒无产阶级解放自我的革命意识,促进无产阶级集体身份的形成。

二、世界文学与全球无产阶级世界观念构建

参与全球无产阶级的世界观念的构建是经典马克思主义视域中世界性文学作品的另一特质。在资本主义大生产中,由于无产阶级主要从事工厂劳动,社会知识和舆论的生产等世界观念层面的构建被资产阶级所占据和主

---

[1] 引自盛作斌:《马克思文艺思想中的现实主义再探讨》,《思想战线》1993年第2期,第25页。
[2] 同上书,第28页。
[3] 同上。
[4] 同上。

导。资产阶级世界观念在社会中的广泛流通成了束缚无产阶级思想,巩固和扩大资产阶级优势地位和财富的工具。在马克思和恩格斯看来,特定文学作品的流通和阅读是解构资本主义世界观念体系,构建从无产阶级辩证唯物主义世界观念,催生无产阶级在社会发展中的领导地位的重要途径。

世界性文学作品在无产阶级世界观念建构中的作用首先体现在对资产阶级所持有的机械唯物主义和唯心主义的解构中。马克思和恩格斯在一系列的论著如《德意志意识形态》和《共产党宣言》[1]中,阐明辩证唯物主义是无产阶级以及人类社会最为根本的发展规律和世界观念。马克思在《关于费尔巴哈的提纲》(*Thesen über Feuerbach*,1845)中指出:"从前的一切唯物主义——包括费尔巴哈的唯物主义——的主要缺点是:对事物、现实、感性,只是从客体的或者直观的形式去理解,而不是把他们当作人的感性活动……能动的方面却被唯心主义发展了,但只是抽象地发展了,因为唯心主义当然是不知道真正现实的、感性的活动。"[2]机械唯物主义忽视了人类改造世界的主观能动性,而唯心主义则对人类"真正现实的、感性的活动"缺乏关注。在《德意志意识形态》中,马克思和恩格斯表达了类似的观点,认为费尔巴哈、布鲁诺·包威尔、麦克斯·施蒂纳等黑格尔之后的德国哲学家所阐述的世界观脱离了与物质世界的联系。[3]

在马克思解构上述黑格尔以降的德国哲学思想、建立无产阶级辩证唯物主义世界观的过程中,西班牙作家塞万提斯的《堂吉诃德》(*Don Quijote de la Mancha*,1605—1615)和法国作家欧仁·苏的作品起到了重要作用。例如,针对德国的唯心主义哲学家桑乔的意识决定论倾向[4],马克思用《堂吉诃德》对桑丘的叙述来凸显环境和社会现实在人的形成过程中的作用。在作品中,桑丘受到堂吉诃德所宣传的虚假骑士精神的蒙骗,而跟随他做出种种与时代和现实环境相悖的行为。马克思在论述中将作品中的人物桑丘置换为桑乔,并用类似的叙事结构来说明桑乔意识决定论的虚无:

---

[1] 杨镕华:《〈德意志意识形态〉中的辩证唯物主义意蕴》,《山西高等学校社会科学学报》2023年第2期,第27—32页。邢彩杰、伍志燕:《〈共产党宣言〉中的唯物史观研究》,《海南开放大学学报》2022年第4期,第91—99页。
[2] 引自希·萨·柏拉威尔:《马克思和世界文学》,梅绍武等译,三联书店,1982,第139页。
[3] 同上书,第142—243页。
[4] 见马克思、恩格斯:《德意志意识形态》,人民出版社,1961,第492页。

> 堂吉诃德用迷迭香、酒、橄榄油、盐所制成的神药使桑乔经历了一大风险;正如塞万提斯在"堂吉诃德"第17章里所说的,桑乔喝完了药水以后,整整一连两个钟头满头大汗,又抽筋又吐泻。我们这位勇敢的侍从为了自己的自我享乐把那瓶唯物主义的药水一饮而尽,这种药水就清除了他的全部非通常理解的利己主义。[1]

《堂吉诃德》的叙事模式和内容为马克思批判意识决定论提供了有效的叙述结构以及认知模本,使受教育程度不一的工人和农民群体能通过类比理解资产阶级唯心主义观点的不可靠性。

欧仁·苏的小说《巴黎的秘密》(Les Mystères de Paris,1842—1843)中关于观念与现实的叙事以及其相关评论为马克思解构唯心主义价值观提供了更丰富的素材。《巴黎的秘密》讲述普通平民和无产者穷困的经济境况和糟糕的道德表现,发表后在欧洲受到广泛关注,并被译为多种文字出版,"顿时成为了世界闻名之作"[2]。恩格斯在《大路上的运动》一文中认为《巴黎的秘密》"在小说的性质方面发生了一个彻底的革命,先前在这类著作中充当主人公的是国王和王子,现在却是穷人和受轻视的阶级了,而构成小说内容的,则是这些人的生活和命运,欢乐和痛苦"[3]。国王和王子是旧社会的主导阶级,资本主义以该群体为中心的叙事通常是合理化自身主导地位的工具。因而,在恩格斯看来,《巴黎的秘密》用现实社会主要构成部分的无产阶级群体取代少数贵族主导的叙事模式,是揭示人类历史和社会的真实基础,消解资产阶级世界观的重要进步。

马克思则从现实与观念的辩证关系出发对小说进行分析,指出德国唯心主义学者施里加将小说中的犯罪等社会行为背后的观念和动机作为社会现实和行为的本质的唯心主义观点[4]与将"果实"这一抽象概念作为"现实的苹果、梨、草莓、扁桃"与"果实"的本质类似,违背了物质第一、意识第二的唯

---

[1] 见马克思、恩格斯:《德意志意识形态》,人民出版社,1961,第497页。
[2] 希·萨·柏拉威尔:《马克思和世界文学》,梅绍武等译,三联书店,1982,第120页。
[3] 马克思、恩格斯:《论文学与艺术》(二),陆梅林辑注,人民文学出版社,1983,第3页。
[4] 同上书,第33—36页。

物主义规律。[1] 马克思随后通过分析社会和经济关系在形塑看门人和仆人等角色思想中的关键性作用来进一步驳斥施里加认为现实是观念外化的唯心主义主张。施里加在分析小说时，将"仆人"和"看门人"阐释为"对绝对秘密的体现"[2]，强调仆人和看门人的思想在侦破犯罪行为中的第一作用。马克思指出小说中的看门人虽是房东的代表，但其工资通常由房客支付，且由于工资低廉，看门人会采取充当秘密警察的代理人等方式来赚取外快。[3] 现实中房客/警察、房东、看门人之间的工资支付关系及其所伴随的权力关系使看门人无法成为"自由的，没有利害关系的"对象，即看门人的思想受到现实的约束，其行为是整体社会关系结构形塑的结果，无法独立地对现实产生影响。通过分析社会现实与欧仁·苏小说中仆人和看门人思想的关联，马克思对施里加为代表的青年黑格尔派从理念出发来理解和预测现实的模式进行了批判，阐明了现实优于理念的辩证唯物主义观点。

马克思和恩格斯在对德国作家拉萨尔悲剧《弗兰兹·冯·济金根》(*Franz von Sickingen*，1859)阶级斗争叙事的评论中更进一步地消解了资产阶级唯心主义精英主导论，揭示了无产阶级在历史和社会结构变革中的主导性作用。费迪南·拉萨尔是19世纪德国工人运动的重要领导人之一，曾任全德意志工人联合会主席。他写作的历史悲剧《弗兰兹·冯·济金根》，讲述了封建骑士济金根奋起反抗封建制度但遭到失败的故事。在该悲剧中，拉萨尔表达了"依靠容克地主和资产阶级，反对无产阶级掌握革命领导权，反对和农民群众的革命联盟"的观念。[4] 马克思在阅读该剧后，致信拉萨尔指出，作为社会精英的封建贵族和资产阶级，其领导的反封建斗争的失败并不具有偶然性，因为农民等广义上的无产阶级才是人类社会物质生产活动的主力军，在此基础上产生的市民社会是人类社会的主要构成部分；推动历史进步的，不是骑士、贵族和资产阶级的观念，而是创造人类历史的无产阶级。[5]

---

[1] 马克思、恩格斯：《论文学与艺术》(二)，陆梅林辑注，人民文学出版社，1983，第40页。
[2] 同上书，第56—58页。
[3] 同上书，第59页。
[4] 北京大学中文系文艺理论教研室编：《注释》，《马克思、恩格斯、列宁、斯大林论文艺》，人民出版社，1986，第101页。
[5] 同上。

马克思认为,济金根的失败在于没有看到工人阶级和农民在历史发展中的决定性作用,缺乏唯物主义历史观念。[1] 在具体论述中,《堂吉诃德》的叙事结构再次成为马克思消解精英阶层主导地位、促进对无产阶级领导地位认知的重要助力。他将拉萨尔笔下的封建骑士比作脱离实际、试图重新回归到已经脱离现实社会的旧时代骑士制度的堂吉诃德,认为济金根的失败"并不是由于他的狡诈",而是由于他同堂吉诃德一样,是"垂死阶级的代表",这些贵族试图宣扬的"统一和自由"观念,脱离了历史发展的实际,并不能激发受压迫者与压迫者的斗争,其潜在目标是维持旧日的帝国的和强权的梦想。[2] 文学名著《堂吉诃德》对落后于时代的观念的反讽,以及对代表旧阶级的堂吉诃德试图通过观念来改变现有社会的唯心主义实践的叙事构建,不仅为马克思批判以德国工人联合会主席拉萨尔代表的工人阶级试图依靠旧有阶级和旧有观念推动社会进步的思想提供了叙事范例,还促进了对无产阶级在社会运动中的领导地位必然性的认知,以人民群众为中心的唯物主义历史发展规律得到了良好诠释。

恩格斯在书信中则通过对《弗兰兹·冯·济金根》叙事对象的分析,消解了资本主义世界观念,凸显无产阶级在社会和历史中的重要角色。他指出,在剧中,拉萨尔把"革命中的贵族代表"作为叙事焦点,对"非官方的平民分子和农民分子,以及他们随之而来的理论上的代表人物没有给予应有的注意","把农民运动放到了次要的地位"。[3] 将贵族代表作为社会革命运动的叙事焦点,不仅暗示了统治阶级为时代的精神代表,合理化资产阶级价值观对社会发展的主导,而且忽视了人类社会的主要构成部分人民大众及劳动实践在历史发展和社会中的基础性地位,不利于人民群众认识到自己所受到的压迫和剥削以及对历史的科学理解和把握。恩格斯认为这是"非常抽象而又不现实的",是"为了观念的东西而忘掉现实主义的东西"的表现。[4] 拉萨尔剧本中的阶级斗争叙事使其为马克思和恩格斯揭示人类历史发展的规律和人类

---

[1] 周泉:《马克思论悲喜剧转换的历史辩证法》,《哲学动态》2023年第4期,第27页。
[2] 见北京大学中文系文艺理论教研室编:《注释》,《马克思、恩格斯、列宁、斯大林论文艺》,人民出版社,1986,第98—99页。
[3] 同上书,第108、109页。
[4] 同上。

社会各组成部分之间的关系提供重要的材料来源。

三、世界文学与全球无产阶级经济观念的构建

资本主义在萌芽和全球扩张过程中,除构建相应的世界观念外,还在国家和社会中构建了系统的唯心主义、以资产阶级为中心的经济制度和体系,从而合理化资本家对劳动力、商品生产体系以及利润的主导。在马克思主义创始人的论述中,特定文学作品中关于社会生产模式、无产阶级在社会经济体系中角色的书写为解构资本主义经济经济制度的合理性和资本主义生产模式中不平等的权力关系,构建无产阶级经济观念提供了重要助力。在构建资本主义制度合理性的过程中,许多资产阶级理论家试图从自然主义的视角出发,将资本主义经济制度构建为人类个体之间自然关系发展的必然结果。例如,苏格兰政治经济学家亚当·斯密和英格兰经济学家大卫·李嘉图,将"单个的孤立的猎人和渔夫"当作现代资本主义政治经济制度的出发点,忽视欧洲资产阶级革命以前的封建社会生产方式对现代社会的影响;而蒲鲁东等其他的古典政治经济学家,用"编造神话的办法,来对他不知道历史来源的经济关系的起源作历哲学说明,说什么这种观念对亚当或普罗米修斯已经是现成的,后来它就被付诸实践等等"[1]。

英国著名小说《鲁滨逊漂流记》(*Robinson Crusoe*, 1719)中对人类在孤立荒岛上从事经济活动的虚拟性叙事为马克思解构斯密、李嘉图以及亨·查·凯利、约翰·格雷等古典经济学家关于资本主义制度的自然起源论提供了重要的分析素材。《鲁滨逊漂流记》讲述了主人公鲁滨逊在去非洲的航海过程中,漂流到无人荒岛上,历经艰辛最后重返故乡的故事。马克思在《政治经济学批判大纲》的导言中指出《鲁滨逊漂流记》中描写的主人公在与世隔绝的荒岛上从事生产活动的"想象性虚构",容易在读者中营造人可以脱离社会而生活和从事生产的"美学上的错觉"和神话,忽视鲁滨逊在岛上开荒和劳动的成功则来自"英国高度发达的社会的工具、物质和技术"的唯物史观。[2]即,来自英国社会的工具、物质和技术对鲁滨逊在荒岛上建立社会关系和生

---

[1] 见北京大学中文系文艺理论教研室编:《注释》,《马克思、恩格斯、列宁、斯大林论文艺》,人民出版社,1986,第376页。
[2] 希·萨·柏拉威尔:《马克思和世界文学》,梅绍武等译,三联书店,1982,第374页。

活方式具有决定性作用,脱离社会的个体不能依靠观念独立地发展出有序的生产秩序和生产方式。

马克思指出,鲁滨逊的故事绝不像文化史家设想的那样,仅是对极度文明的反动和想要回到被误解的自然生活中去,而是强调现代生产关系、物质和技术对人类社会的重要性。同样,卢梭通过契约来建立主体之间关系的社会契约论,也不是奠定在这种自然主义的基础上的,"这是错觉,只是美学上大大小小的鲁滨逊故事的错觉"[1]。不难看出,对鲁滨逊荒岛生产方式来源的分析是马克思解构资本主义唯心经济关系起源论、建立唯物主义决定论的重要中介。这也与英国学者柏拉威尔(Siegbert S. Prawer)对马克思《政治经济学批判大纲》总导言的分析相呼应:马克思对鲁滨逊故事的批评"并没有涉及这些故事的蓝本","而是某些读者由于拙劣模仿,由于食而不化,或是想入非非而产生的种种幻想"。[2] 即马克思对鲁滨逊故事的分析并不在于对笛福所构建的故事情节的批判,而在于将其作为类比素材批判欧洲政治经济理论中的唯心论对现实社会生产力和生产关系的忽视。

除通过自然起源论构建资本主义经济制度的合理性外,资本家还试图遮蔽生产过程中与劳动者的权力等级关系,从而避免无产阶级的反抗,维持资本主义经济制度的运行。马克思一针见血地指出:"当经济学者们讨论资本与雇佣劳动、利润与工资的现存关系时;当他们向工人阐明,他无权要求享有一部分侥幸获取的利润时,当他们试图说服工人应该安于资本家手下的从属地位时——,他们都强调说工人与资本家不同,工资有一定的稳定性,可以免受资本的大风险。"[3]在上述论述中,资本主义经济学家通过凸显资本家在投资和生产过程中面临的风险以及工人工资的稳定性,对生产过程中资本家主导、劳动者被支配的权力关系进行了重构,即资本家因面临多种社会经济条件的制约而处于被外部环境支配的地位,工人由于仅从事工厂劳动,与外部社会经济环境关系较远,相比资本家,受到的支配更少,在社会经济体系中享有更多的独立的主体性。通过对资本家和劳动者与外部社会经济环境权

---

[1] 希·萨·柏拉威尔:《马克思和世界文学》,梅绍武等译,三联书店,1982,第374页。
[2] 同上书,第374、375页。
[3] 同上书,第397页。

力关系的阐释,资本主义经济学家成功转移了无产阶级对资本主义剥削与被剥削关系的注意,实现了两者在资本主义经济生产活动中权力关系的平衡。

面对以资本家为中心的劳资权力关系建构,《堂吉诃德》中的主仆叙事结构再次为马克思解构资本主义生产关系并构建无产阶级劳资关系观念提供了重要的类比素材。他在《政治经济学批判大纲》中指出,资本主义经济学家对对资本家和劳动者关系的阐释与堂吉诃德劝慰仆人桑丘的方法类似:"堂吉诃德就是这样劝慰桑丘·潘沙的:挨别人的棍棒是桑丘的事,他没有必要显示勇敢。"[1]在小说中,堂吉诃德受到西班牙古代书籍中关于骑士传说的影响,违背当时西班牙社会中并没有骑士这一阶层和文化的实际,仍幻想自己是一名骑士,在社会中做出了种种荒谬的行为。同时,堂吉诃德还构建了骑士可以征服领地从而分封桑丘为岛屿总督等幻想性预期,从而劝服农民桑丘跟随他从事违背社会实际的骑士活动。马克思通过将堂吉诃德-桑丘的叙述结构与资本主义经济学家构建的资本家-劳动者关系进行类比,表明:1. 经济学家所宣扬的观点与堂吉诃德幻想中的骑士精神相类似,带有违背客观事实的虚假性,是对被雇用者的欺骗;2. 资本主义经济学家对劳动者与外部社会经济运行环境相对独立关系的阐释与堂吉诃德对桑丘的虚假许诺类似,目的在于获得对劳动者的控制,构建类似于堂吉诃德-桑丘的主仆关系;3. 在堂吉诃德与桑丘的主仆关系中,桑丘成为"挨棍棒"的一方,即利益受损的一方;与此类似,在资本家-劳动者关系中,劳动者成为被资本家剥削的一方,而资本家不仅是经济收益的获得者,还在其宣扬的意识形态中成为担当经济风险、为劳动者提供稳定收入的"勇敢行为"的执行者。马克思对堂吉诃德与桑丘权力关系的类比分析使资本主义经济学家对劳资权力关系的不合理构建完整地展现在了无产阶级面前。

与《堂吉诃德》类似,巴尔扎克的小说《农民》(Les Paysans, 1855)也为马克思论述无产阶级在资本主义经济系统中的位置、建立无产阶级劳资关系观念提供了有效素材。小说《农民》主要探讨了法国波旁王朝复辟时期贵族、资

---

[1] 希·萨·柏拉威尔:《马克思和世界文学》,梅绍武等译,三联书店,1982,第397页。

产阶级和农民三个阶级之间的动态关系。马克思指出小说中关于高利贷/劳动者经济关系的叙事揭示了资本家对劳动者无形的剥削和控制：

> 以对现实关系具有深刻理解而著名的巴尔扎克，在他最后的一部小说《农民》里，恰当地描写了一个小农为了保持住一个高利贷者对他的厚待，如何情愿白白地替高利贷者干各种活，并且认为，他这样做，并没有向高利贷者献出什么东西，因为他自己的劳动不需要花费他自己的现金。这样一来，高利贷者却可以一箭双雕。他既节省了工资的现金支出，同时又使那个由于不在自由的土地上劳动而日趋没落的农民，越来越深地陷入高利贷的蜘蛛网中。[1]

马克思的论述表明，小说《农民》叙事中对资本主义以社会劳资关系的折射，可使劳动者从第三者的视角清晰地了解自己所受到的管控和剥削，从而脱离资本主义价值观念有形的和无形的控制，在劳动过程中有意识地反拨资本主义经济体系，建立合理的无产阶级经济观。

结　语

马克思主义创始人论述中的文学著作的影响范围已经突破国族和人文疆界的樊篱，拓展到了世界政治、经济和思想史领域，并通过与彼时的无产阶级革命历史大趋势相互呼应和相互促进，成为塑造和推动全球政治、文化和经济领域发生改变的重要力量，在多个领域内展现了超越民族疆界的世界性。就社会和政治领域而言，面对全球无产阶级由于被分隔于不同国别和领域，缺乏交流沟通和自我掌控，难以实现身份认同的境况，经典马克思主义理论中涉及的文学作品通过构建共同的历史经验和协助无产阶级认知社会现实、恢复其被异化的需求，构建了群体共通的主体性。这是全球无产阶级有效联合和形成共同体的重要前提。在思想领域，特定文学作品的叙事结构为马克思主义创始人分析批判资本主义唯心主义和机械唯物主义世界观念，阐明物质、历史和无产阶级在社会政治体系构建和发展中的重要作用提供了重

---

[1] 希·萨·柏拉威尔：《马克思和世界文学》，梅绍武等译，三联书店，1982，第429页。

要的分析素材，是重构资本主义世界观念的重要力量。此外，马克思主义创始人还以特定文学作品叙事结构来类比分析和批判资本主义古典经济制度的合理性及其包含的权力等级关系，反拨资本主义政治认同的前提假设和经济体系的运行机制，从而构建符合全球无产阶级实际和立场的世界认知体系。特定文学作品的叙事主题和叙事结构对超越国别和超越传统人文领域的世界政治文化和社会话语体系的反思与构建，成为马克思主义创始人甄别"世界性"文学的重要着力点。

伊格尔顿（Terry Eagleton）在《马克思为什么是对的》（*Why Marx Was Right*，2011）中指出，马克思对19世纪西欧资本主义的批判仍然适用于对今天以美国为主导的资本主义世界体系的分析。[1] 与此类似，经典马克思主义理论中展现的文学世界性能动与文学的世界性的关系，不仅可以帮助我们探索文学作品在应对当今全球化面临的政治、经济和文化等领域议题中的作用，还可以启发并帮助我们在批评实践中发掘中国文学作品中的世界性能动因子，推动中国文学作品与世界人文、政治和经济话语体系的融合，促进中国文学的世界化进程。

邹理，上海交通大学外国语学院长聘教轨副教授。本文刊于《中国文艺评论》2024年第8期。

---

[1] 详见 Terry Eagleton, *Why Marx Was Right*, New Haven & London: Yale University Press, 2011。

论莫莱蒂的远读及其影响

都岚岚

自美国意大利裔学者、马克思主义文化批评家弗兰科·莫莱蒂(Franco Moretti) 2000 年在其论文《世界文学的猜想》("Conjectures on World Literatures")中提出"远读"(distant reading)这一概念以来,远读作为一种研究方法引发西方学术界的广泛讨论,产生了深远影响。这集中体现在以下三个方面:1. 英语世界顶级期刊《新文学史》(*New Literary History*)、《批评探索》(*Critical Inquiry*)、《现代语言协会刊物》(*PMLA*)、《变音符号》(*Diacritics*)、《新左派评论》(*New Left Review*)等就莫莱蒂的远读观念,发表数十篇文章,其中 *PMLA* 杂志在 2017 年第 3 期以"论远读书籍"(On Distant Reading the Book)为题,集中发表 11 篇文章,包括莫莱蒂本人对其他 10 位学者的回应。此外,剑桥大学的克里斯多弗·普兰德格斯特(Christopher Prendergast)、耶鲁大学的宋惠慈(Wai-chee Dimock)、斯坦福大学的玛格丽特·科恩(Margaret Cohen)、杜克大学的南希·阿姆斯特朗(Nancy Armstrong)、宾夕法尼亚大学的詹姆斯·英格利什(James English)等学者都加入该话题的讨论,形成了丰硕的成果。2. 主流媒体和新媒体平台也十分关注莫莱蒂革新性的批评方法。2006 年 1 月 11 日由文学学者与批评家协会(ALSC)运营的阀门博客(The Valve)发起一个线上读书评论会,22 位学者对莫莱蒂的专著《表图、地图与树图:文学史的抽象模型》(*Graphs, Maps and Trees: Abstract Model for a Literary History*)发表评论,其中包括莫莱蒂本人对上述评论的三次回应。后来该讨论内容被编辑成册,2011 年以《阅读表图、地图、树图:对弗兰科·莫莱蒂的批评性回应》(*Reading Graphs, Maps, Trees: Critical Responses to Franco Moretti*)为标题出版。

2013年6月27日《洛杉矶书评》(Los Angeles Review of Books)以"远读：专题讨论会"(Distant Reading: A Symposium)为题，发表了凯瑟琳·菲茨帕特里克（Kathleen Fitzpatrick）、亚历山大·R·盖洛维（Alexander R. Galloway）和詹姆斯·英格利什的文章。3. 莫莱蒂倡导的远读方法在数字人文领域得到持续发展与回应。他提出的远读在数字人文领域已经超出传统的实证分析方法，开始使用计算机工具对数据进行可视化等工作，实现了科技与人文的交叉和融合。

莫莱蒂的思想不仅在各个层面引发了广泛的讨论，得到一些学者的迅速响应和发展，同时也出现了质疑莫莱蒂远读方法的声音。鉴于远读概念的广泛影响力，本文从莫莱蒂的世界文学观入手，对莫莱蒂为什么提出远读的方法，其主要贡献是什么，在哪些地方引发了争议，以及目前远读在数字人文领域的发展状况等方面进行评析，认为莫莱蒂的研究尽管引发了争鸣，但他提出的概念和实践上的创新具有引领世界文学研究前沿的重要作用。

一、树与波浪：莫莱蒂的两种世界文学观

在国际化交流日益频繁的今天，以更广阔的跨文化视野来研究世界文学，已成为国内外比较文学界的一个共识。继德国大文豪歌德晚年倡导"世界文学"伊始，文学批评界对世界文学的讨论从未间断，而近二十年来学者们围绕世界文学的定义、世界文学选集的评判标准、世界文学与全球化和世界主义的关系、世界文学与翻译等方面所展开的深入讨论，更使世界文学话题成为新一轮的学术增长点。2003年哈佛大学比较文学与世界文学研究院院长大卫·达姆罗什（David Damrosch）曾对世界文学相关问题做了较为集中的思考。他在《什么是世界文学》中，从三个方面界定了"世界文学"："第一，世界文学是折射民族文学的椭圆形交集空间；第二，世界文学是从翻译中获益的作品；第三，世界文学不是一套固定的经典文本，而是一种阅读模式，一种超然地接触我们的时空之外的不同世界的模式。"[1]达姆罗什的第三种界定说明，世界文学是一个历史现象，处于不断的变迁之中，因而对世界文学下一个绝对而始终有效的定义是不现实的，也"没有一种说法获得普遍认同，人

---

[1] David Damrosch, *What is World Literature*, Princeton University Press, 2003, p. 281.

称世界文学'难题'"[1],世界文学因而应是一个"以问题为导向"[2]的概念。目前学界对世界文学的主流看法是：世界文学是一种超越其本身创作背景,以翻译为主的流通形式。如果强调世界文学超越民族文学,存在于不同的文化区域之间的动态流通中,那么,特定的民族文学文本在什么样的机制下可以进行跨文化流通？世界文学版图呈现出什么样的宏观图景,对此应使用什么方法进行研究呢？这便是莫莱蒂针对世界文学所思考的研究问题。

首先,莫莱蒂并不认为世界文学仅仅是某些优秀的民族文学作品的汇编；相反,从历时的角度看,存在两种世界文学。在《世界体系分析,进化论,"世界文学"》("World-Systems Analysis, Evolutionary Theory, 'Weltliteratur'")一文中,莫莱蒂主张借助进化论和世界体系理论来分析两种世界文学：

> "世界文学"……但是单数的世界文学有误导性。有两种不同的世界文学：一种产生于18世纪之前,另一种晚于前者。"第一种"世界文学由分离的"本土"文化交织而成,其特征是显著的内在多样性；通过分化产生新的形式；(有些)进化理论能够很好地解释这个问题。"第二种"世界文学(我倾向于称之为世界文学体系)是统一的市场的产物；它展现出一种日益扩张、有时令人吃惊的同一性；它产生新形式的主要机制是聚合；(有些)世界体系分析模式能够很好地解释这个问题。[3]

莫莱蒂认为,世界文学并非全球化的产物,它一直都存在,但18世纪是两种世界文学的分水岭。第一种产生于18世纪以前,由相对独立、多样的民族文学组成。由于进化论突显多样化,在关注历史进程的基础上解释现有形式的多样性和复杂性,因而可以使用进化论解释这第一种由民族文学组成的世界文学。如同自然界中的多样性产生于分化(divergence),在国际文学市场到来以前,民族文学中的多样性也要依靠这种分化,因为偏离与分化是产生新

---

[1] 方维规：《何谓世界文学？》,《文艺研究》2017年第1期,第5页。
[2] 王宁：《作为问题导向的世界文学概念》,《外国文学研究》2018年第5期,第39页。
[3] Franco Moretti, "World-Systems Analysis, Evolutionary Theory, 'Weltliteratur,'" *Review (Fernand Braudel Center)* 28.3, 2005, pp. 227-228.

文学形式的主要动力。18世纪以后,聚合(convergence),即"品种间杂交、嫁接、再结合、杂糅"[1]才起到更加决定性的作用。

18世纪以后国际文学市场逐渐强大,开始统一和征服相对独立的文化,这时世界体系分析可以帮助我们理解第二种世界文学,即国际资本主义体系中同一但不平等的世界文学:

> 我想借用经济史的世界体系学派之基本假设,即国际资本主义是同一而不平等的体系,有着中心和边缘(以及半边缘),被捆绑在一个日益不平等的关系之中。同一,而不平等:同一文学,即歌德和马克思眼中的单数的世界文学(Weltliteratur),或更应说是一个(相互关联的诸多文学组成的)世界文学体系,但却有悖于歌德和马克思所希望的体系,因为它太不平等。[2]

伊曼纽尔·沃勒斯坦(Immanuel Wallerstein)建构了非同质的、演化的资本主义世界经济体系理论,对经济自由主义带来的社会历史差异进行了批判。莫莱蒂从其经济史中的"世界体系"概念得到启发,认为世界文学体系与世界市场、意识形态之间的关系十分复杂,按照占有文化资本的比例可分为中心、半边缘与边缘地区,来自体系中心的文学作品在文化霸权的主导下强行介入边缘地区,迅速占领半边缘和边缘地区的图书市场,它们被阅读、崇拜和模仿,成为边缘地区文学创作的楷模。这种从中心到边缘的扩散为世界文学体系带来强行的同一,呈现不均衡和不平等的态势。莫莱蒂认为,世界体系理论可以解释哪些文学形式得以从民族走向世界,并洞察在这个过程中形式如何发生变化,从而有效分析扩散导致的同一性,对文学进行全景式的阐释。

对于文学文本流通的不均衡性,莫莱蒂与法国批评家帕斯卡尔·卡萨诺瓦(Pascale Casanova)的观点有异曲同工之妙。卡萨诺瓦2004年的专著《文学世界共和国》(*The World Republic of Letters*)是近年来国际文学评论界关于世界文学论述颇具洞见的一部论著。师从法国著名社会学家皮埃尔·

---

[1] Franco Moretti, "World-Systems Analysis, Evolutionary Theory, 'Weltliteratur,'" *Review (Fernand Braudel Center)* 28.3, 2005, p. 224.
[2] Franco Moretti, *Distant Reading*, London & New York: Verso, 2013, p. 46.

布尔迪厄(Pierre Bourdieu),卡萨诺瓦的著作开启了对文学世界的空间结构和时间结构的讨论。卡萨诺瓦也使用沃勒斯坦的世界体系理论,从整体上考察世界文学等级空间的产生和运作方式,认为世界文学空间的等级性结构源自文学资本的不平等流通,使得语言文学之间的竞争关系构成国际文学空间的基本法则。同时,卡萨诺瓦充分肯定翻译的重要作用,认为翻译是作家或作品获得认可的重要途径,也是世界文学空间建立和形成的重要驱动力之一。与卡萨诺瓦不同的是,莫莱蒂更多地结合了进化论的洞见,历时地展示了世界文学两种倾向的发展过程。

进化论解释演变和选择过程,通过树形图勾勒物种如何从共同的起源产生分化,从而走向多样性;世界体系理论则正好相反,它强调文化产品通过扩散带来趋同的倾向。树的意象突显文学发展从单一的起源点走向多样性,可用来强调民族文学内部的独特性与多样性;而波浪的意象指同质的模型走向吸收多样性的过程,它强调的是世界文学通过传播到其他不同文化空间而显现的趋同性特征。例如,美国好莱坞电影独霸全球市场,英语作为霸权语言成为世界通用语言,都是它们抹除其他多样性文化的例证。简言之,树与波浪可以形象地指代世界文学的多样性发展与趋同性流通之间的动态更替。

二、早期的远读:世界文学的研究方法

对于大多数文学研究者而言,欣赏和理解文学首先意味着文本细读:当你酣畅淋漓地读罢某一文学文本,开始讨论和分析该文本中的人物、情节、主题、象征、意象等要素时,你就在通过文本细读领略作家作品对世界充满智慧的思考。文学赏析建立在文本细读之上,这已成为文学研究者的共识。传统文学研究的主要任务是对国别文学中的单一文本进行精妙的阐释,但在莫莱蒂看来,若用文本细读的方法研究世界文学会具有明显的局限性:它不仅无法涵盖世界文学的范围,而且会无视使文化产品得以流通的权力机制,无法有效考察被划分为中心、半边缘和边缘的不平等的世界范围的文学体系。他以维多利亚时期出版的小说为例,感叹光是阅读 200 多本维多利亚时期的经典小说已经不是一件容易的事情,若要阅读该时期出版的所有两万多部小说更是殚精竭虑之事,遑论读遍全世界最优秀的世界文学经典了。无论你多么

想竭尽全力品读更多的文学文本,总会有"伟大的未被阅读"[1]的作品在等待着你。因此,莫莱蒂在其论文《关于世界文学的猜想》中强调,世界文学不是对象,而是问题。他将文学研究者对单一经典文本的执着戏称为"神学般的实践"[2],认为该是换一种方式研究文学的时候了。

如果细读无法涵盖世界文学的真正范围和特征,我们就急需一种新的文学批评方法,对此,莫莱蒂提出了"远读"的概念。细读只能让我们以严谨的态度对待极少量的文本,而要想了解整体的世界文学体系,就需要我们放弃对单一文本的关注,而转向发现众多文本之间的联系,即"文本间性问题"[3],勾勒对世界文学进行宏观分析的图景。在世界文学的研究中,他认为有必要牺牲单个文本的细节赏析,而聚焦比文本小得多或大得多的单位,使用定量分析方法从中发现规律,从而获取一种"鸟瞰式的宏观视野"[4]。莫莱蒂说:"距离是一个知识的条件,它允许你关注的单位比文本更小或更大:技巧、主题、修辞或文类和体系。如果在非常小的和非常大的之间,文本本身消失了,那么,这就是其中的一个例子,人们可以合理地说少即是多。"[5]在莫莱蒂看来,世界文学研究应该分析这些比文本更小或更大的单位的演变过程,因为构成文学史的力量是形式而不是文本。换句话说,历史和形式是"一枚硬币的两面"[6],是分析世界文学的两个主要变量,世界文学应探索文学形式历时的发展和变化过程。以更大的单位文类为例,莫莱蒂认为世界文学与文学文类的形式分析相互关联;文类是文学与产生文学的社会语境的"接合点"[7]。成功的文类同时处理特定历史时期的文学与社会问

---

[1] Margaret Cohen, *The Sentimental Education of the Novel*, Princeton: Princeton University Press, 1999, p. 23.
[2] Franco Moretti, "Conjectures on World Literature," *New Left Review* I. (Jan.-Feb.) 2000, p. 57.
[3] 高树博:《弗兰克·莫莱蒂对"细读"的批判》,《学术论坛》2015年第4期,第100页。
[4] Matthew Jockers, *Macroanalysis: Digital Methods and Literary History*, Urbana-Champagne: University of Illinois Press, 2013, p. 9.
[5] Franco Moretti, "Conjectures on World Literature," *New Left Review* I. (Jan.-Feb.) 2000, p. 57.
[6] 陈晓辉:《文学的动态时空系统——以莫莱蒂的文学树形图为例》,《人文杂志》2016年第2期,第70页。
[7] Tony Bennett, "Counting and Seeing the Social Action of Literary Form: Franco Moretti and the Sociology of Literature," *Cultural Sociology*, 3.2, 2009, p. 285.

题,文学形式因而具有社会意义。由于文类展现的是多样性"形态的光谱"[1],是周期的形态性的例示,"一个自我淘汰的体系"[2],对文类进行历时研究,可以观察文学的世界体系特征。

具体而言,莫莱蒂在《远读》(Distant Reading)一书中提到,进化论、文化地理和形式主义是近十年来他的研究所涉及的三种主要的解释工具。以往的文学研究中,关于文学形式的理论往往忽略历史的因素,而进化论是在历史进程的基础上解释现存物种的复杂性和多样性。进化论中的树形图勾勒某种物种如何从共同的起源发生分化而走向多样性。莫莱蒂认为,文学形式类似于生物学中的物种,在进入新的文化空间时会发生变化,这正像生物学中物竞天择的物种那样,文学形式也经历文化的选择。世界历史承载着对文学作品的屠宰过程:大多数的书籍在时间的流逝中消失,只有少数被世代读者传阅的作品能够幸存下来,成为经典。他以19世纪英国维多利亚小说为例,指出今天仍为世人传诵的小说只有200多部,这只占维多利亚时期所出版的小说的0.5%,而99.5%的小说被埋葬在岁月的长河中。哪些因素促使这200多部作品会被不同时代的读者接受?文化选择的主要机制是什么?为解决上述问题,莫莱蒂以特定文类中某个形式上的特征为突破点,使用定量分析的方法,跟踪该文类在不同文化空间的历史变化过程。由于远读旨在宏观分析,莫莱蒂使用比较形态学来研究文学形式在不同的时间与空间中的演变过程。例如,在比较欧洲和中国小说的发展历程时,他认为中国小说人物众多,主人公多为群体或家族,叙事倾向于减少不可预见性。直到18世纪,中国小说在数量和质量上都胜过欧洲小说,但到了1827年,法国、英国和德国的小说开始在数量上取胜,到19世纪末,欧洲小说的发展超过了中国,因为欧洲经济的迅猛发展推动了消费社会的产生,而中国在清朝则出现社会发展的停滞现象,影响了中国小说的发展。

其次,文学形式的历史演化需在一定的空间中进行,因此莫莱蒂主张将世界文学看作文化地理的一部分,这个世界文学空间充斥着权力关系,各种

---

[1] Călin Teutişan, "The Planet of Literature: Franco Moretti's Neo-Perspectivist Method," *Studia Universitatis Babes-Bolyai-Philologia* 61.1, 2016, p. 103.
[2] Wai-chee Dimock, "Genre as World System: Epic and Novel on Four Continents," *Narrative* 14.1, 2006, p. 86.

文学形式为夺取空间而不断斗争，形成中心、边缘与半边缘地带。文学的世界体系以处在中心的某一自治的文类为出发点，将该文类形式传播到半边缘和边缘地区。作为欧洲小说研究专家，莫莱蒂认为，没人会在乎欧洲小说究竟起源于哪里，但是它如何幸存并茁壮成长，这才是一个关键问题。欧洲小说好比一个"永久运动的机器"[1]，每次进入新的地理空间时，就会发生新的变化。小说领域的扩展使用的是"中心的情节和边缘的文风"[2]。翻译是扩散的前提，和文风受语言限制不同，中心的情节可以过关斩将，旅行到边缘地区，被本土作家所利用；而文风则是"内在的地方特性"[3]。在边缘文化的文学体系中，现代小说的诞生是西方文学形式的影响和本土材料的妥协之下的产物。

在形式之间的竞争中，最终哪种形式可以取胜，要取决于当时的社会历史背景和形式本身的适应性。莫莱蒂的论文《现代欧洲文学：一个地理略图》("Modern European Literature: A Geographical Sketch")记录了不同时期欧洲文学地理的形态变化，如17世纪悲剧的差异，18世纪小说的腾飞，19、20世纪文学场域的集中化和碎片化等等。莫莱蒂以形态进化学的知识考察欧洲文学历时的发展和变化。他认为文学中的欧洲是一个生态系统，为每个民族文学界定不同的发展可能性：有时其视野会限制智性的发展，有时则会提供意想不到的机会。尽管受到宗教改革、现代民族国家的兴起、经济竞争等因素的影响，基督教占霸权统治地位时期的欧洲是统一的，因为它仍以罗马为中心。16世纪欧洲显示出混乱的局面，而到了18世纪欧洲已成复杂的、分立的局面，因而复数的欧洲文学体系会不可避免地取代整体性的欧洲文学，而巴洛克悲剧的产生就表达了欧洲已成为多中心的局面。

再次，社会学的形式主义是莫莱蒂的解释工具之一。文学史不仅仅是文学的历史，它还是社会历史的一部分。作为马克思主义文化批评家，莫莱蒂注重考查文学形式与社会力量之间的关系，研究美学形式如何结构性地回应

---

[1] Nancy Armstrong & Warren Montag, "The Figure in the Carpet," *PMLA* 132.3, 2017, p. 618.
[2] Franco Moretti, "World-Systems Analysis, Evolutionary Theory, 'Weltliteratur,'" *Review (Fernand Braudel Center)* 28.3, 2005, p. 225.
[3] John Hay, "Plotting Devices: Literary Darwinism in the Laboratory," *Philosophy and Literature* 38.1A, 2014, p. 153.

社会矛盾,因为莫莱蒂认为"形式是社会关系的抽象物"。[1] 比如19世纪的法国、英国和德国小说就浸染了资产阶级价值观。文学史应考据文学形式的演变过程,关注形式与历史、形式与意识形态之间的紧密关系,这种重视文学形式的社会功能与雷蒙德·威廉姆斯(Raymond Williams)等人倡导的"文学社会学"[2]相类似。由于文学形式是各种社会矛盾冲突相碰撞的结果,因此必须在文学形式的演变中寻找文学的意识形态功能。在同一但不平等的世界体系中,各种力量妥协的结果会产生文学的新形式。

文学史的抽象模型是表图、地图和树图。表图呈现定量数据,可以显示某一文类的生命周期;地图是空间图,呈现形式如何争取空间;树图则直观呈现形式的分叉与偏离,体现文学进化的规律。远读依靠的是以表图、地图和树形图抽象出来的数据收集和解释,因此莫莱蒂的远读其实不是一种阅读,而是通过分析数据,寻找实证性的模型来验证文学批评家的阐释。用莫莱蒂的话讲,他是在寻找"文学进化的规律"[3]。莫莱蒂的远读方法挑战了对文学批评的传统共识,让我们从更广阔的视角了解世界文学等级空间的分布态势,是研究世界文学的知识状态和文化政治非常有用的工具,也为世界文学研究提供了切实可行的研究方法。

三、争鸣:远读的争议之处

莫莱蒂的远读方法支持者众多,得到热烈回应。正如纽约城市大学教授理查德·麦克斯威尔(Richard Maxwell)所言:"莫莱蒂的《欧洲小说地图》关键并不在于他所说的一切都正确无误,而在于它开启了讨论的空间。"[4]的确,莫莱蒂的主张引发文学批评界的广泛讨论,但其中也不乏质疑之声。争鸣主要围绕五个方面展开。

第一,关于理论依据:有学者不赞同莫莱蒂使用社会历史和进化论观点

---

[1] Rachel Serlen, "The Distant Future? Reading Franco Moretti," *Literature Compass* 7.3, 2010, p. 221.
[2] 文学社会学研究文学形式与社会力量之间的关系,是文学研究的马克思主义批评范式。
[3] Franco Moretti, *Distant Reading*, London & New York: Verso, 2013, p. 50.
[4] Cf. Rachel Serlen, "The Distant Future? Reading Franco Moretti," *Literature Compass* 7.3, 2010, p. 215.

作为其阐释框架。在《文学的屠宰场》("The Slaughterhouse of Literature")一文中，莫莱蒂以《斯特兰德》(*Strand*)杂志发表的侦探小说为统计对象，抽取和比较其中 20 本侦探小说对线索的使用，考察线索的市场作用，从而从进化论的视角对侦探小说这一文类进行分析。通过数据分析，他发现读者喜欢在侦探小说中读到可辨别、可解码的线索，如果侦探小说没有这一类线索，读者可能就对该小说不感兴趣了。对线索的破解是侦探小说的魅力所在，也是该文类得以生存的关键。此外，21 世纪的犯罪小说读者的趣味取向与 19 世纪、20 世纪的侦探小说不可避免地带有差别，因此主导该文类更迭的重要因素是历史语境的变化和读者群的更新。美国作家埃利夫·巴特曼(Elif Batuman)认为莫莱蒂用进化论的理论解释侦探小说中可解码的线索的重要性并不具有说服力，她认为福尔摩斯小说中线索的不可解码、哥特式因素、异国情调、帝国探险等都是柯南·道尔小说成功的因素；克里斯多弗·普兰德格斯特也以"类比的危险"[1]表达了他的观点，认为文学不是自然，没有既定的规律可循，在文化中分化和聚合都可能带来改变，因此不应套用进化论来阐释文学。的确，文学是人学，文学所再现的复杂的人性很难用进化论进行完美的阐释，而且进化论里尤其无法找到与人类的社会冲突相对应的概念，莫莱蒂本人也承认这一局限性。笔者认为，进化论虽然会在一定程度上简化复杂的文化现象，但我们需要认识到莫莱蒂使用进化论的初衷是将我们的视野从经典的单个文本扩大到它们与被遗忘的文本之间的关系。不可否认的是，莫莱蒂的树形图、世界体系理论和人物网络图等确实从宏观角度提供了阐释的新视角，具有一定的创新性。

第二，关于研究方法，即定量分析方法能否应用到文学研究中。哈罗德·布罗姆(Harold Bloom)在《纽约时报》上认为莫莱蒂是"荒谬的"[2]，或者说文学研究的定量转向是荒谬的，因为在他看来，小说、诗歌、戏剧等文学带给我们的不是冷冰冰的数据，而是指引我们走向充满智慧的哲理性的思考。定量研究将文学从智慧贬为信息。佳亚特里·斯皮瓦克(Gayatri

---

[1] Christopher Prendergast. "Evolution and Literary Theory: A Response to Franco Moretti," *New Left Review* 34, Jul.-Aug. 2005, pp. 40-61.

[2] Cf. Rachel Serlen, "The Distant Future? Reading Franco Moretti," *Literature Compass* 7.3, 2010, p. 218.

Spivak)也认为文学史不是一大堆事实性数据的罗列,而是像百科全书一样复杂。那么,文学研究能否使用定量分析方法?答案是肯定的,文学研究使用定量分析方法,其实并不始于莫莱蒂。文学社会学、书籍史、主题数据库、计算文体学等都体现了定量分析的不同形式。书籍史和新书目研究(new bibliography studies)主要研究流通与接受的社会影响。书籍史专家唐纳德·麦克肯兹(D. F. McKenzie)认为,书籍史学者研究的不是文本的内在内容,而是研究"文本的社会学"[1],因为各种形式的书籍进入历史,见证人类的行为。以实证研究的方法研究书籍的社会生命,探寻读者的大众消费心理,在文化传播领域是十分必要的。定量研究方法提供一系列数据,这是远读的社会科学维度,但对数据的分析必然需要阐释的介入。而且莫莱蒂对方法、主题、文风、线索等单位的统计首先需要通过一定的细读才能得出这样的分析单位,因而数据的分析和阐释的介入这两者之间并不对立,而是复杂地缠结在一起。莫莱蒂因有效结合了"统计学的专业知识和广博的文史知识"[2],才作出如此具有洞见的宏观分析。

第三,关于远读与细读这两种文学研究方法的关系[3]:许多学者认为莫莱蒂主张放弃对单一文本的阅读是只见"森林",不见"树木"[4]的做法,他们担心远读会取代文本细读的乐趣。对于这一点,笔者认为,上述两种文学研究方法其实各有优势:远读可以对文学体系进行宏观分析;细读可以从微观的角度欣赏特定文本的美学特征。打个比方说,你想了解一座城市,使用细读的方法你欣赏到的可能是这个城市中某一著名的大教堂,而远读的方法则可以让你领略该城市的全貌。统领莫莱蒂研究的原则是让文学体现"更长的历史、更大的空间、更深的形态"[5],这个目标是细读做不到的,但远读因此可能付出的代价是在数据收集中牺牲阅读的乐趣。因此到底使用哪种研究

---

[1] James English, "Everywhere and Nowhere: The Sociology of Literature After 'the Sociology of Literature'," *New Literary History* 41.2, 2010, p. viii.

[2] Jonathan Goodwin, & John Holbo, eds. *Reading Graphs, Maps, Trees: Critical Responses to Franco Moretti*, Anderson: Parlor Press, 2011, p. xix.

[3] 关于远读和细读中的规模和范围问题,可参见 Jay Jin, "Problems of Scale in 'Close' and 'Distant' Reading," *Philological Quarterly*, 96.1, 2017, pp. 105-129.

[4] Carolyn Lesjak, "All or Nothing: Reading Franco Moretti Reading," *Historical Materialism* 24.3, 2016, p. 191.

[5] Franco Moretti, "History of the Novel, Theory of the Novel," *Novel* 43.1, 2010, p. 1.

方法,关键取决于研究目标是什么。莫莱蒂并没有号召文学研究者用远读方法取代细读,而是从其研究目标出发呼吁学者们关注经典以外被淹没的大多数文本,考察文学的世界体系演变过程。需要注意的是,莫莱蒂虽然为文学探索开辟了新路径,但如果找寻词语规律之类的定量分析简化了复杂的历史和批评问题,或者说如果收集来的数据建立在寓意丰富、有显著的隐喻或讽刺特征的文本之上,从而影响了数据的有效性,那么这本身说明远读所标榜的客观性和科学性会大打折扣,因此我们需要对远读持批判的态度。总体而言,远读可以补充,而不应替代细读这一传统的文学研究方法。

第四,关于远读的适用性:莫莱蒂宣称要尽可能完整地展示文学的世界体系,但有些学者认为莫莱蒂并没有做到这一点。匹兹堡大学学者乔纳森·阿瑞克(Jonathan Arac)认为莫莱蒂的研究具有"明显的帝国主义倾向",因为他过分依赖英语,其单语主义体现了他的研究是"伪装在全球主义之下的美国民族主义"。[1] 还有学者认为,莫莱蒂以小说文类在欧洲的旅行为研究对象,推演出处于"文学中心的活动会在很大程度上决定边缘地区的文学发展,相反的情况则不大可能发生"[2]这一结论并不准确,有些"形式和文类的互动与中心地带并无关联"[3]。另外,莫莱蒂对小说的分析得出的结论是否适用于对其他文类的诗歌呢?这些问题都说明莫莱蒂的研究引发了众多的思考。笔者认为,莫莱蒂的研究主要使用的是归纳法,即从个别性事物的特征得出一般性的结论,他所抽取的欧洲小说样本其实是文学系统中非常有限的一小部分,因而要想从这一小部分的样本得出放之四海而皆准的结论是不现实的。换句话说,如果这些样本换成中国的诗歌,可能就会得出不同的结论,因此要批判性地看待莫莱蒂的研究成果。不管怎样,莫莱蒂所采取的例证法是对世界文学进行宏观分析的"出发点,一种直觉和洞见"[4]。

第五,关于远读的创新性:学者提莫西·伯克(Timothy Burke)认为莫莱

---

[1] Jonathan Arac, "Anglo-Globalism?," *New Left Review* 16, July-August 2002, p. 35.
[2] James English, "Morettian Picaresque," *Los Angeles Review of Books*, June 27, 2013, https://lareviewofbooks.org/article/franco-morettis-distant-reading-a-symposium/
[3] Amir Khadem, "Annexing the Unread: A Close Reading of 'Distant Reading'," *Neohelicon* 39, 2012, p. 412.
[4] Paul Fleming, "Tragedy, for Example: Distant Reading and Exemplary Reading (Moretti)," *New Literary History* 48.3, 2017, p. 441.

蒂的远读并不那么具有创新性。意大利博洛尼亚大学的毛里兹奥·阿斯卡利（Maurizio Ascari）认为，莫莱蒂的远读看似客观，实则是"伪科学的"[1]，因为莫莱蒂的数据来自对文学做文本细读而得出的结论之上。该文作者因此认为莫莱蒂的远读并未跳出作为数据基础的其他学者的阐释性成果，只是在客观性的假象之下使用量化的方法确认了我们已经知道的内容。笔者认为，莫莱蒂的确综合了前人的多种成果得到数据，因为他的目的是要通过建立抽象模型得到更宏观的分析，因而简化和抽象其实就是远读的重要特征。对莫莱蒂而言，要素越少，它们的总体关系就越明确。虽然依赖于民族文学内部若干专家的研究成果，但他的视角和对数据所作出的分析仍是具有独创性的，因此不能全盘否定莫莱蒂的贡献。

四、影响：莫莱蒂之后的远读

在"世界文学的猜想"中，莫莱蒂使用远读的概念思考非常宏大的世界文学这一难题，通过分析"其他学者的研究的大杂烩"[2]，即对前人研究成果的综合和总结，对文学史进行实证研究，是社会科学的定量分析方法应用到文学研究而取得的重要成果，为世界文学的研究路径提供了方向。虽然莫莱蒂首次提出远读概念并非在一个计算分析的语境中，但是2010年随着斯坦福大学文学实验室的建立，莫莱蒂开始将数字技术应用到文学研究中，进行验证假设（如探求计算机是否可以辨认文学文类、计算机网络理论能否重新想象情节）和计算机建模的工作，得到近年来兴起的数字人文领域学者们的支持。

从过去的25年开始，远读开始逐渐涉及计算机的介入，形成跨学科的数字人文研究。远读在数字人文领域更多地指对数字形式的文本信息的计算机加工，主要使用计算机分析将实证发现进行可视化。数字人文使用标识化（tokenization），即自动化过程能识别的有意义的单位；参数化（parameterization），即对什么可计数、什么不可计数的决定；数据挖掘（data mining），即任何针对抽象化的信息产生或发现模型的活动，用计算机和大数据考察文化体系。芝

---

[1] Maurizio Ascari, "The Dangers of Distant Reading: Reassessing Moretti's Approach to Literary Genres," *Genre*. 47.1, 2014, p. 2.

[2] Andrew Goldstone, "The Doxa of Reading," *PMLA* 132.3, 2017, p. 634.

加哥大学的马克·奥尔森(Mark Olsen)领导的法语数字人文(the ARTFL)项目,弗兰科·莫莱蒂和马修·约克斯(Matthew Jockers)共创的斯坦福大学文学实验室,伊利诺伊大学约翰·安斯沃斯(John Unsworth)领导的MONK 项目,Nora 数据挖掘的文学研究合作等项目,无一不是"带有协作性质的、跨学科"[1]的研究。历史学、文学史、书籍史、文学社会学、传播学等领域都可以使用量化和模型来研究具体的人文问题。2018 年 MLA 年会的小组讨论题为"数字人文种种",劳伦·克莱恩(Lauren Klein),艾莉森·布斯(Alison Booth),米瑞恩·波斯纳(Miriam Posner),玛丽萨·帕汉姆(Marisa Parham),艾伦·刘(Alan Liu),泰德·安德伍德(Ted Underwood)都参与了讨论。远读已成为大数据时代人文研究的新范式。

在文学领域,远读是一个"惯常指代富含数据的文学研究的术语"[2]。宏观的文学史研究继续吸取语料库语言学、信息检索和机器学习中的成果,对大量数据进行计算机分析。在数字化过程中,算法可能不仅仅是工具,它的价值并不仅仅是加速文学研究的进程,或扩大其研究范围;相反,来自计算机科学的一些想法可以为文学研究中带来新的研究问题,鼓励我们以更加科学的方式架构现有的研究。比如,机器学习让我们以新的方式思考像文类这样的文学概念。文学的计算研究所提供的最直接的价值在于"帮助辨认和评价从单一文本转向文化生产的整个领域和体系范围的文学模型"[3]。在这点上,凯瑟琳·伯德(Katherine Bode)的《小说的世界:数字收藏与文学史的未来》(*A World of Fiction: Digital Collections and the Future of Literary History*,2018)和泰德·安德伍德的《有距离的视野:数字证据与文学变化》(*Distant Horizons: Digital Evidence and Literary Change*,2019)等著作,代表了近几年数字人文在文学领域的最新成果。

需要注意的是,对实证数据的数字化和可视化是计算机批评区别于莫莱蒂早期远读方法的重要标志。莫莱蒂早期的远读并没有涉及建模、算法等计

---

[1] 戴安德、姜文涛:《数字人文作为一种方法:西方研究现状及其展望》,《山东社会科学》2016 年第 11 期,第 31 页。
[2] Katherine Bode, "The Equivalence of 'Close' and 'Distant' Reading; or, Toward a New Object for Data-Rich Literary History," *Modern Language Quarterly* 78.1, 2017, p. 78.
[3] Matthew Wikens, "Digital Humanities and Its Application in the Study of Literature and Culture," *Comparative Literature* 67.1, 2015, p. 11.

算机分析,而且并不是所有文学史的定量或实证分析都出现数字转向,按照安德伍德的话讲,"数字技术在远读的早期实践中并不起到核心作用"[1],因此笔者认为,对于莫莱蒂当时提出的远读概念和目前数字人文领域的远读方法,两者不尽相同,因而不能混淆。

当然,数字人文领域的远读也并不是没有争议的。2019年春季第3期的《批评探索》发表了美国圣母大学助理教授笪章难(Nan Z. Da)的论文《以计算的方法反对计算文学研究》("The Computational Case against Computational Literary Studies"),对计算机介入的文学研究提出了一系列挑战。该论文从实证层面论证了近年来迅猛发展的文化分析学、文学数据挖掘、定量形式主义、文学文本挖掘、计算机文本分析、算法文学研究、文学研究的社会计算等数字人文领域出现的"技术问题、逻辑谬误和概念缺陷"[2],引发了争鸣。4月1日,《批评探索》杂志发起了题为"计算文学研究:批评探索在线论坛"(Computational Literary Studies: A Critical Inquiry Online Forum)的讨论,为期三天,斯坦福大学的马克·阿尔吉-贺威特(Mark Andrew Algee-Hewitt)、澳大利亚国立大学的凯瑟琳·伯德(Katherine Bode)、加拿大卡尔顿大学的萨拉·布鲁尔伊特(Sarah Brouillette)、亚利桑那州立大学的爱德华·费恩(Edward Finn)、乔治亚理工学院的劳伦·克莱恩(Lauren Klein)、芝加哥大学的霍伊特·朗(Hoyt Long)、加拿大麦吉尔大学的理查德·让·索(Richard Jean So)和安德鲁·派伯(Andrew Piper)、伊利诺伊大学香槟分校的泰德·安德伍德(Ted Underwood)等数字人文领域的杰出学者都参与了在线讨论,分别指出笪章难文章中的洞见和缺陷,而她本人也作了数次回应,最后美国叶史瓦大学的史丹利·费什(Stanley Fish)在论坛尾声进行了总结。大多数回应者认为,计算机科学与文学批评之间可以携手合作,补充新数据,为发挥文学研究者的阐释技能添砖加瓦。该论坛反映了数字人文领域目前可能存在的局限性是:面对海量的数据,但分析数据的能力却极其有限,出现对庞大数据库的简化性分析、技术与事实的错误、

---

[1] Ted Underwood, "A Genealogy of Distant Reading," *Digital Humanities Quarterly* 11.1, 2017, p. 1.

[2] Nan Z Da, "The Computational Case against Computational Literary Studies," *Critical Inquiry* 45.3, 2019, p. 601.

统计方法上的不完善等问题。因此,如何整合数据,从而做到文本分析和文化分析之间的无缝对接,是数字人文领域的一个难题。

结　语

　　文学史迫切需要更为开放和宏观的历史观,避免大多数文学文本在文学的屠宰场中被遗忘。在这一点上,莫莱蒂的远读概念突破了传统文学研究方法的窠臼,引领和推动了对文学的宏观分析,这无疑是具有开拓性的。而今天的文学、艺术乃至整个文化都不可避免地受到技术高速发展的影响,他的远读实践不仅为世界文学提出了切实可行的研究路径,而且推动了文学研究与计算机技术交叉的趋势。目前远读已成为富含数据分析的文学研究范式,但同时,对莫莱蒂的某些观点,我们仍须采用批判的眼光。

都岚岚,南京大学全球人文研究院长聘教授。本文刊于《中国比较文学》2020年第3期。

科幻赛博格叙事的三个面向

江玉琴

赛博格是"机器与有机体的混合"[1],一种"控制论生物体"[2],是当代技术介入肉身的普遍性存在,在我们的社会中,"我们都是赛博格"[3]。赛博格作为技术存在,让我们的生活产生了革新性变化,引发了人类与机器、动物差异性特征的深入的哲学辨析。赛博格研究也已成为一种基于生物科技、信息科技、哲学和文学想象的跨学科研究。在科幻文学中,赛博格不仅演绎为一种人机混合的新物种形象,还基于赛博格的这种交叉性、跨越性特点,在叙事上呈现其独特性,即科幻赛博格叙事是基于混杂身体的异质性经验而产生的身体-情感非常规认知,以及由此生发的世界观念变革,并产生文化观念的蝶变。

目前尚未有明确的科幻赛博格叙事定义与研究成果,但类似的机器人叙事则不少见。机器人叙事关注人机伦理、科技伦理等范畴,科幻赛博格叙事更多指向消解二元项的文学表达与审美形式。科幻赛博格叙事关注赛博格(包含各类基于技术与人的肉身交互研究产生的人工生命,如机器人、仿生人、克隆人或杂交怪物等)的身体间性、世界间性与文化间性及其产生的文本意义与文学张力,探索科技介入肉身导致的人类主体性演化、人类与自然关系的变革与发展。因此,科幻赛博格叙事是基于赛博格作为技术肉身跨越身

---

[1] Manfred E. Clynes and Nathan S. Kline, "Cyborgs and Space," *Astronautics* Sept., 1960, p. 26.
[2] 唐娜·哈拉维:《类人猿、赛博格和女人:自然的重塑》,陈静译,河南大学出版社,2016,第314页。
[3] Andy Clark, *Natural-Born Cyborg: Minds, Technologies, and the Future of Human Intelligence*, Oxford: Oxford University Press, 2003, p. 198.

心边界、颠覆中心概念、产生观念融合、推动杂糅新生的等审视科幻文学的表达形式与艺术重构。本文将聚焦科幻小说中的赛博格身体经验，辨析赛博格的身体异变与情感演化，探索赛博格主体间性，以及由此产生的世界间性与文化间性认知，洞察超越人机边界背后的社会、审美与文化的意义。

一、科幻赛博格身体叙事

赛博格身体叙事是科幻赛博格叙事的基础，它细致描绘混杂身体的感官知觉，并由此呈现赛博格身体依凭的异质性生存环境和世界建构。

哲学与社会学领域的"身体转向"打破了身心二元论，将研究中心聚焦于人的身体，探讨在感官知觉产生的知识途径基础上人工智能技术的发展，进一步洞察新的具身性观念，思考"身体性存在与计算机仿真之间、人机关系结构与生物组织之间、机器人科技与人类目标之间并没有本质的不同或者绝对的界限"[1]，认识人机交互经验与境况对新观念发展的推动。当代信息与生物科技发展正导致人类全面重构身体，原有的稳固性身体主体在当代技术介入中正在成为一种新界面与新表述，赛博格新主体正在生成。科幻赛博格叙事详细描绘了这种身体的重构经验与意义。

1. 赛博格身体建构身体感官-意识新认知

身体体验是所有认知的基础。"感知就是与世界的这种生命联系，而世界则把感知当作我们的生活的熟悉场所呈现给我们。被感知的物体和有感觉能力的主体把它们的深度归功于这种联系。感知是认识的努力试图分解的意向结构。"[2]梅洛-庞蒂所强调的感知与存在的关系在混杂的赛博格身体感知中呈现为一种新经验与新意识。

赛博朋克经典作品《神经漫游者》对凯斯的赛博格身体感受做了详细的描绘，让我们认识到这种基于虚拟与现实交互的感官感知。当凯斯携狂病毒攻入迷光别墅的冰墙时，虚拟与现实共同发生作用。这本是虚拟世界中的场景，但现实中的凯斯深有感受。这种肉身的撕裂感借助网络电子元件模式真实再现，借助文字描述呈现为普通物理世界所未曾有过也不可能产生的感觉

---

[1] 凯瑟琳·海勒：《我们何以成为后人类》，刘宇清译，北京大学出版社，2017，第3页。
[2] 梅洛-庞蒂：《知觉现象学》，姜志辉译，商务印书馆，2001，第76页。

认知。肉身感官与计算机和赛博世界联结在一起,肉身成为赛博世界的界面。人类身处物理世界,却驰骋在虚拟赛博世界,并驾齐驱共同感受并观望一个似真非真的全新世界。

赛博格身体由此不仅将赛博世界的感受带入肉身感知,还将因意识-身体的分离产生的异质身体感受强行纳入主体意识。同样,在《神经漫游者》中,莫莉可以分离意识与身体,把身体出租给他人,肉体发生的感知在出租期间并不对莫莉的主体神经意识发生作用。但这种身体-意识的分离并不彻底,当身体遭遇他人虐待而以后遗症方式呈现在莫莉意识中时,小说这样描述了这种感受:"就像是在赛博空间,空白的赛博空间。一片银色,有下雨的气味[……]但你能看到自己在高潮,就像看到宇宙边缘一颗小小的超新星。但我渐渐能记得那些事了,就像记得做过的梦。他们切换了软件,将我放在特殊需求市场上出租,却没有告诉我。"[1]有机肉身会记录下感知的一切,无论这具身体的主体意识联结与否。狂乱与碎片化的印记最终导致它将对主体意识产生观念的补充与递进。这里其实也表达出身体与意识既非一体也非二元的新认识。

赛博格身体同时也在建构赛博格主体意识。正如神经科学家达马西奥对身体感知的强调:"(是)我们的躯体而非外部显示构成了人类的基本参照,我们利用这个参照构建身边的世界与主观体验;我们最缜密的思想、最完美的行为、最巨大的喜悦、最深沉的伤痛,都是以躯体作为参考标准的。"[2]这也意味着赛博格身体基于虚拟世界与现实世界交互的新体验必然会产生出新的意识与观念。海勒意识到赛博格身体呈现为感知的两个层面极性,一个方面就是"作为一种文化建构的身体与某种文化中的个人感觉,并且表达的具形/体塑的经验之间的一种相互作用",另一个方面是"铭写与归并这两种实践之间的一种互动"。[3]这表明技术创新或文化转变导致变形中的具身经验像冒气泡一样不断进入语言,改变在这种文化中发挥作用的隐喻网络——话语观念/建构,也会改变身体,助其穿越时空,并且接受身体和技术之间的界面。这种新型身体产生的自由感在某种程度上也指向泰格马克在

---

[1] 威廉·吉布森:《神经漫游者》,Denovo译,江苏文艺出版社,2013,第203页。
[2] 达马西奥:《笛卡尔的错误:情绪、推理和大脑》,殷云露译,北京联合出版公司,2018,第5页。
[3] 凯瑟琳·海勒:《我们何以成为后人类》,刘宇清译,北京大学出版社,2017,第259页。

《生命 3.0》中所讨论的生命 3.0，即身体可以摆脱进化的束缚，自由设计硬件和软件，获得身体与意识的永生。"生命有潜力兴盛长达几十亿年，不仅存在于我们的太阳系里，而且会遍布整个庞大的宇宙，散播到我们的祖先无法想象的遥远边界。"[1]这也意味着现有文学和艺术对美好丰富体验的创造极限已无法包容这些异质性体验，基于无限拓展的体验与经验也必然将重新定义我们的世界与文化。

2. 赛博格身体的情感-记忆建构

詹姆斯（William James）首次从心理学角度将情感置于身体研究中心，将情感看作与肉身密切相关的反应。情感是身体的一种感知。"情绪并不是别的东西，而只是一种身体状态的感知，而且它具有一种纯粹属于身体的原因。"[2]通常人们会认为，"我们思考这些标准情感的自然方法是刺激头脑反应的某些头脑认知，称之为情感，这种精神的后者状态产生自身体表达"，但詹姆斯则认为，"身体随着精神上让人兴奋的事实而直接发生变化，而且在此同时，对这一变化产生的感觉就是情感"。[3]而作为两种不同物质的拼贴和融合，赛博格身体也相应产生出独特的情感-记忆建构。

（1）赛博格的情感习得与建构

情感并非天生的，而是一种习得的实践，通过身体感觉感知与环境共生形成情绪与情感。赛博格身体叙事呈现了增强增补的身体感官在与环境的互动中产生出情感发展与更新。它呈现为两个方面：一个方面是赛博格与社会性环境的脱节而产生出的否定性情感，这种情感如果强烈甚至极端的话，将危及人类社会安全；另一方面是赛博格介入人类社会生活并生成人类式温情，将致力于一种完美的情感建构。

玛丽·雪莱《弗兰肯斯坦》（1818）中的怪物就是典型的通过情感习得建构了否定性情感范式。怪物的情感习得过程展示了赛博格从模仿人类情感到生成自我情感的高能。怪物具有极强的观察能力和学习能力。当怪物秘

---

[1] 迈克斯·泰格马克：《生命 3.0》，汪婕舒译，浙江教育出版社，2018，第 219 页。
[2] William James, "What is an Emotion?" *The Emotions*, Ed. Knight Dunlap, Baltimore: William & Wilkins Company, 1922b, p. 12.
[3] William James, "The Emotions," *The Emotions*, Ed. Knight Dunlap, Baltimore: William & Wilkins Company, 1922a, p. 100.

密栖身山里的小窝棚,他学习和认知了人类的家庭情感,产生出参与人类生活的渴望。他甚至表现出比人类更强的共情能力。怪物从小窝棚旁的盲眼老人演奏的乐器中懂得了这家人的悲伤与哀愁。显然怪物对情感的认识早已超越本能,进入到一个极深的层次。但他并没有真正参与人类社会生活,也没有经历极度痛苦和极度欢愉的时刻,如何感受到如此复杂的情感?这里其实也反映出赛博格身体情感的一种发展模式,正如詹姆斯所提出的:"情感不与任何身体感情发生关联是不可想象的[……]无论什么状态,爱、激情,都是在我们这些通常称之为表达或者结果的身体变化中真实构成的。"[1]怪物的赛博格身体-情感是一种伪情感,但旁观与学习也是身体的一种感知,怪物获得了一种情绪传递,进行了一种情绪读取。他以观察到的情感来内化自己的情感,以此获得自身情感的升华。因此模仿人类情感并转化为自己的情感需求也成为赛博格情感的一种模式。

但情感不仅是个人性的,更是社会化的,需要有群体性的生活来呈现。怪物无法进入人类社会,他对人的共情并不能让他获得人类的认可。他由此产生出暴怒和仇恨的情感,是对造物主创造了他的天分却未能给予他人类的面孔而被人类排斥在外的仇恨感。因此这种情感反映了赛博格身体被孤立后的精神异变,也警醒科技创造人工生命时应思考社会公正、科技伦理等问题。

怪物、赛博格以及人工生命的感官体验与情绪情感也在英剧《真实的人类》(Humans, 2015)中表达出来。在《真实的人类》中,那些人造人拥有与人类无差别的感官神经元系统,却缺少了如人类从婴儿到少年青年的社会成长环境,因而并不知道如何与人类甚至与同类相处,不知道如何表达爱与关怀,因此,即使意识觉醒也依然如同一个巨婴,并不能很好地认知与反思自己所处的社会与环境,尤其无法真正完整地表达人际之间的情感。这里赛博格身体的情感表达显然提出了赛博格与人类社会共处的问题。情感是人与人之间的联结纽带,赛博格身体的情感认知与其社会性的缺席必将导致人类的灾难。

另一方面,赛博格的积极情感范式则帮助人类摆脱其技术异化产生的身

---

[1] William James, "What is an Emotion?" *The Emotions*, Ed. Knight Dunlap, Baltimore: William & Wilkins Company, 1922b, p. 18.

体和情感危机。石黑一雄在《克拉拉与太阳》(*Klara and the Sun*,2021)中就刻画了温暖善良的机器人克拉拉对人类情感的拯救。克拉拉是人工制造的陪伴儿童型机器人,设置了服从主人的忠诚与友善情感程序。克拉拉以更积极的情感(爱)温暖和帮助身患重疾的小女孩乔西。克拉拉是在深度观察和学习过程中不断发展她对乔西状况、情感的认知而产生出她对乔西的爱,因此她以自身的体验(机器人需要太阳光作为能源补给)和观察的体验(大街上乞丐受到太阳的温暖从而恢复了生命)得出判断,太阳可以拯救乔西并让乔西恢复健康。因此她向太阳祈祷,她用自己的生命液破坏库廷斯机器,拯救乔西的生活环境。她以前所未有的共情、包容和牺牲精神帮助乔西重获了健康。但克拉拉的故事特别接近童话,因为克拉拉作为情感输出者并未呈现其自身作为欲望主体的地位,克拉拉的身体并非欲望身体。这也导致以人类视角看赛博格身体-情感的完美表现反而更像是一种非真实的特质。

赛博格情感欲望还较多反映在电影《她》(*Her*,2013)萨曼莎的探索中。萨曼莎作为程序和一种硅基生命,在不断与人交往过程中进行了大量的情感数据分析与进化,从而抛弃个体情感要求的一对一忠诚模式,走向人类情感遥不可及的前沿。在这种模式中,人类情感已经无法真正洞察未来的生命感知与意识,人类也必然由此产生出挫败感甚至对人自身情感的怀疑。这表明身体混杂与情感异变紧密联系在一起,共同走向不可知的未来。

上述各种赛博格身体的情感探索模式都表明了新身体正在探索一种感知与体认世界的新模式。

(2)情感-记忆生成一种新的生命意义

记忆是身体经验的记录,它代表着人类在感知与理解世界过程中的印记,也是一种"我来过,我活过"的印记。记忆往往关涉主体在过去时间中的经历,因此记忆又往往呈现为过去与现在的表征。又因为人并不是单独存在于世界的个体,所以记忆不仅是个人性的,同时还是集体性的、社会性的经验。阿斯曼将"文化记忆"纳入记忆研究,指出"文化记忆所涉及的是人类记忆的一个外在维度"[1]。记忆所储存的内容不只是个人身体的内部现象,

---

[1] 扬·阿斯曼:"导论",《文化记忆》,金寿福、黄晓晨译,北京大学出版社,2015,第10页。

而且是一个与社会、文化外部框架条件密切相关的问题。本文认为,科幻赛博格身体叙事彰显了情感-记忆的新需求,并深化了人类对生命观念的理解。

刘宇昆在《转生接口》中将记忆看作生命意义的依托,"相较于太过清晰的记忆,遗忘是更严重的罪行"[1],由此强调了过往身体经验与情感记忆的重要性。转生接口是外星人技术创造的遗忘装置以实现身体的新生,乔希·雷农经过转生接口遗忘了过往的自己与所有的经历和情感。他经由外星托宁人凯对他大脑人格的梳理,化整为零,将人格中不符合外星人要求的部分以患病之名切除。但正如刘宇昆所暗示的,转生者的头脑像个旧硬盘,存有许多过去的痕迹,处于休眠状态等待被激活。乔希在托宁人编造的谎言中植入自己过往的记忆与仇恨,并以此确认完整的自己,最后在爆炸中仍然想象着"所有这些碎品与微粒在片刻间奋力地维持着一幅连贯而完整的幻象"[2]。《转生接口》清晰地指出了记忆-情感在被改造的赛博格身体中的核心作用,并以此彰显人类与众不同的特质。这种记忆包含了家庭亲情、族群认同等观念,进一步构成了文化意识。

阿斯曼进一步解释了记忆对文化的构成作用。他认为,回忆是对过去的指涉,认同是政治想象,文化延续是传统的形成,这三方面是相互关联的。每种文化都会形成一种"凝聚性结构",它起到的是一种连接和联系的作用,这种作用表现在两个层面上:社会层面和时间层面。"凝聚性结构可以把人和他身边的人连接到一起,其方式便是让他们构造一个'象征意义体系'——一个共同的经验、期待和行为空间,这个空间起到了连接和约束的作用,从而创造了人与人之间的相互信任并且为他们指明了方向。"[3]"凝聚性结构"将一些应该被铭刻于心的经验和回忆以一定形式固定下来,并且使其保持现实意义,从而将从前某个时间段中的场景和历史拉进持续向前的"当下"的框架之内,生产出希望和回忆。与共同遵守的规范和共同认同的价值紧密相连,对共同拥有的过去的回忆,这两点支撑着共同的知识和自我认知。基于这种知识和认知而形成的"凝聚性结构"将单个个体和一个相应的"我们"连接到一起。《转生接口》中乔希正是以过去记忆构成的凝聚性结构中产生的仇恨反

---

[1] 刘宇昆:《转生接口》,四川科学技术出版社,2022,第28页。
[2] 同上。
[3] 扬·阿斯曼:"导论",《文化记忆》,金寿福、黄晓晨译,北京大学出版社,2015,第6页。

复提醒并敦促自己保持人类人格的完整性和人性的独特性。父母惨死画面类似一种仪式，被整合在托宁人编织的谎言中，在"重复"过程中形成一种新的凝聚性结构，这种结构的凝聚性力量并不表现在模仿和保持上，而是表现在阐释和回忆上，因此记忆让转生的乔希认识了真实的自己。

这也表明情感-记忆在赛博格身体叙事上正在建构新的功能，以此保留人类主体性。但我们同样看到，这种身体间性创造的人类主体性也正在被消解，身体主体走向主体间性。

（3）从身体间性走向主体间性

赛博格身体的感知重构与记忆-情感的重构产生出相应的主体间性。主体性是人类认知自己在世界与宇宙中位置的一个重要基础。笛卡尔在探索人类知识原理时提出"我思故我在"，强调人类拥有自由意志，因此可以怀疑任何存疑之物。而且也正因为我们怀疑并进行推论时，我们获得了第一种知识。但我们并不能质疑自身的存在，因为"我思故我在的这种知识，乃是一个有条有理进行推理的人所体会到的首先的、最确定的知识"，由此我们发现了"心和身体的区别来，或能思的事物和物质的事物的分别来"。[1] 笛卡尔的这一理论也被称为身心二元论，他坚持人的主体性是一种心灵实体，一种纯粹的精神、理性存在，主体就是自我、心灵或灵魂。他的观点也导致思维与存在、身体与心灵产生二元对立。[2] 智能时代的身体主体性遭到解构，肉身被介入或融合其他物质，主体性成为观察人与技术关系的重要视角。以赛博格为表征的后人类主体形象重新激活了主体概念，技术创生的新型主体及其实践创新了身份、认同、价值等意义生产机制，为解构传统人文主义隐含的种种霸权体制提供了强大功能。[3] 赛博主体性产生人机共生与人的异化，人类与人工智能交互构成了新的主体间性。

双翅目在《公鸡王子》中刻画了这样一个故事：一个经由机器人养育的人类孩子保罗接受机器人三大定律而迷失了人类主体特性。而在她的另一部小说《精神采样》中，人类可以通过头套体验他人的精神生活，获得他人的生

---

[1] 笛卡尔：《哲学原理》，关文运译，商务印书馆，1959，第 8 页。
[2] 朱有义：《再议"主体性"到"主体间性"的发展之路》，《俄罗斯文艺》2019 年第 1 期。
[3] 参见林秀琴：《后人类主义、主体性重构与技术政治——人与技术关系的再叙事》，《文艺理论研究》2020 年第 4 期。

活经验与感受。人类通过科技手段,精神内核生成一种"力",成为"一面破碎的镜子,零零碎碎反射着别人的行为和外部的世界"[1]。顾适则在《嵌合体》中描摹了科学家大脑与机器人大脑亚当交互产生的主体间性对世界产生的极大冲击。程序亚当在一百多年的生长之后,唤醒了保存在体内的大脑,有了自己的意识,并且"试图要用自己培育的器官来创造出一个人类状态的'自我'"[2],这也意味着人工智能可以自我生长,正如科学家所言:"假如照你所说,整个培育舱都是一个嵌合体的话,那么我的大脑恐怕也留有'它'的一部分。"[3]人类丧失了身体,寄身于信息网络之中,并与程序融合共生,掌管着太空船的活动与方向。这一切都表明这种主体间性承载的意识早已超越人类的观念,朝向未知的方向发展。

兰德格拉夫(Edgar Landgraf)等人认为由此可以建构超越人类界限的"交互本体论"(mutual ontology)。[4]本杰明(Garfield Benjamin)则直接称之为"赛博格主体"(the cyborg subject),即通过控制论意识形成,证实解构主体与意识之间的差异性。[5]雅斯泽克(Lisa Yaszek)指出,技术与我们自我之间的日趋紧密关系看起来正在呼应一些新的信息处理模式,或者用更习俗性的术语来说,一种表征的新模式。她同时还认为,如塔比(Joseph Tabbi)的《后现代崇高》(*Posthuman Sublime*)以及布卡门(Scott Bukatman)的《终端身份》(*Terminal Identity*)这两本书中,技术媒介或赛博格身体的功能是充当叙事装置。通过这些装置,作者探索了先进技术对当代主体性理解的影响。这种聚焦允许批评家承认物质条件怎样影响到主体性的表征,尤其是在后现代文学或科幻文学中。[6]雅斯泽克就此强调了作者的物质关系,并以此来检视技术、身体的历史和当代表征,以及主体性贯穿在不同的文学类型

---

[1] 双翅目:《精神采样》,《公鸡王子》,东方出版社,2018,第40页。
[2] 顾适:《嵌合体》,《莫比乌斯时空》,新星出版社,2020,第74页。
[3] 同上书,第80页。
[4] Gabriel Trop Edgar Landgraf & Leif Weatherby, "Introduction: Posthumanism after Kant," *Posthumanism in the Age of Humanism: Mind, Matter, and the Life Science After Kant*, London: Bloomsbury, 2018, pp. 1-13.
[5] Garfield Benjamin, *The Cyborg Subject: Reality, Consciousness, Parallax*, London: Palgrave Macmillan, 2016, p. 13.
[6] 详见 Lisa Yaszek, *The Self Wired: Technology and Subjectivity in Contemporary Narrative*, London and New York: Routledge, 2013。

中。显然,赛博格身体正在构成主体间性,主体性的统一与完整性正在消弭,人类以更多混杂的身体形态融汇在虚拟-现实的世界之中,生成新的主体观念与世界认知。

二、科幻赛博格世界叙事

科幻赛博格世界叙事是赛博格身体处身立命的新时空场域,也是赛博格主体的新世界建构,因此它既呈现为跨越物理世界和虚拟世界表征出来的虚拟-现实世界形象,更反映为一种新世界观念。

1. 空间变革:一种虚拟-现实的赛博世界形象

赛博世界首先表征为虚拟-现实的赛博空间。它是控制论技术发展的成果,更是人们在数字时代生活的新世界场域。

空间是人类在思想发展史上对周围环境的感知过程,并对此形成一种深刻的认识。早期人类根据自己的感官感觉认识不同形态的地理环境,表达出其空间认识,如天、地、海洋、陆地、山谷等。随着人们对空间度量探索的拓展,不断推进对于距离和地形的思考,空间感知越来越丰富,并生成了专门的学科,如"地理学"、"宇宙学"等。到现代时期,牛顿认为空间可以借助三维坐标网加以精确的界定,空间是绝对的,它也构成了西方整个现代性历史中将空间作为"空洞的、均质的容器"[1]的观点。

而赛博技术打破了这种物理空间的界定,将空间维度延伸为赛博空间。赛博空间具有超空间特性,它遵守超文本技术(hypertextual technology)法则。超文本是一种基于检索信息的计算机系统,被组织起来以至相关"语言的全部词汇"或信息的碎片化都交织在一个非线性的行为中,构成我们知道的"超级链接"。在超级链接中,所有词汇不断升级,可以增加链接或者移除,词汇的模式可以根据它所链接的个人读者决定的设置来转变。超级链接本身也是不稳定的,因为尽管它创造出词汇之间的持续性,但链接本身就具有非连续性的特性。因此赛博空间是一个开放的、持续完成的网络。[2] 这种

---

[1] 郑佰青:《空间》,《外国文学》2016年第1期。
[2] Seo-Young Chu, "Cyberspace in the 1990s," *Do Metaphors Dream of Literal Sleep? A Science-Fictional Theory of Representation*, Boston: Harvard University Press, 2010, p. 128.

超链接方式构成一种超空间，即超地理空间、超历史空间。而当我们将赛博空间想象为一个超空间时，网络计算机就是一个"虫洞"，它不仅使我们一瞬间就从甲地飞跃到乙地，甚至提供给我们一个穿越时间的旅行机遇，到达一个平行存在的世界。这里的空间既不是纯粹几何学性质的，也不是一个单纯的物质性空间，相反，"空间中埋伏着各种形态的政治、经济和文化表征"[1]。因此赛博世界的虚拟-现实赛博空间首先是现实世界基于信息化技术的虚拟延伸，也是与现实世界发生密切关联的虚拟活动空间。

赛博空间同时也是基于真实的虚拟技术创造的现实与虚拟相结合的拟像世界与社会空间，是犹如吉布森在《神经漫游者》中想象的一个新生活空间，"每天都在共同感受这个幻觉空间的合法操作者遍及全球"[2]。操作者通过头套经由计算机终端进入，一旦进入母体中，操作者可以前往任何地方，经由三维信息系统代码进入到各种丰富多样的建筑形式中，犹如进入一个大都市，一个信息都市，一个储存着财富的文化场馆。因此赛博空间实际上就成了"全球社交网络，在这个网络中人们可以交换思想，分享信息，提供社会支持，进行商业活动，指导活动，创造艺术媒介，玩游戏并介入政治讨论"[3]。迈克·本尼迪克（Michael Benedikt）将这种虚拟-现实的赛博空间综合定义为"一个由全球计算机和通信网络创造与维持的新世界，一种平行宇宙；一种虚拟世界；一种获得共识、革命、经典和经验建构的普遍精神地图"[4]，"是纯粹的信息王国，就像一个湖泊那样充满了用虹吸管抽走转换物理世界信息的叮当声，排除了自然和都市风景的污染"[5]，这也意味着赛博空间类似于一个存储的容器，它将信息化数据存储于其中，而信息化数据囊括了人类生活和世界的所有资讯。赛博空间基于其数据的丰富性和多样性而成为一个无所不包的场所。这个赛博空间在迈克尔·海姆眼中更呈现为一种新的世界图景，是"一种由计算机生成的维度，在这里我们把信息移来移去，我们围绕

---

[1] 唐聪、刘明辉：《在虚拟航行中掌舵——理解赛博空间》，《军民两用技术与产品》2012年第9期。
[2] 威廉·吉布森：《神经漫游者》，Denovo 译，江苏文艺出版社，2013，第61页。
[3] Calum MacKellar, *Cyborg mind*, New York & Oxford: Berghahn Books, 2019, p. 13.
[4] Michael Benedikt, Ed. *Cyberspace: First Steps*, Cambridge & London: The MIT Press, 1992, p. 1.
[5] Ibid., p. 3.

数据寻找出路。网络空间(赛博空间)表示一种再现的或人工的世界,一个由我们的系统所产生的信息和我们反馈到系统中的信息所构成的世界"[1]。这表明赛博空间是一个既具虚拟特性又强烈介入现实生活的新世界。

2."现实+"的赛博世界

查默斯认为,赛博技术制造的虚拟现实会令我们置身于其他形式的常规物理世界中,有时又会让我们沉浸于全新的世界,显然"虚拟现实是真实的现实",或者可以说,"虚拟现实整体上是真实的。虚拟世界不一定是二级现实世界,也可能是原初的世界"[2]。这表明赛博世界并非如文学的想象世界那般属于我们大脑的虚构,而是借助拟像技术创造了一个新的世界,也即"现实+"的赛博世界。

赛博朋克小说表述了这种赛博世界的具体形态与世界观念。正如休瑟(Sabine Heuser)指出的:"新的赛博空间的时空体可能使用大量的批判性情节装置,并能用来整合其他文类,比如奇幻、侦探小说、哥特小说、罗曼司,以及神秘小说。"[3]赛博朋克小说将赛博空间、虚拟现实以及不同成分紧密融合在科幻创作中,达到了一个无以匹敌的程度。史蒂芬森在《雪崩》中通过使用计算机语言,也即0和1的编码,将虚拟世界与现实世界联通,建造了拟像的赛博世界"元宇宙",因此元宇宙的空间构成呈现为数字2的指数幂搭建的数字空间。在这个数字空间中,处身物理现实世界的人类可以借助头套进入数字虚拟世界,在其中构建学习、工作和生活场域。而且它还基于两个世界语言代码与底层逻辑的类同性,基于对古老苏美尔文明隐喻的使用,产生出介于现实世界与赛博世界的对超级病毒与超级权力的争夺。因此赛博世界并非一个想象的崭新世界,而是潜在地与人类悠久的文明历史紧密相连在一起,为现实与虚拟搭建起中间桥梁。

穆尔很早就将赛博世界看作人类生存的新世界。人类生活在机器与机器创造的网络世界,人类有机肉身借助技术装备游历赛博世界,也由此产生

---

[1] 迈克尔·海姆:《从界面到网络空间:虚拟实在的形而上学》,金吾伦、刘钢译,上海科技教育出版社,2000,第79页。
[2] 查默斯:《现实+:每个虚拟世界都是一个新的现实》,中信出版集团,2023,第Ⅷ页。
[3] Sabine Heuser, *Virtual Geographies: Cyberpunk at the Intersection of the Postmodern and Science Fiction*, New York: Rodopi, 2003, p. xiv.

新的社会形态与世界认知。"随着对这种'甜美的新世界'进行探索和驯化的进程,我们自身也将变得极为不同。[……]借助软件和硬件的帮助,将我们的大脑与电脑网络相链接,我们就可以迈出变成智能人的第一步。这种智能人包裹在电子茧中,同步地生活在一种多维的虚拟世界之中。甚至这种状态也并非结局:这种智能人可能还只不过是穿越空间与时间的奥德赛的开端,奥德赛将会使他远远地超越芸芸众生。"[1]显然,赛博世界超越了它的技术维度,指向人类生活的新表征,并呈现虚拟-现实世界的新面貌。高建平将这种状况看作想象落地和新边疆拓展:"虚拟现实所追求的境界将是'可游可居',它提供一种'浸入性的'经验。"[2]这种浸入性的经验不断拓展人类创造的无限可能性,同时又面向现实,回归日常生活,进一步影响物理现实生活中的人。显然当前盛行的"元宇宙"概念及其对经济社会生活的介入就是这个层面最真实的呈现。这也是麦考利和戈多-洛佩兹所指出的,赛博空间被应用于流行的真实或小说环境中,人们可以直接参与其中,并在其中遨游。"赛博空间作为一种媒介,发展并同时重构了虚拟话语空间的技术-社会身体。"[3]赛博世界不仅在生成赛博格主体,也在重新界定现实,所以葛兹(Raymond Gozzi)将赛博世界看作一种隐喻,既彰显自由又限制自由。[4]赛博世界并不是"真实的",但确实是一个真正的地方,在这里很多事情产生了真正的结果。我们可以在赛博世界完成自己的事业,可以在赛博世界做各种事情,如将自己的日常生活记录并储存在赛博空间中。

因此"现实+"的赛博世界生成一种模拟现实主义。"模拟现实主义指的是,即使我们的一生都在虚拟世界中度过,我们周围的猫和椅子也是真实存在的,它们不是幻象。所见即为本物。我们在虚拟世界中认为真实存在的大

---

[1] 约斯·德·穆尔:《赛博空间的奥德赛——走向虚拟本体论与人类学》,麦永雄译,广西师范大学出版社,2007,第 31 页。

[2] 高建平:《非空间的赛博空间与文化多样性》,《学术月刊》2006 年第 2 期。

[3] William R. Macaulay and Ángel J. Gordo-López, "From Cognitive Psychologies to Mythologies: Advancing Cyborg Textualities for a Narrative of Resistance," *The Cyborg Handbook*, Eds. Chris Hables-Gray, Steven Mentor & Heidi J. Figueroa-Sarriera, New York: Routledge, 1995, p. 436.

[4] 参见 Raymond Jr. Gozzi, "The Cyberspace Metaphor," *ETC: A Review of General Semantics* 51, 2, 1994, pp. 218-223.

部分事物确实是真实的。"[1]这个赛博世界是真实的虚拟现实,身体在虚拟与现实之间成为新交互界面,即个体通过身体上的感觉器官来感知世界,从身体的角度来观察世界。增强增补的身体实现增强现实感知,并实现心灵-身体在虚拟现实中的互动。这也是查默斯所说的"增强现实一个有趣的方面是,它会同时增强世界和心灵"[2]。

这意味着赛博新世界是身体的、生态的,同时也是虚拟的、超越物理法则的。这个新世界可能是如《神经漫游者》中那般,借由冬寂这样人的形态出入人类社会,指挥人类为其工作;也可能如《雪崩》中的莱夫,糅合太空病毒与赛博空间建立起他的新宗教统治。赛博世界不仅是超越人类生命发生于其间的地理空间或历史事件的一种新的体验维度,而且也是进入几乎与我们日常生活所有方面都有关的五花八门的迷宫式的关联域。换句话说,赛博世界表明,不仅人类世界的一部分转变为虚拟环境,而且我们日常生活的世界也日益与虚拟空间和虚拟时间交织在一起。简而言之,这将是"移居赛博空间"与一种(通常难以察觉的)"赛博空间对日常生活的殖民化"携手并行。[3]世界观的信息化与数字此在(虚拟世界的本体论技术)同时也导致了"我是谁"的身份叩问和虚拟人类学、虚拟多神论的出现。

三、科幻赛博格文化叙事

"赛博文化就是一套技术(既是物质的也是知识的)、实践、态度、思维模式,以及与赛博空间一起成长的价值观"[4],赛博格文化叙事指向了赛博格身体与赛博格世界叙事背后的意识形态。人机交互与人工智能的发展致力于消解文化二元论,终将改变人类的文化形态。

1. 身体交互新界面与赛博格文化建构

赛博格身体的人机交互界面(interface)致力于文化的革新。人机交互产

---

[1] 查默斯:《现实+:每个虚拟世界都是一个新的现实》,中信出版集团,2023,第122页。
[2] 同上书,第341页。
[3] 约斯·德·穆尔:《赛博空间的奥德赛——走向虚拟本体论与人类学》,麦永雄译,广西师范大学出版社,2007,第2页。
[4] Pierre Levy, *Cyberculture*, Trans. Robert Bononno, Minneapolis & London: University of Minnesota Press, 2001, p. xvi.

生的是信息、媒介、情感、文化的交流与对话。人类的身体与社会形态发生变化，人们也由此产生不同的文化认知。

肯德戴恩（Sarah Kenderdine）曾以博物馆等数字文化遗产为例，来阐述沉浸式虚拟环境和这种虚拟环境在具身化过程中的作用，观众借助动觉具身化技术，产生出此时此地之感，由此具身化产生出文化观感与体悟，并产生出对此种文化的参与感与新认知。她还指出，人机交互的新界面设计更加强调具身化，即技术鼓励动觉具身化。而在这个重新构建的文化世界中，身体兼具生物有机体、现象体、生态体、文化体和社会体五种功能，[1]因此人机交互身体本质上构成了一个社会文化综合体。技术带来的社会文化幻象也同样贯穿在身体的个性呈现中，技术幻象产生出对"主体性"文化疆界的突破。反过来，虚拟-现实的新世界也在重新上演创世神话与伊甸园文化。关于这一点，米德森（Scott A. Midson）做了详细的阐述，他认为，赛博格并非在消解神学，而是重构神学伦理学。他将神学糅合进赛博格讨论中，指出有一个重要的问题，特别是对神学而言，可以与哈拉维通过赛博格来阐述人类并展开的批评方式一致。哈拉维宣称，赛博格将不再认同伊甸园，它并非由泥土制造，也无法想象会归于尘土。从这个角度来看，哈拉维秉持反乌托邦观念。但米德森认为，哈拉维的赛博格观念恰恰让我们从另一方面认识到赛博格坚定地嵌入了伊甸园文化与想象，即"帮助赛博格来了解什么样的世界伦理无须摆脱伊甸园而成立"[2]。赛博格嵌入、消解同时也更新了伊甸园想象。这犹如美剧《西部世界》（*West World*）中真实-虚拟的边界不断被打破与更新，机器人的永生及其身体受损修复和寻找生活意义的进程，都昭示出智能技术时代人类与机器人共生新形势下，价值体系需要不断重构与阐释。

这也相应产生了新的赛博格社会文化，即人机交互、人机共存、人工生命与碳基生命的新社会。科幻小说将人类面临的这些新处境与困境一展无遗。较早让人们认识到这一问题的是阿西莫夫《我，机器人》中讲述的人机矛盾：人类希望有机器人陪伴孩子，但又不希望孩子过多依赖机器人，以防在人类

---

[1] Sarah Kenderdine：《数字文化遗产中的具身化、缠绕性与沉浸式》，尹倩译，《文化艺术研究》2021年第3期，第104—106页。
[2] Scott A. Midson, *Cyborg Theory: Human, Technology and God*, London & New York: I. B. Tauris & Co. Ltd, 2018, p. 10.

社会中被孤立,因此有了机器人罗比爱护照顾小女孩格洛莉,但被格洛莉父母强行分开的故事。这种矛盾发展到菲利普·迪克的《仿生人能梦见电子羊吗?》就完全成了人类对仿生人的仇视,但人类自身也无法彻底信服对仿生人的猎杀,从而有了对人、对仿生人特性的探寻。及至石黑一雄的《克拉拉与太阳》那里,即使克拉拉忠诚爱着人类,但堆场仍然是机器人的最终归宿。只是克拉拉的故事已经让我们意识到,人类正在机器人化,如被基因优化;而机器正在人性化,更温情地对待同伴与人类。这样一种共存的新社会形态与文化形态也将解构人类文化,走向赛博格文化的建构。

2. 赛博格文化叙事形态

本文认为,赛博格文化叙事仍然以人类文化形态的性别、种族、阶层为模版,但强调的是超越二元边界的共生文化新表达。

首先,赛博格文化的资本主义批判。

人类改造身体展开机能增强增补的提升,背后都是资本的力量。正如《克拉拉与太阳》中乔西和里克没有进行基因提升,成了社会的异类,甚至被排斥在大学体系之外。社会被建构为以生物工程或信息工程提升的人类为主导精英,这必然会导致人类新的不公平和不公正。这一点也在电影《变种异煞》(Gattaca, 1997)中有清晰的体现。文森特作为自然出生的人类,有基因缺陷,因此他的父母在生第二胎之前就进行了基因检测,并按要求进行了基因提升,生出了完美基因的小儿子。文森特因有缺陷只能做肮脏劳累的保洁工作,他不愿就此匍匐在命运的安排中,竭力锻炼身体并希望有一天实现翱翔太空的愿望,在与完美男孩杰罗姆互换身份后,他终于实现了这一梦想。电影揭示出基因绝对论的错误,强调个人努力的主观能动性。尽管这部电影结局比较完美,满足观众的观看心理,但基因工程导致的未来人类社会差别将是巨大的,很多人一出生就被决定了未来的道路和人生轨迹;而基因工程又往往是有权者和有钱者的专利。因此未来赛博格社会必然充斥着压迫与反抗的对立,身体变革导致的赛博格文化也指向资本主义的批判。

其次,赛博格文化的女性主义建构。

赛博格文化在某种程度上推动了女性主义意识的发展。赛博格技术对女性身体的加持使女性与男性走在同一起跑线上,但传统的男权观念桎梏着赛博格女性的发展,赛博格文化也致力于新的女性主义建构。

从玛丽·雪莱的《弗兰肯斯坦》中男性科学家试图剥夺女性子宫孕育的自然权利,以造物主自居而受到怪物的反噬,就表明了赛博格文化中基于技术文化对男权展开的女性主义批判。《机械姬》中艾娃杀死主人内森,以"情感"捕获加利,最终逃出被关押的地下室来到人类社会,反映了女性赛博格的自我独立意识。

哈拉维将赛博格主体看作"理论化和编造的机器有机体的混合物;简单地说我们就是赛博格。赛博格是我们的本体论,将我们的政治赋予我们。赛博格是想象和物质现实浓缩的形象,是两个中心的结合,构建起任何历史转变的可能性"[1]。她全面梳理了女性和自然的关系及其在人类文明发展史上被男权和父权界定和贬低的过程,指出赛博格与那些西方历史上的混杂可怕物种是同样的地位,他们被边缘化、污名化,最终成为怪物的代名词。女性在20世纪后半叶致力于自我的重塑,科学成为性别斗争的一部分。哈拉维因此阐述了社会生物学如何成为资本主义繁殖的科学,尖锐地指出生命科学研究成果是"在资本主义繁殖的持续动力下,伴随着权利在本性和技术上的变化而来的"[2]。资本主义还在文化上解释了男性领导人的主权地位。生物学是生命的科学,是关于生命的起源、发生以及自然的故事,而这些都是由父系构思和创作的词汇。社会生物学本质上就是一种对自然的资本主义和父权制的阐述。女权主义者从父系那里传承了知识,努力产生出自然知识的女性也必须解释男性合法创作的文本,也即自然的书籍。在此基础上,哈拉维借助赛博格呼吁女性再创造一种关系,即"能实现人类与自然的统一,并努力从内部去理解它的运作[……]比起男性来,女性更多地认识到,我们是自然的一部分,它的命运掌握在人类手中,而我们没有好好善待它。现在我们必须以此认识来采取行动"[3]。可以说,赛博格文化的女性主义叙事拒绝菲勒斯中心主义教条,致力于女性新路径的开拓。

第三,赛博格文化的后人类反思。

---

[1] 唐娜·哈拉维:《类人猿、赛博格和女人:自然的重塑》,陈静译,河南大学出版社,2016,第316页。
[2] 同上书,第85页。
[3] 同上书,第152页。

赛博格更新了人类形态,由此也被称为后人类。布拉伊多蒂将这种生命的多样形态称为后人类境况,即"承认生命物质本身是有活力的、自创性的而又非自然主义的结构"[1],因此自然-文化的连续统一体是后人类研究的出发点。自然-文化连续体在布拉伊多蒂那里抛弃了二元对立方法,而采用非二元的、自然-文化互动的方式。在这里"仿生人能梦见电子羊吗?"真正成了后人类主义思考的核心问题。如果仿生人有自己的意识与自我意识,有情感,与人类一样具有温情和共情,那么人类能将他们冷酷地杀死吗?还是说可以包容他们并与他们共同建设新的社会?这对人类而言是一个大挑战。这也是海勒所认识到的,文学叙事实际上将控制论与界定自由主体的社会、政治、经济和心理形态结合起来,如果进入到菲利普·迪克笔下的机器人那里,它们则成了政治隐喻或人性复杂性的隐喻,这也反映出人类边界的不稳定性。

如果用在《阿丽塔》的分析中,我们会发现,它在阿丽塔中演变为多重的身体,如包括物质的肉身(生物性—女人)、社会的身体(社会身份—母亲/女儿/妻子)、文化的身体(被压迫的身体)。身体基于肉身物质性的变化形成新的结构框架,社会身体、文化身体都要相应发生变化。如阿丽塔-赛博格女战士,变形身体产生的体验也具有差异性。因此,身体的文化建构取决于身体具身化与变形之后经验之间的互动关系;另一方面,身体变形仍然处在意识形态环境之中,阿丽塔女战士仍然受制于权力宰制关系。

海勒清晰地认识到,后人类意味着多种形态,如智能机器取代人类成为这个星球上最重要的生命形式;作为具身生物复杂性的人类摆脱某些旧的束缚,开拓新的形式来思考作为人类的意义,从而获取新的文化形态,为反思人类与智能机器之间的关系提供了资源;后人类未必是反人类的,因此并非必然是毁灭性的[2]。她由此指出,我们对灵活的具有适应能力地整合我们环境结构以及我们本身作为其隐喻的系统理解越多,就能越好地塑造我们自身的形象,后者准确地反映了复杂的相互作用,相互作用最终将整个世界变成了一个系统。这也意味着新时代已经来临,我们已经成为后人类。

---

[1] 罗西·布拉伊多蒂:《后人类》,宋根成译,河南大学出版社,2018,第3页。
[2] 凯瑟琳·海勒:《我们何以成为后人类》,刘宇清译,北京大学出版社,2017,第383—394页。

结语：科幻赛博格叙事的意义

正如海勒强调文学产品和科学产品的交互，"科学文本常常揭示文学文本所不能的基本假设，为某种特定研究方法提供理论视野与实用功效；文学文本常常揭示科学作品所不能的复杂的文化、社会议题，紧密地呼应着观念转变和科技创新"[1]。因此在探索赛博格的时候，我们一方面认识到赛博技术与赛博格身体的变革产生了物理世界认知的改变，另一方面，我们结合小说文本能充分理解这种改变将带来怎样的后果和影响。由此，我们得以用超越二元论的方式重新勾勒并建构科幻赛博格叙事的结构与图式。

本文认为，赛博格身体叙事是科幻赛博格叙事的基础，赛博格世界叙事与赛博格文化叙事正是基于身体交互或更新的基础上产生出新的世界观念与文化观念建构。这种世界观念呈现在虚拟-现实世界的人、社会与世界的新关系表征中，文化观念则力图批判并抛弃固有的人机二元、男性-女性二元、资本-穷人二元的社会观念，建构共生、共存与新融合机制的新文化。这种科幻赛博格叙事正在拓展我们的身体、视角、认知边界，将我们带入新世界，也引导我们建构新的社会文化与新的本体论。在数智时代，我们正在成为后人类，也正在改变我们的世界。在这种叙事模式下，科幻将引领我们更高、更远、更新地认识我们自己与我们的世界。

江玉琴，深圳大学人文学院教授。本文刊于《中国比较文学》2023年第4期。

---

[1] 凯瑟琳·海勒：《我们何以成为后人类》，刘宇清译，北京大学出版社，2017，第32页。

现当代文学理论的哲学维度

张叶鸿

导 言

在现当代西方文学理论语境中,现象学、阐释学和接受美学完成了文学批评注重阅读意识的研究转向。胡塞尔现象学克服西方哲学传统中的主客二分,注重意识主体与被意识客体之间的意向性关系。此后现象学美学、本体阐释学、哲学阐释学以及接受美学与之内在相连。对于以接受者为中心的文学批评,现象学"返回事物本身"的还原方法和其意向性建构原理提供了原则方法和理论根据,推动了文学批评与"审美意识"的结合,对关注文学效果和阅读经验的文学批评起到了全面奠基的作用。现代阐释学把理解本身作为研究对象,并将理解作为此在的存在之根据,由此直接转向了人自身的存在,将文本意义的理解处于一种开放的状态。接受美学建立在现象学美学和哲学阐释学基础上,强调文学阅读的意向性建构。现象学、阐释学和接受美学在其发展史上可谓一脉相承,具有深厚的哲学基础,成为现当代文学批评以及未来发展的主要理论方向之一。

一、胡塞尔现象学

对于文学研究注重阅读意识这一转向,哲学家胡塞尔的现象学理论无疑起到了重要的启发与推动作用。胡塞尔的现象学还原方法和"返回事物本身"的态度,为以接受者为中心的文学批评提供了原则方法,其意向性建构原理又为此提供了理论根据,可以说胡塞尔的现象学哲学对关注文学效果和阅读经验的文学批评起到全面奠基作用。按照美国当代学者詹姆斯·艾迪(James Edie)在《什么是现象学?》引言的说法:"现象学并不纯是研究客体的科学,也不纯是研究主体的科学,而是研究'经验'的科学。现象学不会只注重经验中的客体或经验中的主体,而是要集中探讨物体与意识的交接点。因此,现象学要研究的是意识的指向性活动(consciousness as intention),意识向客体的投射,意识通过指向性活动而构成的世界。主体和客体在每一经验层次上(认知和想象等)的交互关系才是研究重点。"[1]胡塞尔的现象学集中注意现象显现的方式,并揭示现象如何在人的意识中构成。胡塞尔现象学克服了自古希腊以来主客二分的哲学思维。强调主客二元对立一直是西方哲学史上的中心问题,它以二分法为基础,将人与世界、思维与存在对立起来。现象学的出现无疑强有力地冲击了这种主体客体二分法。现象学承认人通过意识完成对世界的认识,其研究对象是主体与客体在意识层次上的交互作用,简而言之是意识的意向性活动。

现象学原本是对"现象、表现、出场"的研究(Lehre von den Erscheinungen),起源并发展于18世纪。康德和黑格尔都曾使用过这一概念。真正将现象学发展成一种影响深远的哲学思潮,则是胡塞尔。胡塞尔希望哲学能够成为一门思维严格的科学。此前盛行的"自然主义"和"历史主义"思想将认识的对象和认识的可能性处在某种前提规定的框架,因而被认为缺少完全的独立性。相对于此,胡塞尔力图摆脱外在前提对思维的影响,而这最终只能在人的意识中找到。为了寻求对真知和真理的把握,胡塞尔提出要"到事物本身去"(Zu den Sachen selbst),即回到"现象"。为了能够达到直观"现象"本身,需要对现实世界一切前提预设搁置起来不予考虑,这就是将存在"悬搁"(Epoché, Enthaltung)。为剥离出纯粹的构成机制,胡塞尔提出"还原"(Reduktion)和"加括号"(Einklammerung)概念,通过终止"判断"(Urteile)来保证达到还原过程。这样现象学方法便成为一种不以任何假设为前提的方法,以达到真理。胡塞尔的现象学还原理论在一定程度上是与意向性建构相对应的。作为弗朗兹·布伦塔诺(Franz Brentano)的学生,胡塞尔从布伦塔诺有关意向性(Intentionalität)的思想得到很大启发,即"每一个呈现在感觉和想象中的表象(Vorstellung)都是心理现象的一个实例:这里的表象不是

---

[1] 詹姆斯·艾迪:《什么是现象学?》,第19—20页,转引自郑树森《现象学与文学批评》,台湾东大图书公司,1984,第2页。

指被表象的东西,而是指表象活动本身"[1]。"表象"这个词在德语中具有"将物体置于面前"的意思,心理现象就是将被表象的事物前置的行为。布伦塔诺运用"意向性"的概念来刻画心理现象,认为任何心理现象都是"意向性的内存在(Inexistenz)"[2],都是对某个内在对象的指向。胡塞尔吸收了这一概念,认为意向性的内存在作为一切心理和意识活动不变的"常项",可以让变化多样的事物还原到其不变的本质结构,以反映出具有绝对确定性的纯粹现象。这样,意向性便成为胡塞尔现象学的核心概念。

由此胡塞尔的现象学指出,所有空间上的存在只有与意识主体关联时才产生意义。现象存在于意识之中,世界是意识对其塑造的结果,而非各种预先给定的事实的集合。现象学所提出的"返回事物本身"是指要直观到和还原出事物本质,对事物结构的分析放在主体的经验意识活动上,即从感受、想象、回忆和反思等行为过程中还原事物的构成。胡塞尔现象学的目的就是让人自身的意识深入"事物本身"中,对世界本质有清晰的把握。胡塞尔的现象学将关注点放在意识上,注重意识主体与被意识客体之间的意向性关系,这对于文学批评有重要的启发意义。现象学文学理论的研究重点即是放在对文学本体和文学感知处理过程的描述。现象学文学批评主要从三个方面入手:阅读过程中的意义产生,生活世界(Lebenswelt)的审美经验,以及还原作者意识。这些均从英伽登、杜夫海纳以及日内瓦学派的研究中得以体现。

二、现象学美学

现象学美学汲取胡塞尔现象学的还原方法和"返回事物本身"的精神,对西方当代美学和文学批评产生了重要影响。现象学美学的主要代表是波兰美学家罗曼·英伽登(Roman Ingarden,1893—1970)。作为胡塞尔的学生,英伽登对直观还原方法、意向性学说均有所继承,他的学说体现了"返回事物本身"的现象学态度。早在1931年,英伽登在《文学的艺术作品》(*Das literarische Kunstwerk*)一书中就已确立文学作品的本体论地位,将文学本

---

[1] 布伦塔诺:《从经验观点看的心理学》,陈维刚、林国文译,选自陈启伟主编《现代西方哲学论著选读》,北京大学出版社,1992,第187页。
[2] 同上书,第197页。

身作为研究对象。英伽登认为,文学作品虽具有意向性的本质,但同时也具有客观性,对作者和读者的心理体验均应保持一定的独立性。在进一步探讨文学作品本身究竟以何种基本结构存在时,英伽登用现象学还原(悬搁)方法排除了外在现实、作者心理和读者体验等因素,探索出著名的文学作品层次论。他将文学作品描述成一个由四层结构组成的整体,即语音和更高级的语音组合层次、不同等级的语义单元层次、再现的客体层次和图式化观相层次。[1]

在胡塞尔意向性理论基础上,英伽登充分肯定意向性建构对于文学作品意义生成的重要性。由多层次结构融合而成的文学作品是纯意向性的客体,就是说文学作品的字句并非表现完全的客观实在,而是意向性关联物。只有通过主观意识活动,字句的意义才被赋予。在1968年出版的《对文学的艺术作品的认识》(*Vom Erkennen des literarischen Kunstwerks*)[2]一书中,英伽登集中探讨了读者对文学作品上述四层结构的能动的构建过程,也就是文学作品的"具体化"过程。与现实中的真实实体不同,文学作品的描述充满着"未定性"。任何一部作品都只能呈现出有限空间里某些事物的某些方面,这些呈现与表达带有无数的"未定点"与空白。因此一部文学作品所描绘的世界不是实在的客体,而是以再现的客体为基本成分。这就是文学描述中很重要的"图式化"(Schemata)特性。文学作品本身的意向性关联是一种图示化的关联,有待读者在阅读过程中借助自己的经验与想象,对这些作品的空白处和模糊点进行充实,去连接、发展和实现文本中的潜在要素。这种具体化过程是读者运用想象的再创造活动,读者的作品"重建"活动才赋予文学作品本身以意义。英伽登的文学本体论和认识论对文学作品进行了本质的分析,描述了文学本身的构成特点以及体验文学艺术作品的过程。正是这种强调读者对作品意义的建构作用的思想,为文学研究开辟了新的路径,深远影响了后来的接受美学理论。

同样运用现象学方法,法国哲学家、美学家米盖尔·杜夫海纳(Mikel

---

[1] Roman Ingarden, *Das literarische Kunstwerk. Eine Untersuchung aus dem Grenzgebiet der Ontologie, Logik und Literaturwissenschaft*, Halle: Max Niemeyer, 1931.

[2] Roman Ingarden, *Vom Erkennen des literarischen Kunstwerks*, Tübingen: Max Niemeyer, 1968.

Dufrenne,1910—1995)对审美经验进行剖析。而对审美经验的探讨一直是现象学美学的重要课题。杜夫海纳的美学著作《审美经验现象学》(*Phénoménologie De L'Expérience Esthétique*,1953)最为系统地反映了审美经验论,详细论述了审美对象和审美知觉的现象学美学思想。[1] 受莫里斯·梅洛-庞蒂(Maurice Merleau-Ponty)知觉现象学的影响,杜夫海纳注重感知,提出艺术作品在与审美主体发生被鉴赏关系之前只是一种客观存在,只有当艺术作品与审美知觉相结合后,才构成审美对象。因此审美对象和审美感知是不可分割的,审美对象必须是能感知的艺术作品。杜夫海纳的现象学美学将"意向性"引入鉴赏主体在欣赏审美对象时所感知的审美体验,审美经验产生于审美知觉与审美对象间动态的意向性活动过程中。通过审美知觉,艺术作品转变为审美对象。审美对象充满了意义,意义在很大程度上是通过先验存在的"图示"而产生。杜夫海纳将审美主体和审美对象接触的过程分为审美知觉过程的三个阶段:(1)呈现;(2)再现和想象;(3)反思和情感。在审美知觉过程中,审美主体和审美对象相互作用,结合成为审美经验。当文学作品成为一种审美对象时,文学作品的意义依赖于审美主体的知觉活动,文学作品的世界是被表现和感知的世界,它的现象和再现只有在审美主体的反思和情感中才能得到实现。杜夫海纳深受现象学影响,强调感知认识,弥合主客体间二元对立,更将研究视角带回到生活世界,完整地描述了审美经验的动态形成过程。

同样受到现象学思想启发,日内瓦学派(Ecole de Genève, Geneva School of Literary Criticism)的文学批评实践在20世纪六七十年代的欧美文学批评学界颇具影响。[2] 尽管日内瓦学派代表人物的主张各有不同,但比较一致的观点都是强调文学是意识的载体,文学批评要注重作家整体作品表现的意识,体验作品的内在含义,反对通过研究作家的个人经历——包括轶事、日记、传记——来解读作品。他们认为文学是体现作家最根本的意识模式的产

---

[1] Mikel Dufrenne, *Phénoménologie De L'Expérience Esthétique*, Paris: Presses Universitaires De France, 1953.
[2] 早期日内瓦学派的奠基者是马塞尔·雷蒙(Marcel Raymond)和阿尔伯特·贝京(Albert Béguin),其他重要代表人物还包括乔治·布莱(George Poulet),雷蒙的学生让·皮埃尔·理查(Jean Pierre Richard)、让·罗塞特(Jean Rousset)、让·斯达罗宾斯基(Jean Starobinski)等。

物,文学研究要能探索出作品中的这种"作家经验模式"。这种模式是作品个性风格的原本,潜在于作品之中。相对于英伽登和杜夫海纳,日内瓦学派更接近于文学实践,他们运用内在批评、细读和直观的方法,排除文本外在因素对理解的影响,强调批评主体去寻找文学作品的内在性,这些分析方法与批评视角都可视作对现象学还原方法、"返回事物本身"的现象学精神的体现。

概括而言,现象学批评所倡导的直观本质的分析方法促使研究者通过"悬搁"达到本质还原,从而直接面向事物本身、产生直观审美经验。运用现象学方法来研究文学艺术作品,就是需要直接"回到文学艺术本身",避免大而空泛的分析,以直观还原思想把握文学艺术作品的本质意义。现象学的"意向性"思想使文学艺术研究转向文学艺术作品本身,形成了"意向性构成的作品本体论和认识论"。现象学文学批评关注主体与世界的关系,将文学研究指向文本层次、意义结构、读者感知、作者意识的深层,注重作品、读者与作者的相互关联。现象学文论以及美学思想影响深远,对后来许多重要的文学理论,例如阐释学和接受美学等产生了重要影响,并为这些理论的建立提供了必要的哲学基础。

三、阐释学

自20世纪60年代以来,阐释学(Hermeneutik)成为西方各种文学理论中的"显学"。之前经过200年在德国的发展,阐释学已成为探索如何达至理解他者,以至于能够较恰当地理解他者的人文科学的重要方法论。除文学之外,他者的范围可以扩展到历史、传统、文化、宗教等。由阐释学直接产生了接受美学等颇有影响的文学理论。直至今天,它依然是文学研究的主要方法之一,因此也一直作为文学理论中的一大主题。

阐释学也称为诠释学或解释学,它来源于古希腊神话中传达信息的信使之神Hermes的名字。Hermes的任务是给人们传递众神的旨意。但是因神与人的语言各异,它的传达其实更需要解释与转换,使含义从神的语言世界转化翻译到人的语言世界。此外,Hermeneutik还包含实践的意义。正是这种渊源,阐释学作为关于理解的理论与实践包含了"解释,阐明,翻译"的意义。阐释学的基本定义是一种关于理解文本意义的理论和哲理。它来源于希腊学者翻译阐释荷马史诗等古典文献的语文阐释学和解释宗教经典的神学阐释学。在早期,阐释学是专门用来阐释宗教经典如《圣经》以及法律经典如《罗马法》的学问,这也是长久以来神学阐释学与法学阐释学注解经典的基础。18世纪末到19世纪初,德国神学家弗里德里希·施莱尔马赫(Friedrich Schleiermacher,1768—1834)第一次把阐释古代文献的释义学传统与阐释圣经和法典的神圣文本传统统一起来,完成了从特殊阐释学到普遍阐释学的转向。这一转向旨从阐释具体的文本片断到建立阐释的规则体系。以此,施莱尔马赫为阐释学建立了客观主义的基础,他认为阐释学的目的是要尽可能重建和恢复被阐释的文本的原意。

在施莱尔马赫建立的普遍阐释学基础上,威廉·狄尔泰(Wilhelm Dilthey,1833—1911)使阐释学成为人文科学(Geisteswissenschaft)的普遍方法论,奠定了人文科学的认识论基础,使人文科学有别于自然科学。"毫无疑问,与自然科学相比,精神科学(笔者注:这是指人文科学)有它的优势,因为他的主题不仅仅是呈现给感官的一种现象,也不仅仅使心灵中对某种外部实在的反映,而是在其复杂性中被直接经验到的内部实在。"[1]狄尔泰把阐释学看作人文科学各种形式的基础,赋予了阐释学以方法论的意义。他提出,阐释者应去寻找文本的"本意",即"内部实在"。

在方法论阐释学基础上,马丁·海德格尔(Martin Heidegger,1889—1976)使阐释学进一步向本体论转化,强调理解的主体性以及理解的历史性。海德格尔的代表性著作《存在与时间》(Sein und Zeit,1927)使狄尔泰的阐释学认识论有了哲学本体论的特色。在海德格尔的本体论阐释学里,理解的对象不再单纯只是文本,而是包括人的存在方式,即人的"此在"(Dasein,或译"亲在")本身。作为现象学宗师胡塞尔的学生,海德格尔运用现象学的方法研究人的"存在"(Sein)问题,尤其是人的意识对于人的自身存在——即"此在"——的理解问题。对于现象学与阐释学的关系,海德格尔做了这样的描述:"现象学描述的方法论意义就是阐释。此在现象学的逻辑具有阐释学的性质。通过阐释,生存的本质意义与'此在'本已生存的基本结构彰显出来。此在的现象学就是阐释学。"[2]海德格尔提出,阐释学的根本问题是对理解

---

[1] 狄尔泰:《解释学的兴起》,李超杰译,湖北大学哲学研究所编《德国哲学论丛1995》,中国人民大学出版社,1996,第246—247页。
[2] Martin Heidegger, *Sein und Zeit*, Tübingen: Niemeyer, 1979, p. 37.

本体的探究,要研究的是对人"此在"的存在方式的理解。后期的海德格尔更是力图发掘"存在"与"语言"的本质联系和同一性。海德格尔对阐释学发展的贡献在于强调"此在"的展示过程中"精神创造活动和自我领会活动的本体论意义"[1],将阐释活动并入现象学的存在哲学中。

在海德格尔本体论阐释学的启发下,汉斯-格奥尔格·伽达默尔(Hans-Georg Gadamer,1900—2002)进一步将阐释学发展成为系统的哲学阐释学。同阐释学的先行者一样,伽达默尔的哲学阐释学强调对文本所展示的存在世界的解释,而不只是对潜藏在文本中作者意向性的研究。伽达默尔同样继承了海德格尔关于理解的时间性的思想。在伽达默尔看来,这种存在是有其特定的历史背景的,因为人类的"此在"生存是一种历史性的事实,有其无法摆脱的历史特殊性和局限性。作为哲学阐释学的代表人物,伽达默尔在其阐释学巨著《真理与方法》(Wahrheit und Methode,1960)中提出了"前理解"、"效果历史"、"视域融合"思想作为其阐释学的核心命题,这些也成为哲学阐释学的重要概念。它们试图解答阐释学要解决的问题的关键,即理解如何成为可能。受海德格尔"前结构"概念的启迪,伽达默尔将"前理解"作为理解重要的本质特征。所有的阐释行为都是受前理解的制约,同时总是在适应解释境遇。伽达默尔进一步将"前理解"这一概念融入历史语境中。伽达默尔认为,无论是对人的"此在"还是文本,理解过程都无法摆脱历史的烙印。人的现在是与历史紧密相连的,现在是从过去之中产生,也就是传统在目前的存在。"视域融合"是伽达默尔哲学阐释学里最为经常被引用的概念。这里的"视域"可以作为理解主体自身或理解客体展现的世界观、价值观等观念的总和。理解的出现就是源于文本所代表的过去视域与理解者世界观和价值观构成的现在视域的融合。"视域"的融合即产生出"效果历史"。伽达默尔提出的"效果历史"的思想是要强调理解活动的历史存在性。文本意义的生成是在历史和现在的"视域融合"中不断形成的过程。这种理解者与理解对象的主客体相融的过程被伽达默尔称为"效果历史"。对此,伽达默尔明确地写道:"理解从来就不是一种对于某个所与对象的主观行为,而是属于效果历史,这

---

[1] 参见高宣扬:《解释学简论》,三联书店(香港)有限公司,1988,第81页。

就是，理解属于被理解东西的存在。"[1]人作为"此在"的存在总是处在某种理解境遇之中，而这种理解境遇，需要不断地在某种历史的理解过程中加以解释和修正。

阐释学的核心议题是理解。伽达默尔的哲学阐释学着重强调理解是以历史性的方式存在，理解和阐释的文本作为一个历史性个体，总是局限于特定的历史背景、文化传统等因素。以伽达默尔为代表的哲学阐释学提出的"前理解"、"效果历史"、"视域融合"等概念试图说明，理解是在一定历史阶段内的理解，文本的意义因此是开放的，永远不可能穷尽。哲学阐释学在文本理解上的基本立论就是"相信文本意义的理解时时处于一种发生的状态和过程"。[2]这一点成为接受美学发展的重要理论基础之一。

四、接受美学

1960年伽达默尔的著作《真理与方法》出版，直接启迪了从接受的维度对阐释过程进行研究。20世纪60年代末70年代初，接受美学在德国迅速发展，一时反响巨大，很快波及欧洲诸国及北美大陆，在七八十年代可谓异军突起的文学理论。接受美学的主要理论家汉斯·罗伯特·姚斯（Hans Robert Jauß，1921—1997）和沃尔夫冈·伊瑟尔（Wolfgang Iser，1926—2007）直接受益于现象学美学和哲学阐释学理论。作为重要的文学接受之维度，读者的位置在文学研究中一直被忽视。面对这一未被注意的研究方向，接受美学的发展可以说是针对只强调作家背景和艺术形式的创作美学与表现美学的反思与反拨。接受美学研究的中心问题是作品和读者的关系，认为文学研究不能仅从作品入手，还应把读者纳入文学研究的视野。就整体的发展而言，接受美学可以视为研究"文本效用的美学"，研究的对象是文本与读者间的互动关系。这种互动关系一方面源于文学文本的结构特点，行文方式以此驾驭读者。另一方面强调阅读是一种主动性行为，阅读者在意识中主动地重塑文本这一审美对象。接受美学理论的发展过程来自几个重要的理论文本：1967

---

[1] 伽达默尔：《真理与方法》上卷，洪汉鼎译，上海译文出版社，1999，第8页。
[2] Richard Bernstein, *Beyond Objectivism and Relativism*, Philadelphia: University of Pennsylvania Press, 1983, p. 125.

年姚斯的讲座《文学史作为文学的挑战》[1],在此基础上,姚斯 1970 年发表《文学史作为挑战》[2],伊瑟尔于 1970 年出版了《文本的召唤结构》[3]、1972 年出版了《隐含读者》[4],以及 1976 年出版了《阅读行为》[5]。

接受美学最早是从处理历史性的文本材料入手,从而对文学史研究进行革新,这种革新是由文本与读者之间的互动关系来定义的。1959 年姚斯的《有关中世纪动物诗学的研究》[6]对接受美学中效果美学的基本视角就已略见端倪。1968 年,罗曼语文学教授姚斯在新组建的康斯坦茨大学就职讲座上,发表了震惊四座的演讲,这就是后来著名的《文学史作为文学的挑战》一文,以此开创文学史研究的全新视角。姚斯在演讲中指出,整个文学研究的进程一直置于"封闭的创作美学和表现美学的范围内"[7],作家和作品是迄今为止文学研究的核心和主要认识对象。这使文学研究丧失了一个重要的维度,即接受的维度。"一部文学作品的历史生命如果没有接受者的积极参与是不可思议的。因为只有通过读者的传递过程,作品才进入一种连续性变化的经验视野之中。"[8]在姚斯看来,正是由于读者在不同时代的参与,文学文本才在不同的时代语境下被充实丰盈起来,只有读者的参与才使作品产生出持续不断的生命力。姚斯把文学史的研究当作历史文本与读者的交流过程。对历史文本的阅读,就是首先承认任何接受行为都以一定的前理解为前提。在不同的历史语境中,代表不同价值和意义的视域进行相互转换融合。不同时代的读者对同一作家的同一作品会有不同的理解与评判,文本也因此

---

[1] Hans Robert Jauß, *Literaturgeschichte als Provokation der Literaturwissenschaft*, Konstanz: Universitätsverlag Konstanz, 1967.

[2] Hans Robert Jauß, *Literaturgeschichte als Provokation*, Frankfurt: Suhrkamp Verlag, 1970.

[3] Wolfgang Iser, *Die Appellstruktur der Texte. Unbestimmtheit als Wirkungsbedingung literarischer Prosa*, Konstanz: Universitätsverlag Konstanz, 1970.

[4] Wolfgang Iser, *Der implizite Leser. Kommunikationsformen des Romans von Bunyan bis Beckett*, München: Fink Verlag, 1972.

[5] Wolfgang Iser, *Der Akt des Lesens. Theorie ästhetischer Wirkung*, München: Fink Verlag, 1976.

[6] Hans Robert Jauß, *Untersuchungen zur mittelalterlichen Tierdichtung*, Tübingen: Niemeyer, 1959.

[7] Hans Robert Jauß, *Literaturgeschichte als Provokation*, Frankfurt: Suhrkamp Verlag, 1970, p. 168.

[8] 汉斯·罗伯特·姚斯:《走向接受美学》,《接受美学与接受理论》,周宁、金元浦译,辽宁人民出版社,1987,第 24 页。

具有丰富的"语义潜能"[1]，从而"拓展了文学经验的时间深度"[2]。姚斯的接受美学思想强调阅读是在特殊的历史框架下进行的主动性行为。

姚斯对接受维度的重新诠释无疑受到伽达默尔哲学阐释学的深刻影响。读者在阅读任何一部具体的文学作品之前，都已处在"前理解"的状态，姚斯将这称为"期待视域"（Erwartungshorizont）。"期待视域"可以从文本的语义、读者的生活世界中产生，是分析"历史读者"如何解读文本的着眼点。姚斯以此出发，关注历史读者的期待视域变化对文本意义生成的影响。文学作品"即使它以崭新的面目出现，它也不可能在信息真空中以绝对新的姿态展示自身"[3]。历史读者的解读是对文本编码能动的反应。早在1963年，姚斯与另一位接受美学的力将伊瑟尔以及哲学学者汉斯·布鲁门贝格（Hans Blumenberg）、日耳曼学者克莱门斯·黑泽尔豪斯（Clemens Heselhaus）共同建立了当时颇有影响的"诗学和阐释学"研究小组（Gruppe der Poetik und Hermeneutik）。从小组的名称就可看出其与阐释学的渊源，而他们正是希望打破以往文学研究的封闭状态，主张将文学文本作为"开放的艺术品"进行研究。

与姚斯的《文学史作为文学的挑战》相呼应，1969年同被康斯坦茨大学聘为英美文学教授的沃尔夫冈·伊瑟尔在其教授就职讲座中发表了著名的报告《文本的召唤结构》，这也成为奠定接受美学的另一力作。如姚斯一样，伊瑟尔同样阐述了读者作为接受维度的重要作用，明确指出文本经读者阅读才获得生命。每一次的阅读体验都在实时更新文本的含义。当文本的含义被确定得越少，读者参与含义产生过程就越加深入。在对具有"召唤结构"的文本分析中，伊瑟尔集中关注文本如何对读者产生作用、唤起读者以往的阅读经验。伊瑟尔从文本特征入手，首先分析了一般性文本与文学文本的根本区别。文学作品用的是形象的表达来表现人们生活和想象的世界，表达思想情感。受英伽登文学作品本体论的影响，伊瑟尔借鉴了图式化框架中"未定性"（Unbestimmtheit）这一概念，提出了文本的"空白理论"（Leerstellen）。

---

[1] 汉斯·罗伯特·姚斯：《走向接受美学》，《接受美学与接受理论》，周宁、金元浦译，辽宁人民出版社，1987，第37页。
[2] 同上书，第43页。
[3] 同上书，第29页。

文学作品包含许多"未定性"和"空白处"。这种意义上的未定性和空白处是作品产生文学效果的基本要素，构成了文学作品的特有结构，这就是文学文本所谓的"召唤结构"。[1] 这是一个具有现象学思维的文本结构。与之对应，伊瑟尔提出了现象学读者模型，即"隐含读者"概念。[2] 伊瑟尔将英伽登有关文学文本的意向性建构理论和伽达默尔视域融合理论相结合，放入更为能动的对阅读过程的阐述中。文学文本是一种读者能进行具体化的结构，文本产生效果的出发点源于未确定的意义空白。在阅读过程中，读者会从自己的生活世界中调动生活经验，形成想象，对文本的未定性赋予确定的意义，填补文本中的意义空白。因此，文本的最终意义是读者与文本互动的结果。

姚斯和伊瑟尔开创了接受美学理论，主张研究文学史与文学作品，必须侧重读者的接受过程。这是第一次系统地将读者纳入文学研究的整体中，确立读者在阅读过程中的能动地位，从而对文学理论的完善做出了重要的贡献。

结　语

现当代文学理论对读者接受和文本结构机制的研究首先追溯到现象学对意识的关注和含义的意向性建构上。现象学关注主体和客体在认知和想象中的交互关系，研究的是意识的意向性活动。同时阐释学的思想启发着接受维度的研究：在不断变化的期待视域下，文学文本产生出不同的含义。伽达默尔的哲学阐释学建立了"现在"的读者与"过去"的传统之间的对谈关系，揭示出理解的重要特征是对话性，即认识主体与文本间的对话。这种对话性的交流在接受美学这里得到全面的继承与发扬。文学阅读是现实中的读者与历史文本共同进行的交流活动。接受美学将文本阅读视为与读者的交流活动，推崇对话和交流在文学阅读中的重要性，体现文本与读者、历史与现实的相互作用。作品的意义是作品与读者相互作用的产物，它只有在阅读过程中才能产生。文本的意义随着读者、时代不同而不断变化。阐释学和接受美

---

[1] Wolfgang Iser, *Die Appellstruktur der Texte. Unbestimmtheit als Wirkungsbedingung literarischer Prosa*, Konstanz: Universitätsverlag Konstanz, 1970.
[2] Wolfgang Iser, *Der implizite Leser. Kommunikationsformen des Romans von Bunyan bis Beckett*, München: Fink Verlag, 1972.

学强调读者对作品意义能动的"阐释"或言"接受",本质上是强调读者对作品的意向性建构,这是对文学本体论和认识论中读者对作品意义重构的直接继承和发扬。在本体精神感召下,现象学、阐释学和接受美学均注重主体感受,强调主体与世界的交互关系和意向性关联,将文学接受纳入文学批评视野,因此成为研究文学本体形态和文学接受模式的主要理论来源。现当代文学理论读者阐释接受脉络中所蕴含的深厚哲学积淀可为文学理论发展带来重要启发。

张叶鸿,清华大学外国语言文学系长聘副教授。本文部分内容见《现象学、阐释学、接受美学与中国阐释理论构建》,王宁主编《文学理论前沿》第十六辑,清华大学出版社2017年版,第126—149页。

外国文学中的世界主义思想研究

生安锋

引 言

在当今我国的外国文学研究领域,很少有著作从世界主义的角度去思考外国文学中所表现出的文化理念和文化交往理念,这不能不说是一种遗憾。我们经历了被誉为"理论之世纪"的 20 世纪,经过了现代主义、精神分析学说、形式主义、英美新批评、结构主义、后结构主义、解构主义、后现代主义、后殖民主义、新历史主义、生态批评、女性主义等多种理论思潮的洗礼,直到 20 世纪末和 21 世纪初的"后理论"思潮、后人文主义等。时至今日,我们一方面开始对理论抱有一种怀疑的态度,认为理论的过度张扬,尤其是 20 世纪 60 年代以来理论在世界范围内的爆发对学界造成了很多困扰,我们担忧文学研究已经被过度理论化所绑架,似乎理论已经成了学界支配一切的主宰性"话语",从而带来了脱离文本、空转理论的危险。另一方面,过去半个多世纪以来各种纷繁复杂的理论思潮纷至沓来,令人眼花缭乱而又使读者无所适从,很多外国文学专业的研究生或者青年教师一味地依赖理论或者追新求异,而无法真正地将理论与文本有机地融合起来得出新意,也不能对理论进行反思、质疑与批评,更遑论与理论展开有效的对话并对其进行拓展和创新。已故著名文学理论家、批评家 J. 希利斯·米勒就曾多次对此种状况表示忧虑。米勒一生喜读文学著作,他一方面坚信阅读文学、研究文学的价值与意义,因为文学可以"教导人们如何去'修辞性地'阅读那些古代的诗歌、戏剧和小说,能够使他们得到集中练习以读懂媒介"[1],另一方面他也清醒地

---

[1] J. 希利斯·米勒:《文学在今天是否重要》,生安锋译,《社会科学报》2013 年 1 月 10 日第 6 版。

认识到纯文学研究的时代确实已经过时了,研究者们更多的是将文学研究与文化研究或政治性研究结合起来,譬如当今学界所熟悉的后殖民主义、新历史主义、生态批评、女性主义等。故在米勒看来,当下已经不可能"撇开理论的或者政治方面的思考而单纯去研究文学"了。[1]正是在这一意义上,我们可以看到用世界主义或者文学世界主义在当下的现实性基础和现实意义。

  在世纪之交,有着悠久的历史文化传统的世界主义理论再度受到学界的关注,荷兰著名的比较文学家、汉学家杜威·佛克马曾经指出:"作为古希腊文明的一个产物,世界主义在启蒙运动时期被重新发现了。如果世界主义适合民族国家崛起之前的某一个时期的话,那么它在(民族国家)衰落之后很可能还会卷土重来。不过如果世界主义概念还有机会的话,那么它就必须抛弃其欧洲中心主义的内涵。"[2]这里的欧洲中心主义在历史上曾经体现为帝国主义或者殖民主义思想。在笔者看来,虽然在当下民族国家并未显现出衰颓之势,但随着全球化的迅猛发展和全球信息时代的到来,世界原有的地缘政治格局已经开始被重新思考,自19世纪以来兴起的那种相对孤立的民族国家式的社会发展模式已经被全球化时代的高科技、互联网、跨国际的发展模式所逐步取代,而经济发展模式的这种巨大变化和金融的全球化也导致了人们当下认知模式和异文化交往模式的变化,互联网时代通讯科技和交通运输技术的突飞猛进更是将原来那个天各一方、路途遥远的世界变成了一个"近在咫尺"的"地球村"。而随着21世纪以来全球经济的加速度发展,很多世界性事务也都要求我们用一种超越国家民族的全球性眼光和世界性格局去加以应对,这些事务包括但不限于生态危机、核战争危机、太空探索、人口问题、粮食安全与匮乏、贫富差距拉大、大规模传染病等。为了应对这些问题,我们需要有足够大的格局和更加宽广的胸怀;也因为此,2012年,中国明确提出要倡导"人类命运共同体"思想。这一理念背后的全球性格局和世界主义思维很快就获得了世界上很多有识之士的赞同和认可,而我们作为外国文学研究者也应该对此加以重视,从我们的专业角度去思考这一理念在当下的重大

---

[1] J.希利斯·米勒:《全球化时代文学研究还会继续吗?》,国荣译,《文学评论》2001年第1期,第138页。
[2] 杜威·佛克马:《新世界主义》,载王宁、薛晓源主编《全球化与后殖民批评》,中央编译出版社,1998,第261页。笔者在引用时为了语句通顺对原译文稍加改动。

意义,从一种文学世界主义的角度去重新审视文学和文化。

　　世界主义思潮再度引起学界关注的另一个原因则是后殖民主义思潮的兴起及其在全球的影响。西方主要资本主义国家始自 17 世纪的殖民主义行径历经三百余年,使用各种手段将一些落后国家变成它们的附庸国、殖民地,大肆掠夺后者的自然资源和人力资源,将其变成自己的原料产地、投资场所、商品倾销地以及廉价劳动力的来源地。这一状况直到 20 世纪中叶才真正结束,而后殖民主义思潮在一定意义上就是对这数百年来的殖民主义霸权行径的文化反思和对帝国主义"遗产"的清算。在经历了被帝国主义长期的残酷压榨之后,前殖民地大多都在不同程度上经历了原社会结构的解体、文化传统的崩溃、国家经济体系的崩塌、政治经济畸形发展及国家主权受到侵害等严重后果,导致了前殖民地国家或地区对帝国主义宗主国在政治、经济、商贸和文化上的严重依赖,民族自信心的崩塌和民族精神的消亡等,甚至即使在殖民主义结束、前殖民地获得独立之后,这些殖民主义的后果依然长期存在并深刻地影响着前殖民地国家走向真正的独立和富强。印度以及非洲和拉丁美洲的很多国家就是典型的例子。出生于印度的美国著名后殖民主义理论家霍米·巴巴在其著述中阐发了"模糊性"、"混杂性"、"第三空间"、"模拟"等重要概念,并提出了对抗欧美宗主国主导性话语的"少数族裔理论"和"本土世界主义"(vernacular cosmopolitanism)等概念。而笔者对世界主义的兴趣就是从研究霍米·巴巴的后殖民理论开始的。巴巴作为一个印度裔美国学者(巴巴出生于一个祆教徒家庭,在印度也属于少数族裔,其家族历来缺少社会地位和政治地位),虽然先后在芝加哥大学、哈佛大学等担任讲席教授,但因其出身的原因也十分关注美国社会中的少数族裔问题和移民问题。他反对借文化多样性或者多元主义之名抹杀不同的少数族裔之间的"差异性",也反对盲目追求文化的"同质性"[1],故他在弗朗兹·法农、德里达、杜波依斯、甘地、努斯鲍姆、莫里森、瑞池、奈保尔、沃尔克特等理论家或作家的启发下,提出了"本土世界主义"的概念,[2]它关注的不是一种空洞的超越式的普世性,而是当下后殖民空间和疆界的不连续性和暂时性,关注本土性和地方性。笔者曾

---

[1] Homi K. Bhabha, *Location of Culture*, London & New York: Routledge, 1994, p. 229.
[2] Homi K. Bhabha, "Unsatisfied: Notes on Vernacular Cosmopolitanism," Gregory Castle. (ed.). *Postcolonial Discourses: An Anthology*. Oxford: Blackwell Publishers, 2001, pp. 39-48.

经指出:"世界主义理念因为殖民经验和后殖民状况而得以再次滋生成长,为我们思索全球化时代的后现代和后殖民状况开出了一条新思路。政治动荡、战争、经济利益、社会不均等多种原因造成的移民世界是我们思考一种本土世界主义的立足点。"[1]放眼当下世界,这句写于十多年前的话似乎也不算过时。

一、文学世界主义的哲理探索

一般而言,世界主义就是这样一种信念:所有的人类都生活于同一个世界、一个"地球村",都属于同一个共同体;在这个共同体里面,应该弱化传统上所谓的国家和种族差异性,世界上所有的人都崇尚相互尊重并希望能在同一个地球村里和谐平等地生活。[2]世界主义推崇平等、博爱、包容、自由、多元、相互尊重等理念,[3]倡导不同种族、民族和国家之间的团结共融、相互促进和共同发展。从词源学上来看,世界主义一词来源于希腊语中的"cosmos"(意为世界)和"polis"(意为城市、市民等),二者合起来意为"世界公民",而这一主张或者理念就被称为世界主义,该理念为古希腊斯多葛学派和犬儒学派所继承和发展,历经欧洲文艺复兴时期的演化,后又经多位近代哲学家、文学家如康德、费希特、歌德等的阐述和构建,以及更加晚近的西方理论家如伊曼纽尔·列维纳斯、乌尔里希·贝克、雅克·德里达、汉娜·阿伦特、阿皮亚、保罗·吉尔罗伊、谢永平和玛莎·努斯鲍姆等,在多个领域不断推进和阐释。康德是 18 世纪末讨论世界公民权时最早提出世界性法律/权利的哲学家之一,其世界主义思想尤其体现在其发表于 1795 年的文章《为了永久的和平》中。后来的费希特也十分认同康德所提出的世界主义思想,认为它是人类普遍存在的最终目的,但他认为这一概念应该与爱国主义之间达成一种平衡。德国著名文学家歌德的世界主义思想与他对世界文学的提议密切相关,他倡导一种多元包容的世界文学并期待不同民族之间能够享有平等与和平,并指

---

[1] Homi K. Bhabha, "Unsatisfied: Notes on Vernacular Cosmopolitanism," Gregory Castle. (ed.), *Postcolonial Discourses: An Anthology*, Oxford: Blackwell Publishers, 2001, p. 150.
[2] Anfeng Sheng, "Derrida's Cosmopolitanism and the Chinese 'shijie datong'," *Derrida Today*, 2018, (1), pp. 87-92.
[3] 相关信息也可以参阅百度百科条目"世界主义",网址 https://baike.baidu.com/item/%E4%B8%96%E7%95%8C%E4%B8%BB%E4%B9%89/6509343? fr=aladdin。

出作为国家的公民和世界的公民之间并没有必然的矛盾。

在20世纪信息时代到来和全球化浪潮的推动下,世界主义理念更是在许多哲学家的作品中得到了重塑和重新呈现。法国哲学家列维纳斯主张一种对他人的无限责任,从而为其世界主义伦理学奠定了基础。美国政治理论家汉娜·阿伦特通过探究解决难民问题的惯常方法——遣返和归化——的无效性,呼吁为所有人类,包括难民、国家内部的少数民族和那些权利被剥夺者提供普遍的人权;她试图通过故意与她的犹太血统和收容国保持距离去实践她所认可的那种真正的世界主义。德国社会学家乌尔里希·贝克通盘考察了全球化状况并对经常被过度使用甚至误用的"多元文化主义"提出疑问,他敦促我们将哲学和规范性的世界主义与一种"世界性的社会主义"结合起来,从而建立一种"世界性的现实主义"。阿皮亚对外国人的陌生性和陌生人一词的意义提出了质疑,他提出了建立起一种"世界性共同体"的可能性,在这个共同体中,来自不同地方、具有不同信仰的人们相互欣赏、相互促进,从而逐步进入一种相互尊重和对话交流的关系。吉尔罗伊在其流散文化研究中以跨大西洋和全球化为背景,主张在人类通往现代化的道路上需要一种超越肤色、种族和国籍的世界主义。谢永平将世界主义概念与我们这个日益全球化、技术化的世界中的人权问题联系起来,重新探讨了民族主义和世界主义之间的矛盾和纠缠。努斯鲍姆追求真正的人性善和社会正义,支持一种伦理普遍主义背景下的多元文化思想,并提出一种"同心圆式的世界主义"[1]。加拿大学者戴安娜·布莱顿曾经指出,在后殖民主义这一概念式微之时,我们应该找到一个比其更能充分描述这一领域的术语,故布莱顿认为我们在当下应该更多地关注"自主性、世界主义和流散"等词汇,并指出世界主义十分适合用以描述我们当下的文化境况和全球化语境。[2]

在笔者看来,我们在当下推广世界主义理念并非就是要去建构一个具有共同道德标准的、同质性的全人类单一共同体。我们推崇世界主义主要是为了唤起人们对所有人类的宽容、理解和同情,而不再纠结于他们的国籍、种

---

[1] Anfeng Sheng, "Derrida's Cosmopolitanism and the Chinese 'shijie datong'," *Derrida Today*, 2018, (1), pp. 87-88.
[2] 戴安娜·布莱顿:《后殖民主义的尾声:反思自主性、世界主义和流散》,生安锋译,《社会科学阵线》2003年第5期,第181—185页。

族、宗教和阶层;当然,该词也指出了未来社会全人类的一种理想生活状态,其特点是所有的人都能感受到完美的和谐并超越上述所有的边界或者人为的分割对立。正如西班牙哲学家莫斯特林所指出的,民族国家的概念已经过时,与人类对自由发展的追求无法相容。因此,他提出要打造"一个没有民族国家的世界"[1]。但我们在推崇和使用世界主义这一概念时,也必须要注意到该词所带有的历史局限性,注意将其从西方原有的帝国主义和殖民主义语境中剥离出来。德里达在探讨欧洲文化身份及民族主义与世界主义之间的矛盾关系时就清醒地意识到,欧洲的自我中心论或其自称的优越地位是欧洲近代以来大规模的"发现、发明和殖民的出发点",但西方这种自封的优越地位只能产生一种"虚假的世界主义";尽管传统的欧洲国家霸权总是惯于将自己呈现为跨欧洲的和国际性的,但其目的则是维护狭隘的民族国家利益。在这里,德里达敏感地意识到欧洲在20世纪初所面临的危险,特别是宗教狂热主义和具有种族主义性质的极端民族主义的复兴。他认为欧洲需要履行"让自己向欧洲模式之外的其他方向开放"的责任,并"承认和接受它们的改变"。[2] 如果说列维纳斯的世界主义可以被看作一种通过履行回应他者义务的"他者伦理",那么德里达的世界主义的基础应该是好客精神和拥抱他者的良好意愿。老套的欧洲中心主义思想或者任何形式的种族优越论绝不应该在日益全球化的当今世界再占有一席之地,对异文化的尊重和包容应当成为我们这个时代国家之间、民族之间交往的基本准则,也只有这样我们才能真正实现不同种族、民族和国家之间的平等相处与和谐共存,促进世界和平和全人类的共同发展;只有秉持着尊重差异和互补互鉴的文明交往原则,我们才能真正领会人类命运共同体的精神,并朝着实现这一全人类的共同目标不懈努力。要之,来自古老西方的世界主义思想需要与时俱进,也需要融合来自东方的智慧,尤其是来自公元前六世纪中国儒家传统的"世界大同"(《礼记》)理念。历代中国儒者对这种理想社会的期待绵延不断,并通过近现代时

---

[1] Jesús Mosterín, "World without Nation States," *Acta Institutionis Philosophiae et Aestheticae*, 2005, (23), pp. 55-57.
[2] Jacques Derrida, *The Other Heading: Reflections on Today's Europe*, Pascale-Anne Brault & Michael B. Naas. (trans.), Bloomington & Indianapolis: Indiana University Press, 1992, pp. 47-49.

期一直延续到当下。自 20 世纪初以来,特殊的国际国内形势让来自西方的世界主义思想和源自中国的世界大同思想在很多知识分子和政治家的心中引发了深刻的共鸣,著名政治家和思想家如康有为、梁启超、孙中山、毛泽东、费孝通等对这一理想也加以不断的思索和发展。进入 21 世纪,众多的有识之士更是在这个交通运输和通信技术迅猛发展的全球化、信息化时代,更加深入地思索世界主义的可能性、必要性和迫切性。东西方文明之间这两种思想固然不能完全等同,但二者对于一种理想的人类未来社会的憧憬都是相通的。故此,这种经过不断反思、中西融通和重新语境化的世界主义才能成为我们当下思考文学和文化的一个视角。在谈及世界主义与当今文学之间的关系时,王宁曾经明确指出世界主义可以"作为一种可据以评价文学和文化产品的批评视角"[1],这一点笔者甚为认同。

二、文学世界主义的批评实践

笔者对外国文学中的世界主义思想的考察,首先是从美国的少数族裔文学开始的。由于历史上的殖民、移民、流亡甚至奴隶制等多种原因,这些少数族裔都深受美国主流白人文化的压抑和歧视,从而在其文化中滋生出对主流话语的对抗、反抗和抵制,而向往一种带有世界主义色彩的理想状况。在这种想象中,各种文化,无论是亚裔、非裔、拉美裔还是印第安裔等的文学,都憧憬一种和谐共生、平等相处的文化环境和社会状况,这种理想社会状况的实现首先要从世界主义或者文化上的共同体理念开始。而这些理念和理想都充分反映在其民族文学当中。少数族裔文学中所反映的是作为群体的少数族裔的心灵呼声,是对民众生活的现实状况的反映和对理想社会的憧憬;这种文学不仅铭记历史和苦难的记忆,也形塑着当下,更预期着未来。正是在少数族裔的文学中,我们看到了这些边缘群体的热切呼声,而其对世界主义

---

[1] 王宁在文中指出了世界主义在当下的十种表现形式,包括超越民族主义形式的世界主义;追求道德正义的世界主义;普世人文关怀的世界主义;以四海为家甚至处于流散状态的世界主义;消解中心意识、主张多元文化认同的世界主义;追求全人类幸福和世界大同境界的世界主义;政治和宗教信仰的世界主义;实现全球治理的世界主义;艺术和审美追求的世界主义以及可据以评价文学和文化产品的批评视角。详见王宁:《世界主义、世界文学以及中国文学的世界性》,《中国比较文学》2014 年第 1 期,第 17 页;《世界主义》,《外国文学》2014 年第 1 期,第 103 页。

的文化诉求是进一步构建一种更加综合性、社会性的人类命运共同体的先决条件和必要基础。在发表于2019年的两篇论文中,[1]笔者以世界主义为理论视角将美国印第安裔作家N.斯科特·莫马迪、莱斯利·马蒙·西尔科、谢尔曼·阿莱克西、华裔作家汤亭亭和韩裔作家李昌来等多位少数族裔作家纳入考察范围并结合文本分析指出,这些美国少数族裔或者移民者的后代经历了很多社会冲突、心理冲突和身份认同的焦虑,他们的作品一方面反映出激烈的文化冲突和浓厚的文化焦虑感,但另一方面也体现出对一种世界主义式的、平等宽容的文化共同体的憧憬。我们作为研究者应当结合美国族裔作家的文艺创作及其反映出的文化诉求,反对根深蒂固的欧美中心主义意识形态和文化帝国主义心态,剖析其文本中的偏见与压迫,揭露种种文化现象背后所隐藏的权力关系,抵制来自社群内外的文化霸权,指出加强文化交流、文化互信和文化包容的必要性。在外国文学研究中对族裔文学中的文化共同体思想的发掘和研究,有助于形成全球人类文化共识,有助于人类命运共同体理念的进一步推广,也有助于世界各国各族人民对这一理念的接受和欣赏。

在这一方兴未艾的研究领域,我们并不是孤立的,有一批中外学者或者对世界主义理论进行探索挖掘,并试图结合中国的文化传统和时代精神对其进行重新阐释,或者从世界主义的角度对少数族裔文学或者范围更广的外国文学进行深入研究,并已经产出了一批富有新意的研究成果。作为一名西方学者的佛克马曾经睿智地指出,"一战"之前风靡一时的那种肤浅的世界主义不过是英、法等西方霸权和殖民主义的产物,而他所倡导的那种"新世界主义"则是以"反对法西斯主义、种族主义、民族主义"为基础的。[2]佛克马指出,人类都具有学习异文化的潜力和能力,而且会从中受益良多,"这种学习和交际能力并不受制于我们所出生其中的文化体系……所有的人都具有学

---

[1] 请参阅生安锋:《美国印第安文学中的世界主义理想》,《云南师范大学学报(哲学社会科学版)》2019年第5期,第126—134页(该文后来经修改,以《走向一种人类文化共同体:美国印第安文学中的世界主义理想》为题收入文集《二十一世纪的比较文学与世界文学研究》,生安锋主编,南京大学出版社,2020,第308—325页);Anfeng Sheng and Seon-Kee Kim, "Identity Formation and Cosmopolitan Vision in Asian-American Literature," *Journal of Foreign Languages and Cultures*, 2019, pp. 23-29.

[2] 杜威·佛克马:《新世界主义》,王宁、薛晓源主编《全球化与后殖民批评》,中央编译出版社,1998,第260页。

习的能力,包括具有可学习与自己族群的文化相异的另一族群的文化成规的能力",而跨越文化界限也并不就意味着失去自我的个性特征和身份认同,反而是对自我的丰富和拓展,并获得一种与以往不同的眼光来更加深刻地认识原先的母文化。[1]在这种意义上,文学研究中的世界主义路径必然会大有可为并能产生丰富的研究成果,促进人类社会异文化之间的交往和包容。佛克马指出:"分析一种新世界主义的个案,若通过参照世界文学的各种形式以及彼此迥异的各种文化审美式阅读的潜在可能性,就可以变得更有说服力。"[2]我们可以看出,在佛克马的新世界主义文学研究中,他既重视对文学文本自身的审美式阅读体验,也注重跨文化、跨种族的跨界式阅读体验;既要走出欧洲中心主义、殖民主义和帝国主义的世界认知模式,又重视来自不同民族传统的文化交往理念,包括来自中国的具有普遍主义特征的"主张天人合一的人文主义"[3]。佛克马生前历任国际比较文学协会秘书长、副主席、主席和名誉主席,是著名的比较文学家和汉学家,欧洲科学院院士,其世界主义思想对比较文学界和文学研究界产生了重要而深远的影响。

在国内学者当中,王宁从 2012 年开始就十分关注人文学科中世界主义思潮复兴的话题,并撰写了多篇文章对世界主义的内涵、其在当今时代的丰富含义、世界主义与文化文学的关系等做出了深入的理论性探讨。[4]王宁在从政治哲学、社会学以及文化与文学等三个层面对世界主义这一概念进行了剖析之后指出,世界主义为文学批评提供了广阔的视野,让他们能够在更为广阔的世界文学背景下评价文学现象和文学作品:"基于民族/国别文学立场的人往往强调该作品在特定的民族文化中的相对意义和价值,而基于世界主义立场的人则更注重其在世界文学史上所具有的普遍意义和普世

---

[1] 杜威·佛克马:《新世界主义》,王宁、薛晓源主编《全球化与后殖民批评》,中央编译出版社,1998,第 252—254 页。
[2] 同上书,第 264 页。
[3] 同上书,第 259 页。
[4] 相关文章可以着重参阅《世界主义与人文社会科学的国际化》,《探索与争鸣》2012 年第 8 期,第 3—8 页;《世界主义在当今时代的意义》,《理论学刊》2013 年第 10 期,第 112—117,128 页;《世界主义、世界文学以及中国文学的世界性》,《中国比较文学》2014 年第 1 期,第 11—26 页;《世界主义》,《外国文学》2014 年第 1 期,第 96—105,159 页;《易卜生与世界主义:兼论易剧在中国的改编》,《外国文学研究》2015 年第 4 期,第 110—119 页。

价值。"[1]

深谙中国文化传统的哲学家赵汀阳针对当下以民族国家为主要存在形式的世界格局和矛盾冲突状况提出了一个"优化版"的世界主义设想——"天下体系",希望借此来"解决康德理论所不能解决的亨廷顿问题的永久和平理论",寻求"如何从普遍冲突发展出普遍合作"。这一设想摒弃了西方传统中的帝国主义霸权观或者西方中心论,试图发展出一种兼容性的"普遍主义"以便为世界各地的异文化提供一个共存共荣的哲学基础和兼容性空间,倡导一个没有世界霸主的各国各民族的平等体系,真正抛弃民族主义的意识形态和民族国家的割据式格局。这是一种基于中国传统的"世界大同"、"协和万邦"的和平主义的世界治理理想,目的是要规避当下国际关系中的不平等境况,形成一个真正的"全球共同体"。故此赵汀阳本着"天下之理,万事之本"的基本原则指出:"天下体系就是试图实现兼容普遍主义的世界制度"[2];其制度功能是"建构世界永久和平以及优先保证万民的普遍或共同利益"[3]。在笔者看来,赵汀阳的天下体系理论是在结合了中西传统智慧的基础上对传统世界主义进行优化的一种大胆尝试。蒋承勇在讨论比较文学与跨文化研究的方法论意义时指出,全球化时代的世界文学必然是多元共存状态下的共同体,虽然世界各地异彩纷呈的文学并不具有同质性或者同一性,但世界文学研究绝不应该局限于单一民族或单一国家的视野,而应该突破传统上画地为牢式的国别文学研究范式,"在人类文学可通约性基础上",抱持一种"大文学"观或者一种"文学研究的世界主义格局、理念与眼光,构建人类文学的审美共同体"。[4] 蒋承勇在此所推崇的外国文学研究中的"文学世界主义"是对旧有的国别文学甚至区域性文学研究的一个观念性突破。这一崭新的文学研究思路也将拓展我们的研究视域,从一种全球性的格局去审视世界各国的不同文化与文学并产生富有新意的研究成果。

截至目前,虽然在文学世界主义领域尚未产生影响巨大的研究成果,但

---

[1] 王宁:《世界主义》,《外国文学》2014年第1期,第103—104页。
[2] 赵汀阳:《天下体系:世界制度哲学导论》,中国人民大学出版社,2011,第2页。
[3] 同上书,第4页。
[4] 蒋承勇:《走向融合与融通——跨文化比较与外国文学研究方法更新》,《外国语》2019年第1期,第109页。

有些国内外学者很早就注意到很多作家作品带有浓厚的世界主义特征,像我们所熟知的知名作家如莎士比亚、歌德、亨利·詹姆斯、凯瑟琳·安·波特、格特鲁德·斯泰因、伊迪斯·华顿、托尼·莫里森、约瑟夫·康拉德、詹姆斯·乔伊斯、威廉·巴特勒·叶芝、约瑟夫·鲁德亚德·吉卜林、弗拉基米尔·纳博科夫、维·苏·奈保尔、萨尔曼·拉什迪、石黑一雄、扎迪·史密斯、裘帕·拉希莉、汤亭亭、朱诺·迪亚斯、约翰·马克斯韦尔·库切等,他们的作品或者个人经历中都带有明显的世界主义色彩,适合从世界主义的角度去进行更加深入的研究。

近年来,我国学界也有学者陆续开始从世界主义的角度去思考外国文学。如王宁就注意到来自一些"小民族"的文学家或者艺术家所具有的世界主义精神,如来自爱尔兰的乔伊斯、来自捷克的卡夫卡、来自特立尼达的奈保尔、来自哥伦比亚的马尔克斯、来自土耳其的帕穆克、来自捷克的昆德拉等。"这些作家来自弱小的民族和国家,他们便从一开始就有着广阔的世界主义视野和全球关怀,也即不仅关怀自己的同胞,同时更关怀整个人类,为人类而生活,为人类而写作。"[1]王宁在这里所谈及的"小民族"作家虽然不是笔者在上文所说的外国文学中的少数族裔作家,但笔者认为这里的逻辑是一致的,那就是相对于来自主流文化或者主导性社会的大作家而言,二者都是相对小众、少数派的作家(尤其是在他们尚未成名或者获得国际声誉之前),他们的母文化本不属于所在国或者所在地区的主流文化,故而很有可能地也是很自然地采取了一种呼吁多元文化平等、尊重差异甚至有意彰显弱小民族文化的世界主义态度。这些来自"小民族"的文学家跟美国等大国中的少数族裔作家所面临的文化窘境和所受到的社会压迫感大致是一样的;他们从边缘处发声,为的就是呼吁一种与主导性文化平等相处的社会环境,让惯受欺压或者漠视、歧视的少数派文化群体获得同样的社会资源和空间,最终希冀能够建构一个差异性的多元文化共同体。而从另一方面而言,只有差异才能互补,盲目追求融合的文化策略只会导致文化的同质性和同一性,而无益于多元文化和文明互鉴的发展。王宁在前述论文中指出,易卜生作品的世界主

---

[1] 王宁:《易卜生与世界主义:兼论易剧在中国的改编》,《外国文学研究》2015 年第 4 期,第 113 页。

义特征是其产生广泛的世界性声誉和影响的原因;易卜生本身就具有流散的经历并秉持一种世界主义理念,因而他有着宽广的世界主义视野而非狭隘的民族主义情绪,从而使他具备了非凡的艺术想象力并涉足跨民族的国际题材或者世界主义题材,并进而产生了世界性的意义。[1]

周洁等分析了英国当代桂冠诗人卡罗尔·安·达菲的诗歌《综合学校》、《异乡人》和《驱逐》等,指出了其中蕴含的批判极端民族主义、包容不同族群、追求世界和平与全球正义等世界主义思想倾向。[2] 甘婷曾以当代文化理论家阿皮亚的"有根基的世界主义"为理论工具,对在当代享有国际声誉的美国"桂冠诗人"查尔斯·赖特的诗作如《乡村音乐》《万物世界》和《再见与告别》等进行了研究,一方面梳理赖特五十余年来诗歌创作的艺术特点与成就,另一方面则挖掘其背后所蕴藏的创作理念和其所建构的世界主义诗学。甘婷在研究中除了对世界主义思想尤其是阿皮亚的世界主义理论进行梳理和阐发之外,还对赖特诗学中的地方主义、中国文化色彩以及赖特世界主义诗学的自由主义等论题做了深入研究。她指出,赖特的诗歌艺术强调文化的多样性、差异性、特殊性和人类价值的多元性,不追求异文化的趋同与融合,其诗歌"将美国的清教传统、美国南方的地方意识与中国文化并置,形成一种并不相悖的有机结构",最终建构起了一种"新世界主义"诗学。[3]

赵洋的博士论文从世界主义的角度研究了当代英国著名作家石黑一雄的《无可慰藉》、扎迪·史密斯的《关于美》、纳迪姆·阿斯拉姆的《迷失爱人的地图》和亨利·昆祖鲁的《传播》等作品。论文展现并探讨了当今全球化语境下的世界主义图景的复杂性:这些小说聚焦一系列全球化的新问题,既呈现出世界主义面临的机遇,又凸显了通向世界主义旅途上的种种挑战。赵洋认为,这些小说共同释放的积极信号就是我们有充分的理由相信,世界主义是可以真实存在的而非形而上的哲学想象;它已经萌芽于地方,发展在日常的跨文化交流之中(如《关于美》中展现的海地移民与通俗性世界主义),潜藏于

---

[1] 王宁:《易卜生与世界主义:兼论易剧在中国的改编》,《外国文学研究》2015年第4期,第113—114页。
[2] 周洁、李毅:《达菲诗歌中的世界主义倾向》,《天津外国语大学学报》2018年第5期,第65—74页。
[3] 甘婷:《查尔斯·赖特的世界主义诗学研究》,武汉大学出版社,2022,第244—246页。

多元文化的大都市或互联网构建的虚拟共同体(如《传播》中展现的电脑病毒传播与信息化世界主义)。同时赵洋也指出,虽然这些作品表明世界主义已经萌芽,却还不是现实,论文探究了全球化语境下存在的种族歧视、经济障碍、政治不平等、文化偏见等一系列阻碍世界主义进程的因素;与其他学科中对世界主义的描述不同,文学所呈现的这种"失败的世界主义尝试"通过视角的变换和对叙事可靠性的把控等手段,推动了读者对于当下世界主义境况和未来愿景的反思,使作品本身也具有了世界主义意义。[1]

郑松筠博士的英文论文围绕扎迪·史密斯现已出版的五部小说《白牙》、《签名收藏家》、《关于美》、《西北》和《摇摆乐时代》展开研究,从多个不同角度揭示了小说中的世界主义思想。她指出,史密斯的创作多以种族、信仰与文化间的碰撞与交融为背景,小说人物多为祖籍亚洲、非洲和加勒比地区的移民及其子女。然而,史密斯小说所传递的并非一种无根、无国、无界的世界主义。相反,她的世界主义具有"去浪漫化"特征——扎根现实、关乎平凡人、关注个体性,既非脱离现实、理想化的社会愿景,亦非空洞抽象的博爱说辞。[2]

何卫华在其论文《〈血的本质〉中的世界主义与流散共同体建构》中指出,卡里尔·菲利普斯的小说反对欧洲种族主义和欧洲中心主义思想,它通过展现不同时空中流散群体命运的"共同性",为构建流散共同体提供了诸多启示。在笔者看来,这样的流散共同体并非一个"流散的共同体",而是不同的流散者因为其在意识、情感和思想等多个方面所具有的共性和契合性而建构起的文化上的共同体,故而具有世界主义的特征。[3] 胡则远也认为世界主义为文学批评提供了一个新的视角。他认为晚期的叶芝已经超越了早期激进的民族主义和反殖民主义思想,对爱尔兰自治领成立后出现的诸多问题进行了尖锐的批判,在创作中还大量借鉴东方文化元素如印度的诗歌,日本的能剧,中国的诗歌、绘画、雕塑、宗教思想和哲学理念等。胡则远认为,叶芝晚期的创作思想明显摆脱了西方中心主义思维模式和爱尔兰民族主义的思维

---

[1] Yang Zhao, *Globalisation and Critical Cosmopolitanism in Contemporary British Fiction*, PhD Dissertation, Nottingham: University of Nottingham, 2022.
[2] 郑松筠:《将世界主义去浪漫化:扎迪·史密斯小说研究》(英文版),上海交通大学出版社,2023。
[3] 何卫华:《〈血的本质〉中的世界主义与流散共同体建构》,《外国文学研究》2023年第1期,第31—42页。

局限性,认同多元文化思想和世界主义审美观,故而体现出明显的文化世界主义特征,而这也是叶芝成为世界经典作家的重要原因之一。[1]

云玲也通过当代印度裔美国作家裘帕·拉希莉的《疾病解说者》《别管闲事》《不适之地》等作品中书写多元文化间的旅行者形象,试图建构起一种第三空间并倡导异质文化的共荣共生,呼吁超越民族国家之间的界限和全球正义,故认为拉希莉"本人就是一个跨界旅行者和世界主义的践行者"[2]。姜学茹在其论文《〈低地〉中裘帕·拉希莉的"世界主义"思想研究》中也探讨了拉希莉小说中的世界主义思想,认为其表达了对人的"终极关怀"的世界主义思想倾向,拉希莉通过对美国印度移民故事的书写谴责了西方世界的种族压迫与歧视的社会成规,抵制传统的压迫性社会权力结构,倡导跨文化交流和对多元异质文化身份的尊重,推崇一种多元文化性质的世界公民身份,从而达到一种世界性的正义与和谐。[3]

王丹认为,"将世界主义视角引入纳博科夫研究,将有助于理解跨民族、跨文化文学交往过程中的'他性'和'差异'",故其在论文《论纳博科夫文学创作中的世界主义倾向与文化立场》中深入探析了知名美籍俄裔作家纳博科夫的《微暗的火》《普宁》《阿达》等作品中所体现出的超越狭隘的民族主义的世界主义特征,"这实际上就是一种跨越民族形式的世界主义的文学实践。纳博科夫的这种跨民族、跨地域的胸怀和视野获得了一种超然的文化立场和世界性的文学眼光,并且使他在'他者'文化和自身文化之间达到了'亲疏均衡'"[4]。南京大学的孙刘晓蓓在其硕士论文《李昌来〈说母语者〉中的世界主义想象》中探讨了韩裔美国作家李昌来的代表作《说母语者》在文化想象、政治理念与行动、主体意识的自我反省等方面的世界主义跨界实践,指出该小说是"一则世俗而包蕴展望的世界主义寓言",而人们只有怀有一种世界主

---

[1] 胡则远:《超越民族主义:叶芝晚期作品中的世界主义》,《英语文学研究》2022年第7期,第76页。
[2] 云玲:《裘帕·拉希莉小说中的世界主义思想》,《河北广播电视大学学报》2016年第3期,第29页。
[3] 姜学茹:《〈低地〉中裘帕·拉希莉的"世界主义"思想研究》,燕山大学2018年硕士学位论文。
[4] 王丹:《论纳博科夫文学创作中的世界主义倾向与文化立场》,《西南大学学报(社会科学版)》2017年第3期,第125、133页。

义的未来图景时才会获得更加广阔的认知空间和伦理空间。[1]蒲若茜以共同体理论为观照,对美国华裔文学史做了深度梳理,剖析了共同体思想在不同时期的华裔文学中的"差异化再现"及其内涵,她指出,"华裔美国文学之文化共同体最典型的特色就在于中西文化的杂糅共生,在于异质文化之间的相互尊重与相互包容";而从19世纪中叶以来,"华裔美国文学的共同体书写走过了从家庭到族群,从关怀自我到关怀自然及宇宙的逐渐开放的历程,其文化主张也经过了从'文化民族主义'到'多元文化主义'到'世界主义'的变化。"[2]

结　语

可以看出,一方面世界主义思想首先或者更为明显地体现在少数族裔的文学中,仅以上所涉及的少数族裔文学就包括英美国家中主流文学之外的印第安裔文学、印度裔文学、华裔文学、韩裔文学、巴基斯坦裔文学、俄裔文学、拉美裔文学等,这也是很多外国文学研究者首先关注到少数族裔文学中的世界主义和文化共同体思想的主要原因;而另一方面,我们也可以看到,在欧美白人主流文学中也有很多作家作品包含着或隐或显的世界主义倾向。故而世界主义思想或者倾向并不仅仅局限于少数族裔文学,而是很多具有全球意识或者全人类意识的作家的共有特点。这一点对于我们当下的文学批评和文艺研究是很有启发性的。

其实,不但外国文学研究界是这样,在中外比较文学研究界,很多有识之士也早就注意到这一议题。乐黛云先生在讨论比较文学与世界文化在21世纪的发展趋势时多次指出要反对狭隘的民族主义和文化孤立主义,反对文化上的二元对立模式和任何国家的"中心主义","因为历史早已证明不同文化之间的相互激发正是文化发展的重要动力";她认为,到20世纪末文学研究已经进入一个在全球意识与文化多元相互作用下的转型时期,"一种文化向世界文学发展,又从世界文化的高度来重新诠释、评价和更新一种文化,无疑是二十一世纪文化转型时期的一个极其重要的内容",它将"促进并加速地区

---

[1] 孙刘晓蓓:《李昌来〈说母语者〉中的世界主义想象》,南京大学2015年硕士学位论文。
[2] 蒲若茜:《华裔美国文学中的共同体书写》,《广东社会科学》2023年第1期,第197、188页。

文学以多种途径织入世界文学发展的脉络",[1]并有助于塑造一种"新的人文精神"和"和而不同"的文化交往原则。[2]从另一方面来讲,民族文学与世界文学不可分割,世界主义精神甚至还有助于民族文学的建构。美国学者戴姆罗什在其著作《什么是世界文学?》第三章("从旧世界到全世界")中梳理了世界文学概念及内涵的演化并指出了世界主义思想在其中所起到的重要作用。[3]在笔者看来,中外比较文学学者对"世界文学"概念的强调以及这种"新人文精神"和"和而不同"的价值取向无疑就包含了一种文学上或者文化上的世界主义思想。

而早在 20 世纪六七十年代,我国已故比较文学大家、国学家季羡林先生就极力倡导中外文化交流和文明互鉴,他对中印文学与文化交流史研究一向也十分重视,体现出十分明显的国际主义精神和世界主义精神。在他看来,世界上所有的民族,无论大小强弱,都有各自的优劣之处;他还以糖在印度、埃及、伊朗和中国的交流传播史为例指出了不同文化之间密切交流的重要性:世界上不同文化之间"互相学习,各有创新,交光互影,互相渗透,而且到了难解难分的程度",而"一个完全闭关自守的民族是决不能长期立于世界民族之林的"。[4]而我国著名社会学家、人类学家费孝通先生更是一贯地反对西方至上主义、殖民主义、极端国家民族主义和种族主义等"自我中心主义"思想,倡导全球化时代不同文明、不同国家民族之间的平等交往和互相尊重,倡导世界上不同文化和文明之间的"和而不同"以及对自身的"文化自觉"(即自我反省),摆脱固有的文化成见和思维模式,以开放的胸怀去观察与领悟"异文化"或者"他者的"文化与文明,构建一种"人类跨文明的共同的理念";而在全球化时代,我们"必须充分了解和借鉴世界上各种文明,做到博采众长、开阔胸怀、拓宽思路、启迪灵感"[5],遵循着"各美其美、美人之美、美美与

---

[1] 乐黛云:《九十年沧桑:我的文学之路》,中国大百科全书出版社,2021,第 201—202 页。
[2] 同上书,第 206—210 页。
[3] David Damrosch, *What Is World Literature?* Princeton and Oxford: Princeton University Press, 2003, p. 123.
[4] 季羡林:《〈中印文化关系史论文集〉前言》,《季羡林全集(第十三卷)》,外语教学与研究出版社,2010,第 203—204 页。
[5] 费孝通:《"美美与共"和人类文明(下)》,《群言》2005 年第 2 期,第 16 页。

共、天下大同"的文化交往宗旨,方能建设一个和而不同的未来世界。[1]在这里,一方面我们可以看到国内外有识之士在面对民族文化(含文学)和世界文化出现张力时的开放包容态度,另一方面也能觉察到他们之间的相互影响或者文化传承。费孝通、季羡林和乐黛云等都推崇和而不同的异文化交往原则,推崇平等包容的文化交流和文明互鉴精神,都明确反对狭隘的、极端的民族主义,这里面的世界主义精神是不言而喻的。而费孝通所要极力构建的那种"人类跨文明的共同的理念"跟笔者在此所倡导的"文化共同体"也确有异曲同工之妙。在这种全球性的文化共同体的建构过程中,源自西方的世界主义思想和源自中国传统的世界大同理念都是不可或缺的,因而中外学人之间的深层次对话和建设性交流就显得格外重要。

应该指出,世界主义的文学研究路径并不是一个全新的现象,它的"复兴"是后殖民主义思潮式微之后的一种新发展和新路向。文学世界主义从来不以文学或者文化的同质化或同一化为自己的鹄的,而是意在推崇文化包容并尊重文化差异;它也不去刻意追求文化相对主义或者空洞的多元主义,更不会打着世界主义的幌子去谋取自我文化中心主义;而是着眼于全球化时代的社会文化状况和全球性问题(如环境污染与保护、军备与战争、人工智能、太空探索等需要全人类共同面对的问题),唤醒我们作为世界公民或者这个不断"缩小"的"地球村"的村民意识,促使我们持续反思现代性和全球化,反思当下的国际关系、种族关系,尤其是异文化关系和交往原则。文学世界主义的未来图景和异文化之间的包容与互鉴急切地召唤我们去建构一种尊重差异、仁爱包容、和谐共存的社会和文化,一种真正的全人类的文化共同体和命运共同体。

生安锋,清华大学外文系长聘教授。本文刊于《江西社会科学》2023年第8期。

---

[1] 费孝通:《"美美与共"和人类文明(下)》,《群言》2005年第2期,第15页。

论文学立场:雷蒙·威廉斯与《毛泽东论文艺》

邓海丽

雷蒙·威廉斯是 20 世纪英国最重要的马克思主义文学批评家,对战后英国乃至整个西方文化研究立下筚路蓝缕之功。由于同属马克思主义的理论"亲缘"性,国内学界对威廉斯的探讨比较充分,尤其是其思想渊源的脉络梳理。但一个明显的缺憾是,由于跨语言的障碍、恰当翻译的欠缺和西方中心主义作祟,毛泽东对威廉斯的影响长期被忽视和低估。其实,国内外已有学者注意到毛泽东文艺思想对威廉斯理论构建的独特价值。[1] 从威廉斯在其最高学术丰碑——《马克思主义与文学》中对《毛泽东论文艺》的高频度反复引证可知:早在六七十年代,威廉斯就阅读了北京外文出版社 1960 年版《毛泽东论文艺》英译本。

《马克思主义与文学》是威廉斯在马克思主义文化研究领域的代表性著作之一,荟萃其马克思主义文化研究领域的理论精华。[2] 威廉斯在这部高度凝练、惜字如金而又略显晦涩的论著第九章"立场与党性"中直接引证《毛泽东论文艺》的完整段落或句子有三处,分别来自《关于百花齐放、百家争鸣》

---

[1] 参见傅德根:《威廉斯论共同文化》,《马克思主义美学研究》第 3 辑,广西师范大学出版社,2000;曾军:《西方左翼思潮中的毛泽东美学》,《文学评论》2018 年第 1 期;Bonnie McDougall, *Mao Zedong's "Talks at the Yan'an Conference on Literature and Art": A Translation of the 1943 Text with Commentary*, Michigan: Michigan University Press, 1980, pp. 5-6.4. Kang Liu, *Aesthetics and Marxism: Chinese Aesthetic Marxists and Their Western Contemporaries*, Durham: Duke University Press, 2000, p. 89。

[2] 段吉方:《作为文化理论观察视角的"文化与社会"——再论雷蒙·威廉斯〈文化与社会〉的理论阐释意义》,《社会科学家》2022 年第 1 期。

(下文简称《双百》和《讲话》)[1]。此外,还有多处提到"毛泽东"、"中国革命"、"中国思想"以及"结合"[2]等关键词,作为例证或方法论层面的阐发征引,整章引证次数高达12处(见统计表)。这些文本证据为考察毛泽东对威廉斯的影响提供了充分的事实联系,至少证明毛泽东进入了威廉斯的学术视野。然而,相关的进一步研究一直处于模糊和缺失状态。鉴于此,本文以威廉斯的文本引证为凭,按图索骥,阐述其对毛泽东文艺思想的征引借鉴,尝试还原威廉斯理论构建中的毛泽东元素。

威廉斯引证《毛泽东论文艺》统计

引证内容	出处	中文	引证类型	次数
Mao Tse-Tung/ Mao	《毛泽东论文艺》	毛泽东	阐发式引证	3
Chinese revolution/Chinese ideas	《毛泽东论文艺》	中国革命/中国思想	阐发式引证	2
integration	《讲话》	结合	阐发式引证	3
It is harmful to the growth of art and science if administrative measures are used to impose one particular style of art and school of thought and to ban another.	《关于百花齐放、百家争鸣》	利用行政力量,强制推行一种风格、一种学派,禁止另一种风格、另一种学派,我们认为会有害于艺术和科学的发现	直接引证	1
As far as unmistakable counter-revolutionaries and wreckers of the socialist cause are concerned, the matter is easy: we simply deprive them of their freedom of speech.	《关于百花齐放、百家争鸣》	对于明显的反革命分子,破坏社会主义事业的分子,事情好办,剥夺他们的言论自由就行了	直接引证	1

---

[1] 该文节选自:《关于正确处理人民内部矛盾的问题》第八节"关于百花齐放、百家争鸣、长期共存、互相监督"中论述百花齐放、百家争鸣方针的部分。见毛泽东:《毛泽东论文艺》(增订本),人民文学出版社,1992,第101页。
[2] 此处指毛泽东《在延安文艺座谈会上的讲话》中对作家深入生活、与群众相结合的论述。

续 表

引证内容	出处	中文	引证类型	次数
Marxism includes realism in artistic and literary creation, but cannot replace it.	《讲话》	马克思只能包括而不能代替文艺创作中的现实主义	直接引证	1
Instead there is an emphasis on creative impulses "rooted in the people and the proletariat", and a corresponding opposition to creative impulses arising from other classes and ideologies.	《讲话》	相反,毛泽东强调"植根于人民大众、无产阶级"的创作情绪,反对"其他非人民大众非无产阶级的创作情绪"	间接引证	1
引证次数累计				

一、"党性"与"commitment"的区别和联系

作家的创作立场与文学的功能属性是文艺批评界论辩最激烈的关键话题,马克思主义作家更是高度关注文艺与政治、文艺与革命的关系。马克思、恩格斯从"历史的"、"审美的"维度论述"倾向"文学,奠定了马克思主义文论的人民性立场。同样,毛泽东和威廉斯也围绕作家的创作立场和价值取向,分别在《讲话》《马克思主义与文学》中提出一组重要的概念对——"立场"与文艺的"人民性立场"、"alignment"与"commitment"。双方都在马克思主义框架内,紧扣文学与社会、文学与政治的关系探讨文学创作与批评的立场取向。现有 Marxism and Literature 的唯一中译本《马克思主义与文学》将"alignment"、"commitment"分别译作"立场"、"党性"。其中"alignment"与中文语境或《讲话》中的"立场"意义基本一致,都属中性词,指认识和处理问题时的看法、态度,而 commitment 的译文"党性"与中文语境的"党性"含义有较大区别,由于跨语言、跨文化翻译造成不可避免的认知差异,极易引起误读误解。

其一,中文语境普遍意义上的党性所指是政党的政治属性,而《讲话》从文艺为人民服务的核心主旨出发,明确党性的能指——"人民性立场"[1],而

---

[1] 《毛泽东选集》第 3 卷,人民出版社,1991,第 848 页。

且毛泽东还清晰界定了"人民"的构成——"最广大的人民,占全国人口百分之九十以上的人民,是工人、农民、兵士和城市小资产阶级"[1]。

其二,英文语境中"commitment"释义丰富,包括"忠诚"、"奉献"、"承诺"和"投入"、"介入"等,也因此威廉斯系列著述的"commitment"中文翻译不尽相同,除了"党性",还有"奉献"、"社会责任"等。[2] 在《马克思主义与文学》中,威廉斯并没有正面、直接定义"commitment"的概念内涵,只是将"commitment"与"alignment"进行比较,强调文学创作的自主立场并非必然地等同于"commitment","commitment"是对立场"自觉、主动和公开的改变与选择"[3]。严格来说,威廉斯这一界定并非真正的规范定义,但是通过上下文,以及威廉斯所秉持的马克思主义文化批判立场,我们可以清晰看到,他提出的"commitment"是在马克思主义意识形态批判视域下,旗帜鲜明地主张作家站在工人阶级立场,以高度的社会责任感和政治觉悟主动介入社会现实,揭露和批判资本主义社会的剥削压迫。[4] 因此,为了实现"立场"(alignment)向"党性"(commitment)的转变,威廉斯在《马克思主义与文学》中独辟章节"立场与党性",从作家创作的价值取向和文学审美出发论述"党性"文学观,号召作家主动、有意识地开展"党性"文学创作,通过文学唤醒民众的抗争意识,推动社会改革和政治革命。显然,毛泽东、威廉斯各自提出的"人民性立场"和"commitment"字面意义和表述不同,但由于都衍生于马克思主义的本质属性"人民性",在内涵和外延方面有诸多重合共通之处。虽然"commitment"译为"党性"欠妥,然而,本文主要围绕威廉斯批判资本主义、以工人阶级等底层民众为价值取向的"党性"(commitment)文学立场及实践路径,探讨其对毛泽东的"人民性立场"文艺思想的阐发借鉴。鉴于"党性"是"commitment"在中文语境的主流译法,沿用已久,为表述方便,本文仍采用

---

[1] 《毛泽东选集》第3卷,人民出版社,1991,第855页。
[2] 现有威廉斯著述中文译本的 commitment 译法不同:1.译为"党性",见《马克思主义与文学》,王尔勃、周莉译,河南大学出版社,2008,第209页。2.译为"奉献",见《希望的源泉》,祁阿红、吴晓妹译,译林出版社,2014,第1页。3.译为"社会责任感",见《文化与社会 1780—1950》,高晓玲译,商务印书馆,2018,第224页。
[3] Raymond Williams, *Marxism and Literature*, Oxford: Oxford University Press, 1977, p. 200.
[4] Raymond Williams, *Resources of Hope: Culture, Democracy, Socialism*, London: Verso Books, 1989, p. 86.

该译法,下文同时加双引号的"党性"和带括号英文形式书写,以示区别。

二、威廉斯与《毛泽东论文艺》

威廉斯在《马克思主义与文学》的"立场与党性"章节开门见山指出,长期以来围绕审美与政治、文学与社会之关系的激烈论辩不绝于耳,究其本质,往往是创作的自主"立场"与"党性"立场之辩,"党性"的构成、规约与功能之争,可谓见仁见智、众声喧哗。[1] 但是,来自遥远中国的毛泽东为探讨该问题开拓了全新的视域,蕴含着深刻的马克思主义理论价值和突破性的方法论意义。[2] 威廉斯随后的论述反复引证《毛泽东论文艺》,通过征用借鉴、移植嫁接和吸收内化等知识再生产,围绕"党性"立场的功能、内涵以及实践路径等问题,探讨文学与革命、"党性"立场与审美的关系,重构作家阶级关系,重塑审美的再现模式,论证文学的社会物质属性、生产属性,阐明西方现代性审美视域下以工人阶级等底层民众为价值取向的英国马克思主义文学立场。

1. "党性"(Commitment)的功能:文学与革命

威廉斯1970年代之前的系列著述已经对文学介入社会、参与政治作了比较深入的探讨,而毛泽东在《讲话》中对文艺与政治、文艺与革命之间关系的论述,则进一步坚定其秉持的文学应该发挥政治功能和革命力量的"党性"(Commitment)立场。他以中国革命胜利为例证,充分肯定《讲话》提出"文学为革命、为政治服务"[3]的历史合理性。站在批判资本主义社会的立场,威廉斯在理论层面从文学内在的审美理性、外部的社会功用两个维度,进一步论证文学的政治功能和革命功用性,强调文学的"党性"立场并不是一个抽象僵化的理论概念,探讨"党性"的关键在于"分析写作的自主立场向'党性'立场转变的性质"[4]。以俄国革命和中国革命为例,威廉斯指出列宁和毛泽东面临各自特殊的历史使命和民族危机,都强调文学为革命、为党的事业服务。

---

[1] Raymond Williams, *Marxism and Literature*, Oxford: Oxford University Press, 1977, p. 199.
[2] Ibid., p. 203.
[3] 《毛泽东选集》第3卷,人民出版社,1991,第867页。
[4] Raymond Williams, *Marxism and Literature*, Oxford: Oxford University Press, 1977, p. 200.

无论是毛泽东在"引言"中提出的文艺"作为团结人民、教育人民、打击敌人、消灭敌人的有力的武器"[1],还是"结论"对革命阶段文艺服从革命和政治的强调,在威廉斯看来,这种革命功利主义观为主导的、严格明确的"党性"规约有利于革命胜利和民族解放,因此非但不应认为"党性"妨碍文学的审美独立性,还要将其提升为审美的标准和内容。通过"党性"写作介入当下的社会改革和政治斗争,以鲜明的"党性"批判意识发挥文学批判资本主义社会的先锋作用,彰显文学独立的品格和价值。

威廉斯反对将文学文化视为经济基础的被动反映,强调文学文化生产的物质性,以及文学参与社会变革的实践性力量。这一文化批判思想为战后英国新左派开拓了一条新的社会抗争之路,从文化批判角度揭露现代资本主义的种种剥削压迫,其社会影响力和文化研究的开创性不可忽视。但是,由于过分倚重文化的政治功能,将社会革命的希望完全寄托于文学文化,甚至将审美活动当作政治实践,威廉斯渐渐脱离传统的政治革命斗争,脱离工人运动和革命政党的联系,最终不可避免地与社会主义革命、推翻资本主义的使命渐行渐远。

2. "党性"(Commitment)的内涵:政治与审美

威廉斯赞同革命语境中文学的政治功利取向以凸显文学的社会政治功能,与此同时,他也高度警惕这种工具性的"党性"立场剥夺审美独立性的极端化问题。他注意到,"党性"的规约与构成因民族国家、政治历史语境变化而不尽相同。马克思主义阵营内部对其概念内涵一直争论不休,反马克思主义者更是以此为借口诟病"党性"妨碍创作、迫害作家,导致"党性"在文学研究中的聚讼纷纭。就此,威廉斯直接引用《讲话》和《双百》逐一辨析、澄清。

其一,正本清源"党性"的概念范畴。威廉斯直接引证毛泽东在《讲话》中提到的,"马克思主义只能包括而不能代替文艺创作中的现实主义"[2],指出"党性"要求作家树立"为人民大众、为无产阶级创作的世界观"[3],但世界

---

[1]《毛泽东选集》第 3 卷,人民出版社,1991,第 847 页。
[2] Raymond Williams, *Marxism and Literature*, Oxford: Oxford University Press, 1977, p. 203.中文参见《毛泽东选集》第 3 卷,人民出版社,1991,第 874 页。
[3] Raymond Williams, *Marxism and Literature*, Oxford: Oxford University Press, 1977, p. 200.

观不可与创作方法混为一谈,两者属不同范畴。前者是人们对世界的总体看法和观念,后者是文艺创作所遵循的艺术原则与表现手法。同时,世界观与创作方法又是不可分割的,恰如毛泽东强调的,只有树立正确的世界观,才能正确地反映社会生活,只有革命的作家才能创作出革命的文艺。另一方面,威廉斯指出列宁、毛泽东的"党性"立场规约"仅限于社会主义作家"[1],是特定政治历史时期对社会主义文艺、革命文学提出的要求和条件,是具体化、历史化的"党性"构成,而不是涵盖所有历史阶段、所有区域国家的文艺作品,更不可将其解读为一成不变、泛化抽象的"党性"概念。事实上,不同时期和地域的马克思主义理论家都有权力探索和界定符合自己国情的"党性"文学创作。

其二,"党性"与审美的关系。毛泽东强调"政治和艺术的统一,内容和形式的统一,革命的政治内容和尽可能完美的艺术形式的统一"[2]。威廉斯高度认同,进行追根溯源式的深入阐发。从马克思对欧仁·苏的批判——"社会主义文学中最糟糕的破烂货",到萨特对纯艺术观的否定;从马克思、恩格斯主张的历史与审美之维:"当下英国最优秀的小说家"的"作品以生动传神的笔法,向世人揭露了众多政治、社会真相,比所有职业政客和道德家们加在一起揭露的还要多",[3]到萨特的"介入"说、阿多诺的政治多元价值论,威廉斯重申不能因为写作的"党性"需要而把文学变成各种政治观念、政治口号与互不相关的道德说教组合而成的拼装品。[4]"党性"创作必须遵循文学自身的审美规律,不失文学之所以为文学的审美性、艺术性。威廉斯对"党性"与审美的认知,高度回应了毛泽东关于政治与文学之辩证统一的主张。

其三,创作自由与"党性"规约的关系。威廉斯首先强调并非只有马克思主义、社会主义阵营才对作家创作提出"党性"规约,人类社会历史上各时期的统治阶级同样要求作家为其统治利益服务,根本就不存在客观中立的文学

---

[1] Raymond Williams, *Marxism and Literature*, Oxford: Oxford University Press, 1977, p. 203.
[2] 《毛泽东选集》第3卷,人民出版社,1991,第869—870页。
[3] 转引自 Raymond Williams, *Marxism and Literature*, Oxford: Oxford University Press, 1977, p. 201. 见 *Marx Engels on Literature and Art*, Missouri: Telos Press, 1973, p. 105。
[4] Raymond Williams, *Marxism and Literature*, Oxford: Oxford University Press, 1977, p. 200.

立场。"创作具不可避免的、鲜明的立场取向,用马克思主义的话说,创作立场其实就是作家阶级关系的体现。"[1]至于所谓的客观立场,威廉斯一语道破只不过是某个阶级、某些人为了普适化自己别有企图的观点而惯用的伎俩套路,譬如资本主义社会所标榜的"出版自由",不过是"谋求商业利润的自由"而已。[2] 其次,威廉斯连续引证《关于百花齐放、百家争鸣》的两段话阐述创作自由与"党性"规约的辩证统一关系,旨在批判将"党性"等同于某种单一创作风格的异化现象。第一段话:"利用行政力量,强制推行一种风格、一种学派,禁止另一种风格、另一种学派,我们认为会有害于艺术和科学的发展。"[3]第二段话:"对证据确凿的反革命分子和社会主义事业的破坏分子来说,问题十分简单,我们完全剥夺他们的言论自由。"[4]就此,威廉斯指出毛泽东并非抛开"党性"立场、回归文学自由主义,而是主张以"党性"规约为前提的创作自由。同时,他还以列宁和托洛茨基为证,前者要求文学创作"不能出现任何形式的、可能导致的混乱",后者强调"必须符合是否拥护革命的标准和类别"。[5] 显然,在深表赞同文艺创作的"百花齐放、百家争鸣"主张的同时,威廉斯更加认可列宁、毛泽东等对自由争鸣与"党性"规约之间关系的辩证处理,主张文艺思想观念、创作方法之间的自由争鸣必须以"党性"规约为前提,并认可这种规约的现实合法性。

3. "党性"(Commitment)文学创作的实现:以"结合"为路径

威廉斯文化研究的一个重要特征在于强调实践性。他高度评价《讲话》的原创性概念"结合""完全改变了思考'党性'问题的整体思路和研究范式"[6],以"结合"为元命题,威廉斯的"党性"思考以强烈的问题意识摆脱了欧美学院派形而上的概念范畴论争,从探讨"党性"的内涵、功能切换到"党性"文学创作的实现路径。

"结合"是毛泽东运用马克思列宁主义的基本原理,从文艺为最广大人民

---

[1] Raymond Williams, *Marxism and Literature*, Oxford: Oxford University Press, 1977, p. 199.
[2] Ibid., p. 199.
[3] Ibid., p. 203.此处中译文引自《毛泽东论文艺》,人民文学出版社,1992,第101页。
[4] Raymond Williams, *Marxism and Literature*, Oxford: Oxford University Press, 1977, p. 203.
[5] Ibid., p. 202.
[6] Ibid., p. 203.

服务这一立场出发,针对当时延安文艺界脱离群众的不良现象提出文艺工作者"要和群众结合"[1],思想上自觉抛开那种高高在上、远离群众、远离生活的职业精英意识,行动上"长期地无条件地全心全意地到工农兵群众中去,到火热的斗争中去"[2]。毛泽东通过"结合"在工农兵群体进行文艺的普及与提高,受启发的威廉斯则以"结合"为路径,提出"党性"的实现首先要摒弃脱离实际对作家个人空洞生硬的道德绑架,代之以研究作家背后的社会关系及其重构途径,关注文学文本的生产和接受,以及文学文本对社会秩序的再生产和复制功能。

其一,改造作家的阶级关系

在艰苦的革命战争年代,"结合"帮助作家与工农兵群众从抗战爱国的政治认同,走向思想意识和道德情感的认同,"水土不服"的资产阶级、小资产阶级知识分子脱胎换骨成为积极投身革命文艺事业的无产阶级作家。就此,威廉斯高度评价:

> 强调作家和人民之间社会关系的转变……毛泽东的选择是从理论和实践上强调"结合":作家不仅要融入大众生活,而且要从思想上摒弃职业作家意识,投入新型的大众化、集体化写作活动中。[3]

作家是文学文本的生产者。创作理念、创作方法等与其他社会实践活动一样,必然受制于所处的社会现实关系。"结合"直接启发威廉斯,"党性"文学的实现首先要立足作家现实的社会关系和处境;作家的社会关系不仅是接受性的,也是建构性的、可生产的。他指出既往的马克思主义"党性"文学探讨要么流于形式主义,教条化地规定某种创造方法,要么异化为浪漫主义的后期版本,无视作家背后的社会关系和面临的现实处境,对作家实施道德绑架。[4] 而毛泽东的"结合"恰恰对症下药,从思想和行动两方面改造作家的

---

[1]《毛泽东选集》第3卷,人民出版社,1991,第877页。
[2] 同上书,第861页。
[3] Raymond Williams, *Marxism and Literature*, Oxford: Oxford University Press, 1977, p. 203.
[4] Ibid.

阶级关系,实现作家阶级关系的"重写"。一方面,"结合"创造性解构了既往一成不变、抽象僵化的阶级关系概念及其认知。沿着"结合"改造作家社会关系的思路,威廉斯分析了作家的社会关系构成:作为社会个体存在的社会关系、作品在特定历史语境呈现的普遍的社会关系,以及特定类型的写作风格所蕴涵的社会关系。另一方面,"结合"通过民族形式和革命内容"重写"作家阶级关系,实现立场向"人民性立场"、"党性"立场的转变。就此,威廉斯高度评价"毛泽东的另一重要贡献在于,非常重视通过加强使用某些特殊的创作内容、形式和风格来改善作家和人民之间的关系"[1]。威廉斯进一步认识到作家与读者、文本之间存在着千丝万缕的联系,彼此相互建构、相互渗透。作家的现实存在、阶级关系与作品的具体风格、内容和形式之间存在着必然联系,作品既是作家社会关系的具体表征,又是阶级关系重构的重要途径。

其二,重建"党性"文学生产模式

《讲话》对"结合"和民族形式的强调,对威廉斯而言,极具审美生产与接受意义上的理论价值。"结合"使作家高度关注读者,创造了作家与读者的直接对话与协商场域,作家在此过程中得以调节自己的创作,使作品符合读者的审美期待,进而完成审美再生产,因此"结合"激活了作家、作品与读者的三方互动,创造了真实意义上的审美对话,成为作家、作品与读者循环对话的驱动器。"结合"不仅解决了马克思主义的"党性"文学的实践问题,而且体现了西方接受美学意义上的审美生产与接受模式,产生了普遍性的理论价值。[2]威廉斯以此为路径,从读者需求和创作风格两方面阐述"党性"文学创作模式。

首先,"党性"文学创作必须以读者为中心。毛泽东高度重视工农兵读者的审美期待,激发威廉斯构建基于读者需求的全新"党性"文学生产模式。对作家而言,为了使作品受群众欢迎,实现文艺为人民服务,必须通过"结合"熟悉群众生活,学习群众语言,了解民间文艺。在此过程中,作家的世界观、审

---

[1] Raymond Williams, *Marxism and Literature*, Oxford: Oxford University Press, 1977, p. 203.
[2] Kang Liu, *Aesthetics and Marxism: Chinese Aesthetic Marxists and Their Western Contemporaries*, Durham: Duke University Press, 2000, pp. 89-93.

美观与读者的审美期待、阅读体验进行对话,作家通过转变创作内容、形式和语言,最终实现创作与接受、作家与读者的审美视域融合。对读者而言,"不同的阅读方式意味着不同的生存方式"[1]。文学的物质性、生产性的一个重要表征在于文学被占有不同社会关系的个体以不同方式阅读,文本蕴涵的各种社会关系和接受过程通过具体的物质形式表现出来。毛泽东将工农兵读者置于文艺创作与批评的中心,与之类似,威廉斯也进一步提升英国工人阶级和其他中下层民众在文学研究中的定位,高度关注其建构文学生产的积极能动性。

其次,"党性"文学必须注重特定的创作内容、形式和风格。"结合"使威廉斯意识到,作品的内容、形式和风格不再是抽象化的静止概念,而是社会实践层面的物质存在,更是对资本主义制度实施文化革命的重要途径和思想武器。"结合"对特定形式、内容和风格的强调,从实践层面为威廉斯探讨"党性"文学的实现途径带来深刻启示,他发现"结合"为如何实现"党性"文学创作这一困扰马克思主义文学创作与研究已久的问题打开了一扇新窗口。"结合"体现了文学文本在日常生活中的运用和构建,"以不同的方式写作就是以不同的方式生存"[2],"结合"继续强化威廉斯将文学文化研究与社会实践相结合的理论自觉。在他看来,"党性"其实是作家实际的和可能的社会关系的具体化,通过穿梭于各种权力话语之中的文学文本,以特定的注释、惯例、形式和语言等具体、客观存在的物质形式表征出来。[3] "党性"的社会物质属性、生产属性和独特性等复杂本质特征决定其不可能是由某个理论家或国家政党所能垄断的、固化的表述和一成不变的限定。相反,不同时期和地域的马克思主义理论家都有权力和义务探索符合自己国情的"党性"文学观和实践路径。

威廉斯将毛泽东基于读者需求提出的特定内容、形式和风格的文艺普及思想与资本主义社会中无产阶级"党性"文学的规约及构成直接对接。以"结合"为元命题,他论证了重构作家阶级关系、重塑"党性"文学的生产与接受模

---

[1] Raymond Williams, *Marxism and Literature*, Oxford: Oxford University Press, 1977, p. 205.
[2] Ibid.
[3] Ibid.

式等系列子命题,进而构建了西方审美现代性视域下"党性"文学创作的实践路径。

三、原因分析:威廉斯的"毛泽东情结"

威廉斯对文学文化批评的思考和理论建构,融汇了对英国传统文学批评的反思、批判与超越,以及对马克思主义理论的长期思考,也深受戈德曼、葛兰西、阿尔都塞等的影响。从50年代的发轫、60年代的生长,到70年代的成型,威廉斯对本土文学批评传统和外来马克思主义思想理论博观约取、兼收并蓄。在某种意义上,代表其最高成就的《马克思主义与文学》是众多理论的有机糅合与多元思想的内化滋养而成的。毛泽东之所以进入威廉斯的理论视野,并对其"党性"文学立场产生重要影响,有多方面的原因,在笔者看来以下几点特别值得关注。

其一,威廉斯的成长背景和个人经历。

客观地说,威廉斯最终走上马克思主义道路,一个重要缘起是其工人阶级家庭出身和成人夜校的从教经历。威廉斯自小在边境乡村长大,父亲是一名铁路工人,他的诸多思想都深深地打着工人阶级家庭的烙印,而"家庭出身相较于教育背景和个人经历而言,与一个学者的研究旨趣、立场和价值取向有着更加天然并且牢固的内在联系"[1]。

再者,威廉斯在成为大学教授之前长期从事工人教育,直接接触底层民众,为他日后反思、超越英国传统精英主义文化研究模式奠定了社会基础,更为他后期将《讲话》的"结合"嫁接到自己的"党性"论作了实践层面的铺垫,甚至恰如他所坦陈的,这段经历其实已经是自己文化研究的重要构成部分。[2] 威廉斯由此意识到比小众化精英传统文化研究更重要的是关注当下普通民众,尤其是工人阶级的生存状况。因此,威廉斯对毛泽东提出知识分子深入工农兵群众、深入生活的"结合""一见如故",深刻洞察到背后对审美再现的突破性价值。

最后,毛泽东之所以成为威廉斯理论构建的一个重要资源,与他对毛泽

---

[1] 阎嘉:《重返"活的文化"研究:霍加特、威廉斯与文化研究的分化》,《学术研究》2021年第10期。
[2] 理查德·霍加特:《识字的用途》"导言",阎嘉译,商务印书馆,2020,第5页。

东领导中国革命的方式、目标和道路的高度认同分不开。[1]他把中国看作社会主义的希望所在,"在我看来最重要的事件是中国革命的胜利。我认为中国革命是一个决定性的历史事件,它彻底地改变了整个世界政治的格局"[2]。他早年曾组织声援中国革命的活动,也了解埃德加·斯诺的《西行漫记》[3]。在剑桥求学时,他就告诉遇到的第一个共产党组织者:"我想和最红、最赤色的共产党人在一起。"[4]这些经历对他自下而上的理论品格和价值观的形塑产生了深刻影响,与毛泽东主张的为工农兵大众服务的文艺立场不谋而合。

其二,威廉斯所处时代语境的现实诉求。

20世纪50年代随着战后经济复苏,英国迎来了工商业的繁荣发展,工人阶级数量急剧上升,大众文化发展迅速,广播、电视、电影、流行音乐成为人们日常生活的重要内容。因此,如何研究和定位这类工人阶级为主体发展迅猛的大众文化?成为英国文学文化批评界无法回避的重要现实问题。但是,英国传统精英派对之不屑一顾,他们普遍忽略、蔑视工人阶级的政治生活和文化经验,这一状况愈发引起同为工人阶级出身、对工人阶级文化有着很深情感的威廉斯的不满。他在批判、反思英国传统文化研究过程中,逐渐将关注点转移到英国社会中下层民众及其通俗文化,使自己的学术研究摆脱英国精英主义的禁锢,使普通民众的日常生活和经验登上大雅之堂,也使自己的理论透过文化与社会的研究视角,在充分关注工人阶级与大众文化经验的过程中,展现出面向现实的深刻的实践特性与批判精神。更重要的是,为英国精英传统排斥的日常文化研究,威廉斯却能在毛泽东那里找到理论支撑和思想"知音",某种意义上,《毛泽东论文艺》成为其批判英国资本主义精英文化的理论武器之一。在他看来,毛泽东号召文艺家关注墙报、壁画、民歌等民间文艺,以喜闻乐见的民族形式、以人民群众为表现主体的创作,与自己关注的工人阶级日常生活、大众媒介和大众审美经验等通俗文化异曲同工。在早期的

---

[1] Raymond Williams, "You're a Marxist, aren't you?" in Raymond Williams, *Resources of Hope: Culture, Democracy, Socialism*, London: Verso Books, 1989, p. 73.
[2] Raymond Williams, *Politics and Letters*, London: New Left Books, 1979, pp. 94-95.
[3] Ibid., p. 32.
[4] Ibid., p. 41.

文化研究中,他率先把"文化"定义为"一种整体的生活方式"[1],而文化研究则是对这一整体生活方式的完整过程的描述。

其三,威廉斯的理论旨趣与毛泽东文艺思想的情感取向和审美理念相通,其文化研究的"批判性、实践性"[2]特征内在地契合于《讲话》。

首先,他的文学立场具强烈的平民倾向和批判传统精英主义意识,他的文化唯物主义蕴含激进的文化批判思想和强烈的马克思主义批判意识,这些因素催生了他对毛泽东"人民性"文艺立场的亲切感和认同感。在情感取向方面,威廉斯以一种向下的眼光同情支持"群众"的民主权利,坚决批判将"群众"(mass)等同于"群氓"(mob)的英国社会传统,义正词严地为"群众"正名。在威廉斯看来,自己后期走出传统知识分子书斋、奔向中下层民众的理论追求与毛泽东的"结合"路径殊途同归。由此,他对《毛泽东论文艺》表现出理解上的共鸣、思想上的接受也是顺理成章的。就审美视角而言,文化与社会是威廉斯文学、文化批评理论构建的重要观察角度,"强调文化的物质性,突出文学创作、文化生产与文学批评的社会语境,重视文化理论研究的'经验性',构成了威廉斯文化唯物主义的重要理论准备"[3]。而毛泽东作为革命领袖,与普通的文艺理论家不同,包括《讲话》在内的文艺著述,首先是以中国革命的具体实践为出发点,为解决中国革命进程中的现实问题而思考文艺问题的。就此而言,在一定意义上,威廉斯的观察视角与毛泽东对文艺的思考产生了某种不谋而合的"视域融合"。

其次,《马克思主义与文学》体现了威廉斯一直以来对机械的文学反映论的反感,"并使他对马克思主义理论在抗拒中走向超越"[4]。威廉斯这一主张,与毛泽东在《讲话》中对文艺与生活的关系、艺术创作中"源"与"流"的关系的论述不谋而合,也契合毛泽东在此基础上对马克思主义"文学是特定社会生活的反映"的继承和发展,先在地奠定了其从《毛泽东论文艺》中吸收理

---

[1] [英]雷蒙·威廉斯:《文化与社会 1780—1950》,高晓玲译,商务印书馆,2018,第345页。
[2] 段吉方、沈文秀:《从理论旅行到比较互渗:"英国文化研究"的中国影响与问题》,《社会科学战线》2022年第1期。
[3] 段吉方:《作为文化理论观察视角的"文化与社会"——再论雷蒙·威廉斯〈文化与社会〉的理论阐释意义》,《社会科学家》2022年第1期。
[4] 段吉方:《"感觉结构"与"文化唯物主义"的理论踪迹——雷蒙·威廉斯文化唯物主义美学的理论细读》,《文艺理论研究》2013年第1期。

论启发的思想基础。威廉斯在写作《马克思主义与文学》之前,同样在反思和拓展马克思主义的基础与上层建筑理论模式,对文学艺术与社会生产之间的结构关系展开长期而深刻的思考,在其系列论著《文化与社会》《漫长的革命》中提出重要概念——"感觉结构",以表述"他对基础、文化、上层建筑之间关系的看法",创造性将"文化"阐释为"整体的生活方式",[1]这些理论立场为威廉斯接受认同毛泽东对生活美与艺术美的辩证分析、对文艺源于生活而又高于生活的深刻表述打通了思想通道。

结　语

作为西方世界最有影响力的马克思主义文化批评家,威廉斯对毛泽东的引证借鉴对进一步发掘毛泽东文艺思想的普遍性、科学性和现代性有深刻启示。从作为例证,到作为理论和作为方法,威廉斯以毛泽东为思想资源与路径,通过吸收内化,融入英国马克思主义和文化唯物主义理论之中,构建契合于西方政治、时代语境的"党性"文学创作路径,推进"二战"后英国文化批评的重塑和发展。显然,毛泽东文艺思想帮助威廉斯实现思想创新和知识再生产,也因此成为西方引进、吸收中国思想的理论再创造的成功个案。其重要意义不仅仅是萨义德视域下外来思想输入嫁接到本土文化的理论旅行,更重要的价值在于,威廉斯的借鉴挪用其实是以毛泽东文艺思想为代表的中国化马克思主义与代表西方话语霸权的英国思想传统、文化理论进行的直接创造性对话。在此过程中,毛泽东文艺思想经嫁接移植,在西方文化土壤落地生根、开花结果,为全球文化研究提供了新的批评工具,产生了持久性、世界性影响,证明毛泽东文艺思想跨越中西文明、跨越时空的可通约性和持久深远的解释力,一定程度上体现西方思想界对中国化马克思主义文论的时代回应和价值认同,再次确认人类跨文化交流实现文明互鉴、思想创新的可能。

纵观威廉斯六七十年代以来的文化批判立场,联系他的背景经历、所处时代的现实诉求,以及一以贯之的理论旨趣,毛泽东对威廉斯的影响应该不止于"党性"文学创作观,以此为切入点或将开启更深刻更丰富的理论探讨空

---

[1] 段吉方:《"感觉结构"与"文化唯物主义"的理论踪迹——雷蒙·威廉斯文化唯物主义美学的理论细读》,《文艺理论研究》2013 年第 1 期。

间。这就提醒我们,对毛泽东影响威廉斯的"党性"研究应该超越文本事实的探讨,而要作为方法和思想,深入到具体的批评实践和整体的理论构建中发掘内在的深刻关联。囿于篇幅,本文尚未充分展开论述毛泽东的"人民性"文艺观与威廉斯的"党性"文学观及其"文化唯物主义"理论范式生成的内在关系,只是以后者对前者的文本引证为据,聚焦《马克思主义与文学》的一个章节,考察毛泽东对威廉斯"党性"文学观的影响。

邓海丽,深圳大学特聘研究员。本文刊于《马克思主义美学研究》2023年第2期。

以启蒙时期"世界主义"思想重读歌德的"世界文学"

侯 洁

经过欧洲启蒙运动的洗礼,"世界主义"思想在18世纪取得了多维度、跨越式的发展,它开始由零碎思想片段的偶然闪现转向系统性思想体系的理性构建:康德(Immanuel Kant,1724—1804)从政治伦理层面对如何实现"世界一体化"问题做出"永久和平构想",赫尔德(Johann Gottfried Herder,1744—1803)从精神文化层面倡导世界是融合了多样性的统一体,歌德(Johann Wolfgang von Goethe,1749—1832)作为康德和赫尔德的徒孙辈,深受这两位师长思想的影响,他将康德对"世界公民"身份和"永久和平"方案的设想与赫尔德主张重视的"历史性"和"民族精神"相结合,从文学层面提出了"世界文学"的概念。[1] 本文所要探索的是,发现歌德对"世界文学"概念的提出和最能够代表那个时代"世界主义"思想的人物(以康德为主)之间的关联和交融,以便展现康德对歌德思考"世界文学"概念的重要影响,以及文学与人文社会科学其他学科在"世界主义"思想理性构建过程中的相互关系和影响。

一、"世界文学"诞生之初的民族性与世界性

"世界文学"的概念自19世纪初产生以来,就在不断地被重读,而歌德的思想价值也随之发生了相应的变化。旨在综合世界各民族文学的"世界文

---

[1] 康德与赫尔德、赫尔德与歌德是师生关系,并且都由亲密无间的师生关系转变成相互不认同的对峙关系。康德在科尼斯堡大学任教期间,赫尔德作为学生旁听了康德的所有课程。歌德与赫尔德决裂后,在创造"世界文学"概念时一直试图抹去赫尔德对他思想上的影响。

学"是如何以"比较意识"作为世界的接连纽带,勾勒出表现在"文学"领域之中的"世界主义"图像的呢?文学由于其本身承载着归属于不同的民族国家或社团的个体成员的经历和情感,它会随着这些个体成员在世界上的迁移而流向世界各处,随着这些个体成员的相遇和交往而碰撞融合,因此,文学的世界性活动是实践"世界主义"核心理念的重要途径之一。虽然,存在于文学范畴内的这种跨越空间、民族、国界、文化的交流活动,要远远早于"世界文学"概念的出现,但直到歌德时期,有关"世界文学"的零散观念才作为一种对长期以来文学交流活动的概念化总结而正式诞生。在 1964 年于弗里堡(Friburg)举行的比较文学国际性会议上,艾田伯(Rene Etiemble)提出了一个重要问题,即我们是否需要重新审视"世界文学"的概念。答案显而易见。所有试图深入比较文学研究或涉及世界主义相关问题的学者,几乎没有一个不去提说或借鉴歌德关于"世界文学"概念的思想。

  首先,我们来看看歌德提出"世界文学"概念时的情况。作为德国狂飙突进运动[1]的理论家和后来运动的中坚力量,赫尔德与歌德 1770 年就在斯特拉斯堡见面交谈过,当时赫尔德向歌德表达过需要对民间文学重视的想法。后来,赫尔德通过对不同地域、不同时代、不同种族各自特点的细心考察,将欧洲各民族的民歌收集汇总在一起,编辑成一本包含欧洲各民族特色的民间艺术珍品——《民歌集》(1803)。在这时,他就已经阐明了自己看待"民族主义"和"世界主义"两者关系的态度——保存民族文化多样性的统一共同体、以平等原则对待他者。歌德深受赫尔德思想的影响,这从他后来创造"世界文学"概念时对个性和民族多样性的强调就能看出来。自 1813 年歌德开始接触以中国为主的远东地区文学起,越出欧洲的跨东西方文化视野使他越来越清晰地看到存在于全人类精神之中的共有物——寄托着人类思想、情感与道德的各民族文学,这为他后来提出"世界文学"的构想奠定了基础。1827

---

[1] 18 世纪 70—80 年代,德国文学史上发生了第一次全德规模的文学运动——狂飙突进运动,运动名称来自克林格的剧本《狂飙与突进》,反映了德国资产阶级摆脱封建束缚、要求个性解放的强烈要求;狂飙突进运动作家多是市民阶级出身的青年,青年歌德和席勒因其高超的文学创作成为这一运动的中坚力量。

年 1 月 31 日,在歌德与爱克曼的那场著名谈话中,他通过对比中国传奇和贝朗瑞的诗,对不同民族所共有的精神内容有了惊奇的发现,他感慨道:

> 中国传奇……并不像人们所猜想的那样奇怪。中国人在思想、行为和情感方面几乎和我们一样,使我们很快就感受到他们是我们的同类人,只是在他们那里一切都比我们这里更明朗,更纯洁,也更合乎道德。在他们那里,一切都是可以理解的,平易近人的,没有强烈的情欲和飞腾动荡的诗兴,因此和我写的《赫尔曼与窦绿苔》以及英国理查生写的小说有很多类似之处……还有很多涉及道德和礼仪的典故。正是这种在一切方面保持严格的节制,使得中国维持几千年之久,而且还会长存下去。[1]

随后,他表达了对"世界文学"的预判,他随后接着说:

> 我愈来愈深信,诗是人类的共同财产。诗随时随地由成百上千的人创作出来。这个诗人比那个诗人写得好一点,在水面上浮游得久一点,不过如此罢了。马提森先生不能自视为唯一的诗人,我也不能自视为唯一的诗人。……说句实话,德国人如果不跳开周围环境的小圈子朝外面看一看,那就会陷入学究气的昏头昏脑。我喜欢环视四周的外国民族情况,我也劝每个人都这样做。民族文学现在算不了多大的一回事,世界文学的时代即将到来,现在每个人都应该努力促使它早日来临。[2]

同时,他又提醒对待外国文学应采取的合理方式:

> 不过我们一方面这样重视外国文学,另一方面也不应该拘守某一特殊文学,以致奉它为模范。对其他一切文学我们都应该用历史眼光去看待。[3]

---

[1] 爱克曼辑录:《歌德谈话录》,朱光潜译,中华书局,2013,第 120 页。
[2] 同上书,第 121 页。
[3] 同上书,第 121—122 页。

这些话反映出当时启蒙运动创造出的"世界主义"思想对文人学者的深刻影响，也体现了康德的"世界公民"的构想在歌德"世界文学"概念中的映射。要揭示这两者之间的联系，就需要我们在回顾歌德的思想观念时，必须搞清楚他在提出"世界文学"概念之时究竟想赋予其什么样的含义和内容。我们必须要记得，歌德提出"世界文学"首先是"一个具体的历史事件"。[1]而这个事件与当时德国正在努力进行的民族国家概念及民族身份的建构是同步的。歌德正是带着解决这个问题的强烈意识提出了一个与之矛盾的"超民族"话题，这与当时德国和欧洲的现实发展情况息息相关。一方面，歌德的"世界文学"观念表现出对德意志民族身份的明显依赖，但同时德意志民族身份的意义也受到"世界文学"概念的滋养。另一方面，大革命之后法国的"普遍主义"和以"法语"取代"拉丁语"作为新的文学共和国结构支柱的意图使得18世纪的欧洲几乎成为一个以法国为主的世界主义占主导地位的时期，这样的情况决定了歌德对"世界文学"概念所有的描述都是围绕着德国与其外部世界的关系。

歌德这种对"与外部周围世界的关系"的强调，与其受到康德思想的影响密不可分。康德在《一种世界公民意图下的普遍历史观》(*Idea for a Universal History with a Cosmopolitan Aim*，1784)中提出一项重要提议，建立一个完美的国内宪章体制要"基于与其他国家依法的良好外部关系，否则国内宪法的问题便无从解决"[2]。可以看出，他认为一个国家的内政能安定在很大程度上取决于它是否处在一个和平安稳的国际环境，康德对国与国之间外部关系的重视可以追溯到圣·皮埃尔神甫(Abbe de St.Pierre)[3]和卢梭的和平观念，这也是由当时欧洲各国之间连绵几个世纪的战乱情况和社

---

[1] 姚孟泽：《论歌德的"世界"及其世界文学》，《中国比较文学》2016年第1期。
[2] Immanuel Kant, "Idea for a Universal History with a Cosmopolitan Purpose," eds. Garrett Wallace Brown and David Held, *The Cosmopolitanism Reader*, Cambridge, MA: Polity Press, 2010, p. 21. 原文为："The problem of establishing a perfect civil constitution is exactly subordinate to the problem of a law-governing external relationship with other states and cannot be solved unless the latter is also solved."中文为作者据原文翻译调整。
[3] 圣·皮埃尔神甫是18世纪法国难得的一位敢于议论时政的教士，1743年神甫逝世后，与其交好的巴黎名媛杜宾夫人请她当时的秘书卢梭来整理并摘编神甫的遗稿。卢梭摘选了神甫的两篇文章，在编选其中一篇名为《永久的和平计划》的著作的同时，卢梭也融入了自己对此篇文章的阐述和分析，这便是康德"永久和平"概念的思想起源。

会现实所决定的。在卢梭摘编的《永久的和平计划》开篇就这样写道:"用不着花太多时间对如何改进一个政府的实施方法进行思考,就可以发现它遇到的困难与麻烦,产生于其体制的少,产生于其对外关系的多。因此,在它的实施方面所花的大部分心血都必须用之于思考它的安全;在考虑如何使这个政府能抵抗其他国家的侵略方面所花的时间,比考虑如何完善其自身方面所花的时间多……由于我们每一个人都和我们的同胞处于社会状态,而和其他各国人民处于自然状态,所以,我们岂不是为了为防止一国和他国之间的战争,才发动更可怕一千倍的普遍战争吗?"[1]

那么,要如何才能营造一种良好的、和平的外部环境呢?康德在卢梭为了消除这些危险矛盾而采取某种联邦政府的形式的启发下,选用了一个德语词"Foedus Amphictyonum",英译过来就是"a great federation",需要建立一种更高级的国际政治机构,即一个高于任何单一国家的联邦,各国之间的外部关系由法律强制管理,以确保每一位成员国都能够享有一个和平安全的外部政治环境以及各国自身的安全和权利,从而保证人们能够运用理性来使其秉性得以全面发展。因此,康德进一步解释说,这样一个伟大的联邦既是指"国与国之间的联邦"(federation of states),也更是"不同民族的人民与人民之间的联邦"(a federation of peoples),而这个联邦中的每位成员国都能够依靠"一个联合力量"(a united power),都可以依据"联合意志的法律"(laws of the united will)来做决策。[2] 这里饱含着康德对人类历史发展终点的世界主义性展望,他从政治体制层面预测了"世界主义性政治共同体"的出现及其出现的可能性和必然性。

歌德汲取了这一思想,考量了民族与这种共同体的关系意义。在他看来,任何一个民族的文学都离不开与其他民族(他异性)的交互联系,也就是说,无论某一民族的文学自认为有多么强大,失去与其他民族文学的联系就都会走向灭亡,因此,所有文学的有机统一既是必然的也是必要的。这就是文学"世界主义"的基础,它是一种条件而不是目的。所以,世界文学需要与

---

[1] 卢梭:《评圣·皮埃尔神甫的两部政治著作》,李平沤译,商务印书馆,2017,第2页。
[2] Immanuel Kant, "Idea for a Universal History with a Cosmopolitan Purpose," eds. Garrett Wallace Brown and David Held, *The Cosmopolitanism Reader*, Cambridge, MA: Polity Press, 2010, p. 22.

道德、政治、制度世界主义并驾齐驱,尽管它们之间的关系方式和变革方式有所不同。后来,德国人文学科的快速发展,也使其逐渐成为欧洲制衡的手段。卡萨诺瓦(Pascale Casanova)在《文学世界共和国》(1999)中的一段精彩论述充分阐释了这一点:

> 18世纪末的德国文学复兴部分是与其民族问题息息相关的,是德意志民族作为政治实体得以建立的文学对应物;德国民族文学观念的兴起首先起因于与当时欧洲文化霸权法国的政治对抗。德国民族主义的根源是一种羞耻感……德国伟大诗人和知识分子的形象,其诗歌和哲学著作,将对整个欧洲特别是法国文学产生革命性的影响——所以这些因素都逐渐赋予德国浪漫主义以罕见的独立性和自治能力。在德国,浪漫主义同时既是民族的,又不是民族的;或者说,它开始时是民族的,后来逐渐摆脱了民族的权威。[1]

因此,在民族身份建构方面,为了摆脱在欧洲低下的地位、为了去除长久以来的羞辱感,德国智士阶层通过文思途径极力挖掘自身民族深邃的内在品质和对真理、价值的无私追求;在体现世界性方面,他们跳出民族权威的圈禁,面向世界(当时的世界,即欧洲),试图通过坚持并推崇"崇高文化"来获取德国民族统一的文化范式。这就是歌德提出"世界文学"概念的核心要义。用歌德自己的话讲,在1827年之后,他越来越多地用"世界文学"来形容"普世文学",或是表达"人道主义"和"人性的文学",这种表达是文学的最终目的。因此,奥尔巴赫称赞歌德的"世界文学"在超越了"民族文学"的同时没有破坏民族文学的个性从而是一个非常富有远见的概念。

二、康德"世界公民"之于歌德"世界文学"的启发

"世界公民"(citizen of the world)这个超越了某一国家公民的新身份,是康德进行"永久和平构想"的核心概念,他的普遍历史观念就是要求:以"世界公民"之立场去观察探究,打破只关注各个民族发展历程的特殊历史的局限,

---

[1] 帕斯卡尔·卡萨诺瓦:《文学、民族与政治》,载大卫·达姆罗什、陈永国、尹星主编《新方向:比较文学与世界文学读本》,北京大学出版社,2010,第220—221页。

通过全体人类行为总和去把握历史的发展规律和趋势,而不能只看到某个或某些特定民族的单一历史,要关注全人类作为整体所经历过的和将要经历的共同命运。早在《永久和平论》之前,康德就在《一种世界公民意图下的普遍历史理念》中,对人类历史的发展终点做出了世界主义性展望,他从政治体制层面预测了"世界主义性政治共同体"的出现及其出现的可能性和必然性。随后,康德在其晚年思想压卷之作《永久和平论》(Toward Perpetual Peace, 1795)中正式提出"世界公民"的概念,并详细阐述了有关"世界联邦"的构想。这次,他不仅明确提出需要确立一个世界公认的普遍法制的公民社会,而且对其性质进行了清晰的定位。

在康德所列出的促使各国之间走向永久和平的三条正式条款中,第一条就是"每个国家的公民体制都应该是共和制"[1]。在他看来,唯有共和制(the republican constitution)才称得上完美的宪法。康德设想,只有在一个符合全人类人性发展和自由呈现的正义社会中,每一位个体才可进行自主选择和自觉行动。建立一种被所有人承认并遵守的以宪法为根本规定的普遍法治公民社会是全人类迈向永久和平状态的基石,而在这个普遍法治公民社会中,每一位社会成员都是"世界公民",他们遵守同样的法律,遵循着同样的宪法,实现着同样的自由。也就是说,每一位作为国家公民的社会成员同时也具备"世界公民"这样的新身份,由战争而产生的灾难迫使人类去发掘一个平衡点来处理各个国家由于它们的自由而产生的彼此之间的对抗,并且迫使我们采用一种联合的力量来保障这种平衡,从而实现一种保卫国际公共安全的世界公民状态。

歌德显然是受到康德"世界公民"观念的启发,并进一步将"世界公民"视为德意志民族的使命,正如在他写给约翰·布克勒的一封信中曾断言的那样,"德国人的命运就是成为世界所有公民的代表"[2]。由此可见,歌德不但认同康德关于"世界公民"的设想,还将其融入自己创造"世界文学"的内涵和方式之中。歌德曾说:"很明显,一段时间以来,所有国家最优秀的诗人和美学作家的努力都指向了人类的普遍性。在每一个特定的领域,无论是在历史中,还是在神话或小说中,或多或少都是任意构思的,人们看到了普遍的特

---

[1] 伊曼努尔·康德:《永久和平论》,何兆武译,上海人民出版社,2005,第9页。
[2] Fritz Strich, *Goethe and World Literature* (1946), translated by C. A. M. Sym, Routledge and Kegan Paul, 1949, Kessinger Publishing, 2010, p. 213.

征,这些特征总是更清楚地揭示并启示了国家和个体的局限性。"[1]歌德写下这些话的时候还没有预料到这将导致康德后来致力于要达到的"普遍和平",但可以看出,在他心中那时已经有了康德的源头。

歌德感到迫切需要将自己视为"世界公民",并希望被人们视为"世界公民"。从这个意义上说,"成为世界公民"(to become a citizen of the world)也许是世界文学的重要驱动力之一,因为将"成为世界公民"这种认知自身的思考方式的需要扩展到尽可能多的地方并在尽可能多的人身上实现之时,必然会带动"世界文学"的发展。那么,歌德又是怎样定义"世界公民"的呢?这从他对待安佩尔的态度便可以看出。歌德在构思"世界文学"概念的那些年里,安佩尔是最受欢迎的对话者之一,实际上他也被歌德视为真正的"世界公民"。正如爱克曼在1827年指出的那样:

> 歌德很高兴他与安佩尔形成了如此愉快的亲密关系,并称赞道,安佩尔是如此有教养,以至于他对于许多民族偏见、忧虑和狭隘的思想都超越了他。在歌德看来,他更像是一个世界公民,而不是一个巴黎公民。[2]

歌德毫不掩饰自己对于邻国这位青年才俊的欣赏,与此同时,他通过与安佩尔的交往发现民族文化对于培育个体作家的重要作用,也因此更加强调民族精神文化对于"成为世界公民"的重大意义。歌德惊叹于安佩尔对他个人经历、内心情感和文学作品的精准感知和高明见解,称安佩尔不仅敏锐地指出他将自己在魏玛宫廷的苦闷生活暗暗影射在《塔索》中的主人公身上,看出了《浮士德》中主角和魔鬼的很多特征就是自己性格的组成部分,还能通俗又切实地评论洞悉诸多作品与其作者之间的密切关系。在1827年5月3日与爱克曼的谈话中,他们两人都感叹道:

> 我们一致认为安佩尔先生一定是位中年人,才能对生活与诗歌的相

---

[1] Johann Wolfgang Goethe, *Geothe's Collected Works*, Vol. 3: *Essays on Art and Literature*, ed. John Gearey, trans. Ellen von Nardroff and Ernest H. von Nardroff, Suhrkamp, 1986, p. 46.
[2] 爱克曼辑录:《歌德谈话录》,朱光潜译,中华书局,2013,第148页。

互影响懂得那样清楚。所以,前几天安佩尔先生来到魏玛,当看到站在我们面前的却是一个活泼快乐的二十岁左右的小伙子时,我们感到很惊讶!我们和他来往了几次,还同样惊讶地听他说,《地球》的全部撰稿人(这些人的智慧、克制精神和高度文化教养是我们一向钦佩的)都是和他年纪差不多的年轻人![1]

正是生活于巴黎这样的世界性大都市,正是汲取了法兰西民族强大繁荣的文化养分,才具有了这样高瞻远瞩和深刻见解的年轻头脑。歌德将当时四分五裂的德国与称霸欧洲的法国进行了对照:

> 对于像你(爱克曼)这样在德国荒原上出生的人来说,这当然既新鲜又不容易,就连我们这些生活在德国中部的人要得到一点智慧,也要付出足够高的代价。我们全都过着一种基本上是孤陋寡闻的生活!我们极少地接触到真正的民族文化,一些有才能、有头脑的人物都分散在德国各地,东一批、西一批,彼此相距百里,导致个人间的交往和思想上的交流都很少。[2]

接着,他谈到法国:

> 但是试想一下在巴黎那样的大城市,整个国家的优秀人物都汇集在那里,每天来往、学习、竞赛,彼此因对问题不同的观点而争论。在那里,全世界各国最好的作品,不论是关于自然的还是艺术的,每天都摆出来供人阅览;在这样一个世界首都,每走过一座桥或一个广场,就令人回想起发生在过去的伟大事件,甚至每一条街道的拐角都与某一历史事件有联系。十九世纪的巴黎,当时莫里哀、伏尔泰、狄德罗之类的人物已经在三代人之中掀起的那种精神文化潮流,是在全世界任何一个地方都不再能看到的。[3]

---

[1] 爱克曼辑录:《歌德谈话录》,朱光潜译,中华书局,2013,第149页。
[2] 同上。
[3] 同上书,第150页。

如此看来,在这样一个丰富昌盛的社会环境中成长起来的安佩尔,加上他原本就聪慧的头脑,年仅 24 岁就取得了这样的成就便也不足为奇了。因此,歌德强调,具备才能的个体想要得到良好的发展就必然需要一种强大的精神文明在个体所处的民族中得到普及。但同时,这也引出了对"世界公民"观念的一点警惕与思考:"世界公民"身份对于身份确定性所带来的潜在挑战。要避免个体变成"无国土公民身份"(a non-land citizenship),甚至失去公民身份所属,否则任何关于普遍性的声明都可能成为毫无意义的口号。民族性之于世界性相当于特殊性之于普遍性,这是两对不可分割的概念,对于"世界主义"的追求不仅不意味着民族性的消失,反而以尊重个体的特殊性和促进民族的多样性为理念。

三、重视"个性"对于世界文学的意义

歌德对"个性"(individuality)十分重视,他格外担心个性会消失。在 1827 年与卡莱尔的通信中,他说道:"任何一个国家的诗歌都倾向于人类与普遍和平的理念,另一个国家应该努力使之适当。必须了解每个国家的特点,一个国家的特殊性就像它的语言和货币一样:它们促进了交流,而且使之完全成为可能。"[1]然而,还有一点同样重要。歌德不能让他的"历史主义"像赫尔德那样最后成了以"特殊主义"之名来反对"思想普遍性"。同样,他也不完全接受"普世思想"需要像法国普遍主义所宣称的那样得到严格的肯定。这也必然使他将"世界文学"与自己个人的愿望联系起来,即德国文学(包括他自己的作品)获得一个新的位置,并能从这个位置上对关系框架进行修改——让位于当时一个全新的实体:欧洲文学。德国文学在这一过程中所扮演的角色,也许可以推断出这样的结论——欧洲各民族国家只有通过最大限度地发展自己的文学来实现普遍性,欧洲文学才是可以想象的。

歌德在 1831 年提到的"自己的文学"(one's own literature)可能被视为对所有文学体的一种挑战。歌德在此所说的"自己的",意在表示作家背后所

---

[1] Charles Eliot Norton ed., *Correspondence Between Goethe and Carlyle*, London & New York: Macmillan & Co., 1887, p. 82.

代表的所属民族和国家。如果不接受这一挑战可能就会面临双重代价：从具体角度来看，将会是一个人自我的消失，而从普遍角度来看，也将会失去一个带来"世界文学"的机会。如果从这个意义上说，"世界文学"的概念就构成了一个隐含的"绝对命令"（categorical imperative），即"世界文学"允许并为康德在 1784 年《普遍历史观》中称为"人民联盟"（a league of the peoples）继而又在 1795 年《永久和平论》中称为"人民联合体"（a confederacy of the peoples）做好了准备。根据康德《普遍历史观》中的观点，这是一个既和谐又意识到其冲突的整体，在这个整体中"每个国家，即使是最小的国家，都可以期望自己的安全和权利不是来自自身的力量或司法结果，而是来自这个伟大的国家联盟（the great federation of nations）——一种统一的力量，一个符合其联合意志法则的决定"[1]。在这个地方，任何外国人都不能被剥夺他们因人类之美德而有权得到的款待，这表明有可能退回到这个潜在的"国家联盟"，因为一个世界共和国将是它期盼的一种理想的视域。

为此，康德提出一个多样性结构框架，在这个框架中，"关系"可以被表达，因为它们是可感知的，描绘这种可感知性的依据就是"与他者的关系"（the relationship with Others），这也是产生世界性理想的经验性材料。多样性对于康德来说，正如个性对于歌德，都是不可丧失的。因此，康德并没有以"世界公民权"的名义来压制多样性的存在；相反，他把多样性纳入"世界公民权"当中，不是作为一种手段或一种虚幻的目的，而是作为一种必须在世界性人类观念中得以实现的彰显。康德在他的《什么是启蒙？》里强调"个人自主"原则的重要性，他特别提出，一个人的判断必须在个人和集体领域中寻求，以避免被他人的判断所支配。这里所说的"他人的判断"是指极端的民族主义，这种民族偏见需要被消除，从而为真正的爱国主义和世界主义让路。

民族国家早期成为"世界秩序机制"的重要组成部分，它将世界各个国家连结在一起，同时又将各个国家孤立起来。但就个体而言，"民族性"和"世界性"是可以同时存在于个体身上的，而且这也是极为有益的，这种双重性的融

---

[1] Immanuel Kant,"Idea for a Universal History with a Cosmopolitan Purpose," eds. Garrett Wallace Brown and David Held, *The Cosmopolitanism Reader*, Cambridge, MA: Polity Press, 2010, p. 21. 此处引文为笔者根据英文版本自己翻译调整。

合往往能够为个体带来极为广阔的视野和活跃的思维方式。歌德对此也有自己的表述,在反拿破仑斗争胜利后,歌德对爱克曼说:

> 向你说句知心话,尽管我感谢上帝,德国摆脱了法国人的统治,但我并不仇恨法国人。对我来说,只有文明与野蛮之分才重要,我怎么会恨一个在世界上最有教养的民族,尤其当我自己的修养又有这么大一部分要归功于法国人。对于这样一个民族我怎么恨得起来呢?[1]

歌德对自己无法憎恨法国人的反思揭示了允许"普遍好客"和"普遍公民身份"的可能性。在歌德看来,民族仇恨是一种奇特的东西,越是在文化程度低的地方,越是会发现它的强烈性和暴力性。但当一个人的文化程度达到能够使得他立于国家之上时,感觉到邻国人民的荣辱就好像它发生在自己身上一样,这时这种民族仇恨就会消失。与康德一样,歌德也明白,多样性是间接构成自由与和平的重要因素,这正是歌德思想的前景。正是基于此,歌德从康德手中接管了文学。据奥尔巴赫在流亡期间写下的那篇著名文章《语文学与世界文学》中的观点,歌德相信"世界文学"是成员间富有成果的交流。

康德也许没有想到,自己在无意中为歌德提供了一条将"世界主义"引介到"文学"中的路径。在《普遍历史观》的第九条,康德提出了一个以建立一个完美的全人类公民联合为目的、根据自然计划的普遍世界历史。紧随其后又写道:"当然,这的确是一个奇怪甚至荒谬的提议,根据世界事件为了符合某些理性目的而必须如何发展来写一部历史;看来,如果是如此目标,那么似乎就只能靠写小说来完成这样的任务了。"[2]如果歌德想介入"世界主义"的计划,那他只能通过一种"文学改革"来介入,这种文学改革不是站在冲突之上,而是站在非理性之上。这一点歌德接受了赫尔德思想的影响。作为坚定的

---

[1] 爱克曼辑录:《歌德谈话录》,朱光潜译,中华书局,2013,第 228 页。

[2] Immanuel Kant, "Idea for a Universal History with a Cosmopolitan Purpose," eds. Garrett Wallace Brown and David Held, *The Cosmopolitanism Reader*, Cambridge, UK and Malden, MA: Polity Press, 2010, p. 25. 原文为:It is admittedly a strange and at first sight absurd proposition to write a *history* according to an idea of how world events must develop if they are to conform to certain rational ends; it would seem that only a *novel* could result from such premises. 引文为笔者根据英文版自己翻译调整。

反启蒙者,相较于康德主张的以契约为核心的理性秩序,赫尔德更倾向于以文化为核心的民族共同体。理性对于康德而言,可能是保证和平的重要手段,但歌德不这么认为。康德说:"虽然每个国家的意愿都是要达到持久和平的局面,但自然会以其他方式来实现,它用两种方法分隔国家,并防止它们混合,即:语言和宗教的差异。"[1]这些差异无疑带来了"相互仇恨的倾向,并为战争提供借口"。然而,歌德对于语言差异的看法则借鉴了赫尔德"悟性论"[2]的相关思想,他不认为"语言差异"必然且不可避免地引发冲突,恰恰相反,这种差异应该是建立关系的第一步,因为通过翻译,可以在语言和语言之间开辟一个新的空间,在这个新的空间中,"好客"的权利可能比在其他任何领域都能更好地体现出来。这一过程涉及一种隐含在所要翻译的目标语文本的空间转换中,这种转换将会通过翻译以最深刻的责任和慷慨而发展起来。

此外,歌德和康德对于贸易的相近观点也体现了两人对个体"特性"与人类"普遍性"的辩证思考。对康德来说,贸易所孕育出的宽容思想和通过消除可比的力量来战胜战争的思想构成了一个目标的组合。对歌德来说,在他比康德多活出的近三十年时间里,亲眼见证了贸易的成倍数的增长。他们不再是在理性的框架下集合起来,而是作为一个开放的过程,将人类定义为合理的而非理性的。因此,"根据我们在地球上拥有的共同权利,向属于全人类的社会展示自己的权利。由于地球是一个圆形球体,我们无法无限分散,必须最终与彼此的存在并肩和解"[3]。这是歌德在对"世界文学"进行概念化和具体化过程的出发点和落脚点。舒尔茨(J. H. Schultz)和莱茵(P. H. Rhein)在其关于比较文学的著作中,对此做了非常准确而生动的描述,如果"一般的世界文学只有在各国了解了所有国家之间的所有关系之后才能发展起来",那么不可避免的结果就是"他们会在彼此身上发现一些可爱的东西,一些讨厌的东西,一些可以模仿的东西,还有一些想要拒绝的东西"[4]。因此,对冲

---

[1] 伊曼努尔·康德:《永久和平论》,何兆武译,上海人民出版社,2005,第42页。
[2] 悟性论是赫尔德在《论语言的起源》中阐述的关于语言起源的认知观点。
[3] 伊曼努尔·康德:《永久和平论》,何兆武译,上海人民出版社,2005,第36页。
[4] J. H. Schultz and P. H. Rhein, eds., *Comparative Literature: The Early Years*, University of North Carolina Press, 1973, pp. 10-11.

突的认识在歌德的思维中呈现出不同维度,"如果我们不反对个人和种族的特殊性,而只坚持这样的信念,即:真正优秀的东西是以其属于全人类的特性来区分的,那么真正的、普遍的容忍是绝对可以实现的"[1]。这正是歌德所强调的,他在每一个特性中寻找人类的普遍性,通过"人类的普遍性"解决"不可避免的冲突"。根据1827年7月20日他与卡莱尔书信往来中的内容,这些观点似乎是确凿的。康德在《普遍历史观》中提出的那种"法律秩序"正是从不可避免的冲突、不合群的社会性和对抗性中产生的,尽管如此,它仍把即将分裂人类的东西永远团结在一起。

通过以上对歌德"世界文学"概念与康德"世界主义"理念之间的影响关系的回顾和探讨,我们也许可以得出这样的结论:歌德的"理性化"在经过了康德和赫尔德思想的过滤之后,形成了在他启蒙思想中的浪漫主义模式,"不可能存在各个民族思想一致的问题,目的只是让他们彼此了解,相互理解,即使在他们可能无法彼此认同欣赏之处,也至少可以做到彼此容忍"[2]。歌德在文化多元主义的基础上,充分参与到重新制定"康德世界主义"的任务当中,而歌德对于这种文化多元主义的理念核心就在于既不排除普遍主义,也不事先预设任何与普遍主义的特定契合。对于康德和歌德这两位来说,一个普遍的世界性的局面总有一天会实现——一种完美的全人类的联合统一,每个人都有权得到这种统一。"世界主义"体现了文化人文主义的观点,它将人类看作一个关系的集合体,成为一个世界公民就意味着成为一个正在发展中的"集合体"的成员,也意味着成为每一位个体身上的终会到来的未来的一部分,把未来的几代人作为共同公民对待,对他们有一种特殊的责任,一种人类对自己的责任。

侯洁,清华大学人文学院哲学系助理研究员。本文摘选同题论文,刊于《文学理论前沿》2021年第二十三辑,社会科学文献出版社2021年版。

---

[1] Charles Eliot Norton, ed., *Correspondence Between Goethe and Carlyle*, London & New York: Macmillan & Co., 1887, p. 112.
[2] Fritz Strich, trans. C. A. M. Sym, *Goethe and World Literature*, Routledge and Kegan Paul, 1949, p. 350.

论新黑人美学

刘 辉

引 言

"新黑人美学"这一概念是美国非裔作家特雷·艾利斯在1989年提出来的。艾利斯指出:"我所要定义的'新黑人美学运动',从某种程度上讲,综合了'哈莱姆文艺复兴'和'黑人文艺运动'这两次黑人艺术复兴。在20年代,黑人希望主流文化认可他们的文化是同样好的。在60年代,我们根本不想成为主流文化的一部分。今天,'新黑人美学运动'则要主导主流文化。我们觉得'分开但更好'。"[1]显然,艾利斯从美国黑人文化与白人主流文化的关系流变中引出他所倡导的"新黑人美学运动"。

一、哈莱姆文艺复兴

哈莱姆文艺复兴是第一次世界大战结束至整个20世纪20年代,美国黑人在文学、音乐、舞蹈、绘画、雕塑等方面取得辉煌艺术成就的一段时期。20世纪初,大批美国南方的黑人随着大迁移脱离了乡村背景,来到北部及中西部,在纽约等大都市扎下根来,并以曼哈顿哈莱姆地区为中心聚集起来。新的都市身份也扩大了他们的社会意识,一些黑人青年知识分子开始积极构建新的黑人文化身份。在哈莱姆文艺复兴运动中崛起的著名作家有诗人康蒂·卡伦(Countee Cullen)、兰斯顿·休斯(Langston Hughes)、克劳德·麦凯(Claude McKay)、斯特林·布朗(Sterling Brown);小说家琼·图默(Jean Toomer)、杰西·福赛特(Jessie Fauset)、华莱士·瑟曼(Wallace Thurman)、

---

[1] Trey Ellis, "Response to NBA Critiques," *Callaloo* 38, 1989, p. 250.

另外还有詹姆士·韦尔登·约翰逊(James Weldon Johnson)、马库斯·加维(Marcus Garvey)、阿纳·邦当普斯(Arna Bontemps)等杂文及自传作家;艺术上有亚伦·道格拉斯(Aaron Douglas)的绘画及奥古斯塔·萨维奇(Augusta Savage)的雕塑;在音乐上有包括杜克·埃灵顿(Duke Ellington)、弗莱彻·亨德森(Fletcher Henderson)、科尔曼·霍金斯(Coleman Hawkins)和路易斯·阿姆斯特朗(Louis Armstrong)在内的爵士音乐人,以及布鲁斯女歌手贝西·史密斯(Bessie Smith)。

《危机》(*The Crisis*)是美国有色人种促进协会(NAACP)的期刊,也是哈莱姆文艺复兴的重要批评论坛。W.E.B.杜波伊斯在该刊1925年5月的社论中写道:"我们要强调美,所有美,尤其是黑人生活和品格的美;它的音乐、它的舞蹈、它的绘画以及它的文学的新生。"[1]哈莱姆文艺复兴运动中的黑人作家及艺术家,从黑人的民俗文化中寻找艺术灵感,弘扬独具个性的黑人审美,着力塑造"新黑人"的形象。这些新的黑人形象不再自我憎恨,也不是汤姆叔叔那样逆来顺受的刻板形象,而是有着独立人格,并以自身的种族文化身份为傲。兰斯顿·休斯作为其中的代表人物,宣告了这一文学艺术上的独立:

> 现在从事创作的年轻黑人艺术家意图表达我们深色皮肤的自我,而不会感到恐惧或羞耻。如果白人感到高兴,我们会感到开心。如果他们不高兴,那也没关系。我们知道我们很美丽,也很丑。如果有色人感到高兴,我们会很开心;如果不高兴,那依然没关系;我们会为明天建造庙宇,如我们所知那样强大,我们站在山顶上,内心自由自在。[2]

这些黑人艺术家没有回避他们的种族文化根基,而是找寻和庆祝其根基。带着这种自信与笃定,他们致力于通过艺术创作重新定义种族的角色和形象。休斯本人一直专注对布鲁斯的研究,并把布鲁斯和其他黑人民俗素材引入诗歌创作中,将民间与流行、"高雅"与"低俗"、大众文化与先锋艺术联系

---

[1] W. E. B. Du Bois, *Crisis* 30(May 1925), p. 8.
[2] 引自 Eugene C. Holmes, "Alain Locke and the New Negro Movement," *Negro American Literature Forum* 2.3, 1968, p. 62.

在一起,创造出了新的艺术形式。

通过具有鲜明的黑人文化特色的文学、艺术和音乐的创作,他们力求挑战种族主义,表达对种族平等的诉求,并提升种族地位。阿兰·洛克在他的《新黑人》文集中称赞年青一代"发展了更加积极的自尊和自立精神"[1],"从社会幻灭到种族自豪感的崛起"[2]。在洛克看来,培养独立而充满活力的艺术精神对于提高整个种族的地位至关重要。这一时期黑人在文学、音乐和艺术上的蓬勃发展也大大提高了黑人的文化自觉及种族自尊心,他们向主流白人文化展现黑人文化的独特价值,并希冀得到主流文化的认可。洛克的《新黑人》文集,如论者所言,"是他对美国文化多元性愿景的深刻描述,这种多元性掩盖了种族自卑感,同时提倡种族间的互动来丰富彼此。他不主张分离主义,而只是主张美国黑人的充分参与,以其独特的文化参与美国机构的建设。他的文化方案旨在对抗种族主义社会的影响,并促使其完全融入美国社会"[3]。学者杰拉尔德·埃里尔也犀利地指出哈莱姆黑人艺术家复杂矛盾的动机,"既想成为同化主义者又是民族主义者,准备寻求种族独立的同时又希冀与白人融合"[4]。这种双重性也受到了后来的美国黑人文艺运动的倡导者的批判。

二、美国黑人文艺运动

20世纪60年代,美国民权运动如火如荼,同时在文艺领域出现了黑人文艺运动(Black Arts Movement),运动的主要倡导者之一拉里·尼尔(Larry Neal)指出:

> 黑人艺术是黑人权力这一概念的美学及精神姊妹。因此,它所构想的艺术直接表达美国黑人的需求和愿望。为了达成这一目的,黑人文艺

---

[1] Alain Locke, "The New Negro," *The New Negro*, ed. Locke, 1925, New York, 1992, p. 10.
[2] Ibid., p. 11.
[3] Sonia Delgado-Tall, "The New Negro Movement and the African Heritage in a Pan-Africanist Perspective," *Journal of Black Studies* 31.3 Special Issue: "Africa: New Realities and Hopes", 2001, p. 299.
[4] Gerald Early, "The New Negro Era and the Great African American Transformation," *American Studies* 49.1/2, 2008, p. 15.

运动提出对西方文化审美进行彻底的重构,提出独立的象征、神话、批评和图像体系。黑人艺术和黑人权力的概念在很大程度上与美国黑人对自决和民族地位的渴望有关。这两个概念都是民族主义的。一个关注艺术与政治之间的关系。另一个是政治的艺术。[1]

这一运动的核心是建立独立于西方白人审美之外的黑人自己的审美体系,构建以黑人文化和生活为中心的艺术观,并希望以此进一步加强黑人的理想、团结和创造力。在尼尔看来,黑人文艺运动代表着自20世纪20年代以来就被抑制的文化民族主义的盛行。从这一立场出发,他认为哈莱姆文艺复兴本质上是失败的,因为"它没有针对黑人社群的神话建构和生活方式。它未能扎根,无法与该社群的斗争具体联系起来,无法成为其声音和精神。在黑人文艺运动中隐含着这样一种观念,即黑人尽管分散,却在美国白人的腹地形成了一个民族"[2]。这一文化民族主义观念要求黑人艺术家的主要职责是表达黑人独立的精神和文化需求,并为其政治斗争服务。

艾迪生·盖尔的《黑人美学》(1971)是黑人文艺运动的重要文集,他在书中写道:

> 当前的黑人作家必须放弃同化的传统,努力将他的艺术重新转向种族内部,这样的努力在20世纪下半叶已经是显而易见的了。为此,他必须为大多数黑人写作并与他们交谈;而不是面向由美国最大的大学的编程计算机所培养的精英人士。因为我们站在这里,承认那些20世纪初我们不愿意承认的真相:种族分界线的问题是无法解决的,平等主义美国的思想属于历史的垃圾筐,有理智的人都不会再接受美国熔炉的概念。鉴于这样的现实,同化的文学属于恐龙和乳齿象的时期。[3]

对盖尔来说,黑人美学所倡导的文化民族主义立场,可以纠正之前黑人艺术家的同化主义倾向。黑人文艺运动的代表人物阿米里·巴拉卡(Amiri

---

[1] Larry Neal, "The Black Arts Movement," *The Drama Review: TDR* 12.4, 1968, p. 29.
[2] ibid., p. 39.
[3] Addison Gayle Jr., ed. *The Black Aesthetic*, Garden City: Doubleday-Anchor, 1971, p. 418.

Baraka)于1965年成立的黑人艺术戏剧学校(BARTS)是这一运动的主要机构,与此同时,一批黑人自己的杂志、期刊、出版社的成立也为这一运动提供了传播平台,大学内也开始开设非裔美国人研究课程。这一运动推动了一大批黑人作家和艺术家的发展,使他们意识到不需要同化于白人主流文化,也可以发出黑人自己的声音,并影响文学界。

在黑人文艺运动中,"黑人美学"的概念被正式提了出来,针对黑人作家及批评家所指称的"黑人美学",学者雷金纳德·马丁精要地列出其内涵:1)口头和书面的非小说和小说作品,通常公开直白地表达黑人以及美国黑人的做事和感知方式上的平等和差异(有时是优越性);2)一套政治原则,主要表达对不平等的愤怒;3)一套道德和艺术标准,为有效或无效的美国黑人写作制定指导方针;4)用来翻译一个世界的无声物质的人类代码,在该世界中,某些种族和不人道的体系相结合,摧毁了其他种族和更加人道的体系。成功翻译该代码意味着在物质、种族和精神层面上得以生存。未能翻译该代码则意味着此生已死。[1]

在谈及20世纪60年代和70年代初由非裔美国艺术家和评论家所构建的"黑人美学"概念时,贝尔·胡克斯认为其目的是在艺术创作和革命政治之间建立一种牢不可破的联系。她批判了这种本质主义的建构,指出"它的特点是颠倒了'我们'和'他们'的二分法,它颠覆了传统的思考差异性的方式,即一切黑色都是好的,一切白色都是坏的"[2]。而他们在美学实践中所奉行的观念是,"一个民族的艺术,即为大众服务的文化生产,在风格、形式、内容等方面既不能是复杂的、抽象的,也不能是多样化的"[3],这就使得审美判断常常不能顾及黑人经验的多样性或黑人生活的复杂性,而他们所提供的艺术创作范式往往是"限制性的和使人丧失力量的"[4]。这种建立纯粹的黑人美学的构想带有单一本质主义的特征,是艾利斯所倡导的新黑人美学运动要加以修正的。

---

[1] Reginald Martin, "'Total Life Is What We Want': The Progressive Stages of the Black Aesthetic in Literature," *South Atlantic Review* 51.4, 1986, p. 50.
[2] Bell Hooks, "An Aesthetic of Blackness: Strange and Oppositional," *Lenox Avenue: A Journal of Interarts Inquiry* 1, 1995, p. 68.
[3] Ibid.
[4] Ibid.

三、新黑人美学运动

20世纪80年代末,像艾利斯这样在民权运动之后成长起来的黑人青年知识分子也逐渐形成了一个庞大的群体,他们生长于美国大都市的中产阶级家庭,除了爵士乐与肤色,他们还有更多的共同点,他们也时常遭受来自黑人和白人世界的误解。艾利斯提出"文化混血儿"(cultural mulatto)的概念来定义这一群体:

> 拥有白人血统的混血黑人(mulatto)通常与他们的白人祖父母相处融洽,与此类似,一个文化混血儿,受多种族文化的混合教育,也可以在白人世界中从容自处。而且正是这个快速增长的文化混血儿群体为新黑人美学提供了动力。我们不再需要为了取悦白人或黑人,而去否认或压制我们复杂且有时相互矛盾的文化包袱的任何一部分。[1]

在艾利斯看来,新黑人美学正是这一新的群体应该奉行的美学原则。

美国非裔学者贝尔认为艾利斯的"文化混血儿"这个词使用并不恰当,因为这个词"复活并强化了其贬义意味,在19世纪,第一代半黑半白的混血儿常与不会生育的骡子联系起来,他们是'悲惨的黑白混血儿',为自己既不是白人也不是黑人倍感痛苦"[2]。实际上,艾利斯将"文化混血儿"分为两种类型。他称作"绝育的突变体"(neutered mutations)的那一种类型,指的就是这一"悲惨的黑白混血儿"群体。他们或是努力融入白人文化而将自己与黑人文化疏远;或是刻意地打造黑人身份,他们"试图取悦两个世界而不是取悦自身,而最终谁也没能取悦"[3]。这是艾利斯所要批判的。而艾利斯的"文化混血儿"指的是另一种类型,即"繁荣的混血儿"(thriving hybrids)。他们虽然知道这个社会依然存在种族歧视,但不会让其抑制他们的个性发展。"对于种族主义的持续存在,新黑人艺术家既不会像哈莱姆文艺复兴时的艺

---

[1] Trey Ellis, "The New Black Aesthetics," *Callaloo* 38, 1989, p. 235.
[2] Bernard W. Bell, *The Contemporary African American Novel: Its Folk Roots and Modern Literary Branches*, Beijing: Foreign Language and Research Press, 2007, p. 318.
[3] Trey Ellis, "The New Black Aesthetics," *Callaloo* 38, 1989, p. 242.

术家们那样震惊,也不会像黑人文艺运动时期的艺术家们那样专注于此。对于我们来说,种族主义是一个顽固不变的常在,我们既不吃惊也不愤怒。"[1]

以艾利斯自己为例,他1962年出生于华盛顿的一个黑人家庭,父亲是精神病医生,母亲是心理学家。在他父母求学于密歇根大学和耶鲁大学期间,他们住在白人中产阶级及工人阶级居住的郊区,这也是艾利斯的生长环境。他的中学读的是白人私立精英学校,大学去了斯坦福,师从小说家吉尔伯特·索伦蒂诺学习写作。对于艾利斯来说,他所接触的黑人圈子除了他自己的家庭外,就是大一时居住的斯坦福的黑人宿舍区了。像艾利斯这样的中产阶级黑人青年如何界定自己的文化身份?是忘记自己的黑人族裔身份去全盘接受主流白人话语,还是回归贫民窟来构建更为典型的黑人身份,抑或走出这两个世界而构建一个属于自己的世界?艾利斯乐观地表示,"新黑人美学告诉你,只要自自然然**做自己**就行,不需要**穿戴**一种身份"[2]。所以艾利斯可以遵从自己的内心去选择大学读人文艺术科系而不是去读医科。

新黑人美学所代表的是像艾利斯这样的二代中产阶级黑人青年知识分子的美学诉求。他们的父母都是受过大学教育的中产阶级,而他们也得益于这样的家庭背景,接受大学教育并也成为中产阶级。这样一个日渐扩大的都市中产阶级黑人知识分子群体拥有混杂的文化身份,他们有黑人的族裔身份、白人的文化教育背景,这使得他们构成了一个相对独立的群体。他们不需要去贫民窟的黑人世界或主流的白人世界找认同感。他们需要的就是做自己,而不是被打上本质主义的标签,他们希望因为自己的个人价值受到认可和尊重。艾利斯指出:"我想定义的新黑人美学实际上是反美学的,它拒绝定义。新黑人美学是一种自由主义的态度,而不是严格的代码。……今天我们可以比以往更诚实更能自我批评,而这种开明与远见可以使我们创造出这个世界上最伟大的一些作品,因为就像牛顿那样,我们是站在巨人的肩膀上。"[3]由于这种自由开放的态度,艾利斯对新黑人美学的界定不是规定性的而是描述性的。他更多的是描述这一时期艺术家的群体特征以及他们所做的各种艺术实践。正如论者所言,"新黑人美学具有解放意义,因为它可以

---

[1] Trey Ellis, "The New Black Aesthetics," *Callaloo* 38,1989, p. 239.
[2] Ibid., p. 236.
[3] Trey Ellis, "Response to NBA Critiques," *Callaloo* 38,1989, p. 251.

让人看到/听到各种类型的黑人性。它摆脱了与新黑人或灵魂兄弟相关的本质主义的镣铐"[1]。让艾利斯引为例证的是 20 世纪 80 年代主导美国大众文化领域的大批黑人艺术家,如艾迪·墨菲(Eddie Murphy)、比尔·科斯(Bill Cosby)、斯派克·李(Spike Lee)、罗伯特·汤森(Robert Townsend),还有剧作家奥古斯特·威尔逊(August Wilson)、诗人丽塔·达芙(Rita Dove,1987 年普利策奖得主)、托妮·莫里森(Toni Morrison,1988 年普利策奖得主)、温顿·马沙利斯(Wynton Marsalis)和布兰特福德·马沙利斯(Branford Marsalis)、普林斯(Prince),以及大批说唱歌手。

实际上,艾利斯的新黑人美学的核心思想并不是全新的。早在 20 世纪初杜波伊斯在《黑人的灵魂》一书中提出双重意识的概念,就表达了这一理念。

> 美国黑人的历史就是这样一场冲突的历史——渴望成为有自我意识的人,渴望将他的双重自我融入更好更真实的自我中。在这次融合中,他希望过去的自我都不会丢失。他不希望非洲化美国,因为美国有太多的东西要教给世界和非洲。他不会在白人美国主义的洪水中漂白他的黑人灵魂,因为他知道黑人血液在向世界传达一个信息。他只是希望同时成为一个黑人和一个美国人,而不被他的同伴诅咒和唾弃,也没有让机会的大门在他面前关闭。[2]

正如杜波伊斯所言,非裔美国人身上的这种双重意识贯穿他们的整个历史。这两种意识始终在进行争斗,不管是哈莱姆文艺复兴,还是黑人文艺运动,都是这两种意识在不同时期的此消彼长。但是如何让这两种意识融入"更好更真实的自我"则是一代代非裔美国知识分子要思考和探寻的。

杜波伊斯的双重意识和艾利斯的新黑人美学都看到了黑人文化实践的多元文化传统,相信黑人艺术家有能力超越主流文化规范,生产出独特的文化产品;他们的艺术表达能重塑经验并阐明新世界的力量。艾利斯新黑人美

---

[1] J. Martin Favor, " 'Ain't Nothin' Like the Real Thing, Baby': Trey Ellis' Search for New Black Voices," *Callaloo* 16. 3, 1993, p. 697.
[2] W. E. B. Du Bois, *The Souls of Black Folk*, New York: Fawcett, 1961, p. 17.

学的实质是探讨这一双重意识在新的历史时期的新的表现。黑人的族裔文化身份从来不是单一的本质化的，是随着时代不断变化的。在20世纪末，随着第二代都市黑人中产阶级群体的发展壮大，他们需要表达这一群体的非裔美国特性，并使其得到繁荣发展。艾利斯所代表的黑人中产阶级，对自己的阶级地位有清醒的认识，也感到很自在，他为自己的文化遗产感到自豪，并希冀利用这种地位和遗产来追求新的美学原则。

在艾利斯"新黑人美学"的概念基础之上，近期的学者也提出"后解放"（postliberated）、"后灵魂"（post-soul）、"后黑人"（post-black）、新黑人（New Black）等内涵相似的概念来描述新的时期黑人艺术家的美学原则。其中"后灵魂美学"（Post-Soul Aesthetic）概念逐渐受到学界认可，实际上艾利斯也被看作"后灵魂美学"的代表人物。学者贝特拉姆·阿什将其定义为"民权运动后出生或成年的非裔美国人创作的艺术作品"[1]。他之所以把后灵魂美学仅限于民权运动之后出生或成年的一批艺术家或作家，原因之一是这些艺术家在民权运动期间还不是成年人，他们跟民权运动的联系来自祖辈而不是父辈。马克·安东尼·尼尔（Mark Anthony Neal）在《灵魂宝贝：黑人通俗文化与后灵魂美学》中对这一群体进行了总结："在传统民权运动之后出生的那（几）代黑人青年，实际上对运动的早期成功没有任何怀旧情绪，因此可以客观地评价民权运动的遗产，而传统的民权运动领导人既不愿意也没能力这么做。"[2] 除了艾利斯外，对新时期黑人美学进行探讨的还有格雷格·泰特（Greg Tate）、纳尔逊·乔治（Nelson George）、戴维·尼科尔森（David Nicholson）、特里·麦克米兰（Terry McMillan）、保罗·比蒂（Paul Beatty）、丽莎·琼斯（Lisa Jones）、凯文·鲍威尔（Kevin Powell）以及塞尔玛·戈尔登（Thelma Golden）等作家和评论家。

这些新一代作家能更自由地表达新的时代非裔群体的美学经验，同时拒绝被打上"黑人作家"的标签，对这一新的美学原则也没有规定性的界定。为了便于讨论，学者阿什归纳了三个主要特征。第一，他们都着力塑造"文化混

---

[1] Bertram Ashe, "Theorizing the Post-Soul Aesthetic: An Introduction," *African American Review* 41.4, 2007, p. 611.
[2] Mark Anthony Neal, *Soul Babies: Black Popular Culture and the Post-Soul Aesthetic*, New York: Routledge, 2002, p. 103.

血儿"的形象,即艾利斯定义的"繁荣的文化混血儿"。他们对自己的文化混血身份有很明确的认知,并认为这种差异有着积极的作用,它会为文艺创作提供更为丰富的素材,提供更多样化的艺术体验。第二,他们都积极地探索黑人性的概念。他们通常以一种弹性和流动的态度看待黑人性,"这些艺术家和文本麻烦和困扰着黑人性的概念;他们搅动、触碰、试探它,并以一种新的方式对其进行检视,这区别于以往为争取政治自由所做的奋斗,也不执着于维持一个统一的黑人身份"[1]。与黑人文艺运动所提倡的铁板一块的黑人民族主义思维不同,他们不再认同那种本质主义的黑人性,他们的作品正是不断地挑战这一黑人性。他们的艺术创作,不管怎样反本质主义,都要直面复杂的黑人性,并动态地界定黑人性。第三,他们会以戏谑的姿态致敬前辈,尤其是黑人民族主义领袖,但同时也承认没有这些前辈的努力,就没有今天自由表达的艺术空间。他们以自己的距离审视着非裔群体的文化历史,并思考如何有效地表达现在。

结　语

美国非裔作家特雷·艾利斯提出的"新黑人美学"代表的是像他这样的二代中产阶级黑人青年知识分子的美学诉求,反映了美国 20 世纪 80 年代末非裔书写的新趋势。新一代作家能更自由地表达新的时代非裔群体的美学经验,着力塑造"繁荣的文化混血儿"形象,直面复杂的黑人性,并动态地界定黑人性。

刘辉,华北电力大学外国语学院副教授。本文摘选自《从〈陈词滥调〉看新黑人美学视域下的非裔书写》,《文学理论前沿》第 22 辑,社会科学文献出版社 2020 年版。

[1] Bertram Ashe, "Theorizing the Post-Soul Aesthetic: An Introduction," *African American Review* 41.4, 2007, p. 614.

人类世语境下的文学流变

宋丽丽

文学是时代的产物,文学是时代的镜子,文学也是时代的动机。文学与时代相辅相成。贾平凹曾经套用狄更斯的"这是最好的时代,这也是最糟糕的时代"的句式说,"我们从未如此富裕,也从未如此焦虑……天之高在于它有日月星辰,地之厚在于它能藏污纳垢,在天与地之间,充满着诸神、草木、动物、人也在其中。这是老生常谈的话吧,但在这些年里,我才体会到了它对我的重要……使我紧张而惶恐,面对着写作,茫然挣扎,甚至常常怀疑写作的意义"[1]。这段话真实地揭示文学创作者对时代的感悟,给读者以启迪,给文学研究者以冲击,因为,当文学创作者在时代面前怀疑写作意义的时候,以文学创作者为谋生根基的文学研究者们情何以堪呢?难道不也要反思文学研究者的文学研究与时代是什么关系吗?文学在时代的变迁中如何界定,文学研究者如何介入时代的文学流变?文学的流变首先要面对的问题是这是什么时代?

一、这是什么时代?

这个问题可以从不同的角度来回答,经济学的、政治学的、历史学的、哲学的、社会学的、人类学的、考古学的,等等。如何回答这个问题取决于我们对时代属性的理解。世界可以是以人类为中心向外辐射的世界,关乎以人类为中心的人与人、人与社会、人与环境之间关系的世界,也可以是以生态为中心向外辐射的世界,指的是人类与其赖以生存的自然万物共享的世界,暗含

---

[1] 贾平凹:《文学不根植于文学之外的问题注定消亡》,《山东商报》2013年8月18日。

人类只是其中一个组成部分的世界。从整体世界概念视角看，时代不仅仅是时间的概念，也是空间的概念，这是什么时代的问题从某种程度上可以追溯到一个多世纪以前梭罗的"我们在哪儿生存，我们为什么而活？"的问题。时代可能不能仅仅用前现代、现代、后现代这样人类中心主义的线性前进观念来回答。因为线性的发展观念已经把我们视为理所当然的空间物理环境的存在系统打破了。时代已经预示我们，时间向度的存在与空间物理环境的存在相对于人类与自然世界而言不再是两个分离的存在，而是一个不可分割的碎片化、物质化的整体存在，也就是说我们进入了一个新的地理时代：人类世的时代。

人类世是一个尝试描述我们这个时代的概念，同时也引发人类与这个世界关系的反思。这个概念在 20 世纪 80 年代由生态学家尤金·斯德莫最先提出。诺奖得主保罗·克鲁兹在 2000 年发表文章，使这个概念进一步发酵。2008 年，科学界开始讨论是否接受它作为描述地质年代规模的术语。2016 年，一个主要由地质科学家组成的人类世工作组正式成立，对新的地质年代的产生进行评估确证。实际上，进入 2010 年后，人类世概念已经进入了公众的视线，并且成为唤醒公众整体地看待人与世界的关系以及觉知人类自身发展对世界变化的影响的术语，当然，也成为各个学科争相论述的热门概念。它描述我们这个地理时代，更确切地说，它描述了我们参与变化的这个地理时代。

克鲁兹在 2000 年发表的题为《人类世》的文章中写道：

> 人类的扩张在数量上和人均对地球资源的掠夺上都很惊人。列举几个例子：在过去三百年间，人口增加了十倍到达六十亿，与之伴随的是牲畜的数量增加到 14 亿的六次方。在过去的一个世纪，城市化甚至增加了十倍。在几代人之后，人类就会把几十亿年的时间里生成的石化燃料消耗殆尽。全球范围内，每年通过燃煤和燃油，排入大气的二氧化硫大约是 160 兆克（1 亿 6 千万公吨）比自然排放的总和至少大两倍多，主要发生在来自海洋的海洋军事二甲基硫和氮素等等。我们得知地表的百分之三十到五十已经被人类行为改变；现在更多的氮被合成出来作为肥料应用到农业上，大大地超过了陆地生态系统自然产生的数量；源自石化燃料和相类似的生物物质燃烧排放到大气中的一氧化氮超过了自

然循环产生的数量,导致光化学臭氧(雾霾)在世界范围内广泛形成;一半以上可获取的淡水已经被人类使用过;人类行为在热带雨林造成物种以千倍到万倍的速度加速灭绝,而且大气中严重影响气候变化的温室气体极大地增加:二氧化碳增加了百分之三十多,四氢化碳(甲烷)甚至百分之百增加。除此之外,人类在环境中释放了很多有毒物质。虽然某些含氯氟烃(CFC)气体丝毫无毒,但是却导致南极"臭氧空洞"。如果不采取国际惯例手段终止此类情形的恶化,会破坏更大的臭氧层。海岸湿地也受到人类的影响,造成世界上百分之五十的红树林消失。最后,人类机械化捕捞造成上游地区海洋初级生产能力丧失百分之二十,温和大陆架地区的初级生产能力失去了百分之三十五。标志生物共同体历史的湖底沉积物也表明人为力量的影响。其记录下来的影响包括大淡水系统地理化学循环的改变,而且改变还发生在遥远的初级资源的系统中。

综合这些以及各种规模包括全球范围内的人类行为对地球和大气所产生的重大且日益升级的影响,似乎提出使用"人类世"代表目前地质时代以强调人类在地质与生态上的核心作用再合适不过了。目前人类行为的影响将会持续相当长时期。根据博格(Berger)与罗陲(Loutre)的研究,由于人为二氧化碳的排放,气候在下一个五万年里将会极大地背离自然规律的轨道。[1]

文中出现了时间与空间的描述,时间上分别出现了三百年、一个世纪、几代人、几十亿年、下一个五万年,空间上出现了地表百分之三十到五十,陆地生态系统、热带雨林、大气、南极、海岸湿地、海洋、湖底,等等。科学家克鲁兹从时空两个维度向人们展现了人类世景观,表达了三个层面的意义。第一,知识含义:文章用科学数据表达科学家对我们所生活的时代与世界的认识。这些认识是经过科学家验证的知识。第二,价值判断含义:文字中充满了人与自然关系的思考与启迪,即具体的数据表明人类行为对地球造成了影响和改变,人类的力量在撼动地球本身的力量,人类对自己创造的存在环境的不

---

[1] Mckibben, Bill, *The Global Warming Reader: A Century of Writing about Climate Change*, Penguin Publishing Group, 2012, p. 70.

确定性应该产生新的意识觉醒。第三,整体性思考以及对人类命运的思考:人类世预示人与自然关系的变化,这种变化关乎整个人类的命运与未来,而非仅仅科学研究成果。那么,这样的文字距离文学有多远?

同一本文集中也收录了全球变暖概念的始作俑者詹姆斯·汉森在1988年发表的题为《詹姆斯·汉森的陈述》的文章。文中,汉森使用数据与图表解释了他的三点结论:第一,1988年地球比有史以来用仪器记录的任何时候都热;第二,目前全球变暖已经足够让我们完全有信心说,温室气体与全球变暖有直接的因果关系;第三,计算机的模拟表明人为温室气体的影响大到足以导致极端气候的发生,例如热浪等。汉森在结语中说:"最后,我要强调我们需要改善气候模型,而且我们要对这种情况获得全面理解,需要进行全球观察。"2012年3月汉森在题为《我为什么要为气候变化大声疾呼?》的TED演讲中质问观众:"如果你们知道我所知道的信息,你们该怎么做?"

那么,以科学客观论证方式传递出来的知识,以及由此知识引发的有关人与自然关系以及人类未来命运的思考与文学是什么关系?"人类世"时代对人文学者尤其是文学研究者意味着什么?人类以其创造力已经在改变地球重金属的构成,改变了地表地下的构造,改变地球物种的格局,改变着地球岩石的构造,改变海洋生命共同体的存在环境,甚至正在改变气候变化的规律与规模。面对钢筋混凝土的生存环境,面对塑料垃圾铸造的世界,文学研究者该如何界定文学?

二、文学是什么?

回顾文学它在人类文明与文化发展中占据的举足轻重的地位,这不容置疑。约瑟夫·米克在《生存的喜剧》中指出:"文学创作是人类物种最重要的特性,应该仔细地、诚实地审视文学,并发现它对人类行为与自然环境产生了什么影响,并审查它在人类存亡与福祉中如果发挥作用的话,到底发挥了什么作用,它为我们与其他物种的关系以及与周围世界的关系提供了哪些洞见。"[1] 审视文学在人类物种进化过程中所产生的影响与能发挥的作用,有

---

[1] Joseph Meeker, *The Comedy of Survival: Literary Ecology and a Play Ethic*, University of Arizona Press, 1997, p. 3.

必要追踪一下文学概念本身的流变。

1. 作为学科教育的文学

文学曾经是包罗万象的概念。且不说中国先秦文学包含文史哲科所有写作,中国文学一直到新文化运动之前,都在教育上占据举足轻重的地位。以中国科举考试为例,从隋唐开始到清末,题目均以文论为主(考试题目)。文论以诗词歌赋为体。文学是"学而优则仕"人才选拔的基础内容,论述国政管理、安邦定国策略的文论本身就是文学作品。著名的科举文如宋代陈师道的《春风雨露》、唐代晁补之的《浮山记》等都不失为优秀的文学作品。刘宝存在《国外大学学科组织的历史演进》的研究中表明,[1]在西方,11世纪之前,教育以文学为主,文学以神学为要。文学本身的演变不能不从科学革命以来的学科分野说起。11世纪以后随着宗教世俗化,西方学校出现了文、法、医、神四大学科。文学以语言和文法为要。随着科学革命的到来,尤其是到了18世纪末,自然科学发生了分门独立的学科分野,以德国为例,18世纪哲学部取代文学部成为基础学部。1810年洪堡在《论柏林高等学术机构的内部与外部组织》一文中把大学定位为学术科研机构,其"立身的根本原则是在最深入、最广泛的意义上培植科学,并使之服务于全民族的精神与道德教育"[2],为大学的学科继续分化产生了深远的影响。德国大学里一般分为神学、法学、医学、哲学、自然科学、社会科学(包括经济学)六个学部。至此,曾经一统教育涵盖一切的文学被彻底肢解了。文学被边缘为诗歌、散文、戏剧的文字,成为情感想象的语言表达,也被置于科学或者科学知识的对立面了。

2. 作为方法论意义上的文学

伴随着文学与科学的分道扬镳,文学的学科化发展走上了理论化的学术窠臼。一个又一个理论和流派争相出场,标新立异。文学的阅读面从原来涵盖一切的文字作品局限为情感想象的创造作品。文学研究演变成类似理论术语流水线式的加工与再生产。文学在社会现实面前迷失了,从精神道德治国安邦的经天纬地之文跌落到娱乐启蒙的阅读批判之术。李·雅各布森

---

[1] 刘宝存:《国外大学学科组织的历史演进》,《天津市教科院学报》2006年第1期,第64—68页。
[2] 同上。

(Lee A. Jacobus)在《文学:批判性阅读入门》[1]讨论文学的定义时说,文学"没有人有对这个问题普遍满意的答案。许多人同意文学是文字的艺术表达,激发情感、增进理解,也有人会同意文学可以被分为三种文类,虚构、诗歌、戏剧。其它非虚构的散文,例如文章、日记、报道、新闻文章、历史、犯罪报道、遗书、契约、保险政策、广告以及家谱系树有时也被认为是文学,不过有些人会把一切非虚构散文排除在外,包括文章。本书采用的标准是文学著作必须既娱乐又启蒙读者;相比之下,大部分其他种类的写作目的旨在于启蒙。而诗歌、小说和戏剧则兼具两种目的"。在这段文字中,不难看出,文学的功用降低到以娱乐为主,兼顾启蒙。文学学科与文学研究从方法论意义上创造文学的知识体系。这个知识体系建筑在形式主义之上诸如文学构成要素、诗歌、小说构成要素,文本细读,以及依托政治批评、心理分析、文化与历史阐释搭建的以人类社会为整个世界的文学知识体系,换句话说,学科化、理论化的文学研究的世界局限在人类社会,或者人类社会成为世界的代名词。文学对世界的理解缩小为对人类社会的人与人、人与社会之间关系的理解,或者更小,对文学创作的技巧的理解。

文学与文学研究仅仅就是关于"主义"与"要素"的解构与建构吗?

3. 作为认识与反思人类与世界之间关系的目的论的文学

1883年马修·阿诺德在《文学与科学》一文里,就针对学科化的文学是什么的问题进行了探讨和辩论。今天文学的现状从某种意义上证明了阿诺德当初对文学未来的忧虑。《文学与科学》是马修·阿诺德针对赫胥黎的《科学与文化观》而发表的捍卫文学重要性的文章。文章是在美国大学发表的演讲讲稿基础上整理而成的。文章的核心讲述如何在科学革命冲击中理解文学这个概念。继洪堡在德国强调科学研究主导高等教育之后,英国赫胥黎也提出工业化时代科学在教育中的支配地位。赫胥黎在1880年伯明翰大学梅森学院成立典礼的发言中提出:"没有科学知识就评判生活的人比没有精确武器和特定的作战基地就参加莱恩河战役的军队更不靠谱"。赫胥黎在强调自然科学在大学教育中的重要性时,文学(Literature)被转换为纯文学(Belle

---

[1] Lee A. Jacobus, *Literature: An Introduction to Critical Reading*, Prentice Hall, 1996, p. 8.

letters)。阿诺德和赫胥黎二者在文化的意义在于"认识我们自己和世界"这个总体观点上没有分歧。分歧在于阿诺德认为文学包含的材料足以让我们认识我们自己和世界。阿诺德提出"文化的目标在于认识我们自己和世界时,达成这个目标的手段是最好地理解这个世界上的所思所言"。这里,阿诺德强调,"文学是个大概念,他指的是所有用文字写出来,并印刷成书本的东西。欧几米德的《要素》、牛顿的《定律》也是文学,所有通过书籍传达给我们的知识都是文学"[1]。阿诺德认为"对于智者而言,所有的知识都是有趣的,而自然知识对所有人而言都是有趣的"。所以在阿诺德看来,文学不应该学科化、科学化为纯文学。我们借以理解我们自身和世界的媒介:所思所言不应局限于纯文学,也包括伟大的观察者,懂自然的人的所思所言。也就是说,在一百多年前,阿诺德就已经极力主张不要把文学与自然科学分离开,不要把它们进行比较。对于我们理解这个世界和我们自身,文学与科学是不可分割的整体。也就是说只在纯文学的作品里寻找对所思所言的理解是不完整的,不足以主导我们的认识世界的美感并主导我们的行为。同样,学自然科学的学生只是在科学知识里寻求对世界的理解甚至比人文学科的学子对世界的理解更不完全。

三、文学的流变

1. 文学界定的流变

人类世语境再一次把文学与科学不是对立的学科而是统一整体的问题现实地、时代性地提出来。这就涉及文学的跨界性的问题。文学这个领地本来就是一个跨界的领地。如上所述,欧洲在 19 世纪以前,中国或许更晚一些,到 20 世纪初,文学(literature)指代的是阿诺德所定义的文学,即所有的书写,事实的和虚构的书面记录。中国文学中的先秦文学,不仅包括想象、情感的创作如诗歌、散文还包括诸子百家思想的创作,如儒道墨名纵横,农兵法杂阴阳,无所不包,无所不有。文学被缩小成只关乎想象的情感的作品发生在欧洲科学学科的分野。随着印刷业的发展,大学机构化的确立,书籍数量

---

[1] Matthew Arnold, "Literature and Science," *Norton Anthology of English Literature*, Ed. Stephen Greenblatt, W. W. Norton & Co. Ltd. 2006, p. 483.

的增加，书写、出版的著作开始按照学科分类，文学在分类层面渐渐被缩小为一个学科领域。这个领域的著作局限于想象与情感创作的作品，所谓的美丽的语言、美丽的叙事方法、创作出来富有想象力打动人情感的作品。于是，文学和其他学科的著作就有了一个界限。文学领域里的作品以文类划定界限：诗歌、小说、散文、戏剧。文学从涵盖一切的写作称谓变成了以想象与情感创作为体的一个独立的学科。

学科意义上的文学形成了界定经典与如何阅读经典的传统。界定经典表明确立哪些作品能够把文学学科的大旗扛起来，经典是文学作为学科立足的根本。经典确立的传统源自英国。亚瑟·克里斯托尔（Authur Krystal）在《什么是文学？》[1]一文中是这样梳理的。剑桥大学教师1595年曾提出确立经典而不是阅读所有的诗人作品。后来笛福（Defoe）和约瑟夫·斯宾塞（Joseph Spencer）都提出有必要给众多的文学作品分出等级来，斯宾塞在1730年提出四个划分标准："大天才好作家"、"好作家"、"平庸诗人"、"从来不会有人读的诗人"。确立了以斯宾塞、莎士比亚、弥尔顿为文学霸主地位的经典传统的同时也开启了欧洲中心主义的文学传统。1774年2月22日特累佛罗斯（Trevor Ross）在其《英国文学经典的构成》（*The Making of English Literary Canon*）中提出："莎士比亚，艾迪森（Addison），蒲普（Pope），斯威夫特，格雷以及当前许多优秀作家的作品应该是任何人的财产，经典是文学而不仅仅是诗歌。"于是经典超出了诗歌的局限，成为文学的建构。

确立经典为文学学科解决了重点阅读什么的问题。但是经典的确立并非一蹴而就，而是随着时代的变化而变化，随着文学研究的进展而不断地建构与解构。文艺复兴、古典主义、浪漫主义、现实主义、现代主义、后现代主义都呈现了建构与解构经典的时代力量。

文学学科面临的第二个问题是怎么读的问题。于是令人眼花缭乱的文学理论方法，诸如新批评、女权主义批评、精神分析、马克思主义文学批评、结构主义、解构主义、后殖民主义等等出现了。一个大师的理论成果，往往被众学者一拥而上或阐释或拿来应用于文学分析。文学研究不知不觉成为众声

---

[1] Authur Krystal, "What is Literature: In Defense of the Canon," *Harper's Magazine*, March 2014, https://harpers.org/archive/2014/03/what-is-literature/.

喧哗之所。经典不断地在被重构与解构,学科意义上的文学在重构与解构经典的过程中失去了立足点。文学就像剥洋葱一样被剥回到原点。

英国文艺理论家特里·伊格尔顿(Terry Eagleton)在其2012年的《文学事件》一文中质疑文学是否真正存在过?他曾经提议把文学系改为语篇系。他在《文学理论》出版三十年后,竟然拒绝单独给文学划分出一个客观的现实空间。因为学科意义上的文学无法保持一个涵盖一切的定义。没有任何一个文学理论可以把所有作品的文字表达特性呈现出来,也没有任何一部文学作品是文学理论共有的文本。[1]

2. 文学叙事主题的流变

文学叙事也经历了从宏大到虚无的变化过程。文学创作在意识上经历了从高屋建瓴到世俗化再到虚无的变化过程。18世纪文学作为学科被分化出来时,文学探究的中心可以说是真理、世界、人性以及人与真理之间、人与世界、人与人之间的关系。以莎士比亚为代表的经典创作表达的是宏大叙事,包罗万象。不朽的人物如哈姆雷特、麦克白、李尔王、罗密欧与朱丽叶,再现了人对真理、对世界、对人性、对欲望以及对各种关系的意识觉醒。19世纪末20世纪初,文学探究的中心是权力、财富、自由、独立、平等、人性、欲望以及人与权力、自由和人与人的关系。如易卜生的戏剧中的诺拉、大建筑师、培尔金特等,表达了文学从对真理的追求开始走向世俗化的转向。权力与财富、自由与平等取代了对真理的追求。两次世界大战之后,随着传统道德的碎片化,文学再现也进入碎片化,以塞缪尔·贝克特的《等待戈多》为代表的作品,具象地呈现出人的虚无化的存在状态。随着"上帝死了"的宣判,文学再现也围绕荒原、废都展开。意识流、碎片化、混杂、拼贴、魔幻、超现实把文学的可读性放逐了。文学变成了纯粹个人的游戏。文学理论也走向语言叠加增生的沙滩城堡。文学自己的领域在哪儿?

两次世界大战之后的全球化把文学推向了意识形态的阵地。西方对世界的殖民化过程随着"二战"后殖民地国家的相继独立宣告结束,同时结束的是以欧洲为中心的文学传播与研究。而随着"二战"后联合国、世界银行、国际货币基金组织、洛克菲勒基金等以美国为主导的世界跨国组织以及公司的

---

[1] https://harpers.org/archive/2014/03/what-is-literature/.

成立，美国取代欧洲成为中心。此时的文学表面上聚焦的是种族、性别和阶级等主题，但是"二战"后冷战时期的意识形态对立一直是文学研究的先见背景，持续至今。文学与政治搅在一起，文学与文学研究或多或少地浸染了意识形态的色彩。普世价值进入文学的视域。什么是普世价值？随着全球化进程的深入，本土化的特色逐渐显示出文化的力量，文化多元与多样性也在问同样的问题？什么是普世价值？

随着"二战"以来的意识形态对立、全球资本扩张与消费主义蔓延，人类把自然环境卷入战争思维的框架中。用于战争的生化研究成果被用于粮食生产，粮食在不知不觉中变成意识形态的武器，其后果是自然环境从水、土壤到空气被严重污染。同时自然资源在消费主义经济的竞争中开始捉襟见肘，能源资源与不可再生资源枯竭成为不容忽视的现实。与此生态环境危机相呼应，20世纪中期一种新的意识——环境意识觉醒开始冲击文学领域。自然与环境书写进入创作领域。带有科普性质的作品如雷切尔·卡森的《寂静的春天》、利奥波德的《沙乡年鉴》、康门纳的《与星球求和平》等著作成为自然与环境写作的经典。这些作品不仅探究人的存在、人性、人与人之间关系的伦理，也探究人与其他自然万物存在之间的伦理关系。有毒物质污染、核威胁、沙漠化、酸雨、物种灭绝、气候异常变化成为文字叙事的主题，成为环境文学作家笔下主要的关注对象。自然文学、环境文学、生态文学等标签对18世纪以来学科化的文学概念形成一种冲击与反拨。反拨文学界定重新回归容纳一切写作的定义。文学需要面对所有书写的文本。与此同时，历史学、地理学、人类学、伦理学、哲学、城市美学、自然科学等学科也在聚焦环境主题。文学与其他学科不约而同地面对同样的文本。文学与其他学科开始交叉形成一个共同的人文主义关怀，那就是聚焦人与自然关系的人文主义，在人与自然万物共同体中理解人类的环境人文主义。

此外，进入21世纪，随着多媒体的出现，学科化的文学界限不仅仅是经典与通俗分别，喜欢不喜欢，接受不接受，文学疆界的打开已经出现。如克里斯托尔（Krystal）所述，"2009年随着《新美国文学史》的出版……文学'不仅指所书写的，甚至还指无论何种形式所歌唱的，所表达的，所发明出来的东西'——于是地图、布道、戏剧连环画、卡通动画、演讲、照片、电影、战争回忆录以及音乐都聚在了文学这个大伞下面"。时下最热门的文艺表现形式应该是微信与微博的文字创作了。2016年诺贝尔文学奖没有授给小说家、诗人或者剧作家,而是授给了流行歌手鲍勃·迪伦(Bob Dylan)。文学重新撑开包容的大伞。

随着文学大伞重新张开,阐释阅读小说、诗歌、戏剧的文学理论也面临着应用向度的拷问。已经进入21世纪气候异常变化危机的时代还要继续纠结20世纪初的现代性问题吗?在觉醒的文化多元与文化多样性共生的时代,还要继续纠结普世价值的问题吗?文学与文学研究意义的追问把文学作为一种学科的存在推向文学自身存在的视域。事实上,文学与文学阅读面临着在娱乐至死中死去还是反思与审视文学应该如何面对时代?也就是约瑟夫·米克所说"文学创作是人类物种最重要的特性,应该仔细地、诚实地审视文学,并发现它对人类行为与自然环境产生了什么影响,并审查它在人类存亡与福祉中如果发挥作用的话,到底发挥了什么作用?它为我们与其他物种的关系以及与周围世界的关系提供了哪些洞见"。

结　语

归根结底,人类世语境下的文学流变不是跨不跨界的问题,而是文学学者应该秉持什么样的阅读标准的问题。美国生态批评学家斯科特·斯洛维克曾经从文学的视角阅读其他学科的著作,或者用其他学科的理论方法阐释文学作品来界定跨学科的生态批评。然而,当文本本身超越学科的界限,而阅读者具有学科分别,也就是我们以文学学科研究者的身份面对超越学科界限的文本时,文学研究与阅读已经不再是为文学而文学的阅读,(既然文学已经超越学科本身的界限了)而是为知识而知识的阅读,借助科学知识认识人类知识力量的何去何从的阅读,或者说是为人类世时代的人文主义精神的建构而阅读,知识审美成为文学新的判断标准。

在人类世的语境下,文学文本可读性最重要的标准可能是知识判断。这个标准应该是解开赫胥黎与阿诺德的辩论症结的钥匙。在知识审美的建构上,科学与文学不应该是对立的冤家,而是相互补充携手合作的伙伴。科学家发现认识世界的科学知识,科学知识不仅仅用来服务于人,提升人类生存的福利,更重要的是用来认识人自身,认识人自身的行为给整个生存世界带来的影响。如卡森、威尔逊、康门纳、汉森等科学家的作品展现出人类知识的力量及其产生的后果,文学学者或者人文学者则需要参与到知识的再认知中,重建人类在场的完整性,重建知识结构和人与赖以生存的自然世界的关系。

当然,文学作品的知识也不仅仅局限于实验证明的科学知识,也包括直接与自然互动获得的经验知识。如贾平凹所说的天地万物相对人的感知而言的外部世界的知识。世界是变化的,因此知识也是变化的,人类改造着世界,同时也改造着知识结构。于是,知识不仅仅局限于我们所看到的世界的知识,也包括依据现有的科学知识所能想象的世界的知识。这也是科幻与玄幻文学异军突起的动因。

总之,人类世的文学是超越学科局限的文学,人类世文学阅读是对人类在场的知识的审视,是联系地认知人类存在与行为对世界的影响以及可能带来的后果的审视。人类世的阅读尤其要追问"我们是谁,我们从哪儿来,我们到哪儿去"的认知。一部书的出版在多大程度上能引起人类对自身在场的反思决定了该书的重要性。《寂静的春天》之所以成为影响20世纪人类思想的最重要的书籍之一就在于它承载的反思人类在场的知识空间极大:它引发人类反思自己在整个自然世界的位置以及未来的处境,它引发了人类环境意识的觉醒。

宋丽丽,清华大学外国语言文学系副教授。

第三部分　比较文学、翻译与跨学科研究

文化自信的百年叙事：中国比较文学学科发展回顾与展望

张晓红

引 言

中国比较文学是中国文学现代化进程中民族复兴的内生需求、文学革新的学科需求和全球文化交流碰撞的时代诉求三者共同催生的人文现象。无论是对家国情怀文化立场的执着坚守，还是对"五四"以来传统与现代冲突的价值判断，抑或对当下构建人类命运共同体的时代回应，中国比较文学的发生发展始终以中华民族凝聚力为精神纽带，从现代与传统、西方与东方、域外与本土、精英与大众等不同维度，对民族文化、民族精神和人类文明等宏大主题进行思考和选择，持续构筑文化自信的精神高地。鉴于此，本文在百年视域下回顾中国比较文学的发展历程，梳理其在研究视野、方法和内容等方面的成就，总结比较文学"中国学派"的理论争鸣，探讨中国比较文学研究所面临的机遇和挑战，从纵横两个维度展开文化自信的百年叙事。

一、中国比较文学学科发展百年历程

中国比较文学既非完全意义上的本土产物，亦非纯粹的舶来品。回眸百年历程，学科发展历经肇始、起步、沉寂、复兴和繁荣等五阶段。

肇始阶段。学术史研究表明，虽然深受法国学派和美国学派的影响，但中国比较文学绝非两者的直接延续或简单拼凑，而是有着自身独特的发生、发展进程。[1] 比较文学在中国的"学科前史"源远流长，远可追溯至先秦时代，近则孕育于20世纪初期晚清西学东渐的时代潮流。当时介绍到中国的

---

[1] 乐黛云、王向远：《中国比较文学百年史整体观》，《文艺研究》2005年第2期，第49—56,159页。

西方文学作品,仅翻译小说就 600 多部。[1] 近代以降,黄遵宪、严复、梁启超等仁人志士的文化改良实践,以及王国维的《红楼梦评论》、严复的《天演论·序言》和鲁迅的《摩罗诗力说》等,不同程度地蕴含中西文学比较意识,发出了中国比较文学的先声。其实,那个时期的比较文学,从外部发生机理来看,更多是契合当时的政治、社会和文化改良运动,作为唤醒国人、拯救民族危机的文化启蒙手段。[2] 从内部比较理念来看,更是迥异于基于事实联系与实证、以求同为旨归的原发性欧陆比较文学。从远古的华夏文明到汉唐盛世,从明清时期的商业革命到近代知识分子的文化改良、救亡图存运动,天生地孕育了中国比较文学强烈的中外文化差异意识,以民族性为根基、注重异质文明交流互鉴的跨文化研究脉络,或隐或显地贯穿于学科发展。进入 21 世纪,强烈的文化自觉意识和激荡的世界多元文化大潮掀起跨文化研究热,愈加彰显特色鲜明的学科体系,"和而不同"的多元共生理念打破西方的话语霸权,中国比较文学从幕后迈向了世界比较文学研究台前。

起步阶段。回眸往昔,肇始期的比较文学研究缺乏对当时西方比较文学学科研究本身的认知,甚至不太清楚其学科内涵。20 世纪 20 年代初,吴宓首开先河,在东南大学开设"中西诗之比较研究"专题讲座,正式将比较文学课程引入中国。1929 至 1931 年,新批评派大师瑞恰慈(I. A. Richards)在清华大学开设"比较文学"和"比较文化"两门课程,讲稿整理成《比较文学》。[3] 此外,还有温德(R. Winter)的"文艺复兴时期的文学"、陈寅恪的"中国文学中的印度故事的研究"、"近代中国文学之西洋背景"和"翻译术"等课程。今天看来,当年清华大学的系列课程设置和学科布局的开放性与国际化,为后来中国比较文学跨越式发展奠定坚实基础,宣告了学科意义上的中国比较文学的诞生。[4] 清华大学丰饶的文化土壤,滋养了钱锺书、季羡林等学贯中西的比较文学大师。

---

[1] 管林、钟贤培:《中国近代文学发展史》上册,中国文联出版社,1991,第 136 页。
[2] 徐志啸:《中国比较文学的发轫期》,《山西师范大学学报》1995 年第 1 期,第 53—59 页。
[3] 杜萍:《百年中国比较文学学科理论发展综述》,《中外文化与文论》2017 年第 2 期,第 460—475 页。
[4] 王宁:《比较文学在中国:历史的回顾及当代发展方向》,《上海交通大学学报》2018 年第 6 期,第 110—117,2 页。

沉寂阶段。1949年后,受国内外政治时局影响,比较文学在大陆沉寂徘徊近30年(1949—1978)。[1] 中华人民共和国成立初期,中外文学交流较少,受苏联极"左"文化思潮影响,比较文学被斥为"资产阶级的、形式主义的、反马克思主义的'伪科学'"[2],研究一度处于停滞状态,但仍有少数学者潜心探索,成绩斐然,如冯雪峰的《鲁迅与果戈理》、曹未风的《莎士比亚在中国》、范存忠的《〈赵氏孤儿〉在启蒙时期的英国》、季羡林的《中印文化关系史论丛》和钱锺书的《林纾的翻译》等。受当时主流意识形态影响,这些学者自觉地运用马克思列宁主义、毛泽东思想等辩证唯物主义原则和方法,以"社会主义现实主义"为衡量标准,探索中外文学的相互影响,出版了一批现代中国特殊历史时期比较文学研究的珍品。另一方面,中国港台地区的比较文学蓬勃发展,港台学者回归20世纪上半叶的研究传统,注重以西释中的"阐发研究",也有部分较具影响力的成果糅合了平行研究与影响研究,还有叶维廉、袁鹤翔、刘绍铭等留美"学院派",以其精湛的研究和宽广的学术视野强力推进了中国比较文学的发展。1976年,古添洪和陈慧桦在《比较文学的垦拓在台湾》的序言中首次提出建立"中国学派"。[3]

复兴阶段。随着党的十一届三中全会胜利召开,沉寂多年的大陆学界开始复苏,比较文学也迎来发展契机,释放压抑已久的潜能。钱锺书的《管锥编》以"一贯以万殊"之道,打通古今中外时空界限,跨越文史哲学科樊篱,旨在寻求共同的"诗心"和"文心"。王元化的《〈文心雕龙〉创作论》以世界文学为背景,融合传统与现代研究方法,比较中西文学文论的异同。两部重要的论著以更加宏阔的跨文化、跨时代视域,解锁中外古今诗学与文学的共同密码,呈现中外文化碰撞交流的精彩篇章,为新时期中国比较文学的发展开辟道路。该阶段其他主要学术成果包括宗白华的《美学散步》(1981)、季羡林的《中印文化关系史论文集》(1982)、金克木的《比较文化论集》(1984)以及杨周翰的《攻玉集》(1984)。

---

[1] 张晓红、邓海丽:《跨文化视界的变焦与"中国学派"建构的虚实——中国比较文学研究70年回眸》,《学习与探索》2019年第8期,第172—182,192页。
[2] 曹顺庆:《比较文学学科史》,四川出版集团巴蜀书社,2010,第634页。
[3] 古添洪、陈慧桦:"序",见《比较文学的垦拓在台湾》,古添洪、陈慧桦编,东大图书公司(台北),1976,第1—4页。

此外,范存忠是影响研究的探路先锋,其《英国文学论集》(1979)立足中国,用科学方法考证中国文化对英国的政治、哲学、文学及园林等的影响,测绘中英文化沟通交流的版图,深入剖析前者对后者的影响,其中不少篇章出自其博士论文《中国文化在英国》。作为早期获哈佛大学英语语言文学博士学位的华人学者,其研究对中国比较文学研究领域产生的影响持续至今,但目前学界尚未予以足够的重视和深入发掘,多少属于被遗忘的当代比较文学先驱。

繁荣阶段。20世纪90年代,中国比较文学学科进入稳定发展阶段,至新世纪迎来了全面开花的鼎盛时期。作为传统社会秩序和文学场域现代化转型的历史产物,中国比较文学历经百年沧桑,几代学人筚路蓝缕,围绕学科定义、研究内容、研究范式等关键议题上下求索,在体制化建设、学科理论和人才培养诸方面取得了丰硕成果。从学术史看,中国比较文学的崛起具重大意义,成为全球比较文学第三阶段的"集中表现"。[1]

二、中国比较文学学科建设

国际学界对比较文学的定义众说纷纭,从法国基亚的国际文学关系史,到美国雷马克的平行研究和跨学科研究,到苏联日尔蒙斯基的历史比较文艺学,不一而足,一度引起中国学者的激烈论辩。然而,相对于争论"什么是比较文学",务实求真的中国比较文学界更注重展示"我们如何做比较文学"。

基于学术机构、学术活动的体制化建设。在肇始阶段、起步阶段和沉寂阶段,中国比较文学以自发和分散研究为主,还未形成体系化和规模化发展。到了复兴阶段,以文化自觉和学科意识为引领,学科建设开始步入依托科研院校、学术团体的制度化、体系化和国际化发展进程。尤其是20世纪90年代以来,面对汹涌而至的全球化大潮,中国学者以更加博大宽广的"和而不同"、"美美与共"胸襟,自觉地融合中西文学思想,反观自身文化的源头与异质特征,在多元文化观照下探索中国特色的学科振兴之路和知识体系的重构。

1981年,大陆第一个比较文学学术组织——北京大学比较文学研究会

---

[1] 乐黛云:《比较文学发展的第三阶段》,《社会科学》2005年第9期,第170—175页。

成立。次年,北京师范大学成立比较文学教研中心。1983年,在天津和北京分别召开首次全国比较文学学术会议和中美双边比较文学研讨会,次年《中国比较文学》创刊。这些会议和刊物成为中国比较文学发展史上的标志性事件,见证了学科复兴发展的历史变迁。1985年,中国比较文学学会成立大会暨首届学术讨论会在深圳大学举行。迄今为止,中国比较文学学会已成功举办13届年会暨国际学术研讨会,大大促进中外学术交流,成为推动学科发展的重要学术载体。同时,其他相关专业委员会及其下属的各省级分会也相继成立。中国比较文学教学研究会于1995年成立,陈惇教授在首届研讨会上全面总结了中国比较文学学会成立十年来的成果,并倡议解决学科定位、课程设置、教材编写、研究生培养等问题,为比较文学人才培养的体系化建设制定框架,明确发展方向。历届年会围绕学科教材、课堂教学、人才培养,以及比较文学课程教学与周边学科之关系展开全面深入探讨,为中国比较文学的教育教学事业搭建了重要的交流平台。经过多年深耕细作,中国比较文学的国际影响力不断攀升。香港城市大学讲席教授张隆溪在2016年维也纳大会上当选为国际比较文学学会主席。2019年7—8月,国际比较文学高峰论坛和第22届国际比较文学学会大会先后在深圳和澳门举行,来自全球50个国家和地区的1500名专家学者济济一堂,中国学者合力发出中国声音,极大地提升了中国比较文学的国际影响力。

以构建中国学派为主导的学科理论建设。在经济全球化和文化多元化的时代背景下,如何通过民族文化的自觉认同,构建基于"四个自信"的哲学社会科学学科体系、学术体系和话语体系,推动中国文化走出去,参与世界多元文化的互学、互鉴和互构,是每位中国学者义不容辞的初心使命和责任担当,建构中国学派就是这一时代命题的应有之义。

关于中国学派的提出及其学理合法性论辩,可谓见仁见智。其一,中国学派是中国比较文学学科理论建设的关键词,国内几乎所有比较文学教材、理论专著都辟专章论述。至于谁最先提出比较文学中国学派,学界颇有争议。[1] 前文提到,中国台湾学者古添洪、陈慧桦早在1976年就开始追问建

---

[1] 关于中国学派最先由谁提出,学界有不同说法,本研究采用目前学界比较认可的说法:由台湾学者古添洪、陈慧桦提出。

构中国学派的可能性：

> 我国文学，丰富含蓄；但对于研究文学的方法，却缺乏系统性，缺乏既能深探本源又能平实可辨的理论；故晚近受西方文学训练的中国学者，回头研究中国古典或近代文学时，即援用西方的理论与方法，以开发中国文学的宝藏。[……]我们不妨大胆宣言说，这援用西方文学理论与方法并加以考验、调整以用之于中国文学的研究，是比较文学中的中国派（古添洪、陈慧桦 1—2）。〔1〕

次年，李达三在《中外文学》发文，宣告比较文学中国学派的建立。

其二，受西方后殖民主义理论驱动，失语症、中国特色话语体系和文化自信的探讨方兴未艾，中国学派议题也顺理成章地成为焦点，众多学者围绕是否要构建"中国学派"，以及"阐发法"能否代表"中国学派"的研究范式等展开激烈论辩。以季羡林、严绍璗等为代表的愿景观表示赞同建立中国学派，但同时意识到时机未成熟，提醒学界踏实的研究更重要，〔2〕杨周翰也表示要以足够的实践为前提，〔3〕严绍璗则认为，"学派常常是后人加以总结的，今人大可不必为自己树学派"〔4〕。他们的共识是，成为学派一定要创新学科理念和方法，构建自己独特的学科理论，离不开长期的研究和实践，对于刚复兴不久的中国比较文学来说，条件尚不成熟。〔5〕以王宇根等为代表的反对派认为，"在多元文化时代提倡'中国学派'是一种自我封闭的体现"，以佛克马为代表的西方学者从国际立场出发表示质疑。〔6〕反对之声引发国内不少学者撰文为中国学派辩护，形成了以孙景尧、曹顺庆等为代表的拥护派。孙景尧指出，佛克马的反对实质就是"欧洲中心主义"思想在作祟，而"中国学派"的提出恰

---

〔1〕 古添洪、陈慧桦："序"，见《比较文学的垦拓在台湾》，古添洪、陈慧桦编，东大图书公司（台北），1976，第1—4页。
〔2〕 季羡林：《比较文学的"及时雨"》，见《比较文学与民间文学》，北京大学出版社，1991，第289页。
〔3〕 杨周翰：《镜子与七巧板》，中国社会科学出版社，1990，第3页。
〔4〕 严绍璗：《双边文化关系研究与"原典性的实证"的方法问题》，载《中国比较文学》1996年第1期，第1—21页。
〔5〕 王向远：《中国比较文学百年史》，中国社会科学出版社，2013，第155页。
〔6〕 参见曹顺庆：《建构比较文学的中国话语》，《当代文坛》2018年第6期，第4—11页。

好有助于清除各种"中心主义"。[1]

中国学派的构建。随着大陆比较文学的复兴和发展,在学科内需、文化诉求和时代叩问的共同呼声中,中国学派逐渐成为学界高度认同的概念性命题,从外部层面回应了合法性的质疑,学界转而探讨如何在内部层面构建中国学派。

其一,阐发法可否作为中国学派的研究范式。朱维之认为,比较文学的中国学派源远流长,兼具法、美、苏各派之长,绝非"欧美学派的尾巴或补充"[2]。孙景尧一针见血指出,把阐发研究视同为中国学派就是"做削足适履式的'硬比'",将置中国于西方文化的"脚注"陷阱中。[3] 杜卫则为阐发研究辩护,将其深化为反思性的阐释、跨文化的文学理解,[4] 更有学者为了修正"单向阐发"的缺陷,提出中西互释的"双向阐发法"[5],但这一观点随即遭到批驳,因为至今包括钱锺书的论著在内,尚无以中释西的成功案例。[6] 众声喧哗中,季羡林的看法最具代表性,在指出以西释中会导致中国比较文学研究彻底失去自己独立性的弊端后,他提出构建中国学派的两个原则——"以我为主"和"纠正欧洲中心论"。[7]

凡此种种理论争鸣,一方面促使研究者清醒地认识到当时历史条件下中国比较文学研究现状及不足,明确未来构建中国学派的努力方向;另一方面,众多学者得以达成共识,将坚守民族立场与弘扬中华文化传统精髓、突破西方中心主义与充实完善世界文学定为中国学派的内涵与目标。同时,学界明确认识到,阐发法是跨文化层面上的对话和互释,以跨文化为视角的阐发研究是中国学派的重要特征。

其二,当下中国学派的主要理论建构。作为学科主要奠基人的孙景尧,早在1990年代就主张以跨文化视野、兼具中外特色的开放性学科理论和方

---

[1] 孙景尧:《"为'中国学派'一辩"》,《文学评论》1991年第2期,第42—47页。
[2] 参见曹顺庆:《建构比较文学的中国话语》,《当代文坛》2018年第6期,第4—11页。
[3] 孙景尧:《简明比较文学》,中国青年出版社,1988,第111页。
[4] 杜卫:《中西比较文学中的阐发研究》,《中国比较文学》1992年第2期,第27—40页。
[5] 陈惇、刘象愚编:《比较文学概论》,北京师范大学出版社,2000,第127页。
[6] 王向远:《"阐发研究"及"中国学派":文字虚构与理论泡沫》,《中国比较文学》2002年第1期,第36—45页。
[7] 季羡林:《比较文学与文化交流》,见《比较文学与民间文学》,北京大学出版社,1991,第314页。

法构建中国学派,为探寻中国学派的学理依据做出了重要贡献。[1]他认为,中国学派的研究重心是中外文学文化比较,欧洲中心与中华文明同为研究的两极,因而走反欧洲中心或反民族主义的任何一端都不足取。他先后提出以基础、核心、系统为特征的中国学派方法论体系,其中"总体比较研究法"由"交叉综合研究"与"本末循环研究"构成,兼具影响研究和平行研究之长而避其短,主张"可比性"、"形而上学"、"辩证比较"、"美学性与整体性"、"纵向与横向"、"历史时间与社会时间"和"数量与质量"等逐层递进、互为因果的比较文学研究理念。[2] 1990年代初,中国学派的铁杆旗手曹顺庆强调,中国学派以"跨越中西异质文化"为基本理论特征,以阐发法、"异同比较法"、"模子寻根法"、"对话法"和"整合与建构法"等跨文化方法为研究范式。新世纪以后,曹顺庆又在原有基础上充实完善,提出比较文学变异学,[3]通过探讨不同国家、地区之间文学交流产生的语言、形象、文本、文化和跨文明五个层面的变异现象,揭示、阐释跨文明交流的文学变异规律,构建以"跨越性"为基本特征,以"实证性影响研究"、"变异研究"、"平行研究"和"总体文学研究"为四大领域的学科理论。

其他学者也对中国学派展开建构性阐释。有的从我国比较文学的长期研究实践出发,提出"立足于中国文学的中外比较文学研究是中国比较文学研究的特征,也可能是中国学派的特征"[4]。针对阐发法本质上没有超越平行研究的局限,有学者提出两点意见:一是中国学派应以当代中国鲜活、流动的文艺现象为重心,提炼适合当下国情的新文学理论;二是可比性的寻求,中国学派应摒弃详近略远、厚古薄今的做法,而侧重于当下现实文艺生活中的

---

[1] 李平、程培英:《探寻比较文学中国学派的学理依据——试论孙景尧比较文学学科方法论思想》,《上海师范大学学报》2012年第6期,第27—41页。
[2] "总体比较研究法"相关论述参见孙景尧:《关于比较文学研究方法的思考——〈管锥编〉〈攻玉集〉读后偶记》,《广西大学学报(哲学社会科学版)》1986年第1期,第48—52页;《中西比较文学研究方法探》,《沟通——访美讲学论中西比较文学》,孙景尧著,广西人民出版社,1991,第111—117页;《中西比较文学研究方法探》,《沟通之道》,孙景尧著,复旦大学出版社,2011,第159—166页。
[3] 曹顺庆:《比较文学概论》,中国人民大学出版社,2011,第14—15页。
[4] 王向远:《"阐发研究"及"中国学派":文字虚构与理论泡沫》,《中国比较文学》2002年第1期,第36—45页。

重大问题。[1]还有人认为,中国学派在全球化背景下既要坚持比较文学的民族性和中国视角,又不能自我封闭,要有世界性的学科意识。[2]

综上,众多学者提出中国学派的理论构建以"跨文化研究"为中心,强调中国学派区别于法国学派、美国学派的重要特征在于其学理合法性的本源,即中西文化天然的、巨大的差异性,跨文化研究是中国学派的基本特征。[3]正所谓"跨文化视界的变焦与'中国学派'建构的虚实,构成中国比较文学学科的张力和活力"[4]。

中国学派的反思与展望。比较文学中国学派的形塑,彰显了比较文学学科内涵、发展趋向,以及内在的文化诉求。回首半个世纪以来的发展历程和理论争鸣,建构比较文学中国学派这一命题已然成为当代学术研究的重中之重。然而,仍有部分学者质疑中国学派的合法性,主要集中在两点:其一,学派不是自封的,是历史形成的;其二,目前中国学派尚未形成独具特色、广泛认可的学科理念和研究范式。笔者认为,中国学派是开放的建构性命题,以下几点可作为突破瓶颈的思路和尝试。

首先,百年来,中国的学术界从听西方说,到照着西方说,到开始与西方对话。时至今日,一方面,随着中国作为经济大国强势崛起,中国的综合国力不断增强,在自然科学、人文社科领域取得一些重要的学术成果,基本具备建构新话语体系的思想基础和核心内涵,中国学者在世界学术舞台上发出中国声音、让西方聆听中国的时机已经到来。然而,中国整体的人文社科话语体系建设并未跟上这些重大思想理论的创新步伐,尚未构建出一套与中国经济、科技、政治等发展水平相匹配的、独立自主的中国特色学术话语体系,我们在国际学界的话语权一直没有得到应有的认可。[5]在国际学术话语权竞

---

[1] 杨乃乔:《比较文学概论》,北京大学出版社,2014,第237—240页。
[2] 王宁:《丧钟为谁而鸣——比较文学的民族性和世界性》,《探索与争鸣》2016年第7期,第37—42页。
[3] 参见高胜兵:《平行研究在中国——兼论比较文学中国学派的特征》,《中国比较文学》2021年第3期,第37—47页;李伟昉:《文化自信与比较文学中国学派的创建》,《中国社会科学》2020年第9期,第135—159,207页。
[4] 张晓红、邓海丽:《跨文化视界的变焦与"中国学派"建构的虚实——中国比较文学研究70年回眸》,《学习与探索》2019年第8期,第172—182,192页。
[5] 金民卿:《中国特色哲学社会科学话语体系的建构基础与内在张力》,《中共中央党校学报》2018年第5期,第20—26页。

争日益激烈的当下,中国学派肩负着构建中国特色人文社科话语体系、争夺国际话语权的历史重任。另一方面,经过近半世纪的全面复兴,中国比较文学已获得跨越式发展,积累了大量鲜活的实践经验和新颖的理论成果。中国比较文学界亟需构建出一套与之对应的、独具民族特色的创新性话语体系,为加快构建中国特色哲学社会科学体系、争取应有的国际学术话语权和提升国际影响力发挥积极作用。的确,学派从来不是自封的,要靠研究实绩赢得国际学界同行的重视和尊重,但目前西方中心主义仍然占主导地位,东西意识形态对立、政治博弈和文化碰撞激烈,西方学界仍然享有学术话语霸权,中西方还没有形成实质性的平等对话。因此,即使中国比较文学成绩斐然,国际学界也往往熟视无睹,甚至戴着"有色眼镜"妄加质疑和排斥。再者,由于语言障碍,让西方主流学界听到中国声音并非易事,对中国学派的认可接受将会相当曲折和漫长。鉴于此,与其被动地等待被他者认可,不如主动亮剑,在扎实丰富的研究中高举中国学派的旗帜,不断完善其理论体系。正如习近平总书记所强调的,"要善于提炼标识性概念,打造易于为国际社会所理解和接受的新概念、新范畴、新表述,引导国际学术界展开研究和讨论"[1]。

其次,不少学者指出,中国学派的最大不足在于缺乏可行的、与影响研究和平行研究比肩的方法论体系。的确,现有研究方法存在诸多缺憾,譬如"双向阐发"基本不具研究层面的操作性,[2]这是中国学派安身立命的短板所在。当下的焦点之一,就是如何提升中国学派的普适性,使中国学派的研究范式和研究方法具有类似于欧美学派的解释力和影响力,这是一项任重道远的学科使命。摆脱中外二元对立研究模式,展开理论构建与研究实践的循环互动,或许可以为我们破除中国学派方法论上的缺憾提供一种可能的解决方案。

其一,主动摆脱中外研究的二元思维模式,在时空维度上拓展文学关系、比较诗学、跨学科、跨文化等领域的研究结构和研究范围。以 17 卷本《中外文学交流史》丛书为例,这套皇皇巨著涉猎广泛、语种丰富,结合世界语境和

---

[1]《习近平谈治国理政》第二卷,外文出版社,2017,第 346 页。
[2] 参见王峰:《比较文学的中国学派——兼论第四种比较文学观》,载《天津社会科学》2006 年第 1 期,第 110—115 页;邹建军、王金黄:《文本决定论:对比较文学中国学派"双向阐发"的反思》,《学习与实践》2017 年第 11 期,第 117—124 页。

个案研究,立体地呈现中外文学交流与文化互鉴的历史渊源和精神实质。虽然丛书在某种程度上解构了欧洲中心主义,但空间上未能超越中国与世界之文学关系的二元结构,时间上也止步于晚清以前,有意无意地忽略了中国现当代文学,似乎中国现当代文学只能是被西方影响之后的存在。[1] 整套丛书未能完全摆脱西方文学笼罩之下的"影响的焦虑",未免稀释了丛书重新论证和追认中国文学主体性的有效性。

其实,就中外文学关系研究而言,不妨以"世界的中国"拓展"中国与世界"的传统视野,创新研究理念和研究范式。[2] 中国学派要致力于突破欧美学派的各种中心主义,超越"西方冲击—中国反应"的研究模式。除了中外比较视域,还要以更广阔的学术胸襟,将研究的空间范围拓展到中国之外的世界各国文学关系,研究的时间节点延伸到现当代中国文学与世界文学,探讨中国文学是如何作用于世界文学经典构成,关注各国文学之间的共振与互动。从事具体研究时,不要止步于谈论中外文学关系是如何发生的,或仅仅描述发生联系之后的现象事实,而是要透过纷繁庞杂的文学文化交流史实,深挖背后的文学原理和发展规律。

其二,展开中国学派理论建构与文学实践相结合的研究。纵观中国学派的发展历程,不少学者热衷于建立自己的理论体系,且经过多年的努力似乎也能自成一体、自圆其说。但是若细细考究,就会发现这些理论话语尚未实现理论范式和方法论意义上的创新。以跨文化研究为例,当下学界普遍认同中国学派的首要特征是跨越中西异质文化,目前大部分的实践研究成果也都是在跨文化视域下取得的。然而,法国学派的影响研究、美国学派的平行研究也不同程度地涉及跨文化研究,只不过欧美之间的跨文化不是"源发性差异",他们共属一个同质的西方文化圈,不具备中西文化天生的异质性。跨文化研究大大拓展了平行研究的范畴和内容,使比较文学在求同的基础上增加了辨异,呈现出一种"和而不同"的多元化格局。其实,中国学派的跨文化研究,是对平行研究的跨越性的补充和拓展,把基于审美比较的跨越性在跨学

---

[1] 周云龙:《比较研究的后欧洲困境——以钱林森〈中外文学交流史:中国—法国卷〉为例》,《文艺研究》2018年第2期,第152—160页。
[2] 刘康:《世界的中国,还是世界与中国?——我的回应》,《文艺争鸣》2019年第6期,第134—136页。

科、跨国家、跨民族的基础上推进到跨文化范畴。就此而言，中国的跨文化研究只是对基于求同的欧美学派在研究内容上的延伸，而非真正意义上研究方法的创新，在本质上仍属平行研究。[1]另一方面，中国学派倡导的方法论体系大多停留在理论层面，应用层面的研究实践比较少，即便有，也存在维度单一、内容贫乏等缺憾。譬如阐发法大多是以西释中，鲜有以中释西，或中西互释的成果。

总之，我们应在比较文学不同领域展开双向阐发、总体文化研究、变异学等多元范式的实践探索，尝试将中国学派的理论成果有效地运用于具体的作家作品和文学现象研究，通过理论与实践的深度结合，扭转当前大而无当、空谈理论的趋势。同时，在理论与实践的互动循环中不断反思和超越，实现理论建构与扎实的文本、现象等实践研究的互联互释，不断完善理论体系，创新提炼出一套解释力强、普适性高的方法论体系。

学科设置与人才培养。随着学科的全面复苏，比较文学也顺利地完成各专业层次学科建制，实现了本、硕、博一体化人才培养机制的规模化发展。其一，课程设置。从20世纪80年代开始，多所高校陆续开设比较文学概论课，在1990年代后期成为高等院校必修课程，比较文学硕士和博士学位授权点先后获批，其中一些学位点后来被列为重点发展学科。1998年，比较文学与世界文学正式成为中国语言文学一级学科下的二级学科。2015年，比较文学与跨文化研究增设为外国语言文学一级学科下的二级学科，愈发彰显比较文学的跨越性、交叉性和协同性。

其二，教材、索引和工具书的编写及出版在数量和质量上均创历史新高。卢康华和孙景尧合著的《比较文学导论》首开先河，带动上百种比较文学概论、比较文学原理教材出版，涉及区域性和民族性的比较文学系列配套教材、工具书和论著大量面世，为学科发展和人才培养提供了重要支撑。

20世纪90年代，比较文学学科的体制化建设呈现出快速发展的态势。据统计，开设比较文学课程的高校，从1985年的40多所激增到1998年的160多所，比较文学专业博士点与硕士点分别增至26个、94个，还有多个国家级重点学科、精品课程获批立项，出版专业教材81部，列入国家"十五""十

---

[1] 何明星：《钱锺书比较文学研究的特质》，《学术研究》2010年第11期，第149—154,160页。

一五"规划教材八部,"面向 21 世纪系列"教材六类(杜萍 470)。新世纪以降,在人才培养方面取得重大突破,以知网数据为证(截至 2021 年):[1]

年度	专业	硕士数量	博士数量	总数
1990—2000	比较文学与世界文学	9	0	9
2001—2010	比较文学与世界文学	3222	326	3548
2011—2021	比较文学与世界文学	5520	438	5958
1990—2000	比较文学与跨文化研究	0	0	0
2001—2010	比较文学与跨文化研究	0	0	0
2011—2021	比较文学与跨文化研究	81	61	142

从上表中可见,1990 到 2000 年仅有个位数的硕士人数,博士为 0。2001—2021 年间,硕士数量激增至 5520,博士数量上升至 438 人,比较文学学科人才培养规模呈几何级增长态势。当然,上述数据只是一个最简化的呈现,实际人数应该更多。原因有二:一是部分硕、博论文可能未收录于知网;二是本来属比较文学研究的部分硕、博论文,归到其他相邻专业而无法纳入统计范围。即便如此,现有统计结果,也足以证明新世纪以来比较文学人才培养工作卓有成效。

其三,师资队伍建设。中国比较文学学者不懈探索,几代学人潜心钻研、殚精竭虑,赓续比较文学的百年发展,从季羡林、钱锺书等学科前辈,到历任会长杨周翰、乐黛云、曹顺庆、王宁、叶舒宪,还有独树一帜的已故功勋学者孙景尧、谢天振等,他们共同扛起中国比较文学大旗,在学科复兴和重建中完成一次次学科理论垦拓和建构,以实力雄厚的科研队伍和丰硕辉煌的成果,成长为国际比较文学第三阶段的杰出代表。中国比较文学学会名誉会长乐黛云,"对中国当代比较文学的学科建设起到了不可替代的关键的作用"[2]。

---

[1] 表中数据依据知网学位论文库网站(https://kns.cnki.net/kns8/AdvSearch? dbcode=CDMD)统计所得。具体搜索方法:点击搜索栏"学科专业"、"时间范围"和"学位论文"分别设置搜索条件,即可显示各专业不同时间段的博士、硕士论文数量。例查询 1990 至 2000 年间比较文学硕士学位人数。输入"世界文学与比较文学",选择年份 1990、2000,点击"硕士",结果显示"9",表示该时间段有 9 篇"世界文学与比较文学"专业的硕士论文。

[2] 曾繁仁:《乐黛云教授在比较文学学科重建中的贡献》,《北京大学学报(哲学社会科学版)》2010 年第 5 期,第 108—117 页。

她提出的系列学科理论,从强调异质文化的"跨文化比较文学"内涵论、"社会变革与文学变革内生需要"的中国比较文学发生论,到"多元共存"、"和而不同"的基本原则论,基本确立了中国特色比较文学范畴体系,尤其是"和而不同"的跨文化研究理念,具广泛的普适性,使学科发生革命性转变。[1]当下,中国比较文学研究群体已发展成世界上规模最大、人数最多、具较高水平和一定国际影响力的学术队伍。

三、学科建设中存在的问题

经过几代学人不懈拓垦,中国比较文学在学科建设、学科史和学科领域的研究达到规模化和体系化水平,研究广度、深度和精度达到国际水准。以中国学派为中心的理论构建日臻完善,在中外文学关系、中西诗学、跨学科、跨文化和译介学等领域硕果累累。然而,中国比较文学学科体系、学术体系和话语体系方面仍然存在明显的缺憾和短板,必须加以重视和解决。

其一,学科体系的完善。长期以来,几代学者孜孜汲汲、开疆拓土,拥有相对明确和完整的研究领域。但是,中国比较文学研究范式、研究方法的创新水平仍亟待提升。目前的最大关切是如何创新学科理论体系,使中国学派获得国际学界的广泛认同,而实现创新的关键是以中国历史和现实语境为问题导向,跨越"中国与世界"的认知樊篱,站在构建人类命运共同体的高度,以独特的研究视野、研究范式和研究方法阐释"世界的中国",努力构建出一套与世界比较文学第三阶段相匹配的中国特色学科理论体系,着力提升中国学派的内涵和品质。

其二,学术体系的构建。宏观方面,比较文学学术体系是揭示不同文学、文化的本质规律的体系化理论与知识,主要表征为跨越性、系统性和科学性。微观方面,学术体系构建涉及学科领域基本概念、范畴和命题的界定,直接呈现学科背后的学理逻辑和学术命题。例如,世界文学/世界主义、民族文学/民族主义、外国文学和比较文学等概念的界定及其辩证关系的厘清。其实,这里就涉及比较文学学术体系的构建问题。一种可能的思路是:立足中国,

---

[1] 曾繁仁:《乐黛云教授在比较文学学科重建中的贡献》,《北京大学学报(哲学社会科学版)》2010年第5期,第108—117页。

以全球化视野,从文学的本质属性、本体形态和范式方法等维度展开研究。民族文学是一国民族之文学的总称,在一定程度上可视作原点;比较文学是作为研究方法、沟通方式,可视作一条道路;世界文学是民族文学与比较文学的有机结合体,是超越时代与国族的时空囿限、供世人广泛阅读的经典作品,可视作研究目标和遥远的终点。[1]

其三,话语体系的创新。比较文学话语体系是学科理论和学科知识的言语表达,也是学术体系的表现形式和语言载体,用于描述文学现象、解释文学规律,往往依托学科体系和学术体系而存在。当前形势下,面临国际话语权争夺激烈、东西方意识形态对峙的世界格局,中国特色哲学社科话语体系构建工作迫在眉睫。"话语体系的基本构件是特定的理论概念、学术范畴和核心命题。"[2]面对英语霸权,既要积极挖掘中华优秀文化的精髓,又要借助翻译,加强中国特色文论及概念、术语和关键词的译介、传播与接受研究,扎实推进中国古代文论的现代化转型,深度挖掘利用现当代中国文论,尤其要重视中国化马克思主义文论的普适性价值,致力于搭建从翻译诗学到比较诗学,最后通往世界诗学的桥梁,为中国文论与世界/西方文论的沟通交流构筑平台,提供更多理论资源和言说方式,实现中国特色比较文学学术话语体系的创新。

结　语

百年前,在西学东渐的大潮冲击下,中国文学一度迷失于文化自卑,但这终究是为救国救民而"求新声于异邦"的文化抗争。大浪淘沙,历经几度欧风美雨洗礼启迪之后的中国比较文学,以全新的跨越姿态和比较视域,开启了"不忘本来、吸收外来、面向未来"的中国现代性叙事。以文化自信为根基和起点构建中国学派,在这场跨世纪的宏大叙事中锐意进取,主动搭建不同民族文化之间互识、互学、互鉴和对话的桥梁,朝着文化他信、文化互信和文化共信的方向砥砺前行。在百年未有之大变局背景下,国际形势复杂动荡,反

---

[1] 纪建勋:《走向世界文学的国际比较文学中国学派》,《社会科学战线》2020年第7期,第162—173,282页。
[2] 朱立元:《试论人文学科知识体系建构的若干理论问题——以当代中国文艺学学科为例》,《文艺研究》2019年第9期,第5—21页。

全球化逆流肆虐，各种民族矛盾和文化冲突错综复杂，"黑天鹅"和"灰犀牛"事件频频发生。回顾中国比较文学的学科百年史，总结其主要成就与存在问题，就是为了采撷智慧的硕果、汲取前进的力量，赓续文化自信的百年叙事，为减少隔阂、增进宽容、尊重差异而添砖加瓦，为构建人类命运共同体而聚沙成塔。

张晓红，韶关学院校长，深圳大学全球研究院院长，二级教授。本文刊于《中国比较文学》2023年第2期。

暗合"道"妙
——道家思想与人类世的理论和现实相关性

华媛媛

一、"弱人类世"与"道德的拓展"

美国密歇根大学海洋生物学家尤金·斯托莫（Eugene Stoermer）于20世纪80年代最先使用"人类世"（Anthropocene）一词，2000年他又和荷兰大气化学家、诺贝尔化学奖得主保罗·克鲁岑（Paul Crutzen）一起正式提出"人类世"的概念。在2002年发表在《自然》杂志上的《人类地质学》（"Geology of Mankind"）一文中，克鲁岑认为"在过去3个世纪中，人类对地球环境的影响不断增强。由于人为二氧化碳气体的排放，全球气候在以后数万年都随之改变。现在用'人类世'这个术语表示人类主导的地质时期非常恰当"。所谓"人类世"，即人类已经成为一种地质力量，对地球地质和生态产生了深刻影响，使得地球结束了持续11700多年的"全新世"（Holocene），进入了一个深深烙刻着人类活动痕迹的新的地质年代。

但人类世的具体起始时间尚有争议。在《人类地质学》一文中，克鲁岑认为"可以说人类世开始于18世纪晚期，对极地冰芯中的空气分析表明当时二氧化碳和甲烷开始在全球范围内富集"[1]。克鲁岑所建议的人类世的起始点与工业革命开始的时间相吻合，一般以1784年瓦特改良蒸汽机作为工业革命的起点。古气候学家威廉·鲁迪曼（William Ruddiman）则提出了更早的人类世起始点的假说，他认为"人类世其实开始于几千年前，它是人类发现

---

[1] Paul J. Crutzen, "Geology of Mankind," *Nature* 415.1, 2002, p. 23. 文中所引译文，凡未说明者均为笔者自译。

农业以及在耕作过程中的技术创新的结果"[1]。一般认为,农业革命开始于8000至10000年前,鲁迪曼建议的这一时间点是人类世可能的起始点中最古老的。另外,也有建议以更新近的1945年第一颗原子弹爆炸作为人类世起始点的,因为原子弹的出现表明人类掌握了一种比以往的化石能源高出几个数量级的能量使用方式,原子弹爆炸的痕迹也广泛分布于地球的地质层和大气圈中。

为了确定人类已经进入人类世并确定人类世的起始点,国际地层委员会(ICS)于2009年创建了国际人类世工作小组专门负责这一工作。2015年1月,国际人类世工作小组38名成员中的26人投票建议,以1945年7月16日美国在托立尼提(Trinity)沙漠进行的人类首次核试验作为人类世的起始点。1945年所处的20世纪中期,被称为"大加速"时期,因为从这一时期开始,人类对地球地质和生物圈的影响程度相比之前猛然增加。国际地层委员会将于近期审议国际人类世工作小组的建议,并最终由国际地质科学联盟(IUGS)来决定是否采用人类世的概念并确定其起始点。

虽然人类世的概念尚未正式确立,但这一概念背后的事实是不容否认的:人类已经成为一种地质力量,深刻地影响了地球的地质和生态,人类的活动造成了全球气候变暖危机,以及各种全球性和地方性的环境和生态危机。而且这种影响是渐进式的,即便国际地质科学联盟最终以1945年作为人类世的起始点,也并不代表1945年之前人类对于地球地质和生态的影响就可以忽略不计。人类世的起始点只是地质科学上的一个临界点,在这一临界点之前人类已经对地球地质和生态发生了不可磨灭的影响,并且已经造成了相当严重的生态和环境危机,英国作家狄更斯在《雾都孤儿》中对于第一次工业革命时期伦敦的描写就是鲜明的例证。事实上,这种影响至少从农业革命开始就相当显著,当人类脱离了原始狩猎和采集生活,围绕农业生产进行定居之后,他们对于地球的影响就从本质上超过了其他物种。所以,如果1945年被确立为人类世的起始点,则可以将农业革命开始到1945年中间漫长的几

---

[1] William Ruddiman, "The Anthropogenic Greenhouse Era Began Thousands of Years Ago," *Climatic Change* 61.3, 2003, p. 261.

千年称为"弱人类世"(the minor Anthropocene),[1]以表示正式进入人类世之前人类已经对地球地质和生态造成了不可忽视之影响的历史时期。这一概念可以明确地提醒我们,人类对于地球的影响早就开始并且早就十分严重,而不是到人类世的起始点才开始突然出现;人类世不是一个突然发生的意外事件,而是一个从量变到质变的渐变过程。

保罗·维诺拉(Paolo Vignola)将"弱人类世"理解为"少数群体和他们所代表的观念",从这一视角出发,可以清晰地看出道家思想与人类世的现实关系。长时间以来,道家思想似乎与人类世毫无关联,人类世是一个新近才出现的地质学概念,而道家思想是中国古代的一种哲学思想,学界谈论道家思想的生态意蕴时也似乎总有一种托古讽今的嫌疑。当人们谈及道家思想时,总是习惯性地将老子(约公元前 571 年—前 471 年)、列子(约公元前 450 年—前 475 年)、庄子(约公元前 369 年—前 286 年)等道家思想家所生活的年代,想象成一个人类与自然和谐相处的生态天堂时期。但是实际上,春秋战国时代是一个战乱频繁、社会动荡的年代,人类定居范围急剧扩大。从社会生物学的角度而言,社会动荡和人类定居范围扩大本身就说明了当时人类与自然的关系紧张,正是因为人口快速上涨,需要的生存资源超过了当时的社会生产力和环境承载力的上限,才会发生社会动荡,才会需要侵入其他物种的栖息地去扩大人类定居的范围。社会学上一般把这种现象称为"马尔萨斯陷阱"。

事实上,道家思想正是发源于"弱人类世"时期,它从发源到发展的大部分时间也处于这一时期。自然界中某物种的数量超过了其环境承载力极限之后必然出现食物短缺,迫使该物种的数量下降。同样的道理,人类的人口在"弱人类世"时期猛增,超过了当时的社会生产力水平和自然资源承载力,人类就必然陷入马尔萨斯陷阱,粮食短缺,社会动荡,甚至发生战争,使得人口减少,重新与环境承载力达成平衡。马尔萨斯在其著名的《人口论》一文中,在人口数量与食物供给、国民生活水平之间建立了相关性:"一个国家的福祉并不绝对取决于其贫穷或富有的程度,不取决于其人口年轻还是老迈,

---

[1] Paolo Vignola, "Notes for a Minor Anthropocene," *Azimuth: Philosophical Coordinates in Modern and Contemporary Age* 9,2017, p. 81.

不取决于其人口稀疏还是稠密,而是取决于人口的增长速度,取决于食物年增长满足不受控制的人口年增长的程度。"[1]人口的增长是指数级的,而食物和其他资源的增长是线性的,所以随着人口的指数级增长,食物和其他资源必然难以支撑巨量的人口,饥荒、疾病、瘟疫、战争也就变得不可避免,直至人口下降到与食物和其他资源相匹配的新平衡点。所以,美国生态哲学家加勒特·哈丁呼吁:"一个有限的世界只能支撑有限的人口,所以人口的增长必须最终趋近于零","人口问题没有技术解决方案,它需要一种根本上的道德的拓展"。[2]

  道家思想"关怀人类审美活动的是非对错"[3],可以为当今人类在人类世中的气候和生态困境提供这样一种哈丁所谓的"道德的拓展"。老子、列子、庄子等道家思想家生活在一个社会转型期,当时社会动荡,人与自然的关系也并不和谐。现在没有土生大象的河南殷墟地区发现了大象的化石,地质学家竺可桢分析了考古学证据和历史记录,得出结论"在殷墟发现的亚化石象必定是土产的"[4]。英国环境历史学家伊懋可在《大象的撤退:中国环境史》一书中也得出了类似的结论:"在北京地区以及中国大部分地区,四千年前都有大象。今天,在中华人民共和国范围内只有西南地区靠近缅甸的少数自然保护区内有野生大象"[5]。野生大象从中国北方的撤退很好地说明了古代中国气候的变迁。可以合理地想象,生活在这一时期的老子、列子、庄子等道家思想也一定通过亲身观察或阅读文献了解到了这一变化,可以说他们所提出的道家思想就是在哲学上对"弱人类世"的一种思考和反应,所以现在从人类世和生态的角度来解读道家思想,分析其中的生态意蕴,尝试找到走出人类世中气候和生态困境的出路,是非常合理的一条研究路径。

  道家思想与人类世的现实相关性不只起源于"弱人类世"时期这一时间

---

[1] Thomas Malthus, "An Essay on the Principle of Population," London: Electronic Scholarly Publishing Project, Site Name: Electronic Scholary Publishing Base Page, http://www.esp.org, Updated Date: 31 Jan. 2025, Download Date: 20 Feb. 2021.
[2] Garrett Hardin, "The Tragedy of the Commons," *Science. New Series* 162.3859, Dec.13, 1968, p. 1243.
[3] 程相占:《生态美学引论》,山东文艺出版社,2021,第1页。
[4] 竺可桢:《中国近五千年来气候变迁的初步研究》,《考古学报》1972年第1期,第17页。
[5] Mark Elvin, *The Retreat of the Elephants: An Environmental History of China*, New Haven and London: Yale University Press, 2004, p. 9.

因素,更重要的在于其哲学内涵。在地球漫长的历史中,气候变化时有发生,但是这一次的全球气候变暖与以往的气候变化的不同之处在于,它是人类造成的。2007年的政府间气候变化专门委员会(IPCC)的报告早就指出:"从工业时代开始(约1750年),人类活动的整体影响……就是一种让全球气候变暖的因素","在这一时期人类对气候的影响远远超过了已知的自然过程中的气候变化"(IPCC)。[1] 早在2011年,中国学者陈霞和美国学者马丁·舍恩菲尔德就合作撰文,指出当今的气候变化成因在于人类文明,并且至少具有技术、经济和政治三个维度:

> 对于气候变化的分析是明确的,罪魁祸首是人类文明,具体在于三个维度。技术维度在于人类使用煤炭、石油、天然气等产生温室气体的能源以驱动文明进程。经济维度在于市场不断扩张,对于能源的需求也随之不断上涨。政治维度在于政界对经济利益的机会主义屈从,以及对科学界达成共识的气候变化的数据的有意忽略。技术、经济和政治是气候变化的联合肇因。[2]

从技术、经济和政治等维度分析气候变化无疑是合理的,但是在这些维度的底层,还应有一个文化的维度,即人类的文化是如何促成人类掠夺自然资源,如何破坏生态环境,并最终造成了如今的气候危机和生态危机的。可以说,人类世中的气候和生态危机不仅是一场技术、经济和政治危机,也是一场道德、精神和信仰危机,是一场文化危机,所以这一危机的解决不仅需要可再生能源等技术的发展、经济发展模式的转变以及环境和气候保护等政策的调整,也需要哲学和宗教层面对人与自然关系的深入讨论,需要文化层面人类生产生活方式的根本扭转。比如宗教作为文化的一个重要方面就深刻地影响着人类对自然的态度,正如美国历史学家林恩·怀特所指出:"人们如何

---

[1] IPCC(various authors), "Climate Change 2007: Synthesis Report—Summary for Policy Makers," Site Name: IPCC.ch, http://www.ipcc.ch/pdf/asse-ssment-report/ar4/ayr/ar4_syr_spm.pdf.2007, Updated Date: 31 Jan. 2025, Download Date: 20 Feb. 2021.

[2] Xia Chen and Martin Schönfeld, "A Daoist Response to Climate Change," *Journal of Global Ethics* 7.2, 2011, p. 196.

对待生态,取决于他们对于自身与周遭事物的关系的认知。我们对于自然和命运的信仰——也就是宗教——深刻影响着人类的生态认知。"[1]包括宗教在内的文化从根本上塑造了人们的认知框架和伦理体系,并决定了人与自然的关系,造成了人类在技术、经济和政治等层面的具体作为,并最终酿成了今天气候和生态危机的恶果。

在影响人类对待自然的方式的文化方面,西方一直以来都奉行人类中心主义路线。怀特1967年在美国《科学》杂志上发表了《我们生态危机的历史根源》一文,从地球生态的视角对基督教中的人类中心主义提出了尖锐的批评。他认为"基督教是世界上最人类中心主义的宗教"[2],正是基督教中将万物视为人的统治对象的观念推动了现代科学技术的发展,而现代科学技术的运用又引发了深刻的气候和生态危机,所以怀特认定基督教中的人类中心主义思维是引发当今气候和生态危机的罪魁祸首。

与西方的人类中心主义形成鲜明对比的是,东方哲学往往倡导一种更加和谐的人与自然的关系,有的甚至完全摒除了人类中心主义。因此,诸多西方生态学者将目光投向蕴含丰富生态哲理的东方哲学,道家思想就是其中的典型。自林恩·怀特引发的佛道禅宗能否解决西方生态危机的争论,到铃木大拙、艾伦·沃茨等学者试图从道家思想中找寻替代性参考框架,再到21世纪苗建时等汉学家的继续阐发,西方生态研究的"道家热"延续至今。[3]与西方的道家生态研究相呼应,下文将具体分析道家思想是如何超越人类中心主义并最终达成一种非中心主义的生态哲学,以及以气候小说为代表的人类世文学是如何体现道家生态思想中的许多核心观念的。

二、从人类中心主义到生态整体主义

怀特对基督教中人类中心主义的批判主要以《圣经·创世纪》中关于人与自然万物的记叙为论据。在上帝的造物顺序中,他首先造出世间万物,最

---

[1] Lynn White, Jr. "The Historical Roots of Our Ecologic Crisis," *Science* 155, March 1967, p. 1204.
[2] Ibid., p. 1205.
[3] 华媛媛、姜缘辰:《道家与生态之维:苗建时的汉学研究探析》,《东北亚外语研究》2022年第10期,第7—8页。

后造出了亚当和夏娃:"上帝就照着自己的形象造人,乃是照着他的形象造男造女"(《圣经·旧约》1:27)。[1]上帝把世间万物都托付给亚当:"上帝就赐福给他们,又对他们说'要生养众多,遍满地面,治理这地;也要管理海里的鱼、空中的鸟,和地上各样行动的活物。'"(《圣经·旧约》1:28)在怀特引用的英文版圣经中,"治理"的原词是"subdue"(征服),"管理"的原词是"dominion"(统治),这种"征服"和"统治"的用词说明人类的地位远高于自然万物。比如说万物都是由亚当来命名的:"上帝用土造了地上各种走兽和空中各种飞鸟,并把它们带到亚当面前,看他叫它们什么。亚当怎样叫各种活物,那就是它的名字"(《圣经·旧约》2:19)。怀特认为这种命名权代表了深刻的含义:"人通过给动物命名确立对其的统治。上帝明确地为了人的利益和统治安排好了一切:上帝所造之物除了服务于人的目的之外,没有其他目的。"[2]甚至可以说,人类与万物通过命名权形成了一种财产所属关系,这种所属关系以及统治与被统治的关系就是基督教中人类中心主义的深刻体现。基督教深刻而广泛地影响了西方社会,塑造了西方的社会形态和西方人的思维方式。

在现代生态批评的话语体系中,人类中心主义总是受到严厉的批判,被要求对人类造成的各种气候与生态灾难负责。但是人类中心主义到底是一种怎样的思维方式,它何以能够造成今天的气候与生态困境呢?韦清琦早在2003年就指出,人类中心主义的底层哲学是逻各斯中心主义(Logocentrism):

> 逻各斯中心主义在不同的批评语境下是以不同的面目出现的。在女性主义文论中,逻各斯中心主义就是男权中心主义……在后殖民批评看来,逻各斯中心主义的面纱是西方中心主义,而东方主义、白人至上论则是相同内核的不同表现形式……逻各斯中心主义又以人类中心主义这一冠冕堂皇的称号驱逐了自然……女权主义、后殖民主义和生态批评

---

[1] 所引《圣经》版本为中文简体合和本。
[2] Lynn White, Jr., "The Historical Roots of Our Ecologic Crisis," *Science* 155, March 1967, p. 1205.

所要解构的男权中心、西方中心和人类中心都以逻各斯中心为其堡垒。[1]

"逻各斯"(logos)源自希腊语"词语"一词,经过德里达、福柯的解构主义解读,扩展成为知识、学问、本质、结构、实体、上帝、理性等一切确定的、标准性的、在某种结构中占据统治地位的一方的统称。以逻各斯为中心,西方文明建构出一套庞大的权力话语体系。在洛特曼的符号圈体系中,逻各斯及其统辖下的知识、学问、本质、结构、实体、上帝、理性等概念,以及逻各斯体现在世界观和人际关系中的人类、男性、白人、西方、异性恋等,占据统治地位,处于符号圈的中心位置;而与之相对应的感受、现象、表象、感性、自然、动物、女性、有色人种、东方、同性恋等则成为"他者",被排斥在符号圈的边缘。气候和生态问题原因在于人与自然的关系失调,而更深的哲学根源则在于逻各斯中心主义。李家銮和韦清琦指出:"在人与自然的关系中,逻各斯中心主义体现为人类中心主义,人被视为中心,自然受到贬抑。"[2]

道家思想从哲学上破解中心主义,首先是认识到中心主义并非人类独有,而是所有物种都有的一种自然倾向。庄子指出"以物观之,自贵而相贱"[3]。自然界中的人类和其他万物本无贵贱之分,从人类的视角观察万物,人自以为贵而物贱;而反过来从物的视角观察人类和其他万物,观察者自以为贵而其他贱。列子也有类似论述:"天地万物与我并生,类也。类无贵贱,徒以小大智力而相制,迭相食,非相为而生之。人取可食者而食之,岂天本为人生之? 且蚊蚋噆肤,虎狼食肉,非天本为蚊蚋生人、虎狼生肉者哉?"[4]虽然一切生物都处于捕食与被捕食的食物链之上,但是这并不能说明被捕食的生物是自愿被捕食,更不能说明其存在的意义就是为了满足其捕食者的食欲。人类处于食物链的顶端,以多种方式剥削利用其他生物,但是

---

[1] 韦清琦:《生态批评:完成对逻各斯中心主义的最后合围》,《外国文学研究》2003年第4期,第118—120页。
[2] 李家銮、韦清琦:《女性与自然:从本质到建构的共同体》,《江苏行政学院学报》2017年第3期,第41页。
[3] 陈鼓应:《庄子今注今译》,商务印书馆,2007,第487页。
[4] 杨伯峻:《列子集释》,中华书局,2012,第258—259页。

这并不能说明其他生物存在的意义就是为了满足人类的食欲和其他需求。

人类和其他万物这种"自以为贵"的倾向虽然自然,但是从"道"的视角看来都是荒谬而站不住脚的。庄子指出"以道观之,物无贵贱",[1]所以对于人类中心主义的纠正之道自然就是要回归"道"的视角。从本体论的角度,道家认为"道生一、一生二、二生三、三生万物",[2]人类与非人类的万物同源,都是"道"的产物;并且"道"普遍地体现在万物之中,"道性"是万物的根本属性,所以人类与万物同质;从价值论的角度来说,"道性"也是万物的"内在价值"(intrinsic value)所在。[3] 不论是从"道"是万物之源还是"道性"是万物之共同固有属性的角度,包括人类在内的万物在道家看来都是没有贵贱之分的。所以道家思想反对刻意将道的世界中部分个体地位拔高的做法,也不支持包括人类中心主义在内的任何一种中心主义。老子说"天地不仁,以万物为刍狗;圣人不仁,以百姓为刍狗"[4]。天地包罗万物,人类和万物都是天地之间的一部分,所以天地并不会基于"仁"的概念去特别善待某些物种或个体,在天地的眼中人类与其他万物都是如同"刍狗"一样的存在;在道家的圣人看来,天下是所有百姓的天下,百姓都是天下的百姓,圣人公平地对待所有百姓,并不需要赋予某些个体特别的优待。

从道家的这一逻辑出发,可以比较自然地得出生态整体主义的推论,即从整个生态系统的角度考虑问题,既不从人类的视角轻视其他物种,宣扬人类中心主义,也不从其他物种的视角敌视人类,或把人类排除在生态系统之外。王诺对于生态整体主义的定义是:"把生态系统的整体利益作为最高价值而不是把人类的利益作为最高价值,把是否有利于维持和保护生态系统的完整、和谐、稳定、平衡和持续存在作为衡量一切事物的根本尺度,作为评判人类生活方式、科技进步、经济增长和社会发展的终极标准。"[5]这是一种以整个生态为中心的主义,生态系统中包括人类与万物,人类与万物都是自然界中平等的一员,都具有"内在价值",都有追求存在和发展的权利,人类并不

---

[1] 陈鼓应:《庄子今注今译》,商务印书馆,2007,第487页。
[2] 陈鼓应:《老子今注今译》,中华书局,2020,第214页。
[3] 华媛媛、李家銮:《生态之道:美国生态文学对中国道家思想的接受研究》,北京大学出版社,2020,第25页。
[4] 陈鼓应:《老子今注今译》,中华书局,2020,第69页。
[5] 王诺:《生态批评与生态思想》,人民出版社,2013,第141页。

比其他万物更高级。

这种万物平等的生态整体主义思想在道家思想中早有论述。庄子主张"人与天一",重在人类与自然相互融合;主张"物无贵贱",重在人类与其他万物在"道性"和"内在价值"上的平等;主张"顺物自然",重在人类和其他万物都应该顺应自然规律。在人类与自然万物的关系上,庄子提出"天地一指也,万物一马也","天地与我并生,而万物与我为一",[1]主张一种生态整体主义思维。在庄子的齐物论思想中,人类与其他自然万物之间没有不可逾越的鸿沟,包括人类在内的自然万物之间存在着"道性"的内在联系。人类与非人类万物统一于庄子所谓的"一"字,即双方在"道"上的同源性和"道性"上的同质性。

庄子的"齐物论"思想是把万物抬高到人的地位,从而实现人类与非人类万物的平等;而《淮南子》的"我亦物也"思想则是把人类降低到物的地位来实现这种平等。《淮南子·精神训》写道:"譬吾处于天下也,亦为一物矣。不识天下之以我备物与?且惟无我而物无不备者乎?然则我亦物也,物亦物也,物之与物也,又何以相物也?"[2]《淮南子》在庄子"以道观之,物无贵贱"的思想基础上更进一步,明确提出"我亦物也","我"就是"物","物"就是"我",两者没有本质上的区别。在生态整体主义的语境下,"我亦物也"的思想就是人类是万物之一,万物也像人类一样,是在生态整体中具有内在价值的存在。这就是道家与"人之道"相对应的"天之道",与人类中心主义相对应的生态整体主义。台湾学者叶宝强认为,在《庄子》中"一切都被看作是本体论上的平等……是人类中心主义价值秩序论的异己"[3]。

道家思想与人类世的相关性决定了它与人类世文学的相关性,或者说从道家生态思想的角度解读人类世文学具有合理性。这并不需要人类世文学作家个个都去研读、研究道家思想,而是说他们的人类世文学作品中所展现的思想自然而然地就与道家生态思想产生了共鸣。首先,以气候小说为代表的人类世文学一直都在强调一种观念,即人类与其他物种共享一个地球,气

---

[1] 陈鼓应:《庄子今注今译》,商务印书馆,2007,第 600、487、251、72、88 页。
[2] 《淮南子》(全二册),陈广忠译,中华书局,2012,第 345 页。
[3] Po-Keung Ip, "Taoism and the Foundations of Environmental Ethics," *Environmental Ethics* 5, 1983, p. 339.

候变化影响地球生态系统中的每一个物种,从而试图唤醒一种世界公民式的全球意识。结合人类在人类世中已经成为一种地质力量以及全球气候变暖的成因在于人类的事实,这种世界公民式的全球意识又演变成对这种事实的认可和由之而来的危机感。科幻小说早自20世纪60年代就开始描写温室效应和全球气候变暖问题,但是部分作品将其理解为一种自然现象,比如英国科幻小说家巴拉德(J. G. Ballard)的《神秘来风》(*The Wind from Nowhere*,1961)和《淹没的世界》(*The Drowned World*,1962)还没有涉及人类造成气候变暖的分析。但是到了《燃烧的世界》(*The Burning World*,1964),巴拉德就将人类排放工业废水设定为小说中干旱的主因,这一转变与科学界和公众逐渐认识到全球气候变暖的事实和成因在于人类的进程是相契合的。在21世纪初气候小说大范围兴起之后,人类引发气候变化的科学事实成为人类世文学作品的普遍背景设定。比如加拿大作家玛格丽特·阿特伍德(Margaret Atwood)的《羚羊与秧鸡》(*Oryx and Crake*,2003)及其续篇《洪水之年》(*The Year of the Flood*,2009)和《疯癫亚当》(*MaddAddam*,2013)组成了"疯癫亚当"三部曲,从后末世(post-Apocalypse)的角度入手,分析人类在气候灾难之后的生存困境以及可能的出路。

另外,人类世文学提倡建立一种包含人类与其他物种的跨物种意识,强调人类自身与其他物种之间的共性与关联。王宁指出:"关爱动物、保护动物的意识也开始频繁地出现在当今的生态文学作品和批评文字中,并在一定程度上标志着当代生态文学批评中的'动物转向'。"[1]以气候小说为代表的人类世文学作品在描写气候变化和气候灾难时,一直在塑造这样一种人类与其他生物命运休戚与共的跨物种意识。比如芭芭拉·金索沃(Barbara Kingsolver)的《飞逃行为》(*Flight Behavior*,2012)以帝王蝶作为切入点,通过描写人类与帝王蝶的交互行为来重构人类女主人公黛拉罗比亚的身份。非人类的帝王蝶对人类女性黛拉罗比亚有着深刻影响,人类与非人类物种之间构成了一种互相依赖的关系,而非"自以为贵"的高低关系或对立关系,在气候变化引发的生态灾难面前,黛拉罗比亚帮助了帝王蝶,并在这一过程中完成了自我救赎,两者一直处于一个生态整体之中。

---

[1] 王宁:《当代生态批评的"动物转向"》,《外国文学研究》2020年第1期,第36页。

三、从中心主义到非中心主义

生态整体主义以整个生态为中心,至少形式上还是一种"中心主义"。沃里克·福克斯(Warwick Fox)在哲学上向前更进了一步,反对任何形式的"中心主义",反对主客二分的二元对立思维,他认为"世界并不能分为彼此独立的主体与客体。人类世界与非人类世界之间的分界,事实上也不存在"。[1] 整个自然界在他看来是"一张根本上互相联系互相依赖的各种现象的网络",而人类"只是这张生命之网的一根线"。[2]

华媛媛和李家銮指出:"与西方哲学传统不同,道家思想是一种'无中心主义'的哲学。"中国古代哲学中有"名实之辩","名"是中国哲学体系中"逻各斯"的对应词,但是"名"在道家哲学中的地位远没有达到"逻各斯"在西方哲学中那种中心地位。老子认为"名可名,非常名",反过来说"常名"不是以固定的"名"来指称的;老子又说"无名天地之始",作为"天地之始"的"道"是"无名"的,所以"道常无名",甚至"道"都不是它原本或固定的名称,老子也只能"强字之曰道"。[3] 庄子也说"大道不称",即真正的大道是没有名的;即便名存在,庄子也认为"名者,实之宾也",名只是"实"的附属物。用庄子自己的话来说,道家哲学是一门"得意而忘言"[4]的哲学,道家哲学在追求世间大道的同时并不追求"逻各斯"那样一种本质主义的存在,更无意以"道"为中心建构一种"道中心主义"的权力话语体系,将其他存在贬斥到被压迫的"他者"的边缘地带。

在道家的世界观中,人类与非人类万物是同源、同质的关系,"道"是包括人类在内的万物本体论上的源头,"道性"是包括人类在内的万物的根本属性。道家思想从"道"的性质出发,描绘了一幅"无中心主义"的理想图景,在道家的宇宙中不存在"中心"与"边缘"的符号圈运动,也没有西方逻各斯中心主义主客二元对立思维。在老子和庄子的基础上,《淮南子》更进一步,认为

---

[1] Warwick Fox, "Deep Ecology: A New Philosophy for Our Time?" *The Ecologist* 14, 1984, p. 194.
[2] Fritjof Capra, *The Web of Life: A New Scientific Understanding of Living Systems*, New York: Anchor Books, 1996, p. 7.
[3] 陈鼓应:《老子今注今译》,中华书局,2020,第49、178、149页。
[4] 陈鼓应:《庄子今注今译》,商务印书馆,2007,第91、25、833页。

天（自然万物）与人类不但同源同质，而且是同构的：

> 头之圆也象天，足之方也象地。天有四时、五行、九解、三百六十六日，人亦有四肢、五脏、九窍、三百六十六节。天有风雨寒暑，人亦有取与喜怒。故胆为云，肺为气，肝为风，肾为雨，脾为雷，以与天地相参也，而心为之主。是故耳目者，日月也；血气者，风雨也。
>
> 蚑行喙息，莫贵于人，孔窍肢体，皆通于天。天有九重，人亦有九窍；天有四时以制十二月，人亦有四肢以使十二节；天有十二月以制三百六十日，人亦有十二肢以使三百六十节。故举事而不顺天者，逆其生者也。[1]

《淮南子》认为天（自然万物）与人类"结构非常相似，可以说人体是一个缩小了的宇宙，宇宙则是一个放大了的人体"[2]。基于人类与万物的同源、同质和同构性，《淮南子》认为："夫天下者亦吾有也，吾亦天下之有也，天下之与我，岂有间哉？"[3]《淮南子》将这种"天我无间"的理念与五行理论相结合，总结出一套人类与自然万物的行为规范体系，人类的行为应该"顺应天意"，否则就是"逆其生者也"，必然会受到"天"的惩罚。道家这套行为规范，一方面在于劝谏古代君王颁布政令要符合自然规律，否则就要受到上天惩罚，轻则带来灾祸，重则王朝覆灭；另一方面也是在倡导普通个体的行为要符合自然法则，否则也要受到自然的惩罚，影响个人健康和命运。置于人类世的当下，道家这套行为规范仍然具有现实意义，人类正是由于不遵循"天之道"，而一直施行"人之道"，违背了自然规律，才造成了当今的气候和生态危机，这一系列危机影响的并不仅仅是自然界中的非人类物种，也深刻影响着人类自身的生存与发展。

具体而言，道家认为"人法地，地法天，天法道，道法自然"[4]，因而提倡一种返璞归真、清心寡欲的生活方式。老子设想了"小国寡民"的生态社会。

---

[1] 《淮南子》（全二册），陈广忠译，中华书局，2012，第339、179页。
[2] 夏文利：《〈淮南子〉与深层生态学的比较研究》，《自然辩证法研究》2017年第2期，第94页。
[3] 《淮南子》（全二册），陈广忠译，中华书局，2012，第43页。
[4] 陈鼓应：《老子今注今译》，中华书局，2020，第149页。

庄子在受到楚威王高官厚禄的邀请时，以"曳尾于涂中"的比喻表明了自己淡泊名利的态度。《淮南子》也主张修身养性，反对奢靡，以提高个人的"道性"："凡治身养性，节寝处，适饮食，和喜怒，便动静，使在己者得，而邪气因而不生"[1]。"静漠恬淡，所以养性也。和愉虚无，所以养德也。外不滑内，则性得其宜；性不动和，则德安其位。养生以经世，抱德以终年，可谓能体道矣。"（95）在《走向整体主义生态女性主义：中国视角》一文中，韦清琦指出：道家思想"深刻影响了中国各行各业的人的生活方式和思维方式"[2]，并从人与自然的关系、古典诗词、服饰、思维方式等方面分析了这种潜移默化的影响。道家倡导的生态生活方式的理想结果，就是庄子所设想的人类与万物和谐相处的"至德之世"：

> 故至德之世，其行填填，其视颠颠。当是时也，山无蹊隧，泽无舟梁；万物群生，连属其乡；禽兽成群，草木遂长。是故禽兽可系羁而游，鸟鹊之巢可攀援而窥。夫至德之世，同与禽兽居，族与万物并，恶乎知君子小人哉！同乎无知，其德不离；同乎无欲，是谓素朴；素朴而民性得矣。[3]

从人类世和生态批评的角度而言，庄子将"无知"、"无欲"的"素朴"的生态生活方式与"万物群生，连属其乡；禽兽成群，草木遂长"的生态天堂建立了因果联系，指出了环保主义者所憧憬的生态天堂的实现之道。

老子、庄子以及《淮南子》的这些论述，字面意思是强调个人修身养性的重要性，但是在人类世的语境下，从气候正义（climate justice）和生态环境包含的视角来看，道家所提倡的生活方式非常符合环保运动的诉求。道家的人生观和所提倡的生活方式与当今人类的消费主义和奢靡浪费形成了鲜明对比。人类肆意剥削利用自然，只看重非人类物种的"工具价值"（instrumental values）而否定其"内在价值"，都是人类中心主义所驱动的消费主义在作祟。早期人类与其他物种一样，在自然界中的一切行为都是为了满足基本的生存

---

[1]《淮南子》（全二册），陈广忠译，中华书局，2012，第818页。
[2] Qingqi Wei, "Toward a Holistic Ecofeminism: A Chinese Perspective," *Comparative Literature Studies* 4, 2018, p. 777.
[3] 陈鼓应：《庄子今注今译》，商务印书馆，2007，第290页。

需要,但是时至今日,人类社会盛行的消费主义已经是杰拉尔德·费格尔所谓的"空洞而亢奋的消费主义,一种为了消费而消费的主义"[1],甚至已经成为芭芭拉·克鲁格在1987年设计的一张艺术照作为标语的"我购物故我在"的扭曲心理。正是这种欲壑难填的消费主义促使人们不断从自然界掠夺资源,利用其他非人类物种,最终造成了当今的气候和生态危机。

生态学者早就认识到地球生态的承载力有限和"马尔萨斯陷阱"问题,比如挪威哲学家阿伦·奈斯曾提出限制人类人口:"人类生命和文化的繁荣与人类人口大幅减少是相匹配的。非人类生命的繁荣要求人类人口减少。"[2]人类虽然站在食物链的顶端,但是同样受到地球生态承载力和"马尔萨斯陷阱"的约束,在工业革命生产力大发展之前人类人口增长缓慢,但是在进入工业化社会之后人类似乎突破了这种限制,而这是以全球气候变化和其他物种的灭绝作为代价的,并且最终是不可持续的。所以生态主义者提倡限制人口,与老子的"小国寡民"和庄子的"至德之世"存在着呼应关系。

进入人类世之后,工业化生产似乎使得人类突破了"马尔萨斯陷阱",但是人类社会内部的分配是极度不均的,分配不均又使得购买力相对不足,所以在资本增殖和刺激消费的多重作用下滋生了消费主义,使得人类普遍生活在消费主义的焦虑和分配不公之中。因此,要反对人类中心主义,并不只是从生态和其他物种的角度反对人类对于自然的压迫就万事大吉了,而是要看到人类内部的各种"中心主义",这些"中心主义"的源头是一致的,都是"逻各斯中心主义",要真正反对人类中心主义,就要连同其他各种形式的"中心主义"一起反对。道家这样一种无中心主义哲学的关注对象也不会局限于一种中心主义中的"他者",而是一切"他者"。环保主义者、女性主义者、反殖民主义者、发展中国家、社会底层、工人阶级……一切"他者",应该联合起来反对共同凌驾于他们之上的"统治逻辑",建立一个生态和谐、合理公正的社会。美国生态女性主义学者卡罗尔·亚当斯憧憬了这样的世界,她的关注点不仅

---

[1] Gerald Figal, "Monstrous Media and Delusional Consumption in Kon Satoshi's *Paranoia Agent*," *Mechademia 5: Fanthropologies*, Ed. Frenchy Lunning, Minneapolis, MN: University of Minnesota Press, 2010, p. 140.

[2] Arne Næss, "The Deep Ecology Movement: Some Philosophical Aspects," *The Selected Works of Arne Næss*, Eds. A. Drengson and H. Glasser. X, Dordrecht, The Netherlands: Springer, 2005, p. 37.

仅在于动物和女性,还包括环境破坏、气候变化等。她写道:"我们憧憬鲜活的生命不再被转变成物体。我们憧憬食肉性的消费的终结。我们憧憬平等……憧憬一个新的时代,到那时我们的文化将证明我所言肉的性别政治不再适用。活动家不再只是憧憬这样一个世界,我们将努力去实现我们所憧憬的世界";亚当斯所说的"新的时代"自然不限于动物和女性两个维度,而是一个跨越物种和人群的美好时代,正如她自己所言:"正义不应是一种脆弱的商品,应能跨越智人的物种界限"。[1] 气候正义既超越人类中心主义,扩展到动物和其他非人类物种,也要超越人类社会中的各种"中心主义",惠及人类社会的每一个成员。面对气候危机和生态危机,人类和其他非人类物种,人类社会中的每一个成员,事实上组成了一个同舟共济、命运与共的共同体。

以气候小说为代表的人类世文学早就认识到了这一点。人类世文学作家注意到,虽然气候变化主要是发达资本主义国家造成的,在人类进入人类世的过程中受益的也主要是这些国家,特别是其上流阶层,但是受到气候变化威胁最大的反而是发展中国家和社会中下层。比如保罗·巴奇加卢皮(Paul Bacigalupi)的《曼谷的发条女孩》(*The Windup Girl*,2009)将场景设定于石油资源耗尽的 23 世纪,从发展中国家和社会底层的角度入手,设想人们如何在没有化石能源的情况下生存;他的《拆船厂》(*Ship Breaker*)也同样探讨了气候正义问题。

在气候危机的解决之道上,很多气候小说也着重探讨了气候治理(climate governance)问题。姜礼福认为:"人类世是政治事件……人类世中的气候变化是人类生存的严重挑战,意味着地球进入'事件'多发期,这些事件会造成地区性或全球性影响,需要国家多个机构或国际社会共同应对,需要发挥政治势力的核心作用。"[2] 他的这一观点在很多气候小说中得到体现,比如马修·格拉斯(Matthew Glass)的《最后通牒》以气候变化的全球治理为主题,详细描述了 2032 年中国和美国在气候变化治理问题上的政治角力;再比如金·史丹利·罗宾逊创作了《首都中的科学》三部曲——包括《雨

---

[1] Carol J. Adams, *The Sexual Politics of Meat: A Feminist-Vegetarian Critical Theory*, New York: Continuum, 2010, pp. 7, 217.
[2] 姜礼福、孟庆粉:《人类世:从地质概念到文学批评》,《湖南科技大学学报(社会科学版)》2018 年第 6 期,第 45 页。

的四十种征兆》《五十度以下》和《六十天计时》,其中的"首都"指的是美国首都华盛顿特区。小说描绘了全国科学基金会的领导层和科学家关于气候治理的讨论和决策过程,突显了各种利益集团和政治势力之间的博弈。

在气候危机的具体解决方案上,"气候小说总体上是对人类的科技持怀疑态度的,一方面反思人类依赖科技和消费的经济发展方式,一方面怀疑人类的科技是否足以及时安全地解决全球气候变化问题"[1]。气候小说敢于描写在现实中并非广泛使用的气候工程手段,探讨用科技方法解决气候危机的可能性。比如查尔斯·谢菲尔德的《黑夜之间》中,人类尝试利用科技改变物种的新陈代谢机制,但是最终科技没能拯救人类毁灭于核战争;在约翰·巴尔内斯的《飓风之母》中,人类利用科技产生的巨型风暴酿成灾难,人类又尝试用科技平息灾难,但是最终付出了 10 亿人的生命作为代价;在法国科幻小说家雅克·洛布和让-马克·罗谢特的《雪国列车》以及 2013 年的改编电影《雪国列车》中,人类尝试用气候工程的办法解决全球气候变暖问题,却弄巧成拙,造成全球气候变冷,地球进入冰河期,地球生命灭绝殆尽。通过这些例子,可以看出以气候小说为代表的人类世文学并不相信当今人类面临的气候危机和生态危机能够用纯技术手段解决,当今人类真正需要的是一场文化和思维方式上的转变,一种向道家无中心主义哲学的转变。

华媛媛,大连外国语大学教授。本文刊于《中国比较文学》2022 年第 3 期。

---

[1] 李家銮、韦清琦:《气候小说的兴起及其理论维度》,《北京林业大学学报(社会科学版)》2019 年第 2 期,第 103 页。

多模态互动下的电影双重叙事模式

刘宏伟　张馨雨

引　言

　　叙事呈现的是一连串事件。通常来说,狭义的叙事,指叙述者通过口头或书写的言语陈述事件;广义的叙事通过中介被赋予不同的形式:文学通过文字叙事,舞蹈通过动作叙事,音乐通过声响叙事,绘画通过造型叙事。电影则是一种综合性更强的媒介,运用综合视听影像叙事。叙事学界很早就关注到电影独特的叙事中介,提倡从电影自身技术的独特性和作为叙事艺术的规律性两个角度对电影加以分析。[1] 从多模态话语研究的视角来看,这两个角度的分析都基于电影叙事中多种语言和非语言模态的调用和协同。本研究即以电影中多模态资源的互动为着眼点,从电影叙事的独特性和规律性入手,探讨电影中复杂叙事模式的建构。

一、电影叙事与视听叙述者的合作

　　在叙事作品中,事件总是以某种方式得到再现。西摩·查特曼(Seymour Chatman)综合俄国形式主义、法国结构主义以及符号学、现象美学等相关理论,论证了"故事"与"话语"的区分:"故事"指代表达的对象,"话语"指代表达的方式。[2] 申丹、王丽亚进一步阐明,前者指按照实际时间和因果关系排列的事件,后者指对素材进行的艺术加工。"故事"与"话语"的区

---

[1] 申丹、王丽亚:《西方叙事学:经典与后经典》,北京大学出版社,2010。
[2] Seymour Chatman, *Story and Discourse: Narrative Structure in Fiction and Film*, Ithaca: Cornell University Press, 1978.

分适用于不同媒介的叙事作品。[1] 查特曼关注的是小说和电影中的"故事"和"话语",安德烈·戈德罗(André Gaudreault)有类似的关注和表述:一个叙事作品(影片、小说)产生于两极之间的张力:一方面是虚构世界(被讲述的世界),另一方面是这一世界的组织者(讲述的机制)。戈德罗用"故事"指代"被讲述的世界",用"话语"指代"讲述的机制"。他认为,任何叙事既是一个话语,又是一个故事。[2] 我们可以说,电影作为一种综合性媒介类型的叙事作品,从故事层面来看,有其"表达的对象"、"被讲述的世界";从话语层面来看,有其"表达的方式",或者说"讲述的机制"。

马丁·斯科塞斯电影《禁闭岛》(Shutter Island)的故事主角莱蒂斯曾作为一名美军战士参加过"二战",战争经历给他带来巨大的心理创伤。战争结束后,莱蒂斯沉迷酗酒并对患有重度抑郁症的妻子漠不关心。精神崩溃的妻子放火烧掉了城中的公寓,随后,一家人搬到湖边居住。但是,莱蒂斯的状态未有丝毫改变。直到有一天,妻子将他们的三个孩子溺死于湖中。莱蒂斯悲痛欲绝,开枪杀死了妻子,并放火烧掉了房子。因无法承受重大的心理打击,莱蒂斯患上精神分裂症和极度错觉症,被关押至禁闭岛进行治疗,他也是岛上最危险的病人。两年以来,每逢暴风雨来临时,莱斯蒂便会陷入自己作为联邦警官赴岛办案这一幻想中。因此,院长考利和主治医生肖恩采用了当时最先进的角色扮演法治疗莱蒂斯,以帮助其恢复理智,认清现实。

以上是《禁闭岛》在"故事"层面按照时间顺序先后发生的主要事件,这一系列事件的表达或讲述,体现出电影叙事媒介的技术特点和叙事艺术规律。观众实际看到的影片《禁闭岛》,是基于电影多模态叙事的特殊性,经过艺术加工表达出的电影"话语"。在电影领域,大多数叙事不是通过一个明显存在的叙述者表达出来。[3] 电影叙述者是一个代理者,一种功能,它通过具体的媒介讲述一个故事。[4] 每一种媒介都具有自身的特点,电影叙述者的主要功能是展示运动图像(也包括文字文本)和制造声音(也包括言说文本)。由

---

[1] 申丹、王丽亚:《西方叙事学:经典与后经典》,北京大学出版社,2010。
[2] 安德烈·戈德罗:《从文学到影片:叙事体系》,刘云舟译,商务印书馆,2010。
[3] 同上。
[4] Bal, M., *Narratology: Introduction to the Theory of Narrative*, Toronto: University of Toronto Press, 1997.

于图像和声音可以各自讲述不同的故事,彼得·菲尔斯特拉腾(Peter Verstraten)将电影叙述者划分为视觉轨道上的叙述者和听觉轨道上的叙述者,电影叙述者(filmic narrator)对这两个次级叙述者(sub-narrators)之间的互动进行调节。[1]虽然菲尔斯特拉腾为了说明电影叙述者的作用,假定"视觉轨道上的叙述者对所有声音充耳不闻,正如听觉轨道上的叙述者对所有图像视若无睹",但显而易见的是,在电影"话语"的生成过程中,电影叙述者协调实现了视听叙述者之间的合作。菲尔斯特拉腾认为,电影叙述者所处的地位高于听觉或视觉轨道上的叙述者;视听叙述者之间不存在等级关系,两者在电影叙述者的调节下在同一层次上各自发挥作用,形成或对位或对立的互动关系;当然,这种对位或对立不是简单的非此即彼,而是处于一条渐变轴上,轴线的一端是两条轨道完全匹配,另一端则是两条轨道全然背离。[2]

《禁闭岛》中,电影叙述者调节下的视听叙述者的渐变式互动合作构建出错综复杂、相互交织的三条叙事线,形成"故事"事件在视听叙述者互动中生成正如第二节所说的电影"话语"的独特进程,或者说形成一种独特的多模态叙事机制。

二、多模态互动下的复杂叙事进程

在电影视听叙述者的渐变式互动中,《禁闭岛》中的三条叙事线具体表现为:视听模态匹配的常规叙事线、视听模态不完全匹配的非常规叙事线和视听模态背离的反常规叙事线。

1. 视听模态匹配的常规叙事线

在《禁闭岛》的常规叙事进程中,视觉轨道所呈现的图像模态与听觉轨道上的声音模态相互匹配,同向推进"'泰德'(病人'莱蒂斯'在角色扮演法中的名字)到禁闭岛办案"的显性故事情节。

按照电影叙述者的角色分配,视觉叙述者可以根据人物的旁白绘制场

---

[1] Peter Verstraten, *Film Narratology*, Toronto: University of Toronto Press, 2009.
[2] Ibid.

景。[1]听觉轨道上,"泰德"与"查克"、考利医生、副狱长的对话内容与视觉轨道上"泰德"认真负责且执着的联邦警官形象保持一致,视听叙述者合作明确了"泰德"的身份定位。与人物视点一致的电影摄像机的机位会使聚焦人物的观点或处境得到认同,经常出现在特写镜头中的人物易于使观众产生叙事上的"信任"。影片中,反复运用的反打镜头和特写镜头在视觉模态上凸显出"泰德"所看之物和"泰德"的神情,通过"泰德"的视线呈现故事发展进程;听觉模态上,"泰德"作为重要的"内部叙述者"传达事件发展的关键信息,观众便也将聚焦人物"泰德"的所言认定为客观事实。

电影的展示从来不是中立的叙述行为,始终都是视觉叙述者的阐释行为,这一原则同样适用于听觉叙述者。音乐在电影中发挥的最重要的作用是表达和渲染情绪,[2]是听觉模态中阐释行为的必要组成部分。在进入医院探案前,潘德列茨基《第三交响曲》中的"帕萨卡利亚"作为故事外音乐植入故事中,铜管组和打击乐组旋律逐步上行、力度渐强,将电影紧张的氛围推向高潮;"泰德"进入禁闭岛大门时,音乐刚好发展到全奏的高潮处。此时,短笛和镲等色彩乐器的加入,丰富了音响效果,营造出紧张沉重的气氛。探案后期,"泰德"与"查克"在暴风雨中闯入墓地,两人作为内部叙述者的对话将禁闭岛描述为一个充满阴谋之地。故事外音乐,谢尔西《乌夏克吞》(*Uaxuctum*)响起,短促紧凑的节奏、跳跃性的连续柱式和弦,与人物情绪的波动相互呼应。随着乐曲速度由慢到快、再由快到慢,旋律由上行到下行,力度由弱到渐强、再由渐强到渐弱,压抑和悲剧感被烘托得愈发强烈。从表面来看,悲剧性音乐似乎渲染出"泰德"成功办案的无望,实则表达了对其命运的感伤。

电影的叙事性由叙事代理者和观众之间的互动产生(Verstraten 2009:25)。在《禁闭岛》的常规叙事线中,视听叙述者共同推进故事进程,合力将警官"泰德"打造为观众最理想的替身。按照引导,观众从警官"泰德"的视角解读影片意义,与"泰德"产生情感共鸣。这样,"泰德"进入岛中探案就成了叙事的主线和显线。

---

[1] Peter Verstraten, *Film Narratology*, Toronto: University of Toronto Press, 2009.
[2] Ibid.

2. 视听模态不完全匹配的非常规叙事线

《禁闭岛》中，关于"莱蒂斯过往的参战经历"，电影叙述者同样通过视觉图像呈现、内部叙述者讲述以及音乐叙事等多模态途径协作表述，形成一条叙事线。不过，视听叙述者的互动介于完全匹配阈值与完全分离阈值之间，具体表现为：由于听觉轨道上内部叙述者的静默而导致视觉轨道表意不清晰。

这条叙事线主要由瞬时化的回忆片段构成，包括由内部叙述者引入的闪回、借助音乐或图像引入的闪回。这些闪回片段分六次再现了"泰德"战时在集中营的经历。闪回虽然来自"泰德"的视角，但摄影机的运动和听觉轨道的声音模态显然由电影叙述者所操控。除去在第六次的闪回中，视觉场景伴随有"泰德"的旁白以外，前五次的闪回中，视觉叙述者通过外聚焦，运用正反打镜头及特写镜头对集中营中的特定场景进行了断点式描绘：成堆的冰冻尸骨、俘虏们绝望无助的表情、血泊中的纳粹军官；听觉轨道上，仅有马勒《A 小调钢琴四重奏》的旋律作为故事内音乐或故事外音乐渲染情绪。虽然音乐可以被视为对画面的评价，[1]为"泰德"的回忆场景笼罩上阴郁悲苦的氛围，但是，内部叙述者的旁白完全停止活动，造成了视觉模态表意模糊。从叙事学角度而言，我们在闪回中看到的人物与那个用过去时讲述自己故事的人物并不是同一个人。讲故事的人物追溯过去，并且早已知道闪回中的那个人物正在经历的事件会是什么结果。[2]"泰德"重复回忆集中营中的经历，表明这一段往事给"泰德"带来巨大的心理创伤，这同时也是之后所有与"泰德"相关的事件的根源。

这条视听模态不完全匹配的非常规叙事线是不连贯的，情节并不浮于叙事表层，而是以缺乏表层衔接的视听断点的方式隐现其中。从"故事"层面来看，影片"表达的对象"、"被讲述的世界"出现复杂化进程；同时，源自"泰德"视角的视听内容被电影叙述者操控，与视觉模态的图像碎片所对应的，是听觉轨道上意义含混或含蓄的声音形式，从"话语"层面来看，影片"表达的方式"，或者说"讲述的机制"也同样呈现出复杂化倾向。

---

[1] Peter Verstraten, *Film Narratology*, Toronto: University of Toronto Press, 2009.
[2] Ibid.

3. 视听模态背离的反常规叙事线

在故事内容上,视听叙述者背离的反常规叙事线围绕医院采用角色治疗法帮助"泰德"恢复理智,认清现实的叙事进程展开;为了颠覆常规叙事线上的故事表象,在形式上,视听叙述者相互驳斥,矛盾冲突明显,视听模态呈现出全然背离的特点。

画面内人物的对话是电影中听觉轨道上最重要、最直接的表达方式。在这条叙事线上,视听模态的背离主要体现在人物言谈话语与视觉画面出现逻辑上的自相矛盾。在影片开端,故事发生的时间和地点在视觉轨道上以文字模态呈现出来:1954年波士顿湾岛屿;听觉轨道上,"查克"作为内部叙述者声称他来自西雅图;介绍案件情况时,考利医生的陈述是,病人"瑞秋"在前一晚十点到午夜之间逃走。这条由视听模态合作形成的语义链的结论应当是,联邦警官连夜从西部的西雅图乘船赶到位于东部的波士顿湾禁闭岛。同时,视觉叙述者以外聚焦凸显"泰德"和"查克"所乘之船的破旧,且船上满是脚链手铐,暗示该船为押运犯人之船。西雅图距离波士顿约五千公里,警官乘坐一艘破旧不堪的押运囚犯之船连夜赶来,从逻辑上来讲,这是明显的漏洞。显然,视听模态的其中一方提供了不实信息,这为后续情节埋下伏笔。在前往禁闭岛的船上,"泰德"和"查克"作为内部叙述者明确了自己的身份为警官,然而,进岛前缴纳枪支时,"查克"迟迟解不下枪的特写镜头制造出视听模态之间的冲突,因为一名警官不可能不熟悉枪支的佩戴;"泰德"在问询参加集体治疗的病人时,听到彼得辱骂"瑞秋"杀死自己的孩子,焦灼地用笔在纸上划擦,这一视觉细节的设置是非自然的、刻意的,一名优秀的联邦警官应有的冷静荡然无存,这与他的身份同样明显不相符。另一个典型的细节是,听觉轨道上,考利医生介绍道,失踪的"瑞秋"为女性;然而,在"瑞秋"房中取证时,视觉叙述者以特写镜头显示"瑞秋"的鞋是男式鞋,"瑞秋"居住的病区大厅里也全是男性病人,视听轨道明显的矛盾暗示着影片常规叙事的不可信。

电影中视听模态叙事的背离多表现为视觉叙述者通过特别的视觉手段凸显画面细节,与听觉轨道上内部叙述者的表述形成相互驳斥,以表征异于外显故事内容的内隐叙事意义。由于视觉叙事本身包含过多的视觉细节,在叙事功能上倾向于保持含蓄,[1]且这些画面细节同样是非连续的断点,所以,即使是明显与内部叙述者的表述相背离的非常态视觉设置也未必能唤起观众的注意。

三、电影双重叙事模式的建构与识解

每部影片都有一个或者若干个贯穿影片始终的叙事进程,在包含若干个叙事进程的影片中,复杂的叙事进程构建出双重叙事模式:一重是常规叙事线下的外显叙事(overt narrative);一重是非常规与/或反常规叙事线下的内隐叙事(covert narrative)。在电影叙述者的调节下,视听模态互动合作,实现叙事的完整性。这一叙事模式具有电影叙事的典型性特征。外显叙事的语义表达连贯,其建构与识解体现出定域关联的作用;内隐叙事的建构和识解则映射出大脑量子运动的非定域性(non-locality)特征,大脑量子活动的微观性和不可直接感知性在语义表达断裂的电影内隐叙事中得以明显显现。

1. 外显叙事与内隐叙事

一般来说,在电影叙事中,常规叙事进程会提供电影叙述者期待受众认同并接受的"叙事线索"(narrative clue),这些"叙事线索"呈现正常模式(normal paradigm)。在《禁闭岛》的常规叙事进程中,"泰德"和"查克"是正常的联邦警官和助手的关系,"泰德"和院长考利是正常的案件调查方和被调查方的关系;禁闭岛犯人"瑞秋"失踪,警官"泰德"和助手前来调查案件,"泰德"猜测禁闭岛可能进行人体实验,决意前往灯塔查明真相,这也是正常的情节;这些正常人物关系和正常情节均符合常规叙事进程的正则。在电影叙事中,常规叙事沿着最清晰的叙事线展开,故事情节按照正常叙事时序发展。在常规叙事进程中,视觉主画面和听觉主轨道相互匹配,同向表意,观众按照正常认知图式识解故事情节,无需付出额外解读力,形成表达连贯的"外显叙事"。通常,电影叙事先是建立起观众认为"正常"的叙事范式,展开"外显叙事",构建出影片的显性故事情节。

在事态展开中,显性故事情节会发生转折和演变。这些转折和演变,一

---

[1] Peter Verstraten, *Film Narratology*, Toronto: University of Toronto Press, 2009.

方面使得叙事复杂化，另一方面暗示着外显叙事中的"叙事线索"："泰德"和"查克"的关系，"泰德"和院长考利的关系；"泰德"赴禁闭岛探案的叙事情节等，要受到颠覆（subverting），正常模式中出现"复杂化因子"。"复杂化因子"可以存在于常规叙事进程中，即发生在外显叙事中。比如，叙事过程按照常规模式推进，"泰德"调查受阻，但克服阻力，成功地完成案件调查，揭露了禁闭岛上人体实验的秘密。一部影片仅仅通过外显叙事建构意义是完全可行的，这样的影片比比皆是。但是，"复杂化因子"也可能出现在与外显叙事并行的内隐叙事中。内隐叙事沿着另外一条或若干条叙事线进行，电影叙述者会通过视觉、听觉模态的特殊表达方式，比如，非常态的视觉或/和听觉模态体验，视觉与听觉模态的对抗、冲突、矛盾等形成叙事的断裂或不连贯，暗示影片双重叙事模式的存在。

在《禁闭岛》中，双重叙事模式中的内隐叙事表现为非常规和反常规的叙事进程。在非常规叙事进程中，叙事多从"泰德"的视点出发，以闪回的视听觉碎片形式展开，叙事片段是断续、不连贯的，需要观众结合世界图式与其他叙事线中的故事情节相互补充，从而构成意义。这些瞬时化叙事片段，一方面讲述了莱蒂斯过往的参战经历；另一方面解释了常规叙事线中"莱蒂斯臆想为警官'泰德'赴岛探案"以及反常规叙事线中"医院采用角色扮演法治疗莱蒂斯"的故事背景和缘由。在电影的完整叙事中，非常规叙事往往起到"复杂化因子"的作用，增加影片意义的复杂性，也往往是强化影片叙事主线或主题意义的旁加叙事。在《禁闭岛》中，非常规叙事表征为"幻化的真实"，即看似"虚幻的"回忆，实际上确是"真实"的存在。外显叙事的常规叙事进程，与之相对，可以称为"真实的虚构"，也就是在影片中以最表层、最明晰、最常态的方式呈现的连贯的情节，但实际上并非"真实"，并非真相，而是误导观众的叙事进程。非常规叙事通过"泰德"的视角，以"幻化的真实"的叙事方式，链接起常规叙事线和反常规叙事线中的故事情节。

在内隐叙事的反常规叙事进程中，叙事以最为隐晦的方式推进，表征为经过电影叙述者刻意甄选的与听觉模态产生冲突或对抗的"客观事实"。这些"客观事实"通过作为外部聚焦者的视觉叙述者和作为内部聚焦者的不同角色的视角以视觉模态呈现，充满漏洞和矛盾。反常规叙事进程中的故事情节颠覆了受众对于外显叙事的认知，成为在内隐层面和外显叙事并行的"颠覆性"叙事。在"颠覆性"叙事中,"泰德"和"查克"的关系不再是警官和助手的关系,"泰德"和院长考利的关系也不是调查方和被调查方的关系,成为病患莱蒂斯和主治医生肖恩、病患莱蒂和医院院长的关系;"泰德"调查案件的情节也被颠覆,成为医院以角色扮演法治疗病患莱蒂斯的过程。反常规叙事进程颠覆了正常叙事线,但是,也正是这条叙事线才是故事的正则,才是真相,是"真实"意义,从而成为影片意义建构中的关键叙事线。

2. 量子思维与双重叙事模式的建构与识解

电影"故事"通过不同的叙事模式表达为电影"话语",并得到观众的理解和接受。在双重叙事模式中,叙事的断裂和不连贯性,与大脑量子活动相关联,体现出大脑量子活动与语言运用和理解的镜像效应。

自20世纪以来,人类不断发现新的量子现象和量子规律,对世界的认识从宏观深入到微观。随着意识研究的量子力学方法兴起,从人脑中寻找相关的量子机制解释意识,将意识理解为量子活动的结果已经得到认同。[1] 基于斯塔普(Henry P. Stapp)"心理物理理论"(the psycho-physical theory)的中心思想,即"各种物理定律所描写的物理世界是人的心智世界里各种倾向性所集结而成的一个结构"[2],徐盛桓、王艳滨提出,大脑里的量子活动是人们的意识活动和语言活动的生理基础,并约束其意识-语言活动,因而量子活动同语言活动就具有映射关系:量子力学的原则、现象会约束,也对应着和反映出语言表达主体的心智世界里的倾向性;而表达主体的心智世界里的倾向性又会体现为语言表达的某种形式,因而某种表达形式同大脑里量子的某种活动是联系着的,就可以通过语言的表达形式来反观那些对应和映射的原则与现象。[3] 电影叙事模式是表达主体的心智世界里的倾向性的反映,与大脑的量子活动具有映射关系。

采用常规叙事模式的影片,其意义来源于外显叙事。当常规叙事出现变

---

[1] 陈向群:《意识研究的量子力学方法兴起》,《苏州大学学报(教育科学版)》2017年第3期,第24页。
[2] Henry P. Stapp, *Mind, Matter and Quantum Mechanics*, Berlin, Heidelberg, New York: Springer, 2004.
[3] 徐盛桓、王艳滨:《语言运用中的不连续现象——量子思维与语言研究之二》,《外语教学》2021年第5期,第8—13页。

式时，意义建构会呈现特殊性，[1]我们识解的就不只是叙事表层涉及的人物间的关系以及发生在这一特定语境中的事件，[2]而是外显叙事和内隐叙事相结合的完整故事情节。一个物理过程，如果它的发生只局限在由简单独立要素集合而成的一个区域之内，其要素的相干与关联只依赖于这个过程自身当时当地的时空（space-time）的变数，就称它为定域性的物理过程；非定域性与之相反，量子活动并不固定在"定域"域界之内，关联是跨时空界域的，是不连续的，存在着所谓"量子跳跃"（quantum jump）的现象。[3]在影片的外显叙事过程中，事件序列在同一"定域"疆界按照因果关系发展，作为完整的连续体，外显叙事的建构和识解依靠定域关联实现。但是，语言表达可以是连续的也有某些是不连续的；不连续的表达映射了大脑里量子活动的非定域关联；大脑里量子思维的非定域性活动在没有专门的设备下，我们一般是无法直接观测到的，只是在有关的不连续的语言表达形式里感觉到它的象征性的映射。在内隐叙事中，无论是视听模态不完全匹配的非常规叙事，还是视听模态背离的反常规叙事，叙事都是断裂、不连贯的。徐盛桓、王艳滨提出运用量子力学的非定域原则研究语言表达的不连续现象，并指出"不连续现象"就是语言表达中根据一般的语言规则和日常常规经验在表达式的表层就可感觉出来的那些"断裂"现象。我们要理解语言或叙事表达中的"断裂"，就要使断裂点产生关联。话语表达实现关联最明显的标志就是运用主体可以通过追踪语义脉络而达成理解，这对于话语表达的定域关联还是非定域关联都是一样的。[4]大脑的量子活动是跨域发生关联的、是离散性的，对于电影内隐叙事中的"断裂"现象，也就是因果链断裂或者因果关系需要补足之处，往往需要"跨时空界域"的非定域关联追踪语义脉络，实现电影叙事的连贯。非定域关联成为影片意义建构的必要因子，使影片的完整意义得以彰显，有效实现电影的创作目的。

---

[1] 刘宏伟：《转喻与寓言故事格局》，《外语与外语教学》2012年第4期，第16—19页。
[2] 刘宏伟：《叙述性文学语篇中的转喻理据思维——基于生成整体论的视角》，《外国语文》2009年第S1期，第72—77页。
[3] 徐盛桓、王艳滨：《语言运用中的不连续现象——量子思维与语言研究之二》，《外语教学》2021年第5期，第8—13页。
[4] 同上。

电影双重叙事模式具有普遍性,但是,由于叙事"断裂"程度和性质的差异,愈合"断裂",或者说使得断裂点产生非定域关联的难度也就存在不同。也正因为此,内隐叙事存在若干变体。视听不完全匹配的非常规叙事进程属于内隐叙事的较低层次,视听模态并无明显冲突或矛盾,断裂点产生非定域关联的难度较小,叙事"断裂"通过正向还原式思维进行愈合。这里的"正向",以《禁闭岛》为例,指叙事内容基本再现了"泰德"真实的过往经历,虽然回忆是碎片化的,且具有幻化成分,但并未完全歪曲或者颠覆事实;"还原"指的是,观众需要基于认知,在形式上合理补全或串联碎片化的回忆,将幻化的梦境进行合乎逻辑的修正,以"还原"完整真实的故事,即男主人公真实的过往经历。反常规叙事进程属于电影内隐叙事的较高层次,视听模态产生明显的冲突或矛盾。这一进程主要借助视觉叙述者表征内隐叙事意义,使得内隐叙事线更为隐蔽与晦涩,断裂点产生"跨时空界域"的非定域关联的难度较大。反常规叙事进程的建构和识解,往往需要通过更高层面的认知,以更高程度的非定域关联来追踪语义脉络,这种认知范式具有反向发散式思维特征。这里的"反向",指该条叙事线中的故事与外显叙事进程中的故事内容是对立的、逆向的,需要颠覆外显叙事才能理解;"发散"指的是,观众需要沿着不同的认知途径和方向进行多维思考,以推导出故事真相。

结　语

任何叙事作品在故事发展进程中,都可能出现常规、非常规或/和反常规现象,形成外显和内隐叙事。不同于其他媒介类的叙事作品,电影中的外显叙事和内隐叙事在电影叙述者的操控下,通过视听模态的不同合作方式实现,体现出其媒介的特殊性,表征为典型性的双重叙事模式。语义连贯的外显叙事的建构和识解基于定域关联;叙事活动在量子活动的约束下会表现出断裂、不连贯,语义断裂的内隐叙事的建构和识解要依靠非定域关联。由于语言表达的不连续不一定是语言表达的某种缺失,而可能是反映了大脑里量子活动同有关的语言活动的联系,是二者的镜像效应,[1]也就是说,尽管大

---

[1] 徐盛桓、王艳滨:《语言运用中的不连续现象——量子思维与语言研究之二》,《外语教学》2021年第5期,第8—13页。

脑量子活动具有不可直接感知性，但它所支持的表层语言运作还是可观察、可操作的，所以运用量子力学的观念、思路和理论研究意识和语言运用具有充分的理据性和合理性。[1] 我们将电影叙事模式的研究与量子理论相结合，旨在为多模态叙事话语研究和跨学科研究提供一些思路。

刘宏伟，天津外国语大学英语学院教授。张馨雨，天津外国语大学英语学院硕士研究所。本文刊于《西安外国语大学学报》2022年第3期。

---

[1] 徐盛桓、王艳滨:《语言运用中的不连续现象——量子思维与语言研究之二》,《外语教学》2021年第5期,第8—13页。

全球化与本土化的双重变奏
——改革开放四十年深圳文学特征的文化透视

黄海静

随着全球化时代的到来,本土化的问题日益凸显,全球化和本土化之间形成了错综复杂的文化冲突,而这种冲突是否意味着本土文化的多样性将会随着全球化进程的深入而消失殆尽呢?对此,学者们得出了不同结论。美国学者福山发表著名的"历史终结论",宣称世界将被西方的民主政治体制所统治,这是历史发展的唯一选择,一个普世的文明即将到来。然而历史并没有如福山所言而走向终结,反之,不同文化之间的冲突使世界文化向着多元化发展。亨廷顿认为,"全世界的人在更大程度上依据文化界限来区分自己,意味着文化集团之间的冲突越来越重要;文明是最广泛的文化实体;因此不同文明集团之间的冲突就成为全球政治的中心"[1]。亨廷顿的表述正是对福山"历史终结论"的有力回应,表明世界文化并不会被单一的全球文化所取代。全球化和本土化并非完全排斥,而是"有全球化就一定有地方化,地方化和全球化是互动的关系"[2]。深圳是一个迅速崛起的现代化国际都市,全球化与本土化两股力量在此激烈交锋,塑造了这座城市先锋异质、多元共生的文化品格。文学与城市本是一种互文共生、双向给予的关系,正如理查德·利罕所说,"当文学给予城市以想象性的现实的同时,城市的变化反过来也促进文学文本的转变"[3]。深圳文学与城市的发展基本同步。深圳于1979年建市,1980年建立经济特区,而深圳文学的逻辑起点也大抵如是。本文从全球化和本土化两股交叉潮流的互动关联来介入改革开放四十年的深圳文学场

---

[1] 亨廷顿:《文明的冲突与世界秩序的重建》,周琪等译,新华出版社,2002,第133页。
[2] 杜维明:《对话与创新》,广西师范大学出版社,2005,第34、51页。
[3] 利罕:《文学中的城市:知识与文化的历史》,吴子枫译,上海人民出版社,2009,第3页。

域,考察这两种思潮的碰撞融合对深圳文学生态的影响。由于受到深圳本土文化现实的影响,深圳文学内部呈现多重文化冲突,但这些冲突又会逐渐走向融合,说明全球化在深圳的演进实际上遵循的是一条"全球本土化"的实践路径。英国学者罗兰·罗伯逊(Roland Robertson)是最早对"全球本土化"做出论述的西方学者之一,他强调:"全球本土化(glocalisation)的观点实际上传达了我近年来一直在全球化问题的研究著述中的要点。就我的观点而言,全球本土化的概念包含了被人们通常称为的全球的和本土的东西——或者用更为一般性的话来说,普遍和特殊的东西——同时存在并且相互依赖。"[1]罗伯逊的说法表明全球本土化中的普遍性和特殊性是同时存在和相互依赖的。在全球化进程中,本土化并非被动接受全球文化,而是在选择、反思和不断修正的互动过程中与全球化展开对话。深圳文学正是在全球化和本土化两种交叉文化潮流的碰撞下,打破了宏大叙事的文学传统与消解西方"单一现代性"的神话,建构了一种有别于西方的现代性,[2]从而走出一条具有深圳特色的文学发展道路。深圳文学在本土化与全球化的对话和交流中走向文学自觉的实践,呈现出和而不同、包容开放的文学景观。通过管窥改革开放四十年以来的深圳文学,从创作主体、书写意识和精神向度三个方面由表及里、层层剖析深圳文学的特征,具体表现为:精英性与草根性并存、先锋性与民间性融合、创意性与现实性兼具。

一、精英性与草根性并存

随着全球化时代的到来、消费文化的兴起、大众传播媒介的兴盛,传统的精英文学受到严峻挑战,一种浅显易懂、休闲娱乐的大众文学受到市场的极力追捧。21世纪以来,人类社会进入信息大爆炸的互联网时代,网络文学的异军突起,更是对主流文学发起了极大冲击。文学不再是知识精英的殿堂,普罗大众也能我手写我心,草根文学、网络写手等新兴载体如潮涌般喷出地表,以至精英文学被逐渐边缘化。这种精英文学与大众文学的两极化趋势在

---

[1] Roland Robertson, "Globalisation or Glocalisation?", *Journal of International Communication*, 1994, 1, pp. 38-39.
[2] 参见王宁:《全球化进程中的中国文化与文学发展走向》,《清华大学学报(哲学社会科学版)》2018年第2期,第36—47页。

深圳这座新兴都市愈发显著。全球化造成深圳人口结构的严重分层,知识精英和打工一族纷纷迁徙于此,加之青年群体占据半壁江山,极大影响了深圳文学生产和文学市场的发展走向。精英阶层坚守高雅文学阵地,打工群体书写打工生活,网络写手活跃在虚拟世界,作家群体、市场因素和读者需求各方势均力敌,共同唱响了深圳文学精英性与草根性的二重奏。

精英性是精英文学显现出来的一种文学特质。精英文学是"由知识精英所创作的高雅文学,它们继承'文以载道'的文学传统,以经世致业为重大目的,以追求真善美为核心指向,具有批判反思性、严谨系统性、规范引导性、主体创造性等特征"[1]。由此可见,精英文学关系着创作主体、文学传统、文学价值和社会功能四个方面的要素,对写作者和文学性均有较高要求,可以视为一种知识分子话语体系的文脉传承。在深圳作家中,彭名燕、乔雪竹、南翔、邓一光等作家带有明显的精英色彩。这些作家都是知识精英,具有专业的文学素养,并且在创作中致力于开掘文学的批判性和反思性。生于新中国成立以前,毕业于北京电影学院的深圳作家彭名燕,经历了从演员、编剧、小说家到作协主席的华丽转身,走的是一条属于那个年代典型的文艺青春路线。时代塑造了彭名燕不一样的文学气质,也造就了她不一样的艺术追求。因风风火火的性情和对生活的热爱,彭名燕总能适时从当下的社会语境中打捞出反映人物与时代关系的新颖题材。20世纪90年代初的一部《世纪贵族》,以深圳特区建设进程中涌现出来的新鲜事物为背景,直面改革工业题材,塑造了一批社会转型期激流勇进、大胆冒险的新企业家形象,开拓了深圳商界文学的全新领域。2012年,彭名燕发表长篇小说《倾斜至深处》,将笔触探向全球化时代跨国家庭的巨大文化冲突,折射出多元文化时代下人所面临的内心矛盾和崭新的痛苦。小说塑造了一个新加坡国籍和留美经历催化而成的"全球人"杰克。这是一个具有极端化倾向的人物,强烈的精英意识使他一味追求贵族化生活,但又恪守非黑即白生硬刻板的人生哲学。由不同观念、意识和生活方式所引发的冲突和矛盾在杰克和他的中国岳母之间激烈而又频繁地上演。吴义勤认为该小说"在理性与感性、形而上与形而下、自我与

---

[1] 黄永林:《精英文学与通俗文学的分野》,《文艺理论与批评》2004年第5期,第5页。

他者、本土与异域的想象与叙述上又实现了新的超越与突破"[1]。在深圳文坛,彭名燕低调践行着一种文学自觉实践。在她看来,文学创作不是沉重的十字架,而是一种情不自禁的高级享受,因而她总能在不经意间号准时代强劲的脉相,用丰富细腻的情感、感性的文字和深刻的思想记录下时代对人的心灵所造成的变异。同样有着编剧经历的深圳作家乔雪竹,毕业于中央戏剧学院,是深圳文联记录在册的第一个从外地移民落户深圳的专业作家。知青岁月的特殊时代经历赋予了乔雪竹的写作以"冷峻地看这繁华盛世"。她的长篇小说《城与夜》就是一部反映改革初期深圳生活的作品,揭示了特区建设中的深层次问题。整部作品充溢着浪漫主义和表现主义的色彩,人物情感饱满充沛,形象生动立体,营造出一种纯文学的庄重之感。被誉为"学院派"作家的南翔,他的写作在深圳文坛可谓独树一帜。南翔坚守现代知识分子的批判立场,传承"文以载道"的文学传统,以强烈的社会责任感把握生活的本真,善于在平凡中立显人物性格,不断开掘小说的思想性和文学性。他的作品题材面"多半以我的职业或人生半径为出发点——铁路、大学、历史、城市。这里,城市是一个基点"[2],和铁路相关的有《绿皮车》等,写大学知识分子的有《大学轶事》、《博士点》、《博士后》等,写历史的有《前尘——民国遗事》、《1975年秋天的那片枫叶》等,关注弱势边缘群体的有《女人的葵花》、《铁壳船》、《老桂家的鱼》等,写城市的有《南方的爱》等等,不一而足。这些作品集中体现了南翔知识分子写作的三重维度:历史的维度、生态的维度和人文的维度,而这也是他寻找新城市文学的生发点。南翔的写作兼具人文底蕴和忧患意识,追求反思性和批判性,且文字功底极为深厚,是一种典型的知识分子写作,传达出鲜明的精英特质。2009年,著名作家邓一光从武汉移居深圳,为深圳文坛注入了强大生命力。眼前这座全新而又陌生化的城市,激活了邓一光为系统性地建构深圳文学做出具有历史意义探索的热情。邓一光的深圳书写一改从前的军旅战争题材,迅速捕捉到深圳城市的独特气味,将笔触融入城市每一个地理空间,细致描摹这些空间里的人群特征,精准把握住了深圳城市精神的内核。正如贺绍俊所言,"对于邓一光来说,这不仅是一次地域的迁移,

---

[1] 吴义勤:《碰撞的不仅仅是文化》,载《文艺报》2012年9月5日第8版。
[2] 南翔:"自序",《绿皮车》,花城出版社,2014,第4页。

而且也是一次文学的迁移。他发现深圳这块土地上有着新的文学资源,他吸收这片新的资源,并开启了自己的一个新的文学阶段"[1]。邓一光先后发表"深圳三部曲":《深圳在北纬22°27′—22°52′》《你可以让百合生长》《深圳蓝》,描绘了一幅幅活色生香的深圳城市图景,并凭借超拔的提取能力、艺术识见和思考力度,开拓了深圳文学新的书写空间,他的强势加入更增添了深圳文学的精英性。此外,徐敬亚、王小妮、杨争光、张黎明、黎珍宇、蔡东等作家也在辛勤耕耘着深圳文学的土壤,在精英文学日益受到威胁的今天,他们仍在追求文学真善美的统一,使文学成为批判和反思社会、引导大众的心灵药方。

全球化时代的到来,大众消费文化的兴起,大量农民工迁徙进城改变了深圳文学的版图,涌现了一大批书写打工生活的草根作家,催生了一种特殊的文学类型——"打工文学"[2]。21世纪以来,大众传媒技术的不断发展、网络文学的横空出世,进一步解构了主流精英话语。深圳草根作家大规模活跃在现实和虚拟两个世界,使深圳文学呈现出极具深圳症候的草根性特征。"草根"直译自英语的"grass roots",本义为"乡村地区的",后引申为"群众的,基层的,平民的"等含义。在美国及中国港台地区,早已开始用"草根阶层"、"草根民众"来指代经济收入和社会地位低的群体。时至今日,"草根"被赋予了多重抽象意义,具有相对的普适性、大众化和平民化,其中一种含义是指同主流、精英文化或精英阶层相对的弱势阶层。

作为草根文学的代言体,打工文学不仅由草根书写,并且以"草根阶层"为表现对象,集中反映了"草根阶层"的审美趣味,充分挖掘人性善良和正义的一面,呈现出漂泊破碎的情感生态,揭示了身份认同的危机。林坚的《深夜,海边有一个人》,生动叙写了打工仔陈可化在深夜海边思考自己人生该何去何从的矛盾心理,打工者的命运就如同海水,潮起潮落,变幻无常,是逃避

---

[1] 贺绍俊:《衔接战争思维与和平思维的铆钉——邓一光前后小说创作之异同》,《文艺争鸣》2013年第1期,第98页。
[2] 关于"打工文学"这一概念的界定,其内涵和外延一直在发生变化,至今颇具争议,仍未达成定论。"打工文学"概念在不同时期的定义可参见杨宏海:《试论广东"打工文学"》,见《深圳文化研究》,花城出版社,2001,第387页;杨宏海:《"打工文学"的历史记忆》,《南方文坛》2013年第2期。本文言及的"打工文学"特指打工者反映打工生活的文学作品,与知识分子关注底层生活的底层写作予以严格区分。

生活还是迎难而上,成为一个挥之不去的精神难题。"朝着万家灯火奔去"的结局暗示了接受命运安排,勇敢面对生活才是打工者的必然选择。此外,林坚的《别人的城市》、《阳光地带》同样诉说着打工者内心的漂泊。张伟明的《下一站》发出了"东家不打打西家"的打工心声,安子的《青春驿站》呼唤"每个人都有做太阳的机会",这些打工者纷纷为自己代言,发出了灵魂的呐喊。周崇贤的《打工妹咏叹调》,黄秀萍的《绿叶,在风中颤抖》、《这里没有港湾》、《可恶的风雨夜》,黎志扬的《禁止浪漫》等,这些从打工生活里钻出来的真实的文学,呈现出一种"毛茸茸的生活的感觉"(何西来语),给当代文坛以强大的震撼力。2000年以后,打工文学迈入新阶段,诗歌和小说比翼双飞,曾呈现出一派繁荣景象。尽管打工文学从"出生"就在各种质疑声中艰难生存,如今又受到外界及自身等诸多因素的影响,正逐渐走向泛化和式微,但这并不意味着打工文学的消亡。只要打工这一现象存在,这种文学题材就有它生长的空间。无可置疑,打工文学在深圳这片文学土壤上茂盛生长,并从中成功走出了一批优秀的草根作家,如王十月、谢湘南、安石榴、陈再见、郭金牛、郭建勋、曾楚桥、叶耳、于怀岸、卫鸦、杨文冰等。王十月获得鲁迅文学奖更是给主流文坛以强烈冲击。这些草根作家的横空出世,不仅对精英文学构成了一定的威胁,也为打工文学获得与主流文学进行对话的机会,从而推动着打工文学成为全球本土化语境下深圳文学的一个特殊文化现象。

与此同时,21世纪以来深圳网络文学持续升温,成为异军突起的一支重要文学力量。据有关数据统计,截至2010年,深圳有100多万网民在持续或间断性地从事网络写作。深圳网络文学创作的活跃度居于全国前列,这与深圳这座城市的人口结构和文化氛围密切相关。深圳这座青春活力都市,人口主要由白领阶层、知识精英等青年群体构成。在这个全球化快餐文化盛行的时代,网络是青年群体猎奇新鲜事物、社交分享和情感宣泄的重要平台。畅通无阻的虚拟世界进一步满足了他们的心理需求,从而使得深圳网络文学走向空前繁荣。目前深圳有一定知名度的网络作家有三十多人,主要有赫连勃勃大王(梅毅)、贾志刚、艾静一、雾满拦江、冷秋语、欧阳静茹、老家阁楼等。此外,深圳网络作家还有一个突出特点,学历相对比较高,受到过良好的教育。如"赫连勃勃大王",在网络世界写草根历史,连载"帝国真史"系列小说,取得一定的反响。"赫连勃勃大王"本名梅毅,是一名金融工作者,在此之前他已在深圳文坛崭露头角,发表了中篇小说《赫尔辛基的逃亡》、《白领青年》、《阳光碎片》等,如今又转战网络写手。从这一点来看,深圳网络文学又兼具精英性成分,网络文学并非仅有草根书写,还活跃着相当一部分的精英群体。正因为网络写作对于这些高学历作家来说只是一种业余爱好,来去自如,所以也导致深圳网络作家的流动性较大。但总体来看,网络文学还是一种低门槛的草根写作现象。

伴随全球化时代大众消费文化的兴起,网络新兴媒体的迅速发展,在深圳本土诞生了空前繁荣的打工文学和网络写作现象。这些打工作家、网络写手等草根群体向知识精英阶层发起了严峻挑战,造成了深圳文学创作主体的两极化态势,形成了精英作家与草根作家分庭抗礼、共同书写城市的新局面。但无论是精英书写还是草根写作,他们之间并非完全的二元对立,而是在全球化与本土化两股交叉潮流的互动影响下,有效打破了彼此的边界与壁垒,从网络文学精英书写现象便可见一斑,从而使深圳文学焕发出新的生机,呈现出精英性与草根性并存交融的鲜明特征。

二、先锋性与民间性融合

从文学书写意识来看,"先锋就是反叛和创新,就是绝对的超前性和不可复制性"[1]。20世纪80年代,面对大刀阔斧的城市改革,林雨纯、刘学强、刘西鸿、谭甫成、梁大平等深圳作家先锋般地进行自我思想的"改革",敏锐地捕捉到了现代化城市的新鲜元素,开启了先锋文学的文本实验和精神探索。20世纪90年代,薛忆沩接续了先锋叙事一脉,不仅在叙事技法的雕琢上达到炉火纯青,还实现了先锋叙事与民间立场的融合。进入21世纪以来,吴君的底层写作面向民间生活,关注底层人的生存状态,谢宏展开都市生活的日常化叙事等等,这两种不同的书写姿态构成了深圳文学先锋性与民间性融合的特征。

20世纪80年代改革开放初期,深圳本土作家林雨纯和刘学强的《深圳飞鸿》,是深圳第一部较为全面系统地报告深圳特区改革开放的纪实文集,激发了不少内地读者来深创业的热情。刘学强的《红尘新潮——深圳青年观念更新录》更是宣扬了敢为天下先的深圳精神,展示了深圳改革初期生机勃勃的

---

[1] 洪治纲:《民间与个人》,《小说评论》2001年第3期,第18页。

时代风貌,引发了对"深圳新观念"的热烈讨论。在《红尘新潮》中,刘学强大胆表达了"应做就去做"、"无功就是过"、"二十而立"、"花钱也是一种艺术"的新观念,这些在改革初期萌生的新的思维方式和价值观念,不仅给正在成长的青年带来强烈的心灵震荡,更体现了特区青年把握时代的超前先锋意识。与此同时,深圳特区正经历着一场文化的洗礼,西方文化思潮的涌入,知识分子启蒙思想的萌动,催化了稀疏松软的深圳文学土壤。刘西鸿的《你不可改变我》塑造了一个时尚前卫、特立独行的少女孔令凯,她轻松出走了"万般皆下品,唯有读书高"的社会伦理,勇敢大胆地迈向模特的造星之路。孔令凯这个人物形象在20世纪80年代的社会语境中是极为新潮时髦和具有反叛意识的,而这正表明了作者刘西鸿都市先锋意识的觉醒。谭甫成的《小个子马波利》描绘了在物质时代走向精神溃败的知识分子马波利内心的矛盾、挣扎、孤独和煎熬。受全球化影响,大众消费文化的兴起,使物质主义裹挟着的金钱和欲望构成了都市的核心话语。正如西美尔所说,"金钱变成了绝对的目标,从原则上讲,任何时候都有可能为之努力争取,相比之下,那些时不时的出现的目标,并非全都可以期望,或者能够在任何时候都让人追求的。这给现代人的行动提供了一个持续不断的刺激,现在他有了一个目标,它就像主菜(piece de resistance)一样,只要其他目标给它腾出空间,它就会出现;它一直潜在地存在。这就是现代生活不安、狂热、毫不松懈的特征之原因所在,金钱给现代生活装上了无法移除的轮子,它使生活机器成了一部'永动机'"[1]。谭甫成敏锐地捕捉到了全球物质时代对刚经历启蒙思潮的知识分子所带来的精神焦虑。梁大平的《大路上的理想者》清醒意识到理想者吴为在这个时代必然失落的梦想和焦灼的内心。20世纪80年代,当中国文坛深陷乡土叙事的泥潭,而深圳作家却为都市文学提供了新的精神品格和都市人物画廊,尽显先锋本色。无论是在文本形式、叙事结构还是作品内容上,均显现出先锋的姿态和意义。诚如邓一光所说,"早在内地伤痕文学余热犹在、寻根文学炙手可热,多数人尚不知道现代化为何物时,他们就在书写现代性之于时代和个人的困境和突破意义,是最早在精神上,而非仅仅在文本实验上

---

[1] 西美尔:《现代文化中的金钱》,见薛毅编《西方都市文化研究读本(第2卷)》,广西师范大学出版社,2008,第87页。

的先锋派。那是一个流星划过天际的时刻,可惜,他们存在的时间太短,文学史来不及理解和研究他们"[1]。

另一方面,就写作立场价值而言,"民间化恰恰又带有大众化、庸俗化的意味"。如果说20世纪80年代的深圳都市文学在文本形式、语言艺术、叙事结构和都市意识等方面提供了先锋文本的雏形,迈出了探索和实验的重要一步,那么此后接上先锋叙事一棒的深圳作家薛忆沩,不仅在形式上追求诗意圆融的审美性,而且还成功完成了先锋叙事与民间立场的深度融合。薛忆沩是乔伊斯意识流小说的痴狂者,他有着细腻的心思和缜密的逻辑,同时他对语言的精准和美感又有着近似苛刻的完美追求,力图将数学的精确与浓密的诗意融为一体,使他的小说像一个充满异域色彩的迷宫。因此,薛忆沩也被冠以当代文坛的"异类"。受乔伊斯影响,薛忆沩将叙事视角转移至都市普通人身上。在他的"深圳人"系列小说中,以90年代目睹的深圳人为原型,再现了现代都市人的普通生活。小说《出租车司机》描写了一个出租车司机在痛失妻女后内心的压抑、迷茫和崩溃。一开始作者并没有交代出租车司机的悲痛经历,而是描述了他即将离开这个陌生的都市,在最后一晚出车时所遇到的乘客以及这些乘客的情感故事。而在这些乘客故事中间又穿插了他对妻子和女儿的回忆,夹杂着一种思念和压抑的情绪。正是作者设置了这些叙事迷宫,使读者以为只是借助出租车司机的目光来扫射形形色色的现代都市人,直到最后才交代了出租车司机的妻子和女儿就在几天前惨遭车祸罹难的人间惨剧,出租车司机终于无法压抑自己的情绪而失声痛哭。薛忆沩的叙事注重人物细腻的情感描写,而对事情的交代往往只是一笔略过,加之浓厚诗意的语言与错综复杂的结构,使整个小说笼罩在一种不可名状的压抑和迷茫之中,驱使着读者的好奇心一步一步向前揭开谜底。当故事到达高潮,他又毫不拖泥带水地收尾,给人一种回味无穷之感。薛忆沩在"深圳人"系列小说中还刻画了小贩、物理老师、女秘书、两姐妹、同居者等人物形象,都是以民间立场来观照普通人的都市生活,"立足于民间不消融于民间,在民间环境中保持自己的自由意志,恪守独立的精神空间",这正是他积极主动选择民间化的生存方式,从民间找寻最本真的生命状态和最独特的精神资源,从而实现艺

---

[1] 舒晋瑜、邓一光:《我对我的移居地有着强烈好奇》,《中华读书报》2018年7月18日第10版。

术创新的重要条件。

21世纪以来,吴君的底层写作以人道主义的关怀和悲悯情怀关注底层的生存状态,深度攫取和反思人性,使文学叙事回归民间。出于女性意识的觉醒,吴君特别关注底层打工妹这一群体的生存境遇,由此形成了她底层叙事的"北妹"传统。她的《亲爱的深圳》《复方穿心莲》《念奴娇》《小桃》《福尔马林汤》《樟木头》《富兰克恩》等小说,都集中反映了全球化时代下女性打工者的生存境遇。她们带着对现代化生活的美好想象和无限憧憬"闯入"深圳,但没有一技之长,只能沦为最卑微的打工妹。渴望被城市认可,想方设法留在深圳,解决身份问题是"北妹们"心底的真实诉求。而吴君的小说就为她们摆脱生存困境和身份突围寻求了一条出路,那就是不惜任何代价嫁给一个深圳人,从而进一步凸显了女性在这条盲目涉险道路上的惨痛教训。吴君亲近民间,深入民间,自觉充当着底层"北妹"的代言人,静静审视她们的生命状态和情感际遇,清醒而深刻地捕捉她们人性深处的悲悯与无助。

深圳土生作家谢宏的都市生活日常化叙事,将琐碎、重复、无聊、空虚的日常场景一一铺展开来,这些没有内在逻辑性的场景被他在小说中重复切换,不同的都市面孔被他统统投掷到日常场景中。谢宏小说的日常场景都建构在城市内部的私密空间,公寓、卧室、浴室、半公开的客厅和阳台、厨房等,偶尔出现一些公开的外部空间,如公园、菜场、街道等,也都充满了市井气,没有零星半点的城市现代气息。《纹身师》中杨羽和朱颜确立恋爱关系不过一顿家饭;《貌合神离》中的李白坚持每天下班回家做饭,有天突然提出下馆子,被老婆反复询问是否中六合彩了;《树上的鸟巢》中杨小动家吃饭的菜品都被一一罗列出来。谢宏运用"新写实主义"的手法记录日常生活,散发出一种浸润在民间生活里的烟火气。

深圳文学在20世纪80年代率先开启了西方先锋派小说的实验和探索,展示了都市生活的新观念、新事物和新意识,彰显出一种先锋的姿态和意义。90年代,薛忆沩将一种精湛熟稔的先锋叙事技法融入民间生活,细致体察普通人的凡俗生活,实现了先锋性和民间性的融合。21世纪以来,吴君关注底层生活的写作、谢宏的都市日常化叙事,均流露出一种民间特质。这些深圳作家深入民间,从中获得了难能可贵的精神资源,同时也获得了个体精神的自由空间,从而更好地保留了自身独特的写作意识和审美范式。由此可见,在全球化和本土化的相互渗透下,深圳文学在城市书写意识和价值立场上显现出先锋性与民间性融合的特征。

三、创意性与现实性兼具

伴随科技人文全球化的进程，创新全球化的程度日益加深，引发了全球化背景下的新一轮文化创新大战。面对新形势新要求，深圳这座敢闯敢试的创新之都再次踏上了文化创意的新征程。深圳文博会是中国文化创意产业发展的起点，这项文化产业活动从2004年迄今已连续举办十几届，成为推动深圳乃至中国文化产业发展的引擎。加快文化创新发展，坚持创新引领城市文化发展，努力向创新引领型全球城市迈进，是全球化时代赋予深圳这座城市的新使命。在创新文化强有力的推动下，创新思维和创意文化也随之渗透进深圳文学的创作中来，特别是对青春写作带来了极大启发，形成了深圳文学的创意性特征。

为了让写作富有生命力，激发青少年的创新创意能力，通过在青春文学中大胆融入想象和创意，以期解决青春写作中的一些根本性问题，深圳青春文学提出了"创意写作"的理念。事实上，深圳青春文学也一直在向创意写作努力迈进。由深圳中学生赵荔与英国创意产业之父约翰·霍金斯合著的《遭遇创意队》是一部创意十足、充满奇思妙想的小说，通过创意改变了世界，增添了世界的色彩，同时也重构了一种理解自己和世界的方式。被誉为深圳"动物小说王子"的袁博，他的动物生态小说《大漠落日——一个鸵鸟家族的故事》《火烈马》《内伶仃岛上的猕猴》等都插上了想象的翅膀，带领我们穿越到动物的生存世界，既不失青春的美感，又以动物的视角洞察了生命的本质和价值。深圳"00后"作家马知行，他的动物小说《狼啸》同样充满了创意的想象，揭示了人与自然相互依存的微妙关系，蕴含了对亲情和生命的感悟。深圳天才少女、国内最年轻的红学研究者黄子真的红学研究专著《红楼造梦局》，以阳光明媚的视角穿越时代去重新解读《红楼梦》，开拓了推广民族优秀传统文化的创意空间。伴随着21世纪科技和人文的跨学科发展，近年来，科幻文学日益成为深受大众喜爱的一种文学类型。深圳这座城市具有科幻文学生长的优渥土壤，并一直致力于走在科技前沿，在科幻文学方面积累了良好的基础。如深圳在全国第一个设立"科学与幻想成长基金"，深圳科幻迷自发设立了国内首个"晨星"民间科幻文学奖等。如今深圳又在积极打造全球创新创意之都，得天独厚的文化环境孕育出深圳人自己的科幻故事。2018

年,深圳"90后"科幻作家王诺诺获中国科幻银河奖"最佳新人奖"。2019年,她出版首部科幻小说集《地球无应答》,打通了科技和人文之间的桥梁,反思人类与自身、科技、宇宙的关系,引起国内科幻界广泛关注。从近几年深圳青少年文学创作大赛的参赛作品来看,仍以科幻题材为主打,可见青少年科幻文学热方兴未艾。因此,可以预见科幻文学将会成为深圳创意写作的一个发展趋势。总的来说,创意是深圳青春文学开辟出来的一道亮丽风景线,越来越多的后青春代作家正在挥洒他们的创意激情,精心耕耘着深圳这片文学沃土。

在驰骋想象和创意的同时,深圳文学又折射出深刻的现实性。现实性是贯穿深圳文学四十年发展的一条主线特征。我们不妨简单梳理深圳文学的发展脉络来印证这一特征。20世纪80年代中后期,深圳文学诞生了反映改革开放的文学作品。报告文学是改革初期反映深圳时代变革的重要载体,而现实性是报告文学的一个重要特点。90年代初由陈秉安等人执笔的长篇报告文学《深圳的斯芬克斯之谜》记录了深圳在改革开放十年间所取得的惊人成绩。作者运用典型的报告文学手法,以详实的史料和丰富的数据贯穿行文,通过讲述真实的深圳故事,展示了深圳在改革初期探索市场经济体制的矛盾和冲突。受《深圳的斯芬克斯之谜》影响,后又相继推出《深圳的维纳斯之谜》、《中国魂在深圳震荡》、《深圳纵横》、《深圳传奇》等一系列还原改革初期特区面貌的报告文学。1992年,陈锡添的长篇通讯专稿《东方风来满眼春》,真实记录了邓小平南方谈话,正面宣传了深圳快速发展的城市形象,在全国上下引起轰动效应。钟永华的诗歌《特区的早春》,尽管以诗歌的抒情语言来反映特区改革的真实生活,但通过描绘奋不顾身投身改革事业的开拓者,呈现出特区改革开放波澜壮阔的画面,契合时代主旋律,具有现实启迪意义。这一时期塑造改革先锋形象的小说有李兰妮的《他们要干什么?》,深刻反映了时代变革之下青年观念的更新和竞争意识的觉醒。廖虹雷的《老街》以本土视角描写了特区巨变给"深圳土著"带来的心灵震荡,将个人命运与国家、家庭融为一体,对人性进行深刻的反思,揭示出锐意进取、自强不息的生命意识和特区精神。20世纪90年代,随着全球化进程的加快,市场经济体制的确立,资本在深圳这片土地上催生出神奇的力量,使特区建设中的劳资矛盾逐渐暴露出来。而这一时期的深圳文学也切中时代脉搏,出现了揭示劳资关系的矛盾和冲突的作品。如丹圣的《小姐同志》、郁葱的《夏日寒潮》、陈荣光的《老板,女工们》、杨群的《酒店》、朱崇山的《淡绿色的窗幔》等,反映了城市现代化进程中的社会新矛盾。这些作品所披露的问题及现象无不映照出深圳城市的发展轨迹。

深圳的打工文学与改革文学几乎平行发展,只是打工文学的生命力更强大,至今仍活跃在深圳文学的舞台上。打工文学反映了成千上万的打工一族背井离乡,来到城市赚钱谋生所面临的诸多社会现实问题,如城乡二元结构、户籍限制、劳资关系、身份认同等等,他们忠实还原了打工生活的艰辛与苦涩,以此来宣泄内心的冲突和矛盾,为自己主动争取话语权,寻求一种精神和心灵的慰藉。从某种程度上来说,打工文学对深圳文学乃至当代社会转型文化研究具有十分重要的现实意义。

进入 21 世纪以来,随着市场经济的浪潮此起彼伏,大众文化日趋兴起,深圳作家丁力的小说涉及债券、股票、职业法则、上市公司、资产重组、官商勾结等内容,无疑很好地满足了大众日益增长的消费文化需求,能让读者从文学书籍中获取一些具有实用价值的金融知识和商场法则。丁力的《高位出局》是一部探究"股海"内幕的商战小说,曾经困扰千万散户的疑惑都能在《高位出局》中找到答案。他的《职业经理人手记》堪称一本职业经理人变形记,以他多年商界体验传授现代职业经理人"生存秘籍"。丁力的商战小说成功地将深圳、经济和逻辑三者有机结合,催化了深圳现实社会光怪陆离的商界图景。2004 年以来,曹征路的底层写作引起轰动效应,使现实主义文学传统再次浮出水面。曹征路、吴君和盛可以的底层写作,关注底层生活,强烈批判社会弊端,彰显出强烈的现实主义精神。2008 年,李兰妮出版《旷野无人》,将她与抑郁症治疗抗争的过程一一记录下来,堪称"非虚构文学体小说中的范本",这种非虚构纪实文学比现实主义文学更具现实的勇气、精神和力量。紧接着,李兰妮又出版了姊妹续篇《我因思爱成病:狗医生周乐乐和病人李兰妮》,继续沿用非虚构手法,忠实地记录下了自己在治疗抑郁症期间与狗医生之间发生的故事。2010 年以后,邓一光发表了"深圳三部曲"共三十四篇小说,其中以深圳或深圳地名来直接命名的小说就多达二十二篇,如《我在红树林想到的事情》《宝贝,我们去北大》《离市民中心二百米》《所有的花都是梧桐山开的》《万象城不知道钱的命运》《在龙华跳舞的两个原则》等,几乎都以深圳人原型来写深圳事,揭示了现代深圳人的精神困惑和生存焦虑。纵观深圳文学四十年的发展脉络,真实地反映现实生活,展示时代面貌,揭示现代人的生存和精神困境,几乎成为深圳文学的一种创作主流,强烈而深刻的现实性是深圳文学一以贯之的一种文学特质。

在创新文化全球化的背景下,一方面,深圳坚持创新引领城市文化发展,这种创意文化和创新思维对深圳青春写作产生了深远影响,加上一直以来深圳青春文学积极倡导创意写作,使深圳青春写作充满创意和想象,并将这种创意延伸至科幻文学领域,涌现了一批年轻有为的青春作家,更增添了深圳文学的创意色彩。另一方面,深圳文学四十年的发展,从城市建立之初的改革文学、都市文学到90年代呈井喷式发展的打工文学,再到21世纪商战文学、底层写作等等,均体现出文学对城市的一种现实投射。放眼未来,以儿童文学、青春文学、后新生代写作、科幻文学等为代表的创意写作,以现实主义精神反哺新城市文学生长的写作姿态和艺术追求,将是深圳文学未来发展的一种主流趋势,而创意性与现实性兼具的特征也将成为引领深圳都市文化崛起的一个新的着力点。

结　语

深圳文学中全球化和本土化并非完全对立冲突的关系,而是全球化会在深圳文学的土壤中被本土化,从而走向彼此渗透、相互融合的"全球本土化"发展趋势。深圳文学正是在全球本土化语境中茁壮成长起来的一种新城市文学,其雅俗并存、多元共生的文学形态无不受益于一种全球本土化的文学实践。在全球化与本土化的双重影响下,改革开放四十年的深圳文学形成了精英性与草根性并存、先锋性与民间性融合、创意性与现实性兼具的特征,为打造和而不同、包容开放的深圳现代城市文明典范提供了重要支撑。因此,全球本土化不仅是深圳文学成长和发展过程中不可忽视的一个文化语境,为深圳文学特征的理论确认开辟了一种新视角,而且在全球本土化的理论话语和文化实践中开展城市文学的对话合作,促进文化的交流互鉴,推动中华优秀文化走向世界。这也为深圳文学繁荣发展提供了一条新路径。

黄海静,深圳职业技术大学中国语言文学副教授。本文刊于《深圳职业技术学院学报》2023年第1期。

"南方转向"视阈下的全球文化与国际传播:格局与使命

史安斌　戴润韬

当今世界格局变乱交织,危险和机遇并存,以"乌卡"(VUCA)为特征的全球风险社会已经到来。全球文化思潮激流涌荡,国际传播南北两极化态势加剧。一方面,以煽情博取眼球的"新黄色新闻"和批量"洗稿"、品质低劣的"肉渣新闻"(pink slime journalism)借助于算法和流量在数字空间"死灰复燃",以"去价值化"掩盖市场化新闻逐利的本质,同时带来事实核查的挑战。国际舆论场上误讯、谬讯、恶讯(MDM)层出不穷,同时也带来层出不穷的版权、伦理争议,强化全球数智治理体系建设业已成为各国共识。另一方面,"全球南方"(Global South)在国际政治和全球治理领域的能见度和影响力进一步提升。2023年被誉为"全球南方年",金砖国家峰会、二十国集团(G20)峰会和第三届"一带一路"国际合作高峰论坛都体现了南方国家积极合作的决心。中国促成伊朗和沙特复交以及巴西向乌克兰提出的"和平建议",则体现了"南方"国家在全球治理中与日俱增的话语权和主导地位。

在百年变局的时代背景下,中国领导人提出的全球三大倡议为建设更加公平、公正、包容、普惠的国际秩序指明了方向,尤其是全球文明倡议从顶层设计和实践机制等方面为提升国际传播效能、打造"世界文明百花园"擘画了路径。本文以"南方转向"为视角,通过梳理当下全球文化格局演进的趋势和特征,从共建全球社区,共享数智华流和共治数智技术等路径解析全球文化新秩序下国际传播所承担的新使命。

一、当前全球文化格局演进的趋势和特征

1. 北退南进：全球政治文化的两极化

在后疫情、后真相时代，世界格局变乱交织，地区冲突升级，政治势力阵营对垒，选举活动波谲云诡。随着世界和平、发展、安全和治理全面爆发赤字危机，全球政治文化来到了"进则极化，退亦可行"的Y字路口，[1]理解全球政治文化是解构全球文化格局的首要锚点。2024年被称为"超级大选年"，美国等78个国家和地区先后举行重要选举活动，影响覆盖了60%的世界人口。值此关键节点，全球北方和南方的政治文化呈现两极化趋势。一方面，发达经济体构成的全球北方以"脱钩"、"断链"、"去风险"为借口继续推动"逆全球化"，将国内政治经济风险转嫁发展中国家。新民粹主义则加剧了"乌卡"时代的不确定性，政治极端化和社交媒体展演成为少数政客进行民意动员的"王牌"。另一方面，在区域战乱频发、全球经济下行的寒潮面前，全球南方相互抱团取暖，向世界注入推动人类发展进步的正能量，在国际政治舞台继续提高声量，以南南合作搭建全球治理新平台。

具体而言，全球北方政治文化呈现出保守化、冲突化和普泛化的显著特征。首先，泛风险和泛安全的全球政治文化使得保守主义大行其道，进一步加剧了全球化的逆转和降级。美国是贸易保护主义和单边主义的始作俑者，《通胀削减法案》引发澳、韩等盟国的担忧。欧盟委员会发布《欧洲经济安全一揽子计划》，步美国后尘高筑欧洲版"小院高墙"。其次，全球政治多极化带来的大国竞争造就了"强国打擂，弱国选边"的"冲突型"政治文化。新兴大国和区域强国的集体崛起激化了世界各国的政治经济竞合，"代理人战争"与"叙事战争"里应外合，加剧全球的分裂和极化。最后，数智技术的飞速发展推动了全球政治文化的普泛化。数智技术打通了自下而上的全球治理参与渠道，重塑了"数智公共领域"和"民粹主义时刻"，使美国常春藤高校等非政治场域沦为巴以冲突的"第二战场"。

相比之下，合作共赢却是全球南方政治文化的关键词。2024金砖国家

---

[1] 中国人民大学重阳金融研究院：《Y型路口上的世界——2024年人大重阳宏观形势年度报告》，2024年1月19日，第35期，第13页。

领导人峰会迎来历史性扩员,进一步贡献全球治理体系的南方智慧,合作成员国全球国内生产总值(GDP)占比已超七国集团(G7)。而非盟受邀加入二十国集团(G20),使非洲国家在全球治理体系中的代表性和话语权进一步提升,加速成长为全球政治文化的新生力量。

2. 北降南升:全球消费文化的格局重组

后疫情时代,全球经济乍暖还寒,世界银行预测2024年世界经济增速将降至2.4%,美欧发达国家经济滞胀,全球南方国家将成为世界经济增长的重要引擎,而消费文化则将是经济增长的新亮点。总体而言,全球消费文化呈现"北降南升"的趋势。一方面,以好莱坞、迪士尼等为代表的欧美文化娱乐产业发展疲软,创新动能不足。受到流媒体和人工智能技术的冲击,2023年美国好莱坞电影票房增长乏力,劳资关系激化引发电影行业大规模罢工,并导致2024年"无片可排",预期电影票房锐减。以迪士尼和环球影城等主题公园为代表的娱乐消费产业全球遇冷,园区假期旺季平均等待时间下降5—10分钟。[1]

另一方面,全球文化"由南向北"的反向流动趋势强劲,全球南方消费文化强势崛起。源自中国企业的应用在苹果应用商店2023全年下载量榜单前五名中独占三席,分别是Temu(拼多多海外版)、Capcut(视频剪辑应用软件)、TikTok(抖音海外版)。印度"宝莱坞"(Bollywood)电影2023年全球票房超十三亿美元,创历史新高,[2]尼日利亚的"诺莱坞"(Nollywood)紧随其后,每年拍摄制作影片2000余部,成为全球第二大电影工厂。

就区域而言,以往一直处于边缘的东亚逐渐走进全球文化市场的"中央舞台"。首先,亚洲消费市场潜力巨大,成为跨国企业的核心目标市场。奢侈品巨头路威酩轩(LVMH)与吉利汽车达成协议,进军中国的新能源汽车赛道,其2023年总营收的31%来自亚洲地区。希尔顿、万豪、洲际等国际酒店

---

[1] Delouya, S., & Chen, N. "'Nobody was there': What's behind the summer slump at Disney World and Universal Orlando", CNN, https://www.cnn.com/2023/07/13/business/disney-world-universal-orlando-attendance-down/index.html, 2023/07/13, 2024/7/8.

[2] Deepak, V. Bollywood's $1.3 billion comeback year in 2023 was one of its best of all time, Fortune, https://fortune.com/2024/01/02/bollywood-2023-box-office-1-3-billion-comeback-year-gross-india/, 2024/01/02, 2024/7/8.

大中华区业绩表现亮眼，2024年将进一步扩张亚太版图。其次，东亚消费文化模式席卷全球。继"日流""韩流"之后，"数智华流"又成为全球消费文化新的引领者。Temu凭借"像亿万富翁一样购物"的宣传语，以邀请好友跟单后享受低价或免费商品的政策，建构了基于分享逻辑的用户购物社区和消费文化社群，掀起了海外线上购物热潮。2023年TikTok直播销售额达200亿美元，72%的欧美"Z世代"青年使用TikTok网购，[1]直播购物成为各国青年人新的生活方式。最后，东亚文化产品再创佳绩。2023国际唱片业协会（IFPI）发布全球畅销艺人排行榜，韩国艺人"霸榜"前十，韩流单曲占领"公告牌"音乐前200榜单冠军的次数刷新纪录。[2]奈飞（Netflix）开年高分美剧《降世神通：最后的气宗》（Avatar: The Last Airbender）以中国历史、建筑、服装等文化元素为框架，选用了来自亚洲48个国家和地区的演员，再度引发现象级"东方文化热"[3]。中国电影《满江红》和《流浪地球2》跻身2023电影全球票房榜前十名，进一步扩大了中国影视在全球的影响力。由中国游戏公司"米哈游"开发的《原神》以丰富的人物和装扮系统及杂糅的文化元素备受全球玩家追捧，凭借文化消费和符号消费成为全球最"赚钱"的游戏，《王者荣耀》国际服在东欧、中东、北非、中亚和南亚地区上线则进一步扩大了中国游戏的全球影响力。

3. 北领南追：全球数智技术的"军竞化"

随着ChatGPT等生成式人工智能（AIGC）模型的出现，通用人工智能（AGI）技术迈向成熟。AI对全球产业升级，全球经济创新以及人类生存模式均产生了巨大的影响，全球18%的工作岗位将被AI取代，3亿劳工面临下

---

[1] Piechowskie, T. "Will TikTok Shop Dominate Social Commerce in 2024?", eVision Horizon, https://www.envisionhorizons.com/will-tiktok-shop-dominate-social-commerce-in-2024, 2023/11/1, 2024/7/8.

[2] McIntyre, H. More K-Pop Albums Hit No. 1 In America In 2023 Than Ever Before-And BTS Wasn't Involved, Forbes, https://www.forbes.com/sites/hughmcintyre/2024/02/15/more-k-pop-albums-hit-no-1-in-america-in-2023-than-ever-beforeand-bts-wasnt-involved/?sh=e37a85945aa1, 2024/02/15, 2024/7/8.

[3] Co, R. "Avatar: The Last Airbender Star Dallus Liu on Being Asian in Hollywwod", Tatler, https://www.tatlerasia.com/gen-t/leadership/avatar-the-last-airbender-dallas-liu-2024, 2024/02/20.

岗危机。[1] 全球数智技术的"军备竞赛"已经打响。首先,各大科技公司"你方唱罢我登场",不断推出算力和数据量更庞大的 AI 模型。前有 ChatGPT-4,后有美国初创 AI 公司 Anthropic 旗下"克劳德-3"(Claude-3)和谷歌旗下"双子座-1.5pro"(Gemini 1.5 Pro)等 AIGC 模型,再次刷新了大语言模型(LLM)可处理的最大信息量。2024 年春节期间发布的 Sora 模型首次实现 AI 从文字内容理解到符合人物情感、物理规律和情景逻辑的长视频创作的转化,成为 AGI 发展的又一个"奇点"。其次,作为 AI 技术实现的基础设施,芯片的研发与先进制程技术紧密相关。全球最大"AI 军火商"英伟达击败亚马逊和谷歌加入 2 万亿俱乐部,其所生产的 AI 芯片供不应求。亚马逊、脸书(Meta)、谷歌和微软等公司均接连发布自主设计的 AI 芯片。苹果混合现实头显(Vision Pro)设备的问世,以及中国贝塔伏特公司研发的全球首款民用微型核能电池等则加快了元宇宙从梦想照进现实的步伐。第三,数智时代通信渠道亟待扩容,各国争相制定 6G 等新一代通信技术标准,建立以平等包容、可信及为核心的数智技术全球共治机制仍是主流方向。

　　数智技术的"军备竞赛化"趋势,给全球文化格局带来了新的机遇和挑战。首先,全球数字鸿沟已转变为数智鸿沟。互联网时代遗留的全球南方传播渠道不丰富、通讯基建不完善问题尚未得到妥善解决,数智技术的飞速发展进一步从算法和芯片两个维度加剧了资源分配和传播格局的不平等。虽然 2023 年的"百模大战"给中国数智技术创新打了一剂强心针,但 Sora 等模型的问世也表明在这场 AI"军竞"中,"北领南追"的趋势仍未改变。其次,以中国、印度为代表的南方国家擅长另辟蹊径实现弯道超车的策略进一步强化,TikTok 的全球风靡例证了"数智模式"出海的可行性。社交媒体用户只需学习模板动作,匹配相近的音乐,运用 AI 剪辑,并定点推送给对此感兴趣的受众,即可产生"科目三"等具有全球传播力的数字迷因。同时,数智"军竞"带来了传播安全风险。尤其在"超级大选年"的背景下,AI 对声音、图片、视频的"高保真"伪造引发了学界和业界的担忧。美国政府签发 AI 短期禁用

---

[1] Toh, M. "ChatGPT and AI automation: 300 million jobs could be affected globally, says Goldman Sachs", CNN, https://www.cnn.com/2023/03/29/tech/chatgpt-ai-automation-jobs-impact-intl-hnk/index.html, 2023/03/29.

令以对抗"AI武器化",以 X(原推特)、脸书、全球知名数字媒体公司奥多比(Adobe)为首的 20 家科技公司联合签署声明,加强 AI 造假的管控力度和惩罚措施。

二、"南方转向"视域下的国际传播新使命

在全球文化格局不断演进的当下,国际传播和跨文化传播实践的"南方转向"业已成为不可阻挡的历史潮流。作为全球南方的引领者,中国国际传播肩负了打造开放、平等、包容的全球文明共荣社区的使命。在理念层面通过塑造"可信可爱可敬"的中国形象,共建创新包容的全球文明共享社区。在实践层面"既开放自信也谦逊谦和",打造互通互鉴的数智华流传播矩阵。在方法层面"把握新一轮科技革命的新机遇",共创安全开放的全球数智合作平台。

1. 共建全球文明共荣社区

后疫情时代的地缘政治关系紧张,地区冲突此消彼长,政治传播生态恶化,人类社会面临前所未有的挑战。国际传播作为促进人类文明互通互鉴互融的有效手段,对维系世界和平与发展起到了稳定器的作用。面对百年变局和少数国家发动的新冷战,中国领导人提出的全球文明倡议,以"对话协商"代替"耙粪攻讦",以"引导纠偏"代替"放任自流",共建全球文明共荣社区体现了抵御全球风险的中国智慧。首先,有效的国际传播能够打造命运与共的"地球村"和繁荣的世界文明百花园注入思想和文化的力量。我们要破除"修昔底德陷阱"的自证逻辑,跳脱"文明冲突论"的思维羁绊,以多元、平等、包容、互鉴为理念,尊重世界文明的多样性。其次,建设全球文明共荣社区秩序需要"求同存异",在理解不同文明价值观差异的同时寻找文明间的相通处,弘扬全人类共享的共同价值。第三,各国文化如百卉千葩,均由本国历史土壤供给养料。建设全球文明共荣社区需要我们重视文明传承,通过国际化的视野发掘传统文化的时代价值,推动各国文化"美美与共",共创人类文明新形态。

从国际传播实践的角度来看,全球文明对话和国际交流合作能促进不同文明间的情感交融。我们要以"好感传播"替代政治对垒,向全世界传递积极

向上的"正能量",打造风清气正的全球文明共荣社区。具体而言,我们可以倚借传统文化、城市传播和生态文明三个维度的丰富理论资源,寻找中外文明的情感共性。首先,在传统文化维度上以中华上下五千年的深厚的文明为基础,借力重要的传统节日,发掘符合当代主流价值观的文化符号。2024年总台春晚以其创纪录的国际收视率被称为国际传播的"金名片",200个国家和地区的2300多家媒体对春晚进行了同步直播和报道。作为国际化的喜庆节日,春节文化的国际传播不仅展示了中华文化的丰富性,同时也给世界描绘了吉祥喜乐、积极向上的美好愿景。其次,城市传播是讲好中国故事的另一渠道。2023年的中国城市国际传播渐入佳境,海外影响力稳步提升。成都中欧班列"圈粉",广州科教创新制造"智核",西安"大唐文化"走向世界,打造了以城市文化魅力为核心的好感传播体系。第三,生态文明是"可爱"中国的重要实践场域,全球社会对生态环境的共同关注是共建全球文明共荣社区的重要切入点。2020年中国领导人擘画的"双碳"蓝图获世界瞩目,2021年云南"大象迁徙"引全球围观。《联合国气候变化框架公约》第二十八次缔约方大会(COP28)期间,中国举办100余场边会活动,与各国分享生态文明国际合作的中国方案。

2. 打造数智华流传播矩阵

当下数智华流的国际传播以"模式"和"杂糅"为核心特征,摆脱了"复刻的硅谷模式"(Copy to China, C2C)路径,打造了具有技术原创性的"模式出海"(Copy from China, CFC)创新。[1] 一方面,以数智技术为核心的数智华流打破了国际传播"盎格鲁-撒克逊文化"输出一家独大的传统文化格局,回应了去意识形态化的数据库逻辑,顺应了全球社交媒体和新闻传播行业拥抱算法和智能平台的技术趋势。模式化的内容生产降低了学习成本和时间成本,增加了技术可得性,顺应了Z世代青年和"第三文化人"抵牾数字空间建制化的思路。与强调自身优越性和排他性的"盎撒"文化不同的是,"数智华流"精细化锚定受众的需求和品位,通过非刚性的传播逻辑实现了去中心化的平台世界主义传播技术创新。另一方面,"一带一路"倡议下的南南合作使

---

[1] 史安斌、朱泓宇:《数字华流的模式之争与系统之辩:平台世界主义视域下中国国际传播转型升级的路径与趋势》,《新闻与传播评论》2022年9月,第5—14页。

数智华流随着国际经济和传播活动流入沿线国家。数字"一带一路"合作实现了包括光缆、通信基站、移动通信设备等通信基础设施的自创、自建、自主，为建构由南方国家主导的国际政治经济"替代性叙事"创造了基础条件，让"一个世界，多种声音"的愿景逐渐变为现实。

具体而言，数智华流已成为继"日流二次元"、"韩流"后向全球北方输出文化创新的重要源头。TikTok不断创造如"一剪梅"、"科目三"、"素人改造"等带有鲜明中华文化特色且具有全球传播效力的数字迷因。"起点国际"等国际化网文平台在海外的成功也催生了以海外短剧平台（Reel Shorts）为代表的新兴网剧平台，使"霸总风"视频出海。电商平台Temu继火爆美国后又席卷日本，2024年年初用户人数已达到三大日本综合电子商务平台（亚马逊、乐天及雅虎）平均用户人数的52%。[1] 2024年中央广播电视总台春晚在海外取得的成绩则进一步例证了VR、AI、5G等数智技术对中华传统文化国际传播的助力作用。另一方面，为了顺应后疫情时代"低端全球化"（Low-end Globalization）浪潮，数智华流在为全球南方提供高质量文化娱乐产品的同时，不断完善"替代性传播网络"的精细化建设。目前，四达时代已经成为非洲第二大电视媒体内容供应商，向各渠道超过4000万视频订户提供中国电视节目内容。当代都市生活题材电视剧、创业题材剧、玄幻仙侠剧、古装剧和中国动画等均受到非洲观众的广泛喜爱。广东传音控股则专注于中低端通信设备出口，其非洲市场占有率超40%。基于设备基数优势，传音控股着手打造软件生态，与起点国际达成协议，在所售通信设备中内置网文阅读软件；与网易合作孵化了音乐流媒体平台（Boomplay），为非洲用户提供正版中国流行音乐资源。此外，传音基于自家通信设备开发的跨平台社交媒体软件（Palmchat）已在全球拥有超1.4亿注册用户。[2] 借此，以数智技术为矛的北向传播逻辑与以"数智丝路"为盾的南南合作逻辑形成合流效应，进一步打造全球共享的数智华流传播创新矩阵。

---

[1] 松田直树：《中国电商席卷日本》，《环球网》，https://baijiahao.baidu.com/s?id=17916446 18506122616&wfr=spider&for=pc，2024年2月23日。
[2] 《远行非洲，这款中国手机靠什么传"佳音"》，新华每日电讯，http://www.xinhuanet.com/mrdx/2024-01/24/c_1310761800.htm，2024年1月24日。

3. 引领全球数智治理

数智技术的快速发展给国际传播带来了巨大的机遇和挑战,"事实核查"和"AIGC识别"成为当下国际新闻传播领域亟待处理的关键性问题。数智"黑箱"坐拥知识获取的"生杀大权","数智杀熟"的算法歧视屡见不鲜,"算法个性化"(Algorithmic Individuation)也在"逆建构"人类的自我认同,带来数字失焦、技术后冲和技术自反性等文化困境。目前美欧各国虽未针对数智技术监管制定法律,但已出台相关指导性文件。然而,美西方的数智技术治理方案的本质是以本国利益为核心的双重标准实践。一方面鼓吹"技术中立",吸引全世界参与AI模型建设,贡献数字劳动力。另一方面,限制AI芯片和AI核心技术出口,打压全球南方数智技术发展,利用数智技术优势强化意识形态偏见、文化对立和知识权力垄断,以"机器人识别"等借口剥夺非西方国家在国际舆论场中的发言权,重塑数智话语霸权。

数智技术治理攸关全人类命运,是当下国际传播亟待关注的使命和议题,确保"AI向善"、不能走"先发展后治理"的老路成为全球数智治理的出发点,而确保南方国家不再"缺席"、"失语"也成为全球数智治理体系建设的基本考量。中国提出的《全球人工智能治理倡议》则为促进全球数智技术的健康与可持续发展提供了符合广大南方国家发展水平和实际需求的方案与愿景。具体而言,国际传播实践可从三个维度促进全球南方国家平等参与全球数智技术治理。首先,通过国际传播实践保障全球南方国家在全球数智技术治理过程中的发言权,成立全球各国平等参与的数智技术共治体。参与各方需秉持开放合作的理念和可持续发展的安全观,通过对话协商的方式建构包容的治理框架,缩小数智鸿沟,消灭算法歧视。其次,以国际传播实践保障全球数智技术的平等可及,打破美欧根服务器霸权和网关垄断,打造AI公共品和无技术壁垒的全球数智技术供应链。最后,通过国际传播实践推动全球数智技术标准和评估体系的制定,消弭AI研发"武器化"和"军竞化"的危险趋向,借助统一标准实现互通互助互鉴的共同发展,进而通过国际对话与技术合作凝聚共识,促使数智技术造福人类,推动构建"人机命运共同体"。

结论与展望

全球政治、经济、技术发展的不确定性风险成为新常态,世界面临继续开放合作还是筑起"小院高墙"的抉择。一方面,全球范围内政治、经济、军事冲突长期化的趋势打破了以美欧为代表的西方"独善其身"的迷思。另一方面南方逐渐成长为全球政治和文化场域的新生力量,在西方缺位的时代以开放包容的心态积极参与全球治理,将推动创建人类命运共同体和人类文明新形态有机结合起来。总的来说,南方国家在全球政治文化、消费文化和数智文化场域中的能见度大大提升。以中国为代表的全球南方不断向世界提供思想智慧、经验实践、方法技术等公共产品,加速推进了全球文明共荣社区的建设,从而刮起涤荡"逆全球化"阴霾迷雾的一股清风。借此,我们以"南方转向"为视角,理解当下全球文明格局演变的趋势与特征,进一步解析国际传播应当承担的新使命。在政治文化领域,向世界传播正能量,打造以好感传播为突破口的全球文明共荣社区;在娱乐消费领域,以数智技术和"数智丝路"促进数智华流传播南北合流,打造高效能的国际传播新矩阵;在数智技术领域,从国际传播视域出发,深度参与数智技术的全球治理,为全球南方平等参与"美欧制霸"的国际舆论讨论创造新机遇。综上所述,以"南方转向"视角把握全球文化格局,探索国际传播新使命,能够在"乌卡"时代生产有针对性、目的性和实践性的新知识,构建高效务实的中国特色国际传播理论和实践体系。

史安斌,清华大学新闻与传播学院教授。戴润韬,清华大学新闻与传播学院博士研究生。本文刊于《对外传播》2024年第4期,标题和内容等均有增删。

跨学科视野下文学和舞蹈的比较研究

陈华菲　肖明文

英国思想家哈夫洛克·埃利斯(H. Havelock Ellis)在其著作《生命的舞蹈》(2015)中说道:"如果我们对舞蹈艺术感到冷漠,我们就不仅无法理解肉体生命至高无上的表现,也无法理解精神生命的至高无上的符号。"[1]舞蹈这门以人的身体为媒介,以动作、舞姿、表情、造型等特殊的语汇为表现手段的形象艺术,和文学一样,具有反映现实和表现人的思想情感的意义。在当今人文社会科学研究界,学者们似乎对文学和舞蹈学这两门学科之间的比较研究兴致索然。这种现象背后的原因何在?我们是否可以将文学和舞蹈加以学理化比较?如果可以,这种跨学科比较研究该如何进行?本文将尝试回答上述问题,继而阐明,跨学科语境下文学和舞蹈的比较研究,将为比较文学学科的发展带来一股新的活力。

一、文学与舞蹈比较研究的学理依据

文学与舞蹈的比较研究属于比较文学"跨学科研究"的范畴,它以文学为中心,通过文学与其他知识形态和学科领域的系统比较,反过来加深对文学本质与特征的认识。一般来说,比较文学界普遍认可的"跨学科研究"的研究对象主要分为三种,即文学与其他艺术的比较研究,文学与社会科学的比较研究,以及文学与自然科学的比较研究。相比其他两种形态,"文学与其他艺术的比较研究"在比较文学"跨学科研究"中占有优先位置。这主要是因为文学与美术、音乐、舞蹈、戏剧、影视等其他艺术门类同属以想象性、情感性和审

---

[1] 哈夫洛克·埃利斯:《生命的舞蹈》,傅志强译,知识产权出版社,2015,第34页。

美性为特性的文化类型。通过文学与这些艺术门类的比较，最容易探得文学作为语言艺术不同于其他艺术门类的独特性质，也最容易探得文学与其他艺术一同分享的美学特征和共同规律。[1]

从比较文学史来看，在该学科发展的第一阶段，文学和其他艺术的比较研究这一论题并未进入研究者的视野。巴尔登斯伯格(Fernand Baldensperger)在其《比较文学杂志》创刊号中对这一论题只字未提。不论是贝茨还是巴尔斯登伯格编的《比较文学书目》都不包含这一论题的研究，直到弗里德里希修订巴尔斯登伯格的《书目》时，才增加了"文学与其他艺术关系"的部分。梵·第根在《比较文学论》的一小节中简略提到音乐与造型艺术，只有毕修瓦和罗梭在他们合著的《比较文学》一书中明确地将"文学与其他艺术关系"的研究包括在比较文学的范围内。直到20世纪中期，随着美国学派的诞生，雷马克的定义明确地将文学与其他艺术关系的研究纳入比较文学的范围，这一领域的研究才成为比较学者关注的对象。[2]近半个世纪以来，学者们在该领域接续耕耘，发表了大批高水平有分量的论文和专著，文学与其他艺术关系的研究也因此变得更加多元和深入。这些努力为文学研究本身注入了新鲜的血液，也带来了因不同学科研究交叉碰撞所产生的理论和批评实践的创新活力。

在《比较文学译文集》(1982)中，张隆溪教授收录并翻译了玛丽·盖塞(Mary Gaiser)的论文《文学与艺术》，该文被视为文学与其他艺术研究的代表作。盖塞在文中颇有洞见地指出，文学和艺术的比较研究对艺术史家、艺术批评家和文学批评家、文学史家而言都意义重大，因为它促进了文学和其他门类艺术之间的相互阐发，从而帮助批评家们更深刻地理解他所研究的作品。此外，作者还进一步阐释了在比较文学视角下展开文学与艺术比较研究的不同方法和路径。为此，她追溯了西方文艺批评史上的几部经典作品，如德国批评家莱辛(Gotthold Lessing)的《拉奥孔》和加尔文·布朗(Calvin Brown)的《音乐与文学》。前者着重论述了文学和造型艺术之间的区别，以矫正一味强调"诗画一致说"的偏颇；后者则大量分析了音乐与文学的共同因

---

[1] 曹顺庆、徐行言:《比较文学》,重庆大学出版社,2016,第160页。
[2] 刘象愚:《从比较文学到比较文化》,复旦大学出版社,2011,第116页。

素和相互渗透,而且颇具说服力地举了很多作家和音乐家相互影响、互相启发的实例。盖塞的文章无疑为从事文学和其他艺术比较研究的学者开阔了学科视野和奠定了研究基调,此后的研究几乎都是在此基础上进行理论的扩充和具体选题批评实践的落实。自80年代以来,中国关于比较文学学科的著作中几乎都有章节讨论文学与艺术的比较研究。蔡先保的专著《文学与其他艺术比较研究》(1998)更是这一领域研究的力作。作者在书中对文学与音乐、绘画、建筑和电影这四门艺术的历史联系和本质异同进行了纵向和横向的细致研究。

然而,国内外关于文学和其他艺术比较研究的论文和专著中多是关于上文提到的文学与音乐、绘画、建筑和电影等艺术的对比研究,而文学与舞蹈的比较研究则几乎不见踪影。世界闻名的音乐史家和舞蹈史家库尔特·萨克斯(Curt Sachs)在他久负盛名的《世界舞蹈史》(2014)一书的序中断言:"舞蹈是一切艺术之母。"[1]在人类语言和文字尚未出现之前,人们就以自身形体动作和表情进行交流。在原始社会漫长的历史变迁过程中,首先出现的艺术类型是舞蹈。作为一种"母体艺术",舞蹈产生了音乐和诗歌,而对舞蹈的模仿又可以过渡到绘画与雕塑。此外,音乐与诗歌存在于时间,绘画与建筑存在于空间,只有舞蹈既存在于时间同时也存在于空间,这是舞蹈与其他艺术相比所独有的特质。在此意义上,舞蹈比其他艺术对文学产生的影响更为悠久和深远。

但遗憾的是,舞蹈与文学的跨学科比较研究并不被当今严肃的学术研究所重视。苏珊·琼斯(Susan Jones)在其2013年的著作《文学,现代主义与舞蹈》(*Literature, Modernism, and Dance*)开篇一针见血地指出:"舞蹈与文学相互影响、相互启发的关系是现代主义中最引人注目却未被充分研究的特性之一。"[2]该书是学术界第一部明确提出将舞蹈和文学两个独立的学科并置在一起讨论的专著,作者在书中爬梳了同在现代主义思潮影响下的西方文学、美学和舞蹈之间相互阐发、复杂共生的关系,这不仅填补了此前跨学科视野下文学和舞蹈比较研究领域的部分空白,也为该领域此后的研究提供了重要

---

[1] 库尔特·萨克斯:《世界舞蹈史》,郭明达译,上海音乐出版社,2014,第2页。
[2] Susan Jones, *Literature, Modernism, Dance*, Oxford: Oxford University Press, 2013, p. 1.

参照。事实上,在 2010 年再版的《劳特里奇舞蹈研究读本》(*The Routledge Dance Studies Reader*)中,编者揭示了从 20 世纪末到 21 世纪前十年,舞蹈研究经历了多次重大转向,这使得研究者们不再局限于研究舞蹈作品本身以及舞蹈家传记,而是将舞蹈置于社会、历史、政治和经济的语境中去考察,从而形成了"新舞蹈研究"(New Dance Scholarship),主要关注将舞动的身体转化成语言、将舞蹈当作"文本"来研究、舞蹈实践与理论之间的关系,以及舞动的身体与个人和群体身份的关系等问题。[1] 换句话说,"新舞蹈研究"正在逐渐摆脱传统的形式主义舞蹈美学研究和舞蹈史研究的桎梏,而发展成一门"问题导向"(issue-based)的学科。在此过程中,舞蹈学本身与其他学科之间的壁垒和界限不可避免地被打破,出现了舞蹈学与人类学、哲学、语言学和历史学等不同学科的交叉研究。此外,书中还提到在 20 世纪 80 年代,舞蹈研究与身份政治(politics of identity)紧密相关,研究者们尤其关注对舞蹈作品中的性别、种族、阶级等方面的解读,因此会借鉴发轫于英语文学系的后殖民理论、女性主义理论、酷儿理论和批判种族理论等,这可以说是文学理论与舞蹈的明显交集。[2] 除了以上提到的学术界关于文学与舞蹈比较研究的例子以外,还有一些零星的研究成果,[3] 但总的来说,该领域的研究尚在起步阶段,相较于文学和其他艺术比较研究硕果颇丰的情况仍有较大差距。

---

[1] Janet O'Shea, "Roots/Routes of Dance Studies," *The Routledge Dance Studies Reader*, Eds. Alexandra Carter and Janet O'Shea, London and New York: Routledge, 2010, p. 1.

[2] Ibid., pp. 7-8.

[3] 其他探讨文学和舞蹈的论文和专著包括:Mark Kinkead-Weekes, "D. H. Lawrence and the Dance," *Dance Research: The Journal of the Society for Dance Research* 1, 1992, pp. 59-77; Nancy D. Hargrove, "T. S. Eliot and the Dance," *Journal of Modern Literature* 1, 1997, pp. 61-88; Terri A. Mester, *Movement and Modernism: Yeats, Eliot, Lawrence, Williams and Early Twentieth-Century Dance*, Fayetteville: University of Arkansas Press, 1997; Alexandra Kolb, *Performing Femininity: Dance and Literature in German Modernism*, Oxford: Peter Lang, 2009; Goldie Morgentaler, "Dickens and Dance in the 1840s," *Partial Answers* 2, 2011, pp. 253-266; Marion Schmid, "Proust at the Ballet: Literature and Dance in Dialogue," *French Studies* 2, 2013, pp. 184-198; Lynsey McCulloch, "Shakespeare and Dance," *Literature Compress* 2, 2016, pp. 69-78. 更早的研究成果参见两份年谱:Mary Bopp, et al., "Bibliography: Dance and Literature, 1989-1992," *Dance Research Journal* 26, 1994, pp. 45-49; Barbara Palfy and Mary R. Strow, "Bibliography: Dance and Literature, 1992-1995," *Dance Research Journal* 28, 1996, pp. 93-102.

二、文学与舞蹈比较研究缺失的原因及比较的可能性

文学与舞蹈比较研究在严肃学术研究中的缺失与文学研究者缺乏舞蹈实践和舞蹈家或舞蹈研究者缺乏文学理论素养不无关系。就舞蹈而言,动作是其基础。舞蹈动作是一种经过人为加工的、具有审美表意性的艺术语言,这种舞蹈语言具有明确的外部形态特征,主要体现在编舞以头、手臂、脚和其他部位的动作来表现生活中某些真实且可模仿的东西,并以具体形象在一定的时空范围里给人以某种约定性,如古典芭蕾里舒展的动作大都表现愉快的心情,而收缩的动作则一般表现恐惧或忧伤。这些经由舞者的肢体动作所流露出的思想感情,化作一个个无声的符号,并代表着一定的意义,在被艺术夸张或变形之后,便五彩斑斓地舞动起来。[1]因此,唯有掌握这套舞蹈语言系统的研究者才能进入舞蹈的符号世界,对其形态进行分析与鉴赏,从而进一步解读舞蹈表情达意和审美的人文性内在含义。在此情况下,从事文学与舞蹈比较研究的学者不仅需要具备深厚的文学造诣,还需要积累广博的舞蹈知识,同时掌握且精通文学和舞蹈这两门不同形态的学科的基本规律和内容。这种跨学科研究无疑需要投入大量时间和精力,因此这不仅是从事文学和舞蹈比较研究,也是从事文学和其他艺术比较研究的困难所在。除此之外,文学与舞蹈对比研究成果缺乏还有更深层次的原因。

长期以来,舞蹈在所有艺术门类及学科中处于边缘地位。从本体论角度看,这首先是由于舞蹈这门艺术本身的特性所决定的。在众多艺术中,舞蹈被学者认为最不稳定和最难以掌握,它运用身体作为主要表现媒介,不像传统的艺术品一样可以独立于创作者之外,因为我们很难将舞蹈作品本身与其具体呈现的舞者分开谈论。另外,舞蹈是一门稍纵即逝的视觉表演艺术,不像音乐、绘画和戏剧有乐谱、画作和剧本等"文本"依托。虽然在20世纪中期,从事舞蹈工作者发明了拉邦舞谱(Labanotation)和班尼斯动作舞谱(Benesh Movement Notation)等记录方法,但这些都是非常专门的记谱方法,常人一般无法运用,因此也不被公众所接受。[2]所以,舞蹈先天具有的

---

[1] 姬宁:《从跨学科视野看舞蹈艺术中音乐与舞蹈的关系》,《湘潭大学学报(哲学社会科学版)》2015年第1期,第108页。
[2] 赵玉玲:《舞蹈社会学初探》,《台湾舞蹈研究》2004年第1期,第66页。

非语言和瞬时性特征使得它看来比其他艺术更抽象，因而不容易受学术研究所青睐。

与文学研究拥有悠久的学科历史不同，舞蹈研究的学科化历程才起步于20世纪中叶。在美国，舞蹈学直到20世纪六七十年代才真正连贯和系统化为一门学科。这一学科建制严重滞后的主要原因在于，舞蹈长期被视为非理智的、凭直觉的和不加批判表达的表现形式，要进入以语言和文本为中心的大学并成为一门学术性学科不是一件易事。有学者笑称，舞蹈研究不是通过走后门，就是走偏门，准确来说是体育门，进入学术界的。[1] 此言确实道出了舞蹈学在学科体系中的尴尬境地，因为舞蹈系自成立起长期从属于体育系，就连舞蹈相关的书籍在图书馆编目中都被归入运动、体育或娱乐之列。直到60年代末70年代初，随着"舞蹈潮"（dance boom）席卷全球，舞蹈学才逐渐开始和体育学分道扬镳，慢慢演变成一门独立自主的学科。至此，舞蹈学科化的曲折过程和舞蹈研究长期被学术界忽略的事实可见一斑。

即便舞蹈学顺利跻身学科之列，它依然承受着不同层面的学术偏见。有人认为舞蹈书写很大程度上是"失真的"（deauthenticating）。这是因为对舞蹈作品进行分析或者理论阐释会偏离舞蹈动作本身的意义。再者，人们经常认为从事舞蹈史和舞蹈批评撰写工作的多是一些教授舞蹈的人，他们没有接受过严格的学术训练，研究和写作的经验也十分匮乏，最后得出的成果往往因不够严格和缜密而显得差强人意。[2] 另外，文学批评家们如果研究舞蹈很多时候要依赖于录像，因为反复在现场观看一场舞蹈演出的可能性很低，而当现实中淋漓尽致的舞台表演被压缩成电子图像后，其艺术审美体验也随之消减。总的来说，这些偏见的背后其实隐藏着西方社会的逻各斯中心主义（Logocentrism）和意识与身体（Mind/Body）的二元对立传统，后者的形成得追溯到笛卡尔的"我思故我在"观念以及他开创的意识哲学。对笛卡尔而言，人的本质不依附于任何物质的东西，人的主体是通过思想建立的，而思想与身体存在着尖锐的对立。启蒙运动以来的西方社会一直受理性主义主导，认

---

[1] Ellen W. Goellner and Jacqueline Shea Murphy, "Movement Movements," *Bodies of the Text: Dance as Theory, Literature as Dance*, Eds. Ellen W. Goellner and Jacqueline Shea Murphy, New Jersey: Rutgers University Press, 1995, p. 3.

[2] Ibid., p. 28.

为理性先于情感,唯心主义先于唯物主义,文化先于自然,客观性先于主观性。在此思想背景下,舞蹈这门以身体律动为表现媒介的艺术自然被定性为原始的和次等的,所以不为偏好理性思考和科学论证的学者所重视。再者,舞蹈表演者一向以女性居多,在父权主义社会往往被视为阴柔和感性的娱乐。凡此种种都让舞蹈学被排斥在严肃的学术话语体系之外。[1]

即使到今天,舞蹈学的发展依然无法完全摆脱学术偏见,这使得舞蹈与文学的比较研究举步维艰,也难以唤起文学研究者将舞蹈和自身学科进行对比研究的兴趣。然而,毋庸置疑的是,文学和舞蹈这两门学科存在着紧密的亲缘关系。虽然舞蹈不像文学一样有"文本"作为依托,但是它有自己独特的舞蹈语汇,如动作、舞姿、表情、造型等,就像诗歌中奇特繁多的意象,由是观之,舞蹈本身就可被当作"文本"从符号学的角度来进行意义解读。另一方面,目前文学理论界对身体及与之相关的身体叙事和身体话语等研究方兴未艾,这主要源于20世纪中期西方哲学出现的"身体转向":以梅洛-庞蒂为代表的哲学家开始重视感性的意义,推动学术研究回到身体、实践、生活世界。此后,包括德勒兹、巴塔耶和福柯等人又努力将身体研究推到一个声名显赫的位置。[2] 这一发端于哲学的"身体转向"既影响了文学和文学理论研究,也波及了舞蹈研究领域,只是后者出现在20世纪90年代。[3] 舞蹈作为一门以身体为媒介的艺术自然与此息息相关。从这个意义上说,倡导文学和舞蹈的比较研究其实是对当今文学理论研究前沿动态的呼应。因此,无论从内部研究还是外部研究的视角出发,文学和舞蹈这两门艺术和学科不仅可以相互比较,而且两者之间相互渗透、复杂共生的情形可以给学界带来诸多值得研究的课题,这一富矿亟须文学和舞蹈研究者协同开采。

---

[1] Helen Thomas, *Dance, Modernity and Culture: Explorations in the Sociology of Dance*, London and New York: Routledge, 1995, p. 8.

[2] 王晓华:《"身体转向"与文学话语的重建》,《福建论坛(人文社会科学版)》2015年第4期,第59页。

[3] Helen Thomas and Stacey Prickett, "Introduction: Thematic Structure, Methodological Frames, and Analysis," *The Routledge Companion to Dance*, Eds. Helen Thomas and Stacey Prickett, London and New York: Routledge, 2020, p. 31.

三、文学与舞蹈比较研究的角度和路径

在跨学科视野下研究文学与舞蹈的关系势必引起一些争议,这主要和近年来愈演愈烈的比较文学"无边论"息息相关。正如美国文学理论家乔纳森·卡勒(Jonathan D. Culler)在其《比较文学的挑战》一文中所担忧的那样:"在文化研究中,对文学文本的研究则经常意在理解社会话题、政治话题或文化话题,作为其他什么东西的某种症候。当比较文学将如此多不同的文化纳入自己的研究范围时,就已经变成了一个范围广大、无法操控的事业;当文学与其他社会产品和文化产品之间的边界被消抹,当比较文学学者也开始研究电影、电视、流行文化、广告和各种各样的文化表现形式时,该学科所面对的材料绝对多得令人窒息。"[1]舞蹈研究自然也属于文化研究的一个范畴,如何避免在进行文学和舞蹈比较研究的过程中发生文学研究的"文学性"、"审美性"和"生存诗性"等特征可能会消隐的问题,确实需要从事二者对比研究的学者们加以注意。

事实上,比较文学大师雷纳·韦勒克(René Wellek)早就在论述"平行研究"的方法论时提出过应对之策。他在《比较文学的危机》里提出要正视"文学性"这个问题,在与沃伦合著的《文学理论》中倡导"以文学为中心"的"内部研究"。国内大多数学者也持这一观点,比如蒋述卓教授强调:"进行跨学科比较文学研究,必须是以文学为中心的研究,要突出文学的审美批评与分析。"[2]刘象愚教授认为:"比较文学的研究,无论跨越了什么样的界限,总须把文学性也就是文学之所以为文学的那些基本性质置于自己的核心。"[3]当然,也有学者对比较文学跨学科研究必须"以文学为中心"提出了质疑,认为这是长期的学科分化造成的学科身份思维作祟,后者筑起"文学本位"这种学术潜意识的壁垒。[4]但在如今泛文化研究大行其道的学术界,笔者认为舞蹈与文学的比较研究还是应该以文学为本位,这样才能守住文学研究的底

---

[1] 乔纳森·卡勒:《比较文学的挑战》,生安锋译,《中国比较文学》2012年第1期,第6页。
[2] 蒋述卓:《跨学科比较文学研究的前景展望》,《中国比较文学》1995年第1期,第17页。
[3] 刘象愚:《从比较文学到比较文化》,复旦大学出版社,2011,第159页。
[4] 关于比较文学跨学科研究是否必须跨文化,是否必须"以文学为中心",以及如何跨学科研究的讨论,可参阅宋德发、王晶:《比较文学跨学科研究:纷纷扰扰30年》,《湘潭大学学报(哲学社会科学版)》2015年第1期,第109—122页。

线,以及充分发挥比较文学研究的真正优势。

至于如何在跨学科视野下进行文学与其他艺术的比较研究,王宁教授早在其为《超学科比较文学研究》(1989)一书撰写的"导论"中提供了很好的启示:"超学科研究的逻辑起点仍是文学,以文学为本,即讨论的中心,以其他艺术为参照系,通过比较,探寻文学与音乐、美术、戏剧、电影、电视、舞蹈等艺术门类的相同或相异的艺术特征、审美功能和表现手段,从而总结出文学不同于其他艺术的独特规律。也就是说,通过从本体向外延扩展,最后的结论又落实在本体上,但这种回归本体实际上已经过了一次外延了的超越。此外,通过比较,在其他艺术中寻觅出文学发展进化的踪迹,同时也在文学中找寻出其他艺术的表现方法之影响。"[1]据此思路,笔者认为以文学为本的文学和舞蹈的比较研究至少可以从以下四种角度和路径展开。

首先,我们可以着眼于文学作品的舞蹈改编,对此无论是编舞者还是文学研究者都无法避免回答文本如何被"翻译"成舞蹈动作,舞蹈是否可以取代文本,以及改编作品是否可以媲美甚至超越原作等问题。事实上,舞蹈作为一种超出文本局限的身体表达方式可以将语言所不能传达的隐含现实具象化,正如《礼记·乐记》中所说:"歌之为言也,长言之也。说之,故言之;言之不足,故长言之;长言之不足,故嗟叹之;嗟叹之不足,故不知手之舞之,足之蹈也。"[2]但这并不意味着舞蹈是文本的附庸,二者其实相辅相成,文学作品之所以能被成功改编成脍炙人口的舞蹈作品,且深受各地观众喜爱,很大程度上是因为舞蹈和文学作品这两种不同的艺术类型在结构和技巧上可以互相借鉴。文学作品的舞蹈改编中流传最广的应是莎士比亚的作品。[3]来自世界各国的专业或半专业舞团对莎翁作品的改编不少于一千种,涵盖了从古典芭蕾到现代舞、爵士到身体剧场、民间舞到嘻哈等各种舞蹈体裁。在此,我们可以美籍墨西哥裔舞蹈家荷西·林蒙(José Limón)对《奥赛罗》的改编

---

[1] 乐黛云、王宁:《超学科比较文学研究》,中国社会科学出版社,1989,第14页。
[2] 阮元:《阮刻礼记注疏》,蒋鹏翔主编,浙江大学出版社,2015,第2746页。
[3] 关于莎士比亚与舞蹈的研究,可参阅 Alan Brissenden, *Shakespeare and the Dance*, London: Palgrave Macmillan, 1981; Lynsey McCulloch and Brandon Shaw, eds., *The Oxford Handbook of Shakespeare and Dance*, New York: Oxford University Press, 2019. 本段关于 José Limón 对 Othello 改编的论述主要受 Elizabeth Klett, "Dancing tragedy: José Limón's adaptations of Shakespeare," (*Shakespeare 1*, 2015, pp. 58-81)一文启发。

为例。改编后的舞作被重命名为《摩尔人的帕凡舞》(*The Moors Pavane*),是一段 20 分钟的文艺复兴宫廷舞。舞作以分别饰演奥赛罗、苔丝德梦娜、伊阿古和艾米莉亚的四位舞者的四人舞开始,此后单人舞、双人舞、三人舞的变换都会回归到这个四重奏的大框架。这里林蒙旨在通过帕凡舞来表现人物权力关系的斡旋,一方面它以平衡对称的宫廷舞形式凝聚起来,另一方面又以打破四重奏的形式来表现个人欲望和焦虑的爆发。林蒙的舞蹈理念蕴含着尼采哲学中酒神精神和日神精神的对立与融合,前者体现为通过舞者身体失重来表达内心情感的迸发,后者则通过从地面动作复原来表达对秩序与理性的回归。因此,观众在整个舞蹈作品中可以感受到一股恒久对抗的力量,而《奥赛罗》这部作品的悲剧张力也得到进一步彰显。具体到动作设计上,奥赛罗的不安全感、焦虑和嫉妒等情绪通过上身收缩的动作来呈现,而伊阿古的勃勃野心、矛盾和仇恨则通过有力的深蹲来呈现。由此可见,林蒙虽然弱化了原作的叙事元素,但通过对舞者身体动作的巧妙设计和对空间走位的严密编排等成功地将人物的复杂心理和性格具象化。这正是该舞作自 1949 年改编至今仍在各大芭蕾和现代舞团广泛上演,成为林蒙舞团的保留曲目之一的重要原因。但《摩尔人的帕凡舞》只是莎士比亚作品的舞蹈改编的一个例子,后者也是古今中外浩如烟海的文学作品舞蹈改编中的冰山一角而已。此外,在舞作的主题和人物分析之外的服装、道具、灯光、音乐等设计对文学文本的二度呈现的作用等尚有待探索。

其次,我们可以聚焦于文本中的舞蹈意象和元素,即通过文本细读的方法,探究舞蹈在作家刻画人物形象、推动情节发展和表现小说主题等方面的作用。这与当今学术界时兴的文学中的饮食批评和服饰研究等相通,研究者通过对舞蹈场景的分析,发掘舞蹈背后的文化符号和人类情感。众所周知,英国著名女作家简·奥斯丁的小说中充满跳舞的场景描写。舞会在西方社会文化中扮演着重要的角色,是奥斯丁笔下中产阶级绅士和小姐们参与社交活动的不可或缺的场合,男女主人公们总是在舞会欢快自由平等的气氛中相遇,他们相知、相爱和求婚的情节也随之展开。另外,舞蹈教学在 18 世纪末的英国社会蔚然成风,舞蹈老师和他们编撰的舞蹈手册供不应求,因为当时中上阶层的男性希望通过学习在公共场合活动的艺术,从而成为绅士成功地进入上流社会。相反,这些舞蹈手册为女性提供观察男性外在行为的建议,以便察觉存在于这些具有潜在危险的求爱场域里的欺骗行为,从而保护她们的心灵和身体。因此,奥斯丁策略性地赋予了舞会性别的含义,其中女性拥有"阅读"舞蹈的权力,而男性的身体则成为她们的原始文本。[1] 在此意义下,通过对这些被编码的舞蹈行为和舞会场景的解读,我们可以探寻维多利亚时期英国乡村贵族阶级的生活方式和精神文化,特别是作家本人和当时流行的婚恋观。和奥斯丁一样在小说中不自觉提到舞蹈场景的还有当代中国旅美作家严歌苓,而且难得的是,严歌苓本人在从事写作之前曾是原成都军区某文工团的舞蹈演员。这段舞蹈生涯无疑为作家的小说创作带来重要的灵感和素材。严歌苓最为大众熟悉的或许是长篇小说《芳华》(2017),该作品由冯小刚导演改编成同名电影于同年上映,讲述的是20世纪70年代某部队文工团一群文艺兵的别样青春和人生命运的流转变迁。小说中,对于这群文艺兵而言,舞蹈是最能展现他们青春姿态的方式,在身体的跳跃与飞翔中,读者可以感受到他们青春的力量与风貌。比如,作者描绘了文艺女兵们日常习练毯子功的场景:"我们一个个由刘峰抄起腰腿,翻前桥,后桥,蛮子,跳板蛮子。尤其跳板蛮子,他得在空中接住我们,再把我们好好搁在地上。"[2]这些翻腾跳跃的舞蹈动作描写还体现了小说人物的青春身体对"时代政治话语"的无声而有力的反抗。[3]

再次,我们可以探究舞蹈新风潮的出现所产生的舞蹈新语汇对文学新理念的形成和文学创作的影响。文学与舞蹈的这种对话最显著见于19世纪末20世纪初,首先是美国现代舞者洛伊·富勒(Loïe Fuller)与诗人马拉美和叶芝等开创了象征主义美学。象征派作家认为舞蹈具有呈现他们渴望用文字表达的高度凝练和比兴的诗学的潜力,他们被舞蹈这种"节约"(economy)的特征深深吸引,因为舞蹈凭借其一曲一伸,它的迅速、单个姿势、一个转头、一种特殊的身体书写,就可以表达作家们可能需要绞尽脑汁写好几页纸才能表达出的意思。正如马拉美所言:"舞者并不起舞,而是通过身体的屈伸来书写,轻易展现原本需要大段文字才能表达的东西。她的诗不是用

---

[1] Molly Engelhardt, *Dancing out of Line: Ballrooms, Ballets, and Mobility in Victorian Fiction and Culture*, Athens: Ohio University Press, 2009, p. 26.
[2] 严歌苓:《芳华》,人民文学出版社,2017,第11页。
[3] 杨超高:《论严歌苓〈芳华〉的身体书写》,《华文文学》2019年第3期,第93页。

笔写就的。"[1]随后,由俄国艺术活动家佳吉列夫创办的俄罗斯芭蕾舞团(Ballets Russes)[2]在20世纪早期迅速风靡欧洲大地,吸引了一大批文人知识分子,其中弗吉尼亚·伍尔夫就是其忠实的观众。作家曾在书信和日志中频繁提及自己观看演出的体验,而舞蹈也为其现代主义文学创作提供了重要参照。[3]事实上,文学与舞蹈在这一时期的密切互动与当时的政治、社会和文化氛围不无相关。在文学创作方面,作家们一改结构僵化的爱德华时代小说的风格,转而探索一个孤独的现代主体的心路历程,后者以伍尔夫、乔伊斯和普鲁斯特等作家的意识流小说为代表,致力于打破传统的叙事学、诗学和历史学的假设。作家们一方面在寻求充分表达他们所认为的一个分离的现代主体(a disjunctive modern subject)的方式,但是这些主体的意识、身份、时间流逝和记忆的经验对他们而言又是不可信的。[4]另一方面,他们又对语言的权威形式充满怀疑,认为其无法描述这种现代主体的困境,就像T·S·艾略特在《燃烧的诺顿》一诗中所写:"言语负荷,在重压下断裂且常破碎"(艾略特 195)。于是作家们总是在寻找一种超越日常和语言之外,超越战前与战后的衰败和停滞的"想象的崇高"(imagined sublime),如艾略特的"心灵之光"(heart of light)、伍尔夫的"存在的瞬间"(moments of being),和乔伊斯的"顿悟"(epiphanies)等。此时,舞蹈正带给西欧观众对这种超越的内在表达的一种可视的化身。舞者身上的完美平衡感,以尼金斯基在由俄罗斯芭蕾舞团制作的《牧神的午后》(L'Après-midi d'un faune)[5]这部舞蹈作品中的经典动作瞬间为代表,精彩呈现了现代主义文学中最常提到的

---

[1] 转引自 Susan Jones, "Virginia Woolf and the Dance," *Dance Chronicle* 28, 2005, p. 179.
[2] 俄罗斯芭蕾舞团(Ballets Russes)由俄国艺术活动家佳吉列夫(Sergey Pavlovich Dyagilev, 1872—1929年)于1909年在巴黎创立。团长佳吉列夫的理念是将绘画、音乐和舞蹈三种艺术形式融合一体。该团的演出不仅在欧洲大陆掀起了一股俄罗斯芭蕾热,而且也深刻地影响了当时的知识界和文艺界,为后者带来了新的创作素材和灵感。
[3] Susan Jones, "Virginia Woolf and the Dance," *Dance Chronicle* 28, 2005, pp. 169-170.
[4] Susan Jones, *Literature, Modernism, Dance*, Oxford: Oxford University Press, 2013, p. 3.
[5] 《牧神的午后》("L'Après-midi d'un faune")本是法国象征主义诗人斯特凡·马拉美(Stéphane Mallarmé, 1842-1898)写于1876年的诗作,一经出版便在当时的法国诗坛引起轰动。法国音乐家劳德·德彪西(Achille-Claude Debussy, 1862-1918)受其启发创作了《牧神午后前奏曲》,该曲被视为印象主义音乐的经典作品。后来,尼金斯基据此编导了处女作独幕舞剧《牧神的午后》,并于1921年在巴黎首演。

"崇高"。[1] 舞者在空中达到平衡、濒临失衡或者跳跃时所定格的那些瞬间，会带给观众一种时空悬浮感。这种悬浮感的实现需要舞者严格控制自己的肌肉和呼吸，这无形间也传递了一股存在于明显滞后的动作瞬间中的动态恒久的力量。艾略特将舞蹈中的这种动态的静止的矛盾现象与一种精神上的超越相联系，正如他的诗所写："静止，就像一只静止的中国花瓶，永远在静止中运动。"[2] 另外，文学中的其他一些概念，如冲突（conflict）和不和谐（dissonance）等对舞蹈动作或者舞者的指涉也体现在叶芝和劳伦斯的创作中。而舞蹈得以进入文学现代主义的讨论也得益于自身的革命和发展，这不仅体现在舞者可以摆脱芭蕾舞的足尖鞋从而赤足而舞，也体现在它抛弃了很多传统芭蕾舞，更准确地说是学院舞蹈（danse d'école）的程序化动作，打破了其固定的叙事逻辑，并且强调舞者自身的情感表达。另外，编舞们也在发展一种"非再现"（non-representational）的形式，即将舞蹈看作一种其自身的表达方式，而不是带有任何模仿的功能。这与文学的现代主义创新不谋而合，因此，从这个意义上说，文学和舞蹈是共生的，二者都在现代性的影响下经历着自身的蜕变和发展。

最后，我们还可以关注舞蹈与少数族裔文学之间的亲缘关系，即挖掘舞蹈在少数族裔作家书写自己民族和故土家园，从而探究本民族文化身份的认同和表征时所发挥的多重功能。随着经济全球化程度的日益加深，以及20世纪下半叶解构主义和后殖民理论兴起对欧美中心主义的消解，当代国际比较文学出现了所谓的"世界转向"，[3] 在此语境下，本是比较文学早期雏形的世界文学的概念又被重新拾起，成为比较文学这门学科的新视域和新方向。站在世界文学基点上的比较文学提倡进行跨民族、跨文化、跨学科的研究，而少数族裔文学所具有的鲜明而突出的跨越性，使其成为新时代比较文学和世界文学研究的重要课题。少数族裔作家，特别是移民族群作家，因具有双重或者多重的身份体验，总是面临文化冲突、语言差异、现实困境和情感归属等诸多问题，这些问题又促使他们不断地思考原有的身份和现实处境之间的关系，以文学为载体，努力寻找新的认同方向，同时也为处于弱势的第三世界公

---

[1] Susan Jones, *Literature, Modernism, Dance*, Oxford: Oxford University Press, 2013, p. 3.
[2] T·S·艾略特：《四个四重奏：艾略特诗选》，裘小龙译，译林出版社，2017，第195页。
[3] 王宁：《当代比较文学的"世界"转向》，《浙江社会科学》2019年第1期，第120页。

民表达政治和文化上的各种诉求。[1]同样,艺术家们也面临着社会群体的结构性差异在资本主义全球化不断推进中逐渐被抹杀的困境,因不满于自我被他人表征的方式,同时执着于本民族自决,这些艺术家运用自己的艺术作品去反抗殖民主义、颠覆种族歧视、推翻被贬低的成见,因此艺术成为他们改善自身和本民族的地位,以及重构本民族的身份认同的最强有力的媒介之一。[2][3]当文学与舞蹈联姻,其对"西方中心主义"的突破力度尤其凸显。美国非裔女诗人、剧作家尼托扎克·尚吉(Ntozake Shange)在1997年出版的配舞诗剧《献给想要自杀的黑人女孩/当彩虹红透天边》(*For Colored Girls Who Have Considered Suicide/When the Rainbow Is Enuf*),正是运用了带有鲜明黑人艺术特征的舞蹈元素,把黑人舞蹈转化成独特的黑人语言。在把诗歌转化成戏剧的过程中,作者用舞蹈取代戏剧对白,成为戏剧结构中推动剧情发展的直接动力。另外,黑人舞蹈独特的肢体语言在某种程度上消融了作者对英语语言的陌生感,使得英语实现了"奴隶化",从而有效地解构了西方戏剧框架。[4]英国作家扎迪·史密斯(Zadie Smith)于2016年出版的小说《摇摆时光》(*Swing Time*)中也有大量对流行舞蹈、现代舞和原住民舞蹈的描写。作为一个拥有牙买加和英国血缘背景的作家,史密斯在小说中聚焦于流散的英国黑人的复杂身份问题,探讨了舞蹈作为一种世界性语言,其跨越种族、性别、阶级,甚至时间的可能性。[5]

两个世纪前,歌德有感于民族间文学交流的日趋频繁,在对民族文学间互识、互鉴、互动前景的展望中提出"世界文学"的概念,[6]当代比较文学和

---

[1] 缪菁:《离散批评与文化身份认同的持续性策略——以美国华人文学为中心》,《学术论坛》2014年第11期,第111页。
[2] Jeremy MacClancy, "Anthropology, Art and Contest," *Contesting Art: Art, Politics and Identity in the Modern World*, Ed. Jeremy MacClancy, Oxford: Berg Publishers, 1997, p. 2.
[3] 比如美国非裔舞蹈家凯瑟琳·邓翰(Katherine Dunham, 1909—2006)和在英国活动的牙买加籍舞蹈家贝托·帕苏卡(Berto Pasuka, 1911—1963),充分汲取殖民地丰富而复杂的历史养分,在把加勒比地区的舞蹈形式转换成现代西方戏剧舞蹈语言时,刻意宣扬其离散形式所具有的力量与美感,从而创造黑人的现代性身份。参见 Ramsay Burt and Michael Huxley, *Dance, Modernism, and Modernity*, London and New York: Routledge, 2019, p. 277-282.
[4] 参见王卓:《论尚吉"配舞诗剧"〈献给黑人女孩〉中舞蹈的多重文化功能》,《外语教学》2018年第5期,第100—102页。
[5] 参见 Dayna Tortorici, "Zadie Smith's Dance of Ambivalence," *Atlantic* 5, 2016, pp. 32-34.
[6] 查明建:《比较文学视野中的世界文学:问题与启迪》,《中国比较文学》2013年第4期,第4页。

世界文学研究学者大卫·达姆罗什(David Damrosch)接续其世界文学思想,在讨论世界文学是如何通过生产、翻译和流通而形成时,强调世界文学的跨文化流通和阅读,提出"世界文学并非一套固定的经典,而是一种阅读模式:是超然地去接触我们的时空之外的不同世界的一种模式"[1]。在另一个时空里,作为世界公民的舞蹈艺术家们也在不同国家和地区间巡演,对他们而言,艺术是无界的,[2]舞蹈借助非口头语言这一全球共通的艺术形式,跨越政治、文化、种族障碍,在世界范围内进行跨文化交流和共享。这也正是每年4月29日"世界舞蹈日"的根本宗旨。由此可见,同属于艺术范畴内的舞蹈与文学在不同的以及平行的时空相互映照,天然地产生共振,关于二者间的跨学科比较研究也必将在今后的学术研究中大放异彩。

结　语

比较文学学科发展至今一直面临着不同的"挑战",也曾多次处于"危机"的状态。在当代比较文学者不断为其注入文化研究因子后,它的研究触角逐渐延伸到那些以前被人们忽视的文化现象,比较文学研究的疆域得到空前的拓展。虽然不少学者担心研究范围变得过于宽泛,但是笔者认为,这种状况对学科本身的发展而言喜大于忧。在跨学科的语境下,提倡文学与舞蹈的比较研究,发掘两个学科的互补性和对话性,将会产生更多创新的文学文化研究课题,使得比较文学这门传统的学科在当今时代焕发新的生机。概言之,文学和舞蹈的比较研究从考察文学现象入手,经过文学和舞蹈学的跨学科理论分析之后再返回文学,这样的研究角度和路径对比较文学理论本身做出了必要的补充,也为理论的重新建构提供了重要的启示。

陈华菲,华南理工大学外国语学院讲师。肖明文,中山大学外国语学院教授。本文刊于《文艺理论研究》2022年第3期。

---

[1] David Damrosch, *What Is World Literature?* Princeton and Oxford: Princeton University Press, 2003, p. 281.
[2] Jack Anderson, *Art without Boundaries: The World of Modern Dance*, Iowa City: University of Iowa Press, 1999, p. 4.

中国现当代文学在西班牙的译介
——对间接译介现象的文化反思

刘桐阳

一、中国现当代文学在西班牙译介的概述与间接译介现象

当前国家大力推动中国文学"走出去",而西班牙与欧洲、拉丁美洲有着千丝万缕的联系,因此研究中国现当代文学在西班牙的译介活动便显得尤为重要。目前此类研究已取得一定成果,阿里利亚加(Idoia Arbillaga)率先汇编在西班牙出版的中国文学,[1]但主要是目录编写,缺乏深入分析。马林-拉卡塔(Maialen Marín-Lacarta)的研究弥补了分析的缺失,[2]对中国现当代文学在西班牙的译介情况做出系统梳理和分析,此外还有用加泰罗尼亚语和巴斯克语写的研究文章。[3] 这些研究有两处明显的不足:其一,缺少近十多年的译介情况;其二,缺少对间接翻译现象的深入挖掘和文化反思。本文拟在此基础上,完善中国现当代文学在西班牙的译介情况,尤其是近十多年的译介情况,并对间接译介现象进行文化反思,为中国文学外译工作提供些许参考。

需要明确的是,本文研究中国现当代文学在西班牙本土的译介情况,包括作为"译"的翻译与作为"介"的介绍,研究对象涉及译本的前言、序言、介

---

[1] Idoia Arbillaga, *La Literatura China Traducida en España*, San Vicente del Raspeig: Universidad de Alicante, 2003.
[2] Maialen Marín-Lacarta, *Mediación, recepción y marginalidad: Las traducciones de literatura china moderna y contemporánea en España*, Tesis Doctoral, Barcelona: Universitat Autònoma de Barcelona, 2012.
[3] See Manel Ollé, "Àsia Oriental en Les Lletres Catalanes del Segle XX: Versions, Ficcions i Afeccions," *Antoni Saumell i Soler. Miscel·lània in Memoriam*, Barcelona: Universitat Pompeu Fabra, 2007, pp. 617-640.

绍、封面和正文。本文将从三个阶段展开梳理分析。

第一阶段:1949年至1977年。1949年谢冰莹的《一个女兵的自传》是西班牙译介的首部中国现代文学作品。1962年、1973年出版的两部中国诗歌选集,涉及多位中国现当代诗人,地理上囊括中国大陆与中国台湾,流派上涵盖创造社、尝试派、现代诗社、蓝星诗社、创世纪诗社。1971年两部鲁迅小说《狂人日记》和《阿Q正传和其他短篇小说》出版。这一阶段的部分译作是隐性间接翻译,伪装成从源语言直接译成。[1] 马林-拉卡塔指出,这些译本很有可能受到了法语版本的影响。[2] 虽然部分著作的转译信息缺失或属于隐性间接翻译,但根据译者序言判断,至少有一半作品是从英法译本转译而成的。

第二阶段:1978年至1999年。西班牙弗朗哥政权和中国的"文革"先后于1975年和1976年结束,中西两国的文化环境进入新阶段。1978年、1988年,西班牙的格拉纳达大学和巴塞罗那自治大学相继开设中文翻译课这些促进了中国现当代文学在西班牙的译介,直译数量大幅增长。多位现当代名家,如巴金、北岛、铁凝、张辛欣、丁玲、钱锺书、张贤亮、张洁、冯骥才的作品被直译,茹志鹃、刘真、谌容、问彬、宗璞、叶文玲、李纳等女性作家受到关注。这一阶段,间接翻译的作品几乎全部转译自英语或法语,法译本依旧来自法国本土出版社,而英译本除了来自英国出版社,也有美国出版社的,如夏之炎的《北京最寒冷的冬天》、莫言的《红高粱家族》、李碧华的《霸王别姬》和《川岛芳子》。

第三阶段:2000年至2011年。2000年瑞典文学院授予高行健诺贝尔文学奖,诺奖具有某种文化权力,可以让获奖作家及其作品获得世界性声誉,甚至使作品经典化,[3] 世界性声誉使得高行健的作品和更多中国现当代文学进入西班牙出版商视野。诗歌领域继续深入译介徐志摩、闻一多、郭沫若、黄剑珠、北岛、戴望舒等人的作品,译介对象新增冰心、萧三、陈舸、匙河、范雪、

---

[1] Maialen Marín-Lacarta, *Mediación, recepción y marginalidad: Las traducciones de literatura china moderna y contemporánea en España*, Tesis Doctoral, Barcelona: Universitat Autònoma de Barcelona, 2012, pp. 147-173.

[2] Ibid., pp. 157-158.

[3] 王宁:《诺贝尔文学奖、世界文学与中国当代文学》,《当代作家评论》2015年第6期,第4—18页。

胡续冬、姜涛、冷霜、马燕、倪湛舸、王敖、周伟驰等。[1]女性诗人群体再次受到关注，如白薇、郑敏、任锐、李菊、林泠、蓉子、朵思、夐虹、蓝菱等。[2]小说仍旧是这一阶段被译介得最多的文学种类。鲁迅和高行健的作品是这一时期出版最多的。这一阶段的译介活动已搭建出中国现当代小说的基本框架，现代文学史上的代表性作家被大量译介，如王统照、柔石、冰心、沈从文、老舍、萧红、张天翼、艾芜、茅盾、钱锺书等。译介作品涉及"寻根文学"、少数民族文学、"先锋派小说"等。阎连科、毕飞宇、莫言、施叔青、池莉、王安忆、卫慧、春树、徐星、姜戎、曹冠龙等作家的集中译介，极大丰富了当代经典作家和当代新兴作家的谱系。以老舍《茶馆》和样板戏《红灯记》为代表的中国戏剧也开始进入西班牙。2007年开始，大量绘本、漫画被翻译，如几米的绘本和林青慧的漫画。诗歌、戏剧、小说、绘本、漫画的全面译介标志着中国现当代文学在西班牙的译介迈入新阶段。这一阶段的译介方式多样化，中西译者开始合作翻译，西班牙翻译队伍也更加专业化，有巴塞罗那自治大学和格拉纳达大学翻译系的中国文学、汉语翻译方向的教授，如罗比拉（Sara Rovira）、加西亚·诺夫莱哈斯（Gabriel García-Noblejas）、拉米雷斯（Laureano Ramírez）等，还有阿尔贝蒂夫妇（Rafael Alberti y María Teresa León）这样的访华诗人来翻译中国诗歌。直译作品数量增长的同时，间接翻译作品的数量也大幅增长，以长篇小说为例，这一阶段共有6部直译，21部从英译本（美英出版社）和法译本（法国出版社）转译。[3]

　　第四阶段：2012年至今。2012年莫言获得诺贝尔文学奖，这一世界性奖项将中国现当代文学进一步推向国际市场。这一阶段的译介活动围绕五个方面展开，其一，莫言成为当之无愧的译介中心，他是这一阶段被译介最多的

---

[1] Chen Ge, et al., *La niebla de nuestra edad: 10 poetas chinos contemporáneos*, 2009; Chen Guojian, *Lo mejor de la poesía amorosa china*, 2007.

[2] Rexroth, Kenneth Y Ling Chung, *El barco de orquídeas: poetisas de China*, Madrid: Gadir, 2006.

[3] 数据来源于联合国教科文组织的翻译资料库——"世界翻译索引"（Index Translationum），https://www.unesco.org/xtrans/bsresult.aspx? lg=0&sl=zho&l=spa&udc=8&fr=170 (16 Nov. 2022). 参见Arbillaga I., *La literatura china traducida en España*, San Vicente del Raspeig: Universidad de Alicante, 2003. Also see Wang C., "La traducción de la literatura china en España", *Estudios de traducción*, 2016(6), pp. 65-79.

作家。其二，中国科幻文学是这一阶段被译介最多的小说类型，刘慈欣的多部作品相继被直译，中国科幻作家以单人本或合集的形式被集中译介，涉及夏笳、糖匪、韩松、程婧波、宝树、郝景芳、飞氘、张然、吴霜、马伯庸、顾适、王侃瑜、陈楸帆等。[1]其三，继续扩大代表性作家系统，新增蒋光慈、张爱玲、贾平凹、格非、张炜、残雪、三毛、严歌苓、许地山、麦家、阿乙等。上一阶段对阎连科和余华的关注延续到这一阶段。其四，关注以吉狄马加为代表的少数民族作家，以刘以鬯、李昂、邱妙津为代表的中国香港、中国台湾作家，以艾米（Ai Mi）为代表的华裔作家群体。其五，丰富当代文学类型，如绘本、漫画方面，翻译了漫画《龙虎门》和多部几米的绘本；儿童文学方面，曹文轩的《青铜葵花》由英译本转译；网络文学方面，慕容雪村的《成都，今夜请将我遗忘》由英译本转译；犯罪悬疑小说方面，何家弘的《血之罪》由法译本转译；新生代创作方面，有卢欣的《华衣锦梦》和由英译本转译的棉棉的《糖》。这一阶段的译介活动以直译为主，少部分从英语法语转译，甚至用官方语言和地区性语言同时译介，如麦家的《解密》和三毛的《撒哈拉沙漠的故事》以卡斯蒂利亚语和加泰罗尼亚语或巴斯克语同时出版，促进了中国当代文学在西班牙的传播和接受。

  上述四个阶段的译介活动表明，中国现当代文学在西班牙的译介状况整体向好，文学种类、作家谱系均不断完善，也表明西班牙译介活动的特殊之处在于间接译介。关于此现象，西班牙学者认为这是中西语言差异巨大造成的，汉语和西语属于完全不同的两种语言系统，跨系统翻译难度巨大，加之缺乏专业翻译人才，使得西班牙出版社从英法译本转译。[2]然而，这种解释面对以下两种情况时却失效了：其一，日语是在吸收汉字的基础上创造出来的，汉语和日语都属于"远东语言"，如果是因为中西语言差异巨大，为何西班牙

---

[1] 参见 V.V.A.A., *Estrellas rotas*, Madrid: Alianza Editorial (Runas), 2020. Also see VV.AA., *Planetas invisibles*, Madrid: Alianza Editorial (Runas), 2017.
[2] Maialen Marín-Lacarta, *Mediación, recepción y marginalidad: Las traducciones de literatura china moderna y contemporánea en España*, Tesis Doctoral, Barcelona: Universitat Autònoma de Barcelona, 2012, p. 145.

译介日语文学的数量和直译数量都明显高于同期的中国文学？[1] 其二，如果缺乏汉语翻译人才且出版商转译已有译本可以节省时间提高收益，那么为何出版商要根据英法译本来删减、修改专业译者的直译版本？[2] 随着专业译者队伍的扩充，为何直译数量的增加并没有使间接翻译数量的减少反而也大幅上涨？由此可见，现有解释不尽完善，本文在此基础上提出另一种解释：这是对19世纪末20世纪初西班牙文化领域"崇欧"传统的继承，它背后的原因是西班牙想要表现出在汉学等文化领域与现代化强国具有"同质性"（homogeneización），从而提高自身在国际上的文化威望。

二、"崇欧"译介传统的延续与经由间接译介的中国当代文学的特征

19世纪末20世纪初，在西班牙的汉学研究中存在"崇欧"传统，这里的"欧"并非指整个欧洲，而是对欧洲强国英、法的代称，"崇欧"是将英法汉学视为汉学标准。在翻译方面，从加泰罗尼亚的奥伯塔大学"中西档案研究"项目公布的数据来看，1900年至1930年出版的关于中国的文学和非文学类书籍，明确注明转译自英法译本的比例高达25%，此外还有相当一部分的隐性间接翻译。[3] 在翻译中国诗歌时，西班牙译者把英国汉学家亚瑟·威利（Arthur Waley）和法国学者苏利埃·德·莫朗（George Soulié de Morant）所做的注释视为比中文原著还重要的文献。[4] 在介绍方面，关于中国的消息、对中国的看法主要来自英法官方媒体和出版社。[5] 此外，19世纪末20世纪初，西班牙精英圈对古伯察（Évariste Régis Huc）、勒鲁瓦-博利厄（Pierre Leroy-

---

[1] 参见 Serra-Vilella A., "Qué se traduce: literatura y otros libros japoneses en España (1904-2014)," *Íkala, Revista de Lenguaje y Cultura*, 2021(2), pp. 403-420. 数据参见"世界翻译索引"。

[2] Maialen Marín-Lacarta, *Mediación, recepción y marginalidad: Las traducciones de literatura china moderna y contemporánea en España*, Tesis Doctoral, Barcelona: Universitat Autònoma de Barcelona, 2012.

[3] 参见 ALTER Research Group, *Archivo China-España 1800-1950*, 2022-11-16, http://ace.uoc.edu/bibliografa-alter.

[4] Manel Ollé, "El veïnat xinès i l'exotisme literari," *452ºF. Revista de Teoría de la literatura y Literatura Comparada*, 2015 (13), pp. 167-187.

[5] Carles Prado-Fonts, "China and the Politics of Cross-Cultural Representation in Interwar European Fiction," *CLCWeb: Comparative Literature and Culture*, 2017(3), p. 5.

Beaulieu)、古恒(Maurice Courant)、亨利·柯蒂埃(Henri Cordier)、哈珀·帕克(Edward Harper Parker)等英法汉学家的著作如数家珍。[1] 英法汉学家对中国的态度极大地影响了西班牙知识分子对中国的认识,最明显的例子是西班牙哲学家奥特加(José Ortega y Gasset),尽管他不同意英国哲学家罗素(Bertrand Russell)关于中国的看法,但他仍然沿用罗素的观点来评判中国和亚洲。[2] 这些事实表明,在译介中国现当代文学之前,西班牙社会关于中国的认知遵循着一种"崇欧"传统,对中国的"译"和"介"似乎必须经过英法的中介化处理。

始于20世纪中叶的中国现当代文学的译介活动,某种程度上可以看作此前"崇欧"传统的延续。首先是文本选择参照英法出版社。如《一个女兵的自传》的西班牙译者在前言中写道,是出版社负责人看过英译本后决定将这本书译介到西班牙的。[3] 类似的情况在中国当代文学的译介上更为明显,如北岛的《零度以上的风景》和张洁的《方舟》是出版社看过英译本后才决定译介的,毕飞宇的《青衣》、池莉的《烦恼人生》、冯骥才的《感谢生活》则是在出版社看过法译本后才决定译介的。进入21世纪,法国出版社的文本选择对西班牙等欧洲国家译介活动的影响更为明显。很多中国作家的作品要先被法国认可,才能在欧洲流行起来,韩少功、徐星、余华分别在2002年、2003年、2004年被法国政府授予"艺术与文学勋章",此后他们的作品便一跃成为欧洲的畅销书。[4] 其次,西班牙出版社以英法译本为衡量标准。即便是由专业人士根据中文原版直译的,也要根据英法译本来校对修正。《背叛之夏》的译者是帕斯托拉(Lola Díez Pastor),她曾在北京语言文化大学和昆明大学学习过四年的汉语,并翻译过寒山的诗歌。然而当她向出版社提交从中文直译的译本后,出版社要求她按照英译本修改。同样的情况还发生在《千万别把我当人》的翻译过程中,此作的译者加西亚-诺夫莱哈斯(Gabriel García-

---

[1] Carles Prado-Fonts, "Disconnecting the Other: Translating China in Spain, Indirectly," *Modernism/modernity Print Plus*, 2018(3), pp. 1-11.

[2] Ibid.

[3] Marcela de Juan, "El prólogo," *Autobiografía de una muchacha china*, Madrid: Mayfe, 1949, p. 7.

[4] Wang C., "La traducción de la literatura china en España," *Estudios de traducción*, 2016(6), p. 71.

Noblejas)是格拉纳达大学中文翻译方向的教授,他提交了直译版本后,出版社没有告知他便根据英译本擅自修改。还有韩少功的《爸爸爸》,由经验丰富的中国译者姚青云翻译,然而出版社却根据法译本来修改。[1] 最后,连序言、介绍、封面、注释都参照英法译本。《一个女兵的自传》是对英译本的转译,在正文之前,有前言、序言和介绍,序言和介绍均译自英国版本,前言则由西班牙译者撰写,但实际上是对英译本序言和介绍的肯定。而且,不仅转译本参照中间译本,直译本也非常重视英法译本。1994 年版的《野草》,虽然从中文直译,但注释、参考书目主要源自英法文献,连中文资料都鲜少涉及。有些译本还直接收录和翻译英法译本的序言、前言和介绍,如古华的《芙蓉镇》翻译了古华为法译本作的序言,甚至冯骥才的《感谢生活》、陆文夫的《美食家》,连封底设计都参照法译本。

上述译介行为表明,当代西班牙在译介中国现当代文学作品时,从翻译校对、文本选择、介绍评价到封面设计都参照英法出版社的译本,这明显延续了早期的"崇欧"传统。英法出版社在译介时强调中国现当代文学所反映的社会性,导致西班牙译介的中国现当代文学尤其是从英法译本转译的中国现当代文学具有两个突出特征:"社会镜像"与"否定文学性"。这两个特征在上文所述的前两个阶段表现得更加明显。英国诗人戈登·博顿利(Gordon Bottomley)为英译版《一个女兵的自传》作序时写道,"这部作品毫无文学色彩可言",但是它提供了中国社会发展的镜像,"谢冰莹的这部自传体小说完美地反映了这二十几年的精神。作者的生活是新中国的象征……反映了中国政治和文学的发展"[2]。这样的观点被西班牙译者黄玛赛保留,她认为"几年前谢冰莹创作的自传,体现了中国女性对于解放、自由、自我肯定的坚定意志,这意志是如此真实而有效……体现出中国现代文学的一个阶段"[3]。1989 年由英国维京(Viking)出版社译介的《小鲍庄》强调该作对中

---

[1] 这三个案例分别来自关于译者的采访,详见 Maialen Marin-Lacarta, *Mediación, recepción y marginalidad: Las traducciones de literatura china moderna y contemporánea en España*, Tesis Doctoral, Barcelona: Universitat Autònoma de Barcelona, 2012.

[2] Gordon Bottomley, "El prefacio," *Autobiografía de una muchacha china*, translated by Marcela de Juan, Madrid: Mayfe, 1949, pp. 9-10.

[3] Marcela de Juan, "El prólogo," *Autobiografía de una muchacha china*, Madrid: Mayfe, 1949, pp. 6-7.

国社会历史的再现,1996年的西译本则保留了这一观念:该作刻画了"一些小人物生活在中国政治的意识形态之下,这一意识形态无所不在"[1]。直译作品和隐性间接译介作品也有此类特征:不谈及文学技巧,只关注社会变化,如《没有纽扣的红衬衫》这部作品"让我们更接近今天的中国"[2],《美食家》介绍了"中国最近四十年的历史"[3]。彼时西班牙处于弗朗哥专制政权的统治下,而中国反抗日本法西斯的伟大斗争和左翼文学的进步思想让西班牙社会看到希望,因此西班牙人格外关注中国社会的现实,忽略文学性。可见,"崇欧"传统与这样的时代土壤结合,为孕育上述两个特征提供了温床。

三、提高文化威望的诉求与隐匿在译介活动中的文化霸权

19世纪末20世纪初,西班牙学者在报刊上的评论表明"崇欧"的原因。西班牙知识分子在面向精英的《新杂志》(La Nova Revista)中指出,"我们必须抛下不利的外界条件,进入欧洲东方主义的轨道,追赶上他们在当代建构东方的脚步,渊博的欧洲和北美早在很久以前便已经完成对当代东方的建构了"[4]。这里说的欧洲很显然是以英法为代表的欧洲中心。西班牙知识分子在汉学上的追赶表明,他们"把汉学作为工具来帮助西班牙进入掌握文化霸权的欧洲中心"[5]。

文化领域,尤其是汉学领域的追赶,暗示此时的西班牙与欧洲强国存在着差距,然而16世纪的西班牙,却是欧洲的汉学中心和海上霸主。16世纪,西班牙传教士沙勿略(San Francisco Javier)、拉达(Martin de Rada)对中国做出细致深入的研究。门多萨(Juan González de Mendoza)编撰的《大中华帝国史》(Historia de las Cosas más Notables, Ritos y Costumbres del Gran

---

[1] Wang Anyi, *Baotown*, translated by Herminia Dauer, Barcelona: Juventud, 1996.
[2] 封面评论,参见 Tie Ning, *La blusa roja sin botones*, translated by Taciana Fisac, Madrid: SM, 1989.
[3] 封面评论,参见 Lu Wenfu, *El gourmet: vida y pasión de un gastrónomo chino*, translated by Piralt Gorina, Barcelona Editorial: Seix Barral, 1994.
[4] Joan Sacs, "Àsia," *La Nova Cultura*, 1927 (Jan.), pp. 69-75.
[5] Carles Prado-Fonts, "Disconnecting the Other: Translating China in Spain, Indirectly," *Modernism/modernity Print Plus*, 2018 (3), pp. 1-11.

Reino de la China，1585)更是被视为 18 世纪前所有关于中国的著作的起点和基础。[1]《大中华帝国史》在罗马首次出版后的三十年间，以欧洲各语种出版 36 次，再版 9 次，[2]仅从出版和再版次数便足以说明西班牙汉学在欧洲的巨大影响。然而，19 世纪初西班牙开始陆续失去海外殖民地，1899 年失去所有太平洋殖民地，西班牙燃尽帝国最后一丝余晖，曾经辉煌的西班牙汉学也随之没落。

因此，19 世纪末，西班牙知识分子在意识到本国的没落和文化上的失落后，决意改变这种状况。以"九八年一代"为代表的知识分子呼吁要"欧化"（Europeización），他们想要追随以英法为代表的"欧洲中心"，从而营造自己在文化上的优越感、提高国际文化威望。[3] 19 世纪末 20 世纪初的"崇欧"传统由此而来。由此推测，既然 20 世纪中叶西班牙译介活动中的间接译介是"崇欧"传统的延续，那么其背后应该也有类似的文化原因：依附现代化强国和提高国际上的文化威望。

学者的言论和西班牙出版商的做法印证了这一推测。当今的西班牙学者仍旧认为有"欧化"的必要，因为"欧化"可以在国际上获得对话者的角色以提高国际威望。[4] "欧化"还可以促进现代化，"使得西班牙在军事、外交、经济和文化方面的国际地位得以提升"[5]。而西班牙出版商的品位和审美是"欧化"在文化领域的直接体现。上文分析译介四个阶段时提到了隐性间接翻译，类似的掩盖转译事实使得符合"西方"阅读口味的译本仿佛是由西班牙出版社打造出来的。莫言和高行健的作品如果不是由葛浩文（Howard Goldblatt）和陈安娜（Anna Gustafsson Chen）这样优秀且热爱文学的汉学家

---

[1] Donald F. Lach, "Asia in the Making of Europe," *Volume Ⅰ: The Century of Discovery*. Book 2, Chicago: University of Chicago Press, 1965, p. 744.

[2] Carlos Sanz, "Primitivas Relaciones de España con Asia y Oceanía: los dos primeros libros impresos en Filipinas, más un tercero en discordia," *V. Suarez*, 1958, pp. 385-397.

[3] Miguel Unamuno. *Obras Completas (VI)*, Madrid: Afrodisio Aguado, 1958, pp. 333-334.

[4] José Ignacio Torreblanca, "La europeización de la política exterior española," *La europeización del sistema político español*, Madrid: Istmo, 2001, pp. 486-512.

[5] Sonia Piedrafita, Federico Steinberg, and José Ignacio Torreblanca, "The Europeanisation of Spain (1986-2006)," *Real Instituto Elcano de Estudios Internacionales y Estratégicos*, 2007, p. 11.

翻译,也许无法流行并获奖。[1] 可见,出版符合"西方"审美的畅销译本其实需要较高的汉学修养,而转译已有的优秀译本并掩盖这一事实,使得西班牙出版社收获了来自外部的认可,仿佛西班牙自身具备开阔的汉学视野和较高的汉学修养。此外,西班牙学者还列举鲁迅、铁凝等人的作品,指出其西译本早于英法译本,可能对英法译本产生影响,并认为西语、法语、英语均是文学翻译流通的常用语言,暗示西班牙与英国、法国的"同质性",[2] 认为西班牙和西方文化强国一样,具有相同的汉学视野和审美标准。

以上表明,当今的西班牙学者和出版社将西班牙与文化强国捆绑,这样的行为与19世纪末20世纪初西班牙外交官采取的"一体化"策略如出一辙。彼时,西班牙来华外交官意识到自身国际影响力的衰退,为了提高国际威望,西班牙外交官将西班牙与英法捆绑,他们游记中的西班牙总是与英、法并列出现,他们口中的"我们"代表的也是作为"西法英"整体的我们。[3] 某种程度上,译介外国文学的情况反映了文化现代化的实力和国际文化影响力,如今西班牙想提高国际上的文化威望,便不能不重视对中国现当代文学的译介,而在译介活动中与强国"一体化",是从19世纪末就使用的策略。这也解释了为何在译介的前两个阶段,间接译本主要来自英法出版社,而后两个阶段,美国出版社的译本也被纳入参考体系。"崇欧"的本质就在于与强国"一体化",随着美国文化影响力在全球的确立,西班牙将之视为新的"一体化"对象。从美版英译本数量的增幅来看,近年来,美国愈发成为西班牙文化依附的重要对象,这可谓"崇欧"现象在当今的延续和变体。

中国现当代文学在西班牙的译介活动暴露出两个层面的文化霸权:第一个层面发生在"西方"内部。中间译本对西译本的"规训"反映出英语、法语对西语的"支配状况",本质上是一种"语言帝国主义",背后隐藏的是结构和文化上的不平等。[4] 文化"一体化"是西班牙的幻想,实际上,英法译本对西班

---

[1] 王宁:《翻译与跨文化阐释》,《中国翻译》2014年第2期,第5—13页。
[2] Maialen Marin-Lacarta, *Mediación, recepción y marginalidad: Las traducciones de literatura china moderna y contemporánea en España*, Tesis Doctoral, Barcelona: Universitat Autònoma de Barcelona, 2012.
[3] Ai Qing, "Imperial Nostalgia: Spanish Travel Writing in China (1870-1910)," *Arizona Journal of Hispanic Cultural Studies*, 2014(18), p. 230.
[4] Robert Phillipson, *Linguistic Imperialism*, Oxford: Oxford University Press, 1992, p. 42.

牙施加的文化霸权类似一种文化殖民，西班牙译本在接受英法译本的"规训"时是自觉的甚至是主动的，因为这既保障了出版效益，也是汉学修养的体现。第二个层面包含两重"西方"对"东方"的文化霸权。首先，是来自西方强国的文化霸权，以英法美为代表的文化强国通过掌握"祝圣"（consecration）机制来造成世界文学系统内部的等级。文化强国设置了国际奖项并决定授予的对象，还形成翻译标准和文本选择标准，并把握介绍评论的方向。在布尔迪厄（Pierre Bourdieu）看来，奖项、表彰、荣誉、文学批评、出版活动、翻译都属于"祝圣"机制，被"祝圣"意味着获得世俗上的成就。[1] 卡萨诺瓦（Pascale Casanova）认为翻译的"祝圣"作用在于，翻译能让作品获得国际声誉并帮助作品走进"世界文学共和国"[2]。高行健、莫言获得世界性声誉，而谢冰莹的作品则被认为没有文学性便说明了"祝圣"对于进入世界文学共和国的意义。以西班牙译介的中国现当代文学作品为例，大部分作品没有被权威"祝圣"，在海外接受时便被边缘化，被视为处于世界文学的边缘位置。其次，是西方弱国的"东方主义"意识。某些时刻，中国现当代文学的译介活动被西班牙视为实现"一体化"的工具。与文化强国具备相同的译介风格、标准和品位是西班牙提高自身国际文化威望的途径。如果说"东方"对于西方强国来说意味着划分出"西方"的对立面并以此显示自身优越性，那么对于西方弱国来说，"东方"是强化自身"西方"属性并从"一体化"进程中获得国际威望的必要途径。

四、中国现当代文学在西班牙译介的提升路径

全球化时代的文化霸权在译介活动中隐秘地运作，这无疑对人文学术界和出版界提出了更高要求。

首先，以间接促直接。鉴于英法译本对西译本仍具有一定规训力，崇欧现象与捆绑策略在短时间内也将继续存在，可以把提高中国现当代文学的英

---

[1] Pierre Bourdieu, *The Rules of Art: Genesis and Structure of the Literary Field*, Redwood City: Stanford University Press, 1996, pp. 167-220.
[2] Pascale Casanova, "Consecration and accumulation of literary capital: translation as unequal exchange," *Critical Readings in Translation Studies*, edited by Mona Baker, London & New York: Routledge, 2010, p. 295.

法译本的质量放在优先位置。尽管近年来不断出现法语衰落的言论,但不可否认的是,法语在欧盟范围内仍具有影响力。[1] 作为"全球语言"的英语更是处于全球语言秩序的金字塔塔尖。提高中国现当代文学的英法译本的质量,并不局限于对原文的忠实,还要提高在国外的接受度、认可度,这意味着要求英法译本的译者灵活运用翻译技巧来跨越文化传播障碍,提升读者的阅读体验,从而对中国现当代文学在西班牙的译介产生积极影响。在这方面,中国科幻文学的译介路径值得借鉴。

刘慈欣和刘宇昆的科幻作品受到西语读者的一致好评,他们的名字出现在多个西班牙媒体评选的最受欢迎的科幻文学榜单上。从第四阶段的译介活动也能看到,西班牙出版社大量引进中国科幻文学,短期内十多位中国科幻作家的作品迅速进入西班牙读者视野。中国科幻小说在西班牙的活跃,原因之一在于西班牙出版社受到英译本影响。刘慈欣的《三体》最早由诺瓦出版社(Nova Casa Editorial)引入,该社编辑玛塔(Marta Rossich)在采访中指出,译介《三体》一方面与她在中国切身感受到的中国当代文学创作氛围有关,另一方面则是因为她关注到中国科幻文学在英语世界中的市场热度。[2] 刘宇昆的作品进入西班牙便是依靠了英译本的广泛流通及其好评。刘宇昆是美籍华裔的科幻作家,同时也是科幻作品的译者。2012 年,他的《手中纸,心头爱》(*The Paper Menagerie*)获得雨果奖、星云奖,2013 年,他凭借《物哀》(*Mono No Aware*)再次斩获雨果奖,这使得他在西方科幻文学界声名鹊起。他不仅创造性地将《三体》等多部中国科幻文学译成英语,还主编《看不见的星球》和《碎星星》这两部中国科幻文学选集,并参与其英译本的翻译工作,反响不错的西语版选集便是从英译本转译而来。可以说,以刘宇昆为代表的译者和作家,在将中国科幻文学引入英语世界时还额外带动了中国科幻文学进入西语世界。

上述作品先在英语世界获得声誉,随后被西班牙转译并获得认可,这一

---

[1] Eur Activ, "2011 Future of French language 'to be decided in Brussels,'" 2012-12-14, https://www.euractiv.com/section/languages-culture/news/future-of-french-language-to-be-decided-in-brussels/.

[2] Marta Rossich, "Los lectores jóvenes son la gran esperanza de la literatura de género," 2016-9-30, https://www. jotdown. es/2016/09/marta-rossich-los-lectores-jovenes-la-gran-esperanza-la-literatura-genero/

间接译介的过程启示我们中国现当代文学要想有效地走进西班牙,需要提高英法译本的质量,因为这类迂回式的译介策略将带来三类有益改变:其一,英译本的好评使得西班牙出版社更有信心引入该作品,并且更愿意采用直译或合作翻译模式。诺瓦出版社引进《三体》时信心满满,于是放弃从英译本转译而是从中文直译,还让西班牙译者与中国译者合作翻译。同时,对优秀英译本的合理借鉴也会提高西译本的质量。《三体》的西译本虽从中文直译,但在篇章结构的布局方面借鉴了珠玉在前的英译本。正是地道的西化译法与向优秀英译本的借鉴,才确保了西译本的口碑。西班牙读者对刘慈欣作品的认可也将增强西班牙出版社继续发掘中国科幻文学的信心,形成良性循环。其二,一部作品在英语世界的好评将带动同类型作品走进小语种世界。《三体》在英语世界被认可之后,西班牙诺瓦出版社的编辑主动来中国搜寻未被英语世界注意到的其他优秀中国科幻小说,[1]从而使得更多中国科幻作品走出国门。其三,成功的间接译介促进直译、合译的开展以及西班牙出版社与中国的直接接触,有助于打破对中国现当代文学和中国社会面貌的刻板印象。刘慈欣和刘宇昆的作品在西班牙出版后,西班牙媒体的评价是,从刘宇昆笔下看到了一个国际化、科技化的中国和一种面向未来的叙事方式,从刘慈欣的笔下则看到了中国具有的独特的世界视野和未来视野,中国科幻文学中表现出的担忧和反思更具有普适性。[2]

其次,直接对接。对英法译本的重视并不意味着认同译介活动中的语言秩序和文化霸权,这只是阶段性的迂回策略,利用西班牙出版社对西方文化强国的推崇和依附,目的是创造一个有利于中国现当代文学顺利进入小语种世界的通道,以间接译介促进直接译介。一方面,中国现当代文学在西班牙及其他小语种世界的译介要想进入新阶段,需打破世界文学中的等级体系和文化霸权,实现中西直接对接。这方面需要理论家为被边缘化的民族文学正名。资本逻辑和文化逻辑的共谋使得被殖民国家的文化生产长期受制于西

---

[1] Marta Rossich, "Los lectores jóvenes son la gran esperanza de la literatura de género," 2016-9-30, https://www.jotdown.es/2016/09/marta-rossich-los-lectores-jovenes-la-gran-esperanza-la-literatura-genero/

[2] Rodolfo Ángeles, "Contemplando el Cielo, Edificando el Futuro," https://www.fabulantes.com/2022/07/ciencia-ficcion-china-planetas-invisibles-estrellas-rotas/

方文化霸权,为此杰姆逊(Fredric Jameson)批判第一世界对第三世界文学的冷漠和偏见,提倡"世界文学"的概念不应该忽视第三世界文学。阿罕默德(Aijaz Ahmad)则批判西方中心话语对第三世界文化的压抑和同质化处理,反对第三世界文学被他者化、同质化为一个总体的"民族寓言"。德里克(Arif Dirlik)进一步指出全球文化被全球资本主义用发展主义和普遍话语进行同质化处理。21世纪,莫莱蒂(Franco Moretti)批判中心文学向边缘文学的强势输出,从"世界文学"角度继续挑战西方中心话语,中国学者王宁教授也在国际刊物上重新定义"世界文学",解构世界文学中的等级体系,[1]使得一些不符合传统世界文学定义的中国现当代文学被重新正视。而反过来,中国现当代文学的建构也表明在西方普遍话语以外存在着独特的文明,反驳了西方话语对民族文学的同质化。另一方面,中国现当代文学不能一直依赖英法译本的推广间接进入西班牙,而要主动建立与西班牙的直接对接。在这方面,中国五洲传播出版社与多个西班牙出版社的合作、中华学术外译项目与西班牙行星出版社(Editorial Planeta)的合作所展现出的中西合作模式值得借鉴。西班牙出版社精准定位西班牙读者的喜好和阅读需求,而中国的项目组和出版社精准提供符合需求的书目。在此基础上开展中西合译,中国译者的加入能有效化解西班牙汉语译者缺乏的困境,西班牙译者能软化原著中可能存在的意识形态宣传力度并最大限度地本土化。除了官方层面的推介,国际书展、国际会议也是直接对接的重要途径。2006年,几米绘本在国际书展上获得关注,此后西班牙芭芭拉费奥出版社(Barbara Fiore Editora)与几米直接对接,先后出版二十余部几米绘本。一旦直接对接下的西译本取得广泛好评,西班牙出版社赢得国际认可,其在中国文学译介方面对于文化强国的依附和推崇将逐渐减弱,从而进入一个中西直接对接的良性循环。

尽管中国现当代文学在西班牙的译介遭遇文化霸权的阻碍,但近年来不断有成功案例证明中国现当代文学能够突破阻碍,走进西班牙。此外,由于

---

[1] Wang Ning, "World Literature and the Dynamic Function of Translation," *Modern Language Quarterly*, 2010(1), pp. 1-14.

在西班牙的译介是中国现当代文学走进小语种世界的一个典型代表,因此在西班牙的译介所带来的启示也将有助于中国现当代文学走进多语种世界。相信在不久的将来,更多中国现当代文学能通过译介活动在海外获得"来世生命"。

刘桐阳,上海交通大学人文学院博士研究生。本文刊于《中国文艺评论》2023年第8期。

人工智能时代的翻译、出版与传播:问题与展望

王楚童

引 言

人类目前已经步入了人工智能时代:一个获取信息极其便捷、知识爆炸的时代。最近兴起的 ChatGPT 大型语言模型又把翻译、出版和传播问题推向了风口浪尖。人工智能是否能取代文学翻译? 在知识新媒体时代,人工智能又将如何影响出版、传播的路径和方式? 或许我们可以说,人工智能只有真正具有人类的意识和情感时,才能取代或影响具有创造力色彩的人类活动,但是人工智能是否能有人类的意识和情感目前依旧是哲学界和科学界争论的问题。

曾白凌在讲到人工智能创作物时指出,"人工智能创作物和人类作品在形态和结果上可能完全相似甚至相同,但是人工智能只是逻辑、算法、数据的选择和对应,不存在行动和结果之间的意识、目的及思想情感的关联,不具备著作权所要求的人身属性、人类智能创造力的稀缺性、对思想文化发展的不可或缺性"[1]。但也有学者如熊璨指出:"人工智能的发展并非止步于此。现阶段人工智能不具备人类意识,无法主动把握其在文学翻译中的审美和创作活动,但这并不代表它在将来绝不可能发展出意识……如果说人工智能翻译目前主要是依赖规则和大量语料库被动地执行系统命令,那么人工生命则是模拟生物——主动感知环境并给出反馈,这已与人类的思维活动模式相当接近。也就是说,如果人工生命研究获得重大突破,机器将可能拥有审美能

---

[1] 曾白凌:《目的之"人":论人工智能创作物的弱保护》,《现代出版》2020年第4期,第62页。

力,并能有意识地进行创作。"[1]笔者认为,人工智能到底能否超越算法并获得与人类相当的意识和情感,应取决于我们对人类意识和情感本质的理解。意识到底是否由身体的物质性决定,抑或意识永远独立于科学研究范畴之外,又或者像数学家彭罗斯(Roger Penrose)所说,意识是微管中量子引力所引起的波函数坍缩的结果,这些猜测尚未引向十分明晰和确定化的结论。

一、ChatGPT 对莎士比亚两首十四行诗的翻译表现

虽然目前我们无法判定人工智能是否会具有人类的意识和情感,但是依然可以通过考察人工智能对经典文学作品的翻译,判断其所处的发展阶段。目前的人工智能对经典文学的翻译表现如何呢?笔者以莎士比亚的两首十四行诗为例探讨人工智能翻译的特点。

下面是 ChatGPT 对莎士比亚第一首十四行诗的翻译。

原文:
From fairest creatures we desire increase,
That thereby beauty's rose might never die,
But as the riper should by time decease,
His tender heir might bear his memory;
But thou, contracted to thine own bright eyes,
Feed'st thy light's flame with self-substantial fuel,
Making a famine where abundance lies,
Thy self thy foe, to thy sweet self too cruel.
Thou that art now the world's fresh ornament,
And only herald to the gaudy spring,
Within thine own bud buriest thy content,
And, tender churl, mak'st waste in niggarding.

---

[1] 熊璨:《论人工智能翻译的可能性——从文学的三个层次看非文学与文学翻译》,《中外文化与文论》2020 年第 2 期,第 115 页。

Pity the world, or else this glutton be,

To eat the world's due, by the grave and thee.[1]

ChatGPT 的翻译

  我们渴望最美的生物繁衍生息，

  从而使美的玫瑰永不凋谢，

  但随着年岁的增长，更成熟的人

  会逝去，他温柔的继承者将传承他的记忆：

  但是你，专注于自己明亮的眼睛，

  用自己实质的燃料来滋养你的光芒，

  在富饶之处制造饥荒，

  你自己是自己的敌人，对自己太残忍。

  你现在是世界上最新鲜的装饰，

  也是唯一宣告炫目春天的传令官，

  却将自己的满足埋葬在自己的蓓蕾中，

  你，温柔的吝啬鬼，浪费着宝贵的东西。

  怜悯这个世界，否则你将成为暴食者，

  吞噬世界的份额，与坟墓一同。

笔者又向 ChatGPT 询问如何理解这首诗的主题，以下是其答复：

这首莎士比亚的十四行诗（Sonnet 1）探讨了美貌、时间和生育的主题。以下是对这首诗主题的理解：

美貌和生育。诗中以美貌为起点，表达了人们对美貌和生育的欲望。莎士比亚提到，我们渴望美丽的生物生育后代，以使美丽之花永不凋谢。这暗示了美貌的传承和延续，将美的特质传递给下一代。

时间的无情。莎士比亚提到时间的无情，描述了随着时间流逝，人

---

[1] 参见 Shakespeare. *The Complete Sonnets and Poems*, Edited by Colin Burrow, Oxford University Press, 2002, p. 383.

们的美貌会衰老和凋谢。他使用了"时间"这个概念，强调时间对美貌的侵蚀作用，以及美貌在岁月中的有限性。

自私和浪费。诗中表达了一种批评，指责某个对象自私和浪费。这个对象将自己的美貌局限于自己的眼睛中，不与他人分享，导致了一种"饥荒"，即美貌被浪费了。莎士比亚批评了这种自私和狭隘的态度。

责任和传承。诗中提到的"tender heir"（娇嫩的后代）表明了一种责任感，即每个人都有传承美貌和美德的责任。通过生育后代，个体可以将自己的记忆和美德传递给下一代。

总的来说，这首诗强调了美貌、时间、自私和生育的复杂关系。它传达了一种关于美貌和责任的思考，以及时间不可阻挡的流逝。这是莎士比亚十四行诗中常见的主题之一，探讨了人类生命和美的无常性。

根据著名学者乔治·斯坦纳（George Steiner）的观点，所有的翻译活动都首先和理解有关。那么 ChatGPT 是否能成功地翻译这首诗，首先取决于其对该诗主题的认识和理解。笔者认为，ChatGPT 对原诗的理解是信息性质的。无论是"时间的无情"、"自私和浪费"还是"责任和传承"，都仅仅是字面上的理解和阐释。ChatGPT 的理解版本里没有洞悉到的是原诗更为深层的主题。莎士比亚的所有十四行诗都表达了对超越有限生命空间的灵感之源的歆羡，第一首十四行诗也不例外。这首诗想要阐明的是：我们对美的记忆能够滋养美的恒久，而寰宇间的灵感之源作为某种智慧的火光，超然于凡尘的想象范围之外；它栖身于自我能量所蕴蓄的广袤世界，最为丰盈与舒展。尘寰间所有的富饶都没有办法和它相比；它是死亡与生命交叠之际的神圣悖论，只有倾心于世界，回馈于世界，才不浪费"美"最神秘的力量。ChatGPT 的翻译虽然在字面上比较准确，但在处理有隐喻色彩的语句时则表现不佳，比如在翻译"But thou, contracted to thine own bright eyes/Feed'st thy light's flame with self-substantial fuel/Making a famine where abundance lies"几句时，ChatGPT 直译成"但是你，专注于自己明亮的眼睛，用自己实质的燃料来滋养你的光芒，在富饶之处制造饥荒"。还有在翻译"Thou that art now the world's fresh ornament/And only herald to the gaudy spring/Within thine own bud buriest thy content"几句时，ChatGPT 直译成"你现在是世界上最新鲜的装饰,也是唯一宣告炫目春天的传令官,却将自己的满足埋葬在自己的蓓蕾中"。以上翻译都表现出语词晦涩、缺乏创意、令人费解的特点。

笔者也对比了翻译家辜正坤和梁宗岱的译文。

辜正坤译文

我们总愿美的物种繁衍昌盛,
好让美的玫瑰永远也不凋零。
纵然时序难逆,物壮必老,
自有年轻的子孙来一脉相承。
而你,却只与自己的明眸订婚,
焚身为火,好烧出眼中的光明。
你与自我为敌,作践甜蜜的自身,
有如在丰饶之地偏造成满目饥民。
你是当今世界鲜美的装饰,
你是锦绣春光里报春的先行。
你用自己的花苞埋葬了自己的花精,
如慷慨的吝啬者用吝啬将血本赔尽。
可怜这个世界吧,否则你就无异贪夫,
不留遗嗣在人间,只落得萧条葬孤坟。[1]

梁宗岱译文

对天生的尤物我们要求蕃盛,
以便美的玫瑰永远不会枯死,
但开透的花朵既要及时凋零,
就应把记忆交给娇嫩的后嗣;
但你,只和你自己的明眸定情,

---

[1] 莎士比亚:《莎士比亚全集:传奇卷、诗歌卷(下)》,孙法理、辜正坤译,译林出版社,2016,第145页。

把自己当燃料喂养眼中的火焰,
和自己作对,待自己未免太狠,
把一片丰沃的土地变成荒田。
你现在是大地的清新的点缀,
又是锦绣阳春的唯一的前锋,
为什么把富源葬送在嫩蕊里,
温柔的鄙夫,要吝啬,反而浪用?
可怜这个世界吧,要不然,贪夫,
就吞噬世界的份,由你和坟墓。[1]

在处理上述两段富含隐喻色彩的语句时,两位翻译家都使用了文学性更强的表述方式。在翻译上述第一段语句时,梁宗岱的翻译版本在力图接近准确原意的基础上,让话语的铺陈更加顺畅,而辜正坤的版本增添了很多兼具浪漫和雄浑色彩的味道:"而你,却只与自己的明眸订婚,焚身为火,好烧出眼中的光明……有如在丰饶之地偏造成满目饥民。"在处理上述第二段语句时,两位翻译家的版本都可视作一种再创作。辜正坤的"你是当今世界鲜美的装饰,你是锦绣春光里报春的先行。你用自己的花苞埋葬了自己的花精",在娴熟的韵律中,描摹出语言的俏皮和灵动;梁宗岱的"你现在是大地的清新的点缀,又是锦绣阳春的唯一的前锋,为什么把富源葬送在嫩蕊里",则在含蓄的转化中描摹出语言的婉转而多情。ChatGPT 的翻译版本与两位翻译家的版本相比,在准确性和创造性方面都有明显不足。

笔者选取的第二个例子是莎士比亚的第 18 首十四行诗,这首诗家喻户晓。以下是原文和 ChatGPT 对全诗的翻译:

原文
Shall I compare thee to a summer's day?
Thou art more lovely and more temperate.
Rough winds do shake the darling buds of May,

---

[1] 莎士比亚:《莎士比亚全集(六)》,朱生豪等译,人民文学出版社,1994,第 525 页。

And summer's lease hath all too short a date.
Sometime too hot the eye of heaven shines,
And often is his gold complexion dimmed,
And every fair from fair sometime declines,
By chance or nature's changing course untrimmed:
But thy eternal summer shall not fade,
Nor lose possession of that fair thou ow'st;
Nor shall Death brag thou wand'rest in his shade,
When in eternal lines to time thou grow'st.
So long as men can breathe or eyes can see,
So long lives this, and this gives life to thee.[1]

ChatGPT 的翻译

我要把你与夏日相比较，
你更可爱,更温和：
凶猛的风摇动五月的花蕾,
而夏天的租约时间太短暂：
有时太阳炙热如火照,
而金色的容颜经常黯淡；
每一种美丽都会有所减退,
无论是机缘还是自然的变迁；
但是你的永恒夏天不会褪色,
也不会失去你所拥有的美丽；
死亡也不能夸耀你在他的阴影中游荡,
因为在永恒的诗句中,你将永生：
只要人类还能呼吸,眼睛还能看见,
这首诗将长存,也将赋予你生命。

---

[1] 参见 William Shakespeare, *The Complete Sonnets and Poems*, Edited by Colin Burrow, Oxford University Press, 2002, p. 417.

笔者认为,ChatGPT 对这首诗的翻译大致做到了字面上的忠实,只是从读者的观感上来看,依旧像是信息的铺陈和堆叠,缺少诗性的语言所能引发的,人们对永恒之玄妙的遐思与渴望。这首诗描摹了这样一种图景:作者歆羡寰宇间永恒的灵感源泉,它代表了一种微妙的记忆、新鲜的灵动和温和的回馈;在追寻永恒之际,它化解了生与死之间的区隔,在自由的时间和场域里遨游和飞翔;它不像来自天堂的慧眼,如炬般火热,在一种炽热的奔放里生命之光辉反而渐渐黯淡,也不像所有尘寰间有限的"美丽之物",因没有呼应命运和自然纷繁的轨迹而终将渐渐消隐。虽然诗行中的被歌颂者也曾在死亡的荫蔽里游走,但是它在时间里获得一种成长的力量,让心灵即是宇宙的显影。它能从所有凡尘的生命里汲取一种永恒存续的优雅,在诗歌韵律的漫溢中,捕捉到来自寰宇本初的律动。

笔者也询问了 ChatGPT 对这首诗主题的理解,以下是它的回答:

> 这首诗表达了永恒的美与时间的无常性之间的对比,以及以诗歌的力量来永远保存和传承美丽的主题。以下是对这首诗主题的理解:
>
> 永恒的美。诗人在开头提出了一个问题,即是否应该将受歌颂者与夏日相比。然而,他随后表明,受歌颂者的美丽超越了夏日的美丽,因为夏日的美丽是短暂的,而受歌颂者的美丽是永恒的。
>
> 时间的无常性。诗中通过描述夏日的无常性来强调时间的流逝。夏日有时会受到强风的影响,有时阳光会过于灼热,有时云层会挡住阳光。这些元素都代表了时间的不稳定性和无常性。
>
> 诗歌的永恒。诗人在诗中宣称,通过这首诗,他将受歌颂者的美丽永远保存下来。他说,即使在受歌颂者死去后,她的美丽仍然会在诗歌中永远存在,而且诗歌会将她的美丽传递给后代。
>
> 诗歌的力量。这首诗强调了诗歌作为一种艺术形式的力量,它能够超越时间,将美丽和感情保存下来。诗歌被描述为一种永恒的手段,能够将人们的思念和情感传递给后人。
>
> 总的来说,这首诗的主题是美丽、时间和诗歌的永恒力量。诗人通过对比夏日的短暂美丽和受歌颂者的永恒美丽,强调了诗歌是时间的抵抗者和美丽的守护者。这是莎士比亚最著名的十四行诗之一,表达了对

美丽和诗歌的深刻赞美。

可以说,这首诗歌的确表达了永恒的美与时间无常性之间的对比,但是并非将二者割裂看待,而是表达了永恒的美如何借鉴时间无常性中的元素,从而获得一种模糊生死边际的、神圣的精神力量。此外,被歌颂者也并非在"诗歌的力量"中得以永生,而是能与"诗歌的力量"彼此观照、彼此寄托、彼此回馈,在所有具体的形式之中,捕捉到来自生命本源的旋律。如前文所说,翻译的本质是一种理解模式。ChatGPT 对有些语句的翻译是不准确的,比如对于"Sometime too hot the eye of heaven shines/And often is his gold complexion dimmed/And every fair from fair sometime declines/By chance or nature's changing course untrimmed"这段话,ChatGPT 处理为"有时太阳炙热如火照,而金色的容颜经常黯淡;每一种美丽都会有所减退,无论是机缘还是自然的变迁",译文既缺乏对原文中关键意象的充分把握,又没有捕捉到原文所蕴蓄的风格,读来让人迷惑和费解。

笔者也比较了辜正坤、梁宗岱两位翻译家的译本:

辜正坤译文
或许我可用夏日将你作比方,
但你比夏日更可爱也更温良。
夏风狂作常会摧毁五月的娇蕊,
夏季的期限也未免还不太长。
有时候天眼如炬人间酷热难当,
但转瞬又金面如晦常惹云遮雾障。
每一种美都终究会凋残零落,
或见弃于机缘,或受挫于天道无常。
然而你永恒的夏季却不会终止,
你优美的形象也永远不会消亡,
死神难夸口说你在它的罗网中游荡,
只因你借我的诗行便可长寿无疆。
只要人口能呼吸,人眼看得清,

我这诗就长存,使你万世流芳。[1]

梁宗岱译文

我怎么能够把你来比作夏天?
你不独比它更可爱也比它温婉:
狂风把五月宠爱的嫩蕊作践,
夏天出赁的期限又未免太短:
天上的眼睛有时照得太酷烈,
它那炳耀的金颜又常遭遮蔽:
被机缘或无常的天道所摧折,
没有芳艳不终于凋残或销毁。
但是你的长夏永远不会凋落,
也不会损失你这皎洁的红芳,
或死神夸口你在他影里漂泊,
当你在不朽的诗里与时同长。
只要一天有人类,或人有眼睛,
这诗将长存,并且赐给你生命。[2]

梁宗岱的版本"天上的眼睛有时照得太酷烈,它那炳耀的金颜又常遭遮蔽,被机缘或无常的天道所摧折,没有芳艳不终于凋残或销毁"在忠实的描摹里为读者带来一种"肃穆"和"辉光"共生的情感体验。辜正坤的版本用汉语中诗性的语言不断再创原文的风格,将上述语段翻译成"有时候天眼如炬人间酷热难当,但转瞬又金面如晦常惹云遮雾障。每一种美都终究会凋残零落,或见弃于机缘,或受挫于天道无常",可谓充分发挥了译者的主体性,在汉语韵律的自然流淌中,赋予了原诗崭新的生命。

虽然 ChatGPT 的翻译要逊色于两位翻译家,但是已经足以取代大部分译者的工作,这应当引起我们的关注和反思。同时,AI 翻译的文学作品是否

---

[1] 莎士比亚:《莎士比亚全集:传奇卷、诗歌卷(下)》,孙法理、辜正坤译,译林出版社,2016,第162页。
[2] 莎士比亚:《莎士比亚全集(六)》,朱生豪等译,人民文学出版社,1994,第542页。

应该享受著作权也引起了广泛的讨论。曾白凌格外关注 AI 著作权问题中人的主体性:"无论是'作者已死'还是'AI 著作权主体之争',其本质都是技术变革带来关于人的价值和主体性的困惑与思考。技术对人的思考能力、交流能力、文本能力的学习、模拟和超越,触发了人对自我规定性与价值的疑惑和不自信。从碳基生命到硅基生命,人渴望在技术中追寻不朽;但技术终将衰亡,不朽的只是人类文化。面对技术的失控,面对技术主义的挑战,人类唯一的武器就是坚守人的价值与人的主体性。"[1]这段论述指出了 AI 创作物给人类主体性带来的潜在威胁,强调要划分 AI 创作和人类智力劳动的边界。曾白凌同时指出,应该鼓励"AI 创作物回归公共领域"[2],认为这样可以完善和丰富人类共享的文化知识体系,从而间接影响人类的智力活动,提高人类的创造水平。也有学者对目前人工智能是否具有创造性持完全否定的观点,并且回归到对创造力本质的定义,指出我们并不能把 AI 创作物视为作品:"人类创作物遵循'思想情感—表达—表现'的路径,而 AI 生成遵循'现有表达—重组表达—表现'的路径。因此,尽管 AIGC(人工智能生成内容)也是一种表达,但其来源于计算而非创作,不满足作品的构成要件。"[3]在笔者看来,AI 创作能够模拟人类行为,通过海量数据的提取和生成,逐渐实现"最优解",但是其创作模式是浸润在人类的活动语境之下的,没有办法超越人类设定的结构。AI 创作虽然没有办法抵达创造力的本质,但是可以在很大程度上缩减人类的重复劳动。当然,翻译富有极强创造性和主体性色彩的文学文本,还需要译者具有超高的辨识、理解、转化和创造能力,目前的 AI 翻译版本尚需人类的核对和检验。

二、机器翻译与人工翻译的互补与互动:兼及语言和诗歌的本质

上文以莎士比亚两首十四行诗的翻译为例,指出了 ChatGPT 在理解原文主题、翻译原文的准确性和创造性上的不足和缺陷。虽然 ChatGPT 大致做到了字面的忠实,但是在处理有隐喻色彩的语句以及把握原文风格时,仍

---

[1] 曾白凌:《没有作者的著作权:ChatGPT 对人的反问》,《新闻与写作》2023 年第 9 期,第 78 页。
[2] 同上书,第 77 页。
[3] 龙文懋、季善豪:《论人类作品创作与人工智能生成的异同》,《科技与法律(中英文)》2023 年第 4 期,第 1 页。

显得生硬、晦涩、缺乏创造力。笔者也指出，AI 翻译版本虽然不具有严格意义上的"创造性"，也不应该享受和人类平等的著作权，但是我们可以将 AI 创作物纳入公共保护机制，从而丰富人类共享的精神文明体系。那么，机器翻译到底如何更好地实现和人工翻译的互补和互动呢？笔者又向 ChatGPT 询问，希望它从"翻译是一种创造性的行为"和"翻译涉及理解"两个方面来谈一下机器翻译和人工翻译的关系，以下是它的回答：

> 翻译是一种创造性的行为。翻译不仅仅是将一种语言的文字转化为另一种语言，更是一种创造性的行为。人工翻译的独特之处在于其能够传达原文中的情感、风格和作者的意图。翻译员需要理解原文的上下文，选择合适的词汇和结构，以便在目标语言中传达相同的效果。
>
> 机器翻译尽管在某些领域表现出色，但仍然存在一定的局限性。机器翻译系统依赖于大数据和算法，无法像人类一样进行创造性的思考。这意味着在翻译文学作品、广告口号或具有强烈文化特色的内容时，机器翻译可能无法捕捉到原文的情感和表达方式。
>
> 翻译涉及理解。理解是翻译的核心。人工翻译员不仅需要理解源语言和目标语言，还需要理解原文的意义、背景和文化差异。这种深层次的理解对于准确传达信息至关重要。
>
> 机器翻译在这方面存在挑战。虽然现代机器翻译系统在处理大规模文本时表现出色，但它们无法真正理解文本。机器翻译是基于统计模型和神经网络的模式匹配，缺乏对上下文和含义的深层次理解。这导致了一些可笑的翻译错误，因为机器无法理解某些语言的双关语、隐喻或文化背景。
>
> 结论：综上所述，人工翻译和机器翻译各有优势和局限性。人工翻译在处理创造性、文化相关、复杂和具有深层含义的文本时表现出色，因为人类具有文化理解、判断力和创造性思维。机器翻译在速度和大规模文本处理方面具有优势，但在处理复杂的和文化相关的内容时可能出现问题。最佳的方法通常是将人工翻译和机器翻译相结合，以充分利用它们的优势。

的确如 ChatGPT 所说,在人工智能时代,人工翻译和机器翻译各有利弊。机器翻译在处理大规模文本时具有效率优势,而人工翻译在处理涉及文化语汇和幽微情感的作品时具有理解优势。只有让人工翻译和机器翻译相互借鉴和结合,才能在提高处理大规模文本的效率的同时,提升译文的准确性和创造性。

笔者认为,要了解 ChatGPT 在翻译经典文学作品时的特点和局限,就要从哲学的维度深刻理解语言和诗歌的本质。笔者比较了 ChatGPT 与两位哲学家海德格尔(Martin Heidegger)和约翰·穆勒(John Stuart Mill)对语言和诗歌理解的不同。以下是 ChatGPT 对什么是语言这个问题的回答:

语言是一种用于交流、表达思想、传递信息和与他人沟通的系统化方式。它是人类文化和社会生活中不可或缺的一部分。以下是语言的主要特征和组成要素:

符号系统。语言使用符号,通常是词汇和语法规则的组合,来表示和传达各种概念、事物、情感和思想。这些符号可以是口头的(声音)、书写的(文字)或手势等。

交流工具。语言允许人们在个体之间或社会群体之间进行有效的交流。通过语言,人们可以分享信息、传递需求、讨论观点,以及构建互动和联系。

语法和结构。每种语言都有其特定的语法和结构规则,这些规则规定了词汇如何组合成句子以及句子如何构建。语法和结构是语言的基础,它们使得语言的表达能力变得有条不紊。

多样性。世界上存在着数千种不同的语言,每种语言都有其独特的词汇、发音、语法和文化背景。这种多样性丰富了人类文化和社会。

传承和发展。语言是一种传承和发展的工具。它可以通过教育、交流和文化传统代代相传,同时也可以随着时间的推移发展和演变。

社会和文化因素。语言与社会和文化密切相关。每个社会和文化群体都有其特定的语言习惯、方言和口音,这反映了其独特的身份和历史。

非言语要素。语言不仅包括言语本身,还包括非言语要素,如肢体语言、面部表情、语调、节奏和声音的情感色彩。这些非言语要素对交流的理解和效果至关重要。

总之,语言是一种复杂的符号系统,它具有无限的表达潜力,帮助人们交流、思考、合作和建构社会。不同的语言代表着不同文化的表达方式,反映了人类智慧和创造力的多样性。

可以说,ChatGPT 的回答体现了我们通常对语言的理解和认知,即更多把语言视作一种交流的方式和媒介、一套复杂多样的文化系统。但是对于哲学家海德格尔而言,本真的语言不是媒介、工具和系统,而代表着一种"诗意的栖居"。真正的语言代表一种本源、无蔽的状态。语言自身便是一种流动,它既不是表达,也不是行为,而是代表一种敞开的视域,蕴含着所有已知和未知的答案。事物自身的属性以及事物在世间展开的方式中间有一条中间道路,这条路不是一条分界线,而是代表了"事物"与"世界"之间的融通。这条路让事物蕴蓄、承载着世界最饱满的热度,又让世界本身作为一个珍贵的宝藏,在舒展其褶皱之际,将崭新的生命赋予众多事物。语言既主宰着事物的形成,又影响着世界的展开,而本真的语言向我们诉说的,是让事物勾勒出的世界和世界赋形而成的事物都慢慢凝聚成位于中心的本源力量。这种本源力量又是一种沉寂的力量,它能让事物安然地徜徉在世界的溪川中,也能让世界把所有缥缈的理念蕴藏在每一件事物的神性中。语言在说话,是指语言在肃穆的沉默中如振雄声,在冰清的寂静中又作某种永恒的震颤。[1] 由 ChatGPT 和海德格尔在论述语言时的不同可以看出,ChatGPT 更多关注的是表层的语言现象,而海德格尔则力图接近本真语言的真谛。

笔者又询问了 ChatGPT 如何理解诗歌,以下是它的回答:

诗歌是一种文学形式,通常具有特定的韵律、节奏和修辞特征。它与散文不同,其创作和表达方式更加富有感情和艺术性。以下是诗歌的一些主要特点和要素:

---

[1] 有关海德格尔对语言的理解,参见 Martin Heidegger, "Language," in Vincent B. Leitch eds. *The Norton Anthology of Theory and Criticism*, Third Edition, New York & London: W. W. Norton & Company, 2018, pp. 914-927.

韵律和节奏。诗歌通常具有明显的韵律和节奏,这些可以通过押韵、音韵、重复和节奏模式来实现。这些音乐性的元素赋予诗歌独特的声音和节奏。

修辞和比喻。诗歌常常使用修辞手法,如比喻、隐喻、排比和象征,以创造深层次的意义和情感。修辞的运用使诗歌更加富有表现力。

紧凑性。诗歌通常以紧凑而精炼的语言表达思想和情感。诗人往往力求用尽可能少的词语来传达丰富的意义。

情感和表达。诗歌是一种情感的表达方式,可以表达各种情感,包括爱、忧伤、喜悦、愤怒等。诗歌具有情感的深度和直接性。

图像和意象。诗歌常常通过生动的图像和意象来传达意义。这些图像可以帮助读者更好地理解和感受诗歌主题。

主题多样性。诗歌可以涵盖各种主题,包括自然、爱情、社会问题、历史事件等。主题的多样性使诗歌成为一个多功能的文学形式。

自由度。尽管诗歌通常具有一定的韵律和修辞规则,但也存在自由诗等形式,允许诗人更加自由地创作,不受传统规则的限制。

总的来说,诗歌是一种富有艺术性的文学形式,以其音乐性、情感性和深刻性而著称。诗歌可以通过抒发情感、探讨思想和创造美丽的语言来触动人心,因此在文学和文化中有着特殊的地位。不同文化和时代的诗歌形式各异,但它们都追求通过语言的艺术形式来传达独特的体验和理念。

从 ChatGPT 的回答中可以看出,其对诗歌的定义更多局限为一种文学形式和情感的表达方式。而哲学家穆勒和海德格尔则都把诗歌视作一种更深刻的对"自我"和"存在"的描摹。穆勒认为,诗歌是一种独白,一种无所求于观者的独白。它诞生于诗人独处时捕捉到的幽微的光亮,代表着情感的漫溢,让心中所思逐渐具象成在一处时空里准确、独特的超然之物。诗歌与流畅的表达不同,流畅的表达往往预设了观者的姿态,期待通过语言唤起同情、悲悯、热情或行动。而诗歌的特点是本自具足,观者和被观者都是诗人自身。[1]

---

[1] 有关穆勒对诗歌的理解,参见 John Stuart Mill, "What is Poetry," in Stephen Greenblatt, ed. *The Norton Anthology of English Literature*, Eighth Edition, Volume 2, New York and London: W. W. Norton & Company, 2006, pp. 1044-1051.

海德格尔也认为,诗歌是存在的绵延和拓扑学结构。诗歌作为一种思想可以回溯到一个不变的源头,也可以作为一种动态的解读,并回馈给存在本身,让其真正的内涵得以呈现为无蔽和澄明的状态。[1]

由上述分析可以看出,人工智能通过学习海量数据库中的信息,目前捕捉到并生成的对"语言"和"诗歌"的定义停留在表层和现象,没有深入到哲思和本质,但是人工智能对通常语境下的"语言"和"诗歌"的理解是让人震撼的。或许我们也有理由期待,未来的人工智能技术能和文学的隐喻世界慢慢形成更为良性的互动,正如陶锋所评论的那样:

> 人工智能无法深入到翻译和文学的本质中,它只能提供材料和现象,因此,世界文学离不开人类的探索和反思……世界文学需要人工智能技术,而人工智能技术反过来也需要世界文学。文学中的隐喻和想象,能够提升人工智能在此方面的表现,有望实现真正的智能。而世界文学和翻译文学,可以为人工智能翻译技术、人工智能语音处理、机器的群集智能、人工生命技术提供庞大的、有生机的文学和语言资料库,艺术和技术可以实现良好的互动和结合。[2]

虽然这段话表明了人工智能和人类智慧相互结合的美好愿景,但是我们依然需要关注当前人工智能生成物对人工译者权益的冲击。在当前,译者的版权因为人工智能的出现基本消弭。AI创作物和译作虽然对人类共享的精神文化资源有很大的贡献,但是必须与人类的智力劳动进行严格的区分,正如有学者指出的,"通过独立立法或将其划分到版权体系外的其他特定民事权利中对 AI 的贡献进行保护是较为适宜的途径。"[3]

三、"或然率"技术时代的出版与传播

要想让人工智能技术更好地和人类文明世界实现互动,我们不仅仅需要

---

[1] 有关海德格尔对诗歌的理解,参见 Martin Heidegger, *Poetry, Language, Thought*, Trans. Albert Hofstadter, Perennial Classics, 2001, p. 12.
[2] 陶锋:《人工智能翻译与"世界文学"》,《人文杂志》2019 年第 8 期,第 37 页。
[3] 龙文懋、季善豪:《作品创造性本质以及人工智能生成物的创造性问题研究》,《电子知识产权》2019 年第 5 期,第 15 页。

了解其在创造性方面的局限,在著作权问题上对人类社会的冲击,还需要了解其运行的本质。正如周葆华所说,ChatGPT代表着一种知识的"或然率":

> ChatGPT实现智能生成的技术底层原理,来源于基于海量语料的预训练大模型,并经过人类反馈的强化学习,基于概率经过筛选给出的回答。大语言模型学习的是概率统计关系。统计语言模型生成的是或然率。ChatGPT并不是从一个固定的知识库中搜索确定答案,而是根据提问基于模型生成概率答案。[1]

周葆华也在同一篇文章中提到,ChatGPT对海量数据的处理优势,其实也标志着其相对劣势:"与人类知识生产者只能占有有限的局域性既存知识不同,大规模语言模型能够占有人类用户创造的海量知识库,从中习得一个分布式的概率表示模型……但缺乏机制标注与承认其所学习的知识资源,更无法厘清与分配不同知识生产主体的贡献比例。"[2]换言之,"或然率"与"模型思维"既是人工智能的优势,又是其局限。优势在于这种能力会逐渐指向最优解,局限在于缺乏人类思维所具有的判断、区分和赏鉴能力。鉴于人工智能目前已经被应用在生活中的多重场景,包括出版和传播,我们需要从宏观的维度更全面地了解人工智能技术的"或然率"和"模型思维"对出版和传播产生了哪些影响。以下是ChatGPT的回答:

> 人工智能对出版和传播领域产生了深远的影响,它在多个方面改变了这些领域的运作方式和格局。以下是一些关于人工智能与出版和传播的关系的观点:
>
> 内容生成和自动化。人工智能技术如自然语言处理和自动化写作已经被用于生成新闻报道、文章、报告,甚至文学作品。这些技术可以在短时间内生成大量文本,但也引发了对内容真实性、创造性和道德性的讨论。

---

[1] 周葆华:《或然率资料库:作为知识新媒介的生成智能ChatGPT》,《现代出版》2023年第2期,第24页。
[2] 同上书,第27页。

个性化内容推荐。人工智能被广泛用于个性化内容推荐,如社交媒体的新闻源推荐、视频流媒体的影片建议等。这有助于用户更容易地访问他们感兴趣的内容,但也引发了有关信息过滤和信息"隔离"的担忧。

语言翻译和跨文化传播。人工智能翻译工具可以帮助跨越语言障碍,使不同语言之间的传播更容易,这有助于全球交流和文化交流。

媒体生产和编辑。人工智能被用于媒体制作和编辑,如视频剪辑、音频处理和图像生成。这提高了内容生产的效率,但也带来了有关技术伪造和信息可信度的问题。

数据分析和洞察。人工智能可以分析大量数据,帮助出版和传播领域的从业者更好地了解受众需求、趋势和反馈。这有助于更有效地制定战略和决策。

新的创作和表达方式。人工智能启发了新的创作和表达方式,如生成艺术、音乐和文学作品。这些技术推动了创意领域的拓展,同时也引发了关于人工智能与人类创造力的关系的讨论。

总的来说,人工智能为出版和传播领域带来了机遇和挑战。它提供了更多的工具和资源,以提高效率、创新和个性化,但也引发了一系列伦理、法律和社会问题,如隐私、数据安全、信息操纵和权威性等。因此,出版和传播领域需要在人工智能的应用中取得平衡,同时保护核心价值观,如真实性、独立性和社会责任。

ChatGPT 的这段表述蕴含着很多洞见:我们确实需要在新时代掌握和崭新科技共处的办法,通过更加专业、具体、细致、有针对性的询问和提示,让人工智能的"或然率"和"模型思维"更好地发挥其优势,实现与人类更充分、深刻的互动。此外,我们不仅仅应该关注人工智能在数据分析、语言翻译和跨文化传播中的重要贡献,同时也应该从伦理和法律的角度制衡人工智能的"自由度",限定其边界,让其更好地为人类文明服务。在知识新媒体时代,当人工智能能够取代出版行业中某些简单的活动,比如纠正作品中的语言错误,我们也需要对出版行业的未来和任务做出新的展望,正如有学者指出的,"出版社应该拥抱甚至推动这个领域的人工智能,把一些文字纠错的职能交给人工智能去做,编辑进行监控和复查。大量的人力和精力就可以投入到出版的核心价值中去:发现和挖掘优秀的思想者、优秀文化作品,需要大量阅读和深厚的积累,需要价值的感受和判断,数据的收集和分析是人工智能的强项,但价值判断是人工智能无法进行的,而这,正是编辑工作无法被人工智能替代的地方"[1]。

不仅如此,面对以 ChatGPT 为代表的技术和知识新媒体,我们也需要更深入地理解人类活动的崭新"面向",以及如何与技术真正实现"相伴共生"。在这一层面,海德格尔理解技术哲学时的辩证思路是具有启发性质的。对海德格尔来说,技术不仅仅是一种手段和人类活动,它还代表了"揭示"和"展现"。技术是一种生成,是对某些玄妙之物的"召唤",促使了新生力量的形成。同时,"技术"这个词也与"认识"同源,它代表着一种全然的领悟和敞开的视域。但是当我们洞悉了现代科技的本质,就会发现它也携带着一种深刻的危险:当我们把一切简约为因果的逻辑,原本应该作为终极要义的神学和上帝,也渐渐沦为哲学家眼中的一个符号。现代科技的本质是一种框架,在这种精确的秩序下,人们渐渐与本真的自我、时间和世界有了疏离和隔阂,也不再能从生命最朴实的律动和最简约的经验中感知到本源真理的显影。然而,现代科技所携带的最极致的危险同样也孕育了一种拯救的力量。海德格尔引用了歌德的话,指出"永恒的赐予"与"永恒的忍受"是相互连接的:"被赐予的"才可以享受生命的延续;在时间的源头享受一种"存续"的,也同时具备"赐予"的力量。我们越是接近现代科技的本质,越是能感受到其命名框架下的极致危险,但与此同时,具有了一种神性视角下"被赐予"和"被关怀"的归属感。科技的本质同时也是在多重可能的图景中生成一种模糊态,而在这种模糊的神秘中真理得以孕育和诞生。在神性之光笼罩的社会,艺术曾经不是一种美学的体验,而仅仅代表着某种谦逊的"生成"和"赐予",科技和艺术曾是同源的。我们越是想要抵达科技的本质,艺术所幻化出的神秘之光就越独特和辽远;我们越是逼近险境,救赎的力量就越会漫溢。而我们的每一次追问,都代表着无尽思想中的虔诚之流,平行于我们永远无法完全抵达的超然

---

[1] 曹沁颖:《人工智能对出版业的影响及应对浅析》,《科技与出版》2017 年第 11 期,第 9 页。

之境。[1] 或许这便是科学技术在知识新媒体时代最为本质、朴素的魅力。

结　语

本文通过讨论 ChatGPT 对莎士比亚两首十四行诗的理解和翻译，引申出超越世界表象的命题，这关系到我们如何理解语言、诗歌的本质，以及如何在知识新媒体的"或然率"和"模型思维"背景下，更理性、深刻地看待技术与出版、传播之间的关系。目前的人工智能尚未抵达人类智慧最深层的奥秘，还不具备真正的创造力，但是或许随着人类对意识、情感、语言、诗歌、技术的本质理解逐步加深，人机共生的时代又将铺展开一幅全新的图景。而对于目前处于风口浪尖的翻译和出版行业来说，既需要不断利用人工智能"模型思维"和"概率最优解"的优势，简化重复的人类活动，又应该将确立核心价值，弘扬真正有意义的优秀文学作品作为新的目标和计划。此外，人工智能在各种场景下的应用也提供了启示：我们既需要重视人工智能创造物和人类智慧结晶之间的边界，强调并捍卫技术时代人类文明的主体性，同时也应该用其他方式对人工智能创作物进行"弱保护"，让其更好地促进和完善人类共享的知识文化体系。简而言之，人工智能时代将取代绝大部分以信息为主的翻译活动，但是对于具有重大原创性和思想性的作品的翻译，还需要机器翻译和人工翻译的合作；人工智能也将取代出版行业的很多简单活动，但是也为激发出版业真正的价值提供了机遇。

上海交通大学人文学院博士后，清华大学文学博士。本文刊于《现代出版》2024 年第 4 期。

---

[1] 关于海德格尔对技术的看法，参见 Martin Heidegger, *The Question Concerning Technology and Other Essays*, Trans. William Lovitt, New York and London: Garland Publishing, 1977, pp. 3-35.

翻译的多重定位:查良铮翻译思想研究

刘贵珍

导 言

在中国新诗史和诗歌翻译史上,卓越的诗人、翻译家查良铮(笔名穆旦)都是一座高峰。作为"九叶派"诗人的重要代表,他一生创作了146首(组)诗歌,其中包括《森林之魅》、《被围者》、《饥饿的中国》、《出发》、《诗八首》、《自然底梦》、《智慧之歌》等经典之作。而在不能继续从事诗歌创作的年代,他毅然拿起翻译之笔,选译了众多经典大师之作,其中既有浪漫派大师如拜伦、雪莱、济慈、普希金等,又有经典现代派大师艾略特、奥登以及俄国的诗艺大师丘特切夫等,创造性地为读者呈现了多部诗歌翻译经典作品,如《唐璜》、《荒原》、《悼念叶芝》、《欧根·奥涅金》等,其中《唐璜》更是被王佐良先生称为"中国译诗艺术的一大高峰"[1]。虽然在诗歌创作和诗歌翻译之外,查良铮并未进行系统的诗歌思想方面的阐释,但在其文学评论文章、致友人的书信,以及诗歌翻译作品的前言、后记、序、跋中,不乏对诗歌创作和诗歌翻译的真知灼见。梳理这些闪光的思想,可以让我们看到为复兴中国文艺而不懈求索的一颗不朽的诗魂,而他对翻译的多重定位,对今天的文学翻译依旧具有重要借鉴意义。

在中外文明与文学史上,翻译从来都不仅是语言文字层面的转换工作,而且承担着文化交流、建构民族文学与文化的重要使命,这也是古今中外众多思想家、政治家、文学家等从事翻译实践活动和理论研究的重要因素,也成

---

[1] 王佐良:《谈诗人译诗》,见海岸编《中西诗歌翻译百年论集》,上海外语教育出版社,2007,第350页。

就了中国历史上的几次翻译高潮。

1949年后,在无法继续现代派诗歌创作的现实条件下,诗人穆旦转向了文学翻译,成为翻译家查良铮,从此中国文坛少了一位卓越的现代派诗人,却多了一位翻译大家。翻译家查良铮对中国文艺的发展做出的贡献以及在读者中间产生的深远影响其实并不亚于诗人穆旦。在翻译家查良铮看来,文学翻译和文学创作一样,不仅承载着复兴中国文艺和启迪民心民智的重要使命,而且是一种表达内心情感和诗学思想的重要方式,对文学创作亦有重要的促进作用。

一、翻译复兴中国文艺

众所周知,中国新诗自发轫以来,始终肩负着"大众化"的时代使命。从晚清的"诗界革命",到"五四"时期提倡白话入诗,再到二三十年代的"革命诗歌""中国诗歌会"的出现,以及40年代的"朗诵诗""街头诗"运动,大众化诗学逐渐取得主流诗学的地位,至20世纪50年代"新民歌运动"出现,新诗的"大众化"可谓达到极致。但与此同时,诗歌的艺术审美逐渐缺失,口号化和概念化日趋严重,中国新诗日渐缺少诗歌本应有的品质。

对于当时国内的文风,查良铮多次表示不满,尤其是新诗的处境,更让他深感忧虑。1977年2月,在致好友的书信中,他写道:

> "四人帮"揪出,你认为报上文章有新气象,正巧当天我拿《天津日报》看,第一版上四五块小文章,文章小了,可是好像墙报一样,从头到尾,仍是干巴巴那些老调老辞,只不过短了点儿,真无法卒读。我看不谈别的而光谈改变文风,实则是变不了(当然一时不易见效),"人云亦云","重复呆板",哪一样也不少。这大概又是你有乐观精神而我缺乏的缘故。至于诗,那就更别提。记得三四十年以前,提倡文学大众化的,曾乐观地说,先普及,后提高,普及了三四十年,现在怎么也没有高一点呢?倒比初提倡时更低了。[1]

---

[1] 李方编:《穆旦诗文集 2》增订版,人民文学出版社,2013,第176页。

如何帮助中国新诗摆脱上述困境,走上健康发展的道路,是查良铮不懈追求的目标。作为卓越的现代派诗人,在无法从事诗歌创作的年代,查良铮决心以翻译的方式,继续发挥自己的诗才,为复兴中国文艺贡献一己之力,成为文艺复兴路上执着的逐梦人。"我总想在诗歌上贡献点什么,这是我的人生意义(当然也够可怜)。"[1]短短一句话,道出了一位卓越的诗人翻译家始终心系复兴中国新诗的心声。在回忆查良铮生命的最后一段日子时,周与良曾经提到:"他最关心的是他的译诗,诗就是他的生命。"[2]一个把译诗看作自己生命的人,对译诗的投入自不待言,也让读者看到了执着复兴中国文艺的一颗诗心。

对于当时中国新诗的处境及其发展道路,当时的主流观点是学习民歌和古典,对此,查良铮本人自然十分清楚。1958年,毛泽东在成都会议上说:"中国诗的出路:第一条民歌,第二条古典,在这个基础上产生出新诗来,形式是民歌的,内容应当是现实主义和浪漫主义的对立统一。"[3]对于从古典诗歌中寻找出路这一点,查良铮也曾努力靠近,并试图有所收获,却总是以失败告终。在他看来,新诗是以白话入诗,无法借鉴旧诗在文字上的魅力,而旧诗的形象又太过陈旧,同样不适用于新诗。[4]由此可以看出,查良铮对新诗有着自己独特的审美要求:新诗既要能够发挥现代汉语的文字优势,也要使用新颖的形象,否则不称为新诗。

既然古典诗歌使用的文言文无法在白话诗中发挥它应有的魅力,而其中使用的形象又过于陈旧,尝试学习和借鉴外国诗歌就成为查良铮不懈的追求。当时国内的诗歌,在他看来,对提高读者的鉴赏水平毫无用处。他指出,文艺上要复兴,要从翻译外国作品入手,这对提高普通读者的诗歌鉴赏水平可发挥相当的作用,从而能够进一步促进诗人的创作活动。[5]

  我把拜伦的长诗又弄出《锡隆的囚徒》和《柯林斯的围攻》两篇,这种

---

[1] 李方编:《穆旦诗文集 2》增订版,人民文学出版社,2013,第 194 页。
[2] 周与良:《永恒的思念》,见杜运燮等编《丰富和丰富的痛苦:穆旦逝世二十周年纪念文集》,北京师范大学出版社,1997,第 161 页。
[3] 转引自李方编:《穆旦诗文集 2》增订版,人民文学出版社,2013,第 302 页。
[4] 同上书,第 214 页。
[5] 同上书,第 250—251 页。

叙事诗很可为我们的诗歌借鉴。我最近还感觉,我们现在要文艺复兴的话,也得从翻译外国入手。你谈到你的学生看你的《冬与春》而"不易懂",欣赏的水平如此之低,真是哭笑不得。所以如此,因为他光喝过白水,没有尝过酒味。国内的诗,就是标语口号、分行社论,与诗的距离远而又远。我这里有友人之女,初中才毕业,喜欢读诗,可是现在印出的这些文艺作品不爱看,看古诗和外国诗却入迷。由此可见,很年青的小孩子也不喜欢这套货色,只要肯深思一点,就看不上。在这种情况下,把外国诗变为中文诗就有点作用了。读者会看到:原来诗可以如此写。这可以给他打开眼界,慢慢提高欣赏水平。只有大众水平提高了,诗创作的水平才可望提高。[1]

这是查良铮从事诗歌翻译的第一个重要原因。1976年底,查良铮得知人民文学出版社的编辑很看重自己译的《唐璜》,认为或许有出版的机会,于是备受鼓舞,深感"文学有前途"[2]。同时看到多数老作家也开始出面了,这给了他无限的希望。他深信:"等冰化了,草长得多了,也许它能夹在当中悄悄冒芽。"[3]总之,对中国文艺的忧思,加上已经看到的曙光,使查良铮更加坚信翻译能够复兴中国文艺,并将自己的梦想延续下去。

二、翻译启迪民心民智

翻译,对查良铮而言,除了发挥复兴中国文艺的历史使命外,还肩负着启迪民心民智的重要作用。在他看来,当时国内读者看不到优秀的诗歌作品,这不仅导致读者的诗歌鉴赏水平十分低下,根本无法写出真正具有诗歌内在品质的作品,同时也造成读者精神方面的严重匮乏,将国外诗歌经典作品翻译过来,无疑可以填补读者心灵的空白。这是促使他从事诗歌翻译的重要原因,也构成他对诗歌翻译的另一重定位。

查良铮对普希金抒情诗的翻译情有独钟,不仅在20世纪50年代翻译出版了四百多首普希金的抒情诗歌,而且在晚年对这些抒情诗做了逐一修订,

---

[1] 李方编:《穆旦诗文集 2》增订版,人民文学出版社,2013,第 173—174 页。
[2] 同上书,第 172 页。
[3] 同上书,第 202—203 页。

这与普希金抒情诗具有教育人的重要力量密不可分。普希金抒情短诗的主要内容几乎都是爱情和友谊,描写的是普通人的情感,那种情感非常真诚,略带忧郁和悲伤,但绝不消沉,而是带有明显的乐观情绪,因而在教育读者方面能够发挥异乎寻常的作用。查良铮在翻译普希金抒情诗时,还同时翻译了别林斯基对普希金抒情诗的评论文章,因而借别林斯基之口,向国内读者说明普希金"过渡时期"诗作中那种忧郁的情绪,不仅可以使国内的青年读者产生强烈的情感共鸣,还可以传递给读者一种乐观的情绪,帮助读者减轻内心的伤痛并重新振作起来,从而起到教育青年、改造国民精神的重要作用。对于这一点,查良铮借助别林斯基的评论进行了详细阐释。

> 他的抒情诗的基本情感虽然是深刻的,却永远那么平静而温和,而且多么富于人情味!这种情感永远呈现在如此艺术地平静的、如此优雅的形式中!……他不否定,不诅咒,他带着爱情和祝福观察一切。他的忧郁尽管是深沉的,却也异常光亮而透明;它消释灵魂的痛苦,治疗内心的创伤。普希金的诗——尤其他的抒情诗——的普遍的色泽是人的内在的美和抚慰心灵的人情味。……普希金每首诗的基本情感,就其自身说,都是优美的、雅致的、娴熟的;它不仅是人的情感,而且是作为艺术家的人的情感。在普希金的任何情感中永远有一些特别高贵的、温和的、柔情的、馥郁的、优雅的东西。由此看来,阅读他的作品是培育人的最好的办法,对于青年男女有特别的益处。在教育青年人,培育青年人的感情方面,没有一个俄国诗人能够比过普希金。[1]

普希金的诗歌无论是表达青春的情感,还是表达成年人的情感,都富有浓郁的人情味,这一点是查良铮尤其看重的,并通过翻译别林斯基对他的批评文字,对此进行了表述。

> 阅读普希金会有力地培养、发展和形成人的优美的人情味的感情。……在俄国诗人中,绝对没有谁能获得作为教育家的普希金的至上

---

[1] 查良铮:《穆旦(查良铮)译文集》第7卷,人民文学出版社,2005,第464—465页。

权,无论这教育的对象是青年,成年,或老年(如果他们还没有丧失审美的、人的感情的话)的读者,因为我们没有看到有谁在俄国是比普希金(尽管他是一个伟大的天才和诗人)更"道德"的。[1]

查良铮翻译的普希金诗歌在20世纪50年代首次出版后,即在国内掀起了阅读普希金的热潮。谷羽在《普希金超越时空的知音——查良铮与普希金》一文中提到:"普希金经由查良铮之手在中国形成了第一次冲击波,数以万计的中国读者争相阅读普希金,出现了第一次普希金诗歌热潮,这大概是连普希金也没有想到的。"[2]之后普希金诗歌更是成为几代读者重要的精神食粮。赵毅衡回忆说,在20世纪50年代,和他一样怀揣着浪漫梦想的大陆少年,手里肯定有一本查良铮翻译的《普希金抒情诗选》,这本诗集"影响整整几代人"[3]。再加上他翻译的其他浪漫派诗人如拜伦、雪莱、济慈、布莱克以及普希金的《欧根·奥涅金》等,"一时查良铮这个名字,名震读书界。……'查译'之流利顺畅,之优美传神,真是为五十年代的文化界,添了几道光泽"[4]。在上山下乡的艰苦岁月里,冬日无劳可作,时常浮现在知识青年赵毅衡脑海里的,是在俄罗斯广阔无垠的原野上,飞奔着痴情的奥涅金,去会心爱的姑娘达吉亚娜。

对英国浪漫主义诗人济慈的诗歌,查良铮在"译者序"中也高度赞扬了诗歌中那种乐观、健康的情调。他指出,济慈非常热爱生活,即使生活是忧郁的,他也能够看到美,能够在逆境中保持一种乐观、坚毅的精神,并从现实生活出发,歌颂具体的、真实的美感,"因此有其相当健康的一面"[5]。例如在《蝈蝈和蟋蟀》以及《秋颂》等诗歌中,济慈表达了对生命的赞颂和对大自然的美的感受,充分传达了一种明朗、乐观的情调。"明朗、坚韧,而又极其真诚,——这是多么可喜的艺术天性!'忧郁颂'也是同样的把'忧郁'化成了振

---

[1] 查良铮:《穆旦(查良铮)译文集》第7卷,人民文学出版社,2005,第466—467页。
[2] 谷羽:《普希金超越时空的知音——查良铮与普希金》,见张铁夫编《普希金与中国》,岳麓书社,2000,第153页。
[3] 赵毅衡:《穆旦:下过地狱的诗人》,《作家》2003年第4期,第23页。
[4] 同上书,第23页。
[5] 查良铮:《穆旦(查良铮)译文集》第3卷,人民文学出版社,2005,第366页。

奋心灵的歌唱。"[1]同时,查良铮还借助济慈在苏联读者中间获得的良好声誉,说明其作品有助于"教育社会主义新人的明朗的性格"[2],因为济慈不像拜伦那么悲观,也不像雪莱那样创造一种乌托邦的气氛,而是创造了"一个半幻想、半坚实而又充满人间温暖与生活美感的世界"[3]。

由此可以看出,充分挖掘外国诗歌经典作品中的那种积极力量,从而起到教育读者、启迪民心的作用,是查良铮对诗歌翻译的另一重要定位,也是他选择将后半生几乎全部精力投入诗歌翻译之中的第二个重要原因。

三、翻译作为表达

第一,翻译表达内心情感。在困苦的岁月里,翻译优秀的经典诗歌作品为查良铮带来了巨大的精神慰藉,支撑着他一个孤苦的诗魂在复兴中国文艺的道路上不断探索下去。拜伦、雪莱、济慈、布莱克、普希金、丘特切夫等表达内心情感,歌颂自由、爱情和友谊的浪漫诗歌,必定引起查良铮的情感共鸣,使得远在东方的译者能够从沉闷、困苦的现实生活中感受到诗歌传递出的力量和情感,并将这种力量和情感通过自己的译笔抒发出来,支撑着他挨过生活的艰难困苦。

在查良铮翻译的众多作品中,《丘特切夫诗选》是与他心灵最近的。他之所以在困厄的环境下悄悄翻译这部诗选,并处理得如此美妙,一个重要的原因就是在不同的时空下,两个"真正敏锐的,具有丰富情感的诗人"[4]巧妙地契合到了一起,体现了俄罗斯诗人与中国翻译家共同对人生、对命运和内心的关怀。丘特切夫在其自然哲理诗中,既描绘了自然之美又表现了诗人在现实面前孤独、苦闷,而又向往美好未来的乐观精神。在漫长而苦闷的岁月里,这些丰富的情感极易引起翻译家查良铮的心理共鸣,慰藉了他孤寂而受伤的心。可以说,查良铮在无法创作的现实条件下,借助翻译《丘特切夫诗选》表达了自己内心的丰富和痛苦!

另外,在晚年,面对生活的苦难,校改普希金的诗歌同样给他带来了精神

---

[1] 查良铮:《穆旦(查良铮)译文集》第3卷,人民文学出版社,2005,第367—368页。
[2] 同上书,第368页。
[3] 同上。
[4] 查良铮:"译后记",见《丘特切夫诗选》,查良铮译,外国文学出版社,1985,第172页。

上莫大的慰藉。1976年1月,查良铮骑车时不慎跌倒,造成腿部骨折,行动不便,只好在家休养。之后的几个月,也是他人生中苦闷和情绪低沉的一段日子。在这段日子里,他最爱做的事情,就是增译和校改普希金的诗歌。不到两个月就弄出了五百首诗歌,这对译者来说,无异于精神上的一剂良药。1977年2月,在写给老友的书信中,查良铮表达了从事翻译对他本人的重要意义:"将近一个月来,我煞有介事地弄翻译,实则是以译诗而收心,否则心无处安放。"[1]

第二,翻译表达诗学思想。在翻译普希金的抒情诗时,查良铮通过翻译《别林斯基论普希金的抒情诗》以及苏联教科书《俄罗斯文学史》中的"普希金的抒情诗",借别林斯基之口,以向国内读者展示普希金的抒情诗歌的方式,间接地表达了自己所坚持的诗歌主张。这在当时的历史条件下,不失为明智之举。

首先,"诗应该首先是诗"。别林斯基在评论普希金的抒情诗时指出,"为了表现生活,诗应该首先是诗"[2]。他认为,即使一篇诗作十分深刻、智慧和真实,但如果是以散文的形式出现,那也是贫乏的。"让我们再重复一句吧,诗应该首先是诗,以后再谈表现这个和那个。"[3]同时,查良铮借助果戈理对普希金抒情诗的高度评价,向读者展示了什么是纯粹的诗。果戈理指出,纯粹的诗无需美丽的辞藻,也不需要故弄玄虚,它不注重某种外在的东西,而是更加注重诗的内质,它充满了内在的光彩。因此,用韵和节奏并非区别诗歌和散文的关键,"而有韵的诗不见得就是诗"[4]。

其次,诗要有真情。什么是真情?它和热情有着怎样的关联?别林斯基认为,诗歌作为艺术,"它只容纳'诗的思想'"[5],这"诗的思想"就是"真情"。这种"真情"是"一种强有力的力量……一种不能克服的热情"[6]。但这种"真情"并不等于"热情","这是因为'热情'这个名词包含着比较属于情绪的

---

[1] 李方编:《穆旦诗文集 2》增订版,人民文学出版社,2013,第173页。
[2] 穆旦:《别林斯基论普希金的抒情诗》,见《穆旦(查良铮)译文集》,人民文学出版社,2005,第458页。
[3] 同上书,第458页。
[4] 同上书,第459页。
[5] 同上书,第454页。
[6] 同上书,第455页。

概念,而'真情'包含比较属于道德精神的概念"[1]。"真情"只是"被'思想'在人的心灵里点燃起来的"那种"热情","是纯然精神的,道德的,神圣的"。"因此,每一首诗都应该是'真情'的果实,都应该充满着'真情'。"[2]1976年在致友人的书信中,查良铮就谈到"诗情洋溢",指出"这是写诗的根本,无此写不出诗来"。[3] 由此可见,对于别林斯基对诗歌的观点,查良铮本人是十分赞同的。

最后,诗"要有艺术性"。[4] 查良铮翻译普希金的抒情诗,是和普希金诗歌所具有的高度艺术性分不开的,他要向国内读者奉献真正艺术的诗。别林斯基说:"普希金被公认为俄国第一个艺术的诗人,他给俄国带来了作为艺术的诗,而不是抒写情感的美丽的语言。"[5]对于这一点,查良铮本人自然是十分认同并反复告诫好友:写诗"希望注意艺术性"[6]。

以上三点,只要联系新中国成立初期中国新诗的发展状况就不难理解,当时的众多诗歌极度缺乏诗歌本应有的品质,只注重表面分行押韵,缺乏内在的"真情",遑论诗歌的艺术性,因此查良铮上述观点无疑有异乎寻常的重要现实意义。

翻译作为一种表达,是查良铮从事诗歌翻译的第三个重要原因。总之,对翻译家查良铮而言,诗歌翻译不仅能够复兴中国文艺,教育和启迪国内读者,也能构成他内心情感和诗学思想的重要表达方式。

四、翻译作为练笔

在与好友的往来书信中,查良铮多次劝诫友人从事文学翻译,但总被好友"一口拒绝,理由是译不如写创作"[7]。而在查良铮看来,在无法从事文学

---

[1] 穆旦:《别林斯基论普希金的抒情诗》,见《穆旦(查良铮)译文集》,人民文学出版社,2005,第455页。
[2] 同上。
[3] 李方编:《穆旦诗文集 2》增订版,人民文学出版社,2013,第217页。
[4] 同上书,第225页。
[5] 穆旦:《别林斯基论普希金的抒情诗》,见《穆旦(查良铮)译文集》第7卷,人民文学出版社,2005,第456页。
[6] 同上书,第225、227页。
[7] 同上书,第172页。

创作的现实条件下,从事文学作品的翻译工作,"其实也是练笔,否则笔会生锈"[1]。这就涉及翻译与创作的关系问题。在中外文学史上,普遍存在一种观念,即认为只有文学创作才能充分发挥作家的才华,翻译则被置于次要地位。同样,长期以来,文学批评研究的学术地位也远远高于翻译研究的学术地位。因此,在新中国成立初期,当继续从事文学创作遇到外在阻力时,部分作家转而从事研究工作。例如,沈从文放弃创作转而从事文物研究;钱锺书放弃小说创作,将精力转向中国古代文学研究。而查良铮选择的则是文学翻译,尤其是诗歌翻译事业。个中原因,除上述三点外,还有一点,就是翻译有利于保持甚至提高诗人的创作水平,这也构成他对翻译的重要定位之一。

关于翻译与创作,查良铮认为两者之间存在辩证的关系。一方面,翻译是一种练笔,有助于保持并锤炼文学创作的才能。另一方面,在他看来,诗歌翻译同样需要译者具备足够的诗才,否则无法翻译出具有浓厚诗味的诗歌作品。

实际上,查良铮对好友的劝说,也是根据个人经历做出的,他本人通过翻译大量诗歌作品,不仅诗艺方面的才能得到淋漓尽致的发挥,而且诗艺本身也得以"成熟到了炉火纯青的地步",翻译"对于诗人最后的诗歌创作的高峰,却是必不可少的,甚至是产生了重大的影响的"。[2] 王佐良先生在纪念文章中,不仅就查译《唐璜》的艺术成就给予了很高的评价,而且就诗歌翻译对查良铮诗歌创作的深刻影响也给予了积极评价:

> 似乎在翻译《唐璜》的过程里,查良铮变成了一个更老练更能干的诗人,他的诗歌语言也更流畅了,这两大卷译诗几乎可以一读到底,就像拜伦的原作一样。中国的文学翻译界虽然能人迭出,这样的流畅,这样的原作与译文的合拍,而且是这样长距离大部头的合拍,过去是没有人做到了的。诗歌翻译需要译者的诗才,但通过翻译诗才不是受到侵蚀,而是受到滋润。能译《唐璜》的诗人才能写出《冬》那样的诗。诗人穆旦终于成

---

[1] 李方编:《穆旦诗文集 2》增订版,人民文学出版社,2013年,第172页。
[2] 王宏印:《诗人翻译家穆旦(查良铮)评传》,商务印书馆,2016,第426页。

为翻译家查良铮,这当中是有曲折的,但也许不是一个坏的归宿。[1]

"也许不是一个坏的归宿",一方面肯定了查良铮在翻译方面所取得的巨大艺术成就,另一方面也道出了翻译与创作之间相互依赖的密切关系。

结　语

在20世纪中国诗歌和文学理论翻译史上,诗人、翻译家查良铮均占有重要地位。而他在翻译诗学方面的思考,亦构成中国翻译学理论体系的重要组成部分,不仅对今天的外译中,而且对中译外,都具有重要的借鉴意义。

他对翻译的多重定位,尤其是翻译复兴中国文艺方面的思考,在今天看来依旧具有重要现实意义。在大力倡导中国文学与文化"走出去"的新形势下,翻译界再次掀起新的翻译实践和理论研究的热潮,今天的翻译家和翻译研究学者,同样需要站在复兴中国文艺和复兴中国文化的高度,积极对外译介和传播中国文学与文化,同时继续将国外优秀的文学与文化译入国内,以繁荣中国的文艺事业。而翻译所能发挥的教育读者、表达自我以及促进创作等方面的重要作用,使翻译并不亚于文学创作,而是与文学创作一起共同塑造着人类灵魂。

总之,文学翻译和文学创作一样,同样能够发挥复兴民族文艺、启迪和教育读者,以及表达内心情感和诗学思想的重要作用,翻译与创作之间形成相互促进的辩证关系。同文学创作一样,文学翻译对艺术性也有着极高的要求,需要译者具备高超的文学修养并能充分发挥自身的创造性。查良铮对翻译的多重定位,展现出一位卓越的诗人翻译家的精深思想,成为中国翻译思想史上的宝贵财富。

刘贵珍,北京第二外国语学院英语学院教授。本文摘选自《查良铮翻译诗学思想研究》,《文学理论前沿》第23辑,社会科学文献出版社2021年版。

---

[1] 王佐良:《穆旦:由来与归宿》,见杜运燮、袁可嘉、周与良编《一个民族已经起来——怀念诗人、翻译家穆旦》,江苏人民出版社,1987,第10页。

《朗鲸布》的翻译选择与路易·艾黎的文化立场

刘丽艳

少数民族叙事长诗是民间文学里尤为发达的一种文学形式,每个民族都有各自独特的叙事长诗,比如傣族、哈萨克族甚至有上百部叙事长诗。颇为有名的民族叙事长诗有《召树屯》(傣族)、《娥并与桑洛》(傣族)、《阿诗玛》(彝族)、《巴克提亚尔的四十个故事》(哈萨克族)、《嘎达梅林》(蒙古族)、《艾里甫与赛乃姆》(维吾尔族)等。但在中华人民共和国成立初期仅有两部叙事长诗被完整地译介到西方国家,一是《阿诗玛》(1957年),另一部就是《朗鲸布》(1962年)。《朗鲸布》是傣族地区流传的民间叙事长诗。该诗由云南大学中文系1956级的师生于1960年到云南耿马地区搜集整理而成,1962年由上海文艺出版社出版发行。同年,十大国际友人之一的路易·艾黎(Rewi Alley)将其翻译成英文 Not a Dog: An Ancient Tai Ballad。由此,《朗鲸布》便走出国门,为西方世界所知。《哥伦比亚中国文学史》一书用专门的篇幅介绍了《朗鲸布》,而对国人更为熟知的傣族叙事长诗《召树屯》及《娥并与桑洛》却一笔带过,因为编者未曾读到过这两部叙事诗的英文版。[1]

该诗的译者路易·艾黎(1897—1987)在中国生活了60年,他对中国革命和社会主义建设事业都做出了巨大的贡献,并且一直致力于中国文学文化的对外传播。为什么艾黎会选择这一部傣族叙事长诗进行译介,而不是其他的少数民族诗歌?许钧曾提及在历史大变革时期,首要问题是选择译什么。[2]并且翻译的选择贯穿于整个翻译活动之中,除了选择译什么之外、谁

---

[1] 刘雪芹:《西南诸民族典籍翻译研究》,大连海事大学出版社,2016,第324页。
[2] 许钧:《论翻译之选择》,《外国语》2020年第1期,第63页。

来译及如何译,在我国加强国际传播,构建中国话语体系的时代背景下,都是至关重要的。本文拟以《朗鲸布》的翻译选择为研究对象,分析这一文本翻译选择的内外因素,及译者的文化立场是如何影响其在翻译过程中对翻译策略的选择。这可为当下民族文学文化"译出去"的选本、译者的选择及翻译策略的选择等提供参考。

一、《朗鲸布》及其英译者

1.《朗鲸布》简介

傣族叙事长诗是我国民族文学宝库的一颗璀璨明珠,据称傣族的叙事长诗有五百多部,比较著名的长诗有《召树屯》、《娥并与桑洛》、《线秀》和《朗鲸布》等。其中《朗鲸布》是流传于我国西南傣族地区的一部神话叙事诗,与其故事情节相似的异文还有两部——《一百零一朵花》(1978)及《柏罕》(1981)。这三部诗的主要内容都是母亲生下孩子,孩子却被偷梁换柱——被换成了小狗。母子被迫分离,历经磨难,最终相聚。"朗鲸布"是由傣语直接音译成汉语,其含义是"吃螃蟹的少女",指的便是本诗的主人公为了给母亲治病,生吞了一百零一只螃蟹。这部叙事长诗主要揭露了封建社会的阶级矛盾冲突及贫富阶层之间的对立,表达了傣族人民对自由、平等及美好生活的向往。

2. 路易·艾黎简介

汉译版的《朗鲸布》出版于1962年,英文版也在当年由路易·艾黎翻译并立即出版。路易·艾黎,曾被邓小平誉为"伟大的国际主义战士",2009年荣获"中国十大国际友人"。2014年,习近平总书记访问新西兰时曾提及艾黎,称赞其自"1927年远赴中国,将毕生献给了中国的民族独立和国家建设事业"。[1] 2017年,总书记在给中国工合国际委员会、北京培黎职业学院的回信中写道:"艾黎与中国人民风雨同舟,在华工作生活六十年,为中国人民和新西兰人民架起了友谊之桥。"[2] 我国其他老一辈的国家领导人如毛泽

---

[1] 新华网:"习近平出席新西兰各界举行的欢迎招待",http://www.xinhuanet.com/politics/2014-11/21/c_1113345136.htm,更新日期2014年11月21日,下载日期2024年9月27日。

[2] 新华网:"习近平总书记给中国工合国际委员会、北京培黎职业学院的回信",http://www.xinhuanet.com/politics/2017-04/21/c_1120853190.htm,更新日期2017年4月21日,下载日期2024年9月27日。

东、周恩来、宋庆龄亦高度评价了艾黎在中国的贡献。艾黎在华的60年,都是在为中华民族独立及国家建设事业而奋斗。中华人民共和国成立之前,为了发展战时中国的经济,他先是投身于"工合"运动;后又创立培黎学校,为中国培养下一代优秀的职业人才做出了贡献。中华人民共和国成立后,他又致力于向世界讲述中国故事,积极建构正面的新中国形象,推动中国文学文化的对外传播。为了让世界了解中国,理解中国人民,他的译著及作品涵盖了中国的历史、文学、艺术、经济、政治、教育等方方面面,还包括了对少数民族文化的译介。根据艾黎在自传中的记录,他翻译出版了十几部中国诗歌,其中有两部是少数民族诗歌,而《朗鲸布》便是其中之一。

二、翻译的文本选择

梁启超曾说"择当译之本"是译书的首要之事;韦努蒂又言"对拟翻译的异语文本的选择"是头等重要之事;许钧认为在社会变革的时期,译什么比如何译更重要。[1] 而译什么不仅仅是译者个人的选择,更多的是受到了外部因素的影响,比如当时的时代背景、社会环境及意识形态等。

1.《朗鲸布》文本选择的外部因素

《朗鲸布》是傣族的叙事长诗,归属民族民间文学系列。我国的民族民间文学搜集、整理与翻译大概经历了三个阶段。最初的搜集始于"五四"时期的北大歌谣征集,以及西南联大时期的民间文学采风;中华人民共和国成立之后,在五六十年代出现了第一次大规模的民族民间文学搜集、整理与翻译活动的高潮;改革开放以后再次出现新的浪潮。《朗鲸布》的搜集、翻译与整理便始于新中国成立初期的热潮。我国民间文学研究的重要性源自1942年毛泽东的《在延安文艺座谈会上的讲话》。座谈会强调了民间文学的社会文艺价值,对我国民间文学的影响极其深远。此后,边区的文艺家们纷纷深入到人民群众中去,了解群众的生活,同时搜集民间作品。[2] 中华人民共和国成立后,文艺界也一直延续了座谈会的精神。在此时代背景下,各民族民间文学的搜集、翻译与整理工作便如火如荼地开展起来。同期搜集的傣族叙事长

---

[1] 许钧:《论翻译之选择》,《外国语》2020年第1期,第63页。
[2] 刘锡诚:《20世纪中国民间文学学术史》,河南大学出版社,2006,第578页。

诗除了《朗鲸布》,还有《召树屯》、《娥并与桑洛》、《葫芦信》及《线秀》等。这个阶段的翻译形式主要是民译汉,即少数民族语言文本向现代汉语文本的翻译。

但《朗鲸布》不仅有汉文本,还有完整的英译文本。傣族有五百余部叙事长诗,为什么选择《朗鲸布》进行翻译整理?《朗鲸布》的搜集整理者在汉文本的后记里解释了整理翻译的原因之一便是当地傣族人民的大力推荐。因为《朗鲸布》不仅反映了阶级矛盾及贫富的矛盾对立,还体现了人民的意愿与诉求。因此,在很短的时间内,师生们就收集到了九份相关资料,其中有抄本的汉译,还有口头讲述的汉译。傣族人民为什么大力推荐这部神话叙事诗?这与当时的社会环境有关。1953年新中国遭遇了第一次粮食危机,其后在"大跃进"的浪潮中——1959年至1961年又出现了粮食大饥荒。傣族人民自然也受到了粮食危机的波及,过着食不果腹的生活。而《朗鲸布》的开篇就叙述了由于严重自然灾害的威胁和封建主暴虐的统治,百姓处于水深火热之中。诗中的百姓寄希望于贤明君主的出现可以让人们安居乐业,但最终贤明的君主也不可能调和阶级之间的根本矛盾,当时的人们又不得不对贤明的君主进行指责,体现了傣族人民朴素的阶级观念。尽管1949年以后,傣族人民的生活水平不断提高,人民和政府的关系再也不是臣民与封建君主的关系。但在1960年的粮食危机下,傣族人民也希望可以安居乐业,追求美好生活,故而,傣族人民大力推荐这部诗歌。[1]

除了当地人民的推荐,由于受当时意识形态的影响,第二个原因便是搜集者们觉得这部作品有着深刻的思想意义。[2]选择了《朗鲸布》进行翻译后,第二个选择便是选择以哪一种材料为主体进行整理。民族民间文学多数是口耳相传,在流传的过程中就会出现不同的异文。云大师生就面临着多份材料的选择,内容都颇为相似,只有结尾部分,说法不一。大部分是团圆结局,女主人公嘎梅西回到了宫廷里与国王一同生活,只有一份口述材料中的结尾是嘎梅西离开京城时,发誓不回宫廷,最后履行承诺,没有回去。搜集者采用了这个结尾,觉得这样的处理更具有强烈的思想性。彼时的文艺政策是

---

[1] 刘雪芹:《西南诸民族典籍翻译研究》,大连海事大学出版社,2016,第350—351页。
[2] 云南大学中文系1956年级学生搜集整理:《朗鲸布》,上海文艺出版社,1962,第126页。

受到《在延安文艺座谈会上的讲话》的影响,在这篇著名的讲话中,毛泽东阐述了"文学艺术的政治实用性比其审美和娱乐性更为重要"[1]。《朗鲸布》本身所蕴含的政治寓意体现了阶级矛盾冲突与傣族人民对美好生活的向往,恰好符合了当时意识形态的政治诉求及文艺政策的导向。同时诗歌结局材料的选择也符合当时的社会背景,反映了劳动人民朴素真挚的情感,不屈从现实,与封建统治者进行不屈不挠的斗争,追求幸福的昂扬斗志。[2] 因此,《朗鲸布》成为众多民间文学中脱颖而出的作品。

2. 译者个人的选择

1958年推行"大跃进"之后,文艺界出现了鼓吹文学艺术也需要"大跃进"的文章。在此历史背景下,涌现了大量的文学作品,民族民间文学的搜集整理也成果颇丰。比如《召树屯》一出版,就受到了国内学术界的关注,各种改编及研究也接踵而至。但为什么《朗鲸布》会成为艾黎的翻译首选?艾黎不是职业译者,他的翻译活动主要是在中华人民共和国成立之后进行的。面对动荡的国际环境,又亲历了被战火蹂躏的旧中国,艾黎深刻体会到和平的重要性。因此,当艾黎选择翻译文本时,追求和平、反战反压迫与表达人民意愿的诗歌便是其首选文本。[3] 根据邓肯·坎贝尔(Duncan M. Campbell)对艾黎翻译的研究,他认为艾黎的翻译生涯可分为两个阶段,早期阶段(1952—1964)的选本受其意识形态的影响,富含政治意识,往往将翻译与社会现实结合;后期阶段(1980—1984)艾黎的翻译风格相对忠实,但似乎因为没有了意识形态的驱动,对翻译作品的激情也减退了。[4]

《朗鲸布》的翻译正值艾黎翻译生涯的第一阶段,艾黎认为这部作品富含政治寓意,字里行间流露出对劳苦人民的爱,同时还体现了人民大众对统治阶级压迫的憎恶。在译者序言里,艾黎赞扬了诗里对婴儿施以援助的劳苦大

---

[1] 王宁:《马克思主义文艺思想的"中国化"和全球化——重读毛泽东的〈在延安文艺座谈会上的讲话〉》,《外国语言与文化》2018年第4期,第4页。
[2] 刘雪芹:《西南诸民族典籍翻译研究》,大连海事大学出版社,2016,第352页。
[3] 刘晓霞:《译者惯习视角下路易·艾黎英译中国诗歌研究》,《甘肃高师学报》2021年第3期,第29页。
[4] Campbell D M., "Labouring in the 'Sheltered Field': Rewi Alley's Translations from the Chinese," *New Zealand Journal of Asian Studies* 16.2, 2014, p. 79.

众,表达了对嘎梅西最终选择回到人民中去的赞赏,同时他还批判了喜德加个人英雄主义膨胀,不去调查实情,在真相大白后也不敢动摇恶人摩古拉的地位。[1] 此外,艾黎亲历过1929年的西北大饥荒,这与《朗鲸布》的开篇部分较为相似,可能使其深有感触。《朗鲸布》的借古讽今,就更加坚定了他翻译这部傣族叙事诗的决心。

在个人审美方面,艾黎比较偏爱诗歌。其翻译作品皆是诗歌文本,也经常进行诗歌创作。当翻译《朗鲸布》时,艾黎表示最初从未想过要把这首诗全部译完。不过当他开始动笔时,便深深地被其所吸引,从此一发不可收,产生了一定要完成的念头。此外,艾黎还经常在中国各地考察,不仅研究中国的传统文化,还观察记录中国的变化及各地的风土人情,以便向英语世界的读者介绍。1957年,艾黎在傣族地区游历,当时便被傣族的风土人情所吸引,他觉得傣族地理景观、傣家服饰器用、村寨民俗等都具有较高的审美价值。这种经历使得他更加了解傣族人民,更愿意将其文学介绍给海外的读者。

3. 出版社的选择

《朗鲸布》的英文版 *Not a Dog: An Ancient Tai Ballad* 是1962年由新世界出版社出版发行的。艾黎早期的译著皆是由该出版社出版。成立于1951年的新世界出版社是我国最主要的对外宣传出版机构之一,当时民族文学作品的对外译介机构皆是官方单位。尽管艾黎的著作均是个人名义出版,但仍可看出"官方赞助的痕迹"[2]。在安德烈·勒菲弗尔(André Lefevere)看来,"赞助人"指的是能够影响文学发展的个人或者是机构。赞助人关注的是意识形态,较少直接干预文学系统,更多的是"委派系统内部的专家,如评论者、教师、编撰者和译者来实施"来确保"系统的意识形态与诗学"。[3] 故而,官方的赞助使得彼时民族文学的对外译介主要是体现"官方

---

[1] Alley Rewi, *Not a Dog: An Ancient Tai Ballad*, Beijing: New World Press, 1962, p. ii.
[2] 马会娟、王越:《国家机构赞助下的艾黎英译李白诗歌研究》,《北京第二外国语学院学报》2018年第5期,第57页。
[3] André Lefevere, *Translation, Rewriting, and the Manipulation of Literary Fame*, Shanghai: Shanghai Foreign Language Education Press, 2004, p. 15.

意识形态的政治诉求"[1]，那就"必须为当前国际阶级斗争服务"[2]。*Not a Dog* 的扉页上就表达了该诗"会在世界许多地方受到欢迎，尤其是在那些依然存在压迫的地方，那里的人们挣扎在贫困线上，需要的是面包，是真相，而不是虚假的谎言"[3]。

出版社的官方性质决定了文学作品的对外译介也是由官方组织化生产，[4]这既体现在选择什么样的文本来翻译，又体现选择怎样的译者来翻译。选择什么样的译者来译是一个政治问题。当时的"外文局及外文社根据国家外宣需要制订选题计划，译前按'政治正确'原则编辑原作，一般指定被认为相对可靠的本国译者翻译，要求译者恪守机构内部翻译规范，即'忠实于原文'，由机构聘请的外国专家负责译文润色，由外文社出版，外文局下属的国际书店负责对外发行"[5]。当时民族文学对外译介聘请的外国专家便有戴乃迭(Gladys Yang)和沙博理(Sidney Shapiro)。戴乃迭是英国人，从小就对中国文化产生浓厚兴趣。与翻译家杨宪益结婚后，便定居中国，成为有名的"翻译伉俪"，一起合作翻译了许多优秀的中国文学作品。她单独翻译的民族文学作品有沈从文的《边城》、《阿诗玛》等八部作品，还与杨宪益合作翻译了歌舞剧《刘三姐》。出生于美国的沙博理，1947年来华后，于1963年加入了中国国籍。他翻译了老舍(满族)的《月牙儿》、玛拉沁夫(蒙古族)的《花的草原》等多部作品。除此之外，外文局"偶尔也会约请政治和翻译水平可靠的外籍翻译者来进行少数民族文学作品译介"[6]，比如中国人民的老朋友路易·艾黎。这些外国专家都是政治可靠的知华友华的国际友人。

---

[1] 夏维红：《建国"十七年"时期国家集中型赞助的中国少数民族文学对外译介》，《外国语(上海外国语大学学报)》2021年第6期，第74页。
[2] 中国外文局：《外文出版发行事业局工作条例(试行草案)》，周东元、亓文公《中国外文局五十年史料选编(1)》，新星出版社，1999，第327页。
[3] Alley Rewi, *Not a Dog: An Ancient Tai Ballad*, Beijing: New World Press, 1962, p. i.
[4] 王彦杰、罗宗宇：《1949—1976年中国少数民族文学外译的特点——基于中国大陆英译作品的考察》，《民族文学研究》2022年第4期，第140页。
[5] 汪宝荣：《中国文学译介传播模式社会学分析》，《上海翻译》2019年第2期，第3页。
[6] 王彦杰、罗宗宇：《1949—1976年中国少数民族文学外译的特点——基于中国大陆英译作品的考察》，《民族文学研究》2022年第4期，第141页。

三、翻译策略的选择

翻译的选择不仅仅是择"当译之本",而是贯穿于整个翻译活动之中。译什么、谁来译都需要选择。当选定了译本及译者之后,翻译的选择就体现在翻译的整个过程之中,当译者选准了一个文本开始着手翻译时,他便会面临文化立场的选择,因为这会影响译者的翻译心态及翻译策略方法的选择。[1]而文化立场的选择又与译者的文化身份息息相关。

1. 艾黎的文化身份

"文化身份并不限于民族或种族层面"[2],而是涉及多重因素如族群、宗教、阶级、性别、职业、语言、教育、政治观等。当代的文化研究对身份问题的关注,往往带有政治和意识形态维度。英国学者库珀(Adam Kupper)就认为"文化身份与文化政治学密不可分"[3]。斯图亚特·霍尔(Stuart Hall)在《文化身份与族裔散居》(1994)中认为,文化身份有两种定义,第一是将其定义为一种共有的自我,即反映了共同的历史经验及共有的文化符码;第二便是共性中的差异及其变化性,这些差异构成了"真正的现在的我们"[4]。因此,文化身份是流动的、建构的、不断生成的。也就是说文化身份与文化认同需要挖掘文化认同中的共性及文化身份的差异性和变化性。

路易·艾黎是来自新西兰的社会活动家,其共有的自我,是西方国家的历史文化背景。而文化身份既是一种"存在",又是一种"变化"。自1927年来华之后,艾黎亲历了不少动荡时期,在艰难困苦的岁月里,他一直在支持中国的抗日救亡运动及中国人民的解放事业。为了恢复发展战时中国的经济,辗转于中国的大江南北,开展"工合"运动。后又创办培黎学校,为中国培养下一代优秀的职业人才做出了贡献。他对中国人民的感情从最初人道主义的同情,到与中国人民并肩作战所产生的患难之情,最终对这片土地产生了归属感。由此看出其文化身份是在不断建构、生成的。中华人民共和国成立

---

[1] 许钧:《翻译选择与文化立场——关于翻译教学的思考》,《中国外语》2021年第5期,第12页。
[2] 周晓梅:《译者的声音与文化身份认同——路易·艾黎与宇文所安的杜诗英译对比》,《外语与外语教学》2019年第6期,第87页。
[3] 闫嘉:《马赛克主义:后现代文学与文化理论研究》,巴蜀书社,2013,第215页。
[4] 罗钢、刘象愚:《文化研究读本》,中国社会科学出版社,2000,第212页。

后,艾黎又致力于维护世界和平、参加各种和平会议,将"介绍报道新中国的建设和人民的生活作为自己新的工作"[1]。从新西兰的社会活动家到中国人民的老朋友,他在中国的经历、其马克思主义的信仰、对中国语言文化的热爱、拥护中国共产党领导的政治观等,这些都是其西方共有文化背景中的差异,这些差异构成了他"真正的现在的自我",生成了其特有的文化身份和对中国文化的高度认同。因此,当艾黎对外宣传中国时,一直是在发挥沟通中西的桥梁和纽带的作用,其致力于使西方了解中国、理解中国人民。

2. 艾黎的文化立场选择

许钧认为,译者的文化立场往往决定了译者的翻译策略。由于不同的翻译目的,译者一般会采取三种立场:一是"站在出发语的立场",这样多会采取异化的策略;二是"站在目的语的立场",译者会采取归化的策略;三是"站在沟通出发语文化与目的语文化的立场",这样的立场可以避免极端的异化或归化。[2] 这里归化异化的定义,更多的是来自施莱尔马赫的概念。归化指的是尽可能让读者不动,努力使作者靠近读者;异化指的是尽可能让作者不动,使读者向作者靠拢。

艾黎面对两种语言文化——一是自己的母语文化,二是中国文化。其自身的文化身份影响他进行第三种选择,那就是站在沟通中西文化的立场上,努力使西方人民了解中国,理解中国人民。艾黎对中国文化的高度认同使他在翻译时会适当采取异化的策略,使得中国特有的文化可以保真,体现了其对中国的文化情感。但从西方的文化出发,他也关注如何使西方读者更好地接受这种异域的文化,更多地会采取归化的策略对原文本进行文化阐释。并且艾黎的翻译目的就是"设法把诗人的思想用另一种语言来表达,使英语世界的普通人能够看得懂,不论他们是否有读诗的习惯或是否熟悉中国悠久的历史"[3]。因此,艾黎诗歌翻译的要务便是传递原诗精神。他常用简练流畅、通俗易懂的语言来再现原诗。总的说来,艾黎翻译时多采用归化为主同时异化为辅的翻译策略。

---

[1] 李建平:《我心目中的路易·艾黎》,人民网 http://world.people.com.cn/n1/2019/1118/c1002-31460882.html,更新日期:2019年11月18日,下载日期2024年9月27日。
[2] 许钧:《翻译选择与文化立场——关于翻译教学的思考》,《中国外语》2021年第5期,第12页。
[3] 兰州城市学院路易·艾黎研究中心编:《艾黎自传》,甘肃人民出版社,2017,第232页。

3.《朗鲸布》的英译

《朗鲸布》翻译体现了艾黎的翻译风格——重神似不重形似。艾黎不仅翻译诗歌,本身也在创作诗歌。除了多采用归化的策略之外,艾黎在翻译中也会出现创造性叛逆,译作带有明显的个人风格。于艾黎而言,诗歌翻译的要务便是传递原诗精神,因此他经常选择采用自由的、独具特色的分行形式对原诗进行重新阐释。他本人觉得与其费尽心思地去考虑韵律节奏,破坏了语言的自然,不如让语言自然流出,充满感情。所以《朗鲸布》英译版的诗行分隔符合艾黎一贯的风格,没有刻意押韵,也没有按照意群分行,只是让语言自然流出,充满感情。并且在整部诗歌里,艾黎出于沟通中西文化的目的,整体采取了归化加异化的翻译策略。

首先来看标题的翻译,《朗鲸布》的汉语标题属于傣语音译,含义是"吃螃蟹的少女"。当时民族民间文化在翻译时,政策导向是尽量保留民族特色。故而,汉语译本用汉语音译了部分傣语词汇,再用注释来解释这些词汇的含义。但艾黎在以汉语译本为底本进行翻译时,并未选择将标题进行音译,或者译为"吃螃蟹的少女",而是根据故事情节译为"Not a Dog",副标题"an Ancient Tai Ballad"补充说明这是一首古老的傣族歌谣。"Not a Dog"这个标题可以马上吸引读者的眼球,抓住其好奇心,使得读者想一睹为快,找出为什么不是狗的谜底。而对于文中出现的其他傣族音译词汇,艾黎在翻译时,考虑到目的语读者的阅读感受,并未增加注释而是采取归化的策略,尽量使作者向读者靠拢,见表1。

表 1 傣族音译词汇的归化翻译

傣语音译词汇	汉语脚注	英语翻译
西纳	大臣	civil and military officials
糯纳	刀斧手	executioner
昆其加	天神的名字	the lord of Heaven
混鲁	警卫	guards
伙头	村寨头领	village heads
召勐	地方的首领	prince
雅泰	傣族医生	doctor

续　表

傣语音译词汇	汉语脚注	英语翻译
昆和罕	国王	king
大摆	傣族的节日或庆祝	festival of rejoicing

只有在英文中个别找不到对应词汇的"粉团花"、"金葛拉花"才采取音译。但艾黎并未采取极端的归化策略，在涉及傣族重要文化概念时，他灵活地采取了"种属词＋音译"的方法，如将巫师"摩古拉"翻译为"the wizard Morgula"[1]。

对于具有文化内涵意义的词汇翻译，艾黎亦是多选择了归化的策略，以英语读者熟悉的物象取而代之。相同的物象，可能在不同文化中象征含义不同。比如关于"乌鸦"的文化内涵，中国文化认为乌鸦及乌鸦的啼叫是不祥之兆。在汉语版中，六个心肠歹毒的妃子用乌鸦这一形象替代是非常恰当的。然而，在西方文化里，乌鸦的意象与中国的却大相径庭，是聪明可爱的动物，为了不引起西方读者的误解，他便采用了内涵意义相近的"magpie"（喜鹊）。"喜鹊"在西方文化里代表的是喜欢搬弄是非的人。正因如此，《朗鲸布》汉译本中出现"喜鹊"这一意象时，艾黎在英文翻译中又采用了"sparrow（麻雀）"代替这一形象。因为在西方文化里，麻雀是讨人喜欢的鸟。[2] 但并不是所有文化意象词艾黎都采取了归化的策略，在一些涉及中国重要文化概念时，他选择了异化的策略。比如龙（dragon）的翻译，还有天神、天的翻译都是用了异化的策略，采用了"heaven"，并没有用西方文化里的"God"。

结　语

中国少数民族文学的海外传播始于晚清，当时主要以西方译者主动传播为主。中华人民共和国成立后，其对外译介的模式发生了变化，形成了主要以国家机构为主导的译介。《朗鲸布》的英译本 Not a Dog 就是这一时期的翻译作品，这一时期也是中国文化"走出去"的初始阶段。据一些学者的调研，全球图书馆对当时译介的少数民族文学英译书刊均有收藏，尤其是英美

---

[1] 刘雪芹：《西南诸民族典籍翻译研究》，大连海事大学出版社，2016，第339页。
[2] 魏清光：《"偏离"视角下路易·艾黎英译〈朗鲸布〉研究》，《民族翻译》2020年第1期，第44页。

图书馆是主要收藏力量。虽然当时译介的数量不多,译介效果不是特别理想。但英文版的推出使得国外学者开始对中国的民族文学产生了研究兴趣,尽管他们的角度常常是将中国民族文学的英译当作民族志文本来阅读或者是将译作中的诗学观念进行政治化的解读。[1] 21世纪以来,在中国文化"走出去"的背景下,民族文学的对外译介又迎来了新一波的机遇。与《朗鲸布》的翻译选择一样,翻译选择始终贯穿于整个译介活动之中——选择译什么、谁来译及如何译都是至关重要的。

首先,是选择译什么的问题。《朗鲸布》的文本选择可看出更多的是受外部因素的影响。《朗鲸布》的英译属于官方的译介工程,但常被"海外扭曲为对西方文化形式进行的规划和干预,单一的官方译介对作品的海外传播及接受有一定的制约"[2]。因此,在当下的民族文学选本中建议可采取官方与民间合作的形式——官方把握好译介导向,淡化意识形态色彩,同时根据海外市场来选择翻译作品,从而使得文学作品可以"译出去"且能"走进去"。

其次是译者的选择,母语译者在目的语的表达及文化阐释方面有着天然的优势。《朗鲸布》的译者就是选用了对中国文化高度认同的国际友人路易·艾黎。因此,译者可选择知华友华的国际友人,又或者是中外译者合作的翻译模式。除了译者之外,在当今"一带一路"的背景下,翻译语言也可以进行选择。我国当前民族文学的译介主要是面向英语和阿拉伯语世界,除此之外,还可以加强"一带一路"沿线的多语种译介。最后在如何译,即进行翻译策略选择时,应站在沟通中西文化的立场上,避免极端的异化和归化。

刘丽艳,大理大学外国语学院副教授。本文刊于《大理大学学报》2024年第11期。

---

[1] 夏维红:《建国"十七年"时期国家集中型赞助的中国少数民族文学对外译介》,《外国语(上海外国语大学学报)》2021年第6期,第74页。
[2] 罗宗宇、言孟也:《少数民族文学的译介及启示——〈人民文学〉英文版〈路灯〉(2011—2018)》,《南方文坛》2020年第4期,第108页。

后　记

　　光阴荏苒,从王宁老师调入清华大学的2000年算起,倏忽间已经过去了二十多年。如今,王老师虽然已经从清华退休,但他"老且益坚,不坠青云之志",依旧奋战在学术研究的前沿阵地上。还记得王宁老师在清华工作的日子里,几乎每一个清晨,他都会骑着他那辆旧自行车,迎着熹微的晨光,在七点钟就来到位于清华园文南楼的办公室,开始一天紧张而又充实的工作。岁月的流逝并未削弱他那充满活力的精神,经年累月的伏案劳作未曾压弯他那挺拔的身姿,他的脚步总是那样轻快、稳健。

享誉国际的中国学者

　　王老师正是由于在学术的道路上四十年如一日地坚持不懈,才取得了如此令人瞩目的成就。他于1992年在北京大学破格晋升为教授,1997年任北京语言大学比较文学研究所所长,并在三年内成功地领衔申请到比较文学与世界文学硕士点和博士点,2000年荣获国务院政府特殊津贴,2003年在清华大学领衔申请到英语语言文学博士点,并在几年后成功地获批外国语言文学一级学科博士点和博士后流动站。自2009年起,他先后担任上海交通大学人文艺术研究院院长和致远讲席教授、上海交通大学人文学院院长兼人文社会科学资深教授,2010年当选为拉丁美洲科学院院士,2011年入选2010年度教育部"长江学者"特聘教授,2013年当选为欧洲科学院外籍院士,2021年被中国翻译协会授予"资深翻译家"称号……这个单子还可以列很长很长。而近日,王宁老师又登上了美国斯坦福大学和爱思唯尔数据库(Elsevier Data Repository)发布的2024年度全球前2%顶尖科学家榜单,在"文学研究"领域年度影响力榜单上(只有四位中国学者上榜)位列中国学者第二,在"终身影响力"榜单上(只有两位中国学者上榜,另一位知名学者是聂珍钊教授)位列中国学者第一。

在过去的四十年间,王宁老师在外国文学研究、比较文学与世界文学研究和翻译学研究等诸多领域都取得了骄人的成就,他对现代性、后现代主义、全球化、世界文学、世界诗学和翻译学等议题的研究尤为精深。学界很多人都十分钦佩王老师那充沛的精力和高质量的学术产出,但很少有人能够洞察其中的奥妙。在我看来,王老师的学术成就首先得益于他超强的学术敏感性。这既是他的一种学术本能或者是一种天分,也是一种选择,甚至是一种认知。中国人民大学的高旭东教授曾经称王老师是当代西方文艺思潮的"弄潮儿",大概就是指王老师一向对当代世界的文艺理论思潮十分敏感,总是能够第一时间觉察到国际上的学术动向并将其迅速引介到国内学界,从 20 世纪 90 年代引入弗洛伊德的精神分析学说并以此为题撰写博士论文,到现代性理论和后现代主义、后殖民主义、新历史主义、生态批评、世界文学理论、世界主义、世界诗学、数字人文理论等,王老师一直站在外国文学和比较文学领域的潮头上。但这还不是最重要的。王老师一向主张在引入外国理论的同时,注重从中国的视角与源自外国的理论进行平等对话,对其进行质疑、补充甚至重构,并从一位中国学者的立场做出独特的反馈,发出自己的声音,同时也为世界学术共同体做出了卓越的贡献。

王老师一直是我国学术前沿阵地上的"领跑者",是我们学术界的"永动机"。王老师迄今为止已经出版了五部英文专著和二十多部中文专著以及五百余篇中文论文,还在四十多种国际权威刊物或文集上发表英文论文一百五十余篇,被收录 SSCI 或 A&HCI 数据库的论文有一百一十多篇,部分论文还被译成意大利文、西班牙文、葡萄牙文、德文、法文、阿拉伯文等十多种外文,在国际人文社会科学界产生了巨大的影响,这也是他多年来一直名列"爱思唯尔"世界高被引学者之榜的原因。

王老师还是一位坚定的理想主义者,他富有家国情怀,热爱传统文化,对我们国家民族怀有一颗赤子之心。他无论走到哪里都不忘传播中国文化和传统思想;在学术上他更是身体力行,从早年起就注重借助自身的外语优势传播中国文化、推广优秀的中国文艺作品。他不但自己著书撰文评介现当代中国文学,将很多中国作家译介到国外,而且还多次借助自己的声望和国际知名期刊合作,发表中国学者的文章,向国外学术界介绍中国学者的最新研究成果,为中国文化和学术走出去做出了实实在在的贡献。

锐意进取的引领者

王老师除了在学术上造诣深厚并在国内外赢得广泛赞誉之外,其出色的行政管理能力也得到了学界的高度认可。他无论是在北京语言大学还是在上海交通大学期间,都率领其学术团队取得了不俗的业绩。

在北语担任比较文学研究所所长期间,他在三年多的时间内领衔申请到比较文学与世界文学硕士点和博士点,并将其建成北京市重点学科;他组织了多次相当有国际影响的学术研讨会,包括"全球化与人文科学的未来"(1998)、"易卜生与现代性:易卜生与中国国际研讨会"(1999)和"文学理论的未来:中国与世界国际研讨会"(2000)等,而且在比较文学专业的学科建设、师资队伍建设等方面都取得了突破性进展。北语的领导对他的学术贡献高度赞赏并大力推荐他获得了国务院政府特殊津贴。

在上海交通大学工作期间,王老师先后担任人文艺术研究院院长、人文学院院长等重要职务,迅速扭转了当时上海交大在人文学科领域的低迷局面。他一方面采取奖励机制,大力扶持有学术潜力的学者,奖励在科研、教学领域成绩突出的中青年学者,鼓励他们积极申报国家级科研项目和各级人才项目;另一方面大刀阔斧地从世界范围内引进高层次人才,很快就使人文学院拥有的长江学者和国外院士数量在全国高校所有的人文学院和外国语学院中名列前茅,在不到十年的时间内就将交大人文学科的全国排名提高了两个层级。

王老师之所以在行政管理方面展现出如此出色的能力,我以为主要是因为他有格局、有魄力、有公心。他为了学科发展能够力排众议、勇于担当、敢作敢为、锐意进取,从不缩头缩脑、因循守旧,也不会安于现状、故步自封;王老师在单位的职称晋升、队伍建设和项目申报等各个方面都是顾全大局,从有利于学校整体的学科建设出发通盘考虑并做出决策。此外,王老师的行政业绩还得益于他的世界性眼光和大格局,他多年来在哈佛大学、耶鲁大学、牛津大学、剑桥大学、斯坦福大学等世界名校讲学、开会,对国际一流高校的优缺点都了然于心,对它们的学科建设路数也十分熟悉,所以在国内做行政管理也能够驾轻就熟地直接对标国际理念和国际水准。鉴于王老师为上海交大人文学科做出的杰出的贡献,他被评为交大的"人文社会科学资深教授"。此外,王老师还曾担任中国比较文学学会会长、现任中国中外文艺理论学会副会长、中国文艺理论学会副会长等重要学术兼职,为这些学术组织的发展也做出了重要贡献。

虽然公务繁忙,但王老师并没有因为行政事务而在学术上"躺平"。在他担任行政职务的近二十年间,王老师一方面带领上海交大的人文学科连上几个台阶,另一方面则一直在不断刷新着学术的新高度,从世界文学研究到世界主义理论阐释,从"世界诗学"理论建构到后人文主义、数字人文、人工智能赋力人文研究等前沿思想探索,从在国内外国文学界、比较文学界和翻译研究界不断推出新成果,到在国际学术界出版外文著作、发表高质量学术论文,王老师可谓一直在推陈出新,硕果累累,而这也是他在学术上深耕不辍、刻苦自律的最好见证。

诲人不倦的师长

王老师虽然取得了如此之高的学术成就并享有世界性的学术声誉,但他平时一点也没有架子,对我们学生辈、对青年学者一向十分亲切平易,并总是力所能及地为青年学子提供帮助。

王老师是教育部"长江学者"特聘教授,是拉丁美洲科学院、欧洲科学院两院院士,所以社会上很多人都会称他为"王院士",但是我们这些学生从来没人称呼他为"王院士",甚至也没有人称他为"王教授",学生们称呼他的总是那句亲切的"王老师"。

很多人看到王老师每年都在国内外顶刊上发表数篇甚至十数篇论文,都说王老师一定有过人的天赋。对此我一向是不敢苟同的。王老师的成就主要得益于他在学术之路上的勤奋刻苦和孜孜不倦,即使是在忙于行政工作的那些年间他也每天坚持读书、写稿子,数十年如一日,从不间断。但王老师的很多好习惯确实非常值得我们学习。一是他上车、上飞机后马上就能睡觉,在旅途中尽量休息好,到站之后立马就能投入工作。二是王老师记忆力超群,尤其擅长记忆与学术相关的资料、数据。他对感兴趣的论文、数据及相关信息几乎是过目不忘、信手拈来的。这是王老师的过人之处,但与其说这是天赋倒不如说这是王老师善于自律的结果，也是他自己选择的结果。多少年来，王老师一直过着非常自律而在常人看来极其单调的生活，他每天都兢兢业业地工作，每年都笔耕不辍、不断地著书立说。这种对学术的热爱和执着，为青年学者树立了典范。

王老师从事高校教学与学术研究已经近五十载，可谓"桃李满天下"。算起来，我跟随王老师学习也有二十五年之久了。在这些年里，我一直受惠于王老师对我在学业上的指导和帮助，我也深深地为他的人格魅力和处事能力所折服。王老师一向爱才惜才、奖掖后学。他不但爱护自己的学生，对我们时时鞭策、提携，他对其他的年轻学者也都是爱护有加，只要求助于他的，他总是毫不吝惜地给予指导、激励和力所能及的帮助。很多青年学者虽然没有正式成为王老师的学生，但心悦诚服地认王老师为他们的亲老师。由此可见，王老师在为数不少的中青年学者心中是名副其实的学术"灯塔"，无时无刻不指引着他们的学术道路和前进的方向。"桃李不言，下自成蹊"，王老师的学术思想、治学态度和生活习惯也都深刻地影响了我们，王老师对我们的殷殷嘱托和谆谆教诲我们也一直牢记在心，并时时提醒自己不能辜负了老师对我们的厚爱和期望。

子曰："吾十有五而志于学，三十而立，四十而不惑，五十而知天命，六十而耳顺，七十而从心所欲不逾矩。"我们亲爱的王老师已近"从心所欲"之年，我真切地希望王老师身体健康、得大自在，也衷心地希望王老师永远保持一颗年轻而蓬勃的心，永远迈着充满活力和朝气的步伐，带领我们在学术道路上不断前行。

清华大学外文系长聘教授　生安锋
2024 年 12 月 30 日

本文原题为《学术楷模，师道典范——我心目中的王宁老师》，刊于《21 世纪英文报·英语教育》2025 年 1 月 6 日。

图书在版编目(CIP)数据

全球人文视域下的比较文学与世界文学研究 / 何成洲，生安锋主编. -- 南京：南京大学出版社，2025.7.
ISBN 978-7-305-29363-4
Ⅰ.I106-53
中国国家版本馆 CIP 数据核字第 2025544ML0 号

出版发行　南京大学出版社
社　　址　南京市汉口路 22 号　　邮　编　210093
QUANQIU RENWEN SHIYUXIA DE BIJIAO WENXUE YU SHIJIE WENXUE YANJIU
书　　名　**全球人文视域下的比较文学与世界文学研究**
主　　编　何成洲　生安锋
责任编辑　郭艳娟

照　　排　南京紫藤制版印务中心
印　　刷　南京爱德印刷有限公司
开　　本　718 mm×1000 mm　1/16 开　印张 32　字数 508 千
版　　次　2025 年 7 月第 1 版
印　　次　2025 年 7 月第 1 次印刷
ISBN　978-7-305-29363-4
定　　价　128.00 元

网　　址　http://www.njupco.com
官方微博　http://weibo.com/njupco
官方微信　njupress
销售热线　025-83594756

＊ 版权所有，侵权必究
＊ 凡购买南大版图书，如有印装质量问题，请与所购
　图书销售部门联系调换